«PANDORA»

MAEVE BINCHY

L'AMICA DEL CUORE

Traduzione di Attilio Veraldi

SPERLING & KUPFER EDITORI
MILANO

Light A Penny Candle
Copyright © Maeve Binchy 1982
© 1996 Sperling & Kupfer Editori S.p.A.

ISBN 88-200-2220-6
86-I-96

Finito di stampare nel giugno 1996
dall'Istituto Grafico Bertello - Borgo San Dalmazzo (Cuneo)
Printed in Italy

Al carissimo Gordon
con tutto il mio amore

La sessione davanti al coroner era stata semplice e noiosa. Niente alti seggi con giudici in parrucca, né banco dell'imputato, né polizia in uniforme che chiama in corridoio il nome del successivo. In realtà, l'aula sembrava un ufficio come tutti gli altri, con i volumi riposti in librerie dalle ante di vetro e a terra il linoleum, che in un angolo appariva smangiato.

Fuori, il mondo andava avanti come al solito. Gli autobus transitavano e nessun passante si fermò a guardare le due donne. Quando uscirono in strada un uomo in taxi non staccò neppure gli occhi dal giornale che stava leggendo.

Vestivano entrambe di nero; ma del resto avrebbero scelto quel colore per qualsiasi occasione in qualche modo formale. Aisling indossava un blazer di velluto nero su un vestito grigio, un insieme che faceva sembrare i suoi capelli ancora più rossi. Elizabeth sfoggiava il cappotto nero bello. Lo aveva comprato in saldo nel gennaio di due anni prima a metà del suo prezzo e la commessa le aveva detto che era l'unico vero affare di tutto il negozio.

Portando la mano davanti agli occhi nel girare l'angolo, Elizabeth giunse ai gradini che conducevano in strada. Aisling si trovava lì. Si guardarono a lungo: probabilmente si trattò di pochi secondi ma a volte possono sembrare un'eternità...

PARTE PRIMA

1940-1945

1

VIOLET finì il libro della biblioteca e lo chiuse di colpo. Ancora una volta una timida e palpitante eroina senza cervello era stata travolta da un uomo irresistibile. Le proteste di lei erano state messe a tacere con baci, l'urgenza della passione di lui si era espressa in tutti i modi possibili... Toccava all'uomo organizzare la fuga o il matrimonio o l'emigrazione nelle sue proprietà in America del Sud; all'eroina non spettava nessun preparativo, come stare in fila all'agenzia di viaggi, alla biglietteria, all'ufficio passaporti. A lei, Violet, invece toccava fare tutto da sola. Era appena rientrata da un'interminabile mattinata in coda da un negozio all'altro in cerca di provviste. Alle altre donne sembrava piacere: la trovavano una specie di caccia al tesoro.

Violet era stata a scuola e aveva avuto una discussione del tutto insoddisfacente con Miss James, che non mostrava la minima intenzione di organizzare lo sfollamento della sua classe. Gli altri genitori avevano amici e parenti in campagna. Non era proprio il caso di pensare che un'intera classe si trasferisse e continuasse i propri studi in un ambiente rurale, al sicuro dalle bombe e con abbondante cibo di campagna. Acida, Miss James si era detta sicura che anche Mr e Mrs White avessero delle conoscenze fuori Londra. D'un tratto, Violet si chiese se realmente possedevano degli amici da qualche parte, città o campagna che fosse. Era molto seccata con Miss James per averla costretta a porsi quell'interrogativo. George in realtà aveva dei cugini nel Somerset, vicino a Wells, ma quelle storie strappala-

5

crime di famiglie da lungo tempo separate e riavvicinate poi a causa dello sfollamento dei bambini... non pensava che a George potesse capitare qualcosa del genere. Quanto a lei, non aveva parenti degni di questo nome. Suo padre e la sua seconda moglie vivevano a Liverpool, separati da lei da un'ostilità troppo radicata per pensare di poterla dimenticare.

Elizabeth era così timida e insicura, che avrebbe certamente sofferto per lo sfollamento. Purtroppo, pensò Violet, aveva ereditato la goffaggine del padre. Sembrava sempre aspettarsi il peggio da ogni situazione. Be', meglio così forse che sperare in grandi cose e ritrovarsi poi con poco.

Discuterne con George era assolutamente inutile. In quei giorni riusciva a parlare di un solo argomento: del paese che per il servizio militare accettava chi non aveva cervello e rifiutava invece uno come lui, che avrebbe potuto essere di grande aiuto in guerra...Già non era stato bello vedere tutti gli impiegati più giovani di lui e scervellati progredire in banca, far carriera, comprarsi l'auto... sì, già era stato irritante; ed ecco che ora, col paese minacciato, con la patria in pericolo, gli venivano a dire che tra i lavori essenziali per la nazione c'era quello di bancario.

Alla visita medica non gli avevano trovato nessuna malattia grave, ma solo un certo numero di insufficienze. Aveva i piedi piatti, per esempio, e un rantolo nel respiro, una leggera sinusite, le vene varicose e una lieve sordità a un orecchio. La sua offerta della propria vita per la patria era stata accolta con una serie di insulti.

Ogni tanto Violet avvertiva un'antica e familiare ondata di affetto per lui e condivideva il suo orgoglio ferito, ma per lo più era convinta che fosse proprio lui ad attirarsi buona parte di quanto gli capitava. Non la sua sordità, né le vene, ma quello che c'era in lui di respingente e deludente. Faceva di tutto per farsi rifiutare.

E così, dunque, il problema di che cosa dovevano fare con Elizabeth era suo, e soltanto suo. Come del resto lo erano tutti gli altri.

Si alzò e si guardò nello specchio: il suo viso era decisamente accettabile. Aveva un bel colorito e i capelli biondi naturali. Aveva sempre avuto una bella figura. Anche prima di quella tirata di cinghia, che il patriottismo ormai esigeva, prima di quella orribile guerra, era sempre stata attenta a ciò che mangiava. Come mai, allora, il suo volto non brillava? Non era luminoso, anzi, aveva l'aria un po' spenta.

Per forza, pensò, e provò un'ondata di risentimento. Chiunque avrebbe avuto quell'aria se avesse subito la sua stessa sorte. L'uomo che le aveva detto che i suoi occhi erano violetti come il nome che portava si era poi rivelato un truffatore che aveva imbrogliato tutti nel quartiere. Quell'altro che le aveva suggerito che avrebbe dovuto fare la cantante intendeva solo che cantasse per lui, nel bagno, mentre le versava dello spumante. L'appassionato e giovane bancario che le aveva promesso che insieme avrebbero sfondato nella società londinese se ne stava in quel momento, con i suoi piedi piatti e le sue vene varicose, a stuzzicarsi i denti e trovare scuse nell'agenzia locale della banca in cui sarebbe rimasto per sempre.

Guardò la copertina del libro della biblioteca. Sotto la copertura trasparente, un uomo poderoso stava appoggiato a un vecchio melo nodoso con un frustino in mano. Si chiese se chi scriveva libri simili non avrebbe meritato la galera.

Elizabeth tornò a casa dalla scuola a passo molto lento. Miss James le aveva detto che sua madre era andata a parlarle. L'aveva pregata di non assumere quell'aria ansiosa perché non c'era niente di cui preoccuparsi. Lei era apparsa dubbiosa. No, davvero, le aveva assicurato Miss James, la mamma era andata per discutere solo di ciò che sarebbe successo quando tutti i bambini fossero sfollati in campagna, in posti tranquilli, sulla costa o nell'interno. Ma lei, Elizabeth, non si era lasciata ingannare, lei sapeva che si trattava di qualcosa di terribile, qualcosa di cui i genitori parlavano con timore... come se fosse una tortura. Cercavano di sdrammatizzare ma non serviva a niente.

Quando ne aveva sentito parlare la prima volta aveva pensato che si trattasse di «vaccinazione», altra parola lunga con minacciose associazioni. Il padre aveva riso e le aveva messo un braccio attorno alle spalle e la madre aveva sorriso. No, l'avevano rassicurata, «evacuazione» significava sfollare, essere mandati in campagna, nel caso cadessero le bombe che uccidevano i bambini. Ma, aveva chiesto lei, perché non andavano anche i genitori in campagna? Il padre aveva detto che doveva lavorare in banca, la madre aveva sospirato e, di colpo, i sorrisi erano svaniti. Il padre aveva aggiunto che la mamma poteva benissimo andare, perché non aveva un lavoro, ma lei aveva risposto che se l'avesse avuto non sarebbe rimasta al gradino più basso.

Elizabeth era corsa via dicendo che doveva fare i compiti, invece aveva tirato fuori una vecchia bambola e l'aveva scucita tutta, punto per punto, piangendo e chiedendosi che cosa poteva escogitare per farli sorridere un po' di più e che cosa mai aveva combinato perché fossero sempre irritati.

Le riusciva difficile capire quando la madre era contenta. A volte accadeva per parecchi giorni di seguito, come quel pomeriggio che si erano recati al music hall e la madre aveva incontrato un vecchio amico il quale aveva detto che, un tempo, lei cantava meglio di chiunque altro sui palcoscenici di tutta Londra. Il padre era apparso un po' seccato ma poi, visto che la madre era così allegra da proporre perfino una cena a base di pesce, si era ripreso. Quando mangiavano il pesce, a casa, era sempre a pezzetti, con una gran quantità di spine, e usavano degli strani coltelli. La madre li adorava: erano un regalo di nozze e, quando li dovevano lavare, lei raccomandava sempre di non immergere i manici nell'acqua. Non le piaceva il pesce cucinato con i pezzetti d'uovo e il prezzemolo sopra, ma era contenta di vederlo a tavola perché quei coltelli mettevano sempre la mamma di buonumore.

A volte, poi, quando tornava dalla scuola trovava la madre che cantava e questo, in verità, era sempre un buon segno. Altre volte lei andava a sedersi sul suo letto e le accarezzava i morbidi capelli biondi, parlandole della propria infanzia e dei libri che aveva letto su uomini che compivano grandi imprese per belle donne. A volte le raccontava aneddoti divertenti sulle suore di una fantastica scuola in cui tutti erano cattolici e credevano ai fatti più straordinari, ma dove a lei permettevano di andarsene a passeggio durante l'ora di religione perché tutto era davvero speciale.

Quel giorno la madre stava scrivendo, cosa decisamente insolita. Pensò che si trattasse di una lettera di lamentele e si augurò che non fosse a proposito di Miss James. Si avvicinò, incerta.

«Sei occupata, mamma?» chiese.

«Uhm», mormorò lei.

Rimase lì immobile, sottile ragazzina di dieci anni, con i capelli corti di un biondo quasi bianco, tenuti scostati dal volto con una fascia. Il viso era pallido e colorito al tempo stesso: candide le zone attorno agli occhi e al naso, con il rossore che avanzava come un'ombra sulle guance.

«Oh», disse.

«Ti mando da Eileen.»

Eileen era un nome che compariva sulle cartoline di Natale, oppure associato a un giocattolino di poco prezzo il giorno del suo compleanno. L'anno prima la madre aveva detto che si augurava che la smettesse con quei regali, e che non si poteva pretendere che lei ricordasse i compleanni delle decine di figli di Eileen.

«Mi sembra l'unica soluzione possibile.»

Gli occhi le si riempirono di lacrime. Le sarebbe piaciuto sapere che cosa avrebbe dovuto fare perché le permettessero di restare. Avrebbe tanto voluto essere il tipo di ragazza che i genitori non allontanano o con la quale, almeno, vanno via anche loro.

«Vieni con me?» Non staccava gli occhi dal tappeto.

«Oh, santo cielo, no, mia cara.»

«Speravo...»

«Elizabeth, non essere sciocca. Non è possibile che venga con te da Eileen, dagli O'Connor... Cara, abitano in Irlanda. Santo cielo, chi mai andrebbe laggiù? Non se ne parla nemmeno.»

Il giovedì era sempre un giorno di grande movimento perché i contadini, venuti per il mercato, si presentavano al negozio con i loro elenchi. Sean aveva assunto un ragazzo, Jemmy, che non era «del tutto presente», perché desse una mano a portar dentro la merce dal cortile. Non voleva, l'aveva ripetuto decine di volte, che i bambini schiamazzassero nel negozio il giovedì. Si asciugò la fronte segnata con la mano polverosa, seccato, quando vide Aisling ed Eamonn sfuggire all'inefficace stretta e alle grida di Peggy ed entrare di corsa nel negozio.

«Dov'è ma', pa', dov'è ma'?» gridò Aisling.

«Dov'è ma', dov'è ma'?» ripeté Eamonn.

Peggy, affannata e ridacchiante, non era meglio di loro.

«Venite qui, diavoli», esclamò ridendo. «Se ti acchiappo, Aisling, ti faccio il sedere rosso. Vostro padre l'ha detto centinaia di volte che vi farà rinchiudere se state qui in negozio di giovedì.»

I contadini, uomini indaffarati che detestavano sottrarre tempo alle loro trattative e discussioni sulle bestie, risero allo spettacolo imprevisto. Peggy, con i capelli che le sfuggivano dalla crocchia e col grembiule coperto delle macchie di una ventina di pasti almeno, adorava destare sensazione, come stava facendo in quel momento. Sean la guardò impotente mentre schizzava da una parte all'altra del negozio, favorendo più che fermando il gioco dei ragazzi. Rivolgeva le sue adorate strizzate d'occhio ai contadini, quegli sguardi che incoraggiavano chiunque di loro se la sentisse, quando la sosta al pub li avesse trasformati in uomini possenti, di ritornare per trovarla in fondo al mercato. Jemmy se ne stava impalato, a bocca aperta, deliziato, tenendo in mano le tavole che avrebbe dovuto caricare su un carretto.

Eileen, che aveva sentito il chiasso, era scesa alla svelta nel negozio. Il suo ufficio, con la sua struttura di mogano e i vetri tutt'attorno, le aveva detto una volta il giovane Sean, sembrava un piccolo pulpito coperto. Davvero avrebbe dovuto fare un sermone a tutti i presenti nel negozio invece di stare lì a tenere i libri. Ma se Eileen non avesse fatto così non ci sarebbe stato nessun negozio, né una casa, né i lussi come Peggy e Jemmy.

Con un'espressione severa sul volto andò incontro ai figli eccitati e a Peggy che era arrossita. Afferrati i bambini, li portò a passo deciso fuori del negozio mentre, dopo una sola occhiata della padrona, Peggy perdeva tutta la sua baldanza e la seguiva con gli occhi chiusi. Sean mandò un sospiro di sollievo e tornò a occuparsi delle sue faccende.

Salite le scale della casa sulla piazza, con i ragazzi che strillavano e si dimenavano, Eileen si mostrò decisa. «Metti del tè sul fuoco, Peggy, per piacere», disse con voce gelida.

«Ma ma', volevamo solo mostrarti la lettera.»

«Con la figura di un uomo sopra.»

«È arrivata con la posta del pomeriggio...»

«E quando l'ha consegnata Johnny ha detto che veniva dall'Inghilterra...»

«E che l'uomo è il re d'Inghilterra...»

Eileen li ignorò; li mise a sedere su due sedie del tavolo da pranzo di fronte a lei e li affrontò.

«Ve l'ho detto un milione di volte, il giovedì, giorno di mercato, vostro padre non vuole vedere neanche l'ombra di voi al negozio e non lo voglio neppure io. Ora è lì che aspetta che torni a fare i conti e a riempire le bollette per i contadini. Non avete idea di che cosa sia l'obbedienza? Aisling, una ragazza di dieci anni grande e grossa come te, mi hai sentito?»

Lei non aveva udito una sola parola. Voleva che la madre aprisse la lettera che sospettava venisse dal re d'Inghilterra, almeno a quanto aveva detto il postino.

«Aisling, vuoi ascoltarmi?» gridò Eileen e, visto che non otteneva nulla, allungò una mano e li colpì entrambi con forza sulle gambe nude. Tutt'e due scoppiarono a piangere e, a quel chiasso, Niamh, che giaceva nella culla all'angolo del soggiorno, si svegliò e cominciò a strillare.

«Volevo solo darti la lettera», piagnucolò Aisling. «Ti odio, ti odio.»

«Anch'io ti odio», fece eco Eamonn.

Eileen si diresse verso la porta. «Bene, restate lì a odiarmi.» Cercò di non alzare la voce perché sapeva che il piccolo Donal se ne stava seduto in mezzo al letto ad ascoltare ogni minimo rumore. Il solo pensiero di quel suo visino le provocò un'improvvisa stretta al cuore, perciò decise di fare una corsa al piano di sopra a trovarlo per pochi secondi. Se fosse andata da lui a dirgli qualcosa di affettuoso, avrebbe sorriso e ripreso il suo libro. Altrimenti già se lo vedeva con il viso premuto contro il vetro della finestra della camera da letto a guardare lei che si recava al negozio. Si affacciò dalla porta, sapendo che era sveglio.

«Devi cercare di dormire, tesoro, lo sai.»

«Perché gridavate?» chiese lui.

«Perché tuo fratello e tua sorella sono venuti a disturbare in negozio di giovedì, solo per questo», rispose lei, sistemando le coperte.

«Hanno chiesto scusa?» domandò lui, desideroso di essere rassicurato.

«No... non ancora.»

«E ora che cosa succederà?»

«Niente di brutto», disse lei e lo baciò.

Giù nel soggiorno, Aisling ed Eamonn erano ancora immusoniti.

«Peggy ci ha chiamati per il tè, ma noi non andiamo», disse Aisling.

«Come volete. Certamente avete il mio permesso di rimanere seduti lì finché vi pare e piace. In realtà, potete restarci per un bel pezzo perché, dopo il vostro comportamento, nessuno di voi due berrà la limonata questo giovedì sera.»

La guardarono con gli occhi sbarrati dalla delusione e dall'incredulità. Tutti i giovedì col libro delle ordinazioni piene e la cassa che traboccava, Sean O'Connor portava la moglie e i figli da *Maher*. Era un posto tranquillo. Lì non c'erano contadini con gli scarponi sporchi di letame a suggellare i loro patti. Era un negozio di tessuti ma aveva anche il pub e a Eileen piaceva guardare le giacche nuove o le scatole dei pullover insieme con Mrs Maher. Il giovane Sean e Maureen, invece, amavano starsene sugli alti sgabelli a leggere i cartelli dietro il banco e ad atteggiarsi da adulti mentre Aisling ed Eamonn adoravano la limonata frizzante che gli pizzicava il naso e il biscotto con la glassa sopra che Mr Maher gli dava, mentre il padre brontolava che erano tutti vizi. I Maher possedevano una gatta che aveva appena avuto i piccoli. Il giovedì precedente i gattini non riuscivano ancora ad aprire gli occhi, perciò quella settimana, per la prima volta, gli sarebbe stato permesso di giocare con loro.

E ora invece tutto era stato annullato.

«Ti prego, ma', ti prego, sarò buono, molto buono...»

«Pensavo che mi odiassi.»

«In realtà non ti odio affatto», disse Eamonn, pieno di speranza.

«Insomma, nessuno può odiare la propria madre», aggiunse Aisling.

«È quello che pensavo io», disse Eileen. «Per questo ero così stupita che ve ne foste dimenticati, come vi siete scordati che non si viene nel negozio...» Cedette. Era l'unico momento di tutta la settimana in cui Sean si rilassava veramente, quell'ora da *Maher* con i ragazzi ordinati e puliti che giocavano con i gattini o i conigli o gli uccelli in gabbia. Prese la lettera e se ne andò in cucina.

«Il tè è pronto, signora», disse Peggy, nervosa.

«Versamene una grossa tazza, per piacere. Tieni quei ragazzi nel soggiorno e bada alla bambina nella culla.» Un attimo dopo aveva bevuto il suo tè e, con la busta in tasca, se ne stava tornando al negozio. Passò un'ora prima che avesse il tempo di aprire la lettera.

Da *Maher*, quella sera, la porse a Sean perché la leggesse.

«Ho gli occhi così stanchi che quasi non ci vedo», disse lui. «In ogni modo, quella calligrafia a zampa di gallina è illeggibile.»

«È corsivo, ignorante, come ci insegnarono a scrivere le suore del St. Mark. Violet lo rammenta ancora, io no, tutto qui.»

«Quella Violet ha poc'altro da ricordare», disse Sean. «Fa una bella vita lì dalle sue parti.»

«Non da quando è cominciata la guerra», fece notare Eileen.

«No», ammise Sean, fissando la sua birra. «No. Suo marito è in trincea? Immagino che sarà un ufficiale, visto che lavora in una banca. Così vanno le cose nell'Impero britannico. Se hai un bell'accento ottieni un buon lavoro e diventi ufficiale.»

«No, George non è sotto le armi. Aveva qualcosa che non funzionava. Non so che cosa, comunque non era fisicamente abile.»

«Una vita troppo comoda quella della banca, immagino che non sia voluto andare.»

«Sean, si tratta della bambina, della figlia di Violet, Elizabeth. Li mandano tutti via da Londra per paura delle bombe... lo sai, l'hai letto sui giornali. Violet vuole sapere se siamo disposti a ospitarla qui.»

«Questa non è la campagna...è l'Irlanda, il nostro paese. Non possono costringerci a partecipare alla loro schifosissima guerra mandandoci qui tutti i bambini, e gli anziani...non ne hanno già fatte abbastanza, diavolo?»

«Sean, vuoi stare a sentire?» sbottò Eileen. «Violet desidera sapere se accettiamo di tenere Elizabeth per qualche mese. La scuola che lei frequenta chiude perché tutti i ragazzi vengono sfollati. George ha dei parenti e anche Violet... ma preferiscono chiederci se può venire qui. Che ne dici?»

«Dico che si prendono una schifosa libertà, che hanno la faccia tosta tipica dell'Impero britannico. A meno che tu non gli sia utile in qualcosa, non hanno mai tempo per te, non si ricordano, non ti scrivono una lettera, al massimo, una cartolina a Natale. Poi si ritrovano in questa stupida guerra e cominciano a strisciarti attorno. Questo dico.»

«Violet non è l'Impero britannico, è una mia compagna di scuola. Non scrive mai a nessuno, non come me. Comunque non è questo il punto. Allora, vuoi prendere in casa quella bambina?»

«Il punto è che ha una bella faccia tosta a chiederlo.»

«Va bene, dico di no. Le scrivo stasera e le rispondo: mi dispiace, no. Il motivo? Perché Sean sostiene che l'Impero britannico ha una bella faccia tosta. D'accordo?»

«Non essere amara...»

«Non lo sono affatto. Ho avuto una giornata faticosa, come te. Certo, anch'io penso che Violet sia una bella sfacciata e mi offendo quando penso che non ha mai tempo per me, visto che scrive solo quando ha bisogno di qualcosa. Nessun dubbio al riguardo. Il punto, però, è: vogliamo la ragazza o no? Ha l'età di Aisling, non ha dichiarato lei guerra alla Germania, né ha invaso l'Irlanda, né altro... Ha solo dieci anni e, probabilmente, passa le notti a chiedersi se una bomba la ridurrà in briciole. Allora, la ospitiamo o no?»

Sean era sorpreso. Eileen di solito non faceva discorsi. E ancora più insolito per lei era ammettere di sentirsi ferita o offesa dalla sua preziosa compagna dei giorni di scuola.

«Ti creerà delle difficoltà?» chiese.

«No, potrà perfino essere amica di Aisling. E quanto di più può mangiare una bambina, rispetto a quello che già mangiamo noi tutti?»

Sean ordinò un'altra birra, un porto per Eileen e delle limonate, poi guardò la moglie, elegante con la sua camicetta bianca e la spilla al collo, i capelli rosso scuro raccolti ai lati con dei pettinini. Era una bella donna, pensò, una compagna forte in ogni occasione. Vedendola col camice blu che portava in negozio, intenta a contare i crediti e il denaro di una ditta in espansione, pochi avrebbero capito come era in realtà: una moglie appassionata e una madre affettuosa. La guardò con tenerezza. Aveva un cuore così grande da poter abbracciare molti più bambini di quanti già non ne avesse.

«Dille di venire, è il minimo che possiamo fare per tenere una creaturina lontana da tutta la follia che imperversa», annunciò. Ed Eileen gli diede un colpo sul braccio in una rara esibizione pubblica di affetto.

La lettera di Eileen arrivò così presto che Violet pensò si trattasse di un rifiuto. Per esperienza personale sapeva che chi doveva trovare delle scuse per giustificare le proprie azioni rispondeva sempre presto ed estesamente. La raccolse dallo stoino con un profondo sospiro.

«Bene, immagino che dopotutto dovremo ricorrere ai parenti di tuo padre», si lamentò, portando la lettera al tavolo della colazione.

«Vuoi dire che rifiuta?» esordì Elizabeth. «Magari invece dice di sì.»

«Non parlare con la bocca piena, raccogli il tovagliolo e cerca di comportarti come si deve, Elizabeth, per piacere», la rimproverò Violet automaticamente, mentre apriva la busta con un tagliacarte. George era già andato al lavoro ed erano sole.

Elizabeth moriva dalla curiosità nell'attesa che Violet le svelasse il contenuto della lettera. Era irritante: ne leggeva dei brani ad alta voce e, per il resto, borbottava incomprensibilmente.

«Mia cara Violet... contenta di saperti... emm... umm... molto preoccupata per te, George ed Elizabeth... emm... umm... molti qui pensano che dovremmo entrare anche noi in guerra... fare il possibile... i ragazzi molto contenti ed eccitati...»

Elizabeth capì che doveva aspettare, in realtà non sapeva che cosa preferiva sentirsi dire: sarebbe stato un sollievo non trasferirsi in un altro paese al di là del mare, in un posto che, a quanto pareva, il padre giudicava pericoloso come Londra e dove, secondo la madre, si andava soltanto in circostanze estreme. Non voleva essere relegata in un buco orribile con decine di bambini, in una città piena di escrementi di animali e di ubriachi, stando al ricordo che la mamma conservava di Kilgarret. E tuttavia, al tempo stesso, la madre diceva che era il luogo migliore dove andare. Forse qualcosa era cambiato, erano passati anni da quando lei vi si era recata, molto prima che sposasse papà. Aveva sostenuto che non ci sarebbe più tornata... non capiva come vi avesse retto Eileen.

Dopo un bel po', lette due pagine, Violet parlò: «Ti prendono».

Il volto pallido di Elizabeth divenne rosso vivo e sua madre si irritò: non ammetteva che arrossisse in quel modo esagerato per un nonnulla.

«Quando devo andare?»

«Quando vogliamo. Ci vorrà del tempo, naturalmente. Dobbiamo preparare le valigie, e dovrò scrivere a Eileen a proposito dei libri di scuola... di ciò che ti servirà. È molto affettuosa, ma avara di consigli pratici su quello che devi portarti e di cui avrai bisogno. Oh, c'è questo biglietto per te...»

Elizabeth prese il foglietto di carta. Era la prima lettera che riceveva in vita sua. Lesse lentamente per gustarsela sino in fondo.

Cara Elizabeth,
    siamo tutti molto contenti che la tua mamma ti mandi a stare con noi per un po' e speriamo che ti troverai bene. Kilgarret è molto diversa da Londra e tutti sono impazienti di conoscerti e di farti sentire a casa tua.
    Dividerai una stanza con Aisling, che ha la tua stessa età, c'è solo una settimana di differenza fra voi e mi auguro che diventiate grandi amiche. Suor Mary, alla scuola, dice che probabilmente saprai molto più di tutta la classe messa insieme. Porta tutti i giocattoli o le bambole o i libri che vuoi, disponiamo di molto spazio qui e contiamo i giorni in attesa della tua venuta.

                                                          Zia Eileen

In fondo alla pagina, dove qualcuno aveva tracciato delle linee per permettere di scrivere diritto, erano state aggiunte poche righe.

Cara Elizabeth,

ti ho lasciato metà degli scaffali sul lato sinistro della stanza, metà dell'armadio e metà della toeletta. Cerca di venire per il compleanno di Eamonn, ci sarà una festa. I gattini dei Maher sono deliziosi e hanno già gli occhi aperti. Mammina ce ne procurerà uno che divideremo tu e io.

Con affetto,

Aisling

«Un gattino da dividere», disse Elizabeth, con gli occhi che le brillavano.

«E niente sulla retta della scuola e sulla divisa, assolutamente niente», disse Violet.

La tosse di Donal era peggiorata, ma il dottore disse che non era il caso di preoccuparsi. Bisognava tenerlo al caldo e lontano dalle correnti ma, al tempo stesso, doveva respirare molta aria fresca. E come diavolo era possibile? si chiese Eileen. Donal non stava più nella pelle dall'eccitazione per la venuta della ragazza dall'Inghilterra.

«Quando arriverà?» chiedeva almeno una decina di volte al giorno.

«Sarà amica mia non tua», chiarì Aisling.

«Ma' ha detto che sarà amica di tutti», rispose lui, cupo.

«Sì, ma soprattutto mia. Del resto, ha scritto a me», ribatté Aisling. Il che era innegabile. Aveva ricevuto una lettera, che aveva letto ad alta voce parecchie volte. Era molto formale, la prima che Elizabeth avesse mai scritto. Conteneva parole come «gratitudine» e «apprezzamento».

«Devono senz'altro avere un miglior sistema scolastico da quelle parti», aveva commentato Eileen leggendola.

«Perché non dovrebbero? Con tutta la ricchezza che hanno accumulato alle spalle di altri popoli», disse Sean. Era sabato, all'ora di colazione. Era venuto dal negozio per mangiare il cavolo al lardo. Il sabato il negozio chiudeva all'una e mezzo e il pomeriggio veniva dedicato a preparare gli ordinativi nel cortile. Era tutto tempo che Sean aveva per sé, e non doveva andare e venire ogni volta che la porta si apriva e il campanello suonava.

17

«Ora io spero che quando la bambina arriverà non insisterai più con queste storie», disse Eileen. «Non ti sembra già abbastanza duro per lei dover emigrare in un altro paese senza sentir denigrare il proprio?»

«E poi non è neppure vero, pa'», disse il giovane Sean.

«È verissimo, diavolo», ribatté il padre. «Ma tua madre ha ragione. Quando la ragazza arriverà ci morderemo la lingua e per un po' nasconderemo i nostri reali pensieri. È giusto nei confronti della piccola.»

«Io non ho bisogno di farlo», disse il giovane Sean. «Per sentirmi bene non devo brontolare continuamente contro gli inglesi.»

Sean posò coltello e forchetta e puntò il dito verso la parte opposta del tavolo. Eileen intervenne immediatamente.

«Volete ascoltarmi, per cortesia? Stavo appunto per dire che la venuta della bambina può essere l'occasione per questa famiglia di migliorare i nostri modi a tavola. Sembrate tanti cuccioli, quando fate cadere il cibo sulla tovaglia e parlate con la bocca piena.»

«I cuccioli non parlano con la bocca piena», disse Eamonn. Donal rise e, sentendolo, Niamh gorgogliò nella culla accanto al tavolo.

«Sono sicura che ci troverà molto rozzi», disse Aisling, ed Eileen fu meravigliata di ricevere un appoggio da parte sua.

Sarebbero andati presto alla stazione per cercare qualcuno di abbastanza fidato che badasse a Elizabeth durante il viaggio. Avevano pensato che Violet poteva accompagnarla fino a Holyhead, ma poi era sembrato assurdo perché sarebbe dovuta tornare indietro e, a causa dei ritardi e della mancanza di combustibile, il treno ci impiegava ore e ore; per non parlare poi della faccenda del biglietto... dopotutto era insensato buttar via il denaro in tempi così duri.

George si era domandato se avrebbero dovuto dare qualcosa agli O'Connor per il mantenimento di Elizabeth, ma Violet aveva detto di no. Gli sfollati in Inghilterra non pagavano le famiglie ospitanti, dopotutto faceva parte dello sforzo bellico. George aveva fatto notare che l'Irlanda non partecipava affatto alla guerra e Violet, sbuffando, aveva replicato che invece avrebbe dovuto e che, in ogni modo, il principio valeva ugualmente. Aveva dato a Elizabeth cinque sterline e le aveva raccomandato di spenderle in modo intelligente.

A Euston, Violet si guardò attorno in cerca di una rispettabile donna di mezza età alla quale affidare la figlia. Ne cercava una che viaggiasse sola. Andò incontro a vari insuccessi. Una arrivava solamente fino a Crewe, un'altra stava aspettando un amico, una tossiva talmente che certamente Elizabeth avrebbe preso quella malattia. Alla fine scelse una donna che camminava con il bastone. Le offrì i servigi della figlia, spiegando che avrebbe potuto farle dei piaceri, aiutarla con i bagagli durante il viaggio. La donna accettò e promise di consegnare la bambina nelle mani di un giovane uomo di nome Sean O'Connor, quando la nave avesse attraccato a Dunlaoghaire. La donna si accomodò in un angolo e disse che avrebbe lasciato che Elizabeth si accomiatasse dai genitori da sola.

La madre la baciò sulla guancia e le raccomandò di comportarsi da brava ragazza e di non creare difficoltà a Mrs O'Connor. Il padre la salutò molto formalmente ed Elizabeth lo guardò.

«Addio, papà», disse solenne. L'uomo si chinò ad abbracciarla, stringendola a sé. Lei gli buttò le braccia al collo ma, quando vide che la madre dava i primi segni di impazienza, lo lasciò andare.

«Scrivi tantissime lettere e raccontaci tutto», disse il padre.

«Sì, ma non chiedere a Eileen la carta da lettere e i francobolli, perché costano.»

«Ma ho i soldi! Ho cinque sterline!» esclamò Elizabeth.

«Zitta. Non farti sentire da tutti. È così che si viene derubati», disse Violet, cauta.

Di nuovo il viso di Elizabeth si fece bianco e rosso e il suo cuore accelerò quando sentì gli sportelli del treno sbattere.

«Andrà tutto bene, andrà tutto bene», ripeté.

«Brava ragazza», disse la madre.

«Non piangere ora, sei grande», la esortò il padre.

Due grosse lacrime le corsero giù per il viso.

«Non aveva nessuna intenzione di farlo finché non gliel'hai ricordato», sottolineò Violet irritata. «Ora guarda che cosa hai combinato.»

Il treno si mosse. Elizabeth scosse il capo per liberarsi dalle lacrime e quando la sua vista non fu più offuscata, scorse i genitori immobili laggiù, irrigiditi con i gomiti accostati ai fianchi come se avessero paura di sfiorarsi.

2

DONAL voleva sapere se tutti i fratelli e le sorelle di Elizabeth erano morti, se erano stati uccisi.

«Non essere stupido», aveva detto Peggy. «Certo che non lo sono.»

«E allora perché non vengono anche loro?» Donal si sentiva estromesso perché Aisling si era appropriata con decisione dell'ospite in arrivo.

Lui sperava che ci fosse una riserva segreta e nascosta di fratelli e sorelle da poter adottare.

«È lei sola», diceva Peggy.

«Non esiste la gente sola», protestava lui. «Ci sono le famiglie. Che ne è di loro?»

Eileen non riusciva a destare altrettanto entusiasmo negli altri figli. Solo Aisling e Donal erano eccitati. Il giovane Sean non badava mai a chi si trovava in casa, Maureen diceva che sarebbe stato penoso avere un'altra bambina sciocca come Aisling tra i piedi, Eamonn sosteneva che lui non si sarebbe lavato per un'orribile ragazzina che neppure conosceva... Niamh, che stava mettendo un dente, era tutta rossa e arrabbiata e si abbandonava a lunghi pianti. Anche Eileen, dal canto suo, nutriva delle preoccupazioni a proposito della figlia di Violet. La lettera era estremamente ampollosa, evidentemente la ragazza era abituata a un tenore di vita molto superiore. Sperava solo che non fosse una creaturina spaventata e disorientata, timorosa anche di aprire bocca.

In ogni caso, dopo tutti quegli anni, la bambina avrebbe potuto ravvicinarla a Violet. A lei sarebbe piaciuto che avessero mantenuto maggiori contatti. E Dio sapeva se non si era sforzata, scrivendo spesso, fornendo piccoli particolari sulla vita a

Kilgarret e mandando all'unica figlia di Violet dei regalini a ogni compleanno; ma l'amica si era limitata a rispondere con una cartolina di tanto in tanto. Le dispiaceva che la loro intimità fosse svanita, a quel che sembrava, nel nulla, perché la loro era stata un'amicizia davvero profonda, basata soprattutto sul fatto che entrambe si trovavano a scuola da quelle suore sulla base di promesse sbagliate. Violet, perché la sua famiglia aveva pensato che una scuola religiosa potesse dare alla ragazza un po' di smalto; lei, Eileen, perché i suoi erano convinti che un istituto cattolico in Inghilterra le avrebbe fornito un'educazione di un gradino superiore a quella che avrebbe potuto ottenere in patria.

E ora che le loro vite s'incrociavano di nuovo lei ne era contenta. Forse entro qualche anno, una volta finita quella terribile guerra, George e Violet sarebbero potuti venire a stare al *Donnelly's Hotel*, dall'altra parte della piazza, e l'avrebbero ringraziata di tutto cuore per aver fatto ritornare un po' di colorito sulle guance della figlia. L'amicizia sarebbe tornata a fiorire e lei avrebbe avuto qualcuno con cui ricordare quei giorni trascorsi al St. Mark dei quali non poteva parlare con nessuno, perché tutti l'accusavano di darsi delle arie.

Le sarebbe piaciuto recarsi di persona a prendere la bambina. Una giornata a Dublino le avrebbe sollevato il morale, lontano dai libri maestri e dai conti; sarebbe andata incontro a Elizabeth a Dunlaoghaire, o Kingstown, come alcuni ancora la chiamavano, all'arrivo della nave e insieme avrebbero visitato Dublino.

Ma si trattava solo di fantasie. Il giovane Sean sarebbe andato al suo posto. Da un po' di tempo era inquieto e pronto a litigare col padre per un nonnulla, un giorno lontano dal negozio gli avrebbe fatto bene. Sarebbe partito il martedì a fine lavoro, con l'autobus della sera, e avrebbe trascorso la notte dalla cugina di lei, che aveva una piccola pensione a Dunlaoghaire. Aveva ricevuto ordini severi di trovarsi sul molo prima dell'arrivo della nave, così che la piccola non temesse di essere stata dimenticata. Doveva presentarsi quando avesse visto una ragazza di dieci anni con un cappotto verde, i capelli biondi, una valigia e una borsa ambedue marrone. Doveva mostrarsi cortese e offrirle castagnaccio imburrato e un'aranciata mentre aspettavano l'autobus che li avrebbe portati a casa. Per nessun motivo doveva attardarsi e perderlo. Lei sapeva benissimo che Sean nutriva solo un minimo interesse ad andare a prendere una ragazzina di dieci anni, quando invece la semplice vista di un gruppo di giovani in procinto di arruolarsi nell'esercito inglese l'avrebbe eccitato moltissimo.

Eileen si era accordata con i Maher per andare a prendere la gattina il pomeriggio del giorno in cui Elizabeth sarebbe arrivata; voleva, infatti, trovare il modo di distrarli tutti nel caso il primo incontro non fosse stato un successo.

Mrs Moriarty era una signora molto gentile che raccontò a Elizabeth che stava tornando in Irlanda per andare a vivere con il figlio e la sua antipatica moglie nella contea di Limerick. Da quando era rimasta vedova aveva vissuto in Inghilterra e adorava Londra. Lavorava in un negozio di frutta e verdura e tutti erano sempre stati molto gentili con lei ma ormai, con l'artrite, i bombardamenti e tutto il resto, i suoi avevano insistito perché tornasse a casa. Lei non ne era affatto contenta, ma non poteva farci niente, il figlio e quell'arrogante della moglie le scrivevano ormai ogni settimana ed erano andati perfino a pregarla di persona. Nel loro quartiere tutti dicevano che non avevano cuore a lasciar morire la madre lì a Londra sotto le bombe, così avevano preteso che lei tornasse a casa.

Elizabeth convenne che era duro dover intraprendere un viaggio che non si aveva voglia di fare e, mentre Mrs Moriarty le offriva delle pere in scatola, le raccontò degli O'Connor, gli amici della madre.

Bevvero del latte condensato per suggellare la loro intesa ed Elizabeth si addormentò, con la testa sulla spalla di Mrs Moriarty, e non si mosse più finché non furono svegliate e condotte nell'aria fredda della notte a Holyhead, circondate dai facchini che gridavano tra di loro in gallese.

«Parlano così in Irlanda?» chiese Elizabeth nervosa.

«No», rispose Mrs Moriarty. «Parliamo inglese, abbiamo rinunciato a tutto ciò che era buono per noi, come la lingua e il nostro modo di vivere.»

«Comprese le suocere», disse Elizabeth seria.

«Esatto.» Mrs Moriarty rise. «Bene, se ora fanno ritornare le suocere Dio solo sa cos'altro faranno rivivere.» E si appoggiò alla spalla della ragazza mentre la fila si muoveva lentamente verso la nave traghetto, grande e imponente nella notte.

Il giovane Sean odiava i tipi come Mrs Moriarty, che ti prendono per un braccio e ti bisbigliano confidenze muovendo solo l'angolo della bocca, come se tu e loro sapeste cose che gli altri ignorano. Si scostò un po' quando lei cominciò a sussurrargli raccomandazioni sulla ragazzina.

«Credo che quella gente laggiù stia salutando lei», disse alla fine per liberarsi. Un uomo e una donna di mezza età stavano gridando: «Ma', ma', siamo qui!»

Quando si allontanarono nel sole del primo mattino verso la fermata dell'autobus, il giovane Sean offrì a Elizabeth il castagnaccio e la spremuta d'arancia.

«Ma' ha detto di mangiare questo se hai fame», disse con poca grazia.

«Devo?» chiese lei. Il suo viso era ancora più chiaro dei capelli, aveva gli occhi rossi e due stecchetti per gambe: un ben misero esserino, a suo modo di vedere.

«No, non sei obbligata, è solo la mamma che ha voluto essere gentile. Me lo mangerò io, lo adoro», disse il giovane Sean.

«Non intendevo…» ribatté lei.

«Non importa.» Tolse la carta a due grosse fette di castagnaccio con in mezzo un gran pezzo di burro spalmato irregolarmente e cominciò a divorarle.

«È una torta?» chiese Elizabeth.

«È castagnaccio, te l'avevo detto che cos'era e tu hai risposto che non ne volevi.»

«Non sapevo di che cosa si trattava.»

«Perché non me l'hai chiesto?» replicò lui, e si domandò che razza di bambina era quella.

«Non lo so.»

Camminarono in silenzio fino alla fermata dell'autobus a Bray. La pesante valigia la trascinava giù da un lato, mentre portava la borsa a tracolla, sopra il petto scarno. Aveva l'aria di un'orfana.

Sean intanto non riusciva a dimenticare il ragazzo che aveva

23

conosciuto la sera prima alla pensione. Terry, si chiamava, e aveva diciassette anni. Era troppo giovane per arruolarsi, ma gli aveva spiegato che si poteva sempre dire che il proprio certificato di nascita era bruciato nell'incendio della Customs House. Nessuno in Inghilterra sapeva quand'era scoppiato. Terry si voleva imbarcare proprio su quella nave nel suo viaggio di ritorno. Sarebbe andato nel più vicino centro di reclutamento e, entro un paio di settimane, sarebbe stato in uniforme. Aveva anche aggiunto che altri suoi amici l'avevano già fatto un mese prima. Guadagnare un vero salario, addestrarsi, allenarsi, maneggiare armi, imparare tutto quanto c'era da sapere e, presto, andare oltremare, tutto in gran segreto, però. Anche Terry lavorava per suo padre in una piccola fattoria. Sapeva che cosa voleva dire guadagnare solo pochi spiccioli e fare la gavetta. Sapeva che cosa significava non avere il permesso di crescere, sentirsi chiedere dalla madre se si era confessato e sentirsi dire dal padre di darsi da fare in casa per aiutare la mamma. Che vita. Senza la minima possibilità di indossare un'uniforme...

«Che tipo di uniforme porta tuo padre?» chiese d'un tratto a Elizabeth.

Il viso pallido e minuto arrossì, come se qualcuno l'avesse colpito con uno schiaffo.

«Mio padre... non è... non fa... sai, non è dovuto andare in guerra. È restato a casa.»

L'interesse del giovane Sean per quella ragazzina svanì del tutto, visto che non era in grado di fornirgli nemmeno le più piccole informazioni sulla guerra. La guardò e la sua mente ritornò a Terry e all'arruolamento. Aspettarono a Bray l'autobus per Wicklow.

«Vuoi andare in bagno prima che arrivi l'autobus?» le chiese all'improvviso. In dieci anni di vita Elizabeth non si era mai sentita porre una domanda così diretta e imbarazzante.

«Ehm, sì, per piacere.»

Con un cenno del capo il giovane Sean indicò due gabinetti pubblici.

«È laggiù, ma non starci troppo, l'autobus arriverà tra cinque minuti.»

Elizabeth corse verso due costruzioni basse. Ma, sulla porta, non c'era scritto UOMINI e DONNE, solo delle iniziali: MNA su una

24

e FIR sull'altra. Rifletté, poi guardò in direzione del ragazzo. Lui già la giudicava stupida, che cosa avrebbe pensato se fosse corsa a chiedergli in quale andare? Rifletté attentamente. M doveva stare per maschi e F per femmine. Coraggiosamente, entrò dove era scritto FIR.

Una volta dentro, vide quattro uomini in piedi che le voltavano le spalle. Si chiese se stavano dipingendo la parete davanti a loro o eseguendo qualche riparazione ed esitò prima di superarli per cercare l'ingresso delle donne.

Quando uno di loro si girò, lei scoprì con orrore che aveva i pantaloni sbottonati.

«Va' via da qui, ragazzina, vai a casa e non fare più la spudorata», gridò, mentre gli altri tre si voltavano.

«Va' fuori... Ne vedrai abbastanza quando sarai più grande!» disse un giovanotto suscitando il riso degli altri.

Rossa in viso e col cuore che le martellava nel petto, corse verso il giovane Sean, che le stava gridando di far presto perché l'autobus aveva appena svoltato l'angolo.

«Cielo, sei andata in quello degli uomini?» le chiese e, prima che lei riuscisse ad aprire bocca, aggiunse: «Non dirlo a ma', altrimenti ti fa il sedere rosso». La valigia marrone le venne strappata di mano e buttata sul portabagagli sul tetto dell'autobus.

«C'è scritto Cill Maintain!» escamò lei. «Non Wicklow. È quello sbagliato!»

«Oh, Gesù, Giuseppe e Maria, vuoi salire?» la invitò il giovane Sean, che già trovava duro dover viaggiare con una ragazzina normale, figuriamoci con una chiaramente deficiente.

Cominciò a piovere proprio in quel momento, mentre l'autobus, avviatosi, passava davanti a campi verdi circondati da siepi ancora più verdi. Elizabeth guardava fisso fuori del finestrino sforzandosi di trattenere le lacrime. Cercava anche di resistere fino a che l'autobus si fosse fermato a un altro gabinetto dove qualcuno avrebbe potuto spiegarle il significato di quelle iniziali. Sembrava che fossero passate settimane da quando aveva lasciato Londra e, con orrore, si rese invece conto che erano trascorse meno di ventiquattr'ore.

* * *

25

Eileen aveva lasciato il negozio presto, se mai l'autobus fosse arrivato prima del previsto. Voleva trovarsi in casa a dare il benvenuto alla bambina. Peggy parlava a voce alta, Aisling era ammutolita, Eamonn si mostrava brusco e Donal era impenetrabile... Non stavano certo iniziando la nuova vita nel modo giusto. Si sistemò la gonna e alcune ciocche di capelli, chiedendosi che aspetto avesse ora Violet: aveva sempre avuto dei bei capelli e una pelle bianchissima. Forse la bambina le somigliava e non era coperta di lentiggini come tutti gli O'Connor.

La tavola era stata apparecchiata con più cura del solito. Aisling entrò di corsa. «Visto che sei a casa, mammina, vuoi andare adesso dai Maher a prendere la gattina, così sarà qui quando quella lì arriva?»

«Si chiama Elizabeth, non quella lì», la rimproverò Eileen. «No, la gattina è di entrambe.»

«Lo so», disse Aisling poco convinta. Eamonn era entrato dietro di lei.

«Due zampe per ciascuna», suggerì ridendo. «Un paio per te e uno per lei.»

«Io voglio quelle anteriori», disse Aisling seria.

«Non è giusto, così a lei resta solo il sedere!» Eamonn trattenne il fiato di fronte alla propria audacia.

«Non dire 'sedere' o mammina ti prende a cinghiate», ribatté Aisling, lanciando un'occhiata alla madre.

Ma lei non stava prestando attenzione. «Vieni qui ora, Aisling, che ti spazzolo i capelli. Sembrano un cespuglio. Su, sta' ferma.»

Aisling si dimenò, lamentandosi: «È peggio che prepararsi per la messa».

«Non dire una cosa simile, è peccato», la rimproverò Eamonn, felice di aver sorpreso la sorella in un reato identico al suo. «Mammina, Aisling ha detto che odia prepararsi per la messa.»

«No, mammina», rispose lei, con gli occhi bassi. Eamonn parve seccato. Di solito ogni offesa a Dio procurava una bella punizione al colpevole.

Peggy era sempre di cattivo umore e convinta che la situazione stesse volgendo al peggio.

«Faccio alzare Donal, signora? Insiste che ci tiene a trovarsi

26

quaggiù quando quella lì arriva e sa che c'è il fuoco acceso. Dice che non vuole che quella lì pensi...»

«Peggy, questa ragazza si chiama Elizabeth. Non 'quella lì'. Mi hai sentito?»

«Sì, signora. Lo so», rispose Peggy allarmata.

La spazzola venne riposta.

«Ora vado su da lui.» Eileen attraversò la stanza guardando automaticamente fuori della finestra. L'autobus doveva essere arrivato. C'erano gruppetti di persone che attraversavano la piazza venendo dal *Donnelly's Hotel*, davanti al quale si fermava ogni giorno. C'era il giovane Sean che stava avvicinandosi e, di cattivo umore, calciava una pietra. Suo figlio così grande, bello e irrequieto appariva preoccupato e infelice. Come spesso le capitava, il cuore le batté forte: era in pena per lui.

Dietro al ragazzo, una bambina dal volto pallido trascinava una pesante valigia. Era più bassa e minuta di Aisling e aveva i capelli chiarissimi. Il cappotto verde, poi, la faceva apparire ancora più bianca e smunta. Portava il cappello di una scuola con l'elastico sotto il mento e uno dei guanti, attaccato alla manica, sbatteva qua e là.

Esattamente come aveva previsto, Eileen notò che Aisling appariva impacciata e non parlava.

«No, va' tu di sotto, mammina», disse.

«È qua? Com'è?» chiese Eamonn. Si precipitò alla finestra e vide la piccola figura. «È quella lì?» esclamò, incredulo.

Seccata di sentir attaccare la sua nuova amica prima ancora che lei l'avesse vista, Aisling si avvicinò ai vetri, ma non riuscì a scorgerla. Elizabeth e la sua grossa valigia stavano già entrando in casa. Giunse la voce di Peggy. «Signora, è qui. Donal le stava aprendo la porta. È sceso dal letto e non non ce ne siamo neanche accorte...»

Dalla sala da pranzo al primo piano, Eileen corse giù per le scale. Sulla grande porta, stagliata in controluce, c'era la fragile figura della figlia di Violet. Donal l'aveva aiutata a trascinare la valigia nell'ingresso e la guardava deliziato. Una persona nuova che veniva a vivere con loro. «Vanno a prendere la gattina perché sei arrivata tu», disse a Elizabeth.

Eileen spalancò le braccia. «Vieni qui da me e raccontami del terribile viaggio», la incoraggiò.

Da vicino, gli occhi di Elizabeth erano ancora più grandi. «Ho bagnato le mutandine», confessò. «Mi dispiace molto.»

Eileen strinse ancora più forte a sé quel corpicino ossuto. «Non importa, tesoro, ripareremo subito.»

Elizabeth si mise a piangere. «No, è terribile. Il cappotto è bagnato e mi è scesa nelle scarpe. Mi vergogno tanto, Mrs O'Connor. Io non... non sapevo... Non potevo...»

«Stammi bene a sentire, questa è una casa nella quale tutti si bagnano le mutandine. Vieni di sopra con me, su, su...» Eileen accarezzò quei bei capelli e asciugò le lacrime, allontanando la mano di Elizabeth dagli occhi. «Ora sei a casa, al riparo e al sicuro. Avanti, su, vieni con me...»

Il giovane Sean entrò. «Ciao, ma'. Ho conosciuto un tale a Dublino, un certo Terry...»

Eileen si voltò verso di lui. «Porta immediatamente di sopra quella valigia, grosso stupido. Avanti, muoviti. Non voglio sapere chi hai conosciuto. Non potevi aiutare questa poverina, non potevi portarla fin qui senza incidenti e con un po' di gentilezza? Non hai avuto abbastanza cervello in testa da chiederle se aveva bisogno di andare al gabinetto?»

«Gliel'ho chiesto!» Era infuriato per quell'ingiustizia. «Gliel'ho chiesto e, sai, è entrata in quello degli uomini.»

«Sei uno sciocco ignorante», disse Eileen, senza notare le lacrime di rabbia e frustrazione che erano spuntate negli occhi del figlio. Stringendo le labbra, il giovane Sean prese la valigia e la portò di sopra. Si aspettava che quella ragazza avrebbe creato difficoltà e aveva avuto ragione.

Occorsero solo dieci minuti a Eileen per preparare Elizabeth al suo primo pasto nella nuova casa. La valigia venne disfatta rapidamente per prendere degli abiti puliti e il contenuto venne buttato sul letto con una disinvoltura completamente sconosciuta a Londra. La mamma non faceva così. Lei sarebbe uscita e avrebbe lasciato Elizabeth a sbrigarsela da sola; ma, a quanto pareva, Mrs O'Connor non era della stessa opinione.

«Togliti di dosso quegli abiti bagnati, li mettiamo a lavare con tutto il resto. Avanti, su, ecco qua, brava ragazza. E ora va' in bagno. Datti una rapida lavata e rinfrescati bene. Io intanto appendo la tua roba.»

A quel punto non c'era più scampo: avrebbe dovuto conoscere tutta la famiglia. Se erano orribili come il ragazzo che l'aveva accompagnata in autobus l'esperienza sarebbe stata agghiacciante. Mrs O'Connor, tuttavia, le sembrava abbastanza simpatica. Non era come la mamma, né come nessun'altra madre, ma era estremamente efficiente e disponibile. Il bagno era enorme, molto diverso da quello di casa. L'intonaco si staccava dalle pareti e lo scaldabagno, sopra la vasca, era tutto arrugginito. Vide una gran quantità di asciugamani attorcigliati in disordine, non appesi al loro gancio. C'erano due bicchieri pieni di spazzolini da denti e si chiese come faceva ognuno a riconoscere il proprio. Bussarono alla porta. Per un attimo si aggrappò al lavabo. Bene, ora si sentiva pulita e di nuovo a proprio agio e aveva decisamente appetito, anche se provava ancora un po' di malessere per il viaggio. Si fece coraggio, aprì la porta e uscì. Eileen la prese per mano e la condusse nella sala da pranzo.

Donal stava seduto accanto al fuoco, avvolto nella coperta che Peggy gli aveva portato. Balzò immediatamente in piedi e il plaid per poco non cadde nel fuoco. Eamonn stava giocando con due cani di porcellana, facendoli abbaiare l'uno contro l'altro. Il giovane Sean se ne stava imbronciato alla finestra. Maureen era rientrata, come le era stato detto, in tempo per il pranzo; aveva uno specchio in mano e, senza molto entusiasmo, stava esaminandosi il naso. Peggy si aggirava per la stanza non sapendo se portare la pentola della zuppa o aspettare che la signora glielo chiedesse. Il padrone di casa stava seduto in maniche di camicia e leggeva l'*Irish Independent*. Aisling scriveva in un album da disegno e alzò a malapena il capo quando la porta si aprì.

«Questa-è-Elizabeth-e-vuoi-fare-attenzione-a-quella-coperta», disse Eileen tutto d'un fiato. Eamonn si precipitò a salvarla prima che prendesse fuoco.

Sean posò il giornale. «Tu sei la benvenuta in questa casa, bambina», esordì. Con aria grave, Elizabeth gli strinse la mano. Maureen annuì ed Eamonn ridacchiò. Niamh, nella culla, mandò un gorgoglio. Gli occhi del giovane Sean erano fissi sulla piazza da dove, carico di passeggeri e bagagli, l'autobus era appena ripartito.

«Aisling, vieni qui a salutare Elizabeth... Che cosa diavolo stai facendo?» chiese Eileen seccata.

«Stavo preparando un cartello», disse la figlia, con uno dei suoi grandi sorrisi accattivanti. «Per la nostra porta. È molto importante.» A grandi lettere aveva scritto: AISLING ED ELIZABETH. SI PREGA DI BUSSARE. VIETATO L'INGRESSO.

Lo mostrò tutta fiera a Elizabeth.

«Chi mai vorrebbe entrare in quella tua stupida stanza?» osservò Eamonn.

«Non credo che qualcuno vorrà metterci piede», disse Maureen.

«Meglio metterlo, in ogni caso», rispose Aisling, cercando approvazione da Elizabeth. Era un momento estremamente importante.

«Molto meglio, credo», convenì Elizabeth, prendendo il cartello. «Aisling ed Elizabeth. Si prega di bussare. Vietato l'ingresso. Una meraviglia.»

3

EILEEN aveva iniziato la sua lettera a Violet. Stranamente, la presenza di Elizabeth in casa faceva sembrare l'amica ancora più lontana. Ormai erano tre giorni che la bambina stava lì da loro, con quel suo faccino che arrossiva ogni volta che le rivolgevano la parola direttamente, mentre cercava di rispondere in maniera cortese trovando spesso le parole sbagliate. Se non avesse conosciuto la sua famiglia, Eileen avrebbe concluso che Elizabeth era stata educata in un istituto.

«Come le spiego di suor Bonaventure?» chiese.

«Che cosa?» Sean fece frusciare il giornale.

«Sai che Violet è una pessima corrispondente, magari per un mese non scrive e noi ci troveremmo nei pasticci.»

«Uhm», disse Sean, ascoltandola a fatica.

«Naturalmente, anni fa, quando eravamo al St. Mark, Violet non frequentava mai i corsi di religione. La vedevamo dalla finestra che passeggiava attorno al campo di hockey.»

«E allora?» chiese il marito.

Il giovane Sean era seduto accanto alla finestra. Ormai stava sempre così, come se sperasse di vedere un altro tipo di vita là fuori, pensava Eileen.

«Tu che ne dici, figliolo?» gli domandò. Il ragazzo non era stato a sentire ma, secondo lui, Elizabeth avrebbe dovuto frequentare il catechismo e tutto il resto, non aveva senso renderla più diversa di quanto già non fosse. Eileen stava per convenirne quando il marito fece frusciare di nuovo il giornale e disse che gli inglesi erano atei e che ciò che temevano di più al mondo era il dominio della Chiesa cattolica romana. Perciò era meglio non offrirgli motivo per lamentarsi.

«Immagino che, come al solito, dovrò decidere da sola», sospirò Eileen e riprese la penna.

Cara suor Bonaventure,

mi sono messa in contatto con i genitori di Elizabeth, ambedue devoti anglicani, e loro preferirebbero che, mentre il resto delle ragazze segue il corso di religione, la bambina leggesse la Bibbia. Saranno molto grati all'istituto per questa concessione.

Lesse ad alta voce e i due uomini risero.

«Spero che il Signore mi perdoni», affermò lei seria.

«Io invece mi auguro che qualcuno riesca a trovare una Bibbia per la ragazza, sai, quella che dovrebbe leggere», disse il giovane Sean suscitando la loro ilarità.

Dopo infiniti battibecchi tra Aisling, Eamonn e Donal, la gattina venne infine battezzata Monica. Elizabeth inizialmente non aveva partecipato alle discussioni. Ma quando la battaglia aveva raggiunto il culmine, Aisling le si era rivolta e le aveva chiesto chi era stata la sua migliore amica a scuola, in Inghilterra.

«Non ne avevo una», balbettò la povera Elizabeth.

«Be', chi ti era più simpatica?» insistette Aisling.

«A scuola... uhm... Miss James», fu la risposta spontanea.

«Non puoi chiamare una gatta Miss James!» Aisling provò ancora: «Chi ti sedeva vicino?»

«Monica...» cominciò a dire Elizabeth.

«Monica!» esclamò Aisling. «Ecco il nome giusto.»

Tutti lo ripeterono. Nessuno di loro conosceva una Monica. Elizabeth ne rimase un po' delusa. Monica Hart non le era mai stata simpatica; era prepotente, le rideva in faccia e, a volte, la pizzicava solo per il gusto di farla sussultare. Avrebbe preferito che la bella gattina non si chiamasse così.

A quel punto bisognava preoccuparsi del futuro di Monica. Ad Aisling sarebbe piaciuto immensamente battezzarla, ma Eileen era intervenuta in tempo per fermare la cerimonia.

«Ma Dio non può mandare Monica nel limbo», insistette lei.

«No, naturalmente», rispose Eileen.

«Che cos'è il limbo?» chiese Elizabeth, intimorita. Quella parola aveva un suono minaccioso.

«Oh, è un posto pieno di bambini... sai, neonati morti senza essere stati battezzati.»

«Non ci sono gatti nel limbo», disse Eileen decisa. Aveva notato che gli occhi tondi sul visino ansioso si erano fatti ancora più grandi nell'udir parlare di un luogo pieno di bambini morti. Sembrava così naturale, lì a scuola, sentire suor Mary e suor Bonaventure che spiegavano di questi piccoli che andavano nel limbo perché non possedevano la grazia santificante che gli avrebbe permesso di guardare Dio; pareva invece innaturale e macabro raccontarlo a Elizabeth, che non conosceva la situazione.

«Attenta, non se ne vedono mai le immagini neppure in paradiso», disse Eamonn, cercando di peggiorare le cose.

«Sono tutti dall'altra parte», ribatté Eileen. Poi, vedendo l'espressione interrogativa sui loro volti, aggiunse: «Sapete, quella zona che non mostrano nelle rappresentazioni del cielo e dove si raccolgono tutti gli animali, gli uccelli e le creature che san Francesco amava». Mentre lo diceva, si chiese se anche gli altri genitori si trovavano costretti a interpretare la religione per i loro figli in maniera così fantasiosa e se il Signore approvava i suoi sforzi.

* * *

Violet aprì con impazienza la busta. Senza Elizabeth, la casa sembrava molto più vuota di quanto avesse immaginato. Aveva già dimenticato la costante irritazione che le procurava quel visino che arrossiva e impallidiva per un nonnulla. Sperava che sua figlia non fosse troppo timida per quella famiglia di Kilgarret certamente chiassosa. Si era dimenticata di raccomandarle di tenere ben nascosti i suoi soldi o di affidarli a Eileen, nel caso quei ragazzacci glieli volessero rubare. C'erano due lettere. Prese per prima quella di Elizabeth. Sulla pagina erano state tracciate delle righe, più di quante lei ne avesse usate.

Cari mamma e papà,
io sto bene e spero anche voi. Abbiamo una nuova gattina che si chiama Monica. Appartiene solo ad Aisling e a me e non a Eamonn, ma permettiamo a Donal di giocarci. Aisling si pronuncia Ashleen ed è un nome irlandese. La prossima settimana comincerò la scuola. Zia Eileen si è fatta prestare una grossa Bibbia da alcuni protestanti e io me la porterò in classe per leggerla quando agli altri insegneranno della Vergine e dei Santi. Peggy ci racconta delle favole ogni sera.
Con affetto,

Elizabeth.

Violet fu presa da un senso di scoraggiamento. Chi era Peggy? Che storie erano quelle di una Bibbia, di una gattina e della Vergine? E tutte le sciocchezze sul nome Aisling, poi! Violet rilesse il biglietto. Le parve spensierato e serio al tempo stesso, almeno quello era un lato positivo. Però non c'erano domande su di loro, né accenni a un po' di nostalgia. Naturalmente quella era solo la seconda lettera di Elizabeth. Prima non aveva avuto nessun motivo per scrivere a casa.

Con un lieve sospiro prese l'altro foglio. Di solito la corrispondenza di Eileen era così lunga e fiorita che lei si limitava a scorrerla; quella volta, invece, che era ansiosa di leggere ogni parola, l'amica aveva deciso di essere estremamente breve.

Mia cara Violet,

solo poche righe per dirti quanto siamo contenti di avere Elizabeth con noi. È una creatura adorabile, molto gentile e desiderosa di piacere. Spero che non trovi la nostra famiglia troppo rumorosa. Era pallida e stanca dopo il lungo viaggio, ma ora si è ripresa bene, mangia abbastanza ed è vivace. Ho pensato che avresti preferito che non frequentasse il corso di dottrina cattolica e così le ho procurato una Bibbia da alcuni clienti di Sean, che sono della Chiesa d'Inghilterra. Ho controllato che fosse la versione autorizzata.

La incoraggeremo a scriverti ogni settimana e imbucherà lei stessa le sue lettere, così da poterti raccontare tutto quello che vuole, senza che noi le leggiamo. Lo stesso vale per la tua corrispondenza. Solo Elizabeth saprà ciò che hai scritto.

Spero che tu stia bene. I nostri pensieri sono tutti per te in questi momenti terribili.

Sempre tua,

Eileen

Si chiese che cosa intendeva Eileen dicendo che Elizabeth era «vivace». Sua figlia non lo era mai stata. E che cos'era poi quella storia della Bibbia e delle versioni autorizzate? Gli irlandesi erano proprio fissati con la religione.

Posò le lettere sul tavolo nell'ingresso, in modo che George le vedesse, dopodiché si mise il foulard in testa e andò a fare le interminabili file nei negozi...

Al negozio il giovane Sean stava mettendo sempre più a dura prova la pazienza del padre, ormai giunta al limite. Eileen ricordava i tempi in cui aspettavano con ansia che il ragazzo venisse ad aiutare. Lui era il più impaziente di tutti. Aveva implorato che gli permettessero di lasciare la scuola dopo la licenza media, quando aveva quindici anni, ma loro non avevano voluto saperne. In quanto maggiore dei figli doveva dare il buon esempio a tutti conseguendo la licenza superiore.

Ora gli esami erano finiti e si aspettavano i risultati; ma il promesso ed eccitante momento in cui, come un adulto, avrebbero collaborato con il padre nella conduzione degli affari di famiglia non era ancora venuto. Il giovane Sean era di malumore e si inalberava per qualsiasi sciocchezza. «Via, lascialo stare», disse Eileen al marito una sera a tavola. «Non ti accorgi che è preoccupato per i risultati degli esami?»

L'uomo brontolò: «Non vedo come un pezzo di carta possa renderlo più utile in negozio. Al massimo più arrogante».

Ferito per l'improvvisa e ingiusta mancanza di interesse verso le proprie fatiche scolastiche, il giovane Sean ribatté: «Be', allora perché negli anni passati mi hai fatto sgobbare come un negro dicendo che era la cosa più importante del mondo?»

«Non parlarmi con quel tono», replicò il padre.

«Va bene, allora non ti parlerò affatto.» La sedia stridette a terra, la porta sbatté e il giovane Sean si precipitò fuori dalla stanza. Una seconda porta sbatté di sotto; lui si trovò nella piazza e poi andò in biblioteca, dove se ne sarebbe stato per ore e ore a leggere tutto ciò che dicevano i giornali sui paesi in cui si stava combattendo.

Avrebbe compiuto diciassette anni il 7 settembre. Eileen ricordava benissimo l'anno in cui era nato, con la guerra civile che imperversava attorno a loro, quando lei aveva scritto a Violet delle proprie speranze che, un giorno, il figlio crescesse in un paese che non avrebbe più conosciuto conflitti. E ora, anche se in maniera distorta, il suo sogno si stava avverando: suo figlio era diventato grande e l'Irlanda non era in guerra. Eppure proprio questo era il problema...

Avevano pensato di dare una specie di festa per il suo compleanno. Sarebbe capitato il giorno in cui riapriva la scuola e così avrebbe potuto attutire in parte il terrore della piccola Elizabeth per quell'avvenimento.

Eileen si sentiva sempre più attratta da quella strana creaturina. C'era in lei qualcosa di più grazioso, di meno impetuoso e rozzo che nei suoi figli. Come se la raffinatezza che lei e Violet avrebbero dovuto imparare al St. Mark fosse stata trasmessa direttamente alla figlia dell'amica. Era così desiderosa di piacere e talmente diversa da tutti gli O'Connor che dava da pensare. Si chiese perché lei non era riuscita a trasfondere almeno un po' di quella grazia alla sua famiglia. Solo Donal ne aveva qualche traccia e questo unicamente perché era delicato e cagionevole e non poteva certo impazzare per casa.

Sì, una piccola festa avrebbe risollevato il morale del suo irrequieto figlio. Gli avrebbe fatto perdere quell'espressione tesa e, alla luce delle candeline, anche suo marito si sarebbe certamente addolcito un po'. Cominciò a stilare un elenco. Forse il giovane Sean avrebbe voluto invitare qualche compagno di scuola o chiunque fosse in buoni rapporti con lui in quei giorni. Era strano che lei non lo sapesse.

Appena tornato dalla biblioteca sarebbe andato in cucina a mangiare qualcosa e lei gli avrebbe parlato della festa. Gli avrebbe sicuramente risollevato il morale.

Giunse il 7 settembre. Donal venne salutato e proseguì da solo verso la scuola: non aveva voluto essere accompagnato più oltre, non dalla madre e da due ragazze. Corse via, dunque, sulle sue gambette magre; un ragnetto, pensò Eileen, paragonandolo ai ragazzi robusti che già stavano allegramente accapigliandosi nel cortile della scuola. Poi, con un sorriso, lasciò andare Aisling ed Elizabeth, cercando di non badare all'occhiata timorosa che quest'ultima aveva rivolto alla grande statua di Gesù che indicava il proprio cuore esposto.

Ritornò nella casa sulla piazza. Peggy, che non si aspettava che la padrona rientrasse così presto, stava difendendosi senza molto impegno dai palpeggiamenti di Johnny O'Hara, il postino. L'uomo stava bevendo e mangiando la pancetta di casa sul pane che si era portato dietro, cosa che seccò Eileen più del suo corteggiamento. Aveva stabilito che era assurdo mangiare la pancetta a colazione ed ecco che ora veniva elargita al postino. Prese la lettera dall'allibito Johnny e annullò le proteste e le spiegazioni di Peggy con la brusca richiesta di rimettere Niamh nella culla.

Dopodiché lesse che il giovane Sean non aveva superato l'esame di licenza.

Decise di dirlo al marito prima che a chiunque altro.

Poi scoprì che Eamonn era arrivato a scuola mentre leggevano i risultati ed era corso al negozio con la notizia.

Sentì alla radio che avevano fatto un'incursione su Londra e che la gente si rifugiava nella metropolitana per evitare le bombe e gli edifici che crollavano.

Dalla scuola giunse un messaggio con cui la si avvertiva che Elizabeth non stava bene e che Aisling veniva rimandata a casa con lei.

Infine, mentre si apprestava ad affrontare tutte le novità della giornata, si ricordò che dalla metà di luglio non aveva più avuto le mestruazioni e che, molto probabilmente, era incinta. Aveva ormai quarant'anni.

Dopo due settimane quasi tutto si era risolto da solo, come spesso succede. Ma non proprio tutto.

Donal a scuola sembrava più robusto e contento che non durante l'estate. Tornava a casa nominando i suoi amici e raccontando tutto ciò che suor Maureen aveva detto. Per la rappresentazione di Natale gli era stata assegnata la parte di un angelo.

Elizabeth non era più così timorosa ma sembrava aggrapparsi ugualmente ad Aisling in cerca di sicurezza. Sua figlia, dal canto proprio, pareva contenta e fiera di quella nuova responsabilità. Era meglio di una sorella se non addirittura di una migliore amica.

Peggy era talmente pentita dell'episodio del postino che aveva deciso di riparare: lavò i pavimenti senza che le fosse richiesto e riordinò perfino le credenze.

Il giovane Sean superò la delusione per la bocciatura visto che parecchi altri ragazzi avevano subito la sua stessa sorte. I frati non riuscivano a capacitarsene, benché uno di loro avesse detto a Eileen che, secondo lui, alcuni ragazzi avevano la testa troppo imbottita della sciocca idea di andare a combattere per prestare attenzione allo studio.

Sean O'Connor prese la bocciatura del figlio molto meglio di quanto Eileen avesse sperato. Ebbe un colloquio da uomo a uomo col ragazzo e gli disse che la vita era piena di sconfitte e di problemi, che la storia irlandese era fatta di una crisi dopo l'altra... tutte affrontate e risolte. Stabilì per il giovane Sean un salario e un orario di lavoro regolari al negozio e decise che avrebbe portato un elegante camice grigio scuro che lo collocava in una categoria superiore.

Da Londra giungevano pessime notizie. Ogni notte c'erano incursioni e le stazioni della metropolitana si riempivano. Si parlava di gente che lasciava la città per un altro sfollamento, ma in quantità inferiore all'anno precedente. Da George e Violet giunse un biglietto: se la cavavano. Avevano trasportato i letti in cantina e sistemato dei materassi e dell'altra imbottitura contro i muri. La sola idea dava i brividi a Eileen, che cercò di spiegare il tutto a Elizabeth in termini di divertimento. La bambina, però, non riusciva proprio a immaginare i genitori animati da un simile spirito.

Le mestruazioni tornarono prima che Eileen parlasse a qualcuno del ritardo. Per quattro sere di seguito aveva fatto un bagno caldissimo e bevuto un bicchiere di gin. Nient'altro che un sistema per rilassarsi dopo una giornata di lavoro.

Maureen aveva visto delle fotografie di infermiere chine su fronti febbricitanti o intente a tenere la mano a giovani coraggiosi, mentre leggevano termometri o misuravano pulsazioni, rendendosi indispensabili. Perciò aveva deciso di scrivere agli ospedali di Dublino chiedendo informazioni sui corsi di addestramento.

A volte il giovane Sean discuteva di quella faccenda con lei, che ne rimaneva estremamente lusingata: parlare di carriera o del futuro col fratello maggiore la faceva sentire ormai adulta.

Lui aveva cercato di persuaderla a seguire un corso per infermiere di guerra, così sarebbero partiti insieme. Se avessero dichiarato entrambi che la ritenevano una grande occasione forse ci sarebbero stati meno ostacoli. Il giovane Sean aveva deciso di cambiare tattica: si era ormai reso conto che il padre, in realtà, era convinto che la causa del bene e dell'onore non aveva niente a che vedere con l'Inghilterra. Perciò ora affrontava l'argomento in maniera del tutto pratica: «Quale altra occasione può essere così buona... la sola paga è ottima... ti preparano, sai, per una carriera o un mestiere. Sarei abilitato, una volta congedato... avrei una quantità di qualifiche, che altrimenti non otterrei mai... Non sai che ci sono già dei giovani di Dublino, tipi praticamente senza istruzione, che imparano, si qualificano...»

Non servì più degli altri tentativi di persuasione, relativi al dovere o al desiderio di difendere il proprio sistema di vita, ma almeno parlavano di cose pratiche, invece di litigare in polemiche ideologiche nelle quali il giovane Sean non si ritrovava e in cui puntualmente aveva la peggio...

«Dimmi, ragazzo, perché dovremmo sollevare un solo dito per aiutarli, per non parlare di perdere i nostri giovani nella loro sporca guerra? Che cosa hanno fatto mai loro per noi se non procurarci tortura e umiliazione per ottocento anni... Quando ci avranno restituito il Nord, che appartiene a noi di diritto, e ci avranno compensato in parte per tutto ciò che hanno combinato, allora prenderò in considerazione un'eventuale partecipazione alle loro guerre...»

Con la sua amica, Berna Lynch, Maureen provò a pettinarsi diversamente e, quando era fuori casa, metteva il rossetto e la cipria. Era duro avere sedici anni a Kilgarret. Ai giovani non veniva offerto niente, erano guardati con sospetto, come se fossero in una sorta di libertà condizionata dai sedici ai vent'anni, o anche oltre se per allora non erano nella decorosa condizione di «uscire» con una persona adatta. Non c'erano occasioni mondane. Maureen e Berna venivano considerate troppo rispettabili per frequentare la locale sala da ballo, dove si recavano tutti i fattorini e le cameriere, ma non erano abbastanza bennate per gli incontri al circolo del tennis e le cene della gente che abitava nelle grandi case. C'erano i West, i Gray e i Kent, tutti con figli dell'età di Maureen e di Berna, ma le due ragazze non li vedevano mai.

Berna, in quanto figlia di un medico, avrebbe potuto essere socialmente pari a loro... ma tutti conoscevano il problema del padre: beveva. Veniva tenuto ben nascosto, però era ampiamente risaputo. E così Berna aveva perso la sua occasione.

A scuola si annoiavano e giudicavano le altre ragazze sciocche e limitate. Il tempo, dunque, passava molto lentamente nell'attesa che Maureen venisse chiamata dall'ospedale e Berna andasse alla scuola per segretarie di Dublino. Nel frattempo, si sfogavano con le nuove pettinature e con il trucco e speravano, prima di partire, di avere qualche esperienza interessante.

* * *

Inaspettatamente, quel trimestre Eamonn non stava andando bene. Si era mostrato impaziente di tornare a scuola, perché un undicenne grande, forte e in grado di difendersi come lui non ne aveva paura; eppure, quel trimestre, tutto andava storto. Frate John continuava a picchiarlo sulle dita. «Concentrati, giovane Eamonn O'Connor... Non vogliamo che tu sia bocciato agli esami come tuo fratello maggiore...»

E frate Kevin, uno dei più gentili, che non diceva mai una parola dura a nessuno, gli stava addosso e lo annoiava. «Ora ascoltami, Eamonn, da bravo. Ricorda che il prossimo anno ci sarà qui il piccolo Donal, dopo che avrà fatto la prima comunione, a Dio piacendo. Ebbene, non è un ragazzo tanto forte e tu dovrai prenderti cura di lui, sai, dovrai tenerlo d'occhio...»

A casa, poi, le cose non andavano certo meglio. Peggy non era affatto divertente, sempre a pulire e a guardarsi attorno nervosa, come se lei e ma' avessero litigato, quando invece non era vero. Lui non riusciva proprio a capire.

Niamh aveva cominciato a mettere i denti e si lamentava in continuazione. Aveva il viso paonazzo, la bocca sempre aperta e la saliva che colava. Eamonn la trovava rivoltante e non capiva perché la prendessero continuamente in braccio e cercassero di calmarla. A tutti erano spuntati i denti, pensava, spietato. Quando lui aveva perso i suoi e messo quelli nuovi, non c'erano state tante storie.

Pa' era di pessimo umore e litigava con il giovane Sean per ogni minima sciocchezza. Ma' ne era sconvolta e cercava di non intromettersi; la sera era molto stanca e non aveva tempo per parlare con lui della scuola o di altro. Quanto a Maureen, non c'era quasi mai, era sempre a casa di Berna.

Ma la peggiore di tutti era Aisling. Prima sì che era in gamba, una con la quale giocare. Una ragazza, naturalmente, e una sorella, però solo di un anno più giovane, quindi non male. Ma, dall'arrivo di quell'Elizabeth, non potevano più divertirsi insieme. Quando le due ragazze tornavano dalla scuola, prendevano un bicchiere di latte e una fetta di torta con l'uva passa e poi correvano di sopra con la gattina. Su per le scale e la porta, con quello stupido cartello sopra, si chiudeva di colpo. Aisling ed Elizabeth. Elizabeth e Aisling. Davano la nausea.

4

AISLING aveva preso molto sul serio il compito di badare a Elizabeth. Non era da tutti avere affidata una straniera di cui occuparsi a soli dieci anni. Certo c'erano anche dei lati positivi, come la bellissima Monica, con la fronte bianca e un'instancabile capacità di correre dietro a ogni pezzo di spago o palla di gomma. E poi c'era la possibilità di evitare molte incombenze domestiche con la scusa di dover aiutare Elizabeth. Non le toccava più dare una mano a sparecchiare la tavola o a lavare i piatti nella mezza giornata di libertà di Peggy. A scuola, inoltre, poteva evitare tutti i compiti extra.

Era proprio convinta di stare facendo un buon lavoro: a quanto pareva Elizabeth andava acquistando sempre più fiducia in sé, giorno dopo giorno. Tuttavia ancora non confidava i propri segreti e, benché Aisling la sollecitasse su una gran quantità di argomenti, sembrava voler mantenere il riserbo.

Nelle sue preghiere Aisling includeva anche i genitori di Elizabeth. «Dio, benedicimi e fammi essere brava, benedici ma' e pa', Peggy, Sean, Maureen, Eamonn, Donal, Niamh e suor Mary, gli abitanti di Kilgarret, di Wicklow, di tutta l'Irlanda e del mondo intero. Benedici Elizabeth e fa' che i suoi genitori, zia Violet e zio George, si salvino malgrado tutto quello che sta succedendo a Londra.»

A volte Elizabeth si chiedeva come avrebbe reagito la mamma se Aisling fosse corsa da lei chiamandola zia Violet. Era sicura che l'avrebbe giudicata, al pari di tutti gli O'Connor, molto rozza. Il che, naturalmente, era vero. In ogni modo sperava che la madre non venisse mai a vederli di persona. Se lo avesse fatto, se la sarebbe portata via. Odiava la sporcizia e, a volte, quella casa era veramente lurida.

Nessuno puliva mai il bagno, per esempio, e in cucina gli avanzi erano sparsi dappertutto e non tenuti negli appositi recipienti come faceva Violet. Per la madre, poi, sarebbe stato impensabile sedere a una tavola con la tovaglia tutta macchiata, dove nessuno aveva il proprio portatovagliolo e dove, se un pezzo di cibo cadeva a terra, veniva immediatamente raccolto e mangiato. Anni prima la madre era stata lì, ma ricordava solo che c'era tanta sporcizia. Elizabeth temeva che, da allora, le cose fossero peggiorate.

In poche settimane era diventata molto attaccata alla sua nuova casa: avrebbe detestato sentire la madre criticarla o il padre fare qualche sprezzante osservazione sul loro modo di vivere. Quando suor Mary aveva rimproverato Aisling a scuola, giorni prima, lei era arrossita. «Stai seduta diritta e raccogli quei capelli color carota. Hai capito, Aisling O'Connor? Domani non venire in classe senza averli prima legati con un fiocco.»

Si era sentita offesa per lei. Definire 'color carota' i suoi bei capelli. Miss James non avrebbe mai detto niente del genere. Invece, stranamente, Aisling non ci aveva fatto caso, si era sistemata i capelli, aveva sorriso a Elizabeth e, quando suor Mary aveva voltato le spalle, le aveva fatto una boccaccia che aveva costretto le altre ragazze a mettersi la mano davanti alla bocca per frenare il riso.

Tutte le sue compagne avevano accolto Elizabeth come una novità, ma poiché era così timida e riservata ben presto alcune di loro avevano perso ogni interesse. Il che, per lei, era stato un sollievo perché detestava essere oggetto della loro attenzione. Aisling, che si era autonominata suo cavaliere difensore, spesso costituiva più una minaccia che un aiuto. Quando le ragazze le chiedevano dell'altra scuola, accorreva in suo soccorso, inventando al momento. La rimproverava sempre di non dire mai niente della sua vita a Londra.

Lei si domandava se parlava davvero così poco. Forse. La madre non aveva mai incoraggiato lunghi racconti come quelli che Aisling, Eamonn e Donal facevano sulle proprie imprese... Non si era mai preoccupata di chiederle delle sue compagne di scuola e si seccava perfino quando lei raccontava di Miss James. Era tutto talmente diverso.

Né avrebbe mai immaginato un interessamento così appassionato per la sua anima. Era stato spiegato alla classe che, poiché lei era di fede protestante, avrebbe letto la Bibbia durante l'ora di religione. Rose dall'invidia perché non le toccava rispondere ogni sera a cinque difficili domande di catechismo, le altre la tormentavano a proposito del suo particolare atteggiamento verso Dio.

«Ma tu non vai in chiesa, neppure in una protestante?» incalzava Joannie Murray.

«No, io... Zia Eileen ha detto che mi ci porterebbe... ma no. È un po' diverso, capisci», balbettava lei.

«Ma non devi andarci, anche se è solo una chiesa protestante?» A Joannie non piaceva lasciare le discussioni in sospeso.

«Be'... sì, se puoi. Credo.»

«E allora perché non ci vai? È proprio lì a due passi... è più vicina della nostra e noi tutti andiamo a messa su in collina. Ogni domenica e alle feste comandate. Altrimenti finiremmo all'inferno. Perché mai tu non dovresti andarci?»

Di solito Aisling era nelle vicinanze. «È diverso per lei. Lei non ha avuto il dono della fede.»

Questa risposta soddisfece alcune di loro ma non tutte.

«Il dono della fede consiste nel sentir parlare di Dio e lei adesso ne ha sentito parlare da noi.»

Aisling trovò difficile controbattere questa osservazione.

«Suor Mary ha detto che la madre superiora sa che Elizabeth non va in chiesa e sostiene che, per il suo tipo di religione, va bene. Sai, non tutti i protestanti sono tenuti ad andarci.» Poi, trionfante, aggiunse: «Dopotutto, per quel che ne sappiamo può anche non essere stata battezzata».

«Non sei stata battezzata?» Joannie Murray guardò Elizabeth come se fosse un'appestata. «Ma devi esserlo, no?»

«Avevo una veste da battesimo», dichiarò Elizabeth. Era in una scatola tra parecchi strati di carta e odorava di naftalina. Quello provava che era stata battezzata. Ma ne seguiva un complicato problema: come cristiana battezzata non doveva frequentare qualche chiesa? Aisling, per un attimo, ne fu disorientata.

«Non abbiamo modo di sapere se venne battezzata come si deve», disse alle altre decisa. «In caso contrario, allora non conterebbe.»

«Lo potremmo fare noi», suggerì Joannie Murray. «Sai, versare l'acqua e pronunciare contemporaneamente le parole.»

Elizabeth si guardò attorno come un coniglio caduto in una trappola. Con gli occhi implorò l'aiuto di Aisling, ma lei questa volta la deluse.

«Non ora», disse l'amica in tono autoritario. «Deve prima ricevere la dovuta preparazione. Una volta istruita nella fede lo faremo. Avverrà durante un intervallo, nello spogliatoio.»

«Quanto ci vorrà per istruirla?» Erano impazienti ormai, ansiose di risolvere la questione. Elizabeth era probabilmente la prima persona non battezzata che incontravano.

«Naturalmente ha ancora il peccato originale», dichiarò una delle ragazze. «Se morisse adesso finirebbe nel limbo.»

«Non è meglio per lei andare lì, piuttosto che rischiare l'inferno? Voglio dire, se la battezzassimo adesso che non sa quello che deve fare andrebbe diritta all'inferno. Meglio lasciarla com'è fino a quando non conosce le regole», insistette Aisling.

«Ma quanto tempo occorrerà per istruirla?»

Anche Elizabeth ora guardava Aisling fiduciosa. L'istruzione poteva necessitare anche solo di dieci minuti, ma era difficile stabilirlo in materia di fede.

«Direi sei mesi», rispose Aisling. Erano tutte deluse e pronte a mettere in dubbio ciò che lei affermava. «Certo, non sa neppure una parola di catechismo. Non serve battezzarla fino a quando non lo conosce bene come tutte noi. È solo una sfortuna per lei che non abbiano fatto un buon lavoro quando era piccola.»

Il suo primo Natale a Kilgarret si stava avvicinando ed Elizabeth era una bambina molto più robusta e sana di quando aveva attraversato quella piazza la prima volta. La gonna le stringeva leggermente in vita e il suo viso era meno pallido. Anche la voce le si era notevolmente rafforzata.

Ogni settimana scriveva una lettera a casa; Eileen aggiungeva un biglietto e poi le dava una busta perché fosse lei a imbucarla. Impossibile sapere se le rare risposte erano dovute al terribile caos che regnava a Londra o alla normale indolenza di Violet. I giornali abbondavano di racconti sulle incursioni. L'«emergenza», come la calamità continuava a essere chiamata, aveva raggiunto proporzioni rilevanti. Sulla capitale cadeva una media di duecento tonnellate di bombe l'ora. Una notte di ottobre il bombardamento era stato talmente intenso da far dubitare della ripresa di una vita normale.

Eileen continuava a ripetere a Violet che, se avesse voluto, sarebbe stata la benvenuta a Kilgarret, ma ogni volta che lo scriveva recitava una piccola preghiera affinché l'amica non accettasse l'invito. Non in quel periodo, almeno, con tutta la tensione tra il giovane Sean e il padre. Non finché avessero avuto modo di rimettere a nuovo la casa in primavera e non fosse riuscita a insegnare ai propri figli un po' di buone maniere. Non si era resa conto di quanto fossero rozzi finché non aveva conosciuto i bei modi e il comportamento rispettoso di Elizabeth. Non aveva discusso, quindi, la decisione della bambina di andare a messa la domenica, considerandola un'ulteriore prova del suo desiderio di inserimento. Questo significava che doveva sottoporsi anche lei, il sabato sera, all'ispezione delle scarpe e delle calze pulite. Berretti, cappelli, guanti e messali, venivano accuratamente controllati così come i capelli, il collo e le unghie. Era l'unico giorno della settimana in cui Sean ed Eileen O'Connor riuscivano a vedere un senso nel loro lavorare fino a spezzarsi la schiena. Era una specie di ricompensa poter ammirare a messa cinque ragazzi tutti perfettamente ordinati.

Il presepe era stato montato agli inizi di dicembre. I membri della Sacra Famiglia, in grandezza naturale, erano stati collocati nella stalla con della vera paglia. Alla fine della messa Aisling andava lì a pregare e metteva un penny nella grande scatola per la colletta, coperta di cera fusa. Questo le permetteva di accendere una candela e di infilarla in mezzo a tutte le altre: a quanto pareva, così facendo un desiderio veniva esaudito.

Il giorno di Natale era sempre stato una delusione per Elizabeth. Tanto atteso, tanto nominato, ma quando poi veniva sembrava portare sempre qualche cenno di disapprovazione o qualche altro motivo di lagnanza, che lei fingeva di non notare. L'anno prima c'era stata una lunga discussione sul razionamento e su come avrebbero potuto cavarsela. Con gli O'Connor, invece, Elizabeth era convinta che quel giorno sarebbe stato perfetto. Per la prima volta in vita sua si aspettava una festa da favola. Dopo quattro mesi a Kilgarret era molto cambiata. Una volta non osava aprire bocca, limitandosi a sperare che tutto andasse per il meglio; ora, invece, amava intervenire.

La vigilia di Natale si presentò come una combinazione di tanti sabato sera, con tutto quel pulire le scarpe e lavare il collo e la rappresentazione natalizia, a scuola, fu accompagnata da una febbrile eccitazione. Anche adulti come Maureen e la sua amica Berna ridevano e il giovane Sean era felice e intento a fare i pacchetti.

Durante la notte Elizabeth udì la porta che si apriva. Lanciò un'occhiata preoccupata al letto di Aisling, ma i capelli rossi sul cuscino non si mossero. Con gli occhi socchiusi, vide allora Sean mettere ai piedi del letto della figlia una bicicletta avvolta in carta marrone, con rametti di agrifoglio per ornamento. Poi, con sua grande meraviglia, lo vide deporre un pacco identico in fondo al suo. Le vennero le lacrime agli occhi. Erano una famiglia così gentile, non li avrebbe mai ringraziati abbastanza. Davvero, nella prossima lettera alla mamma avrebbe dovuto cercare di spiegare fino a che punto erano affettuosi. C'era solo da sperare che riuscisse a trovare parole che non irritassero la madre e non le dessero l'impressione di essere criticata.

Poi venne il mattino e si udirono grida di eccitazione mentre Aisling, in pigiama, strappava via la carta. Quando Elizabeth mise le gambe fuori del letto, l'amica col viso rosso per la gioia le si avvicinò e l'abbracciò forte. Si costrinse a restituire l'abbraccio, anche se era una nuova esperienza e, come tale, la rendeva nervosa. Fino ad allora, tornando da scuola, si erano limitate a prendersi sottobraccio e quello era stato il contatto più stretto tra loro. Ora, invece, era un mare di affetto e di eccitazione così poco familiare che Elizabeth si sentiva quasi travolgere.

Era ancora buio quando andarono alla chiesa sulla collina, gridando e augurando a tutti Buon Natale. Parecchi chiesero a Elizabeth che cosa aveva trovato nella calza... e il dottor Lynch, il padre di Berna, le pizzicò la guancia e le domandò se il Natale irlandese era migliore di quello inglese. La moglie, indispettita, se lo portò via.

C'erano salsicce e uova per colazione e tovaglioli di carta sulla tavola. Niamh sedeva nel seggiolone e mandava gorgoglii. Si avvertiva una contenuta eccitazione perché poi, accanto al fuoco, ci sarebbe stata la distribuzione dei regali. I doni più importanti erano arrivati durante la notte, ma i regali individuali sarebbero stati distribuiti a quel punto, dopodiché le ragazze sarebbero potute andare in piazza con le biciclette, Maureen avrebbe sfoggiato la sua nuova giacca col berretto in tinta, Eamonn il suo pallone e le scarpette, Donal il suo monopattino. Poi di nuovo tutti a casa per gustare la grande anitra che stava già cuocendo nel forno.

I portaspilli, i segnalibro, il piatto dipinto come portacenere per pa', la collana con i grani accuratamente infilati, furono accolti con esclamazioni di stupore. Ma l'applauso più caloroso fu rivolto ai regali scelti da Maureen. Un buonissimo sapone per ma' e una bella sciarpa per pa'. Per Aisling ed Elizabeth due bracciali con pezzi di vetro colorato; per Eamonn un grosso fanale per la bicicletta, per Donal uno strano berretto di pelo e perfino un sonaglio per la piccola Niamh. Al fratello maggiore diede una coppia di spazzole per capelli, come quelle usate dai signori nei libri illustrati, e a Peggy una spilla luccicante.

Erano tutti talmente colmi di gratitudine e così intenti a riesaminare i doni che nessuno, tranne Elizabeth, si accorse degli sguardi ansiosi che si stavano scambiando zia Eileen e zio Sean. Non riuscì a interpretarli, ma era come se essi soltanto avessero avvertito qualche minaccia nascosta. Di qualunque cosa si trattasse, zio Sean evidentemente aveva deciso che fosse la moglie a occuparsene. Ed Elizabeth arrossì per l'ansia.

In pochi minuti la stanza fu sgombra dei figli e dei regali. Elizabeth se ne andò in cucina con Peggy e l'aiutò a ripiegare i fogli di carta. La ragazza continuava a lamentarsi che c'era troppo da fare per il pranzo e che riceveva poco aiuto... ma si limitava a brontolare senza aspettarsi nessuna risposta.

Dalla stanza accanto le voci si udivano distintamente.

«No, Maureen, siediti. Avanti, su, siediti.»

«Non capisco che cosa vuoi, ma', cosa c'è?»

«Maureen, dove hai preso i soldi per pagare tutti quei regali... dove?»

«Ma', non capisco che cosa vuoi dire. Ho risparmiato sulla paga settimanale come tutti gli altri... Certo che è così, ma'.»

«Non siamo stupidi, Maureen... guarda questi oggetti. Costano una fortuna. Quel sapone che hai preso per tua madre... costa quindici scellini. L'ho visto io dal droghiere.»

«Ma pa' io non...»

«Dicci soltanto dove hai trovato i soldi, ragazza, tuo padre vuole sapere solo questo. Confessalo subito e non rovinare la giornata a tutti.»

«Non ho mai rubato, ma', puoi guardare nel tuo cassetto, non ho preso un penny...»

«A me non è mancato mai niente, Sean.»

«E non ho mai tolto un soldo dalla tua tasca, pa'...»

«Avanti, su, Maureen, tu ricevi uno scellino alla settimana e lì ci sono sterline di acquisti. Sterline e sterline. Non vedi che tua madre e io siamo molto preoccupati...?»

«È questo il ringraziamento per avervi fatto dei bei regali di Natale...?» Maureen si era messa a piangere. «È questo... tutto... quello che sapete dire... accusarmi di avervi derubati.»

«Be' l'unica altra alternativa... è che tu li abbia presi nei negozi.» Nell'esprimere quel sospetto la voce di Eileen tremò.

« Li ho comprati», insistette Maureen.

«Dio onnipotente, quelle spazzole che hai regalato a Sean costano più di due sterline!» ruggì Sean. «Non lascerai questa stanza finché non avremo saputo. Pranzo di Natale o no... dovessi romperti tutte le ossa, lo scoprirò. Comprati! Non prenderci per scemi!»

«Prima o poi ce lo dovrai dire, tuo padre ha ragione. Fallo adesso.»

«Ho comprato quei regali di Natale per farvi un piacere e questo è il vostro ringraziamento...»

«Ora vado a casa del dottor Lynch a vedere se anche loro hanno ricevuto dei doni simili, da Berna. Magari avete agito di comune accordo. Può darsi che la tua amica ce lo dica se tu non vuoi...»

«No!» gridò lei. «No, pa', non andare. Ti prego, non andare.»

Giunsero i singhiozzi di Eileen e le grida e i gemiti di Maureen. Si udì un rumore di schiaffi e una sedia venne capovolta. Elizabeth sentì zia Eileen che implorava zio Sean di non colpire tanto forte.

Quando udirono un altro colpo seguito da un grido, Elizabeth scambiò una timida occhiata con Peggy.

«Non devi far caso a tutto questo», disse la domestica. «Meglio non immischiarsi negli affari degli altri. Meglio non sentire e non dire niente.»

«Lo so», ribatté Elizabeth. «Ma rovinerà il Natale.»

«Niente affatto», rispose Peggy. «Avremo sicuramente una bellissima festa.»

«Ah, pa', non puoi colpire in quel modo una ragazza, fermati, pa', fermati!»

«Va' via, Sean, non ti voglio qui, va' fuori, sono affari miei.»

«Pa', non puoi picchiare Maureen in quel modo. Ma', fermalo, l'ha colpita alla testa. Basta pa', sei troppo grosso, l'ammazzi.»

Elizabeth scappò fuori della cucina e prese la sua bicicletta nuova. Fece più volte il giro della piazza pedalando e, al tempo stesso, cercando di asciugarsi le lacrime. Non voleva che qualcuno le chiedesse che cos'era successo.

Anche gli altri ragazzi che abitavano nella piazza avevano biciclette, tricicli e monopattini. Aisling sapeva già eseguire dei pezzi di bravura e sfrecciava davanti alla fermata dell'autobus con le braccia bene aperte e i capelli rossi che le si agitavano dietro il capo. Vide Elizabeth che la guardava e le si avvicinò.

«Che cos'è successo? Hai l'aria triste.»

«No, sto bene.»

«Stai pensando alla tua famiglia e ti senti un po' sola?» A volte Aisling aveva di questi slanci d'interessamento per il suo temporaneo stato di orfana.

«Be', un pochino», mentì lei.

«Hai la nostra famiglia adesso e passeremo un bellissimo Natale», disse decisa.

In quel momento, dall'alto dei gradini, Eileen li chiamò. Sembrava di nuovo calma ed Elizabeth si sentì lusingata nel vedersi inclusa fra i suoi figli. Controvoglia, Eamonn, Donal e Aisling raccolsero i loro regali e lasciarono gli amici. Seguì una superficiale lavata di mani, che vennero poi tutte asciugate contemporaneamente su un asciugamano bagnato. La tavola era apparecchiata e i petardi natalizi erano disposti a croce tra un posto e l'altro. Mentre si sedevano zia Eileen disse, in tono del tutto casuale: «Oh, a proposito, c'è stato uno sbaglio con certi regali, dovreste restituire a Maureen quelli che vi ha fatto. Un errore relativo ad alcuni prezzi che dev'essere chiarito». Si udirono dei brontolii e, da parte di Eamonn, una richiesta di assicurazione che avrebbe riavuto indietro il fanale della bicicletta. In un modo o nell'altro il momento di crisi fu superato. Maureen aveva gli occhi molto rossi, come del resto il giovane Sean, ma non ci furono commenti.

Poi vennero messi dei dischi sul grammofono e ballarono. Tutti tranne Eamonn, che trovava la faccenda molto sciocca e fu perciò incaricato di occuparsi della musica.

Quando Elizabeth vide zio Sean ballare un valzer con Maureen e notò che lei teneva la testa appoggiata contro la spalla del padre e piangeva, pensò che non li avrebbe mai capiti, mai e poi mai.

Il nuovo trimestre fu inaugurato dal freddo e dal pessimo umore di suor Mary. Aveva i geloni e portava i mezzi guanti, con le dita che ne uscivano gonfie e rosse; aveva anche una brutta tosse. Donal era di nuovo in preda all'asma ed Eileen lo teneva in casa.

Maureen era tornata in tutti i negozi in cui i regali di Natale erano stati «comprati». Li aveva restituiti, alla presenza di Eileen, dicendo di averli presi per sbaglio durante le compere natalizie. Dappertutto incontrò solo gentilezza e, appena usciva dal negozio, col viso in fiamme per la vergogna, gli esercenti cercavano di attenuare l'umiliazione di Eileen dicendo che era stata tutta opera di Berna Lynch, una gran faccia tosta.

Sean aveva chiesto alla scuola a che ora finivano le lezioni di Maureen ogni giorno e pretese che rientrasse un quarto d'ora dopo. Le ingiunse di presentarsi da lui in negozio e di correre poi a casa a fare i compiti. Berna Lynch non avrebbe messo mai più piede in casa loro, né Maureen doveva andare da lei.

Aisling, seccata da tutti gli sforzi compiuti per farla diventare più saggia e spingerla a studiare, decise di rallegrare il trimestre organizzando il battesimo di Elizabeth. Fissarono la data per il 2 febbraio, festa della Purificazione. Per istinto, stabilì di tenere segreta l'intera faccenda. Scelta approvata dalle altre ragazze della classe.

La cerimonia si svolse sul freddo pavimento dello spogliatoio, molto meno suggestivo del fiume Giordano nel quale era stato battezzato Gesù, come mostrava il bel quadro nel corridoio della scuola. In una tazza avevano raccolto l'acqua di quattro fonti benedette e Joannie Murray e Aisling avevano scritto le parole rituali nel caso le dimenticassero. Elizabeth si inginocchiò e, davanti a tutta la classe, le altre versarono l'acqua e dissero: «Io ti battezzo nel nome del Padre, del Figlio e dello Spirito Santo, Amen!» Dapprima ci fu silenzio, poi tutte batterono le mani.

Elizabeth si alzò, con i capelli chiarissimi appiccicati alla testa e gocciolanti sulle spalle. Non voleva strizzarne via l'acqua, perché era benedetta e speciale. Strinse la mano ad Aisling. «Grazie», disse.

L'amica la circondò con un braccio. «Ora troverai tutto più facile», le assicurò.

Le lettere della madre non arrivavano ogni settimana. Zia Eileen dava sempre la colpa al terribile sistema postale. «Poverina, continua a imbucarle, ma le cose laggiù vanno talmente male che ci vogliono giorni per svuotare una cassetta delle lettere.» Poi c'era la scusa del lavoro di Violet. «Tua madre dev'essere sfinita da tutti quegli impegni bellici. Qui non abbiamo idea di quanto disperata debba essere la situazione.»

Subito dopo Natale, Violet aveva scritto dicendo che si era offerta volontaria per il Corpo ausiliario femminile dell'aeronautica ma che, stupidamente, quelli prendevano solo nubili, donne senza figli o sotto i trent'anni. Una vera e propria assurdità perché lei sarebbe stata molto più adatta di quelle sciocche che s'interessavano solo di cipria e uniformi. Lo stesso, a quanto pareva, succedeva nell'esercito e nella marina e perciò non si sarebbe più offerta. Già si dedicava al Servizio volontario femminile, che era abbastanza straziante.

Elizabeth, inaspettatamente, scoprì un alleato nel fratello maggiore di Aisling, il giovane Sean, che leggeva le lettere assieme a lei e le spiegava in cosa consistessero le attività di Violet. Sua madre avrebbe portato un'uniforme, le disse, e fatto addestramento ed esercitazioni e il suo zaino sarebbe stato esaminato ogni giorno. La cosa non sembrava affatto probabile ed Elizabeth non riusciva a immaginare la mamma in un'uniforme scura come quella di un poliziotto o di un bigliettaio di autobus. La madre portava gonne e pullover. Non era tipo da indossare panni grezzi.

Quando poi lui le raccontò dei ragazzi della sua età, e anche più giovani, che entravano negli Air Corps a centinaia ogni giorno... migliaia ogni settimana... il padre perse la pazienza. «Santo cielo, sai che cosa ti dico? Che sarebbe un sollievo se un giorno ti arruolassi anche tu, invece di stare qui a sproloquiare su quanto sono grandi laggiù.»

Eileen, che stava rammendando gli indumenti che prendeva dall'enorme borsa posta sempre accanto alla sua sedia, alzò gli occhi dal lavoro. «Ah, Sean, lascia in pace quel ragazzo, si limita a elogiare quelli che fanno tanto per difendere il proprio paese. Agiremmo così anche noi, ma grazie a Dio non dobbiamo. Non dice altro.»

«Meglio per lui che sia così», ribatté Sean.

Il primo giorno di maggio Eileen aprì una lettera di Violet e vi trovò accluso un biglietto da dieci scellini. Doveva servire per comprare dei regali di compleanno a Elizabeth e ad Aisling: c'erano infatti solo pochi giorni di differenza tra loro due. Con tristezza, Eileen pensò a tutti gli anni in cui aveva spedito in Inghilterra oggettini per la figlia di Violet e quella era la prima volta che l'amica si ricordava di Aisling. Doveva essere successo a causa delle lettere di Elizabeth. Sperava solo che la ragazza non avesse chiesto apertamente il regalo per sua figlia.

«Non è possibile comprare niente qui, vuoi farlo tu?» scriveva Violet.

È tutto nel caos. Ora sono contenta di non essere stata accettata nel Corpo ausiliario, perché hanno approvato una legge che impedisce di uscirne: ci si deve rimanere per l'intera durata della guerra, come gli uomini. Ci siamo dovuti registrare tutti per la mobilitazione. C'è la possibilità che mi mandino in una fabbrica di munizini vicino a Londra, Dio sa dove. George sta fuori ogni notte assieme alle altre guardie... Secondo me se la godono: si comportano come ragazzini e, certe mattine, si porta a casa per la colazione la gente più strana, persone realmente rozze.

Questa settimana la razione del formaggio viene ridotta a trenta grammi. Pensa, per un'intera settimana. Nessuno ha più vestiti e viviamo come dei pezzenti.

Sei davvero molto buona a tenere la nostra Elizabeth e a farle mandare tutte quelle lettere. I francobolli devono costarti parecchio, perciò non ci rimarrò male se qualche settimana non scriverà. George dice di ringraziarti... è molto impressionato dal fatto che tu abbia accettato una completa estranea... ma, del resto, lui non capisce il legame profondo che ci hanno lasciato il St. Mark e tutto quello che passammo insieme.

Grazie di nuovo, mia cara.

Tua,

Violet

Sì, solo sua perché, per scaricarsi la coscienza, si ricordava del legame profondo tra di loro, ma non di mandare una cartolina o una lettera alla figlia. Eileen sapeva che sarebbe stato tutto lì per quanto riguardava il compleanno. L'unica figlia di Violet compiva undici anni in un paese straniero e non riceveva nessun segno da casa.

In quel primo giorno di maggio suor Helen, l'insegnante di Donal, scrisse un biglietto alla madre dicendo che il ragazzo arrossiva, si agitava ed era affannato ogni volta che gli veniva chiesto qualcosa. Suggeriva che, forse, la sua asma non era del tutto guarita e si domandava se non era il caso di riparlarne col medico: poteva esserci qualcosa in classe che l'aveva risvegliata. Suor Helen diceva che il ragazzo era così avido d'imparare che era proprio un peccato vederlo impedito da quegli attacchi. Mise il biglietto in una busta e gliela infilò nella cartella.

In quel primo giorno di maggio Maureen ricevette una lettera dall'ospedale di Dublino nella quale si diceva che, se i risultati dei suoi esami fossero stati soddisfacenti, avrebbe ottenuto un posto. Scrisse un biglietto al riguardo a Berna Lynch, perché loro due non s'incontravano più; ma Berna ormai si era fatta delle nuove amiche e non rispose. Maureen decise che non le importava. Avrebbe sgobbato nelle sei settimane successive e avrebbe superato gli esami.

* * *

In quello stesso primo giorno di maggio, Aisling ed Elizabeth, dopo la scuola, passarono al negozio a portare un messaggio. Pa' doveva, per piacere, andare a casa un attimo, perché ma' voleva parlargli.

«Ha detto a qualsiasi costo.» Aisling assunse un tono di voce petulante.

Con un solo movimento, Sean si sfilò il camice grigio scuro, prese la giacca da un chiodo e si avviò alla porta dicendo, senza voltarsi: «Avanti, voi due, fuori di qui». Appese alla porta il cartello TORNO TRA CINQUE MINUTI. Quel giorno lo aiutava solo il povero Jemmy, che lo guardò con occhi spenti.

Le ragazze trotterellarono a casa dietro di lui, arrivando in tempo per sentire la notizia: il giovane Sean era andato a Dublino con l'autobus di mezzogiorno. Avrebbe preso la nave per Holyhead quella sera stessa. Aveva detto alla madre che se lo avessero riportato indietro lui sarebbe ripartito. Non potevano impedirgli di fare quello che tutti desideravano: combattere in quella guerra.

«Che vada pure», ruggì Sean, «e che Dio lo stramaledica per sempre!»

5

ELIZABETH non disse mai a Violet della partenza del giovane Sean. Non sapeva perché, ma le sembrava in un certo senso sleale parlare di qualsiasi problema o scenata avvenisse nella famiglia. In ogni modo, le sarebbero mancate le parole: era impossibile, anche volendolo, descrivere la situazione a chi non era presente.

Non giungeva nessuna notizia del ragazzo, niente di niente. A poco a poco zia Eileen cessò di guardare fuori della finestra, nella speranza di vederlo scendere dall'autobus; Peggy smise di apparecchiare il suo posto a tavola, portò via perfino una sedia dalla stanza e la sua camera divenne un ripostiglio, dove veniva messo tutto ciò che non serviva. Una volta Peggy la chiamò così e, quello stesso giorno, Eileen salì a mettere in ordine distribuendo gli oggetti tutt'in giro per la casa e dicendo ad alta voce che quella era la stanza del giovane Sean e che sarebbe stata grata a chiunque se lo ricordasse.

Ben presto, però, ritornò a essere un ripostiglio. La gente smise di chiedere notizie. Elizabeth pregò zia Eileen di non preoccuparsi di dare una festa per il suo compleanno, visto che anche a casa non lo facevano mai. Zia Eileen l'abbracciò e pianse tra i suoi capelli biondi.

Dieci giorni dopo, il compleanno di Aisling fu festeggiato nel migliore dei modi. Erano ormai passate quattro settimane da quando il giovane Sean era partito. Aisling aveva detto a pa' che avrebbe invitato sei ragazze della sua classe per il tè e ma' aveva acconsentito. Ci sarebbero stati torta e giochi e se pa' aveva intenzione di rovinare tutto e farli vergognare, allora poteva anche andarsene da *Maher* e non tornare prima che la festa fosse finita. Elizabeth tremò nel sentir dare questo ultimatum, ma alla fine si rivelò la scelta più giusta. Zio Sean non cessò di essere amaro e di scoppiare in quella specie di risata, ma smise di gridare, di sbattere le porte e di puzzare di birra.

All'epoca del diploma di Maureen la situazione era ritornata abbastanza normale da poter organizzare un vero festeggiamento in famiglia, durante il quale tutti ignorarono le osservazioni di Sean a proposito del fatto che la figlia fosse ormai la maggiore. Andarono a Dublino per vedere la ragazza sistemata nella sua nuova condizione di vita, tutti tranne Niamh e Peggy, alla quale Eileen fece talmente tante raccomandazioni che perfino Sean si mise a ridere.

Si recarono in città con un camion sul quale erano state sistemate delle panche coperte da tappeti. Donal sedeva davanti con pa' e Mr Moriarty, che dava loro il passaggio. Doveva andare a Dublino a caricare delle medicine per la farmacia e perciò otteneva facilmente la benzina. C'era il razionamento anche in Irlanda, ma non somigliava neppure lontanamente a quello di Londra. La madre di Elizabeth aveva scritto di aver trovato un nuovo lavoro come contabile in una fabbrica di munizioni.

Procedettero a sobbalzi lungo la strada da Wicklow, tenendo il mare sulla destra. Mrs Moriarty, ben infagottata, sedeva in fondo al camion assieme alle due figlie, che andavano nello stesso ospedale. Quella sera avrebbero salutato tutt'e tre le ragazze nel pensionato per infermiere e conosciuto le suore che lo dirigevano, dopodiché i Moriarty si sarebbero recati da alcuni parenti a Blackrock e gli O'Connor sarebbero andati a stare nella pensione della cugina di Eileen, Gretta, a Dunlaoghaire. Avevano con sé uova, burro, prosciutto e una gallina, più che a sufficienza per pagare una notte in due stanze. Gretta sarebbe stata ben contenta di quel cibo di campagna; più di una volta aveva fatto capire che potevano perfino venderglielo ottenendo un bel profitto, perché tanti passeggeri della nave portavano volentieri qualcosa di extra dall'altra parte. Ma Eileen non voleva essere coinvolta nel mercato nero e si accontentava di usare il cibo per ricambiare il disturbo.

L'ospedale di Maureen appariva molto austero. A Elizabeth sembrò un luogo che incuteva timore; secondo Aisling era peggio della scuola. A entrambe fu detto di stare diritte e di comportarsi adeguatamente, evitando le brutte figure.

Vennero scambiati gli addii e Maureen promise che avrebbe scritto ogni settimana. Eileen le aveva dato undici buste già affrancate, che sarebbero bastate fino alle feste di Natale. Anche le due ragazze Moriarty si accomiatarono. Donal sembrava sul punto di piangere, mentre Eamonn pareva voler scappare. Sean concluse con un'osservazione ben precisa: «È sempre duro vedere il primo pulcino lasciare la covata, ma così è la vita».

Queste parole piacquero alle suore e tutti cominciarono ad avviarsi.

«Sì», disse Eileen alla suora che dirigeva il pensionato, «questa è la nostra prima figlia che ci lascia.» Dopodiché uscirono e salirono sul camion.

Una volta sul camion Mrs Moriarty si mise a piangere e a soffiarsi il naso.

All'improvviso Elizabeth si sporse verso di lei. «Lei ha dei parenti a Cork, Mrs Moriarty?» chiese. La circostanza era talmente insolita che le lacrime cessarono quasi di colpo.

«No, bambina, no. Perché me lo chiedi?»

«È che... be', circa un anno fa, quando venni a vivere qui, incontrai sul treno una certa Mrs Moriarty che andava dal figlio e dalla nuora a Cork... e, sa, non avevo mai sentito prima quel nome... e perciò mi sono chiesta, visto che in Irlanda tutti sembrano imparentati tra loro...»

Elizabeth si interruppe: tutti la stavano guardando. Non aveva mai parlato così prima d'allora.

«Ti esprimi proprio come noi, ora», osservò Aisling, ridendo.

«Per l'amor del cielo, dobbiamo toglierti questo vizio prima che la guerra finisca», disse Eileen.

Violet si alzò dal letto proprio mentre la porta d'ingresso si chiudeva e George ritornava dal suo turno di notte. Assonnata, infilò la vestaglia lilla, si spazzolò i capelli e scese le scale per andare a mettere su l'acqua per il tè. «Come è andata la notte?» chiese al marito che sembrava teso e invecchiato. Dimostrava almeno quindici anni più dei suoi quarantadue.

«Bene», rispose lui.

«George, che cosa significa? Che eri addetto agli incendi e che non ce ne sono stati o che li hai spenti?»

«No, mi sono occupato del ricovero», rispose lui, in tono stanco.

«Ma che cosa hai fatto?» Violet si appoggiò al lavello. «Non mi dici mai niente di ciò che succede.»

«Be', è come quando noi andiamo nei rifugi, sai, e quelli più o meno ci guidano.»

«Vuoi dire che sorvegliate soltanto la gente che entra ed esce?»

«Sì, in un certo senso...»

«Come un controllore alla stazione?» Nella voce di lei c'era una nota di delusione.

«È molto più pericoloso», disse lui offeso.

Di colpo, la tensione che avvertiva parve diminuire e Violet lo guardò con sincera preoccupazione. Un uomo vecchio, stanco, che aveva appena concluso una notte di paure. Avrebbe potuto restarsene nel loro «ricovero», una cantina che era sempre stata considerata scomoda e che ora era tutta imbottita di cuscini e materassi; e, invece, passava due notti alla settimana con una torcia elettrica in mano e un elmetto rotondo in testa a guidare la gente che non aveva un proprio rifugio.

Le spuntarono le lacrime e le corsero giù per le guance. George sollevò il capo stanco.

«Che cosa c'è, Violet? Che cosa ho detto?»

Le tremarono le spalle.

«Non ho detto niente...»

«Oh, la pena... la stupida pena di tutto questo... Se qualcuno lassù in cielo guardasse giù a questa patetica casa in questa patetica, sciocca vita, che cosa direbbe? Tu non hai dormito, io poco. Altra gente è morta. Non c'è un posto dove riposare, niente da mangiare, tu devi andare in quella stupida banca e io devo lavorare in quell'orribile, faticosa fabbrica. Due autobus per arrivarci e due per tornare, quattro file in totale... e tutto questo per che cosa?»

Il bollitore alle sue spalle fischiò e lei non vi fece caso.

«Per che cosa lo facciamo, George, qual è mai lo scopo? Dopo non ci sarà niente. Dopo la guerra la situazione andrà altrettanto male...»

«Oh, no... dopo la guerra...»

«Sì, dopo la guerra. Dimmi, che cosa accadrà di meraviglioso?»

«Elizabeth tornerà», si limitò a dire lui.

«Sì.» Violet smise di piangere. «Sarà già qualcosa.»

George si alzò e spense il fuoco sotto il bollitore, poi preparò una teiera con gesti lenti.

Violet si asciugò gli occhi. «Oggi devo scriverle», disse. «Potrei farlo durante l'intervallo, là al lavoro.»

Aisling ed Elizabeth erano ora le più grandi in famiglia. Fu perfino avanzata l'ipotesi che avessero due camere separate, visto che Maureen non avrebbe avuto più bisogno della sua se non nelle vacanze. Ripostiglio o no, la stanza del giovane Sean non gli sarebbe mai stata offerta. Ma le ragazze non volevano cambiare le loro abitudini e trovarono una serie di scuse.

Eileen lasciò correre. Dopotutto sarebbe stato comodo avere una camera per gli ospiti, nel caso ne avessero mai avuto uno. Aveva sperato, per anni, che Violet andasse a trovarla. C'era già stata, prima che si sposasse, e non aveva funzionato. Probabilmente perché il giovane Sean era ancora un neonato e Violet traboccava di tutta l'eccitazione degli anni Venti a Londra. Nessuno aveva mai detto esplicitamente che quella visita era stata un fallimento ma, dentro di sé, a Eileen sarebbe piaciuto che non avesse mai avuto luogo. E ora? Be', ora, dopo le ristrettezze dell'Inghilterra, le lunghe file, il mercato nero, le veglie notturne sotto i bombardamenti, qualsiasi cosa sarebbe stata un sollievo per Violet e George... In effetti, avrebbe dovuto scrivergli e invitarli...

Elizabeth rimase male nel sapere che zia Eileen aveva chiesto alla madre di venire a Kilgarret. Avrebbe preferito che non lo avesse mai fatto. Si ricordava quello che Violet aveva detto a proposito del posto e la visione dell'espressione orripilata della madre davanti a certe abitudini degli O'Connor la faceva quasi star male. Se la mamma fosse venuta non si sarebbe adattata ed Elizabeth si sarebbe trovata tra due fuochi.

Le preghiere mormorate in ginocchio nel bagno, non voleva che Aisling sapesse per che cosa pregava, furono esaudite. Violet scrisse per dire che era assolutamente impossibile per lei venire: invidiava tutti gli irlandesi che mangiavano burro, carne e panna in quello che, ai suoi occhi, appariva una specie di paradiso, ma non poteva proprio raggiungerli. Traspariva una scarsa gratitudine per l'invito, ma molta invidia per come tutti, a Kilgarret, se la cavavano meglio di chi stava a Londra. Eileen mostrò la lettera a Sean.

«Non puoi affermare che ci sottovaluti. Dice che questo le sembra un paradiso in confronto a quello che devono sopportare loro.»

«Bene, puoi risponderle che l'Irlanda si trova in una situazione diversa perché non si è comportata come l'Impero britannico, combattendo gli altri europei invece di badare ai propri affari.»

Eileen non aveva intenzione di dire niente del genere. Riprese in mano la lettera e notò che vi traspariva più interesse per Elizabeth che non in tutte le precedenti.

Immagino che sia molto più alta, ormai. Crescono parecchio tra i dieci e gli undici anni. Alcuni giorni fa una donna accanto a me, al lavoro, mi chiese se avevo figli e quando le risposi che avevo una ragazzina di undici anni non le sembrava possibile. Le dissi che mi ero sposata a ventotto anni e neppure a questo riusciva a credere. Poi, all'improvviso, mi sentii molto sola e mi misi a piangere. Mi capita spesso negli ultimi tempi: la gente dice che sono i nervi, a causa della guerra. Mi consigliano di provare certi tonici che prendono tutti, ma in realtà sono convinta che siano inutili. In queste ultime notti penso molto a Elizabeth. Sono contenta che stia bene e che sia lontana da queste incursioni. Ma a volte, quando ho avuto una lunga giornata faticosa, mi chiedo se tutto quello che imparammo a scuola sia utile a qualcosa. Non serve saper mandare avanti una bella casa se non si ha niente con cui farlo. E tutta quella storia che ci insegnavano, poi. Non ci dissero mai che le guerre continuano per sempre...

Le lettere di Maureen arrivavano ogni settimana. Una Moriarty, che aveva undici mesi meno di Norah, se la cavava molto bene, mentre la sorella soffriva di nostalgia e si comportava da sciocca. Avevano ottenuto un permesso per andare al cinema, ma proprio quella sera il proiettore si era rotto e c'era stata una mezzora di ritardo, così erano dovute rientrare senza arrivare alla fine. Passavano il tempo a fare i letti in maniera completamente diversa da quella di casa. Suor Margaret era diabolica, mentre la suora che era la loro tutrice, una donna molto bella, si muoveva come se volasse e non camminasse come tutti gli altri. Sarebbero tornate a casa con l'autobus l'antivigilia di Natale. Maureen non vedeva l'ora di fare una lunga dormita.

Il dottor Lynch ne combinò una delle sue il giorno in cui i giapponesi bombardarono Pearl Harbor. L'avvenimento non c'entrava affatto, in realtà non ne seppe nulla fino a cinque giorni dopo, quando venne scoperto in un pub per marinai di Cork, abbandonato su un tavolo. Quella volta il suo ritorno a casa fu meno dignitoso e discreto delle precedenti. Il dottor Lynch venne consegnato senza tante cerimonie a un furgone che andava a Dublino e poi a un altro diretto nella contea di Wicklow. La famiglia era stata avvertita e l'uomo fu lasciato sulla piazza. Il suo arresto era avvenuto in modo del tutto informale e lui aveva pronunciato una serie di insulti lungo tutta la strada fino a Kilgarret... Ora stava riprendendosi dalla sbornia, ma aveva un disperato bisogno di bere ancora. Socchiuse gli occhi alla vista della casa degli O'Connor. Quella era la maledetta famiglia che aveva osato insultarlo proibendo a quella stupida dai capelli rossi di giocare con Berna. Lacrime di autocommiserazione gli spuntarono negli occhi. Quel grosso ignorante di Sean O'Connor col suo sporco negozio e la sua frotta di figli aveva osato chiudere la porta di casa sua in faccia a Berna. Si era permesso di scusarsi a nome di sua figlia per un fatto... che non era mai stato provato.

Il dottor Lynch salì lentamente i gradini. Peggy lo fece entrare e arretrò impaurita mentre lui si avviava su per le scale. Donal, che era corso giù a vedere chi c'era, lo incontrò sul pianerottolo tra la cucina e il soggiorno.

«Dottor Lynch.»

«Sì. Chi sei tu? Quale dei marmocchi di Sean O'Connor sei? Hai la vestaglia. Sei malato? Non sei stato bene, ragazzo?»

Schiacciato contro il muro, Donal lo guardava con gli occhi spalancati. «Sono Donal», disse. «Ho un po' di asma, ma non è grave. Passerà con l'età.»

«Chi te l'ha detto?»

«Tutti lo dicono, anche ma'.»

«Che cosa ne sa tua madre? Si degna di portarti da un medico o s'intende di medicina lei stessa?»

Aisling ed Elizabeth sentirono le grida e accorsero in difesa di Donal.

«Ebbene, ne capisce di medicina?» stava gridando il dottor Lynch.

«Vai al negozio a chiamare ma'», sibilò Aisling ed Elizabeth, con gli occhi spalancati, corse giù per le scale.

«Chi sei tu?» L'uomo mandava un brutto odore e aveva la barba lunga.

«Sono solo un'ospite», disse Elizabeth, indietreggiando. Non si fermò a prendere il cappotto, benché fuori facesse molto freddo.

«Buono a sapersi, gli O'Connor si degnano ancora di ricevere degli ospiti. Chi è suo padre, allora: un duca? La figlia di un medico non è abbastanza nobile per Sean O'Connor...»

«Suo padre lavora in una banca in Inghilterra», disse Donal compiacente.

Il dottor Lynch lo guardò. «Tu hai più di un po' di asma, giovanotto, hai un petto che fischia come un bollitore. Peccato che tua madre non ti abbia portato da un medico. Non mi piace quel suono...»

Il viso di Aisling avvampò. «Non c'è niente che non va in Donal, niente. Ha un po' di asma, tutto qui, che peggiora quando il tempo è brutto. E ma' lo ha portato da un dottore, dal dottor MacMahon, e poi all'ospedale. Quindi lei sbaglia completamente. Del resto, non è un medico come si deve.»

«Oh, Aisling.» Donal la guardò nervoso, temendo che si fosse spinta troppo oltre. Il dottor Lynch si raddrizzò. Aisling aveva la mente in subbuglio, ma capiva che non poteva fermarsi. Se l'avesse fatto, Donal avrebbe sempre pensato di avere una terribile malattia; non doveva indietreggiare davanti all'orrendo padre di Berna. Trasse un profondo respiro, mise un braccio attorno alla spalla del fratello e continuò: «So benissimo quel che dico. Mio padre e mia madre non l'approvano, dottor Lynch. Pensano che non ci si possa fidare di lei. Per questo non la chiamiamo quando siamo malati. Andiamo direttamente dal dottor MacMahon».

Non sentì la madre che saliva di corsa la scala, chiamata da Elizabeth con poche frasi spezzate. «Dottor Lynch...Aisling...» Vide che Donal era atterrito mentre gli altri due si fronteggiavano, il trasandato dottore e sua figlia, con gli occhi brillanti e i riccioli rossi che si agitavano.

«Questa me la pagherai, stupida impudente», disse il dottore, avanzando verso di lei. Donal, fermo nell'angolo, alzò la voce ma ne venne fuori un suono stridulo. «No, non intendeva dire...»

«Invece sì», gridò Aisling. «Non sta bene venire qui tutto sporco e in disordine a mettere paura a Donal dicendogli che sta male. Ha solo un po' di asma, capito? Tutti lo sanno... tutti...»

Eileen intervenne. Si avvicinò ad Aisling e le mise una mano sulla spalla tremante. «Avanti, su, Matthew», disse con calma. «Vattene subito a casa. Se vuoi venire a trovarci, torna quando sei in forma migliore. Non capisco perché sei arrivato fin qui a metterti sul piano dei ragazzini. Avanti, su, su.»

La sua voce diede sollievo a Donal; stava trattando il dottore come un bambino impertinente.

«Nobile e degna Eileen O'Connor», ribatté lui velenoso, guardandosi attorno. «Troppo buona per questa città... educata in Inghilterra... A che cosa ti è servito? Una casa che cade a pezzi, un marito tutto sporco, una frotta di bambini uno più selvaggio dell'altro...»

«Abbiamo i figli migliori di tutta la città», disse Eileen. «Te ne vai subito o mando qualcuno a chiamare tua moglie?»

«I migliori», ribatté lui, ridendo. «Questo sarà al cimitero tra breve, hai mandato via Maureen prima che ti coprisse di vergogna e che dire poi di quell'altro ragazzo che se ne va in giro a sfoggiare l'uniforme?»

Eileen si mise a ridere di gusto. «Santo cielo, Mattew Lynch, è proprio vero quello che dicono di voi ubriaconi. Inventate più favole e avete più immaginazione degli scrittori. Ora sta' a sentire, va' via di qui prima che il mio Sean venga a prenderti a calci...» Si asciugò gli occhi, divertita all'idea. I ragazzi la guardarono strabiliati. Perfino Peggy, che stava sulla soglia con Niamh in braccio, sorrise senza sapere perché. Il dottore, smontato e inaspettatamente sconfitto, si avviò verso la porta. La risata di Eileen lo irritava più di quanto si aspettasse. Lui aveva solo detto la verità, perché quella rideva? La porta sbatté ed Eileen andò a sedersi. La sua allegria non era diminuita. Cauti, i ragazzi le si avvicinarono e Peggy avanzò nella stanza. Quando anche la porta d'ingresso sbatté, Eileen si alzò di scatto e andò a sbirciare fuori della finestra. «Guardatelo, povero buffone, sta dirigendosi a bere un paio di bicchierini per trovare il coraggio di affrontare la moglie. Dio mio, non c'è niente di più disperato di un avvinazzato. Fate qualunque cosa, voi due ragazze, e anche tu, Peggy, e tu, Niamh, tesoro, ma per l'amor di Dio non sposate un ubriacone...»

Donal si sentì escluso. «Non si rende conto di quel che dice? Davvero non ci si può fidare di lui?» chiese ansioso.

«Quando è in quelle condizioni la sua testa non funziona, povero sciocco.» Gli insulti del dottore ancora le bruciavano come lance roventi conficcate in gola. Ma aveva vinto, era riuscita a farlo apparire ridicolo. Non era necessario negare ciò che lui aveva affermato di Donal se rideva di tutto quello che aveva detto. Lo vide raccogliere un giornale su una panchina vicino alla fermata dell'autobus e poi gridare qualcosa. La finestra era chiusa e non sentì.

«Sta dicendo qualcosa, signora», sottolineò Peggy.

«Certo», ribatté lei fremente. «Avanti su, Peggy, visto che sono a casa prendiamoci tutti una tazza di tè.»

«Continua a indicare il giornale», disse Donal.

«Vieni via di lì e chiudiamo le tende, è quasi buio ormai.» Peggy corse in cucina mentre Eileen apriva leggermente la finestra.

«La signora è servita... L'America è entrata in guerra... Quel moccioso di tuo figlio sarà mandato a combattere... la situazione peggiorerà... perderai due figli, vecchia gallina starnazzante... il tuo ragazzo sarà ben maciullato...»

Eileen chiuse in fretta la finestra e raggiunse il piccolo gruppo davanti al fuoco.

C'erano, naturalmente, altre madri che ignoravano se i figli erano vivi o morti, ma pensare a loro non era di gran consolazione per Eileen. Per una misteriosa ragione che non avrebbe saputo spiegare neppure a se stessa, con gli altri fingeva di avere notizie di lui. In un modo o nell'altro questo atteggiamento le faceva apparire la situazione meno ingiusta. A volte si chiedeva se doveva scrivere a Violet e chiederle come si faceva a rintracciare un ragazzo partito per arruolarsi. Come bisognava agire per mettere in moto il meccanismo che potesse costringerlo a tornare indietro. Poi si rendeva conto che non l'avrebbe mai fatto, ma era pur sempre tentata di rintracciarlo, unicamente per potergli scrivere. Poteva perfino indurlo a mandarle le lettere in farmacia. I Moriarty, a differenza degli altri abitanti di Kilgarret, erano capaci di tenere un segreto.

Leggeva il giornale sulla scrivania e cercava di capire dai servizi sull'*Irish Independent* se suo figlio era stato già addestrato o se era ancora troppo giovane. S'informava sulle misure di austerità, meravigliandosi all'idea delle cipolle divenute tanto preziose da essere offerte come premi in una lotteria. Leggeva queste notizie standosene in disparte e senza discuterne col marito, pur manifestando il proprio interesse.

Era dunque del tutto impreparata alla lettera che il giovane Sean le spedì dieci mesi dopo la sua partenza da casa. Veniva da Liverpool ed era molto breve. Non aveva voluto dare sue notizie, affermava, prima di essere arruolato a tutti gli effetti. Ma c'era quella donna, la madre del suo amico, che era molto gentile e aveva detto che doveva assolutamente scrivere almeno due righe alla propria madre per non farla stare in pensiero. Lui aveva sottolineato che c'erano abbastanza persone in famiglia a tenere la mamma occupata, ma la madre di Gerry, Mrs Sparks, aveva insistito che doveva farsi vivo ugualmente. Stava bene e stava facendo la conoscenza di una gran quantità di gente simpatica. Era stato inattivo fino a settembre, perché non avevano voluto prenderlo fino a quando non avesse compiuto diciotto anni. Aveva richiesto il suo certificato di nascita in Irlanda e ora era in un campo per l'addestramento di base. Passava la maggior parte del suo tempo libero con Gerry Sparks, che era il suo compagno, e con la madre di Gerry, che era molto gentile e che, prima della guerra, cucinava benissimo. Al giorno d'oggi, invece, non si trovava niente.

Non le dimostrava il minimo affetto, non faceva domande, non si scusava né chiedeva comprensione. Aveva una pessima calligrafia e sembrava non conoscere la grammatica. Eileen pensò agli anni trascorsi dai frati e si ricordò di come lei e Sean fossero sempre stati convinti della sua intelligenza perché era il loro figlio maggiore; quella, invece, era la lettera di un semianalfabeta. La rilesse più e più volte: il certificato di nascita e l'addestramento di base; le lacrime le corsero lentamente giù per le guance.

Non disse a nessuno della lettera. La tenne piegata nella borsa e altrettanto fece con tutte quelle che arrivarono in seguito. La quarta, a novembre, coincise con la vittoria di El Alamein. Lei rispondeva e leggeva e rileggeva le lettere prima di imbucarle in cerca di ogni minima traccia di ansietà o afflizione. Trovava perfino piccoli aneddoti divertenti da raccontargli. Mandava i suoi saluti alla madre di Gerry Sparks e si chiedeva se esisteva un modo di inviarle qualcosa. Forse, però, se lui fosse venuto a casa in licenza, avrebbe potuto portarle un paio di galline, del burro e delle uova.

Il filo che la legava al figlio era ormai così sottile che aveva paura si spezzasse. Perfino farne accenno poteva costituire un pericolo...

Sean sapeva che esistevano quelle lettere ma non ne faceva mai parola. In negozio divenne sempre più taciturno; lavorava duramente, come sempre, ma sorrideva meno e non aveva più tempo per le chiacchiere il giorno della fiera. A volte Eileen lo guardava, lì nel cortile, mentre si curvava cercando di evitare il dolore alla schiena, e quella vista la riempiva di pena. Da quando esisteva l'«emergenza» era quasi impossibile trovare il carbone e così dovevano riempire i loro depositi di torba. Ma quest'ultima prendeva molto più spazio e perciò anche i locali sopra il negozio, che un tempo erano stati pieni di scope, cesti per le patate, scatole di stoppini per le lampade, pennelli per pitture a calce e a olio, ora ne erano pieni. Eileen aveva l'impressione di respirarla con tutti i pori, visto come fuoriusciva dalla grata e ricopriva tutto con le sue scaglie.

Sean sembrava molto più vecchio dei suoi quarant'anni. Forse, pensava Eileen, le cose per lui andavano nella maniera peggiore: stare in campagna senza condurre una vita salutare, avere dei figli ma non provare l'orgoglio per il figlio maggiore, e la speranza che potesse sostituirlo in negozio. Era sempre stato pieno di energia e di slancio, aveva risparmiato e messo da parte per comprare quel piccolo commercio, l'anno del trattato. Era stato tutto così simbolico: una nuova nazione e una nuova attività. Ma ora eccoli lì, dopo vent'anni, con un figlio che combatteva per quello stesso paese al quale avevano strappato la loro libertà... E Sean, che aveva visto in quel negozio avverarsi il sogno di tutta una vita, era là fuori nel freddo cortile, a cercare dei vomeri di riserva dietro i cartelli stradali. Pioveva e si stava bagnando la terra. Eileen, con un sacco sul capo, uscì ad aiutarlo.

Raccolse gli enormi cartelli neri e gialli, che erano stati rimossi durante l'«emergenza» per confondere gli eventuali invasori, e gli fece spazio perché trovasse i suoi vomeri.

«Un giorno di questi dovremo fare una bella pulizia qui nel cortile», disse lui e c'era della gratitudine nel suo tono, se non nelle parole.

«Lo so», ribatté lei, chiedendosi se sapesse o gliene importasse qualcosa che suo figlio stava passando la primavera a combattere nell'Africa del Nord. Quando lo avevano chiamato l'eccitazione era stata tale che perfino Gerry Sparks aveva aggiunto qualche parola. Gerry partiva con lui. Eileen ancora non sapeva se il marito leggeva le lettere del figlio; spesso lasciava la borsa aperta in modo che le vedesse, ma lui non ne fece mai accenno né, quando lei ritornava, le lettere sembravano essere state toccate.

Alla fine Donal si era trasferito dai frati, dopo essere stato convinto a restare dalle suore per un altro anno fatta la prima comunione. Era insolito che un ragazzo rimanesse a scuola dalle monache fino a otto anni, ma suor Maureen era riuscita a convincerli che la cosa era perfettamente ragionevole. Aveva detto che avrebbero dovuto lasciarlo lì ancora un po' prima di fargli affrontare la violenza e la prepotenza nel cortile dei frati. Un altro anno avrebbe giovato alla sua asma, nonché al carattere. Eileen, che avrebbe voluto che Donal studiasse per tutto il resto della sua vita con la dolce suor Maureen, aveva acconsentito immediatamente. Ma l'anno era passato, ormai, e ora il suo delicato figlio tornava ogni giorno a casa con gli abiti strappati, l'apprensione sul volto e le labbra suggellate. «Sono caduto», ripeteva sempre. Eamonn si era stancato di difenderlo.

Aisling ed Elizabeth stavano tornando a casa da scuola in bicicletta, quando videro una folla raccolta attorno a qualcuno che giaceva a terra sul lato della strada. Rallentarono, insieme, e la curiosità le spinse a smontare dalle biciclette per vedere che cos'era successo. Quasi contemporaneamente riconobbero la lunga sciarpa multicolore che Peggy aveva fatto a Donal con vari gomitoli di lana avanzata. Lasciarono immediatamente cadere le biciclette in mezzo alla strada e corsero da lui. Gli altri ragazzi assistevano spaventati.

«Sta solo fingendo», mormorò uno di loro.

«Guarda gli occhi», disse un altro...

Donal giaceva a terra, sul lato della strada, annaspando e agitando le mani in aria, con la sciarpa che si allungava nel fango, impigliata a un'estremità nel primo bottone del cappotto. In un attimo Aisling gli si inginocchiò accanto e, come aveva visto fare alla madre decine di volte, gli sbottonò il cappotto e il colletto della camicia, sollevandogli al tempo stesso la testa col braccio. «Prenditela con calma, Donal, hai tutto il tempo che vuoi. Fai pure con comodo. Non ti affannare», mormorò. Elizabeth si mise dall'altro lato aiutandola a sorreggerlo. I capelli chiari le entravano negli occhi, le calze di cotone erano bagnate e strappate per essersi inginocchiata a terra, la bicicletta abbandonata e dimenticata.

«Il fiato ti stata tornando, ecco così, dentro, fuori, dentro, fuori, ecco così, ti sta tornando...»

Aisling si alzò e affrontò i sette ragazzi che erano intimoriti dal loro intervento quanto dagli occhi di Donal.

«Non abbiamo fatto niente», disse uno.

«No, niente, stavamo solo giocando, non lo abbiamo toccato.» E seguì un coro di voci: nessuno voleva essere coinvolto, né giudicato colpevole, né rimproverato.

«State a sentire», gridò Aisling e lanciò un'occhiata a Elizabeth: ormai si capivano al volo. L'amica cominciò a bisbigliare nell'orecchio di Donal. Gli teneva ancora il braccio attorno alla spalla e gli andò più vicino.

Aisling fu formidabile. «So tutti i vostri nomi, vi conosco. Stasera pa' e ma' andranno alla scuola. Frate Kevin saprà chi siete veramente e così pure frate Thomas e frate John. Ve la vedrete con loro. Sapete che Donal soffre di asma. Avreste potuto ucciderlo. Se non fossimo arrivate in tempo vi ritrovereste tutti in tribunale; sareste dei giovani omicidi. Lo avete colpito, lo avete buttato a terra...»

«Gli abbiamo solo strappato la sciarpa.»

«Sì, e quasi lo strozzavate. La cosa peggiore che potevate fare. Strangolarlo impedendogli di respirare. Johnny Walsh, stupido assassino, se Donal non sta bene è colpa tua.»

«Vuole solo convincerli che è la verità, vuole solo spaventarli», si affrettò a bisbigliare Elizabeth nell'orecchio del ragazzo. «Non dice sul serio, però osservali!»

Donal guardò. Sembravano davvero tutti spaventati da Aisling.

«Non dire niente...» cominciò a piagnucolare Johnny Walsh.

«Non essere vigliacco! Non essere un vigliacco assassino! Io non starò zitta lasciando che ve la caviate: uccidere un ragazzo

68

col mal di cuore e l'asma!» Ad Aisling piaceva il sapore del potere appena conquistato.

«Non sei malato di cuore», bisbigliò Elizabeth. «È solo per spaventarli di più…» Nella sera che andava scurendosi, sotto la pioggerellina quei sette ragazzi erano terrorizzati.

«È più grande di noi, ha quattordici mesi più di me…» esordì Eddie Moriarty, bianco di paura al pensiero di quello che i genitori gli avrebbero fatto quando la faccenda fosse saltata fuori.

«Sì, e anche Jemmy, che lavora nel nostro negozio, è più grande di te e Paddy Hickey, il cieco, è più vecchio di voi, ma non per questo li tormentate, piccoli delinquenti!» gridò Aisling.

«Che cosa dobbiamo fare?» chiese Johnny Walsh.

Aisling ci aveva pensato. «Prendete subito quelle biciclette», ordinò. «Prendetele e portatele in città. Johnny, Eddie e tu, Michael, verrete nel negozio di pa' e gli racconterete quello che è successo. Gli assicurerete che, d'ora in poi, vi prenderete cura di Donal. Non ci sarà bisogno di menzionare il suo cuore, gli direte soltanto che è caduto e che voi sette baderete che niente più gli succeda e lo proteggerete fino a quando il suo petto non migliorerà.»

Sembrava una stupenda trovata, ma Johnny voleva essere sicuro di non cadere in una trappola.

«Che cosa dovremo dire a tuo padre?»

«Che farete in modo che non accada niente di male a Donal. E pregate in ginocchio tutti quanti che durante la notte il suo cuore non ceda.»

Impettita come la guida di una processione, marciò davanti a loro fino alla piazza, con Elizabeth e Donal che seguivano. Donal aveva il viso completamente avvolto nella sciarpa perché nessuno si accorgesse che rideva, mentre Elizabeth teneva una mano davanti al volto e l'altra in quella del ragazzino.

Fu l'unico avvenimento di rilievo in un trimestre estremamente lungo e monotono. Aisling credeva che non sarebbe finito mai. Insolente quanto si poteva esserlo, mantenendosi entro i limiti consentiti, non dedicava molto tempo allo studio. I suoi voti andarono peggiorando e, in tre settimane, passò dal settimo al diciottesimo posto. Elizabeth era riuscita a mantenersi mediamente al decimo o undicesimo, il che veniva considerato un buon risultato per una a cui mancavano le basi. Si era diffuso il sospetto, infatti, che al di fuori di una scuola religiosa irlandese si apprendesse pochissimo e che una ragazza che si dimostrava abbastanza preparata, nonostante provenisse da un sistema scolastico non locale e non cattolico, dovesse essere in effetti molto diligente. Ora frequentava il corso di religione; era sembrato infatti piuttosto sciocco che se ne stesse in biblioteca a leggere una grande Bibbia piena di parole che non capiva, quando poteva ascoltare meravigliose storie di apparizioni, angeli, peccati e di Gesù così buono con sua madre...

C'era stato un preoccupante dibattito sulla conversione di Elizabeth. In classe alcune si chiedevano se non era il caso di organizzare la sua prima comunione, in modo da darle così la possibilità di confessare tutti i suoi peccati e ottenere l'assoluzione.

«Non ho poi tutti questi peccati», aveva detto una volta Elizabeth in completa innocenza e le altre erano inorridite. Ne era piena, come tutti, avevano sottolineato, ma si trovava in una situazione particolarmente brutta a causa del peccato originale.

«Ma io credevo che quello fosse stato lavato via da tutti i battesimi.» A quel punto, ormai, Elizabeth era stata battezzata ben quattro volte. In effetti, erano sorti dei dubbi sulla validità del primo, celebrato nello spogliatoio della scuola. Qualcuno aveva detto che forse l'acqua non era stata versata nello stesso istante in cui venivano pronunciate le parole esatte. Poi era seguito un lungo e acceso dibattito in cui si era discusso se le parole dovevano essere dette in latino o in inglese; secondo alcune i battesimi laici andavano celebrati in inglese...

Per motivi che non furono mai espressi apertamente, i battesimi di Elizabeth non erano mai stati resi pubblici. Nonostante le suore non facessero che parlare della conversione di tutte le razze e le esortassero a spendere i loro pochi risparmi per contribuire a quella dei bambini negri, c'era la tacita convinzione che, di fronte alla conversione di Elizabeth, l'atteggiamento sarebbe stato del tutto diverso. Si era fatto strada anche il timore che se i genitori della ragazza, in Inghilterra, fossero venuti a saperlo sarebbero sorti grossi guai.

Le lettere di Violet sembravano venire da un altro mondo, più che da un altro paese. Elizabeth era contenta che ormai scrivesse più spesso e che non si limitasse a un elenco di istruzioni.

Si era fatta delle amicizie nella fabbrica di munizioni dove lavorava e, molto spesso, passava la notte da Lily, perché il viaggio di ritorno a casa era lungo e poi, in quella guerra deprimente, era bello avere un'amica con cui ridere. Aveva anche cambiato pettinatura, e le dicevano che le donava. Un paio di volte scrisse che Elizabeth le mancava. Terminava sempre dicendo che sperava che stesse bene e che fosse contenta e che presto sarebbe tornata a casa e tutti avrebbero condotto di nuovo una vita normale.

Nelle sue lettere la madre parlava pochissimo del padre. E quando le mandò una sterlina per il regalo del suo compleanno, poco prima che compisse quattordici anni, con orrore lei si rese conto che non lo menzionava più da mesi.

Eileen era alla sua scrivania quando Elizabeth andò a parlarle.

«Sei occupata?» chiese.

Eileen sorrise. «Non sono occupata», rispose, avvicinando una sedia. Sulla sua scrivania teneva una scatola piena di tutti i conti del negozio, tra cui quelli non pagati che dovevano essere mandati accompagnati da un biglietto personale. C'era poi una lettera, che ormai conosceva a memoria, di Mrs Sparks di Liverpool: quattro righe impacciate di una vedova solitaria con un figlio alla guerra che sentiva un'alleata nella madre del giovane Sean. Scriveva della propria solitudine e delle proprie speranze che tornassero presto. Si lamentava di non aver ricevuto più notizie ormai da sei settimane e si chiedeva se Mrs O'Connor potesse invece averne. C'era anche una lettera per uno specialista di Dublino. Aveva poi un biglietto di suor Margaret, la quale diceva che era ormai ora che la giovane Niamh andasse a scuola, visto che aveva quasi cinque anni, e che potevano portarla verso la fine del trimestre, così l'inizio in settembre non sarebbe stato troppo brusco per lei. E c'era una lettera di Maureen, che si chiedeva se pa' le avrebbe mai prestato tre sterline per uno stupendo abito da ballo e assicurava che gliele avrebbe restituite quando avessero cominciato a ricevere una retribuzione l'estate successiva. E, infine, una lettera della County Home nella quale si diceva che il padre di Sean andava

71

peggiorando rapidamente e che era ansioso di vederli. Non dovevano sorprendersi, però, se lui non li avrebbe riconosciuti: continuava a dire che voleva vedere il figlio e la sua famiglia.

«No, non sono occupata», disse Eileen.

«È solo che, è difficile dirlo, sai, non è per caso, non so, che mio padre sia morto?»

«Morto? Oh, che Dio faccia sì che non sia vero. Che cosa ti spinge a dir questo? Da dove ti viene un'idea del genere?»

Elizabeth estrasse una grossa busta sulla quale c'era un'etichetta con la scritta LETTERE DI MAMMA. Ce n'erano più di cinquanta, ognuna con la data in cui era arrivata. Le mise sulla scrivania e ne scelse una dell'agosto 1943.

«Questa è l'ultima volta in cui la mamma dice qualcosa di papà. Racconta che era sconvolto che le donne scioperassero per avere una paga uguale a quella degli uomini e sosteneva che non avrebbero dovuto farlo perché c'era la guerra. Poi più niente. Neppure a Natale. Non mi dice che papà mi manda i suoi saluti, non racconta niente del suo lavoro...» Gli occhi di Elizabeth erano pieni di lacrime. «Non pensi che sia successa una disgrazia e lei voglia risparmiarmi?»

Eileen la cullò tra le braccia, sommergendola di parole rassicuranti, dinieghi, affermazioni decise. Certo che stava bene e che ne avrebbe avuto notizie, il fatto era che la situazione in Inghilterra era molto cambiata e la mamma, andando al lavoro fuori e conducendo una vita molto più varia, non si limitava più a scrivere sugli avvenimenti di casa. E gli uomini, poi, non si facevano mai vivi! Bastava pensare a zio Sean: voleva assolutamente sapere come se la cavava Maureen a Dublino, ma mai prendeva carta e penna per scriverle. Mai. E poi la gente non parla sempre delle stesse cose, dopotutto quando lei scriveva al giovane Sean spesso non gli menzionava neppure il padre...

Le era sfuggito.

«Tu gli scrivi? Oh, non lo sapevo. Dove si trova?»

«In Africa e sta magnificamente; ha un simpatico amico inglese che si chiama Gerry Sparks. Chiede spesso di te nelle sue lettere... Ora, per tornare alle tue preoccupazioni: il giorno del tuo compleanno chiameremo casa. Domani sera andremo al negozio e faremo una telefonata. La prenotiamo stasera. E così gli dirai che è la loro figlia quattordicenne che parla. Che cosa ne pensi?»

«Sarà molto costoso?» chiese Elizabeth.

«Niente affatto e poi non è il tuo compleanno?»

«Grazie mille», disse lei, asciugandosi gli occhi col dorso della mano e il naso con la manica del vestito.

«Oh, Elizabeth, c'è una cosa che...»

«Ho capito, zia Eileen, nessuno sa che ti scrivi con Sean. Lo so.»

La lettera seguente diceva che Sean e Gerry avevano lasciato l'Africa del Nord, avevano partecipato allo sbarco di Anzio e ora erano in Italia. Sean scriveva che la campagna italiana era bella e che certe zone gli ricordavano la contea di Wicklow. Perfino nelle sue parole traspariva un minor entusiasmo ed era chiaro che anche lui desiderava che la guerra finisse. Era contento che a casa andasse tutto bene. La mamma di Gerry aveva scritto dicendogli che non avrebbe più riconosciuto Liverpool dopo i bombardamenti. Faceva uno strano effetto pensare che in Irlanda non era successo niente del genere. Sean scriveva che, molto probabilmente, avrebbe visto Roma. Pensare che aveva imparato tanto sulla Città Santa lì dai frati e ora l'avrebbe visitata! Ne parlava con Gerry ma lui non sapeva niente del Vaticano e di San Pietro. Avrebbe scritto da Roma, una vera lettera e ma' avrebbe potuto portarla a frate John per dimostrargli che non c'era bisogno del diploma per andare nella Città Santa.

Ma Sean e Gerry non arrivarono mai a Roma col resto degli Alleati. Una mina nella campagna italiana asportò le due gambe a Gerry Sparks, ventunenne di Liverpool, e un'altra, a venti metri di distanza, uccise il suo amico Sean O'Connor di Kilgarret, a cui mancavano ancora quattro mesi per compiere ventun anni.

Il soldato semplice Sean O'Connor aveva dato come proprio indirizzo quello della casa di Liverpool dove Amy Sparks ricevette la notizia. Se ne stette seduta nella cucina buia a pensare al suo unico figlio. Lesse e rilesse il telegramma, convinta che avrebbe dovuto reagire di più. Poi si preparò a informare la madre del compagno di Gerry che Sean O'Connor non sarebbe mai più tornato a Kilgarret.

La telefonata arrivò al negozio e fu Eileen a rispondere. Ascoltò senza piangere le parole di Mrs Sparks. Aspettò con calma che i singhiozzi di quella donna che non aveva mai conosciuto cessassero; espresse a bassa voce la propria comprensione per Gerry, dicendosi felice che si sarebbe ripreso. Convenne che era stato meglio per Sean essere ucciso all'istante, ma che per fortuna Mrs Sparks avrebbe potuto badare a suo figlio.

Per dei motivi che non avrebbe saputo spiegare neppure a se stessa, per quattro giorni Eileen non disse nulla a nessuno. Nel frattempo affrontò automaticamente i suoi lavori quotidiani, eseguendoli con energia quasi sovrumana. Sembrava che si fosse imposta una regola di gioco: non doveva piangere. Se si fosse lasciata andare sarebbe stato peggio per suo figlio. Doveva essere forte. Altrimenti tutta la vita di lui non avrebbe avuto senso, andare fin laggiù in quel posto orribile per saltare in aria. Che senso avrebbe avuto se lì a casa avessero versato lacrime per lui?

Si organizzò molto bene. Lasciò a Peggy un lungo elenco di mansioni da sbrigare, sistemò tutto in modo che Eamonn lavorasse in negozio. Strappò a Donal la promessa che avrebbe riposato e sarebbe stato al caldo. Si accordò con Maureen perché andasse a Dunlaoghaire e la incontrasse in un albergo.

Dopodiché spiegò loro perché sarebbe stata via.

Lo rivelò a Sean la sera di un assolato giorno di giugno. Stava seduta su un bidone capovolto e gli disse che loro figlio era morto. Gli raccontò di Gerry, di come aveva perso le gambe e della telefonata della madre. Parlò della campagna italiana e disse che erano sulla strada per Roma. E, mentre Sean cercava di abituarsi all'idea, giunsero loro i rumori del negozio.

Non si toccarono, né si strinsero l'uno all'altra mentre lei parlava del telegramma arrivato alla casa di Liverpool e del fatto che i particolari relativi alla sepoltura sarebbero stati dati in seguito. Si espresse come aveva fatto Amy Sparks, a brevi frasi staccate, spiegando come tutto era successo all'improvviso così che Sean non doveva aver sentito niente.

Poi ascoltò. Ascoltò le sue parole farneticanti, sempre seduta sul bidone capovolto, e i suoi singhiozzi. Non riusciva a sentire quello che diceva perché parlava nel grosso fazzoletto blu. Attese che il pianto terminasse e fosse sostituito dai sospiri.

«Vuoi che venga con te a Liverpool? È una specie di pellegrinaggio, vero? Una sorta di funerale?»

Lei lo guardò con gratitudine. Dopotutto, aveva capito. «No, lui preferirebbe che tu restassi qui.»

Poi radunò tutti i ragazzi e gli annunciò che il fratello era morto. Riempì il suo discorso di parole come «pace» e «cielo» e «quello che lui aveva voluto fare». Usò aggettivi come «coraggioso» e «fiero», poi disse che sarebbero stati di aiuto a lei e a Sean se si fossero mostrati forti.

Le lacrime scorrevano giù per il viso di Elizabeth mentre quello di Aisling rivelava incredulità. Poi la ragazza si mise a piangere sulla spalla dell'amica, che le accarezzava il capo dicendole che doveva mostrarsi coraggiosa. Eamonn tornò di corsa al negozio con la sua faccia innocente tutta rossa e chiazzata. Donal protestò e sostenne che Sean non poteva essere felice in cielo perché non aveva avuto intenzione di andarci, erano stati quei fottuti tedeschi e italiani a mandarcelo. Non aveva mai pronunciato quella parola prima di allora. Poi Eileen lo disse a Maureen nel freddo atrio dell'albergo di Dunlaoghaire, dove lei pianse come una bambina cullata tra le braccia della madre finché la direttrice chiese loro se non desideravano appartarsi in un posto più isolato.

Infine il pellegrinaggio ebbe inizio.

Fu come se la nebbia avvolgesse tutto: le macerie nelle strade di Liverpool, l'oscuramento, le file davanti a ogni negozio. Lei era stata molto forte e aveva sorriso. Poi aveva chiesto a un giovane prete con l'accento irlandese di dire una messa per Sean. Era stata celebrata alle sette del mattino e c'era Amy Sparks. Eileen portava il cappello nero e i guanti e aveva un mazzo di fiori che aveva lasciato poi nella chiesa, ciò che di più simile a una corona era riuscita a procurarsi.

Ma quando fu sulla nave che la riportava in Irlanda pianse e le lacrime le corsero giù per le guance mentre lei non faceva nessun tentativo di asciugarle. Il cappotto era bagnato e lei stava seduta lì a guardare il mare nero e a piangere per la perdita. Poi si alzò, sempre con le lacrime che le correvano giù e le spalle scosse dai singhiozzi, e si avvicinò alla ringhiera della nave. Mentre si teneva a questa, il cappello le fu strappato dal vento della notte. Volò su in aria, cadde sul ponte e fu spazzato via. Ma gli altri passeggeri videro che la bella donna in nero non sembrava neppure essersene accorta. Si mordeva le labbra in continuazione. Forse pregava.

PARTE SECONDA

1945-1954

6

VIOLET non capì mai perché avessero acconsentito che Elizabeth finisse il trimestre estivo in quella scuola di suore. In quel modo perse il giorno della vittoria, con tutte le celebrazioni, la riaccensione delle luci, la rimozione delle tende dell'oscuramento e le scene di pazza eccitazione; con i soldati americani che afferravano le ragazze di passaggio e si scatenavano in folli danze; con la gente che andava su e giù per Regent Street e attorno a Piccadilly impazzita di gioia, suonando i clacson e cantando con il volto bagnato di lacrime. Un giorno memorabile, ma al quale Violet partecipò solo di riflesso. Non aveva un uomo con lo zaino che tornasse a casa trionfante a raccontare delle battaglie vinte ma solo George, più cupo e più nervoso che mai. Non aveva una figlia da stringere a sé con fierezza, come le altre donne; nessuno da abbracciare e invitare a ricordare quel giorno per tutto il resto della vita. Elizabeth stava finendo gli esami, cantando in un concerto e portando un'immagine della Vergine Maria e non sarebbe ritornata prima delle vacanze. Sospirando, Violet sperava di non aver commesso uno sbaglio nel mandarla via per la durata della guerra.

Il suo lavoro nella fabbrica di munizioni era ormai finito. C'era stata la possibilità di entrare in una manifattura di tabacco, ma lei non ne aveva voluto sapere. Un conto era svolgere un importante lavoro bellico, che andava comunque fatto, e un altro era starsene seduta sul banco di una fabbrica a fare sigarette assieme a centinaia di altre operaie. Alcune ragazze che avevano lavorato con lei dicevano che ci avrebbero provato. Lei, invece, non era d'accordo. Dopo tutti quegli anni di autobus presi di primo mattino e a tarda sera e di attese con qualsiasi tempo pensava di meritare un po' di riposo.

In ogni modo la sua figlia quindicenne stava per tornare a casa e il suo amico, Harry Elton, diceva che doveva riguardarsi un po'. Lui sapeva benissimo come stavano le donne alla fine di quella lunga guerra. Si sentivano spente, grige e scialbe e avevano bisogno di un po'... be', di riguardo. Mr Elton era stato meraviglioso, bravissimo nel procurarle piccole sciocchezze, come qualche pacchetto di zucchero o della lana per lavorare a maglia. Si era preoccupata quando le aveva portato quattro paia di calze di seta: accettare significava dover dare qualcosa, anche piccola, in cambio. Ma Harry Elton aveva riso e le aveva detto che voleva soltanto vederla sorridere. Così lei le aveva prese e aveva raccontato al marito che tutte, in fabbrica, le avevano ricevute come gratifica.

Il primo maggio, George aveva avuto un mese di preavviso, ma sembrava riluttante ad accettarlo. Si presentava ancora al Posto di guardia e al Posto di pronto soccorso e altrettanto facevano un paio di suoi amici. Insieme, scuotevano il capo a proposito della situazione. Era una decisione avventata quella di chiudere le stazioni della metropolitana la notte! E se fosse successo di nuovo? Come ci si poteva fidare dei tedeschi? George aveva ripetuto queste sue preoccupazioni talmente tante volte che, alla fine, Violet aveva cominciato a chiedersi se per caso non avesse ragione. Dopotutto, lui era stato là fuori la notte, forse sapeva quello che diceva.

«Vecchi imbecilli, non tuo marito, bada bene, quelli che non vogliono credere che è tutto finito», aveva detto Harry Elton. «Non sopportano di non essere più dei piccoli dèi con gli elmetti in testa. Non accettano l'idea che tutto è passato e che ci aspettano solo allegria e divertimento.»

Si sentiva sempre meglio quando parlava con quell'uomo. Aveva frequentato parecchio la fabbrica di munizioni: si era occupato dapprima dell'installazione di radio e altoparlanti e poi aveva avuto a che vedere con l'organizzazione dei trasporti. Sempre qualcosa di nuovo, di diverso. Lui non si stancava mai di lodare i coraggiosi ragazzi delle forze armate, non li criticava come George. Non si lamentava e non trovava scuse per non essere al fronte, si limitava a seguire i loro progressi come se tifasse per la propria squadra di pallone. Quell'uomo migliorava l'umore di tutti e Violet era contenta di piacergli.

C'erano un tale frastuono e una tale confusione a Euston che Elizabeth, per un attimo, si chiese se non fosse successo qualcosa. Quale avvenimento, si domandò, poteva aver radunato tante persone? Ma anche a Crewe aveva pensato la stessa cosa, mentre era più che normale che molta gente affollasse una grande stazione ferroviaria. Si fermò e spostò le borse da una parte all'altra. Mentre si avviava verso l'uscita aveva paura, paura che non la volessero indietro, nonostante le loro lettere, di non sapere che cosa dire o che non ci fosse niente da dire. Guardava con apprensione ai giorni e alle settimane che l'aspettavano. A Kilgarret avevano visto i cinegiornali sui bombardamenti di Londra, ma la realtà era molto diversa. Lì sembrava che tutto fosse andato distrutto.

Avanzava sul marciapiede assieme alla folla, chiedendosi da quale lato si sarebbe trovata la madre. Sarebbe stata schiacciata contro la cancellata o in piedi sul carrello di un facchino a scrutare la ressa? Forse era in ritardo. E, se non fosse venuta, doveva andare diritta a Clarence Gardens, oppure aspettare un po' e vedere.

Sorrise della propria stupidità e, mentre sorrideva, incontrò gli occhi di una donna che stava facendo altrettanto. Era molto più giovane di quanto lei ricordasse, con splendidi capelli biondi, un vestito elegante e un cappellino con tre piume. Stava agitando la mano e chiamando: «Elizabeth! Elizabeth!» Il suo rossetto era molto vivace. «Elizabeth!»

Era la mamma.

Emanava un buon profumo, mentre si abbracciavano impacciate ed Elizabeth per un po' tacque. «Sembri un annuncio pubblicitario, mamma, così giovane e... tutto», riuscì a dire alla fine. «Pensavo che fossi diversa.»

Violet stava per ribattere che stentava a credere di avere una figlia così grande, una ragazza alta invece di una tremante bambina di dieci anni... e fu talmente sorpresa dal complimento che si abbandonò a una risatina e disse la prima cosa che le passò per la mente: «Oh, tesoro, che sciocchezze, ma che cosa ti hanno fatto ai capelli, ai tuoi bei capelli? Come te li hanno tagliati? Dobbiamo provvedere immediatamente».

Prese una borsa e uscirono nel sole del tardo giugno. I manifesti elettorali erano appesi dappertutto ed Elizabeth ne rimase affascinata: a Kilgarret c'erano solo dei comuni manifesti che annunciavano balli, fiere e pellegrinaggi. Sarebbe stata delle ore a leggerli: come si sarebbero divertite lei e Aisling. Poi, con una stretta al cuore, si rese conto che da allora in poi avrebbe dormito in una stanza da sola e non avrebbe avuto nessuna amica con cui parlare.

Fuori della stazione la ricostruzione era in parte cominciata, ma la strada era ancora ingombra di macerie. I mucchi di calcinacci parlavano a Elizabeth dei bombardamenti molto più di quanto avessero fatto centinaia di lettere e di cinegiornali. Quelli che un tempo erano stati uffici e case erano ora resti di edifici.

Sua madre passava imperturbabile davanti a tutto quello sfacelo, diretta alla fermata dell'autobus, abbandonandosi alle risatine che era solita fare quando era impaziente.

Mentre salivano sull'autobus disse: «Papà è molto eccitato per il tuo ritorno. Ha comprato delle uova di gabbiano. Le mangeremo stasera come festeggiamento. Sai, con lo zucchero e il burro».

Elizabeth guardò la madre con affetto. Sembrava una ragazza, molto più simile a Maureen e alle sue amiche che a zia Eileen. Ed era anche molto graziosa. Si toccò i capelli: le erano stati tagliati una settimana prima a Kilgarret da Maisie O'Reilly, dove andava solo la gente davvero elegante. Zia Eileen aveva detto di non badare alla spesa e che non potevano rimandarla a casa che sembrava una zingara. Era stato un altro giorno triste e allegro al tempo stesso, perché coincideva con la fine della sua permanenza a Kilgarret. Aisling aveva suggerito che magari Elizabeth avrebbe dovuto stabilirsi in Irlanda e abbandonare l'idea di tornare a Londra. Zia Eileen, che era stata irascibile tutto il giorno, aveva detto che era una proposta infantile ed egoista e che non voleva più sentirne parlare.

Guardò fuori del finestrino: sembrava che ci fossero file dappertutto e molti indossavano ancora la divisa. Le strade erano affollatissime. Pensò a Kilgarret. Probabilmente, proprio in quello stesso istante, zia Eileen era intenta a scrivere una lettera. Non aveva voluto prometterle che sarebbe andata a Londra, e aveva detto che ci avrebbe pensato.

La madre le stava sorridendo. «Non so esprimerti quanto sia bello riaverti a casa», disse a un tratto. «È stata una guerra lunghissima ed è un peccato aver perso tutti gli anni della tua crescita. Ma sei venuta su bene. Spero di aver fatto la scelta giusta... L'ho sempre sperato.»

«Mi è piaciuto stare là, molto. Era diverso, ma erano tutti così gentili...»

«Lo so, lo dicevi nelle tue lettere. Eri brava a scrivere così tanto. Tuo padre e io ne eravamo deliziati.»

«Come sta papà?» chiese Elizabeth stringendo i pugni fino a sbiancarne le nocche.

«Benissimo, naturalmente. Ti ho detto che si è procurato delle uova di gabbiano, vero? Non ha fatto altro che aspettare il tuo ritorno.»

Violet rise di nuovo ed Elizabeth si sentì invadere dal sollievo. Non era una risata cattiva, non stava pensando al marito come a uno che le rovinava la vita.

Strinse, contenta, il braccio della madre.

«È bello essere tornata», disse.

Da tre mesi George non faceva che guardare le quindicenni. Si domandava se Elizabeth fosse come la giovane Miss Ellison, che veniva alla banca col padre. Si chiedeva se per caso non somigliasse alle principessine e sperava che non avesse preso troppe abitudini locali, perché gli irlandesi erano gente poco fidata. A giudicare dal loro irresponsabile atteggiamento verso la guerra, che Churchill gli aveva severamente rinfacciato, dal loro contrabbando e mercato nero, dovevano essere molto complessi e disonesti. Avrebbe preferito che Elizabeth non fosse mai stata mandata là.

Sì, certo, aveva scritto regolarmente e quegli amici di Violet erano stati estremamente gentili con lei. Si erano dimostrati anche molto generosi per essere gente di pochi mezzi e con una famiglia numerosa. Ma era durato troppo e lui si sentiva privato della giovinezza della figlia. Ora doveva essere una ragazza fatta, sciocca e vanitosa, che si interessava solo di attrici del cinema e di trucco. Non sarebbe mai riuscito a parlarle, a mostrarle le cose della vita e a spiegarle come funzionavano. Non sarebbe mai andata da lui a chiedere consiglio, né avrebbe mai pensato che lui sapesse tutto, come facevano le altre ragazze con i loro padri.

Quella guerra aveva spogliato tutti dei propri diritti. Lui era stato privato anche della moglie. Violet a malapena sapeva che era vivo. Certo, il più delle volte era molto gentile, ma pareva vivere su un altro pianeta. Sembrava che neppure si accorgesse di lui. Ecco che cosa aveva fatto la guerra alla gente come lui, l'aveva strappata dai suoi normali sentimenti nei riguardi della famiglia e l'aveva privata del senso della casa. Sua moglie non cucinava nemmeno più né andava fiera di ciò che riusciva a trovare nei negozi, come tutte le altre donne. Alla banca si parlava di razionamento, della mancanza di tutto e, per scherzo, si diceva che se ti fermavi a chiacchierare con un amico per strada la gente poteva pensare che si trattasse di una fila. Violet, invece, ci badava a stento, leggeva romanzi e, di tanto in tanto, vedeva le amiche della fabbrica di munizioni. Stava anche dimagrendo; era praticamente ridotta pelle e ossa.

Non aveva neppure pensato a un pranzo speciale per il ritorno di Elizabeth. Se il giorno prima lui non fosse riuscito ad allontanarsi dal lavoro e a mettersi in fila per quelle uova di gabbiano, ci sarebbe stata la solita omelette di uova in polvere o una scatoletta di manzo sotto sale.

Si augurava che Elizabeth non fosse diventata troppo distaccata e superficiale. Sperava che sarebbe stata contenta di rivederlo e che fosse disposta a parlargli e a chiedergli la sua opinione. Lui voleva raccontarle della guerra, nel modo giusto, non come la vedevano gli irlandesi. Voleva mostrarle le carte geografiche e le mappe che lui stesso aveva disegnato, con tutti gli eserciti nei diversi colori. Lei gli avrebbe fatto domande su strategie e tattiche e lui le avrebbe risposto con saggezza.

Il cancello cigolò ed entrarono. Violet portava una borsa, la ragazza alta con gli splendidi capelli biondi reggeva l'altra. Si schiarì la voce nell'aprire la porta d'ingresso. Una straniera alta e bionda, questo sarebbe stata.

Zia Eileen aveva detto che, probabilmente, al suo ritorno avrebbe trovato Clarence Gardens più piccola, perché i posti in cui si vive da bambini sembrano sempre enormi. Elizabeth aveva riso, e aveva ribattuto che ricordava la sua casa molto bene, con la moquette blu e beige, l'attaccapanni nell'ingresso e la stanza sul davanti, che veniva usata solo nelle occasioni speciali.

Eppure, stranamente, solo le scale e la distanza fra queste e la porta d'entrata le sembrarono più piccole. Lei lo ricordava come un ingresso molto grande mentre, in realtà, non era altro che uno stretto passaggio. Appese il cappotto marrone all'attaccapanni e si dedicò subito a riprendere possesso dell'ambiente. Il padre la precedette in cucina.

«Bene, bene», ripeté, fregandosi le mani. «Bene, bene, bene.»

«È fantastico essere di nuovo a casa, papà», disse Elizabeth.

«Cielo», esclamò lui, sorridendole felice.

«Hai sentito molto la mia mancanza? La casa doveva essere un po' vuota... Voglio dire, vuota e tranquilla, senza di me», aggiunse lei. S'impappinò, «vuota» era una parola sbagliata ma non sapeva perché.

«Oh, mi sei sempre mancata. Una bambina che cresce in un altro paese... è un fatto molto strano... molto particolare...»

«Sì.» Avrebbe preferito che il padre dicesse qualcosa di meno banale. «Però ho scritto parecchio», aggiunse.

«Sì, sì, ma non è la stessa cosa.»

Stava cercando di essere gentile con lei, di dirle quanto gli era mancata e, tuttavia, sembrava che si stesse lagnando.

«Be', non ho cominciato io la guerra», sottolineò lei ridendo.

«No, no e non ti lamentavi mai... mandavi lettere così allegre», si affrettò a dire lui.

«Tu non hai mai scritto, papà. Mi sarebbe piaciuto che l'avessi fatto.»

«Io non riesco a scrivere, quello è il compito di tua madre.»

Elizabeth rimase in silenzio.

«È stato così strano», aggiunse il padre, impacciato. «Tanto strano, ed eccoti qui di nuovo e anche questo è strano.»

Era esattamente quello che Elizabeth stava pensando... e, tuttavia, avrebbe preferito che usasse una parola più carina... «Sì, dovrai cominciare ad abituarti di nuovo a me», disse, sperando che a sentirla parlare con quella voce da adulta lui sorridesse. Invece il suo tono scherzoso dovette sfuggirgli.

Sembrava più ansioso che mai di compiacerla. Con un ampio gesto, che parve abbracciare l'intera cucina, indicò il forno. «Stasera ci sarà una cena speciale. Una gran festa in tuo onore», disse.

«È tutto immutato», esclamò Elizabeth, meravigliata. Si chiese se avevano cambiato il fornello con uno nuovo e più piccolo, ma sembrava lo stesso di sempre. Attraverso le finestre vide il giardino trasformato con i resti del capanno degli Anderson... si ricordò che la madre gliene aveva parlato nelle sue lettere. Entrò nella stanza sul davanti: era fredda e odorava di muffa. Il piccolo scrittoio della madre c'era ancora, ma era ingombro di una quantità di scatole che avevano l'aria di essere lì da tempo. La stanza era umida ed Elizabeth ebbe un fremito, le dava l'impressione di non essere stata abitata da un pezzo.

Il padre era dietro di lei. «Magari, in tuo onore, ci beviamo una tazza di tè qui dentro», disse, desideroso di farla contenta e sperando che non fosse rimasta delusa.

Elizabeth ebbe un altro leggero brivido. «Cielo, no, papà, torniamo in cucina, lì è magnifico.»

C'erano tante novità, tanto da imparare e ricordare. Naturalmente la madre aveva scritto del sistema dei punti del razionamento e delle file interminabili, ma la realtà era così squallida da essere davvero scoraggiante.

«Rammenti Monica Hart?» chiese Violet. «Era a scuola con te.»

«Certo che la ricordo», rispose Elizabeth ridendo. «Aisling e io battezzammo una gatta col suo nome. È ancora là, sai, un'enorme gatta nera che Niamh è convinta sia sua ormai, mentre per lungo tempo fu di Aisling e mia.»

Violet aveva notato il tono sognante che assumeva la voce della figlia quando pronunciava tutti quegli strani nomi irlandesi della famiglia di Eileen. Non aveva mai ammesso che ne avvertiva la mancanza o che si sentiva sola, ma lei aveva capito che doveva essere stato un trauma per Elizabeth tornare in una casa così silenziosa dopo averne abitata una dov'era circondata da un gran numero di persone. «Gli Hart vivono in fondo alla strada ora», proseguì. «A volte vedo Monica passare in bicicletta. Magari potreste diventare amiche. Sarebbe bello per te averne una.»

«Sì.» Elizabeth non era molto entusiasta.

«Prima di iscriverti, parla con lei che frequenta la scuola secondaria e che può dirti come va e consigliarti...»

«Come vuoi», rispose Elizabeth. Non le piaceva l'idea di vedere di nuovo Monica, quella prepotente che le dava pizzicotti durante le lezioni. Aveva saputo che Miss James era in ospedale, anche lei sofferente di «nervi da guerra».

«Bene.» Violet era soddisfatta. Elizabeth era a casa ormai da cinque giorni e si accontentava di starsene seduta a leggere e a scrivere interminabili lettere in Irlanda. Faceva tranquillamente le file e, una volta imparato il sistema delle tessere e dei punti, era stata di grande aiuto per la spesa. Ma lei voleva che conducesse una vita più normale e non si comportasse come se fosse un'ospite in casa propria.

Monica non era più prepotente come prima, o almeno non mostrò nessun desiderio di darle dei pizzicotti. Quando venne per il tè si rivelò educata e abbastanza taciturna. Fu Elizabeth a porre quasi tutte le domande e Violet giudicò l'incontro un discreto successo.

«Vi lascio a parlare dei vecchi tempi», disse, calzando il cappellino. «Devo incontrare delle persone della fabbrica di munizioni. Facciamo un giro in macchina.»

«Quella gente ha la macchina?» chiese Monica interessata.

«Oh, rimarresti sorpresa di sapere che cosa possediamo oggi noi donne della fabbrica», esclamò Violet ironica, e se ne andò.

«Tua madre sembra un'attrice», disse Monica.

«Sì, immagino di sì», ribatté Elizabeth con una scrollata di spalle.

«E la tua com'è?» le chiese.

«Brava», rispose lei laconica.

Elizabeth mandò un sospiro. Era una vera fatica. Zia Eileen avrebbe saputo come tenere viva la conversazione e Aisling non si sarebbe preoccupata, avrebbe chiacchierato felice di tutto ciò che la interessava e sarebbe stata Monica a decidere se partecipare alla conversazione o meno…

Lei invece non era capace di fare altrettanto. «Raccogli francobolli?» domandò disperata.

«No», rispose Monica.

«Neppure io», disse lei e, chissà come, la cosa parve talmente buffa a entrambe da farle ridere fino ad avvertire un dolore al fianco.

Monica era una vera appassionata di cinema. Conosceva i particolari della vita di tutte le attrici ed era ansiosa di aggiornare Elizabeth su quello che si era persa.

«Naturalmente eri lontana da questo mondo», diceva, con tono di scusa, come se Elizabeth in realtà, per quei suoi cinque anni in Irlanda, avesse perso l'occasione di far parte della scena di Hollywood.

Le propose anche di portare i capelli come Veronica Lake, che le nascondessero il viso, ma la pettinatura non funzionò. Quando Elizabeth provò, i suoi folti capelli biondi chiarissimi risultarono fuori posto e in disordine. In relazione al mondo del cinema si sentiva molto ignorante; l'unica sua superiorità consisteva nel fatto di venire da un paese nel quale potevi mangiare tutto quello che volevi e dove nessuno doveva fare la fila.

«Che cosa portavano in tavola la domenica? Dimmelo di nuovo», implorava Monica.

Ed Elizabeth descriveva il pranzo domenicale: minestra e pane al lievito fatto in casa. Poi gallina bollita con salsa bianca, lardo bollito, patate cotte con la buccia e cavolo cucinato nella stessa acqua del lardo, così da essere molto saporito. Torta di mele e crema di latte. Monica ascoltava trasognata con l'acquolina in bocca al solo pensiero e diceva invidiosa: «Dovevano conoscere gente molto importante».

«No, no… sai, semplicemente lì non c'era la guerra.»

«Certo che c'era, era dappertutto. E gli Enniskillen e tutti gli altri, non erano forse irlandesi?»

«Sì; ma di un'altra parte del paese. C'era la guerra su nel Nord ma non… non dove ero io. Ed è per questo che mi trovavo lì.»

Monica cambiò argomento. «Ti sei persa moltissime occasioni a non essere qui. Si vedevano tanti personaggi importanti... erano dappertutto a risollevare il morale della gente. Una volta parlai perfino con Sarah Churchill. La conoscerai, è famosa. Ha degli stupendi capelli rossi.»

Con una stretta al cuore, Elizabeth pensò ad Aisling e a come si sarebbe illuminata a sentir parlare in quel modo. Ancora una volta desiderò che fosse facile scrivere quello che si provava. Le sue lettere all'amica sembravano così noiose mentre quelle di Aisling erano estemporanee e allegre. Se non fosse stato per zia Eileen avrebbe concluso che a Kilgarret nessuno più si ricordava di lei.

Violet si chiedeva se non era il caso di mandare un regalo agli O'Connor per ringraziarli di tutto ciò che avevano fatto per Elizabeth. Ne aveva discusso anche con George.

«Fosti tu a dire che non si sarebbero accorti di una bocca in più a tavola», aveva borbottato lui. «In ogni modo, dove lo prendiamo un tipo di regalo adatto, come dici tu?»

Violet aveva riflettuto. «Furono molto generosi, capisci, le regalarono una bicicletta e, quando se ne andò, le dissero di venderla e di tenersi i soldi perché era sua e non loro. Le comprarono vestiti e biancheria.»

«Credevo che avessimo inviato dei soldi per quelli.»

«Li mandammo, ma non abbastanza. Insomma, Eileen scriveva sempre di avere comprato a Elizabeth un cappotto nuovo per l'inverno con il nostro denaro, ma lei mi dice che riceveva tutto quello che veniva dato agli altri ragazzi, capisci, e Sean elargiva loro anche i soldi per il cinema e il resto. Mi preoccupa il fatto che possiamo averla presa troppo alla leggera.»

«Gli scrivesti e li ringraziasti, no?» aveva detto George in tono stizzito.

«Certo, ma, sai, loro si comportarono in maniera meravigliosa con Elizabeth. È così cresciuta e, tuttavia, non è cambiata affatto. Lo sapevi che ora frequenterà una classe di sedicenni? È molto più avanti di quanto ci aspettassimo.»

«Legge anche parecchio», aveva aggiunto George compiaciuto. «Ieri mi diceva che la sera lei e Aisling leggevano Wilkie

Collins ad alta voce. Solo una di loro aveva la torcia elettrica e così facevano a turno.» Aveva riso all'idea.

Anche Violet aveva sorriso. «Non credo che si senta sola, ma non sarebbe sbagliato mantenere i contatti. Il guaio è che qui non troviamo niente da comprare. Sono loro che possono acquistare di tutto. Mi chiedo se se ne rendano conto.»

«Perché non gli scrivi di nuovo per dirgli che quando il razionamento sarà finito ricambieremo?»

«Devo usare molto tatto», aveva detto Violet, riflettendo. Eileen era sempre stata orgogliosa e testarda. Era un tipo molto particolare e bisognava essere cauti per non offenderla.

«Elizabeth le era estremamente attaccata, però del marito non parla spesso», aveva detto George.

«Immagino che fosse molto occupato e non stesse tanto in casa, è sempre stato un gran lavoratore. Abbastanza rozzo ma molto attivo.»

«Non come qualcuno di tua conoscenza, immagino.»

Violet l'aveva guardato. «Non pensavo affatto di paragonarlo a te. Davvero, non facevo confronti. Devi credermi.»

George era rimasto sorpreso e compiaciuto. Aveva borbottato e l'aveva lasciata là seduta al suo scrittoio. Dopodiché Violet aveva deciso che avrebbe chiesto il parere di Harry Elton: lui sapeva sempre esattamente che cosa fare, capiva queste situazioni.

Harry, in verità, ci aveva riflettuto allegramente quando si era incontrato con Violet il sabato, per bere qualcosa sulla sponda del fiume. «Trattiamolo come un serio problema di stato», aveva detto ridendo. Era rimasto soddisfatto della sconfitta di Winston Churchill alle elezioni del mese prima. I laburisti avevano detto che avrebbero costruito cinque milioni di case e bisognava avere loro al potere. Harry era ottimista al riguardo come lo era per qualsiasi altra cosa.

«Se mi dispiace per Churchill? Niente affatto. È stato un grande vecchio eccentrico quando avevamo bisogno di essere sostenuti, ma ora necessitiamo di case e posti di lavoro.»

* * *

Le aule somigliavano solo in parte a quelle della scuola delle suore: avevano lavagne più grandi e migliori e belle carte geografiche alle pareti, ma non c'erano né statue né quadri sacri.

Elizabeth giudicava molto strano che i corsi non cominciassero con una preghiera. Ogni volta lei, in piedi, aspettava che venisse detta, dopodiché si metteva subito a sedere imbarazzata. Trovava l'odore di gesso e disinfettante e i lunghi corridoi color bianco sporco più adatti a un ospedale che non a una scuola. Erano lontanissimi da quelli che emanavano il profumo di incenso attorno alla cappella.

«Questa Aisling era più o meno brava di te?» chiese Monica mentre tornavano a piedi.

«Era molto più brava, ma era estremamente... non so... le suore dicevano che era pigra e trascurata. Io penso che fosse solo annoiata, che non avesse tempo per la scuola. Le impediva di divertirsi.»

«E otteneva voti più alti dei tuoi?» Monica era seccatissima per il successo di Elizabeth. Gli anni passati in un paese straniero non erano stati un impedimento, semmai un vantaggio. Il paziente lavoro di suor Catherine, nel corso di matematica, aveva dato i suoi frutti ed Elizabeth era la prima anche nei compiti settimanali di geografia e grammatica. In storia e francese era un po' debole, ma a quanto pareva era convinta che se ti assegnavano dei compiti dovevi eseguirli e se ti dicevano di imparare una poesia dovevi farlo...

«Volendo, Aisling avrebbe potuto essere la prima in tutto. A volte facevamo un patto. Se lei imparava la lezione per il giorno dopo io mi recavo in cucina per il festino di mezzanotte. Dovevo andarci io perché zia Eileen non ci faceva caso, se si trattava di me, ma ad Aisling diceva sempre che era una poco di buono.»

Monica proseguì il cammino corrucciata, dando calci ai mucchi di foglie lungo il marciapiede. «Non capisco che cosa intenda mia madre per migliorare. Già ne so molto più di lei. Come fa a dire se sono migliorata o no?»

«Penso che dovresti farle vedere che studi... sai, tirare fuori i libri di scuola, più che le riviste e gli annunci cinematografici. Così lei noterebbe che fai dei progressi.»

Monica scoppiò a ridere. «Ooh, sei furba, Elizabeth White...

Ho sempre pensato che fossi davvero brava, invece fingevi soltanto...»

Elizabeth rimase impassibile. «No, io studio molto, non ho altro da fare... e a Kilgarret mi applicavo perché non volevo deludere zia Eileen. Aisling, invece, fingeva di studiare e se la cavava sempre... In realtà, le piaceva solo ridere.»

Incupita, Monica disse: «Non c'è niente di male. Moltissima gente ama farlo».

Di colpo Elizabeth pensò alla madre col capo buttato all'indietro. Non appariva mai così giovane e felice come quando si abbandonava a una bella risata. Recentemente sembrava che fosse più allegra.

A dicembre venne annunciata la buona notizia che il contenuto di manzo delle salsicce sarebbe stato portato dal trentasette al quaranta per cento.

«Non si direbbe molto», commentò Elizabeth col padre, durante una delle loro passeggiate del sabato.

«Oh, avresti dovuto assaggiare una salsiccia quando il razionamento era al culmine», rispose lui. Gli piaceva parlare con la figlia di fatti che lei non conosceva.

Avevano preso l'abitudine, il sabato, di fare una passeggiata durante la quale il padre le indicava i diversi posti in cui era caduta una bomba, gli edifici destinati a essere abbattuti e le strade che erano state più colpite. Era un catalogo di tristezze, disastri completi e parziali. Nessun avvenimento allegro da ricordare, nessuna risata, niente di veramente divertente era accaduto. E nemmeno di realmente drammatico, come succedeva invece nelle storie che narrava zio Sean, in cui gli uomini erano forti e i ragazzi coraggiosi. Niente racconti, come quelli che faceva zia Eileen, di grandi gentilezze o sul buon comportamento della gente... Col padre tutto era sconfitta, occasioni mancate e buone azioni fraintese.

«Devono essere stati tempi terribili, papà», disse Elizabeth mentre imboccavano la via di casa. Il pomeriggio era buio e faceva piacere pensare a una bella tazza di brodo nella cucina calda. Forse la madre era rientrata, di solito il sabato incontrava le amiche della fabbrica di munizioni e questo offriva a Elizabeth l'occasione di una passeggiata col padre. O papà. A volte lo chiamava così e lui sembrava apprezzare.

«Può darsi che la mamma sia a casa», disse ancora, nel tentativo di risollevargli il morale.

«No, starà fuori, c'è una riunione di tutti quelli della fabbrica di munizioni... i lavoratori bellici, per intenderci. È in un albergo. Ha detto che non sarebbe tornata, e che sarebbe andata direttamente là.»

«Oh», esclamò Elizabeth. Non le dispiacque in maniera particolare. Avrebbe comunque passato la serata a leggere e, quando fosse stata l'ora del suo programma preferito alla radio, avrebbe preparato dei toast di sardine e della cioccolata. La madre aveva fatto il bucato quella mattina, mettendolo ad asciugare accanto al fuoco, perciò ci sarebbero dovuti sedere molto vicini per avere un po' di calore.

«Potremmo giocare a dama», disse il padre.

Elizabeth la trovava molto noiosa. Avrebbe voluto che imparasse a giocare a scacchi, ma lui sosteneva che questi e il bridge erano per gli intellettuali. Come avrebbe potuto convincerlo che le ci era voluta solo mezz'ora per conoscere i pezzi e i movimenti e che, una volta imparati, li sapevi per tutto il resto della vita? Lei e Aisling ci giocavano spesso, ma l'amica era troppo impaziente e non si preoccupava di strategie o di piani: eliminava i pezzi spietatamente finché la scacchiera non rimaneva praticamente deserta. Giocava anche con Donal, ma solo per gentilezza, perché lui non era affatto bravo: riusciva sempre a cacciarsi in brutte situazioni senza neppure rendersene conto.

Alla radio trasmettevano un dramma storico e il padre disse che non sopportava tutta quell'enfasi e quei modi di esprimersi, così quando ebbero finito le sardine andò a prendere la scacchiera. «Vogliamo tirare a sorte per il nero?» le chiese, con lo sguardo ansioso.

«Ti secca che la mamma esca con Mr Elton e tutti quelli della fabbrica, papà?» domandò lei.

Il padre rimase molto sorpreso. «Mi secca?» ripeté. «Mi secca? Non è questione di seccare o no. Non si tratta di uscire con Mr Elton, tutti loro partecipano a queste riunioni.»

«Lo so, papà, ma sai, alla mamma piace farlo. Non preferiresti che stesse a casa con noi?»

«Santo cielo, che cosa dici? Certo che a tua madre piace rimanere qui con noi, stasera è andata solo a una riunione. Si tratta di una volta e tu già cominci a dire che è sempre fuori.»

Elizabeth chinò il capo. Sentiva di essersi spinta troppo in là, ma ritirarsi sarebbe stato altrettanto sbagliato.

«Ha diritto alla sua serata, fuori come chiunque altro. Ha lavorato molto duramente durante la guerra. È naturale che le piaccia incontrare gli amici e parlare di quello che hanno vissuto insieme.»

Elizabeth strinse i denti. «Tu hai capito benissimo ciò che intendevo dire, papà. Avrai pur notato che la mamma dedica solo metà della sua attenzione a noi... non pensa molto a te e a me. Non rendiamo questa casa abbastanza allegra per lei, siamo noiosi, non ridiamo e non scherziamo. Io mi limito a leggere i libri e tu il giornale.» Tacque. Per un po' lui stette zitto, poi accadde qualcosa al suo viso, come se stesse per parlare ma avesse paura di mettersi a piangere.

Dio, ti prego, ti prego, fa' che non pianga. Ti prego, Signore buono e gentile, fa' che non l'abbia spinto a piangere.

«Bene. Eh...eh...» mormorò lui.

Oh, ti prego, Dio, non nominerò mai più questo argomento. Mi dispiace tanto, Signore, supplicò ancora Elizabeth.

«No, hai ragione. C'è pochissima allegria in me. In effetti non ce n'è mai stata. Ma tua madre l'ha sempre saputo. Non venne ingannata, sai. Desidera un porto fidato e sicuro tanto quanto ridere e... e così ciascuno è quello che è... capisci? Alcuni di noi sono lavoratori, uomini affidabili che provvedono alla casa e al focolare, altri procurano il divertimento e l'eccitazione. Così va il mondo. Capisci?»

«Sì, papà», bisbigliò Elizabeth. «Capisco.»

«No, non è il caso di scusarsi», disse il padre, non notando nemmeno che lei non ne aveva la minima intenzione. «No, è proprio vero quello che hai detto. Bisogna essere sinceri. Tu sei una ragazza molto brava, Elizabeth, e sei una grande gioia per me e per tua madre. Ci ripetiamo spesso quanto siamo stati fortunati ad avere una figlia così responsabile. Non credere che non ti apprezziamo.»

C'era appena un accenno di tremito nella sua voce. Elizabeth decise che bisognava farlo scomparire. «Oh, non sono poi così brava», disse. «Avanti, su, prendo io i neri e cominciamo la partita.»

A Natale, per Elizabeth, ci fu un regalo da parte di ognuno degli O'Connor, più un berretto che Peggy aveva lavorato a maglia, delle figurine sacre inviate da quattro delle suore, un calendario da parte di suor Catherine e una mezza dozzina di cartoline natalizie scritte da altra gente di Kilgarret.

Elizabeth era confusa e aprì i regali uno per uno. «Guarda, mamma. Queste le invia Eamonn. Ti immagini lui che scrive una cartolina e manda due mollette per capelli a forma di farfalla? Non sono carine? Pensa un po', da parte di Eamonn! Credi che sia andato lui personalmente nel negozio a chiederle a Mrs McAllister? Oh, no, non è possibile. Forse gliele ha prese zia Eileen.»

Violet stava seduta al tavolo e l'aiutava ad aprire i regali, spiegando poi i fogli di carta e sciogliendo i nodi degli spaghi. «Oh, sono terribilmente vistose... ma com'è stato carino da parte sua. Eamonn è quello delicato, il malato?»

«No, mamma, quello è Donal. Eamonn è il maggiore. Be', adesso è il più grande. Te l'ho detto, andrà a lavorare nel negozio con zio Sean, ha quasi diciassette anni.»

Ogni cartolina conteneva il suo messaggio e Aisling accludeva una lettera di sei pagine che Elizabeth fece scivolare in tasca per leggerla in seguito.

«Sono terribilmente sacre queste cartoline...» disse Violet, toccandole.

«Be', sai, Natale lì da loro consiste proprio in questo... presepe e mangiatoie... ci tengono molto», spiegò Elizabeth. Ogni tanto provava un senso di colpa per aver perso così facilmente la propria fede al ritorno in Inghilterra. Aveva cercato la chiesa cattolica più vicina e ci era entrata, ma era fredda, umida e poco accogliente. Era sicura però che Dio avrebbe capito e l'avrebbe considerata una mancanza temporanea.

«E questa che cos'è?» Dal pacco era caduta una cartolina con una calligrafia infantile. «È di Niamh. Oh, è così dolce, mamma, ha solo sei anni. Non potesti più avere figli dopo di me, non li volevi oppure non vennero?»

«Come sei buffa, mia cara. Ci furono delle complicazioni e così tu non potesti avere una sorella.»

«Ma questo non ti impedì di dormire sempre nello stesso letto di papà? Voglio dire, potevate ancora avere... eh...?» Elizabeth s'interruppe, incerta.

Violet fu colta di sorpresa. «Eileen mi scrisse che ti aveva... spiegato i fatti della vita, disse che l'aveva fatto quando ne aveva parlato anche ad Aisling... e che, per quel che aveva capito, tu avevi afferrato tutto abbastanza bene. Ora non ne sono così sicura.»

«Che cosa non ho afferrato?» chiese Elizabeth.

«Elizabeth, io sono per la franchezza, ma ci sono certe cose che non si chiedono. La gente non ne discute. Sono faccende intime, tra i due interessati. Eileen non ti avrebbe mai parlato della sua attività sessuale.»

«Ma con zia Eileen era diverso, mamma», ribatté Elizabeth, senza riflettere. «Voglio dire, tutti sapevano che lei e zio Sean si amavano. Nonostante tutto quello che dicevano, erano molto legati l'uno all'altra...» guardando il volto della madre le mancò di nuovo la voce.

Violet rimase in silenzio.

«Oh, mamma, che cosa ho detto?» esclamò Elizabeth colpita.

«Niente, cara.» Violet si alzò. «Niente di niente. Ora, lì a Kilgarret sanno che qui c'è stata una guerra e che noi non possiamo procurargli dei regali come questi?» La sua voce tremava.

«Oh, certo che lo sanno», rispose Elizabeth. Cinque settimane prima aveva mandato una lettera a zia Eileen includendo quattro sterline e un certo numero di cartoline di Natale già scritte chiedendole di comprare qualcosa da Mrs McAllister.

«Allora va bene», disse Violet ripresasi.

«Mamma, io non volevo...»

«Raccogli questa roba e mettila via, per piacere, cara», concluse la madre e uscì dalla stanza con l'aria che assume la gente nei film, quando è stata profondamente ferita ma non vuole che gli altri lo sappiano.

Cara Elizabeth,

questa dovrebbe essere una spensierata lettera di Natale e invece non mi sono mai sentita così esasperata in vita mia. Ma' mi sta addosso e insiste che dovrei raccontarti le novità, ma in tutta sincerità non c'è niente da dire. Questo posto è noiosissimo, io ho un aspetto terribile e tutti sono di cattivo umore. Suor Catherine è un vero demonio. Lo so che non vuoi sentir parlare male di lei e che aveva un debole per te, perché tu capivi tutte quelle cose orribili sui treni che entrano in una stazione il cui marciapiede è lungo mezzo chilometro... ma è veramente insopportabile. Ce l'ha con me.

È venuta al negozio, pensa, proprio lì. Una suora che si prende la briga di recarsi a parlare a ma' durante il lavoro. Ha detto a ma' e pa' che dovevo essere tolta dalla scuola perché ero motivo di distrazione e avevo una cattiva influenza sul resto della classe. Tuttavia, mi si offriva un'ultima possibilità.

In tutta sincerità non è giusto. Non faccio neppure un decimo di quello che fanno le altre per disturbare le sue stupide lezioni. È solo che non le piaccio, che non può vedermi a causa dei miei capelli. Vorrei che fossi qui. Tu riuscivi sempre a far capire loro che le cose non erano poi così serie e gravi. Dunque mi sarà offerta un'ultima possibilità il prossimo trimestre, ma sarò tenuta d'occhio come una lebbrosa. Che cosa c'è di nuovo in questo, mi chiedo? Lo sono comunque.

Vorrei che tu potessi venire per Natale e ci rallegrassi un po'. Non ricordo che litigassimo tanto quando eri qui, o forse siamo noi a essere cambiati e continueremo a farlo anche se tu tornassi. Non ci credo. Quando quella maligna, cattiva suor Catherine andò via, ma' disse che tu avevi assunto il giusto atteggiamento nei confronti dello studio, chinavi il capo e ti applicavi. Vorrei poterlo fare anch'io, ma è così inutile, talmente privo di scopo.

Maureen se l'intende con quello sciocco di Brendan Daly, lo ricordi? Abitano in quella casa con l'enorme fienile cadente davanti a cui passavamo in bicicletta quando andavamo a scuola lungo la strada del fiume. In ogni modo lui lavora in una ditta di alimentari a Dublino, incontrò Maureen a un ballo e ora escono insieme. Immagina, trasferirti a Dublino e organizzarti una tua vita per poi trovare un ragazzo di Kilgarret! Joannie e io diciamo sempre che quando andremo via e faremo il nostro ingresso nel mondo, la prima domanda che porremo a ogni scapolo sarà: «Lei è di Kilgarret?» Così non correremo il pericolo di innamorarci di qualcuno di qui.

Davvero, pensa un po', sposare Brendan Daly con quegli orrendi denti sporgenti. Immagina entrare nello stesso letto con lui ed essergli legata per sempre, per il resto della tua vita.

Joannie trova tutto ciò estremamente divertente, continua a chiamare Brendan mio «cognato» e, ogni volta che andiamo a scuola insieme, dice: «Vogliamo passare dal fienile dei tuoi parenti?» Joannie è diventata molto spiritosa, ti piacerebbe più dell'anno scorso, è vivacissima.

È strano, ma quando nelle tue lettere nomini Monica io penso sempre alla gatta. Non ho mai conosciuto una che si chiamasse così. Quando dicesti che eri andata a vedere *Breve incontro* con lei per un attimo ho pensato che ti fossi portata una gatta al cinema. Anch'io l'ho visto, lo diedero qui due settimane fa per tre sere. Tutti piangevano tranne me.

Mi sono spuntati degli orrendi brufoli sulla fronte e sul mento. Joannie mi assicura che non si vedono molto, ma quando lo chiesi a Eamonn lui disse che erano visibili come fari e che se qualcuno si fosse perso avrebbe potuto trovare la via di casa grazie al rosso bagliore della mia faccia.

Riesci a scovare una sola briciola di notizia allegra da riferirmi? Come, per esempio, che verrai a stare a Kilgarret, che ti stabilirai qui? O che cosa devo fare per togliermi di torno quella pazza, cattivissima suor Catherine?

Buon Natale a tutti voi; non ci stancavamo mai di guardare la foto tua e di tua madre. Ma' la tiene in camera da letto sulla toeletta. Violet sembra una reginetta di bellezza. Vai d'accordo con lei? Dev'essere strano tornare e ritrovarsi una nuova mamma.

Tutto l'affetto della tua infelicissima

Aisling

* * *

Poco prima di Natale Violet prese una brutta influenza. Venne il dottore e disse che doveva ingrassare un po', perché era ridotta pelle e ossa. Il padre ed Elizabeth tentarono di fargli un quadro di quello che la madre mangiava normalmente durante il giorno: niente pane, né patate, né pudding. Si limitava a sbocconcellare. Era molto pallida e svogliata.

«Mi dispiace di procurarvi tanto fastidio», continuava a dire. George ed Elizabeth, a modo loro, si erano preparati per il Natale: avevano costruito ghirlande di carta, raccolto nel parco erbe, agrifoglio ed edera, preparato segnaposti fantasiosi, letto ricette di nuovi punch natalizi. Ora, con la mamma malata era tutto inutile. Si oppose a che trasportassero il suo letto di sotto, nella stanza dove ardeva l'unico fuoco.

Elizabeth propose allora di far spazzare il camino nella camera da letto e di accendere un fuoco lì, ma la madre non ne volle sapere. Portava i mezzi guanti e aveva due borse dell'acqua calda. Stava distesa, senza lamentarsi, coi capelli sparsi sul cuscino. Il padre non era assolutamente all'altezza della situazione. Se ne stava nella stanza da letto a torcersi le mani e chiedeva: «Violet, c'è qualcosa che possiamo fare?» in un tono sommesso da camera mortuaria che naturalmente spingeva ai limiti della pazienza.

La madre di Monica insegnò a Elizabeth a fare brodi e bevande calde e a preparare compresse fredde, evitando di affogare l'ammalata e allagare il letto. La vigilia di Natale il dottore li rassicurò: non c'era pericolo di polmonite ed era solo questione di tempo, lentamente le forze le sarebbero tornate e lei sarebbe stata quella di prima. Elizabeth, rallegrata dalla notizia, divenne insofferente col padre, che continuava a brontolare che i medici facevano i saccenti, mentre in sostanza non sapevano proprio niente.

«Papà, ma non riesci mai a vedere qualcosa di buono nella vita? Non scorgi mai la luce alla fine del tunnel?» sbottò.

«Proprio no», rispose lui.

«Ma è una maniera orrenda di vivere.»

«Nella mia esperienza personale, le luci alla fine dei tunnel tendono a tremolare e a spegnersi.»

Mentre preparava il brodo di manzo per la madre Elizabeth pensò al suo ultimo Natale a Kilgarret. Quel giorno, l'anno precedente, erano avanzati nel buio gelido del primo mattino per andare alla messa in collina, gridando auguri a tutti, pieni di attesa per quello che la giornata riservava. La piccola Niamh era caduta e si era ferita al ginocchio. C'era stata una grande partecipazione, avevano asciugato la ferita coi fazzoletti puliti e l'avevano esaminata alla luce di un lampione, ma Niamh, spaventata, aveva continuato a strillare forte.

«Oh, Niamh, per l'amore di Dio, smettila di piangere», aveva detto Aisling. «Non perderài la gamba. Non rovinarci il Natale.»

«È impossibile rovinare il Natale», aveva ribattuto Donal.

Eileen aveva sollevato la figlia di cinque anni e l'aveva presa in braccio. «Sean, falle una fasciatura», aveva detto allegra. «Povera, coraggiosa Niamh. Ma Donal ha ragione, non rovinerà il Natale, niente può rovinarlo.»

La mano della madre era molto esile e il cucchiaio del brodo sembrava grande e pesante quando lo prese.

«Mi dispiace di farti passare un Natale così orrendo, mia cara», disse a Elizabeth.

«È impossibile rovinare il Natale», ribatté lei, come in un'eco.

Violet la guardò. Non c'era traccia d'ironia in quello che aveva detto.

Al piano di sotto George stava sbuffando e soffiando sugli stecchi umidi per accendere un fuoco che non voleva saperne di prendere vita.

Le lacrime corsero giù per il viso pallido di Violet. «È una tale rovina», disse, singhiozzando. «Non doveva finire così. È una tale, disperata rovina…»

«Mamma, andrà tutto bene.» A vedere le spalle della madre scosse in quel modo Elizabeth rimase turbata. Col piede chiuse la porta della stanza, per evitare che il padre sentisse e salisse a peggiorare la situazione.

«No, è tutto sbagliato. Non c'è la minima speranza. Non potrei essere più dispiaciuta, ma non riesco a pensare cos'altro potrei fare… Mi sono sforzata, ma proprio non sono una brava donna di casa… Non riesco a sbrigare le faccende domestiche e a cucinare per niente…»

«Ma, mamma, non è per niente, è per noi», esclamò Elizabeth. «E noi ti siamo molto grati e, quando starai meglio, ti aiuteremo di più. Dicevo a papà che, in effetti, non facciamo molto per te...»

Violet la guardò con gli occhi inondati di lacrime. «Ancora non capisci, non capirai mai. Oh, Dio mio, è tutto una tale rovina.»

Girò il capo sul cuscino ed Elizabeth decise di non costringerla a bere ancora brodo di manzo. Rimase seduta lì per un po', ma la madre non disse altro; il suo respiro divenne meno agitato e lei si addormentò o finse di farlo. Elizabeth scivolò fuori della stanza.

Il padre sembrava un grosso cane impaziente inginocchiato lì davanti al camino mentre cercava di dar fuoco alla legna con un giornale. «Come sta?» bisbigliò.

Elizabeth esitò. «Bene, papà. Sta dormendo.»

Tornò al tavolo della cucina, che era stato apparecchiato per il pranzo natalizio. C'erano dei pettirossi di carta con l'agrifoglio nel becco che aveva ritagliato lei, tre Babbo Natale fatti in casa che reggevano i tovaglioli e da un capo all'altro della tavola, incrociati, erano sistemati edera e rametti. Elizabeth sedette e guardò il piatto di manzo sotto sale e i tre pezzi di pollo. Aveva fatto una fila di tre ore per ottenerli, il manzo, invece, era in scatola.

Si sentì una cinquantenne intenta a preparare il pranzo di Natale.

Cara Aisling,

Avevo intenzione di scriverti subito ma qui è stato tutto talmente brutto e confuso che non sono riuscita a trovare un momento. Prima, però, parliamo di te... Ti ricordi come te la cavavi sempre in tutto fingendo di fare qualcosa? Allora funzionava, perché non dovrebbe accadere anche adesso? Oppure che ne diresti di chiedere una tregua a suor Catherine? O ancora, perché non l'accontenti dimenticando tutto il resto e studiando per due trimestri? Quando sarai diventata la migliore della classe tutti saranno soddisfatti e ti lasceranno finalmente in pace.

Non credo che la prima soluzione funzionerà. Probabilmente siamo troppo adulte per cavarcela o forse le suore si preoccupano per i risultati degli esami. Al tuo posto io farei una tregua con la vecchia Catherine. In tutta sincerità, era simpatica, ma tu non ci hai mai voluto credere. È estremamente sola e molto più anziana delle altre. Vive per le alunne e sarebbe così felice se scambiassi due chiacchiere con lei. Ma immagino che non vorrai farlo. Perciò rimane l'ultima soluzione: ammazzarti di fatica, come dicono. Puoi considerarla una specie di gara: gliela fai vedere, gli dimostri che si sbagliavano sul tuo conto. Sinceramente io sono convinta che ti lasceresti indietro tutto il resto della classe. Monica (non la gatta) mi ha chiesto di te e io le ho detto che sei più intelligente di chiunque qui a scuola e lei non ci credeva perché è davvero convinta che io sia molto brava. Ma io non lo sono, mi limito a prestare attenzione e a imparare.

Ti prego, fammi sapere quello che succede. Vorrei che ci scrivessimo ogni giorno. A volte mi sembra tutto così lontano ed ecco che, nel leggere la tua lettera su Maureen e Brendan Daly, i ricordi sono riaffiorati netti. Si è fidanzata? Ora sono davvero vostri parenti? Immagino che dobbiamo essere educate e non dire cattiverie su di loro, nel caso diventino i suoceri di Maureen. Ma non è strano che lui le piaccia? Avresti detto che tua sorella potesse avere chiunque...

Ma io continuo a divagare perché odio scrivere quanto seguirà.

Qui a casa la situazione è veramente terribile. A Natale la mamma si ammalò e rimase a letto per dieci giorni. Si trattava di raffreddore e influenza, ma era molto debole e stava lì distesa come un fantasma. Qualcosa sembrava preoccuparla tutto il tempo e credo che pensasse di lasciarci e di andare via. Ora per piacere, per piacere, per piacere, non dire niente di tutto questo a zia Eileen, perché posso anche sbagliarmi, può essere dipeso dal fatto che era molto malata. Ma continuava a scusarsi perché le cose non erano andate bene, come se qualcosa fosse finito.

Credo che anche papà lo sappia e non voglia ammetterlo. Ogni volta che dico che potremmo fare qualcosa, sai, qualcosa di allegro che possa piacere alla mamma, lui si domanda a che cosa servirebbe. Se sapessi com'è terribile. Non fanno che aggirarsi per casa e scusarsi se capitano entrambi nella stessa stanza. No, non ridere, è proprio così. Sembra impossibile immaginarlo a Kilgarret, dove tutti entravano e uscivano liberamente dalle camere. Qui, però, siamo solo tre e io me ne sto seduta a leggere e a fingere di non vederli.

Potresti dire una preghiera perché tutto finisca bene? Immagino che tu abbia capito che è come se avessi perso la fede. Del resto, non ho mai saputo se l'avevo effettivamente, perché tu non volesti che facessi la comunione e la confessione. Quella che avevo, comunque, è scomparsa. Prega solo che la mamma non vada via con Mr Elton, per piacere, Aisling, e chiedi alle compagne lì a scuola di farlo per un'intenzione particolare. Lo so che non lo dirai a nessuno. Mr Elton è molto simpatico, è stato lui a fare quella sciocca fotografia da mandare a voi e ride e scherza sempre. E ora che la mamma sta meglio lo vede molto e io ho tanta paura che possano pensare di andarsene insieme. A volte, quando torno dalla scuola e c'è un biglietto di mia madre sul tavolo che avverte che forse farà tardi, io ho quasi paura di leggerlo, nel caso dicesse di più.

Posso sbagliarmi. Ricordi quella volta che tutti pensammo che Eamonn fosse affogato nel fiume e lui era solo tornato a casa per l'altra strada? Bene, è il tipo di timore che sto provando io ora.

Con affetto,

Elizabeth

Harry aveva detto che dalle bugie non nasce nulla di buono. Aveva sostenuto che non c'è niente di male e di sbagliato nell'innamorarsi e che ormai Violet doveva smetterla con l'inganno e dirglielo. Doveva spiegarlo chiaro e tondo a George e a Elizabeth. Doveva sottolineare che non era il caso di sentirsi feriti o di biasimarla.

Violet avrebbe voluto che fosse così facile. La moglie di Harry, uscita da un pezzo dalla sua vita e andata a vivere nell'Inghilterra occidentale col nuovo marito, non presentava nessun problema. Harry non aveva figli. Se lei avesse voluto, sarebbe stato ben felice di includere anche Elizabeth nella famiglia. Cominciava allora un nuovo commercio e avrebbe avuto un appartamento sopra il negozio. Ci sarebbe stato spazio in abbondanza anche per la ragazza.

Decise di comunicarglielo il giorno prima del sedicesimo compleanno di Elizabeth. Ma sapeva che entrambi se l'aspettavano. Il sole di maggio cadeva sulla tavola e sulle inquiete e sottili mani di Violet, che le torceva e tormentava parlando.

Il padre tacque. Stava lì col capo abbassato e basta.

«George, ti prego, di' qualcosa», supplicò Violet.

«Che cosa c'è da dire? Hai già preso la tua decisione.»

«Papà, non fare che succeda, di' qualcosa per mostrare alla mamma che vuoi che rimanga», implorò Elizabeth.

«Lei sa benissimo che lo voglio», sottolineò George.

«Oh, non essere così debole, papà, fa' qualcosa», esclamò Elizabeth.

George sollevò il capo. «Perché sono io il debole, perché sono io quello che deve dire o fare qualcosa? Io non ho colpa, ho solo fatto come tutti, ho tirato avanti. Ed ecco che cosa mi succede.»

«Ma, George, noi dobbiamo parlare, dobbiamo prendere tanti accordi.»

«Fai tutto quello che vuoi.»

Elizabeth si alzò. «Se dovete discutere di accordi, come se fosse una guerra, non vorrete che io rimanga. Me ne vado di sopra e tornerò quando avrete finito.»

Anche George si alzò «No, non ci sono accordi da prendere. Fai quello che vuoi, Violet, decidi come desideri. Immagino che chiederai il divorzio e spero che tu non stia suggerendo che ti conceda prove o altro…»

«No, naturalmente…»

«Bene, allora quando vuoi che avvenga fa' scrivere una lettera da un avvocato…»

«Ma, George…»

«Questo è tutto. Ora me ne vado a fare una passeggiata. Tornerò all'ora del tè.»

«Ma, papà, non puoi andartene adesso, non puoi uscire da questa stanza e non discutere della faccenda…»

«George, che cosa faremo a proposito di Elizabeth? Vorrai…? Intendo dire…»

«Elizabeth è una ragazza grande, ha quasi sedici anni. Può venire con te, restare qui, o dividersi tra noi due… Immagino che desideri avere una casa. Il tuo amico non si aspetterà che tu viva nel suo furgone, no?» George aveva raggiunto la porta. «Tornerò per il tè», disse e se la chiuse alle spalle.

Madre e figlia si guardarono.

«Mi dispiace che papà sia così debole, ti teme un po'», disse Elizabeth.

«Oh…» Violet fece per parlare ma l'emozione la soffocò. Si avvicinò alla figlia e le prese la mano. «Capisci? Capisci ora?»

Elizabeth sospirò. «Sì, mamma, capisco. Credo di capire. È terribile, ma credo di capire. E tu è meglio che ti rallegri perché se desideri andartene con Mr Elton per condurre una vita più divertente e animata, allora non è il caso di sentirsi colpevole e infelice…»

«Non è andar via, è solo a un chilometro di distanza. Vuoi seguirmi? Harry lo desidera e anch'io. Molto.»

«No, mamma, non posso, chi baderebbe a papà? Ma verrò spesso a trovarti, veramente e…» la voce le venne meno.

«Che cosa, cara?» Violet la guardò, come se volesse aiutarla a parlare.

«Mi… mi chiedevo se è successo perché io andai via. Se fossi stata qui durante la guerra, sai, tu e papà non vi sareste sentiti di più una famiglia? Più vicini?»

«Oh, piccola mia.» Violet la prese tra le braccia, la strinse a sé e la cullò mentre le diceva dolcemente tra i capelli: «Mia povera bambina, per tutto il tempo in cui tuo padre e io fingemmo di convivere come gente normale tu fosti l'unica che desse un senso a tutto, un senso ad anni di errori. Anche George lo pensa. Se dovessi sentirti in colpa sarebbe l'ultima goccia».

Per un'altra ora la madre rimase lì seduta a parlare della solitudine, dell'età e del timore di morire senza aver conosciuto nessuna gioia. Raccontò della guerra e delle incursioni e della gente che ricominciava tutto daccapo. Disse che George avrebbe potuto trovare una brava donna che condividesse i suoi interessi e poi, con orrore di Elizabeth, andò di sopra a fare la valigia.

«Vai via ora, mamma!» esclamò.

«Cara, non vorrai che serva toast e fagioli a tuo padre e parli con lui come se niente fosse quando gli ho detto di aver commesso adulterio e che sto per lasciarlo?»

«No, naturalmente no.»

7

...Oн, smettila di scusarti per le macchie, le righe storte e perché non sai come esprimerti. Io voglio solo che tu mi dia la tua opinione. Del resto, eri proprio tu che mi ripetevi sempre che la cosa importante era avere qualcosa da dire.

Se sapessi com'è la situazione qui, se ne avessi anche una minima idea, credo che rimarresti così stupefatta che perfino tu non avresti più parole. Sei molto gentile a sostenere che forse supereranno la crisi, ma non è così. Non è come quando zio Sean e zia Eileen discutevano, perché tra loro durava al massimo una sera e, in ogni modo, poi si parlavano subito. Inoltre c'era tutta la famiglia... tutti voi e la casa, il negozio e il resto. Qui non c'è niente, sono solo loro due e continuano a ripetermi che sono cresciuta.

Vorrei, ma vorrei tanto, che fosse stato possibile restare a Kilgarret. Immagina se avessi trovato un lavoro dopo la scuola, o aiutato zia Eileen con la contabilità oppure in casa. Allora avrebbero dovuto aspettare che fossi tornata, avrebbero potuto evitare di prendere una decisione finché non fossi stata a casa. Invece, capisci, la cosa terribile è che entrambi mi dicono che sono sensibile e comprensiva... mentre io non capisco niente. Non sono affatto cresciuta. Vorrei che se ne rendessero conto. Mr Elton continua a insistere che gli piacerebbe che lo chiamassi zio Harry. Un giorno gli ho risposto che non eravamo parenti e che, a mio parere, era un po' forzato. Penso che se lo facessi tradirei in un certo senso mio padre, mi arrenderei o qualcosa di simile, facendogli vedere che la controparte ha vinto.

Papà lo chiama sempre: «L'amico-di-tua-madre-Mr-Elton». La mamma è andata a vivere in una pensione. Be', lei lo definisce vivere, ma non è così. Paga poco perché aiuta la proprietaria a mandarla avanti. Ci andai martedì e lei era in una stanza orribile, circondata dalle lenzuola sporche e avvolta da un puzzo terrificante. Le dissi che non potevo credere che fosse ridotta così e lei rispose che una donna deve avere dignità e che non poteva restarsene a casa ad aspettare che papà si decidesse sul divorzio, mangiando alla sua tavola e vivendo in una casa pagata da lui.

Allora le chiesi perché non andasse a stare da Mr Elton, se era quello che avrebbe finito col fare. E lei disse che c'entravano la vergogna e la reputazione. Sottolineai che la madre di Monica sapeva già tutto, ma lei rispose che si trattava di termini legali che io non potevo capire.

A volte parla come se non le funzionasse il cervello, sembra il povero Jemmy del negozio. Ma perlopiù la diresti una donna molto giovane che si accinga a chissà quale missione pericolosa. Non critico papà se pensa che la cosa finirà in nulla, ma sono sicura che non succederà. Ti prego, scrivi. Impazzirò se sarò costretta a preparare un'altra di quelle silenziose cene per mio padre senza altro a cui pensare.

Che cosa ne dice zia Eileen?

Con affetto,

Elizabeth

Cara Elizabeth,

ho ricevuto la tua lettera stamattina. Ma' me l'ha data mentre scendevo le scale. Non ci crederai, ma il postino va sempre in cucina a palpeggiare Peggy. Insomma, hanno quasi cent'anni in due e lui lo trova ancora divertente. Ma' li tiene d'occhio seccata. In ogni modo, ha detto di prendere una busta già affrancata, dove aveva messo un suo biglietto per te. Dev'essere una specie d'indovina, non poteva sapere che tu mi avresti chiesto di risponderti presto.

Quanto a Mr Elton, credo che dovresti chiamarlo Harry. Così, di colpo, lasciando perdere tutte quelle sciocchezze sullo zio; se pretendono che tu sia un'adulta, agisci come tale.

Secondo me devi smetterla di preoccuparti per loro, visto che non sono mai stati felici. In tutta sincerità, già quando eri qui mi raccontavi quanto fossero freddi e distaccati l'uno nei riguardi dell'altra. Sarebbe successo comunque. Pa' leggeva sul giornale che quasi metà della popolazione inglese si separa o divorzia a causa della guerra.

E poi c'è un altro aspetto: per loro non è neppure peccato. Non si sposarono in una chiesa cattolica e perciò non c'è niente che si sciolga o si divida.

107

Se tua madre sembra giovane e si comporta come tale, be', non è grandioso? Non è ciò a cui aspira sempre la gente? Ogni volta che ma' dice di sentirsi di nuovo una ragazza è sempre a proposito di un fatto simpatico come un picnic o una scampagnata.

So che te l'ha già detto ma': perché non vieni a Kilgarret per un po'? Potremmo parlare a voce e presto arriveranno le vacanze: sarei felicissima di sapere che mi raggiungerai qui. Mi sento profondamente sola senza di te. Sono molto amica di Joannie, naturalmente, e lei è più simpatica dell'anno scorso, ma è diverso da quando tu eri qui, non è come vivere con una persona a cui puoi dire proprio tutto.

E la tua amica Monica (ancora penso che sia la gatta di Niamh) come va? Riesce a ridere come facevamo noi due? Non credo, altrimenti avresti confidato a lei e a sua madre tutto quello che accade a casa.

Dammi retta, cerca di tirarti su. Voglio dire, in un certo senso hanno ragione. Sei grande ormai. Abbiamo sedici anni passati, e se non siamo adulte ora quando lo saremo?

Con tuo padre non puoi parlare di altri argomenti? Come facciamo noi quando pa' comincia a lagnarsi. No, non credo che sia un buon esempio, dopotutto. Almeno lui non si lamenta che sua moglie se n'è andata con un altro uomo. È proprio incredibile.

Deve essere stato veramente terribile e mi dispiace molto. Non sono brava a esprimermi ma è orribile e non riesco a trovare le parole per dirti quanto prego e mi auguro che tutto si sistemi.

Nel frattempo dovresti andare diritto da lui e chiamarlo Harry. Poi mi racconterai come ha reagito.

Con affetto,

Aisling

Cara Aisling,

ti scrivo brevemente. Chiamarlo Harry è stata un'idea meravigliosa. L'ho colto di sorpresa e mamma è stata contenta. Sostiene d'aver sempre saputo che avrebbe finito col piacermi.

È il primo giorno di vacanza e vado a stare da Monica per

una settimana. Zia Eileen suggeriva che se non fossi stata qui, loro due avrebbero potuto trovare meno difficoltà a parlarsi. Diceva che non c'era molta speranza che tornassero insieme, ma che senza la mia presenza alcune formalità sarebbero state risolte. Credo che abbia ragione.

Monica ha un orribile ragazzo, che mi sembra piuttosto inadatto, lei però è felice. Vado a stare là perché così possiamo uscire tutti insieme e far credere a sua madre che siamo solo noi due.

Un abbraccio a tutti. Mi è dispiaciuto molto di sentire da zia Eileen che Donal è peggiorato. Spero si sia ripreso.

Con affetto,

Elizabeth

Cara Elizabeth,

Donal sta di nuovo bene, però hanno dovuto impartirgli l'estrema unzione. A volte può essere una cura, sai. Ora che si è rimesso si mette di nuovo a sedere in mezzo al letto e ride. Deve tenere il fuoco acceso nella stanza anche se è luglio.

Joannie ha un ragazzo che si chiama David Gray ed è un protestante. È stupendo, però nessuno dovrebbe saperlo. Le scrive biglietti e dice che pensa di poterci portare entrambe a Wexford la settimana prossima con la macchina di suo cugino. Ci pensi? A Wexford! In macchina! Con i Gray!

Non ti dispiace di non essere qui da noi invece che da Monica? A proposito, perché non sei venuta?

Con affetto,

Aisling

Quando Elizabeth tornò a casa a Clarence Gardens, dopo la settimana passata da Monica, la prima cosa che notò fu che era sporchissima. I resti di cibo erano sparsi tutt'attorno al secchio della spazzatura e il fornello era macchiato e incrostato. Aleggiava un odore di latte acido. Nel soggiorno i mozziconi di sigaretta non erano stati portati via e vicino al camino c'era una traccia di sporco. Il cesto della biancheria nel bagno era aperto e i panni traboccavano fino a terra. Anche lì stagnava un odore acre e gli asciugamani umidi erano stati buttati in un angolo.

Accanto al letto del padre c'era un vassoio con i resti della colazione. Alcune vespe ronzavano attorno alla marmellata e il latte nella lattiera era inacidito.

Dalla finestra Elizabeth vide che il giardino era stato trascurato ed era pieno di erbacce: ortiche e rovi soffocavano i fiori che, in primavera, lei aveva aiutato a piantare. Quello doveva essere il primo anno in cui sarebbero stati lasciati crescere. Fino allora in un giardino si era potuta coltivare soltanto la verdura.

Elizabeth guardò il pigiama del padre buttato a terra. Le aveva lasciato un biglietto in cui diceva che era andato a consultare uno studio legale che svolgeva del lavoro per la banca. Diceva che il direttore gli aveva suggerito che poteva rivolgersi liberamente a loro anche per i suoi affari personali.

D'un tratto fu invasa da un fremito d'irritazione nei confronti della madre. Non era giusto. Ciascuno doveva occupare il posto che gli competeva. A zia Eileen c'erano moltissime cose che non piacevano, eppure non pensava certo di scappare. Era in grado di affrontare tutto: stringeva le labbra e si dava sempre più da fare. E perfino la madre di Monica Hart, che avrebbe dovuto avere i «nervi», fronteggiava tutto ciò che non andava. C'erano state delle difficoltà al ritorno di Mr Hart, ma la moglie non aveva fatto le valigie e non se n'era andata di casa. Per non parlare poi della povera Mrs Lynch, la madre di Berna; suo marito sì che era davvero orribile: si era presentato nella casa sulla piazza, spaventandoli tutti a morte, ed era stato trovato ubriaco alle fermate degli autobus e in molti altri luoghi. Ma Mrs Lynch non aveva lasciato la città col primo autobus.

La mamma si stava comportando molto male e il suo era un atteggiamento sciocco. E se con Harry Elton le cose non avessero funzionato? Non poteva continuare a fuggire. Doveva affrontare la realtà. Le suore dicevano sempre che non era previsto che la vita fosse facile. Che Dio ci aveva instillato un senso di inquietudine, così che, quando alla fine fossimo arrivati in paradiso, ci saremmo calmati e avremmo conosciuto il significato della pace. Poteva benissimo essere vero, l'inquietudine certamente c'era, tutti la provavano. Perché la mamma vi si doveva arrendere quando gli altri riuscivano a soffocarla?

Mandò un sospiro e, proprio mentre stava per mettere a bollire una pentola d'acqua per affrontare tutto quel disordine, fu invasa da un fremito di irritazione ancora più grande. Lui non la amava, non più di quanto amasse la moglie: il padre non ne era in grado ed era talmente chiuso in se stesso e preso dalle proprie preoccupazioni da non sembrare più nemmeno capace di accorgersi che attorno a lui c'erano gli altri.

Rimise a posto la pentola. Per mesi si era preoccupata per lui, aveva cercato di consolarlo, aveva giocato a dama, aveva evitato gli argomenti che potevano turbarlo e cercato di mantenere un'atmosfera di normalità in casa. Ma la situazione non era normale. Lui e la madre non si piacevano più. Ambedue dicevano di amarla e, probabilmente, le auguravano ogni bene; erano sicuramente dispiaciuti che le cose non fossero andate come la gente giovane con una figlia piccola spera sempre che vadano.

E se la situazione non era normale, se il padre e la madre avevano effettivamente passato la settimana a decidere qualcosa di estremamente anormale come, per esempio, che lui divorziasse dalla moglie per adulterio e abbandono del tetto coniugale; oppure che fosse tanto gentiluomo da accettare di andarsene a Brighton con una signora per fingere di passarvi la notte con lei in modo che un detective privato potesse dire che stava commettendo adulterio, allora le cose erano quanto di più anormale poteva esserci.

Si alzò, estremamente decisa, domandandosi perché mai lei doveva fingere ed essere l'unica dei tre a comportarsi come se nulla fosse accaduto. Da quel momento in poi avrebbe pensato solo a se stessa. Tutti sembravano comportarsi come se conducessero una vita individuale. Quindi, che cosa doveva fare lei? Di qualunque cosa si trattasse lei l'avrebbe fatta.

Non voleva fuggire a Kilgarret. Troppo fastidio, troppo turbamento. Zia Eileen avrebbe dovuto affrontare papà e mamma, che avrebbero scritto e telefonato e, magari, sarebbero andati fin là. E forse neanche Aisling la voleva ora, visto che era così presa dall'estate con Joannie Murray e con tutti quegli amici come i Gray, che abitavano fuori Kilgarret in una grande casa con le stalle. E poi c'era il problema della scuola. Suor Catherine avrebbe voluto sapere perché era tornata e nessuna di loro avrebbe capito il fatto del divorzio e della fuga di sua madre con Harry Elton e, ancora meno, avrebbe approvato che lei fosse venuta via. E zio Sean? Gli era sempre piaciuta, forse si sarebbe limitato a dire che il fatto che i loro matrimoni non reggessero era un'ulteriore prova della decadenza dell'Impero britannico. Ma era giusto che lei gli costasse dei soldi? E magari il padre sarebbe stato così seccato che non avrebbe mandato il denaro necessario a mantenerla.

No, recarsi a Kilgarret avrebbe coinvolto troppa gente e non avrebbe funzionato. Né poteva andare a stare dagli Hart: non avrebbero accettato, sarebbe stato troppo strano andarsene a pochi isolati di distanza. Sarebbero sorte troppe chiacchiere. Né voleva andare a vivere con la madre e Harry, perché significava approvare quello che facevano mentre non era affatto vero. Ma non sarebbe rimasta in quella casa a pulire e mettere in ordine, a badare al padre e a cercare di rallegrarlo, senza ricevere ringraziamenti e neppure affetto in cambio.

Andò alla scrivania e prese un blocco di carta. Poi, con grande attenzione, scrisse tre lettere.

Mamma, papà e Harry,
voi tutti dite che desiderate ogni bene per me. Grazie. Anch'io vi auguro altrettanto.

Non credo che tornare in una casa fredda e sporca senza trovarvi nessuna spiegazione da parte vostra sia un bene per me.

Torno dagli Hart. Gli dirò che desiderate un'altra settimana per prendere una decisione sul futuro. Rientrerò sabato prossimo per vedere quale soluzione avrete trovato.

Sto per cominciare gli ultimi due anni di scuola; alla fine di queste vacanze avrò bisogno di un posto dove vivere e studiare e trovare pace e sollievo dalle preoccupazioni. Preferirei stare qui a Clarence Gardens con papà, ma non intendo mettermi a pulire la casa per renderla abitabile. Ora è un porcile. Se decidete che dovrò vivere qui, per cortesia fate in modo che venga pulita e ditemi che cosa intendete fare d'ora in poi per le faccende domestiche. Non mi costa cucinare per papà e per me, ma avrò molto da studiare e non mi resterà tempo di fare le file, perciò bisognerà trovare qualche altra soluzione per gli acquisti.

Mi dispiace di essere così sbrigativa al riguardo, ma mi ha

turbato e ferito venire qui e rendermi conto che nessuno si è minimamente preoccupato del futuro.

Tutti voi direte che sono sconvolta. È vero. Ho preso quindici scellini dal salvadanaio perché se chiedo agli Hart di restare un'altra settimana con loro dovrò fargli un regalo. Neppure a questo nessuno ha mai pensato.

Quando ritornerò sabato prossimo verso le tre, mi farà piacere trovarvi tutti qui. Venire a casa di Mrs Hart per discutere della situazione non la migliorerà, al contrario.

Tutto questo sta durando ormai da mesi. Possiamo aspettare un'altra settimana.

Elizabeth

Trovò tre buste: ne indirizzò una al padre e l'appoggiò alla bottiglia vuota del latte.

Poi, a piedi, andò alla pensione dove stava la madre e ne infilò un'altra nella porta. Fece passare la terza busta tra lo sportello e la fiancata del furgone di Harry Elton che vide parcheggiato vicino alla pensione. Cadde dentro, dove lui l'avrebbe trovata. Mettendosi la borsa sulla spalla si diresse verso la casa degli Hart. Monica la vide arrivare e corse alla porta. Con un sorrisetto Elizabeth pensò che Aisling sarebbe stata fiera di lei.

Il sabato successivo, si svegliò con uno strano sapore in bocca. La domenica precedente, la sera tardi, un biglietto era stato infilato nella porta degli Hart. Nessuno aveva visto chi lo avesse portato. Era sbrigativo quanto la lettera di Elizabeth.

Hai perfettamente ragione, nessuno se n'era reso conto e ci sei voluta tu per farcelo capire. George, Harry e io saremo ben felici di fare i nostri piani con te sabato prossimo.

Puoi rassicurare gli Hart che, per allora, tutto sarà risolto.

Violet

Con una stretta al cuore, mentre leggeva e rileggeva il biglietto, Elizabeth si era resa conto che, all'improvviso, doveva essere davvero cresciuta se la madre si riferiva al padre chiamandolo George e a se stessa firmandosi Violet.

Durante tutta la settimana aveva accompagnato Monica distrattamente nelle varie uscite con quel suo ragazzo inadatto: erano andati molto al cinema e l'amica e Colin si baciavano mentre lei fissava lo schermo. Monica le aveva suggerito di dire che i suoi genitori avevano mandato quindici scellini per i loro divertimenti. Mrs Hart aveva trovato il gesto molto ragionevole e, insieme, gèneroso. Mr Hart le aveva avvertite di non stare fuori fino a tardi e di non rovinarsi gli occhi mettendosi troppo vicine allo schermo.

Ora era giunto il momento di tornare a casa e di affrontare ciò che la attendeva. Elizabeth si lavò i capelli e si mise in giardino a farli asciugare.

«Hai dei bei capelli», disse Mrs Hart, approvando. «Sembrano di seta.»

«Lei è molto gentile, ma secondo me sono un po' scialbi», rispose Elizabeth.

«No, tant'è vero che le donne se li tingono di biondo chiaro. Sei molto fortunata.»

Mrs Hart stava sbucciando i piselli. Elizabeth si mise ad aiutarla. «Sei così servizievole», disse la donna. Monica era in camera sua a leggere una rivista cinematografica e a escogitare un complicato sistema per incontrare Colin la settimana successiva.

«Vado sempre più d'accordo con le madri degli altri che con la mia», osservò Elizabeth triste.

«Succede a tutti», disse Mrs Hart allegra. «È la legge della misura, no? Se vedi uno per troppo tempo finisci con l'odiarlo. Monica non mi sopporta e anche Mr Hart mi odierebbe se non uscisse tanto spesso. La gente non dovrebbe vedersi troppo.»

«È un po' deprimente, no?» Elizabeth si fermò, col baccello aperto e i piselli che stavano per cadere. «Voglio dire, che senso hanno la famiglia, l'amore e l'amicizia se ti stanchi della gente quando la vedi troppo?»

«Sarà deprimente», rispose Mrs Hart, «ma è la verità. Guarda, cara, ne avrai la riprova questo pomeriggio a casa tua.»

Anche il giardino sul davanti sembrava più pulito quando attraversò la strada fino al numero 29 di Clarence Gardens. Aveva la sua chiave ma, per timore di coglierli di sorpresa, decise di suonare il campanello. Erano le tre e dieci, si era attardata per strada per non arrivare puntuale. Con un tuffo al cuore notò il furgone di Harry Elton parcheggiato davanti al cancello.

Il padre andò ad aprire la porta. «Bentornata a casa, mia cara», disse. «Come stanno gli Hart?»

«Oh, bene», rispose Elizabeth. Lasciò la valigia nell'ingresso e appese il blazer della scuola all'attaccapanni poi, con una rapida occhiata, notò che la casa era stata pulita.

In cucina, la madre e Harry stavano seduti al tavolo in maniera piuttosto impacciata e poco spontanea; per la prima volta, da quando l'intera faccenda era cominciata, sembravano a disagio e imbarazzati.

«Eccoti qui», esclamò Harry con tono falsamente allegro.

La madre si alzò. Tormentava un fazzoletto come faceva sempre quando era turbata.

«Che bell'aspetto hai, mia cara. Come ti stanno bene i capelli.»

«Grazie, mamma. Ciao, Harry.» Elizabeth era talmente abituata a essere gioviale con tutti e a fingere che tutto fosse a posto che quasi le veniva spontaneo. Dovette controllarsi per mantenere un certo distacco e aspettare la mossa successiva.

Fu la madre a farla. «Abbiamo preparato del tè. Si è un po' raffreddato, ne facciamo dell'altro?» Era impacciata. Non era più la sua cucina. Guardò il marito. «George? Che ne dici?»

«Non so. Vuoi del tè, Elizabeth?» chiese il padre educato.

«No grazie, abbiamo pranzato tardi dagli Hart», rispose lei, ripassandogli la palla. Non potevano stare a perdere tempo con le teiere.

«Be', non è proprio casa mia, ma perché non ti siedi?» disse Harry. La madre gli lanciò un'occhiata nervosa e il padre una risentita.

«Grazie», rispose Elizabeth e prese la sedia offertale.

Ci fu un breve silenzio.

«Monica sta bene?» si informò la madre.

«Oh, benissimo», rispose Elizabeth.

Il padre si schiarì la voce. «Abbiamo discusso tutta la settimana... ehm... abbiamo affrontato la situazione e... ehm... come tu hai chiesto siamo tutti qui.»

George tacque. Elizabeth lo guardò negli occhi. «Sì, papà.»

«Ed è più che giusto che alla discussione partecipi anche tu e dica... la tua... su quello di cui abbiamo parlato noi.»

Elizabeth rimase zitta.

La madre prese la parola: «Non è stato semplice, un giorno anche tu imparerai che nella vita non è facile discutere dei grossi problemi che oscurano tutto il resto. Ma, come tu hai fatto notare, stavamo trascurando quelli piccoli. E così siamo addivenuti a questo... Tuo padre, molto generosamente, mi concede il divorzio. Ha accettato, comportandosi da vero gentiluomo. Io non lo merito visto che, come tu ben sai, ho la colpa. In cambio naturalmente non chiederò alimenti. Harry e io cominceremo daccapo come se fossi una ragazza senza dote, senza beni. Io prenderò i miei vestiti, qualche oggetto di porcellana e alcuni mobili. Tuo padre assumerà una donna, che gli troverò io, che venga due volte alla settimana a fare il bucato e a pulire. Ho già riordinato l'intera cucina e gli armadi e ho fatto l'elenco di quello che compriamo... che compravamo di solito. È tutto scritto».

Elizabeth sollevò gli occhi e guardò soddisfatta gli armadi, a cui era stata data perfino una mano di vernice.

«Harry ha curato il giardino sul retro. D'ora in poi se tuo padre non ci vuole lavorare potrà affittarlo come lotto da coltivare. Moltissima gente lo fa. C'è un'entrata sul retro così potete evitarvi fastidi... Dovremmo aspettare e vedere come va, può darsi che ora che il lavoro di base è stato fatto ti faccia piacere occupartene.»

Elizabeth si alzò e osservò i riquadri di terra puliti senza più rovi ed erbacce. Harry doveva averci lavorato tutta la settimana.

Harry spiegò: «Ti ho procurato una stufa a petrolio per la tua stanza. Violet diceva che volevi un posto tutto tuo dove studiare, così che George potesse tenere la radio accesa».

«Bene», disse Elizabeth.

«E io ho preso una piccola libreria di seconda mano, che sta perfettamente sotto la tua finestra», aggiunse il padre premuroso.

«Grazie.»

«Ci sono anche delle tende nuove. Per fortuna proprio della

stessa misura: le stavano cambiando alla pensione dove abito e così ho approfittato. Sono blu, come il copriletto...»

«Grazie molte.»

Silenzio.

La madre disse: «Ti sembra tutto a posto, cara? Voglio dire, capisco che stiamo parlando di cose di scarsa importanza, ma sai, per il momento, queste sciocchezze...»

«Sì, mamma, credo che vada tutto bene.»

«Tua madre vuole sapere se vivrai qui con me o se hai altre preferenze.»

«Continuerò a stare qui, papà, se ti va bene. E se siamo abbastanza ordinati e non esigiamo troppo l'uno dall'altra sono sicura che andremo d'accordo. Però penso che dovresti uscire di più la sera. Incontrare gente, giocare a carte. Non sarò una grande compagnia quando dovrò studiare, e se non esci un po', ti annoierai.»

«Sì, sì, naturalmente, naturalmente.»

«Mamma, tu e Harry starete vicino, verrete a trovarci?»

«Be' no, cara, di questo appunto volevo parlarti, tesoro. In verità, zio Harry e io... voglio dire, Harry e io pensiamo di andarcene nel nord. Questo non significa che non potrai venire tu a trovare noi, se ne avrai la possibilità... ti verrà rimborsato immediatamente il biglietto del treno... E casa nostra sarà anche tua. Ma per moltissime ragioni, se la cosa non sembra troppo drastica, pensavamo...»

Elizabeth guardò la madre desiderosa di aiutarla, ma non finì la frase per lei.

«Pensavamo di cominciare daccapo... una nuova vita... un nuovo inizio...» la voce le venne meno.

Intervenne Harry: «E, come dicevo, non devi fare altro che chiederlo, anzi, una volta che ci saremo sistemati, tu potrai venire in qualsiasi giorno e a qualsiasi ora e sarà sempre casa tua quanto questa».

«Grazie», disse Elizabeth.

«E questo è tutto, immagino», concluse il padre. «A meno che non ci sia qualche altro aspetto di cui tu voglia parlare.»

Il tono di Elizabeth era molto calmo: «No, va bene, davvero. Credo che così tutto sia sistemato. Voi avete discusso del resto, vero? Non c'è più niente da chiarire riguardo ai soldi, al divorzio e via dicendo…?» Sembrava che stesse parlando dell'elenco della spesa. Distaccata, desiderosa di aiutare, efficiente.

«No, credo che da questo lato sia tutto…»

«Chiarito…» finì il padre per Violet. Lei gli rivolse un breve sorriso che lui quasi ricambiò.

Il cuore di Elizabeth fu sul punto di scoppiare e lei si domandò perché non potevano far durare quei sorrisi. Perché non facevano tutti una bella risata e poi Harry Elton salutava e se ne andava col suo furgone in modo che tutto ritornasse perfetto?

Ma non accadde. La mamma raccolse la borsa e i guanti e lanciò uno sguardo compiaciuto in giro per la cucina che aveva messo in ordine per potersene andare a cuor leggero. Harry prese in mano il piccolo geranio sul davanzale della finestra. «Dagli molta acqua, Elizabeth, i gerani sono dei diavoli assetati.»

Educatamente il padre tenne la porta aperta all'uomo che si stava portando via sua moglie. Elizabeth li accompagnò fino al furgone.

«Scriverò tra una settimana», disse la madre.

«Magnifico», ribatté Elizabeth.

«Parlo sul serio, sai, qualunque casa avremo ci sarà sempre una stanza per te e metteremo le tende blu anche in quella», disse Harry.

«So che lo farai, grazie.» Elizabeth gli strinse la mano. Lui la prese anche per il gomito serrandole la sua: moriva dalla voglia di abbracciarla ma non osò.

La madre non si girò a guardare per vedere se il marito stava sulla porta o meno.

«Oh, vorrei che le cose fossero andate diversamente.» Aveva gli occhi pieni di lacrime, sembrava perduta ed estremamente giovane. «Oh, se tu sapessi come… come mi sarebbe piaciuto che tutto fosse andato diversamente.»

Elizabeth sospirò. La madre sbatté le palpebre per mandar via le lacrime. «Non dirò più niente ora. Ti scriverò tutto nella lettera. Dio ti benedica, mia cara, cara Elizabeth.»

«Addio, mamma.» Elizabeth sfiorò la guancia sottile della madre con la propria. Violet la strinse a sé, tremando.

«Dillo per lettera, è meglio», le suggerì Elizabeth. In silenzio, la madre salì sul furgone e la salutò con la mano.

Andarono via.

Il padre stava in piedi davanti al tavolo della cucina. «Faremo a turno per lavare i piatti dopo i pasti», disse Elizabeth. «Tu ti occuperai di questi, io di quelli della cena. Ora vado nella mia stanza.» Riuscì a uscire senza crollare. Afferrò la borsa, con la quale era tornata da casa degli Hart, e corse su per le scale. Chiuse la porta e si buttò sul letto col suo nuovo copriletto blu. Si cacciò in bocca la federa per soffocare i singhiozzi e pianse finché la gola e le costole non le fecero male e finché il naso si otturò al punto di non riuscire più a respirare. Se si fosse tolta il cuscino dal viso il suono che ne sarebbe uscito sarebbe stato un lungo gemito straziante.

Secondo Aisling, Elizabeth era straordinaria: si era preoccuata così tanto che qualcosa accadesse tra il padre e la madre e, quando poi tutto era successo, si era dimostrata freddissima. Aveva scritto una lettera molto distaccata in cui parlava più di tende nuove e di pittura in cucina che delle sensazioni che provava a vivere la rottura di un matrimonio. Ma' aveva insistito che Aisling non ne parlasse.

«Non posso raccontarlo neanche a Joannie? Ti prego», aveva implorato lei. «Sai, le dissi fino al punto in cui lei chiamava Mr Elton Harry, come le avevo suggerito io, e Joannie vorrà sapere che cosa accadde dopo. Non è giusto raccontare una storia e poi lasciarla in sospeso senza rivelare la fine.»

Ma' aveva riso e aveva acconsentito, ma a patto che non lo divulgassero a tutta la città. Se Elizabeth fosse tornata le sarebbe seccato sapere che tutti erano a conoscenza dei fatti della sua famiglia.

«Secondo te tornerà e comincerà la scuola qui a settembre?»

Secondo ma', no. Aveva detto di aver scritto a Elizabeth suggerendole quella possibilità, ma che lei aveva risposto che, per quanto male andassero le cose, si sarebbe sentita ancora peggio se avesse abbandonato completamente il padre.

«Non so perché a te scriva queste cose», aveva brontolato Aisling. «A me parla solo delle tende blu.»

«Ne ha parlato anche a me.» Eileen sembrava preoccupata. «Io credo che l'intera faccenda l'abbia sconvolta molto... Sai, con tutti che mettono in ordine la casa, ma per il motivo sbagliato.»

«Ehm», Aisling aveva esitato. «Ma', Mrs White, sai, la madre di Elizabeth... praticamente commette un peccato mortale a vivere con Mr Elton? Lo so che non è cattolica, ma frequentò una scuola cattolica con te... e fu battezzata... potrebbe essere un peccato.»

Ma' le era corsa dietro con una tovaglia che stava tenendo in mano e le aveva frustato le gambe. «Vai via, sciocca ragazza e smettila di seccarmi con i peccati! Peccati, peccati, sempre peccati... quante stupidaggini dici.»

Ma rideva. Ridere per un matrimonio infranto... A volte era difficile capire ma'...

«Mi chiedo dove lo facessero», osservò Joannie, mentre entrambe, usando il pettine, si passavano la vaselina sulle ciglia, spingendole in su.

«Fatto che cosa? Chi?» Aisling era impegnatissima ma le sue ciglia non si piegavano. «Al massimo riesco a farle sembrare aculei. Perché le tue stanno meglio? Sono fatte di fibra più debole o che altro?»

«Credo che siano naturalmente arcuate.» Joannie si esaminò le ciglia, compiaciuta. «No, avevo parlato della coppia, sai, la madre di Elizabeth e quell'uomo... dove facevano l'amore?»

«Non ci ho mai pensato. A casa di lui, forse.»

«Ma lui non ne aveva una, ricordi? Stava sempre nelle pensioni. Non potevano andare lì. Forse usavano un albergo, di pomeriggio.»

Aisling ci rifletté. «Credo che una volta che ti sei registrato tu debba restare in albergo. Non credo che uno se ne possa andare all'ora del tè. Magari non lo facevano affatto o, forse, si tenevano solo un po' la mano e si baciavano.»

«Oh, non essere sciocca!» Joannie si era indispettita.

«Certo che lo facevano, non si parlò forse di adulterio? Voglio dire, baciarsi non lo è. E poi, non lasci un uomo per andartene con un altro se non ci hai mai fatto niente. Non sarebbe logico.»

Aisling non era d'accordo. Posò lo specchio e si abbracciò le

120

ginocchia, seduta sul letto di Joannie. «Secondo me, tu sbagli tutto, Joannie», disse, seria. «A mio parere il mondo è molto meno interessato alla faccenda di quanto tu non creda. Elizabeth e io ci dicevamo sempre che non ci sarebbe importato se non l'avessimo mai fatto in tutta la vita…»

«Oh, ma questo accadeva secoli fa… Scommetto che ora la pensi diversamente.»

«No», rispose Aisling animata. «Io ne sono convinta davvero. Secondo me, è una cosa di cui tutti parlano, ingigantendola, ma a nessuno piace farla veramente. La gente vuole l'amore ed è qualcosa di diverso.»

«Non è vero, sono la stessa cosa.» Il viso tondo di Joannie manifestò sorpresa. «Non sentivi quando suor Catherine diceva che l'amore è l'espressione più alta del farlo? O farlo era l'espressione più alta dell'amore? Ricordi? Quasi soffocavamo in classe nel tentativo di assumere un'aria indifferente. C'era da morire.»

«Suor Catherine non parlò mai del farlo!» Aisling era scandalizzata alla sola idea.

«No, non usò queste parole… disse qualcosa a proposito dell'aspetto più nobile dell'amore coniugale e cioè la procreazione dei figli. Se questo non è farlo allora che cos'è?»

«Sì, ricordo. Ma, sinceramente, secondo me è l'amore in sé che interessa alla gente, è di questo che trattano tutte le canzoni e i film e le poesie e non dell'altra cosa.»

«Ma l'altra cosa è bella», disse Joannie.

«Che ne sai tu, ti basi solo su quello che dice la gente.»

«Be', David lo ha fatto.»

«Non è vero.»

«Lui dice di sì.»

Quella era una notizia elettrizzante.

«E come ha detto che era?» Aisling si sentiva talmente eccitata che quasi cadeva dal letto.

«Dice che era il puro piacere… e che a me piacerebbe», spiegò Joannie, con aria di sufficienza.

«Questa non è una descrizione. Puro piacere, certamente non vuol dire niente. È ovvio che sostenga che ti piacerebbe, così lo fai con lui…»

«Be', almeno sapremmo... non staremmo sempre a parlarne e a immaginarlo soltanto.»

«È vero, ma sei sicura che ti piacerebbe?»

«Da morire», disse Joannie.

Entrambe scoppiarono a ridere.

«Allora devi. Non c'è dubbio.»

«Ebbene, perché tu no?»

«Be', usa la testa. Come potrei? Non si può andare a bussare alla porta di qualcuno e dire: 'Salve, sono Aisling O'Connor e la mia amica Joannie Murray vorrebbe che io avessi un rapporto sessuale con qualcuno, così da darle il coraggio di farlo con David Gray, quindi posso entrare e ci spogliamo subito?'»

«Non intendo dire questo.»

«Ma che cos'altro potrei fare io? Sei tu quella che ha il ragazzo che le dice che le piacerebbe e sei sempre tu quella che muore dalla voglia di farlo. Io ti servo solo d'appoggio, questo è tutto.»

«Non lo farei mai, ne sto solo parlando. Avrei il terrore di rimanere incinta. In ogni modo, David me lo chiede solo perché si aspetta che dica di no. Nessuna con un po' di cervello acconsentirebbe.»

«Questo significa che, una volta fatto, lui ti lascerebbe?»

«Be', sì, e dopotutto non potrebbe fidarsi di me, no? Capisci, una volta che l'avessi fatto con lui che cosa gli impedirebbe di pensare che potrei farlo con chiunque?»

«Dev'esserci un errore nel tuo ragionamento», disse Aisling. «Altrimenti come può una mettersi con un altro se questo è quello che pensano tutti?»

«Sciocca, si sposano prima. Allora va bene», rispose Joannie fiduciosa.

«E quella del puro piacere, quella che andò fino in fondo?»

«Accadde nel sud del Gloucestershire, quando lui era in vacanza. Lì sono soliti farlo, a quanto pare si comportano in maniera diversa da qui.»

«Allora, se lì era una cosa normale perché non ne approfittò anche con altre?»

«Aisling O'Connor, trovi sempre un punto debole in quello che dice la gente. È impossibile parlare con te.»

«La faccenda mi interessa, tutto qui», rispose Aisling. «Sembra che tutti pensino che interessarsi alle cose non stia bene. Non capirò mai il perché.»

Alla famiglia di Joannie piaceva ospitare Aisling, perché era vivace e divertente. Ciò che diceva veniva trovato intelligente e spassoso, mentre quando era a casa tutti la accusavano di essere egocentrica ed esibizionista. Forse per questo a Kilgarret Elizabeth era così apprezzata da tutti e poi, quando era tornata in Inghilterra, era stato terribile. Comunque era contenta di piacere ai Murray, perché a casa sua l'atmosfera era diventata estremamente deprimente. La malattia di Donal aveva lasciato una sensazione di terrore in ma' e, ogni volta che tossiva, lei lo guardava di sottecchi.

Terribile era stato il giorno in cui padre Kearney era venuto per impartire l'estrema unzione. Una delle suore lo aveva preceduto per preparare la stanza e Donal al sacramento. Pa' ne era rimasto molto seccato, aveva detto che le monache erano delle intriganti importune e si era domandato come poteva un bambino avere bisogno di essere preparato. Ma' stringeva la mano di Donal e sorrideva. Peggy aveva pianto stando sulla porta, tanto che Eileen aveva pensato che avesse il raffreddore e le aveva detto di scendere al piano di sotto e di mettersi davanti al fuoco invece di stare in mezzo alla corrente. Eamonn aveva borbottato qualcosa a bassa voce a proposito di scommesse e ma' avrebbe voluto ammazzarlo. Gli aveva detto di tenere le sue credenze pagane lontano dalla stanza di un ragazzo malato.

In ogni modo, ora Donal si era rimesso e doveva solo stare attento a non riprendere la polmonite, malattia che ma' ormai sembrava considerare un nemico in perenne attesa fuori della porta. Aisling trovava molto strano che Dio continuasse a colpire con la sfortuna chi meno poteva sopportarla. Dopotutto il giovane Sean era un bravo ragazzo che aveva creduto in una causa e Dio lo aveva fatto saltare in aria e Donal era di gran lunga il più dolce di tutta la famiglia e il Signore continuava a compensarlo con attacchi di tosse e polmoniti. Maureen ed Eamonn, che invece erano insopportabili, godevano di una salute di ferro. Dio non aveva proprio nessun senso della giustizia. Ma' lavorava sodo, stando sempre in piedi fino a tardi, e non si prendeva mai una vacanza, né riceveva bei vestiti. Quanto a lei, Aisling, quell'anno a scuola aveva sgobbato e che cosa aveva ottenuto in cambio? Qualche ricompensa? Qualche ringraziamento? A malapena avevano ammesso che, alla fine, aveva fatto giudizio e aveva cercato di guadagnare il tempo perduto. Mrs Murray recitava sempre un verso che diceva: «Colui che il Signore ama quello Egli perseguita». Aisling dichiarò che Dio doveva andare semplicemente pazzo per lei visto che la perseguitava dalla mattina alla sera con orribili capelli, ciglia diritte e suore diaboliche.

Ad Aisling piaceva parlare con John, il fratello di Joannie, quando veniva a casa dal seminario per il fine settimana. Raccontava dei suoi studi e narrava di fatti che sarebbero dovuti restare segreti. Spiegava a Joannie e Aisling, affascinate, che a volte avevano lezione di buone maniere, così che quando sarebbero stati preti non avrebbero fatto sfigurare e intaccato la rispettabilità del clero mangiando con le posate, invece di cacciarsi il cibo in bocca con le mani. Aisling aveva trovato tutto ciò strepitoso, ma come al solito quando l'aveva raccontato a casa, non aveva destato nessun entusiasmo.

«Se quel giovane Murray è già abbastanza pazzo da farsi prete quando ha quella grossa ditta di famiglia alla quale interessarsi, lo è ancora di più ad andare in giro a raccontare quanto sono scervellati nel suo seminario», commentò pa'.

Ma', naturalmente, era seccata da questa mancanza di rispetto verso la Chiesa, ma lo era anche nei riguardi di John Murray. «Quel posto ormai è come la sua famiglia, non si va in giro a raccontare i segreti dei propri cari. Non è leale.»

Aisling si era macchiata di alcune piccole mancanze di lealtà, quando aveva fatto morire dal ridere i Murray imitando pa' che rientrava a casa dal lavoro e, come un sultano, chiedeva acqua per lavarsi, un asciugamano pulito, le pantofole e la sedia migliore. Non c'era bisogno che parlasse, tanto erano noti a ognuno di loro i suoi piccoli, impazienti gesti. Aisling arrossiva al pensiero di come sarebbero rimasti tutti male se mai avessero saputo che lei aveva parodiato quella routine serale. Eppure non sentiva di commettere slealtà nel passare buona parte dell'estate a casa Murray: era luminosissima e aveva un grande giardino che arrivava fino al fiume.

L'idillio tra Joannie e David Gray giunse a un punto critico quando cominciò la scuola. David non aveva niente da fare fino a ottobre e la pregò di non andare a lezione in modo da poter stare un intero giorno insieme. Joannie, tentata e quasi sul punto di cedere, si rese tuttavia conto del pericolo, anche se Aisling le aveva assicurato il pieno appoggio.

Le lusinghe di David alla fine ebbero la meglio. Decisero di preparare un cesto per un picnic e del sidro. Lui aveva preso a prestito una macchina, che avrebbero tenuto tutto il giorno, e sarebbero andati da qualche parte in montagna o al mare. Joannie decise di correre il rischio e stabilì che avrebbe avuto maggiori probabilità di successo tenendo Aisling fuori della faccenda. Riluttante, l'amica acconsentì. Più o meno ingiustamente era sempre considerata una pasticciona e perciò non aveva senso creare dei sospetti sul conto di Joannie.

Per sua enorme fortuna nel giorno prescelto la casa dei Murray sarebbe stata vuota. Mrs Murray andava a Dublino per compere; John non sarebbe tornato dal seminario; Kate, la sorella sposata, non sarebbe venuta a trovarli; Tony, l'altro fratello, era a Limerick a imparare il mestiere presso un mercante di vini e non sarebbe rientrato e Noreen, la domestica, era in vacanza dai suoi a Wexford. Era l'unico giorno in tutto l'anno favorevole a Joannie.

Venti minuti dopo l'inizio della prima lezione, che era di dottrina cristiana, Joannie si alzò e disse di sentirsi poco bene; dopo essersi fermata un po' nello spogliatoio rientrò in classe, insistette che stava malissimo e chiese se poteva andare a casa. Suor Catherine guardò le ragazze cercandone una che l'accompagnasse e i suoi occhi non si fermarono neppure per un attimo su Aisling, che era tra quelle che agitavano entusiasticamente una mano. «Mary Brady, vai tu con Joannie e, una volta che l'hai accompagnata a casa, torna subito indietro.» Suor Catherine aveva scelto la più buona della classe, la più fidata e sincera di tutta la scuola, la cui intenzione di diventare suora e di entrare nell'ordine il giorno in cui avesse terminato gli studi era nota a tutti.

Quando Mary Brady tornò, lo sguardo virtuosamente abbassato, suor Catherine chiese se tutto era andato bene.

L'innocente complice spiegò che Joannie aveva visto la madre dietro una finestra e le aveva fatto cenno con la mano, dopodiché era entrata in casa, al sicuro. Suor Catherine ringraziò Mary per l'aiuto prestato, la ragazza sorrise e Aisling O'Connor mandò un gran sospiro di autentica invidia.

Misteriosi rimasero sempre i particolari di quel giorno: perché l'idea del picnic fosse stata abbandonata tanto presto, che sapore aveva il sidro e come mai avessero deciso di berlo nella camera da letto di Mrs Murray. Né mai venne data una chiara spiegazione della ragione per cui Tony, che abitava presso i cugini di Limerick, fosse tornato inaspettatamente a casa e perché fosse rimasto così sconvolto. La combinazione di tutti questi avvenimenti aveva creato uno stato di agitazione che Aisling non era mai riuscita a penetrare.

David Gray ebbe da Tony la proibizione assoluta di tornare nel futuro a casa loro. Erano state fatte grandi minacce su come avrebbero reagito i Gray se la faccenda gli fosse stata riferita. Joannie passò quelle che lei avrebbe sempre chiamato «le ore peggiori della sua vita» a implorare Tony perché si convincesse che non sarebbe servito a niente informare la mamma. Lei si arrabbiava facilmente e non sarebbe andata mai più a Dublino per compere se le fosse stato riferito un racconto confuso.

Aisling venne a sapere dell'accaduto solo sommariamente. Era andata dai Murray, come stabilito, verso le sette di sera, quando il picnic avrebbe dovuto essere finito e poco prima che la madre di Joannie tornasse da Dublino. Invece di particolari eccitanti e, magari, una visione da lontano di David che fuggiva... assistette allo spettacolo di Joannie, rossa in viso, seduta al tavolo della cucina con Tony.

«Oh, Aisling, non è proprio il momento. Sto, diciamo, parlando con mio fratello...»

«Certo...» Aisling era rimasta perplessa. Ma aveva afferrato la situazione. «Salve, Tony, sei tornato per una vacanza?»

«Una specie», aveva risposto lui. Era quello della famiglia che conosceva meno. Era il maggiore, aveva quasi ventotto anni ormai. Sembrava diventato più bello da quando l'aveva visto l'ultima volta mesi prima, o forse le appariva così perché era chiaramente di cattivo umore. L'aspetto della gente migliora quando gli occhi lampeggiano e il volto assume un'espressione feroce; Aisling lo aveva appreso dai libri e dai film.

«Bene, me ne vado. Vieni da me dopo o no?» aveva detto a Joannie.

«Non le chiedi come si sente, o in questa storia c'entra l'intera scuola?» aveva osservato Tony.

«Già, certo, per questo ero venuta, per sapere se stai bene. Forse è influenza. Suor Catherine era...»

«Ci vediamo domani», aveva detto Joannie.

«Bene», aveva risposto lei, seccata, e se n'era andata. Il giorno dopo, a scuola, ancora con gli occhi rossi, Joannie aveva confermato la convinzione generale che non fosse stata bene. A quanto pareva si era salvata per un pelo: Tony era stato condotto alla ragione e lei aveva promesso di non uscire più con nessuno e meno che mai con uno dei Gray. Aveva cercato di spiegare a Tony che non stavano facendo niente, stavano solo lì e basta, ma a ogni cosa che diceva il fratello si arrabbiava ancora di più.

«E davvero non stavate facendo niente?» aveva chiesto Aisling, avida. Joannie era troppo distaccata.

«Non è questo il punto. Il fatto è che Tony è arrivato.» Aveva un'espressione così delusa che Aisling decise di non insistere per i particolari, poteva aspettare.

«Perché è tornato, a proposito?»

«Si è stancato di Limerick e vuole chiedere alla mamma se può cominciare a lavorare nella nostra ditta qui, sai più o meno se può prendere in mano la situazione. Dice che sa tutto ormai e ieri si sentiva molto agitato così ha preso la macchina per venire a parlare alla mamma. Dio santissimo, perché non si è sentito inquieto oggi invece di ieri? Dimmi, Dio, perché l'hai fatto?»

«Immagino per impedirti di commettere un peccato mortale», aveva suggerito Aisling, seria. Se ci pensi, Dio a volte è molto tortuoso.

Quell'autunno, Tony Murray ritornò a Kilgarret. Gli ci volle parecchio tempo per dimenticare quella che lui considerava una grande trasgressione, un segno della debolezza morale della sorella minore. Poiché, per fortuna, Aisling non era stata considerata complice dell'accaduto, non era guardata con sospetto e poteva andare e venire quando voleva. Dal canto suo, lei si chiedeva se il giovane Sean si sarebbe comportato allo stesso modo e sarebbe stato tanto severo se fosse stato vivo. Ma poi l'idea di trovarsi con qualcuno sul letto dei genitori era talmente poco plausibile, così come il fatto che la casa fosse vuota, che in realtà non si potevano fare paragoni.

A ma' e pa' le suore avevano espresso la loro deprimente opinione che Aisling non era molto portata per lo studio. Come Maureen, probabilmente, avrebbe avuto più successo in un lavoro che non richiedesse ulteriori sforzi.

Aisling era indifferente al riguardo. Alla scuola le proposero di frequentare l'istituto commerciale del posto, sempre diretto dalle suore. Lì avrebbe imparato stenografia, dattilografia, inglese commerciale e contabilità. Sembrava, tutto sommato, meglio che iscriversi al sesto anno e prepararsi per il diploma. Del resto, Joannie andava a studiare per un anno in Francia. Non era una vera e propria scuola ma un istituto di suore francesi in cui avrebbe imparato quella lingua perfettamente, oltre che a cucire e cucinare. Tony si era mostrato entusiasta all'idea, che era sembrata ragionevole anche a Mrs Murray. Avrebbero fatto di lei una vera signora. Ma' aveva sorriso quando Aisling gliel'aveva detto.

Sean non fu affatto contento che le suore avessero affermato che sua figlia non era adatta agli studi. Era già di cattivo umore per conto suo e la notizia peggiorò la situazione. Mentre la porta era ancora aperta, Aisling lo sentì lamentarsi, amareggiato. «Bella nidiata abbiamo cresciuto. Uno non ha potuto fare a meno di andare a buttar via la propria vita per gli inglesi, un'altra sta iniziando un lavoro che non richiede molti sforzi mentali...»

«Vuoi smetterla...» l'interruppe ma'.

«No. Eamonn se ne sta lì in negozio come un fannullone, con tutta una folla di perdigiorno che vanno e vengono a cercarlo; Donal è così malato che solo Dio sa che cosa ne faremo di lui, Niamh è una ragazzina viziata e dell'unica per la quale nutrivamo qualche speranza quelle maledette suore vengono a dirci che non è adatta per gli studi. Bene, che c'è stata a fare tutti questi maledetti anni con loro...?»

«Sean.» Ma' aveva alzato la voce.

«Ora, perché fai quella faccia? Le cose non vanno affatto bene. Per che cosa ci rompiamo la schiena a sgobbare tu e io, a che scopo, Eileen, se i ragazzi non fanno progressi, non si comportano meglio di quanto facciamo noi e...» La voce gli tremava ma lui cominciò a gridare. «Voglio dire, se c'è uno scopo in tutto questo non è che i ragazzi...?» Aisling non lo sentì terminare perché ma' chiuse la porta sbattendola.

Elizabeth scrisse ad Aisling quando seppe che stava per iscriversi all'istituto commerciale. Disse che ne conservava il ricordo come di un posto di second'ordine.

... lo so che può sembrare una predica, ma a che serve andare lì se non è il luogo adatto per darti una qualifica? Sì, mi pare di sentire la voce di suor Catherine, ma loro hanno ragione. È più o meno come avere i vestiti e l'attrezzatura adatti per scalare una montagna. E la vita non è quasi sempre una maledetta montagna? Io penso che dovresti ritornare alla scuola, sottoporti al compito ingrato, ottenere il tuo diploma e poi andare all'istituto commerciale, perché una volta superato l'esame sarai al sicuro. Io almeno la vedo così.

Aisling ci aveva riflettuto. Da un lato Elizabeth aveva ragione. Sotto un certo aspetto, sarebbe stato meraviglioso dire alle suore: «Ho preso il mio diploma malgrado voi aveste detto a pa' che ero un'ignorante...» Ma sarebbe stato molto duro e lei era troppo indietro. E poi non avrebbe sopportato di stare insieme a tutte quelle santarelline così intelligenti che avrebbero pensato che si era montata la testa. Senza contare che avrebbe fatto la figura della stupida se fosse ritornata sui suoi passi e avesse detto di essersi sbagliata a non studiare di più. Era come ammettere che il suo comportamento passato era stato tutta una messinscena. No. Sarebbe andata all'istituto commerciale. Poi si sarebbe trovata un buon lavoro, quello che più le piaceva, invece di stare lì a imparare tutte quelle nozioni inutili.

Almeno la dattilografia e la contabilità sarebbero state materie nuove, così come la stenografia, e lei avrebbe cominciato alla pari con le altre, studiando sodo e diventando la prima della classe... e dopo si sarebbe trovata un bel lavoro, magari con un direttore di banca, o avrebbe aperto un ufficio di assicurazioni. E poi, ancora, quella brutta faccia di suor Catherine, con la sua vocetta stridula, non avrebbe fatto sarcastiche osservazioni e pa' avrebbe concluso che era valsa la pena averla come figlia. Ma' sarebbe stata contenta e avrebbe detto che Aisling era una ragazza di spirito ed Elizabeth le avrebbe scritto una lettera per ammettere di essersi sbagliata e che lei aveva preso la decisione giusta.

Desiderò che Elizabeth venisse lì. Era stupido che la sua migliore amica fosse a chilometri di distanza, in Inghilterra, a studiare in una camera da letto blu, invece che a Kilgarret, dov'era il suo posto.

Due sere alla settimana nella vecchia WVS Hall si tenevano corsi di bridge. Il costo di uno scellino e mezzo a lezione significava che solo gente rispettabile avrebbe partecipato e includeva anche tè e biscotti. Non appena vide il manifesto Elizabeth iscrisse se stessa e il padre.

«Non voglio imparare a giocare a bridge», disse lui.

«Neppure io, ma è meglio farlo. Consideralo una specie di zattera di salvataggio.» Dopo quattro lezioni entrambi cominciarono ad apprezzarlo.

Violet scriveva abbastanza spesso. Elizabeth si sarebbe aspettata pochi e affrettati biglietti come quelli che aveva ricevuto durante la sua permanenza a Kilgarret, grevi di un oscuro senso del dovere. Non parlava molto della sua vita con Harry, né chiedeva come andasse lì a Clarence Gardens. Ricordava invece i vecchi tempi, come se la figlia fosse sua coetanea. Parlava dei tennis party a cui aveva partecipato quando era giovane e dove c'erano sino a dieci domestici che giravano con bicchieri di limonata fatta in casa versata da grosse caraffe.

Elizabeth leggeva quelle lettere con grande attenzione. Non capiva se sua madre aveva nostalgia di quei tempi o li condannava. Alla fine decise che, in ritardo, stava cercando di parlare della propria vita e, dunque, la cosa migliore era rispondere allo stesso modo, rimanendo sulle generali e raccontando piccoli aneddoti.

Pensava che la madre fosse sola, sapeva che il padre lo era, sentiva che Aisling non aveva ormai più niente da dirle e perciò le dava sue notizie solo quando scriveva zia Eileen. Preoccupata poi che quest'ultima fosse troppo presa, si limitava a chiederle solo cose superficiali. Sembrava anche che Monica Hart la giudicasse una noiosa sgobbona, per niente divertente e certamente non utile per adescare i vari giovanotti, visto che pretendeva sempre di stare a casa a studiare.

Eppure, dopo tanto affannarsi, non aveva neanche la soddisfazione di essere brillante. Nessuno la considerava un'alunna eccezionale e per capire quello che veniva spiegato impiegava più tempo delle ragazze davvero intelligenti. ma ci si accaniva con ostinazione. Se ne stava in piedi timidamente accanto all'insegnante di matematica che la guardava esasperato.

«Ve l'ho spiegato per tutta la settimana e tu continuavi ad annuire, perché non hai detto che non avevi capito?» Dopodiché seguiva la spiegazione, rapida e spesso impaziente, ma sempre gentile.

Il professore di arte, Mr Brace, le dedicava moltissimo tempo. Non le avevano insegnato niente in quella scuola in Irlanda, diceva ai colleghi. Le aveva chiesto che cosa aveva fatto e studiato nel corso di arte e, a quanto pareva, erano stati trattati solo quadri della Vergine Maria o scene illustranti i misteri del rosario. Ma, d'altro canto, neanche quel bevitore di birra era molto affidabile. A scuola le ragazze lo chiamavano «Brace pancia-di-birra» e si lamentavano del suo alito pesante, a Elizabeth invece piaceva. Le spiegava tutto con disinvoltura come se lei fosse sul suo stesso livello. E poi si informava sempre sull'istituto religioso. La sua prima moglie era cattolica romana, ma non aveva mai fatto menzione dei misteri del rosario. Elizabeth, a sua volta, non conosceva niente della prospettiva prima che Mr Brace gliela spiegasse e arrossì felice quando lui indicò la sua natura morta come la migliore di quelle eseguite dal gruppo. Nelle riproduzioni delle opere dei grandi maestri i quadri della Madonna le erano molto familiari ma si chiedeva perché non ne avessero dipinto nessuno di Nostra Signora di Lourdes: a Kilgarret la scuola era disseminata di quadri di quel genere.

«Quando avvenne?» aveva chiesto Mr Brace. «Non ne so niente.»

«Oh, fu forse un centinaio di anni fa, sa, santa Bernadette e tutti i miracoli, con la gente che guariva…» aveva detto lei.

«Be', Raffaello non poteva saperlo in anticipo», aveva risposto Mr Brace. «Lui non c'era e quindi non poteva essere a conoscenza dei miracoli, no?»

Elizabeth era arrossita e aveva deciso di non aprire più bocca. Mr Brace era dispiaciuto per lei e le aveva prestato dei testi di storia dell'arte e uno dei suoi preziosi libri di riproduzioni.

«Divento nervoso e alzo la voce in classe», aveva detto lui. «Un giorno ti troverai di fronte un bel po' di ragazzini e ti comporterai come me.»

«Oh, io non farò l'insegnante», aveva chiarito Elizabeth decisa.

«E che cosa farai?» aveva chiesto lui interessato.

Elizabeth lo aveva guardato inespressiva. «Non ne ho idea. Ci penserò quando sarà il momento.» Sembrava turbata. Mr Brace era la prima persona che le aveva posto quella domanda. La madre non si era mai interessata al suo futuro e neppure il padre. Ma forse molti dovevano affrontare da soli quel tipo di decisione. Aveva cercato di ricordarsi che cosa diceva sempre zia Eileen ad Aisling quando era in crisi o protestava che le cose non erano giuste. «L'autocommiserazione fa venire le lacrime agli occhi prima di qualsiasi altra cosa.» Zia Eileen sarebbe orgogliosa di me, pensava a volte, mentre tornava a piedi a Clarence Gardens.

Molto spesso si attardava passando per la biblioteca. Di tanto in tanto vi tenevano delle piccole esposizioni ed era bello aggirarsi per le sale e ammirare i modelli degli edifici o le antiche ricostruzioni greche esposte sui tavoli. Il bibliotecario, Mr Clarke, era estremamente gentile. Era un albino molto miope. Aveva avuto quel posto durante la guerra e aveva impiantato quella biblioteca così bene, che ora non potevano portargliela via. Trovava i libri che Elizabeth amava leggere e, cosa ancora più utile, le procurò il programma e i moduli d'iscrizione del locale istituto d'arte.

Tornando a casa dalla biblioteca lei spesso si fermava a guardare la vetrina del negozio di oggetti di seconda mano, o meglio di antiquariato, di Mr Worsky. Un giorno parlò a Clarke di quei piccoli, strani paravento, domandandosi dove venissero fatti. Il bibliotecario le suggerì di entrare e chiedere, perché il proprietario sarebbe stato ben felice di dirglielo.

«Ma io non ho soldi per comprare niente, non posso entrare», rispose lei, esitando.

«Certo che può, è quello che piace alla gente, ancora più di vendere, parlare dei begli oggetti...»

E, naturalmente, aveva ragione. Mr Worsky le mostrò i pannelli dei paravento, spiegandole come veniva eseguita la laccatura, e tutto risultò molto più interessante di qualsiasi nozione avesse mai imparato a scuola. Cercò altri libri in biblioteca e ne parlò a Mr Brace dopo la lezione d'arte.

Se solo Aisling fosse stata lì, pensava in continuazione, avrebbe preso tanto in giro i suoi tre amici. Pancia-di-birra Brace, l'albino della biblioteca e Mr Worsky, il vecchio profugo polacco del negozio di antiquario. Ma era bello averli accanto. E poi riusciva perfino a recarsi al cinema, mentre moltissime ragazze non avevano i soldi. Lei ci andava almeno una volta alla settimana, da sola, in galleria, allo spettacolo delle quattro e mezzo. Vide *Via col vento* quattro volte e capì benissimo perché Ashley amasse Melania e non Rossella.

La gente tesseva le lodi della bellezza dei sedici anni e della gioia di averne diciassette. Ma Elizabeth non era poi così d'accordo. Lo giudicava un lungo apprendistato solitario e il giorno che ebbe la notizia della borsa di studio all'istituto di arte sperò che quella noiosa faccenda del crescere fosse definitivamente finita. Il padre disse che sperava la portasse a ottenere un posto sicuro. La madre scrisse che molti figli di nobili frequentavano quell'istituto e che lei ne avrebbe sicuramente conosciuto qualcuno. Aisling disse che non riusciva a capire, visto che a scuola Elizabeth non era brava nelle materie artistiche, ma che suor Martin, l'insegnante di disegno, era contenta. Mr Brace affermò che lei era la prima delle sue alunne che andava così bene e Mr Clarke le regalò quattro vecchi libri di arte, che erano considerati fondi di magazzino, scrivendole una dedica su ognuno. Mr Worsky, del negozio d'antiquariato, disse che ora che era ufficialmente una studentessa di arte, di tanto in tanto poteva andare a lavorare da lui.

Si recò nel negozio di antiquariato di Mr Worsky un sabato, poco dopo aver iniziato l'istituto di arte e quando si sentiva ormai un'autentica artista. Nel retrobottega, immerso nella lettura di un catalogo, c'era un uomo molto più giovane di Mr Worsky. Il cuore di Elizabeth diede un balzo, convinta che il negozio fosse stato venduto. Vi mancava infatti da alcune settimane.

«In che cosa posso servirla?» chiese lo sconosciuto gentilmente. «O preferisce dare un'occhiata in giro?»

Era molto bello, anzi bellissimo: aveva un viso affilato dai lineamenti appuntiti e una gran quantità di capelli neri che gli ricadevano sulla fronte. Sembrava un attore del cinema.

«Oh, volevo vedere Mr Worsky. È sempre qui, vero?»

Il ragazzo sorrise. «Certo, naturalmente è qui. Si è solo concesso quello che da tempo non si prendeva: una giornata di libertà. Io sono Johnny Stone, il suo assistente.»

«Oh, sì, naturalmente, mi parlò di lei.» Sorrise, sollevata. «Ma la descrisse come un uomo già in età. Insomma, pensavo che fosse più vecchio...»

«Non mi descrisse affatto lei, invece, vedo che è molto giovane e attraente, se mi è permesso dirlo.»

Elizabeth sorrise e arrossì un po'. «Grazie mille», disse. «Lei è veramente gentile. Sono Elizabeth White e lui una volta mi promise, insomma più o meno, che se c'era del lavoro extra il sabato mattina mi avrebbe presa in considerazione.»

«Sarebbe molto sciocco se non lo facesse e Stefan Worsky non è uno sciocco.»

«Oh, bene, lei quindi è dalla mia parte», disse Elizabeth, sincera. «Può riferirgli che ho iniziato a frequentare l'istituto e che seguo diversi corsi di disegno e storia dell'arte? Se va bene potrei passare un pomeriggio della settimana prossima per chiedergli se davvero mi vuole qui il sabato a dare una mano.» Si guardò attorno. Il negozio era deserto. «Non c'è molto movimento, crede che lui abbia davvero bisogno di aiuto?»

«È ancora presto», disse Johnny Stone. «Tra mezz'ora il negozio sarà affollato. Potrei chiederle di cominciare stamattina ma equivarrebbe a precipitare un po' troppo le cose. Scommetto che la vedrò sabato prossimo. Certamente lo spero...»

«Lo spero anch'io, Mr Stone», disse Elizabeth, solenne.

«Oh, via, su», la esortò lui.

«Lo spero anch'io, Johnny», ripeté lei, stringendogli la mano.

«Così va meglio», disse lui.

Il fidanzamento ufficiale tra Maureen O'Connor e Brendan Daly venne annunciato in primavera e le nozze furono programmate per settembre. Certamente non fu una sorpresa per nessuno, semmai ci si stupì che avessero aspettato tanto. Il periodo del fidanzamento era stato considerato lungo perfino a Kilgarret. Eamonn aveva sentito una battuta a riguardo secondo la quale Brendan si era fatto finalmente coraggio e aveva chiesto la mano a Maureen dicendole: «Vorresti essere seppellita con i miei?» Lui l'aveva trovata grande e aveva continuato a ripeterla a tutti finché il padre gli aveva detto di chiudere quella boccaccia.

Ormai era un pezzo che Maureen non faceva altro che parlare dei vestiti per il matrimonio. Aisling e Sheila Daly sarebbero state in rosa, il colore giusto per gli abiti delle damigelle d'onore. Peccato per la capigliatura di Aisling, ma non c'era niente da fare. Maureen non aveva certo intenzione di cambiare l'intera cerimonia solo perché sua sorella minore aveva quegli straordinari capelli rossi. Aisling si stringeva nelle spalle. C'era sempre Niamh, dopotutto. Ma non poteva non andare; sarebbe sembrato che avessero litigato e sarebbero sorte troppe chiacchiere. Del resto, Aisling e Sheila Daly avevano più o meno la stessa statura.

Ogni tanto Aisling si informava da ma' se Maureen era normale con tutte le storie che faceva per il matrimonio o se, per caso, non era un po' pazza, ma ma' non dava mai risposte ragionevoli. Diceva che il matrimonio di per sé è un avvenimento così speciale che alla gente deve pur essere concesso di fantasticarci come vuole. Dopo le nozze, una volta sposati, la situazione tornava normale, per questo si concedeva alla sposa di abbandonarsi a tanta eccitazione. No, lei non aveva fatto altrettanto, perché a quei tempi le cose erano diverse, più difficili, incerte e, soprattutto, c'erano meno soldi.

«Ma, ma', è completamente impazzita, sposa solo il vecchio Brendan Daly, mentre diresti che si tratta della famiglia reale. Pensa che mi ha chiesto di dimagrire per il giorno del matrimonio! Non riuscivo a crederci.»

Ma' rise. «Perché non metti un corsetto? Lo stringi un po' e le dici di aver fatto una dieta. Io farò così.»

«Ha chiesto di dimagrire anche a te?» Aisling era strabiliata.

«Sì, ma io mi avvicino alla cinquantina, dovrei farlo comunque e, in ogni modo, ho più buon senso di quanto mai ne avrai tu in tutta la tua vita.»

Aisling disse che, da quel momento in poi, dopo la traumatizzante scoperta della mancanza di onestà di sua madre, non avrebbe più potuto studiare la stenografia e i suoi orribili segni.

«Vai a scrivere a Elizabeth, allora», disse ma'. «Salutamela e chiedile se non verrebbe per il grande evento…»

«È un'idea.» Aisling si accese in volto. «Potrò dirlo anche a Joannie? A settembre dovrebbe essere tornata dalla Francia.»

«No, meglio non farne parola finché gli sposini non hanno stabilito se includere o no i Murray nell'elenco.» Ma' sorrise.

«Ti prendi gioco di loro», disse Aisling.

«Nossignore», smentì Eileen.

Elizabeth mandò a Maureen un bel regalo di nozze. Arrivò con tre settimane di anticipo e così ci fu tutto il tempo per ammirarlo. Era un piccolo piatto d'argento, ovale.

«È quello che chiamano un porta-bonbon», aveva scritto Elizabeth. «Ma credo che sia utile per ogni scopo, magari per i biscotti quando inviti le amiche a bere il tè o perfino per il pane, se hai gente a pranzo. È straordinario pensarti sposata. Tu sei la prima delle mie amiche a diventare signora. Ti ho inviato anche un libro sui marchi ufficiali dei metalli preziosi, così puoi stabilire in che anno è stato fabbricato e dove. È molto interessante. Ormai ho preso l'abitudine di capovolgere tutti i pezzi d'argento e di leggerne la storia. Spero che tu sia molto felice e se il prossimo giugno otterrò buoni voti, forse riuscirò a venire a Kilgarret a trovarti e tu potrai invitarmi per il tè.»

Maureen era addirittura infantile nel suo entusiasmo. Elizabeth era la prima ad averla chiamata signora, era l'unica che attribuiva un che di speciale all'essere sposate.

«È così colta e interessata a tutto», disse Maureen, presissima nell'imparare i marchi ufficiali per abbagliare i Daly con quella nuova raffinatezza. «Vorrei che tu fossi un po' più come lei, Aisling.»

«Oh, tutti lo hanno sempre desiderato», rispose la sorella allegra.

In cuor suo giudicava poco spiritoso da parte di Elizabeth scrivere a Maureen una lettera così mielosa e, secondo lei, mettersi a cercare tutti quei nomi di città e marchi d'argento e di fabbricanti era in tono con un simile atteggiamento.

Cara Elizabeth,
    mi avevi raccomandato di raccontarti del matrimonio, ma in tutta onestà, non so che cosa scrivere. Il fatto principale è che si è svolto senza intoppi. Padre O'Mara era sbronzo, ma la gente gli ha impedito di rendersi ridicolo e anche Brendan Daly era leggermente ubriaco. Ora è mio cognato, sai. Ricordi sua sorella Sheila, a scuola? Non mi sorprende se non l'hai in mente: è insignificante ora come lo era allora. Di solito porta gli occhiali, ma al matrimonio non li aveva messi e così inciampava dappertutto e strizzava gli occhi per cercare di vedere. Le dissi che stava meglio quando li indossava, ma a quanto pare sbagliai. I discorsi furono interminabili e il mio aspetto era davvero orribile con quell'abito di damigella d'onore. Se mai verrai qui te lo mostrerò. Maureen dice che lo si può cambiare e trasformare in un vestito da ballo; io le ho risposto che lo voglio conservare per il resto della vita come abito da carnevale.

    Te l'ho detto, no, che esco con Ned Barrett? Non c'è niente tra noi, ci limitiamo a passeggiare lungo il fiume, dandoci qualche palpatina, ma non è una storia seria. Andiamo spesso al cinema. Non credo che mi proibirebbero di vederlo, ma non sopporterei tutto lo scalpore e le battute della gente tipo: «Tu sarai la prossima». Non voglio sposare Ned Barrett, intendo solo fare un po' di pratica con lui. Mi ci stavo appunto dedicando sulla riva del fiume, nell'angolo vicino al deposito delle barche, quando è arrivato Tony Murray, il fratello di Joannie. Mi ha lanciato un'occhiata smarrita. Credo che sia convinto che sua sorella e io siamo delle maniache sessuali, per via di quell'incidente. Joannie sta frequentando un corso di un anno di economia domestica in un posto dove sono tutte nobili o quasi. Dice che è orribile e preferirebbe essere a casa. Presto avrò un colloquio per un lavoro, un vero lavoro dai Murray. Ma' dice che se Joannie e io siamo amiche è stupido andare a lavorare in ufficio per loro e ricevere uno stipendio. I rapporti sicuramente cambieranno. Non sono d'accordo. Tutti dobbiamo lavorare da qualche parte. E tu che cosa fai? Non me ne parli mai abbastanza.

Con affetto,

Aisling

Cara Aisling,

non è vero quello che affermi! Io ti racconto tutto, tu non mi dici mai niente. Quale incidente fa pensare al fratello di Joannie che tu sia una maniaca sessuale? Perché stavi tanto male con quel vestito? Com'era? Come va Donal? Peggy è ancora con voi? Non la nomini mai. Com'è la nuova casa di Maureen? Gli affari di zio Sean vanno bene? Zia Eileen lavora sempre così tanto? Sei davvero grassa o era solo un'osservazione di tua sorella? Ci sono tante cose che non so. Tutto questo mi fa apparire Kilgarret come un posto di cui lessi in un libro tanti secoli fa e che non esiste più.

In ogni modo, ti racconterò qualcosa di me. Be' è un po' difficile perché tu non sai com'è la vita qui. Se ti dicessi che papà sembra molto più vivace in questi ultimi tempi e che gioca a bridge tre volte alla settimana, non capiresti che cambiamento questo rappresenta. È come se, all'improvviso, zio Sean si mettesse a frequentare i tè o qualcosa del genere. Ricevo una lettera da mia madre ogni settimana. Lei e Harry hanno un negozio. Continua a chiedermi di andare a trovarli e lo farò a novembre. All'istituto di arte il trimestre è cominciato. Non mi ero resa conto di quanto ero stata fortunata a entrarci. Hanno tenuto una decina di discorsi solo per dirci che eravamo la *crème de la crème* e che dobbiamo lottare per mantenere il nostro posto, perché aspettano a centinaia che uno di noi venga buttato fuori.

I miei compagni di classe sono molto simpatici. È estremamente diverso dalla scuola delle suore, qui non ci sono quasi ragazze. Immagina. Credo che zia Eileen abbia ragione a proposito del lavoro dai Murray. Metti che tu chieda un aumento di stipendio, supponi che loro vogliano licenziarti... Gli altri che lavorano lì non saranno seccati nel vedere che li frequenti come amici, mentre loro non possono? In ogni modo, non credo di saperne molto, non sembra una decisione così facile.

Anch'io ho un'occupazione, il sabato. Lavoro nel negozio di antiquariato di cui ti parlai. È bellissimo: spolvero le porcellane e i piccoli pezzi di mobilio, stilo l'elenco della merce e accolgo i clienti. Lo dirige un vecchietto in gamba, un certo Mr Worsky. È polacco e venne qui poco prima della guerra. Tiene due persone a tempo pieno: la sua vecchia amica, che è molto cara ma quasi cieca, e un assistente, un certo Johnny Stone. Sembra il nome di un cow-boy, vero? È molto bello. Ma purtroppo non rimane spesso in negozio. Gira per la campagna in cerca di oggetti antichi. Saluti a tutti. Si ricordano di me? Si interessano a ciò che sono diventata?

Elizabeth

8

AISLING non ottenne il lavoro dai Murray. In realtà il colloquio durò solo tre minuti. Si era vestita esattamente come le ragazze dell'istituto commerciale le avevano consigliato: un semplice tailleur grigio, un golfino a maniche corte dello stesso colore e un colletto bianco. Niente gioielli e pochissimo trucco.

Con la mano guantata porse le copie dei suoi diplomi in dattilografia, stenografia e contabilità a Mr Meade, che dirigeva la ditta Murray da quando il padre di Joannie era morto.

Mr Meade lasciò la stanza per andare a esaminare i documenti come se esistesse la possibilità che fossero falsi. Aisling si guardò attorno nell'ufficio. Aveva il soffitto alto e c'era una gran quantità di scaffali e di armadietti di ogni forma e dimensione. Le caselle erano piene di buste e classificatori, con mucchi di documenti mal legati. Regnavano ovunque disordine e polvere, notò disapprovando.

Mr Meade ritornò e, con dispetto di lui e sorpresa di Aisling, Tony Murray lo seguì subito dopo. Alla presenza di Mr Tony l'uomo sembrava nervoso. A sua volta il fratello di Joannie appariva estremamente irritato da Mr Meade. I diplomi di dattilografia vennero restituiti.

«Sembrano in ordine», disse Mr Meade che aveva esaminato attentamente ogni foglio.

«Sì. C'è stata un anno, devono pur averle insegnato a scrivere a macchina», disse Tony brusco.

Mr Meade parve infastidito. «Che cosa le fa credere che le piacerebbe essere assunta qui?» chiese preciso.

Aisling si era preparata a questa domanda. «Ho sempre pensato che sarebbe stato molto interessante lavorare in una ditta che offre così tanta varietà», disse, come se recitasse la battuta di una commedia. «La Murray è un'azienda molto antica, con una lunga storia di affari con l'Europa continentale. Avrei occasione di imparare qualcosa sul commercio dei vini, la miscela dei tè, lo sdoganamento del whiskey e il commercio di raffinati prodotti di drogheria.»

«Staresti qui in ufficio a battere a macchina fatture e inventari. Come diavolo potresti imparare il commercio del vino?» l'interruppe Tony.

«Be', lo avrò sotto gli occhi, in un certo senso me ne occuperò...» balbettò Aisling. Tony, pensò, con lei era sempre stato gentile, simpatico e perfino scherzoso; da dove gli derivava tutta quella prepotenza?

Anche Mr Meade ne rimase perplesso. «Sono sicuro che... ehm, Miss O'Connor si renda conto...» esordì.

«Smettila di parlare come un pappagallo, Aisling, perché diavolo vuoi lavorare qui? È la stessa attività che potresti svolgere per tua madre. Perché non stai lì a battere a macchina fatture e inventari invece di voler venire da noi?»

Aisling lo guardò a sua volta mandando lampi di rabbia dagli occhi. Se lui voleva infrangere le regole e trasformare quel colloquio in una farsa, certamente lei non si sarebbe tirata indietro. Fino ad allora si era comportata lealmente, aveva messo i guanti, tenuto gli occhi bassi, parlato educatamente. Ora gli avrebbe risposto come desiderava lui.

«Te lo spiegherò, Tony Murray», cominciò, consapevole dell'espressione scioccata di Mr Meade pur senza vederla. «Ti dirò esattamente perché voglio lavorare in questa ditta. Qui indosso il tailleur con il golf, nel negozio di ma' dovrei portare un camice; qui guadagnerei soldi dalla tua famiglia e li spenderei come più mi piace, nel negozio dei miei genitori mi darebbero qualche spicciolo da tenere in tasca e si lamenterebbero dicendomi di stare seduta diritta e di smetterla di agitarmi, come ripetono sempre a Eamonn. Qui da voi sarei qualcuno, sarei Miss O'Connor dell'ufficio contabilità, conoscerei gente nuova e mi sarebbe attribuita della classe per essere stata assunta dagli onnipotenti Murray e per essere un'amica di famiglia. Per questo ho pensato che mi sarebbe piaciuto lavorare qui. Ora mi dici perché non mi volete...»

«Perché sei amica di Joannie e desideriamo che tu venga a casa a portarci un po' della tua vivacità e mi rifiuto di darti una busta paga ogni settimana. Sciocca ragazza testarda. Per questo.» E uscì sbattendo la porta.

Aisling si strinse nelle spalle. «Be', mi restituisca quei documenti, Mr Meade, immagino di non aver ottenuto il posto.» Raccolse i diplomi, li infilò nella loro busta, si tolse i guanti e li mise nella borsa. «Grazie lo stesso», disse poi, stringendogli la mano in maniera più che familiare per un'aspirante impiegata.

Mr Meade la guardò mentre attraversava il negozio. Non aveva idea del perché Mr Tony si fosse comportato in quella maniera imprevedibile, ma in cuor suo era abbastanza sollevato. Quella ragazza sarebbe stata una forza piuttosto dirompente lì nella ditta dei Murray e proprio non ne avevano bisogno.

Mr Worsky era più che contento di Elizabeth. Era esattamente il tipo di ragazza che piaceva a lui, seria e attenta. I suoi due figli, invece, erano interessati solo a prendere a calci un pallone nel cortile della loro casa in Polonia e, dovunque si trovassero, certamente non si sarebbero interessati ai suoi begli oggetti.

Elizabeth era educata e svelta e teneva un quadernetto nel quale annotava tutto ciò che lui le spiegava sui mobili. Una volta aveva perfino detto che sarebbe stata lei a doverlo pagare per i suoi insegnamenti, anziché prendere soldi per l'aiuto che gli dava il sabato. Finito l'istituto di arte le sarebbe piaciuto lavorare come restauratrice di quadri, pensava, o come consulente sui mobili antichi. Passavano dei bei sabati insieme e, a volte, entrambi sospiravano seccati quando entrava un cliente.

Anche a Johnny Stone la ragazza piaceva. Mr Worsky se n'era accorto. Johnny flirtava con lei mentre esaminavano le porcellane o l'intarsio di qualche scrittoio. Elizabeth, invece, non era civetta, perché non prendeva per ammirazione le parole di lui. Più o meno paternamente, Mr Worsky fece qualche tentativo per mettere in guardia la ragazza contro il fascino del suo assistente e il suo successo con le donne.

Ma Elizabeth era troppo occupata per pensare a un idillio. Invidiava gli altri studenti dell'istituto che conducevano una vita meno complicata. Lei doveva pensare alla spesa per tutta la settimana e doveva far quadrare i conti. La domestica, a volte, non puliva a fondo perché trovava poco dignitoso lavorare per una ragazzina in una casa da cui la madre era scappata e si chiedeva perché mai la ragazza non facesse le pulizie da sé. Elizabeth, perciò, doveva misurare le proprie mosse per assicurarsi un più alto livello di lavoro senza offendere la dignità della donna che, altrimenti, avrebbe potuto andarsene.

Poi c'era il padre: il bridge aveva riscosso un tale successo che, a quel punto, più o meno ogni quindici giorni lui doveva ospitare il suo gruppo in casa. In quelle occasioni Elizabeth preparava i sandwich, serviva il tè e svuotava i posacenere. Giudicava, però, che ne valesse la pena perché ne trovava dei vantaggi. Praticamente una sera sì e una no il padre era fuori, a casa di altra gente. Lei perciò non doveva provare sensi di colpa nei suoi confronti e non era costretta a parlargli se non per chiedergli com'era andato il gioco, al suo ritorno a casa. Il viso allora gli si illuminava, mentre si versava un bicchierino, e quasi si animava nel descrivere le proprie mosse.

Non gli importava niente dei sabato nel negozio di antiquariato. Si era limitato ad avvertirla di stare bene attenta che Mr Worsky la pagasse regolarmente, perché gli stranieri potevano essere gente perbene, ma anche poco affidabili. Non le chiese mai quanto guadagnava e il fatto che lei lavorasse non influì sul denaro che le dava. Non si rendeva conto di come fosse buona l'amministrazione di sua figlia, che riusciva a risparmiare un bel po' di soldi incoraggiandolo a coltivare le proprie verdure nel giardino e a sfruttare così il suo tempo libero. Elizabeth dava anche lezioni di disegno a due ragazzine che venivano a casa con i loro album e sedevano al tavolo in cucina mentre lei preparava da mangiare. Faceva pane, pasticcini, torte, il brasato e pelava le patate che sarebbero servite per tutta la settimana, lasciandole nell'acqua, che cambiava poi ogni giorno; nel frattempo teneva d'occhio le sue allieve, correggeva la prospettiva, alleggeriva l'ombreggiatura e migliorava la loro calligrafia. In cambio delle lezioni, la madre delle ragazze, che aveva molte aspirazioni artistiche e pochi soldi, le dava marmellate, prugne e salsa. Tutto procedeva benissimo ed Elizabeth mandava avanti la casa tranquillamente mettendo in una sua scatoletta di metallo, che teneva al piano superiore, un buon quarto dei soldi che sarebbero stati necessari. Neppure zia Eileen, con tutta la sua religione, avrebbe potuto disapprovarla, pensava... In realtà si guadagnava quei soldi, e se ci fosse stata un'altra al suo posto, perfino la madre, sarebbero stati spesi là dove lei invece era capace di risparmiare.

Non sapeva perché lo faceva. Forse per fuggire un giorno come sua madre, o per mettersi in commercio al pari di Mr Worsky. Magari perfino per comprarsi un vestito di velluto. Johnny Stone le aveva raccontato di una cantante che aveva visto indossarne uno rosa che la faceva sembrare un fiore. Lei era bionda e un abito simile, aveva detto Johnny, le sarebbe stato magnificamente.

Aisling era completamente disorientata per come era andato il pomeriggio al negozio dei Murray, dove si era presentata fiduciosa di essere assunta. Non avrebbe saputo spiegarlo. Naturalmente ma' aveva ragione come, del resto, Elizabeth. Joannie non c'era e perciò non aveva nessuno con cui parlarne. Vagamente, si ricordò di una frase scrittale da Elizabeth che diceva che ciò che è più difficile nel diventare adulti è non avere nessuno con cui confidarsi. Lei aveva pensato che fosse una conclusione dovuta al fatto che la famiglia White si era praticamente disintegrata, lasciando Elizabeth sola; ma ora si rendeva conto che si trattava di qualcosa di più. Ci sono delle cose che non si possono comunicare agli altri e quella era una di esse. Decise che, visto che era così elegante, si sarebbe procurata un altro lavoro.

Prima passò dalla farmacia e parlò con Mr Moriarty. Assunse un tono allegro e spensierato, gli mostrò i suoi diplomi e disse che pensava di informarsi nei posti migliori della città. I Moriarty le risposero che non c'era lavoro che loro e il ragazzo che stava con loro non potessero sbrigare. Passò dall'agente delle assicurazioni, dall'avvocato e dal gioielliere. Nessuno aveva bisogno di un aiuto. Tutti si complimentarono con lei per il suo aspetto e dissero che era una ragazza saggia a voler lavorare nella propria città e che l'occasione si sarebbe sicuramente presentata. Alla banca non assumevano gli abitanti di Kilgarret, ma gente che veniva da molto lontano, perché ignorava gli affari locali e perciò non ne parlava. L'albergo aveva già una receptionist e anche i due medici; i mercanti di grano erano protestanti e non c'erano altri posti decenti dove lavorare. Stanca e depressa, arrivò al negozio dieci minuti prima dell'ora di chiusura.

«Ma' posso parlarti un attimo su nell'ufficio?» gridò.

«Che cosa c'è?» Eileen sollevò gli occhiali e vide una ragazza stanca e dall'aria delusa, molto diversa da quella esuberante e fiduciosa che era uscita di casa subito dopo colazione. «Vieni su», le rispose.

Aisling salì la piccola rampa di gradini e si lasciò cadere su uno sgabello. «Ma', ho pensato molto», disse.

«Sì, e a che cosa?»

«Ho riflettuto che dovresti mettere fine al tuo lavoro qui.»

«Oh, davvero?»

«Sì, una donna di quasi cinquant'anni, come tu stessa dicevi...»

«Una donna di quarantotto anni...»

«Sì, ma io sono una ragazza di diciotto e sinceramente, se questo negozio dovrà mai avere successo, sarà meglio che tutta la famiglia si metta insieme, sai, e...»

«Oh, capisco.»

«No, non capisci, tu lavori troppo, tutti lo dicono. Quando qualcuno ti chiede perché non prendi un aiuto, rispondi sempre elencando una serie di problemi. Perché non posso farlo io, ma'? Ho studiato, ho tutti i miei diplomi... Allora, che ne pensi?»

«Be', così su due piedi, ragazza, intendo dire, non hai mai voluto aiutarci in negozio quando avevamo molto da fare, né hai mai pensato prima di lavorare qui...»

«Non volevo aiutare, ma', ed è proprio questo il punto. Desideravo un vero e proprio lavoro. Sai, orario, paga e tutta la buona volontà... capisci?»

«Bene, devo parlarne con tuo padre... è un po' una sorpresa.»

«Certo. Pa' farà quello che dici tu, lo sai bene.»

«Non è così facile. Questa impresa è di tuo padre e lui ha delle idee molto personali a proposito di chi assume. Magari penserà che sei un po'...»

«Un po' che cosa, ma'?»

«Be', giovane.»

«Vuoi dire superficiale?» chiese Aisling ostinata.

«Sì», rispose la madre.

«Non lo sarò più, non se mi darete un vero stipendio e potrò essere licenziata e tutto il resto.»

«Hai cambiato idea sui Murray, allora?» chiese la madre, tranquilla.

«Oh, sì, sono andata e ho avuto un colloquio, in verità si è trattato più di una chiacchierata. Tony Murray e io siamo arrivati alla conclusione che non era poi questa grande idea...»

«E non preferisci lavorare all'albergo, o in farmacia, dove incontreresti più gente?» Ma' era gentile.

«No, sono già a posto. Ora, quello che avevo in mente io era di ingrandire questo negozio, ma', farne una vera ditta di famiglia. Sai, tu, pa', Eamonn e io, tutti a programmare un futuro e forse, quando sarà cresciuto, Donal potrà trovare un lavoro non troppo faticoso...»

Ma' stava sorridendo ora. A quanto pareva giudicava la proposta divertente.

«Be', è quello che fanno tutti», disse Aisling di malumore.

Ma' allungò una mano e le prese la sua. «E Niamh? Troveremo anche a lei un posto in questa nuova grande ditta di famiglia?»

«Credo che Niamh farebbe bene a sposare un uomo ricco e a procurarci i soldi per espanderci. Costruiremo sul retro.»

«Glielo proporrò a cena», disse ma'.

Aisling ritrasse di colpo la mano. «Non mi prendi sul serio», sbottò.

«Non è vero, bambina... Ne parlerò con pa'. Se dice di sì, quando vorresti cominciare?»

Aisling l'abbracciò, facendole cadere gli occhiali che teneva appoggiati sulla fronte. «Lunedì, ma', e potrei evitare di indossare il camice come te? Potrei tenere i miei vestiti?»

«Si sporcherebbero, tesoro, per questo tutti portiamo camici, per la polvere.»

«Ma, ma', li manterrei puliti, prometto.»

«Si consumerebbero, spenderesti tutto il tuo salario per ricomprarli. Te lo dico per esperienza. Ti procuriamo un bel camice del colore che desideri.»

«Ma, ma', non mi sembra giusto, non dopo tutti quegli studi di stenografia. Un camice.»

«Staresti benissimo in verde. Immagina di indossarne uno verde smeraldo sopra i tuoi vestiti.»

«Sembrerebbe...»

«Sembrerebbe insolito, particolare, a Kilgarret saresti quella che attira di più attenzione. Tu sei una bella ragazza.»

Aisling non sapeva che cosa dire.

«Per l'amor del cielo, via, su, ma'.»

«Lo sei. Non lo sai? Con tutto il trucco che ti metti?»

«Sono carina?» chiese Aisling timidamente.

«Sei deliziosa. Fin troppo per quel Ned Barrett, ma questa è una tua scelta, immagino.»

«Ma', come diavolo fai a sapere di lui?» Aisling era stupita. «Non che ci sia niente da sapere», aggiunse immediatamente.

«No, naturalmente non c'è», replicò ma'. «Ma quando hai quasi cinquant'anni come me devi un po' immaginarti le cose... aiuta a passare il tempo.»

«Non credo di essere seriamente interessata agli uomini. Davvero non lo sono.»

«Oh, sono sicura che hai ragione, Aisling, queste cose si sentono.»

«Ma'?»

«Sì, tesoro.»

«Se pa' dice di sì, possono chiamarmi Miss O'Connor, o almeno qualcuno può chiamarmi così?»

«Farò in modo che tu sia accontentata.»

Johnny Stone disse che sarebbe stato ben felice di accompagnare Elizabeth a Preston. Doveva in ogni caso fare un viaggio nel nord col furgone di Mr Worsky, e non c'era ragione di non portarsela dietro come compagnia. Poteva fare dei giri anche lei e imparare qualcosa in più su ciò che è autentico e su ciò che invece non lo è, sugli oggetti belli e su quelli che sembrano buoni.

Mr Worsky era dell'idea che la decisione spettasse a Elizabeth e a suo padre. Se loro non avevano niente in contrario lui ne sarebbe stato ben felice, naturalmente. Poter mandare due dipendenti in giro significava fare dei bei progressi. Inoltre non prevedeva il sorgere di situazioni imbarazzanti per Elizabeth, perché era molto matura per la sua età e sapeva come trattare quel Romeo di Johnny Stone.

Elizabeth non parlò al padre del mezzo con cui sarebbe andata, disse soltanto che avrebbe sfruttato la vacanza di metà trimestre concessa dall'istituto per conpiere finalmente la visita a lungo promessa alla madre. Harry le aveva mandato dei soldi e non aveva bisogno di niente, perché le bastava quello che già le dava. Premurosamente, fece in modo che per la prima sera della sua assenza il pasto del padre fosse pronto, ma per gli altri giorni avrebbe dovuto cavarsela da solo. Così avrebbe apprezzato maggiormente l'efficienza con cui lei mandava avanti la casa. Gli lasciò anche una busta con i soldi per il ménage di quella settimana, sapendo che non gli sarebbero bastati. Non lo fece per crudeltà ma perché lo trovava ragionevole. Il padre conduceva una strana vita tra la banca e il tavolo del bridge, lontanissima dalla realtà. Non gli avrebbe fatto male dover affrontare i problemi quotidiani.

Carissima Elizabeth,

Harry e io siamo contenti, anzi contentissimi che tu venga finalmente a trovarci. Ogni mattina mi sveglio e conto i giorni che ancora mancano. Harry ha voluto sapere se mi comportavo così anche durante la guerra, quando eri in Irlanda. Non credo che fosse la stessa cosa. Lì ti sapevo al sicuro e felice. Leggevo quelle lettere ogni settimana e non riuscivo a trovare che cosa risponderti: c'era così poco da dire sulla nostra casa vuota e sulle lunghe, stancanti ore alla fabbrica di munizioni.

Qui è diverso. Ti vedo lì a casa, a Clarence Gardens. Penso alla cucina e a tuo padre... non riesco a immaginare come te la cavi ora. Vorrei... scioccamente, devo dire, essere lì, così parleremmo. Mi diresti tutto del negozio di Mr Worsky e io potrei venire a vederlo; sono sicura che George non sa neppure dove si trova. Almeno io una volta ci comprai un attizzatoio.

Spero che la nostra casa ti piacerà. Da due settimane Harry ci lavora fino a notte inoltrata «per sistemare tutto per Elizabeth». Non ti sto dicendo questo perché tu sia pronta a emettere una quantità di gridolini di ammirazione. O forse sì. Non lo facevamo molto quando tu eri più giovane e ricordo che, la settimana in cui tornasti da Kilgarret, dicesti che in casa O'Connor e a scuola tutti esprimevano di più i loro sentimenti. Ma io sto solo divagando, tesoro.

Ancora otto giorni e mezzo.

Con affetto,

Violet

«Perché si firma Violet?» chiese Johnny Stone quando lui ed Elizabeth iniziarono quel viaggio che sarebbe durato due giorni.

«Cominciò a farlo quando se ne andò con Harry. È insolito, lo so, ma in un certo senso allora sembrava abbastanza giusto. Immagino che pensasse che, visto che rinunciava a fare la madre, non si sarebbe dovuta chiamare 'mamma'.»

«La mia, pur non avendo mai svolto quel ruolo, continua a definirsi 'la tua affezionatissima madre'. Credo che dovrò dirle di firmarsi Martha. Tu sei più giovane di me e ti prenderò come esempio. 'Senti, Martha', le dirò, 'la mia amica Elizabeth ha solo diciotto anni e lei e sua madre si chiamano per nome. Il mondo sta cambiando.'»

Elizabeth rise. «Non è così facile. Io penso ancora a lei come a mia madre. Quando la vedrò tasterò un po' il terreno. Magari le piace ancora essere chiamata 'mamma'. Oppure no. Nelle lettere, sai, io traggo in inganno. 'Miei cari' è stata la mia trovata. È affettuoso ma non specifico, capisci?»

Johnny capiva. I cartelli stradali sfilavano ai lati e i chilometri scomparivano sotto le ruote del vecchio furgone. Elizabeth preparò quello che aveva portato per il picnic che dovettero consumare nel furgone, perché la pioggia e il vento di aprile gli turbinavano attorno.

Dovevano fare due visite quel giorno. Si aggirarono per una summer-house in disuso e raccolsero quaranta vecchi quadri, alcuni tutti rovinati altri così vistosi che Elizabeth non riusciva proprio a capire che cosa ne avrebbe fatto Mr Worsky. «Le cornici, sciocchina», le bisbigliò Johnny, mentre nella loro ricerca spostavano sedie di vimini, vecchi bastoni da cricket e martelli da croquet.

La signora che possedeva le cornici e la summer-house offrì loro il tè con i biscotti e fu più che felice della piccola somma che Johnny le diede. Prima che andassero via gli chiese se la sua giovane signora voleva andare in bagno. Elizabeth arrossì, non per la proposta, ma perché la donna l'aveva scambiata per la moglie di Johnny.

«È più la mia collega che la mia signora», disse lui sorridendo. «Ma visto che arrossisci tanto, Elizabeth, forse cambierò idea.»

Lei corse in bagno e cercò di nascondere le chiazze di rossore strofinandosi sul viso un po' del talco che si trovava accanto al lavabo.

Di nuovo nel furgone lanciò poi un immediato attacco. «Se quelle cornici sono di vero mogano e argento, non l'hai pagata abbastanza», si lamentò.

«Mia cara ragazza, è stata più che felice di quanto le ho dato. Mi ha stretto la mano ringraziandomi e si farà riparare il tetto e ridipingere il soggiorno. Che cosa volevi che facessi? Che butassi via il denaro del povero Stefan?»

«Ma Mr Worsky non avrebbe ingannato…»

«Sul serio, Elizabeth, quella donna ha tenuto quei quadri a marcire nel suo capanno per anni. Suo marito aveva sempre avuto intenzione di mettere ordine ma non lo fece mai. Né tornò più dalla guerra. Ora che cosa succede? Arriviamo noi, per due ore facciamo pulizia e riordiniamo tutto. Adesso lei si ritrova un posto pulito dove mettere le sedie a sdraio, se mai finirà di piovere, ha del contante in tasca per permettersi un tetto nuovo, un soggiorno ridipinto e un cappellino. Allora che cos'è questa se non felicità?»

«È un imbroglio. Ne ricaveremo trenta o quaranta volte quello che hai pagato. Le hai dato trentatré sterline. La grande cornice dorata da sola vale tanto. Anche di più se la mettiamo a posto. E ce ne sono altre trenta nuove. È disonestà e nient'altro!»

«È il commercio, sciocca, e sei bellissima tutta rossa. Color pesca e panna, una tipica rosa inglese. Dovresti arrossire più spesso.»

«Sei sincero o è uno scherzo crudele?» chiese Elizabeth.

«Certo che è così, le donne spendono delle vere fortune per avere un viso come il tuo.»

«Credevo che non donasse affatto, sai, che creasse troppo contrasto», disse Elizabeth serissima.

Johnny rise tanto che dovette accostare il furgone al lato della strda. «Sei davvero bella», disse affettuoso. «Vorrei che quella donna avesse avuto ragione e che tu fossi realmente la mia giovane signora.»

«Non sarei adatta per esserlo, non sono ancora pronta. La vita è molto complicata, bisogna fare troppe scelte.» Elizabeth era del tutto sincera. Non sperava affatto di essere contraddetta.

«E quando pensi che farai la tua?» le chiese Johnny.

«Immagino quando avrò finito l'istituto e otterrò un lavoro e quando mio padre avrà imparato a vivere da solo o terrà una governante o qualcosa del genere… fra tre anni, direi.»

«Dovrò aspettare tanto per domandarti di diventare il tuo giovane marito?» chiese Johnny. «Sempre che non sia troppo vecchio… Avrò quasi un quarto di secolo.»

«Sì», disse Elizabeth, riflettendo. «Probabilmente per allora avrai smesso di andare in giro a scherzare. Ma immagino che avrò trovato qualcuno.»

La seconda visita fu altrettanto combattuta. Johnny offrì a un vecchio venti sterline per tre specchi e un tavolo. Secondo Elizabeth al negozio ne avrebbero ricavato più di cento sterline. Prima di chiudere l'affare Johnny andò fino al furgone assieme a lei mentre il vecchietto spiava ansioso dalla finestra, terrorizzato all'idea che ripartissero senza comprare niente.

«Ti ripeto che Stefan Worsky deve mantenere un negozio, mi paga uno stipendio, dà qualcosa a te, mette la benzina in questo maledetto furgone, mi offre il pernottamento da sua cugina, occupa ore del suo tempo e della sua abilità, non dimenticare l'abilità e la preparazione, che ha impiegato anni ad acquisire, nel riparare questi specchi e questo tavolo. Allora, e solo allora, ne ricaverà cento sterline. Ora questo è quello che comunemente si chiama 'commercio'. Non è un segreto per nessuno. La gente si aspetta che succeda. Ho il tuo permesso di offrire a questo povero disgraziato venti sterline prima che gli venga un infarto o devo annullare tutto, spezzando il cuore a lui, a me e a Stefan, solo perché Miss White crede di sapere come vanno le cose in questo mondo?»

Elizabeth scoppiò in lacrime e Johnny pagò al vecchio, perplesso, venticinque sterline invece delle venti che l'altro avrebbe accettato più che volentieri. Caricarono tutto sul furgone mentre lei singhiozzava sul sedile anteriore poi, in silenzio, si diressero verso Liverpool, alla pensione della cugina di Mr Worsky, dove avrebbero pernottato.

«Pensi che potremmo bere qualcosa mentre la tempesta si placa?» chiese Johnny. Era la prima volta che la interpellava dopo diciassette chilometri di percorso. Elizabeth annuì, perché non riusciva a parlare.

Sedettero in un pub e, con gli occhi rossi, lei bevve un brandy. Johnny non fece nessun tentativo per risollevarle il morale, per scusarsi del suo scatto o per chiederle perché piangeva tanto e così a lungo.

Il liquore la riscaldò e ne prese un altro.

Poi, a bassa voce, lei gli domandò di Liverpool. Era una grande città? E se lei avesse voluto cercare un posto chiamato Jubilee Terrace sarebbe stato possibile? Era da sciocchi? Bevendo il secondo brandy gli raccontò del giovane Sean O'Connor e di come zia Eileen le avesse sempre detto che, se mai fosse capitata dalle parti di Liverpool, doveva andare a salutare Amy Sparks. Era stato ben cinque anni prima. Naturalmente Mrs Amy Sparks e suo figlio Gerry potevano benissimo essere morti.

«È ancora molto presto per la cugina di Stefan, perché non andiamo a vedere se li troviamo?» propose Johnny.

Gerry Sparks affermò di essere stato proprio fortunato, perché sapeva usare bene le mani. Faceva l'orologiaio e poteva svolgere tantissimo lavoro a casa. Gli avevano fissato un vassoio alla sedia a rotelle e lui vi disponeva sopra tutti i pezzi e i bilancieri e li guardava attraverso la lente d'ingrandimento. Era stato un vero colpo di fortuna che avessero scoperto la sua abilità durante la terapia.

Mrs Sparks si era risposata ed era diventata Mrs Benson. Sapevano tutto di Elizabeth e, secondo loro, Eileen O'Connor era una donna magnifica: scriveva una lunga lettera ogni Natale e mandava soldi alla chiesa di Liverpool dove dicevano la messa per suo figlio. Parlarono di Sean.

«Non avevo mai avuto un amico come Sean», disse Gerry Sparks. «Certamente dopo non ne ho mai più conosciuti.»

«Già, questo è l'inconveniente quando si lavora per conto proprio», sottolineò Johnny, fraintendendolo deliberatamente. «Non hai compagni e ne risenti. Naturalmente ci sono anche dei vantaggi: se vuoi, puoi smettere un'ora prima o concederti un lungo intervallo a colazione.»

Gerry si animò mentre parlavano del lavoro in proprio e di quanto rendeva all'ora. Poi Johnny andò al furgone a prendere una vecchia pendola che aveva trovato e gli chiese consiglio. «L'ho comprata solo per l'esterno, immmagino che l'interno sia estremamente danneggiato.»

Gerry estrasse la sua lente e, in pochi minuti, la aggiustò, riempiendo la piccola cucina di orgoglio. Elizabeth non avrebbe saputo immaginare niente di più piacevole. Si scambiarono gli indirizzi e decisero che se a Mr Worsky fosse capitato qualche meccanismo bisognoso del tocco di un bravo artigiano lo avrebbero mandato a Gerry.

Alla cugina di Mr Worsky la loro visita in una casa di Jubilee Terrace non interessava affatto. Invece le piaceva molto Elizabeth, una donna giovane e carina, adattissima a Mr Stone, quella che in verità ci voleva perché lui si sistemasse, una volta per tutte.

A Elizabeth pareva impossibile aver salutato il padre solo quella mattina. Per tutto il giorno non aveva mai pensato a lui. Si chiese se succedeva lo stesso anche a sua madre. Loro, però, erano sposati e quindi era diverso. Chissà se Johnny l'avrebbe accompagnata e sarebbe entrato in casa, come aveva fatto dagli Sparks. Si domandò come faceva Gerry a scendere dalla sedia a rotelle quando voleva andare in bagno e se doveva cercare di stare sveglia per scrivere a zia Eileen della visita...

Sulla strada per Preston dovettero fare altre tre fermate. Elizabeth non disse niente a proposito dei prezzi offerti e accettati da una vedova di guerra, un prete e un anziano medico. Aiutò di buon animo, annotò tutto sul suo quadernetto e, in una soffitta, strisciò con Johnny sotto un letto dove le loro mani si toccarono prendendo certe vecchie spazzole dai dorsi d'argento. Quando le portarono giù il dottore disse che se le ricordava vagamente dalla sua infanzia.

«Le compro se lei vuole», disse Johnny.

«Oh, sono tutte sporche ormai e hanno le setole marce. Mi vergognerei a venderle, le butterò via», disse il vecchio.

«Possono venire bene se le sistemiamo e le lucidiamo, sa, con le setole nuove», sottolineò Johnny.

Incontrò lo sguardo di Elizabeth prima che lei lo distogliesse.

«E possono valere parecchio, dottore», proseguì. «Potremmo venderle per molto più di quanto diamo a lei.»

Il vecchio medico sorrise. «Be', lo spero bene», disse gioviale. «Altrimenti perché commerciare?»

Johnny celebrò il suo trionfo evitando lo sguardo di Elizabeth.

Quando i cartelli annunciarono che Preston era a soli otto chilometri di distanza, Elizabeth si rivolse quasi timidamente a

Johnny. «Spero che ti fermerai a mangiare... Non credo che abbiano un letto per la notte, visto che Harry ha parlato tanto della camera degli ospiti preparata per me. Ma a cena sarebbe stupendo.»

«Perché invece non mi limito ad accompagnarti alla porta, saluto Harry e Violet e me ne vado, dopo aver stabilito a che ora venirti a prendere martedì, lasciando che la famiglia si riunisca?»

«Non è la mia famiglia, lo sai.» Elizabeth sembrava preoccupata.

«Lo so, ma sarà già imbarazzante per tutti senza bisogno di accollarsi anche un perfetto estraneo.»

«Ma tu sei... sei molto bravo a chiacchierare e ad alleggerire l'atmosfera. Per piacere, fermati.»

«Sta' a sentire, io entro e vedo che impressione mi fa. Se credo che sia meglio che me ne vada allora vi lascio, se invece penso che posso essere d'aiuto resto per un po'. Va bene?»

Elizabeth annuì. Lui le prese la mano e vi batté sopra con la propria. «Tu non hai, non avevi nessun imbarazzo a casa, vero, con tua mamma che si definiva 'la tua affezionatissima madre'?»

«Imbarazzo? No, non proprio.» Johnny guidava sulla strada bagnata e viscida. «Che cosa intendi dire esattamente?»

«Sai, per esempio, che erano troppo affettuosi o che non lo erano per niente. Oppure che non erano quello che tu ti aspettavi.»

«Oh, no, cielo, no.» Johnny rise. «Mia madre vorrebbe che vivessi con lei, avessi una macchina e l'accompagnassi dai suoi amici, ma non è una vita che mi piaccia e così non ho nessunissima intenzione di farla. Mio nonno avrebbe preteso che lei stesse in casa a badare a lui, ma lei si infuriò e scappò con mio padre. La gente fa quello che vuole. Una volta che lo sai e lo accetti non hai più problemi.»

«E tuo padre?»

«Se ne andò con un'altra, o meglio, con due. Scappava con una donna ogni dieci anni circa, mia madre era la seconda. È straordinariamente bravo a fuggire...»

«E non lo vedi più?»

«E perché mai dovrei? Lui non ne vuole sapere di me. Guarda, non è come il tuo caso. Questa gente si è messa a dipingere una stanza per te. Volevano che tu andassi da loro e anche tu lo desideravi... dov'è l'imbarazzo? Non ci sono menzogne o imposizioni o emozioni.»

«Tu odi queste cose, vero?»

«E chi le sopporta?»

«Io credo che tu le odi più degli altri. Eri molto seccato ieri quando mi sono messa a piangere. L'ho capito.»

«No, mia cara, sinceramente, non lo ero affatto. È solo che, non so, non voglio essere coinvolto in drammi, lacrime e scenate. Quindi cerco di mantenermi distaccato.»

«Non mi sembra una cattiva filosofia.»

«Ha i suoi inconvenienti. La gente mi giudica un po' freddo o egoista o troppo superficiale... ma forse è anche vero... Oh, finalmente, Preston, gioiello del nord, eccoci a te.»

«Ti fermi per la cena?» chiese lei.

«Se mi invitano», promise Johnny.

La sua camera da letto la commosse profondamente: Harry aveva comprato degli oggetti brutti e costosi che aveva disposto su uno scaffale. I mobili, compresa una graziosa e piccola libreria a cui erano state tolte le antine, erano stati verniciati tutti di bianco. Il copriletto era bianco e azzurro con una balza e molti quadri, che non poteva fare a meno di giudicare orribili, erano appesi alle pareti. In quei giorni di ristrettezze Harry aveva dipinto tutto ciò che era visibile e il suo volto esprimeva soddisfazione per la propria impresa.

Johnny parlò per primo. Si mostrò stupito di fronte alla perfezione con cui era stata passata la vernice e davanti all'abilità con cui era stato fatto l'impianto elettrico. Apprezzò i vivaci colori chiari che risultavano allegri anche d'inverno e, mentre lui parlava, Elizabeth trovò le parole per elogiare, ringraziare e meravigliarsi di tutto ciò che era stato fatto per lei. Lasciò la borsa sul letto e si guardò attorno con enorme gratitudine poi, in tutta spontaneità, abbracciò forte Harry. Leggendo la felicità negli occhi della madre serrò anche lei in un abbraccio affettuoso. «Oh, mamma, è magnifico», esclamò. La madre la strinse a sé e lei, al di sopra della sua spalla, vide Johnny che approvava con un leggero movimento del capo la sua decisione di non chiamarla Violet.

Johnny si fermò a cena e l'atmosfera divenne sempre più cordiale. Harry sembrava un ragazzone: in due anni era ingrassato e diventato più gioviale. La madre invece era ancora più sottile, se mai era possibile. Sembrava nervosa, fumava molto e sul viso emaciato gli occhi risultavano enormi. Si alzò in piedi una mezza dozzina di volte, agitata e ansiosa di compiacere.

Erano evidentemente soddisfatti come due bambini che Johnny non conoscesse George; in effetti, Harry si spinse a dire: «Bene, ragazzo, noi siamo i primi a incontrarti, eh?» Come se lei lo avesse portato lì per ottenere la loro approvazione.

Elizabeth chiarì subito l'equivoco senza imbarazzo. «Il motivo per cui Johnny non conosce papà è che lavora da Mr Worsky e il babbo, come giustamente dicevi nella tua lettera, mamma, a malapena sa dove si trova il negozio di antichità.» Fece una pausa e, per paura di avere offerto l'occasione per criticare il padre, aggiunse: «Papà vi lascerebbe davvero stupiti. È impazzito per il bridge. Non avrete problemi per il suo regalo di Natale: carte nuove, un blocchetto segnapunti o piccoli portacenere per il tavolo da gioco. Vede gente in continuazione. Se nel quartiere arrivano delle persone nuove, basta che sappiano giocare a bridge e lui le conosce nel giro di una settimana».

«Immaginati George con un gruppo di amici…» La mamma era solo leggermente stupita, come se si trattasse di una storia riguardante uno che aveva conosciuto tanto tempo prima.

«Non sono esattamente amici», precisò Elizabeth pensierosa.

«Certo che lo sono», interloquì Johnny. «Se si reca a casa loro e loro vengono a Clarence Gardens, che cosa sono? Nemici? Davvero, Elizabeth, vuoi che la gente si scambi il sangue come i pellerossa?»

Tutti risero.

«Una volta lo facemmo in Irlanda, Aisling e io», disse a un tratto Elizabeth. «Me n'ero quasi dimenticata.»

«Bene, bene», si intromise Harry, cercando di far capire a Johnny che lui stava dalla sua parte.

Funzionò. Johnny passò un braccio attorno alla sua spalla.

«Lasciamo che le ragazze parlino un po' tra loro, Harry, e tu mostrami il tuo laboratorio. Se mai nei tuoi viaggi ti capitasse una di quelle vecchie bilance, sai, quelle con i pesi di ottone...»

La madre accese una sigaretta e si sporse per afferrare il braccio di Elizabeth. «Oh, mia cara, è così simpatico, è proprio un tipo affascinante. Sono davvero felice per te. Mi agitavo anche per questo... sai, oltre che per tutto il resto. Mi preoccupavo che tu non avessi un ragazzo e una vita sociale. Ne parli così poco nelle tue lettere.»

Elizabeth sospirò. «Immagino che sia inutile dirti che non è il mio ragazzo. Veramente, sino a oggi, sino a ieri non abbiamo mai avuto neppure una vera e propria conversazione. È uno col quale lavoro in negozio il sabato. Ma sono d'accordo, è molto simpatico, vero? È stato di grande compagnia durante il viaggio. Il tempo è volato.»

«Lo so», disse la madre. «È proprio questo il bello di trovarsi con la persona giusta.»

Parlarono molto di lui durante il fine settimana e fu un bene perché evitarono di discutere del padre.

Violet provava un senso di colpa nei riguardi dell'ex marito per essersene andata senza una vera e propria spiegazione.

«Non credo che i chiarimenti sarebbero serviti», disse parecchie volte Elizabeth, sentendosi molto più vecchia del giorno in cui la madre aveva lasciato Clarence Gardens. «Sono giunta alla conclusione che papà non ascolta granché.»

Una volta anche Harry parlò del padre, in tono preoccupato. «Tu sei una donna ormai, Elizabeth, e non voglio sembrare un adulto che parla a una bambina... ma tua madre e io ci preoccupiamo per te, laggiù in quella casa. Non è bene per una ragazza vivere sola con un... be', con un uomo così distaccato come tuo padre. Violet non vuol sentir parlare male di lui né io lo farei mai, ma devi ammettere che è uno strano individuo, un uomo freddo. C'è un istituto di arte a Preston...»

«Lo so, Harry, ma...»

«E noi non ti intralceremmo. Voglio dire, finora hai fatto a modo tuo, potresti ricevere chi vuoi in camera... è un'offerta onesta. Ti daremmo una chiave, potresti andare e venire. A Violet brillano gli occhi, ora che sei qui... e anche a me.»

«Sei molto gentile», sospirò Elizabeth ed era sincera. Lo era anche quando disse che la madre era stata meravigliosa, che con lei si era comportata come una specie di sorella maggiore, di quelle di cui si legge nei libri. E, tuttavia, doveva restare dov'era.

Alla fine smisero di cercare di convincerla. Nella sua nuova e splendida camera da letto Elizabeth rimase sveglia tutta la notte ad ascoltare gli strani suoni di una città diversa. Desiderò che qualcuno prendesse le decisioni che spettavano a lei, tenendo presente il suo modo di vedere e il suo stato d'animo.

In quella che le sembrava una parte completamente separata della sua mente, si chiese anche come se la cavasse Johnny e se, come aveva promesso ad Harry, sarebbe mai tornato a pranzo con un coniglio.

Il coniglio fu un grande successo. Johnny arrivò mentre il negozio era molto affollato. Elizabeth stava leggendo in cucina quando sentì le grida di benvenuto e vide Harry precipitarsi dentro di corsa, raggiante come un bambino. «È arrivato e non si è dimenticato, ha il coniglio con sé. Presto, Elizabeth, prepara la pentola. Tua madre sarà qui tra un minuto...»

Fu il miglior pasticcio di coniglio mai mangiato nel paese dopo la guerra. Elizabeth preparò la pasta e Johnny andò al pub a comprare il sidro. Apparecchiarono la tavola e la mamma si truccò. Johnny raccontò che il contadino da cui era andato in cerca di oggetti antichi offriva spesso alla gente la possibilità di sparare a un coniglio. Era troppo vecchio e artritico per farlo personalmente, ma gli piaceva andare in compagnia di un altro cacciatore. Johnny ne aveva uccisi tre, uno per il contadino stesso, uno per loro e uno, che aveva avvolto nell'erba umida e messo nel retro del furgone, per Mr Worsky.

Cantarono alcune canzoni e la mamma imitò le suore che insegnavano a fare gli inchini, suscitando l'ilarità generale. Elizabeth fu sollecitata a partecipare alla festa e la madre le suggerì di cantare una canzone irlandese. Così, con le mani sui fianchi, lei attaccò:

Oh, Danny Boy
le cornamuse, le cornamuse chiamano

di là dalle forre
e lungo il fianco della montagna
l'estate è andata e le foglie cadono,
tu devi andare
devi andare e io devo aspettare...

Poi tutti si unirono in coro:

Oh, ritorna...
quando il sole splende sul prato...
e quando i campi sono immersi nel silenzio e bianchi di
neve...
perché io sarò lì, al sole e all'ombra...
Oh, Danny Boy, Danny Boy, ti amo tanto.

Tutti loro, compreso Johnny, avevano le lacrime agli occhi.
Oddio, pensò Elizabeth, perché doveva sempre rovinare tutto?
Perché, come chiunque altro sarebbe stato in grado di fare, non
aveva trovato qualcosa di più allegro, che li facesse ridere?
Perché doveva andare a scegliere la canzone più triste del mondo? Era l'unica festa a cui aveva partecipato da quando era tornata da Kilgarret e l'aveva rovinata creando un'atmosfera deprimente.

Lavarono i piatti e misero in ordine. Tutti convennero che
era stata una gran bella festa. La madre preparò le lenzuola e le
coperte per Johnny e Harry disse che, l'indomani mattina,
avrebbero fatto meglio a mettersi in viaggio prima delle sei per
evitare il traffico e i grossi camion su quelle strade così strette.

Dopo la visita compiuta nel tardo pomeriggio a un orfanotro-
fio, dove Johnny aveva comprato quattro scatole di posate, la
pioggia divenne talmente violenta che dovettero accostare sul lato della strada. I tergicristalli non bastavano per il torrente d'acqua che colpiva il parabrezza. Mentre stavano lì ad aspettare che
si placasse un poliziotto con una torcia elettrica si avvicinò al finestrino. «Più avanti la strada è allagata, non potete passare.
Stiamo rimandando indietro il traffico. Riporti la sua signora in
città, per stasera non ce la farete ad arrivare a Londra.»

«Be' mi sei testimone. Ho cercato di ricondurti a casa!» Johnny rise, contento, mentre faceva marcia indietro seguendo le indicazioni del poliziotto sotto gli scrosci di pioggia.

«Che cosa facciamo?» chiese Elizabeth. Le sarebbe piaciuto prendere tutto con la sua stessa disinvoltura e allegria.

«Mangiamo e troviamo un posto dove stare, immagino», disse lui.

Il piccolo albergo aveva un camino acceso e un bar. Johnny portò dentro le due valigie e parlò con la receptionist, mentre Elizabeth si riscaldava le mani davanti al fuoco. Poi ritornò e le mise un braccio attorno alle spalle.

La donna con la grossa chiave guardò le mani di Elizabeth, senza guanti e senza anello.

«Lei e sua moglie vogliono andare ora a vedere la stanza?» chiese con un sorriso affettuoso che indispettì Elizabeth al punto che non si preoccupò neppure del rossore che le stava invadendo il viso.

«No, sono sicuro che va bene», rispose Johnny allegramente. «Beviamo qualcosa se è possibile, visto che siamo ospiti dell'albergo, e lei vuole fare una telefonata.»

In pochi minuti di agognato isolamento, Elizabeth riuscì a ottenere la comunicazione con la banca. Il padre odiava essere disturbato sul lavoro per quelle che lui considerava sciocchezze. Brusco e irritato, disse che capiva e che si sarebbero visti l'indomani. Nessun rammarico, nessuna solidarietà perché era stata sorpresa da un'alluvione, niente domande sulla sua visita a Preston, né un accenno al fatto che potesse aver sentito la sua mancanza.

Nessuna possibilità di venire a sapere che sua figlia, entro pochi minuti, avrebbe dovuto prendere una delle più importanti decisioni della sua vita.

Si trattenne a lungo nella piccola cabina buia, stringendo convulsamente il ricevitore e chiedendosi che cosa fare. Doveva essere stata colpa sua, doveva aver dato a Johnny l'impressione di essere abituata ad andare a letto con gli uomini e che quindi non c'era niente di male a prendere una camera matrimoniale. Se voleva mostrarsi irremovibile e rifiutare la sua proposta, allora era meglio farlo subito... più rimandava e più diventava imbarazzante.

Johnny stava seduto a un tavolo davanti a una birra e a uno shandy. «Ho pensato che fosse quello che avresti preferito», disse, sorridendole e sperando di non aver sbagliato ordinazione.

«Sì», rispose Elizabeth. Erano in un angolo, lontani da tutti. Nessuno poteva sentirli. Non ci sarebbero state scene in pubblico.

«Sì», ripeté lei. «Lo shandy va bene ma, Johnny, a proposito della stanza. Devo dirti...»

«Oh, mia cara Elizabeth, stavo appunto per parlartene io. Ha due letti e costa la metà di due stanze che, peraltro, non ci sono. Prima che aprissi bocca, la padrona ha chiarito che le era rimasta solo quella camera.»

«Sì, ma...»

«Così non ho avuto la possibilità di dire: 'Posso consultare la signora che è con me?'» Non sembrava affatto turbato, come se stesse spiegando qualcosa di scontato. «E ti volterò le spalle quando infilerai la camicia da notte e tu prometti di non sbirciare dalla mia parte.»

«Ma...»

«Saremo a metri di distanza l'uno dall'altra. Eravamo vicinissimi ieri notte e nessuno di noi due si è lasciato andare.»

Suo malgrado, Elizabeth rise.

«Sì, è vero», convenne.

«Bene.» Il problema per Johnny era risolto.

Lei guardò nel proprio bicchiere. Se avesse continuato a protestare si sarebbe mostrata convinta che lui fosse completamente preso da lei e pensasse di sedurla. Poiché aveva detto di non averne l'intenzione, sarebbe stato presuntuoso e perfino patetico da parte sua continuare a insistere per avere una stanza tutta per sé. Ma, ponendo che lui avesse davvero in mente un piano, acconsentire a dividere la stessa stanza avrebbe significato accettare anche il resto...

Johnny disse che doveva telefonare a Mr Worsky e che sarebbe tornato in un attimo. Le chiese se voleva cambiarsi. A quanto pareva c'era una toilette in fondo al corridoio; se invece sentiva la necessità di fare un bagno doveva avvertire la signora che avrebbe fatto accendere lo scaldabagno.

Poi se ne andò.

Elizabeth corse di sopra e si cambiò la camicetta. Si lavò con l'acqua fredda e, nervosamente, studiò il proprio viso nello specchio del bagno. Non fu per niente soddisfatta di quello che vide. I capelli le stavano diritti ed erano troppo chiari. Non era un bel biondo, un giallo oro, erano bianchi, come se fosse una vecchia o un'albina. E il viso, poi. Oh, cielo, si chiese, perché la carnagione di certa gente è tutta dello stesso colore mentre la mia è a chiazze, con grosse macchie rosse alternate ad altre bianche?

Poi, con le mani sui fianchi, guardò criticamente quel che riusciva a vedere della propria figura. Era molto goffa, decise. I seni erano piccoli e appuntiti, non aveva quelle belle forme, quella linea che faceva voltare la gente. In realtà, sembrava più una ragazzina che una donna.

Con un misto di sollievo e disappunto, si rese conto che Johnny non poteva ragionevolmente avere nessun progetto su di lei. Per fortuna non aveva insistito troppo.

Mangiarono pesce e patatine nella friggitoria in fondo alla strada. Gli era sembrata molto più invitante della sala da pranzo dell'albergo, anche se avevano dovuto raggiungerla di corsa sotto gli scrosci di pioggia. Parlarono di ciò che avrebbe detto Mr Worsky di tutto quello che si erano procurati, si domandarono che cosa avrebbe fatto Elizabeth nel negozio il sabato seguente e perché Harry e Violet non avevano dei bei mobili. Parlarono della madre di Johnny che possedeva invece un bell'arredamento, ma che non era gentile e cordiale. Non sarebbe mai stata disposta a tenere un ospite in casa, si aspettava solo che il figlio fosse sempre lì e storceva il naso quando non c'era.

Elizabeth gli disse di Monica e di sua madre e delle complicate bugie che doveva raccontarle quando usciva con i ragazzi. Doveva prendere appunti per non farsi cogliere in fallo. Johnny affermò che, secondo lui, Monica era molto sciocca, che avrebbe dovuto dire apertamente alla madre che lei desiderava vivere la propria vita e che loro due potevano rimanere amiche. Non avrebbe dovuto fare altro che sopportare qualche occhiataccia.

«Per le ragazze è diverso, capisci», spiegò lei.

«Sì... così dicono sempre», convenne lui.

Tornarono di corsa sotto la pioggia e, poiché si erano alzati presto, decisero di andare a letto. O meglio, a dormire, come continuavano a ripetere.

Elizabeth sedette sul bordo del suo letto, quello sotto il cui cuscino aveva già messo la camicia da notte azzurra e si guardò tristemente i piedi. «Sono terribilmente bagnati, dovrò andare a lavarmeli.» Dopo che ebbe usato l'acqua fredda erano ridotti a due piccoli blocchi di ghiaccio.

Indossò la camicia da notte nel bagno e, dopo aver spiato a destra e a sinistra prima di uscire, decise che poteva tornare di corsa nella stanza. Johnny, invece, non aveva approfittato dell'occasione per svestirsi e stava seduto a leggere il giornale.

Elizabeth si infilò immediatamente nel letto e tenne le coperte fin sotto il mento nell'esagerata imitazione di una persona che tremi.

«Lo sapevo che ci avresti provato con me, costringendomi a venire a riscaldarti.» Johnny rise, soddisfatto, continuando a voltare le pagine del giornale.

Elizabeth si sentì arrossire fino al collo. «No, naturalmente, no, io non...»

Lui si alzò e sbadigliò. «Ti sto solo prendendo in giro, tesoro», disse. Si chinò e le diede un bacio su una guancia.

«Tieni, da' un'occhiata a questo e informati sulle faccende del mondo.»

Ben contenta di avere qualcosa da fare mentre il rossore dell'imbarazzo andava spegnendosi, Elizabeth si girò su un fianco, voltandogli le spalle, e cercò di dedicarsi alla pagina sportiva alla quale aveva aperto il giornale...

«Spengo la luce o vuoi finire di leggere?»

Lei lo guardò e sorrise. «No, sono stanca, non riesco a seguire, credo che dormirò...»

Lui allungò una mano fuori del letto e raggiunse la sua. Lei gliela lasciò prendere. «Sei una cara compagna, è stato un viaggio fantastico. Buona notte, tesoro.» Spense la luce e si girò su un fianco. Elizabeth sentì battere le undici e poi mezzanotte all'orologio del municipio e, poco prima dell'una, il temporale fece tremare talmente i vetri delle finestre che destò Johnny dal suo sonno profondo.

«Ehi, sei sveglia?» chiese.

163

«Sì, è un temporale orribile.»

«Sei spaventata?»

«No, per niente. No, naturalmente.»

«Peccato», disse lui. Sbadigliò. «Speravo che lo fossi. Naturalmente io ne ho una paura matta.»

«Sciocco», disse lei ridendo.

Lui accese un fiammifero per guardare l'orologio. «Oh, magnifico, abbiamo ancora parecchie ore per dormire.»

«Sì», disse lei, sentendo che lui si sedeva sul bordo del letto e metteva fuori le gambe. Si allungò e le prese la mano. «Tutto bene?» chiese.

«Oh, sì», rispose lei. Nel buio Johnny si alzò e si sedette sul suo letto. Lei sentì che il cuore quasi le balzava fuori della gabbia toracica.

«Un piccolo abbraccio», disse lui. Lei allungò le mani e lo trovò senza vederlo. Johnny la tenne stretta.

«Mi piaci molto, sei una ragazzina carina», continuò lui. Elizabeth tacque. «Mi piaci proprio tanto.» Le stava accarezzando i capelli e la schiena. Lei si sentì al sicuro. «Sei molto, molto carina.» Lei si strinse ancora di più a lui che gentilmente stava abbassandola verso il cuscino, presto sarebbe stata distesa.

«Io non sono molto…»

«Non facciamo niente a meno che tu non voglia… se vuoi facciamo tutto…»

«Capisci…»

«Sei molto, molto carina», continuava ad accarezzarla e lei non riusciva a trovare le parole adatte. «Mi piacerebbe esserti più vicino.»

«Ma, capisci…»

«Non ci saranno problemi, starò attentissimo…»

«Ma io non ho mai…»

«Lo so, lo so. Farò molto piano… ma solo se tu vuoi.» Silenzio. Lui la accarezzò e la strinse a sé. «Vuoi amarmi, Elizabeth, vuoi essermi più vicina?»

«Sì», disse lei.

Fu molto delicato e non ebbe importanza il fatto che lei non sapesse che cosa fare, a quanto pareva sapeva tutto lui. Non avvertì dolore, ma piuttosto disagio. Nessuna di quelle fitte di cui aveva sentito parlare in certe conversazioni, ma neanche tutta quella gioia travolgente. Eppure Johnny pareva soddisfatto. Rimase disteso su di lei, con la testa sul suo seno e le braccia attorno al suo corpo. «Sei un amore di ragazza, Elizabeth, e mi hai reso molto felice.»

Lei lo tenne stretto nel buio, tirò le coperte sopra di lui e sentì battere le due all'orologio del municipio. Le tre le sfuggirono ma udì le quattro e pensò ad Aisling e a come si erano sempre chieste chi di loro due sarebbe stata la prima a farlo. Ora lei aveva vinto, o forse non aveva vinto affatto. Dopotutto, non pensava che ne avrebbe scritto e parlato. Era troppo importante, non potevi metterlo sulla carta, sarebbe risultato sleale e volgare. Invece che un fatto d'amore, qual era in realtà.

9

CARA Elizabeth,

quello che hai scelto era proprio un gran bel libro. Trovi sempre regali meravigliosi, hai così tanta fantasia. Ti mando questo foulard... è orribile, lo so, ma Kilgarret non è Londra e tu sai che qui non c'è niente da comprare. Anche a ma' e pa' il libro è piaciuto, hanno detto che sei stata molto abile a trovare tutte quelle vecchie foto dell'Irlanda in un solo volume. A me piacciono quelle in cui Dunlaoghaire era ancora Kingstown... Moltissima gente, come i Gray e altri, la chiama ancora così, naturalmente.

In tutta sincerità, non c'è granché da dire su come vanno le cose. Dovresti venire di persona a constatare. Non mi sento una diciannovenne. Avevo sempre pensato che quando avessi avuto questa età sarei stata diversa, con un'altra figura, col viso più sottile e più intelligente. Pensavo che avrei condotto una vita differente e conosciuto moltissima gente nuova. Invece tutto sembra essere sempre uguale.

Bene, forse un po' sono cambiata. Non riesco più a sopportare la vicinanza di Ned Barrett e, comunque, credo di avere provato tutto quello che lui sa, perciò dovrò trovare qualcun altro un po' più esperto. Dalla mia scrivania qui in ufficio vedo arrivare l'autobus e due volte al giorno lo guardo con la speranza di scorgere un tipo interessante. Non è patetico per una donna adulta in pieno ventesimo secolo? Ti ricordi quella volta, quando avevamo quattordici anni e io ebbi le mestruazioni il giorno del mio compleanno e tu no e pensammo che tu fossi anormale e ma' dovette intervenire per chiarirci le idee? Non so se essere più che normale sia stato un bene per me.

Sembra che sia passato così tanto tempo. Grazie di nuovo per il libro, Joannie dice che le illustrazioni sono talmente belle che potrei farle incorniciare ma io non credo, mi piace di più così com'è. Spero che non sia costato troppi soldi. Il foulard sembra un ben misero regalo.

Affettuosamente,

Aisling

Cara Aisling,

il foulard mi è piaciuto tantissimo. Non lo dico per gentilezza. Stamattina, quando l'ho messo per andare al negozio, Mr Worsky ha detto che mi dava un aspetto stupendo. Non ho mai pensato di indossare qualcosa di rosso perché arrossisco spesso e credevo che le due tinte stridessero tra loro. Forse oggi sono un po' meno timida. In ogni modo, è stupendo e io lo porto sotto una camicetta color panna e mi sento *très snob*.

È difficile parlarsi per lettera, vero? Io credo che nessuna di noi sia convinta che l'altra sarebbe interessata a lunghi particolari di ciò che succede ogni giorno. Io sì, perché conosco Kilgarret e, benché sia passato tanto tempo, ancora la ricordo... Non so dove sia il tuo ufficio, però. È nel gabbiotto accanto a zia Eileen? Non è possibile, perché da lì non vedresti l'autobus, quindi dove si trova? Non sapevo che la tua amica Joannie Murray fosse tornata. Credevo che frequentasse ancora una scuola di perfezionamento all'estero. Non nomini mai Donal. Significa che sta di nuovo bene? Non mi racconti niente del bambino di Maureen, mi hai solo detto che è un maschio. Ormai sei zia.

Davvero, ti parlerei di ciò che accade qui, ma tu non conosci Mr Worsky né la sua amica, che ora mi chiede di chiamarla Anna, benché abbia settant'anni, né Johnny Stone che è il bel socio di Mr Worsky ed è un ragazzo molto divertente. E, poiché tu non hai mai conosciuto mio padre, non posso dirti di questa donna, semplicemente orribile, che gli ha messo gli occhi addosso. Naturalmente mi piacerebbe che lui si risposasse, ma non con una come lei. Papà non la sopporta e non sa come allontanarla dalla cerchia dei giocatori di bridge.

Quanto alle lettere della mamma, qualche volta sono un po' strane. Scrive molto, ma di fatti riguardanti il passato. Si è perfino dimenticata del mio compleanno. Non mi lamento, ma è certamente insolito. Voglio dire, ha solo me. Zia Eileen non se ne scorda mai e ha cinque figli e un nipote.

Anche all'istituto le cose sono fantastiche per il momento. Abbiamo tantissimi corsi all'aperto per via del tempo... ed è così bello andare nel parco, con i cavalletti e tutto il necessario, e metterci a dipingere uno scorcio di paesaggio e un gruppo di alberi come dei veri artisti. Gli altri sono molto disinvolti. Ho amici, come Kate, Edward e Lionel... credo di averteli menzionati nelle mie lettere. A volte fanno delle festicciole a casa di Kate: ha un appartamento di tre stanze tutto per lei, perché i suoi genitori sono morti e il suo tutore pensa che sia quello che una ragazza deve avere. Figurati.

Comunque non vado a molte delle iniziative organizzate da quelli dell'istituto. Mi annoio a ballare e preferisco parlare con la gente di ciò che mi piace. Ricordo che, una volta, zia Eileen mi disse che dobbiamo fingere di interessarci a certe cose per gentilezza verso gli altri. Io mi comporto così già col papà e con la mamma, per cui non ho intenzione di farlo anche nella mia vita privata.

Passo una gran quantità di tempo nel negozio di Mr Worsky. Ci vado dopo l'istituto o in bicicletta dopo che papà ha cenato. Ora che Johnny è socio ci sono stati molti cambiamenti e piccoli miglioramenti e, a volte, ci ritroviamo in quattro perché l'amica di Mr Worsky, Anna, sta lì con noi. Credo che sia un po' come una famiglia, eppure nessuno di noi è imparentato con gli altri. Non è strano?

Tutto il mio affetto e di nuovo grazie per il foulard. Mi dà un'aria disinvolta, almeno così ha detto Johnny Stone.

Elizabeth

Ogni anno a maggio zia Eileen ricordava alla famiglia il compleanno di Elizabeth. Procurava perfino vari biglietti di auguri per farli firmare a Eamonn, Donal e Niamh. Quell'anno Eamonn si ribellò, mentre Donal scrisse un lungo biglietto per dire quanto gli era piaciuto il libro di acquerelli che Elizabeth gli aveva mandato. Niamh le inviò un interminabile racconto quasi incomprensibile della sua vita scolastica, popolato di personaggi di cui Elizabeth non aveva mai sentito parlare: suore nuove a scuola e amici che ancora non avevano imparato a camminare quando Elizabeth se n'era andata. Maureen le descrisse accuratamente Baby Brendan, o Brendan Og, com'era chiamato in famiglia per distinguerlo dal padre. Peggy si limitò ad apporre il suo nome a una cartolina ed Eileen scrisse una lunga lettera sui cambiamenti e gli avvenimenti della piccola città. Fu lei a descrivere a Elizabeth il nuovo ufficio di Aisling, a informarla che Joannie Murray era tornata dalla scuola di perfezionamento e che aspettava di partire per Dublino per svolgere un meraviglioso lavoro presso un importatore di vini. E fu ancora lei a spiegare che non vedevano molto Maureen e Brendan e il piccolo Brendan Og perché la famiglia Daly era estremamente possessiva. C'erano moltissime donne anziane, zie e cugine, che non avevano niente da fare oltre a badare alle galline e ai tacchini, cosicché volevano possedere il nuovo arrivato anima e corpo. Tutto sarebbe cambiato quando gli altri fratelli e sorelle di Brendan Daly si fossero sposati e avessero avuto dei figli.

Eileen scriveva che i polmoni di Donal erano ancora deboli, che doveva riguardarsi, non stancarsi troppo né raffreddarsi, ma grazie a Dio stava molto meglio di quanto avessero mai potuto sperare. Era un gran bel ragazzo di quindici anni, molto alto per la sua età. Scriveva anche che Peggy usciva con un tipo simpatico, un certo Christy O'Brien, che lavorava in una fattoria vicino a quella del padre di Brendan Daly. Eileen, da un lato, le augurava di sposarsi, visto che aveva ormai trent'anni e non aveva mai avuto grandi possibilità, ma dall'altro, egoisticamente, sperava che Christy si stancasse di lei, il che significava che Peggy sarebbe rimasta per sempre con loro.

Elizabeth a volte pensava che se avesse dovuto basarsi solo su Aisling in fatto di informazioni relative a Kilgarret avrebbe anche potuto concludere che lì la vita era finita il giorno in cui lei se n'era andata.

Con suo grande sollievo, Elizabeth scoprì che le suore si erano sbagliate. Johnny continuava a rispettarla. Non solo, ma sembrava che gli piacesse ancora di più e lei, dal canto suo, si sentiva fiera e fiduciosa. Quando avevano ripreso il viaggio di ritorno verso Londra, sempre sotto gli scrosci di pioggia, era sembrato più allegro e felice che mai. Guardando il viso di lui che guidava, Elizabeth si era chiesta come poteva chiacchierare con tanta facilità e leggerezza. Lei sapeva che stava certamente pensando a quello che avevano fatto insieme e aveva concluso che doveva essere molto freddo e distaccato per riuscire a concentrarsi su altri argomenti.

All'istituto nessuno si accorse che aveva perso la verginità. Kate le chiese se aveva trascorso un buon fine settimana e le raccontò di un'orribile festa in cui qualcuno aveva portato dell'alcol puro, rubato in un laboratorio, e tutti lo avevano bevuto stando poi malissimo.

Neppure il padre notò dei cambiamenti in lei. Era stato in ansia e agitazione perché l'instancabile Mrs Ellis aveva espresso l'intenzione di andare ad aiutarlo nei preparativi per l'incontro di bridge e lui le aveva detto che ci sarebbe stata sua figlia. Poi Elizabeth aveva ritardato e ora si doveva arrangiare con poche cose.

«Ma stasera ricevo. Tu hai sempre fatto dei sandwich e... degli stuzzichini», si lamentò il padre.

«Papà, questa è la tua serata e puoi anche prepararteli tu. Lì ci sono delle gallette e un po' di formaggio. In quella scatola c'è del pane e il burro è nella dispensa. È la sera in cui tocca a te.»

«Ma non era questo il patto...»

«Com'è possibile giungere a un accordo con te, papà? Rispondi. Sono appena tornata dalla mia prima visita a tua moglie, la tua ex moglie, la donna che sposasti vent'anni fa... che allora probabilmente amavi, e da cui eri amato e che cosa mi hai chiesto di lei? Niente. La mamma potrebbe essere ricoverata in un ospedale a esalare il suo ultimo respiro per quel che t'interessa. Potrebbe essere infelicissima o un milione di altre cose. Ma, da parte tua, nessuna domanda. Almeno lei mi ha chiesto come stavi tu e anche Harry, e volevano sapere come va la tua vita. Tu, invece, nel tuo gelido cuore non te la sei sentita di fare una sola domanda al loro riguardo.»

Era sul punto di piangere.

Il padre sedette. «Questo non è giusto», disse. Sembrava un ragazzino costretto ad accettare una punizione senza sapere quale crimine avesse commesso.

«Dammi quel maledetto pane che te lo imburro, poi ti preparerò il vassoio…»

«Ma lo servirai anche, vero?»

«Tu realmente non conosci limiti. Finora non avevo mai capito che cosa intendesse dire la mamma per tipo gelido. Davvero non l'avevo capito.»

«Mi aspettavo che Violet e quell'uomo ti avrebbero montato contro di me. Sapevo che cosa avevano in mente quando facevano tutte quelle storie e ti invitavano a stare con loro.»

Elizabeth lo guardò incredula e, inaspettatamente, si mise a piangere. Tra le dita cercò di non vedere il padre che allontanava il pane, per tema che le lacrime lo bagnassero e lo rendessero inutilizzabile per i sandwich.

Mr Worsky notò, e fu l'unico, il cambiamento in Elizabeth. Era sicuro di averne capito il motivo. Lei parlava come se facesse parte di una famiglia, con lui e Anna Strepovsky a capo di essa e con Johnny come erede ufficiale; pareva che si trattasse di reali. Stefan Worksy rideva della propria sfrenata immaginazione ma in realtà sembrava proprio così.

Aveva anche confidato questi sospetti alla sua amica Anna, ma lei aveva sbuffato e detto che era troppo fantasioso.

Elizabeth era preoccupatissima di ciò che sarebbe accaduto nel prossimo futuro. Si chiedeva se Johnny ci avrebbe provato ancora e, nel caso, dove e quando. Si domandava se avrebbe dovuto mostrarsi entusiasta oppure convinta che ciò che era successo una notte in quell'albergo non era stato altro che un incidente isolato. E per quanto riguardava la contraccezione? Johnny le aveva assicurato che ci avrebbe pensato lui e che non ci sarebbe stato nessun pericolo. Lei non aveva abbastanza esperienza da capire bene che cosa intendesse dire, ma evidentemente significava che non aveva lasciato lo sperma dentro di lei perché aveva fatto in modo che andasse a finire sul lenzuolo dell'albergo. Quella notte le aveva detto che la volta successiva si sarebbe «procurato qualcosa» e lei aveva annuito prontamente.

Johnny si era mostrato felicissimo quando, nel tornare a casa dall'istituto, lei era passata per il negozio e aveva saltato addirittura tutte le lezioni del venerdì pomeriggio per andare a vedere che effetto facevano i nuovi acquisti una volta puliti, lucidati e sistemati per la giornata del sabato.

«Se sei libera domani sera ti porto al cinema», le aveva detto. «Poi possiamo andare a casa mia e ti preparerò un piatto speciale, un Johnny Stone.»

Lei gli aveva restituito il sorriso.

«Mi piacerebbe. Coniglio?»

«No, tesoro, niente di così buono, ma potrebbe trattarsi di una particolare carne in scatola. Andrebbe bene?»

Lei aveva annuito contenta.

«Oh», aveva poi aggiunto lui in tono indifferente. «Tom e Nick non ci saranno, andranno via per il fine settimana, così avremo la casa tutta per noi e non saremo disturbati dai loro stupidi scherzi.»

«Capisco», aveva detto e si era sentita felice. La mattina dopo era ricorsa ai propri risparmi per comprarsi degli slip carini, aveva messo in borsa spazzolino da denti, dentifricio e talco e aveva detto al padre che andava al cinema e, dopo, a una festa. Probabilmente avrebbe fatto molto tardi. Il padre aveva accettato la cosa con la stessa aria di sconfitta con quale sembrava prendere tutto. Lei aveva la propria chiave, così non ci sarebbero stati problemi. Infine, gli aveva chiesto se poteva lasciare la cucina pulita e in ordine, nel caso qualcuno l'accompagnasse a casa in macchina dopo la festa e lei lo invitasse a prendere una tazza di cioccolata.

Il padre non aveva detto neppure che sperava che si divertisse.

* * *

Tom e Nick non andavano via molto spesso. Il primo lavorava in un autosalone e il secondo in un'agenzia di viaggi. Erano entrambi gentilissimi con Elizabeth e la consideravano l'ultima conquista di Johnny. Una frase che cominciava a seccarla. Quando si decisero a chiamarla «la ragazza di Johnny» iniziò a sentirsi più sicura. Ma loro non la smettevano mai di fare scherzose osservazioni galanti davanti a lei.

Ognuno aveva la propria camera da letto nel grande appartamento, quindi avrebbe potuto benissimo fermarsi anche quando Tom e Nick erano a casa, ma non le venne mai proposto. Era una questione di riguardo, pensava Elizabeth, Johnny la trattava da signora e difendeva la sua reputazione. Con zia Eileen avrebbe potuto ridere su quella situazione equivoca... ma poi si rese conto che non sarebbe stato affatto possibile: zia Eileen avrebbe sicuramente disapprovato. La sua grande tolleranza, la sua quasi infinita comprensione per ogni genere di situazioni, mai avrebbe incluso anche quella.

Elizabeth del resto era una donna, ormai, aveva diciannove anni. Viveva a Londra e non in un buco come Kilgarret. Non era assalita da tutti quei timori cattolici sul peccato, la modestia e l'immodestia, la purezza e l'impudicizia. La gente non la pensava così nel mondo reale. Zia Eileen era all'antica, una persona adorabile ma antiquata.

A volte riusciva a invitare Johnny a Clarence Gardens. Non che il padre passasse mai la notte fuori casa, ma c'erano sempre i pomeriggi. Johnny sovente faceva le consegne e, durante il giorno, aveva il furgone a sua disposizione; quanto a lei, poteva allontanarsi da una lezione o da un'esercitazione. Si immergevano in un'atmosfera eccitante: una colazione in cucina, col doppio chiavistello tirato alla porta d'ingresso, nel caso l'impossibile accadesse e il padre rientrasse dalla banca prima delle sei e ventitré come ogni sera; poi su nella stanza di lei, dove il letto era piccolo ma la luce era romantica e dove alcuni dei blu più sgargianti erano stati sostituiti da tinte di sua scelta.

Con un gesto del capo una volta Johnny aveva indicato la più comoda camera da letto dei genitori ma, senza aprir bocca, lei era riuscita a fargli capire che il suggerimento non poteva essere preso nemmeno in considerazione. Lo amava tanto ormai da sentire di potergli parlare e di poterlo capire senza che nessuno dei due si esprimesse a parole.

A volte, quando di pomeriggio giacevano sul suo letto con le tende tirate, passandosi la sigaretta che dividevano da buoni amici, lei sentiva di non aver mai conosciuto una simile felicità. Avvertiva però che c'era sempre una soglia oltre la quale non poteva spingersi. Non doveva domandargli di giurarle amore eterno o di prometterle che le sarebbe stato sempre fedele, non doveva accennare a niente di più stabile di ciò che già avevano. In tal modo lui era felice e affettuoso e nessuna ombra gli oscurava il viso.

A volte lui parlava di quelle che avevano infranto le regole.

Tom aveva una ragazza, molto carina, ma che pensava solo all'anello di fidanzamento e, in più, continuava a portarlo a casa da sua madre.

«Oddio, anch'io ti condussi a conoscere la mamma», aveva esclamato lei, maliziosamente.

«Be', sì, ma non lo facesti con un lampo negli occhi», aveva risposto lui ridendo.

Aveva comprato dei pacchetti di orribili contraccettivi, degli affari che sembravano del tutto inutilizzabili finché non venivano infilati, cosa che pareva procurargli irritazione e fastidio. Elizabeth si chiedeva che cosa avrebbe potuto fare per impedire tutto quello. Non voleva fidarsi del cosiddetto «periodo sicuro» che, sapeva fin troppo bene, era il metodo contraccettivo all'origine di tante famiglie numerose in tutta l'Irlanda.

«Ma che cosa può fare una donna?» aveva chiesto a Kate, sentendosi stupida.

Kate le aveva spiegato che c'erano moltissimi metodi e glieli aveva descritti tutti in maniera molto efficace, ma a lei erano sembrati peggiori dei contraccettivi di gomma e così aveva lasciato perdere. Anche Johnny, dal canto suo, non pareva pensare che lei dovesse prendere provvedimenti.

In quei momenti d'intimità lui le raccontava di sé. Parlava della madre in termini scherzosi, non si sentiva affatto legato al fratello, né aveva il minimo desiderio di sapere dov'era il padre e se esistevano fratellastri e sorellastre.

Quando la madre scriveva lettere allegre e incoerenti lui ne sembrava contento e riferiva a Elizabeth parte del loro contenuto; se, invece, si lamentava del proprio senso di solitudine e di quanto fosse penoso avere due figli ingrati, lui si limitava ad allontanarla dai propri pensieri.

Per il suo diciannovesimo compleanno il padre regalò a Elizabeth una scatola portagioie. Era andato fino al negozio di Mr Worsky e aveva chiesto consiglio a Johnny. Ormai lo aveva visto una mezza dozzina di volte e lo giudicava un ragazzo simpatico.

Aveva detto che gli sarebbe piaciuto farle una sorpresa e che avrebbe voluto spendere dai trenta scellini alle due sterline. Johnny lo aveva indirizzato verso una scatola antica, dicendogli che era un affare a trenta scellini. Il padre aveva brontolato che gli sembrava moltissimo per una scatola vuota, ma l'aveva acquistata. Successivamente Johnny aveva messo in cassa le nove sterline di differenza, perché Mr Worsky non ci rimettesse sul bel cofanetto intarsiato, e aveva comprato un piccolo fermaglio di marcasite con un uccello azzurro come regalo da parte sua.

Elizabeth, conoscendo il valore del cofanetto, fu commossa e stupita che il padre avesse speso tanto per lei. Johnny, naturalmente, non le rivelò la verità. Era stato lui ad aiutarla a trovare il libro per Aisling. Lo avevano cercato insieme e lei gli aveva parlato delle montagne di Wicklow, del fiume Slaney a Wexford e delle vecchie case un po' in rovina ma belle, con perfetti portali georgiani e ricoperte di rampicanti.

«Forse tu e io potremmo recarci laggiù e portarci un furgone ciascuno. Stefan dovrebbe comprare un'altra sala d'esposizione. Ehi, non è una cattiva idea. Magari potremmo andarci d'estate, portando il furgone con la nave e noleggiandone un altro quando siamo lì. Che ne pensi? E vedremmo i tuoi amici, questi O'Connor. Hai sempre detto che volevi tornare. Ehi? Perché no?»

«Oh, sì.»

«Non sei entusiasta, hai sempre sostenuto che ti sarebbe piaciuto rivederli.»

«Sì, no, mi piacerebbe.»

«E allora?»

«Sì, certo, questa estate.»

Esitava. Non voleva ammettere che non desiderava tornare laggiù in quel modo: andare nelle abitazioni della gente per portar via vecchi tesori, in quelle stesse case in cui lei era stata accolta come piccola profuga durante la guerra. Non voleva tornarci ora da adulta cinica e sofisticata che conosceva i prezzi degli oggetti e ne traeva un profitto. Non avrebbe mai potuto dire a Johnny che sarebbe stato squallido, in un certo senso, recarsi a Kilgarret con uno con cui non esisteva un legame serio... Desiderava chiarire la sua posizione con lui e, non potendolo fare, non le sarebbe piaciuto presentarlo agli O'Connor.

Tutti convenivano che il lavoro di Aisling in negozio era un vero e proprio, quanto inaspettato, successo.

Gran parte di esso era dovuto all'opera di Eileen, ma Aisling non se n'era mai resa conto. Pensava che dipendesse esclusivamente dalla propria forza di carattere. Prima che lei iniziasse il suo lavoro di impiegata, Eileen aveva insistito perché nel negozio ci fossero dei locali destinati esclusivamente ai due ragazzi. Sean trovava la cosa assolutamente ridicola e lo aveva affermato con veemenza.

Alla fine Eileen riuscì ad averla vinta: venne sgombrato un angolo, fu dipinto e vi fu messa una porta; quello diventò l'ufficio di Eamonn. Venne spiegato e rispiegato che era importante che i contadini del posto sapessero dove trovarlo e che doveva essere sempre chiamato per nome, esattamente come accadeva al padre. Eileen invece era Mrs O'Connor e, allo stesso modo, Aisling sarebbe stata Miss O'Connor.

L'ufficio di Aisling aveva una macchina per scrivere nuovissima, un'autentica sedia da ufficio e un vero e proprio schedario. Non era come il bugigattolo di Eileen dove le carte spuntavano da ogni angolo, era moderno ed efficiente come le era stato insegnato alla scuola commerciale. Gli eleganti camici verdi e l'aria d'importanza e di efficienza le conferivano la necessaria autorità.

Per le prime settimane Eileen le spiegò il complicato meccanismo del loro sistema di credito. Le mostrò i libri mastri, quello dei rifornimenti, il libretto di banca e il registro delle tasse. Ascoltò poi con attenzione la figlia che le illustrava i sistemi più chiari, semplici ed efficienti per tenere l'amministrazione quotidiana.

«Oh, ma', ma non vedi, non avendo un indice alfabetico hai semplicemente raddoppiato il lavoro. Ora ci vuole la metà del tempo. Non capisco perché tu non ne abbia redatto uno. Ti avrebbe preso solo un paio di giorni.»

Eileen riconobbe che era una grave lacuna. Non disse che aveva avuto ben poco tempo per stilare degli indici alfabetici mentre mandava avanti il negozio con Sean, teneva d'occhio i clienti, decideva a chi concedere credito e a chi sollecitare il pagamento dei conti, chiedeva ulteriori crediti ai funzionari della banca, manteneva l'ordine in una casa con una domestica imprevedibile e sei figli. Invece di elencare tutto quello che aveva dovuto fare, elogiò Aisling, esaltandola, e disse che forse avrebbe dovuto mandare a prendere un vero e proprio libro mastro a Dublino.

«Perché mai dovremmo, non ne posso fare io uno a casa stasera?» osservò Aisling.

«Niente lavoro extra. Se tu fossi impiegata al negozio dei Murray o in albergo ce la prenderemmo con loro se ti portassi a casa del lavoro la sera.»

«Ma', sei grande, ma che cos'altro vuoi che faccia?»

«Potresti uscire a dare un'occhiata agli uomini di questa città per vedere se ce n'è uno che vada bene per te.»

«Ma', te l'ho detto decine di volte, non sono tagliata per gli uomini, e anche se lo fossi, non c'è nessuno che mi interessi in questa città.»

«Se lo dici tu.»

«Sinceramente, ma', quando giudicherò che è venuto il momento andrò a Dublino e la prenderò d'assalto, ma qui non c'è proprio nessuno da frequentare.»

Joannie le disse che a Dublino c'erano dei ragazzi magnifici. Ma era difficile capire che cosa intendesse con quell'aggettivo. Le raccontò che avevano belle macchine, indossavano completi eleganti e prendevano il caffè nei posti di lusso.

«E che cosa fanno per vivere, dove lavorano?»

«Non lo so», ammise Joannie, che non era mai stata sfiorata da quel pensiero.

«Ma dove prendono i soldi? Sono ricchi o che altro?»

«Credo che molti di loro studino o lavorino per i genitori.»

«Anch'io lo faccio», disse Aisling fiera, «e non mi trovi seduta nei caffè a chiacchierare con la gente tutto il giorno.»

«Perché qua non ci sono caffè e nessuno con cui parlare», osservò Joannie.

«Immagino che tu abbia ragione.»

Joannie non spiegava in maniera esauriente che cosa faceva. I giorni in cui ridevano e provavano interesse per le stesse sciocchezze erano ormai finiti. Aisling attribuiva tutta la colpa all'amica, perché era deliberatamente vaga e riservata per tutto ciò che riguardava le sue attività. Poi, però, si rendeva conto che anche Elizabeth mostrava distacco e nessuna disposizione a scrivere apertamente, con quella confidenza che avevano sempre avuto, quando lei stava a Kilgarret. Forse era normale che accadesse, che con l'età si smettesse di ridere. Ma' non aveva delle vere amiche con le quali parlare. Magari, invecchiando, si cessava di confidarsi con le persone e si cominciava a fingere. Come Maureen, per esempio, sempre circondata da tutti quegli orribili Daly. Non poteva piacerle. Doveva odiare le terribili sorelle e zie e tutta la tribù di Brendan. Le amicizie dovevano essere solo per i giovani. Niamh aveva un'amica ora, Sheila Moriarty, e ti facevano impazzire, sempre a ridere per niente.

Anche il legame tra ma' e Violet non era durato, eppure ma' diceva che per anni, a scuola, erano state le due amiche più intime. Probabilmente era un segno di maturità rendersi conto che le amicizie non sono importanti.

«Non vedi molto Joannie, ultimamente. Non avete litigato, vero?» chiese Tony Murray un giorno che era andato al negozio a comprare del filo elettrico.

«No, cielo, no. È sempre così occupata. Ha i suoi amici di Dublino, sai, e io sono legata qui tutto il giorno a lavorare e la sera c'è talmente poco da fare. È una città terribile, vero, Tony?»

«Un tempo venivi a casa nostra e ci facevi ridere con le tue formidabili storie», disse lui.

«Immagino che adesso abbia troppo buon senso per mettermi a raccontare cose simili», ribatté Aisling.

«Peccato.»

Tony passava spesso dal negozio e scambiava sempre qualche parola con lei, senza indugiare molto. Eamonn, una sera, disse che secondo lui doveva essere un po' matto perché andava a comprare metri di filo elettrico o scatole di chiodi senza curarsi di ciò che gli davano, né ricordarsi che il giorno prima, forse, li aveva già acquistati.

«Vive come in una specie di sogno», osservò Eamonn.

«Credo che abbia un debole per Aisling», disse Donal.

Aisling posò la forchetta e scoppiò a ridere. «Tony Murray un debole per me? Via, è così vecchio che certamente non può sentirsi attirato da una come me.»

Sean stava leggendo il giornale. «Smettetela di prendere in giro i clienti e non mettetevi stupide idee in testa», disse senza staccare gli occhi dalla pagina.

«Non è colpa mia, pa', è Donal. Di' un po', che cosa te lo fa pensare?»

«Ti guardava durante il sermone e poi fuori, quando tutti parlavano, rideva alle cose che dicevi mostrandosi più che interessato.»

«Non puoi non essere più che interessato a ciò che dico», sottolineò Aisling. «In effetti, quasi tutti sono affascinati dalle mie parole.»

«Gesù», esclamò Eamonn.

«Non essere blasfemo a tavola», disse Sean.

«Non sarebbe stupendo se Tony avesse un debole per Aisling e si sposassero? Avremmo molti più soldi e un giardiniere, come i Murray», esclamò Niamh.

«E che te ne faresti di un giardiniere? Non abbiamo un giardino, sciocca», disse Eamonn.

«Ma perché mi volete appioppare proprio quel Tony Murray?» si lamentò Aisling. «È quasi un vecchio, è attorno ai trent'anni, ormai. È della generazione di pa' e ma'.»

Ma, naturalmente, quando la sera dopo vide Tony Murray al cinema si agitò, rise e gli lanciò occhiate invitanti, giusto per vedere se non vi era qualche briciola di verità nei sospetti di Donal. Con sua sorpresa, lui sembrò apprezzarlo.

«Domani sera sarai ancora qui?» le domandò.

«È solo per dire o una richiesta?» rispose lei con una risatina.

«È una richiesta», disse lui, in tutta semplicità.

«Significa che mi stai invitando?»

«Ti sto chiedendo se ti piacerebbe venire al cinema», disse lui, dopo esservi stato indotto.

«Ebbene accetto», rispose Aisling.

«Ci vediamo qui, allora?»

Guardarono il cartellone: davano *National Velvet*.

«Magnifico.» Seguì un silenzio.

«Dovrebbe essere buono», disse Tony.

«Oh, sì, credo di sì.»

«Siamo fortunati che il programma sia cambiato.»

«Be', succede sempre il giovedì.»

«Già», disse lui e si salutarono.

Aisling rise per tutto il tragitto fino a casa, dopo che ebbe raggiunto Judy Linch e Annie Fitzpatrick.

«Ho un appuntamento domani sera. Tony Murray mi vuole offrire il cinema.»

Furono molto impressionate.

Aisling si domandò perché Tony non avesse amici della sua età e sperò che non fosse anormale o qualcosa del genere.

Lo disse alla madre e le chiese anche se non era straordinario che Donal avesse ragione.

«Solo perché ti ha invitata al cinema non significa che abbia un debole per te e, a giudicare da quello che tu gli hai detto, mi sembra che sia stata tu a fare la proposta», disse Eileen in un tono inaspettatamente severo.

«Ma', che cosa c'è? Perché sei così seccata? Stavo solo scherzando.»

«Mi dispiace.» Raramente Eileen si scusava e Aisling ne fu stupita. «Sì, hai ragione, ho un po' esagerato.» Si tolse gli occhiali. Stava leggendo quando Aisling era arrivata e Sean era già andato a letto. Aveva l'aria stanca.

«Non lo so. A volte mi sembra che tu non ti renda conto di quanto sei attraente, Aisling, tesoro. Sei proprio una bella ragazza. Puoi benissimo far girare la testa a un uomo e tuttavia sei ancora troppo immatura, potresti metterti con lui e combinare un bel pasticcio.»

«Ma, ma', ti ripeto, è solo uno scherzo. È vecchio, potrebbe essere mio padre.»

«Tesoro, se è per questo ha solo undici anni più di te. È scapolo e vuole sistemarsi. La madre lo desidererebbe, perché ormai ha l'età giusta. Ora capisci che cosa voglio dire? Per lui non può essere uno scherzo, per questo mi secca che il tuo nome sia collegato al suo senza nessuno scopo.»

«Ma che cosa significa? Come se fossero già uscite le pubblicazioni; ma', stai correndo troppo.»

«Kilgarret è una piccola città, non sai quanto la gente ami malignare.»

«Ma, ma', che cosa c'è da spettegolare? Non possono certo dire che sono stata piantata da lui, no, se non lo prendo neppure sul serio.»

«No, figliola, naturalmente non possono. Su, spegnamo le luci e andiamocene a letto. Smettiamola con queste chiacchiere sciocche.»

Cara Aisling,
    dimmi qualcosa di più di Tony Murray. L'ultima volta che lo menzionasti fu in relazione a un incidente riguardante Joannie, del quale non mi spiegasti mai chiaramente. Io credevo che fosse molto vecchio, sai, come uno zio. Invece sei andata al cinema con lui due volte la settimana per sei settimane. C'è qualcosa? Ti fa delle «proposte», come dicevamo un tempo? Vorrei che mi raccontassi tutto. Io so mantenere un segreto e poi sono a chilometri di distanza, in un altro paese.

Mrs Ellis, l'orribile donna che ha delle mire su papà, sta facendo davvero del suo meglio. È il cinquantesimo compleanno di mio padre e lei continua a dire che le piacerebbe organizzare una festicciola per «il suo mezzo secolo». Per sbarazzarsi di lei ho detto che avremmo fatto un tranquillo pranzo in famiglia e che bastava questo. Zio Sean ha già compiuto cinquant'anni? L'avete festeggiato in qualche modo? Un pranzo in famiglia non è molto divertente se si tratta solo di due persone ma forse, sapendo che gli ho tolto Mrs Ellis di torno, papà sarà più allegro.

Vedo molto Johnny. È davvero difficile parlartene. Ho tentato ma ho strappato la pagina, sembrava un po' una sdolcinata storia d'amore... mentre, in realtà, non lo è affatto. Lui mi piace molto e io a lui... ma non ci diciamo che ci amiamo, né niente del genere. Se ci vedessimo ti spiegherei tutto più chiaramente. Mi chiedi com'è. Credo che somigli un po' a Clark Gable, solo che è più magro e senza baffi. Sembrerà ridicolo, ma quel che voglio dire è che è bruno e molto bello e la gente lo guarda ma lui non sembra accorgersene. Ti dirò com'è andata la festa per mio padre. A volte scrivo a zia Eileen, come sai, niente segreti, lettere normali... ma ormai è un po' che non lo faccio; tutto qui è stato così movimentato e complicato. Spero che lei capisca.

Con affetto,

Elizabeth

Cara Elizabeth,
come Clark Gable! Non ci credo! Non mi meraviglio che te ne sia stata zitta: non volevi dividerlo con me! Non capisco perché sia tanto difficile parlare di lui. Lo so che non sono molto brava a scrivere, ma ora proverò a dirti com'è Tony. È molto vecchio, ha trent'anni, e presto ne avrà trentuno. Frequentò l'università ma non prese la laurea. Rimase per qualche tempo a Limerick a imparare il mestiere e ora manda avanti la ditta dei Murray. Sembra che abbia un grosso debole per me. Non so perché. Mi mette le mani dietro al collo e stringe, lo trovo orribile e in macchina mi bacia e cerca di mettermi la lingua tra i denti, ma io non lo incoraggio. Lascio che succeda un po' così per caso. E in ogni modo non mi piace.

Mi dice che sono bella e io amo sentirglielo ripetere. Viene anche a parlare a lungo con ma' e pa', così ora tutti sanno che è interessato. Pa' non sa che cosa fare ed è a disagio. Non era così con Brendan Daly, perché Brendan e la sua famiglia sono degli idioti, come tutti sanno. Ma' non si pronuncia. È convinta che io giochi con i sentimenti di Tony. In ogni modo, non provo molto per lui né in un senso né nell'altro. Mi piacerebbe di più se non sbuffasse e non si affannasse tanto in macchina.

Certamente non somiglia a Clark Gable. Tanto per cominciare è più grasso. Ha i capelli bruni ricci ed è robusto. Non è brutto, ma certamente non ha niente di Clark Gable. Ora ti ho detto tutto, non puoi farlo anche tu? Io non ho strappato pagine anche se questa storia dei baci risulta un po' spinta.

Con affetto,

Aisling

Cara Aisling,
lo farò, prometto. Entro due settimane circa scriverò tutto. Stanno succedendo così tante cose qui, sono veramente molto presa. Due settimane, poi ti dirò, particolari piccanti compresi, senza nessuna omissione.

Con affetto,

Elizabeth

P.S. Ami Tony Murray almeno un po'?

Il padre disse che, in realtà, lui non voleva nessun festeggiamento per il suo mezzo secolo. Sostenne che non c'era molto da celebrare, e questa affermazione disturbò Elizabeth.

«Tu sei l'unico padre che ho e compirai cinquant'anni. Credo che dovremmo fare qualcosa. Ti propongo una scelta: posso portarti a mangiare nel ristorante di un albergo e offrirti una bottiglia di vino; ho qualche risparmio e lo farei molto volentieri. Oppure possiamo invitare qui quelli del bridge e dare una festa con qualche collega della banca e un paio di vicini...»

«No, no, quelli del bridge non se la godrebbero se non giochiamo a carte.»

«Bene, allora solo noi due», disse Elizabeth.

«Ma un albergo è molto caro», si lamentò il padre.

«Giusto, è sabato della prossima settimana: inviterò Johnny a cena da noi e ci concederemo vino e piatti raffinati.»

«Sarebbe molto carino», disse il padre, risollevato all'idea di non dover fare altro che accettare quello che gli veniva messo davanti. Fu contentissimo di essere riuscito a sottrarsi a una celebrazione troppo festosa. «È simpatico il tuo Johnny Stone. È di buona compagnia. Mi fa piacere se viene a cena», concluse.

Sì, pensò Elizabeth, a tutti fa piacere la compagnia di Johnny, ma ora arriva il difficile: convincerlo a partecipare.

«Non penserai che ti stia gettando addosso una rete matrimoniale se ti chiedo di farmi un favore?»

Giacevano a terra, avvolti nelle lenzuola, nell'appartamento di Johnny; leggevano i quotidiani della domenica e bevevano latte con la cannuccia.

«Ehm, che cosa...?» chiese lui, continuando a scorrere il giornale. «Parli come una donna che cerca di incastrarmi.»

«No, me ne guardo bene. È solo che una di queste sere mio padre compirà cinquant'anni e non c'è nessuno che veramente gli piaccia... così avevo pensato di preparare una cenetta particolare... una specialità White... Non verresti a tenere viva la conversazione?»

Johnny alzò la testa dal giornale. «Ah, no, amore. Sarebbe un'intromissione. Si tratta di una questione di famiglia, un compleanno.»

«Diavolo, sai che razza di famiglia siamo io e mio padre... in casa nostra c'è ben poco dell'amore tradizionale. E noi due soli sembreremmo degli idioti. No, ci vuole qualcuno al di fuori che renda il tutto più festoso. Vieni, tesoro, ti prego.»

Johnny scosse il capo. «No, sinceramente, sarei solo un intruso. Non ci so fare con le formalità sentimentali... sai, odio perfino andare a casa della 'vecchia' per Natale, perché lei si aspetta tutte quelle cerimonie.»

«Eppure, ti comportasti in modo fantastico con la mamma e Harry.»

«Ma era diverso, amore mio. Quella fu solo una simpatica serata che ebbe un seguito piacevole. Non venni invitato formalmente, ma senza tante pretese.»

«Ti prego, Johnny. Ti prego.»

Aveva ripreso a leggere il giornale. «No, tesoro. Sarei fuori posto. Non mi piacerebbe.»

«Non ti capita mai di fare ciò che non ti piace?» Il tono di lei suonò abbastanza tagliente.

Lui alzò di nuovo il capo, sorpreso. «No, non molto spesso. Perché?»

«Io sì, lo faccio tantissime volte e, come me, la maggior parte della gente. Ti prego, Johnny, solo una sera, per farmi contenta e per rendere felice mio padre.»

«No, mia cara, invita uno dei tuoi amici. Trova qualcun altro.»

Era deciso. Non sarebbe andato. Non le avrebbe fatto quel piacere, non voleva neppure prenderlo in considerazione, né parlarne. Dava per scontato che avesse altri amici, gente che le era intima come lui, che frequentasse Kate, Edward e Lionel.

Si domandò se doveva accettare quella situazione o esigere di più. Ma le era appena stato mostrato che la porta era chiusa. Nient'altro le veniva offerto. Se avesse chiesto di più non avrebbe ricevuto niente e quel che già aveva le sarebbe stato portato via.

«Benissimo», disse allegra. «Bastardo egoista. Bene, ti perdi una buona cena, questo è certo.»

Sembrava divertita e indifferente. Impossibile, per lui, capire quanto si sentisse ferita e respinta o rendersi conto, osservando il suo volto sorridente, che era giunta a una deprimente conclusione sul proprio amore per lui. Ora sapeva che se doveva continuare sarebbe stato a senso unico e con molta falsità. Johnny non era disposto a incontrare qualcuno a metà strada e neppure a un quarto, bisognava giocare nel suo campo e secondo le sue regole.

Con un sorriso forzato sul viso tentò di leggere il giornale. Sentiva che lui la stava guardando.

«Vieni qui, stupenda fanciulla», le disse, scostando le lenzuola. «Sei una ragazza troppo attraente per restare a leggere i quotidiani. Dovresti offrire un po' di piacere a un gentiluomo di passaggio, ecco quale sarebbe il tuo dovere.»

Rimase distesa lì, felice, a guardare il soffitto, con la testa di lui appoggiata tranquillamente sul petto. Si era addormentato nel sole del mattino che entrava dalla finestra. Presto si sarebbero vestiti e si sarebbero spinti fino a un pub sul fiume, dove lui le avrebbe offerto un bicchiere di shandy e assieme avrebbero mangiato dei sandwich.

Aveva superato l'esame. Si sarebbe potuta staccare da lui di colpo, in lacrime, per implorarlo ancora, seccandolo; avrebbe potuto tenergli il broncio e lui non vi avrebbe fatto caso, per poi andarsene a far colazione da solo.

Invece no. Lei non si era comportata così e ora lì, tra le sue braccia, aveva la propria ricompensa. Lui ancora l'amava e la desiderava. Valeva la pena di fare dei piccoli sacrifici.

Una sera d'estate, fatta di passione, sospiri, tentativi, rifiuti e contorsioni, Tony Murray disse ad Aisling che desiderava che lei lo prendesse sul serio. «Voglio che tu sappia che non ho mai conosciuto una ragazza che mi attirasse quanto te.»

«Questo è molto carino, Tony, ma io non mi tolgo ugualmente il reggiseno», disse Aisling.

«E io ne sono contento. Lo so che non sei il tipo di ragazza che andrebbe con chiunque e ti rispetto per questo», ribatté lui, rosso in viso per lo sforzo.

«Bene, sono fatta così.»

Era perplessa perché aveva lasciato che si spingesse molto più lontano di quanto lei considerava saggio. Dopotutto, era evidente anche a un'inesperta, come lei tristemente ammetteva di essere, che Tony soddisfaceva i suoi bassi istinti in tutti quei contatti... e le suore avevano insistito che essere strumento di questo significava indurre l'uomo al peccato mortale.

Eppure si sarebbe detto che Tony la rispettava.

«Trovo molto difficile continuare in questo tipo di... uscite», disse lui.

«Oh», ribatté lei fraintendendolo deliberatamente. «A me piace stare fuori con te.»

«No, io non intendevo questo. Volevo dire che mi piaci talmente che ti voglio avere sempre tutta per me...»

Aisling decise che si era spinto molto vicino a una proposta di matrimonio. Per un attimo guardò il viso di Tony come se fossero due sconosciuti.

Era abbastanza attraente, immaginava. Aveva il collo robusto e dei begli occhi scuri. Le altre ragazze le avevano detto che era affascinante e la gente lo descriveva come un bell'uomo. Era sicura che il padre avrebbe approvato.

Bene, sono frivola, pensò convincendosene improvvisamente. E non mi farò trascinare in qualcosa di cui non sono'sicura. Non lascerò che le cose vadano in modo che lui mi chieda di sposarlo e io debba decidere. Lo scoraggerò. Per una volta tanto in vita mia sarò furba.

Gli diede un leggero bacio sulla fronte. «Sei un uomo molto attraente, Tony Murray, e dici frasi così carine che quasi mi fai perdere la testa. Ma sei un adulto, sai quello che fai. Io no, sono solo una ragazza inesperta che non è mai stata da nessuna parte.»

Lui si accinse a dire qualcosa e lei lo interruppe.

«Voglio vedere un po' di mondo prima di innamorarmi di te... altrimenti sarebbe patetico. Senti, frequentasti l'università, vivesti lontano da casa a Limerick e a Dublino. Andasti in Francia e a Roma. Il posto più lontano fino a cui mi sono spinta io è stato Dublino e poi passai una notte a Dunlaoghaire... con tutta la famiglia. No, se vuoi avermi devo prima crescere un po', non essere solo la sciocca ragazza provinciale di Kilgarret. Dopo impazzirai per me.»

«Io ti desidero adesso», mormorò Tony.

«Sì, ma aspetta che diventi sofisticata e allora sarò una moglie perfetta.»

«Non ti desidero diversa.» Il tono di lui si era fatto ostinato.

«Mi vorrai un po' più sensata e più raffinata, no? Via. Ti piacerò un po' più sveglia e non quella ignorante sempliciotta che sono ora.»

«E dove andrai a imparare tutta questa sofisticatezza e a svegliarti e raffinarti?» brontolò Tony.

«Be', non ho ancora deciso, ma credo che viaggerò un po'. Non andrò via per sempre, solo quel tempo che basterà per ampliare le mie vedute e per visitare un po' di mondo. Non ho neppure vent'anni, Tony. Posso sembrare a posto adesso ma potrei anche diventare una di quelle orribili donne come se ne vedono in chiesa, che non pensano ad altro che a ciò che dice il prete e a quello che la gente indossa.»

«Tu non...»

«Oh, sì. Mi pare già di scorgerne i segni in me. La prossima settimana ti dirò dove avrò deciso di andare.»

Lui acconsentì con un verso e, riluttante, la ricondusse alla casa sulla piazza.

La madre era ancora alzata come al solito.

«È un po' tardi», le disse pacata, senza mostrare disapprovazione.

«Lo so. Abbiamo fatto un giro in macchina dopo il cinema e ci siamo fermati a parlare.»

«Ho aspettato che tornassi», disse la madre, riponendo il lavoro a maglia e accingendosi a spegnere le luci.

«Be', ma', non ce n'è bisogno. Lo sai che non mi lascio andare e che niente... che non voglia io... che tornerei sempre a casa.»

«Certo che lo so, ma in un certo senso tu ora sei la mia figlia maggiore, no? Maureen era a Dublino alla tua età e, bene, i ragazzi sono un'altra cosa. Non mi è mai importato a che ora rientravano Sean ed Eamonn.»

«Non costituisco una preoccupazione per te, no? Sono una brava e fidata assistente nel negozio, esco decorosamente con il miglior partito della città... sinceramente, ma', non sono poi tanto stupida. Stasera gli ho detto che sono troppo giovane per prendere sul serio qualsiasi cosa. Che devo prima vedere il mondo.»

La madre rise. «E dove andrai? A Wicklow o, forse, a Wexford?»

«Troverò un posto, ma'. Serviva solo per fargli capire che, in un certo senso, conosco i miei limiti.»

Eileen le scompigliò i capelli e rise di nuovo. «Sei proprio una ragazza spiritosa. Non mi meraviglio che Tony Murray ti ammiri.»

Sul tavolo nell'ingresso c'era una lettera da Londra. Aisling l'afferrò avida e se la portò a letto. Era quella, tanto agognata, in cui Elizabeth le avrebbe detto tutto. Appariva piuttosto voluminosa.

Andò a prendere un bicchiere di latte e un pezzo di torta in cucina, quindi si accinse a godersi la lettura.

Ma, quando aprì la busta, la lettera risultò molto breve. A provocare quel gonfiore erano quattro biglietti da cinque sterline, con la riproduzione del re d'Inghilterra, avvolti in carta velina.

La lettera non diceva niente.

Cara Aisling,

è sciocco ricordare ciò che si fa da bambini, no? Ti rammenti quando divenimmo sorelle di sangue mescolando il nostro nella bottiglietta e giurammo di aiutarci a vicenda in caso di necessità?

Ora ho bisogno di te. Per piacere, ti prego, vieni in Inghilterra. Ti mando i soldi per il viaggio. È il cinquantesimo compleanno di papà e io non posso affrontarlo da sola. Ti dirò tutto quando sarai qui. Non far capire a zia Eileen quanto sia urgente. Fingi di volerti prendere una vacanza. Ti prego.

Elizabeth

Bene, pensò Aisling, non è una grandissima fortuna? Ecco la possibilità di visitare il mondo e di ampliare le mie vedute neppure dieci minuti dopo che ho cominciato a cercarne una. È il destino.

Elizabeth non si era accorta che il seno le si stava ingrossando, ma aveva notato che le mestruazioni non le arrivavano. Erano già tre settimane e i suoi ritardi non avevano mai superato i quattro giorni. Aveva cercato di allontanare il pensiero, nella speranza che si fosse trattato di nervosismo, tensione o una qualunque delle ragioni di cui aveva letto in una rivista medica.

Ma la domenica sera, dopo che Johnny l'ebbe accompagnata in macchina a Clarence Gardens, non riuscì più ad allontanare quel pensiero. Erano ormai ventun giorni. Andò di nuovo a controllare il calendario e sorrise tristemente, convinta che fosse ciò che molte ragazze nervose stavano certamente facendo in quello stesso istante in tutto il mondo.

Guardò fuori della finestra e vide il padre in giardino. Per un motivo che le sfuggiva l'inefficace armeggiare di lui, i suoi inutili tentativi di controllare il caprifoglio sul muro e il suo senso di frustrazione, perché invece giaceva al suolo e s'ingarbugliava, le sembravano terribilmente tristi. Avrebbe potuto avere settant'anni, pensò, non cinquanta. Appariva depresso e deprimente come se avesse sempre saputo che non avrebbe mai combinato niente.

188

Se in quel giardino avesse lavorato Johnny ci sarebbero stati vita e risate, movimento, esperimenti e improvvisi lampi di ispirazione. Se ci fosse stata la madre, in uno dei suoi momenti migliori, anche lei avrebbe riso e vi avrebbe lavorato con interesse e Harry si sarebbe dato da fare e ne avrebbe tratto divertimento. Invece il padre sembrava che fosse già morto, e tutto ciò che faceva appariva una specie di cupo dovere impostogli nell'oltretomba.

Povero papà, senza niente per cui vivere o in cui sperare; perfino il bridge aveva rivelato sinistri pericoli con quella terribile vedova Ellis che lo perseguitava. Decise di metter via il calendario col suo triste messaggio e di scendere in giardino ad aiutarlo.

Fu sorpreso di vederla.

«Oh, salve. Non sapevo che fossi in casa.»

«Sì. Sono rientrata un'ora fa circa.»

«Hai già preso il tè?»

«No. Ti avrei chiamato se l'avessi preparato. Sono stata in camera mia per un po'.»

«Oh, capisco.»

«Che cosa stai facendo, papà?»

«Mia cara, che cosa credi che stia facendo? Sto cercando di combattere la desolazione di questo giardino.»

«Sì, ma che cosa in particolare? Se me lo dici forse posso aiutarti.»

«Be... non credo che servirebbe a niente...» Stava lì impalato come un vecchio strabiliato.

«Stai strappando le erbacce?» chiese lei a denti stretti.

«Be'... ce ne sono talmente tante... vedi», indicò con la mano.

. «Sì, è vero. Allora, cominciamo a estirparle adesso, papà? Tu inizi da quella parte e io da qui... e c'incontriamo nel mezzo.»

«Non so se funzionerà.»

Con un grande sforzo lei controllò la propria voce.

«Perché non dovrebbe, papà?» Aveva mantenuto un tono calmo e il suo viso non esprimeva rabbia.

«Sai, distinguere le erbacce… dai fiori… è così difficile capire… è talmente incolto, vedi.»

«Potremmo estirpare questa, che è chiaramente erbaccia. Dopodiché guardiamo e valutiamo di nuovo.»

Lo osservava speranzosa. Non poteva farsi trasmettere un po' di entusiasmo?

Il padre scosse il capo. «Non so», disse.

Decisa, Elizabeth andò nel piccolo capanno e prese del cartone. Lo ripiegò e ne fece una stuoia per inginocchiarsi. Si recò a un'estremità della grande aiuola e cominciò a strappare grossi ciuffi di erbacce.

«Via, su, papà», esclamò. «In mezz'ora lo faremo sembrare i Kew Gardens.»

Lui si chinò di nuovo ad armeggiare col caprifoglio. «Questa non è erbaccia, non strappare anche questo, è caprifoglio.»

«Lo so, papà, togliamo solo l'erba. Avanti, su. Se non cominci ti lascio indietro.»

«È una desolazione», sospirò lui. «Nessuno che abbia un lavoro a tempo pieno come me può badare a un giardino come questo. Ci vorrebbe un aiuto.»

«Ma tu ce l'hai», esclamò Elizabeth dal fondo dell'aiuola. «Ci sono io.»

«Capisci», disse lui. «Abbiamo lasciato che si riducesse così e ora è necessario un uomo due volte alla settimana.»

Elizabeth continuò a lavorare: le occorsero quarantacinque minuti. Il sudore le scorreva sulla fronte e il vestito le si era appiccicato addosso. Raccolse un fascio di erbacce, lo avvolse in vecchi giornali e lo mise sul fondo del recipiente della spazzatura.

«Agli spazzini non piacciono le erbacce», disse il padre, che per quei quarantacinque minuti aveva armeggiato col coprifoglio.

Lei mandò un sospiro. «Non sapranno di che si tratta, per questo ho adoperato i giornali. Per quel che ne sanno potrebbero essere corpi umani smembrati.»

Lui non rise.

Lei ripose tutto e andò a lavarsi. Un bagno bollente avrebbe dovuto far venire le mestruazioni se erano in ritardo. Si raccontava di bagni caldi che avevano causato ben di più. Quasi svenne quando quel pensiero la sfiorò. Si batté sulla pancia: era ancora piatta. Doveva esserselo immaginato, doveva per forza essere frutto della sua fantasia. Le mestruazioni arrivano spesso in ritardo. Il mondo era pieno di falsi allarmi.

Il padre aveva apparecchiato la tavola per la cena. Sardine e pomodori sul pane tostato. Elizabeth era decisa a risollevargli il morale. Era diventata ormai quasi una sfida. Proprio così, pensava, se rendo allegro e felice mio padre scoprirò che non sono incinta.

Il giardino era chiaramente un argomento sbagliato. La sua depressione a proposito dell'incontrollabile giungla là fuori non si sarebbe lasciata disperdere per quanti elogi lei potesse fare su ciò che era stato ottenuto, promettendo che vi avrebbe lavorato per un'ora ogni giorno; lui scuoteva tristemente il capo, come se esistesse qualcosa là fuori che lei non poteva capire, forze che si opponevano ai suoi tentativi. In realtà, non poteva parlare neppure di bridge, nel caso venisse ricordata Mrs Ellis. Aveva tentato ma non aveva funzionato.

«Pensi che nutra qualche speranza di venire a vivere qui, papà?» chiese mentre tagliava il toast e spargeva sui pomodori delle erbe aromatiche.

«Non ho idea di ciò che pensa o spera quella donna. È molto volgare, fu un grande sbaglio da parte di Mr Woods presentarla al club.»

«Se è un tale fastidio perché voi tutti non le dite di andarsene?»

«Oh, ma non puoi comportarti così, non puoi obbligare qualcuno a non venire.»

«Perché non fate altre partite, allora, senza di lei? Sai, la lasciate perdere e basta se è tanto grossolana e volgare. Insomma, non si può essere costretti a giocare a bridge con una persona sgradita. Non si deve fare qualcosa che non piace.» Così, senza nessuno sforzo, aveva espresso le parole e gli atteggiamenti di Johnny, ma il padre non era d'accordo.

«Ma certo che devi fare anche le cose che non ti piacciono. È ovvio. Tutti lo fanno...»

«Ma se nessuno di voi la apprezza, se è entrata nel club per sbaglio , questo significa che dovrete sopportarla per sempre?»

«Sì, purtroppo sì. »

«Dimmi di quando avevi la mia età o eri un po' più grande, mettiamo dopo i vent'anni. Neanche allora la gente faceva quello che le piaceva?»

«Non capisco che cosa vuoi dire.»

«Ma sì, invece. Quando cominciasti a lavorare in banca, papà. Il mondo era popolato di persone che facevano quello che volevano o esisteva un forte senso del dovere?»

«Proprio non lo so...»

«Ma lo devi sapere, devi ricordare. Non puoi aver dimenticato com'è avere vent'anni.»

«No, naturalmente no...»

«Ebbene, com'era?»

«Era molto deprimente, ecco che cos'era. Tutti erano appena tornati dalla guerra, molti erano feriti e mutilati. Altri si gloriavano, come se fossero reduci da un teatro. Sempre ad accusarti di aver condotto una vita comoda solo perché non eri stato accettato alla leva.»

«Ma non era colpa tua.»

«Lo so, ma vallo a dire a quei ragazzi in uniforme, che praticamente ti accusavano di esserti nascosto sotto il letto. Tutte chiacchiere. Il giorno del mio diciottesimo compleanno mi recai al centro di reclutamento. Mia madre non voleva ma io ci andai ugualmente.»

«Alcuni si presentarono ancor prima di avere diciotto anni, vero, papà? Il fratello di Aisling, Sean, quello che rimase ucciso, me lo disse.»

«Non so se lo fecero o no. Spero che tu non stia sottolineando che sarei dovuto andare prima di quell'età.»

«No, babbo, stavo solo ricordando qualcosa.»

«Bene, io mi presentai quello stesso giorno e mi offrii volontario per il mio paese, ma mi scartarono perché non ero abbastanza forte. Avevo già la spina dorsale debole, per questo ora non posso badare al giardino. È proprio impossibile, sai, mantenerlo...»

«Uscivi con molte ragazze, prima di incontrare la mamma?»

«Che cosa? Che vuoi dire?»

«Volevo solo sapere se facevi vita di società e uscivi molto quando eri giovane.»

«Te l'ho detto, era appena finita la grande guerra.»

«Sì, ma si sente parlare degli anni Venti, delle maschiette e di tutto il divertimento. Sai, la gente che ballava il charleston e andava ai tè danzanti e portava quegli strani cappelli che sembravano secchielli...»

«Che cosa?»

«Oh, papà, dai, conosci l'immagine che ognuno ha di quegli anni.»

«Be', ti assicuro che non è la stessa che ne avevo io. Quello poteva valere per poca gente ricca, irresponsabile e oziosa, per persone nate con la camicia. Ma non per me e per quelli con cui lavoravo.»

«Ma la mamma era una specie di maschietta, vero? Vestiva in quel modo. Vidi le vecchie fotografie e mi disse che andava ai tè danzanti. In effetti, ne scrive ancora oggi...»

«Ma perché mi fai tutte queste domande?»

«Papà, sto solo cercando di sapere qualcosa di più sul tuo conto. Viviamo nella stessa casa e io non ti conosco quasi per niente.»

«Oh, mia cara, non essere così sciocca. Questa è vera insensatezza.»

«Non lo è. Viviamo insieme da anni e io non so neppure che cosa ti rende felice o triste.»

«Posso dirti che tutte queste domande a proposito di quegli anni mi rendono triste più che felice.»

«Ma perché, papà, perché? Devi avere avuto dei periodi belli, quando eri giovane.»

«Naturalmente.»

«Non eri contento quando tu e la mamma eravate innamorati?»

«Ora io davvero non credo...»

«Ma, sul serio, quando tu e la mamma mi aspettavate, sai, quando lei andò dal medico ed ebbe la conferma, che cosa faceste? Che cosa diceste, celebraste o cos'altro?»

«Ti prego...»

«No, è importante per me saperlo. Tornò e disse: 'È confermato, sono incinta. Nascerà in maggio', oppure cos'altro?»

«Non rammento.»

«Papà, sono la tua unica figlia, devi ricordare!» La voce le era diventata stridula e tentò di abbassarla per non turbarlo.

«Sforzati, papà, mi farebbe piacere», insistette.

Lui la guardò. «Mi ricordo quando nascesti», disse alla fine. «Ma non rammento del giorno in cui lo seppi.»

«E fosti contento o pensasti che era una preoccupazione, un problema?»

«Naturalmente fui contento...»

«Ricordi perché?»

«Be', credo che pensassi che avrebbe reso Violet... avrebbe reso tua madre più felice. Era così irrequieta.»

«Già allora?»

«Oh, sì.»

«E fu così?»

«In un certo senso, sì.»

«E quali furono allora i tuoi momenti migliori?»

«Davvero, mia cara, questa conversazione non mi piace. È importuna e troppo personale, direi che è addirittura impertinente. Questo tipo di domande non si fa.»

«Ma allora uno come fa a sapere quello che sentono gli altri...»

«Si sa sempre abbastanza, mia cara. Non è necessario conoscere tutto della gente.»

«No, hai torto, papà. Ti sto pregando di parlarmi di te affinché io ti possa confidare di me... e coinvolgerti in quello che faccio e sento...»

«Ma a me interessa quello che fai e sono molto fiero di te. Non devi accusarmi di...»

«Parlasti mai con la mamma dei tuoi sentimenti, di ciò che pensavi e volevi e di quanto l'amavi...?»

«Elizabeth, via.»

«Perché, in tutta sincerità, se non lo facesti allora capisco perché ci lasciò. Che tu non fossi buono abbastanza o che Harry fosse migliore, non c'entrava. Probabilmente se ne andò perché si sentiva sola...»

«E tu credi che quel suo bel Harry sia un grande filosofo? Davvero pensi che si metta a dibattere sul significato della vita come tu vorresti... Uh, che idea.»

«No, non lo credo neppure per un attimo. Ma vi mette riparo ridendo e scherzando. L'ideale sarebbe qualcuno che facesse ambedue le cose, ma ormai comincio a pensare che non sia possibile avere il meglio. E, papà, se tu non ridi e non parli allora sei sicuramente il peggiore.»

Il padre si alzò rosso in viso e ferito. I muscoli del suo volto erano contratti e teneva i pugni chiusi accostati ai fianchi. Non era mai apparso più infelice e umiliato. «Bene», balbettò alla fine. «Bene, devo dire. Non so che cosa ho fatto per meritarmi tutto questo, proprio non lo so. Ero lì fuori a pensare ai fatti miei e tu torni a casa, in chissà quale stato d'animo, e mi critichi per come bado al giardino, benché mai prima tu mi abbia dato una mano... giudichi il modo in cui ho trascorso la mia giovinezza. Mi attacchi perché non riesco a ricordare ogni secondo della tua vita, prima e dopo che nascesti...» La voce gli si ruppe, in un singhiozzo. «E poi, come se non bastasse, mi rivolgi accuse offensive... dai a me la colpa del fatto che tua madre sia venuta meno al suo dovere e sia scappata.»

C'era una tale tensione nella sua voce che a stento riusciva a pronunciare le parole. «Davvero non so a che cosa attribuire tutto questo. Voglio solo sperare che tu abbia avuto un litigio col tuo ragazzo, e che non debba più aspettarmi di nuovo un simile comportamento.»

Non aveva mai ammesso prima che Johnny fosse il suo ragazzo. A quel punto, la sua mente non avrebbe mai accettato l'immagine di lei e di Johnny che si rotolavano nudi, come avevano fatto poche ore prima, per terra nell'appartamento di lui, né che Elizabeth aspettava un figlio o che non c'era stato nessun litigio.

Ma l'incantesimo non aveva funzionato. Il padre non si era tirato su di morale, anzi era ben lungi dall'esserlo. Questo significava che era davvero incinta.

Si alzò anche lei. «Hai ragione. Ho avuto veramente uno sciocco litigio. È imperdonabile da parte mia essermi sfogata su di te. Del tutto imperdonabile. Ti chiedo sinceramente scusa.»

Dopodiché salì in camera sua, prese alcuni biglietti da cinque sterline dalla cassetta dei suoi risparmi e scrisse ad Aisling.

10

AISLING ebbe più avventure durante il suo viaggio a Londra di quante ne aveva mai avute in tutta la sua vita.

Sulla nave per Holyhead un uomo decisamente bello con la camicia sbottonata le offrì da bere, incurante del suo rifiuto. Poi la condusse a fare una passeggiata sul ponte, le disse che era la ragazza più bella del mondo, cercò di baciarla, si scusò, propose di sposarla e, alla fine, si ritirò in un angolo dove stette molto male. Lei, che non si era resa conto che era ubriaco, assunse un'espressione disgustata, ma venne tratta in salvo da due studenti universitari, diretti in Inghilterra per un lavoro estivo, che cercarono di convincerla a unirsi a loro.

Sul treno per Londra conobbe un giovane insegnante gallese che le disse che andava a vivere là perché non sopportava più il suo villaggio. Tutti cercavano di persuaderlo a sposarsi. Lui invece pensava che prima avrebbe dovuto guardarsi un po' in giro. Entusiasta, Aisling gli raccontò di sé e della propria decisione di visitare quanto più mondo era possibile in due settimane di vacanza. Il gallese sottolineò sarcasticamente che non era un periodo sufficiente e che avrebbe dovuto prendersi molto di più. Le suggerì che potevano andare in Francia insieme col battello.

Perfino alla stazione di Euston un signore di mezza età le chiese se si era perduta e si disse ben felice di dividere un taxi con lei. Ma Aisling stava cercando Elizabeth.

Le aveva telefonato presto la mattina, dopo aver ricevuto la lettera, e aveva detto che, naturalmente, sarebbe partita quella sera stessa. L'accento di Elizabeth era risultato molto inglese come quello degli attori dei film. Le aveva detto che Euston era enorme, ma che non ci sarebbero stati problemi se lei, una volta scesa dal treno, si fosse fermata alla cancellata.

Ora scrutava con occhio ansioso la folla e si fermò per pettinarsi. Avrebbe voluto avere una valigia più elegante: quella che la madre aveva usato tanti anni prima era troppo malandata per il suo nuovo soprabito estivo color turchese. Ma il problema era stato se comprare un paio di scarpe o una valigia e le prime erano sembrate più importanti.

Temeva di aver ormai superato Elizabeth, sempre scrutando la folla e volgendo occhiate a destra e a sinistra in cerca di una quindicenne bionda vestita da adulta, quando l'amica le tirò una manica...

«Aisling?» disse quasi esitando.

Lei si girò.

Si guardarono per un momento... come se le parole, i saluti e le reazioni non avessero possibilità di esprimersi.

Poi parlarono nello stesso istante.

«Elizabeth, tu mi hai salvato la vita invitandomi a venire...»

«Oh, Aisling, sei tu che lo hai fatto, letteralmente...»

Poi entrambe scoppiarono a ridere e Aisling l'abbracciò.

«Forse siamo due gemelle siamesi che non avrebbero mai dovuto essere separate e diremo sempre le medesime cose nello stesso momento.»

«Chissà, chissà», rise Elizabeth, poi cercò di sollevare la valigia, ma era pesante.

«Che cosa diavolo ci hai messo dentro, pietre?» chiese.

Aisling la riprese. «No, cibarie dalla terra dell'abbondanza. Sono impazziti: torta per il compleanno di tuo padre, pancetta affumicata e burro, il tutto avvolto dieci volte in giornali e messo in una scatola di metallo. Spero proprio che non sia colato fuori, rovinandomi tutti gli stacci che ci ho messo dentro.»

Elizabeth le strinse il braccio e Aisling vide che c'erano delle lacrime nei suoi grandi occhi azzurri.

«Non riuscirai mai e poi mai a immaginare come sono contenta di rivederti.»

«E io di rivedere te. Sull'autobus per Dublino ho cominciato a preoccuparmi nel caso fossi diventata molto diversa, invece non lo sei. Sei più magra, però. È la moda o è questo paese in cui manca tutto?» Diede dei colpetti sulla pancia piatta di Elizabeth, ammirandola. «Non hai proprio niente qui. Sei quella che a Kilgarret chiamano un chiodo. Sono molto invidiosa», concluse.

«Oh, c'è più di quello che immagini», disse Elizabeth e scoppiò a ridere, una di quelle risate talmente contagiose che anche Aisling, benché non capisse il perché, seguì il suo esempio.

Stavano lì, sotto il grande arco di Euston, ignare delle occhiate di ammirazione e di interesse rivolte loro, mentre si asciugavano gli occhi e si stringevano l'una all'altra con un'allegria da cui traspariva un po' di isterismo.

Aisling andò d'accordo con George sin dal principio, ed Elizabeth non si capacitava della sua abilità nel manovrarlo. Il padre si era mostrato solo vagamente interessato nel sapere che un'ospite era in arrivo, ma aveva comunque aiutato a riordinare la stanza per Aisling. Elizabeth si era data molto da fare: aveva raccolto dei fiori e aveva perfino comprato uno specchio al negozio. Johnny era in gran forma quella settimana. Era solo deluso perché non si erano visti a causa dei preparativi per l'arrivo dell'amica irlandese, ma non gliel'aveva fatto pesare.

Aisling aveva trovato la stanza stupenda, con i fiori e il grazioso specchio e aveva espresso la sua meraviglia per tutto: gli autobus rossi, le cassette postali, i giardini ben tenuti e le file e file di case.

Stavano prendendo il tè sedute al tavolo in cucina, quando il padre entrò. Aisling andò immediatamente all'attacco. «Non sembra proprio che lei stia per compiere cinquant'anni, Mr White», disse ancora prima di venire presentata.

«Be'... e... piacere... esatto, io... ehm...»

«Papà, questa è Aisling», disse Elizabeth inutilmente.

«Be', secondo me dev'esserci uno sbaglio. Le dirò, Mr White, mio padre ha cinquantun anni e ne dimostra dieci, quindici più di lei. Parlo sul serio, non è una bugia.»

Elizabeth pensava che il padre sarebbe arretrato di fronte a tanta familiarità, invece, con sua sorpresa, le sembrò quasi che si pavoneggiasse.

«Sono sicuro che suo padre...»

«Non ho una sua fotografia con me, altrimenti glielo dimostrerei. Venga, su, Mr White, si sieda. Deve essere stanco dopo una giornata di lavoro. Non trova che questo sia un paese straordinario?»

Nascondendo un sorriso, Elizabeth riempì una tazza di tè per il padre.

«Perché straordinario?»

E Aisling proseguì felice, parlando di tutte le meraviglie che aveva visto dal treno. Grandi città e alte ciminiere di fabbriche e chilometri e chilometri di campi. Nessuno, in Irlanda, sapeva che in Inghilterra c'era anche la campagna, pensavano tutti che vi fossero solo città.

Poi si alzò e tirò fuori alcuni dei cibi che aveva portato. Non badò alle preoccupazioni di George relative al passaggio attraverso la dogana.

«Non vede che su questa scatola abbiamo scritto SERVIZIO DA TAVOLA?» Il burro si era mantenuto, il pollo era perfetto, la pancetta venne messa nella credenza.

«Ma, mia cara, noi dobbiamo ricompensarla per tutto questo...» esordì il padre.

Elizabeth strinse i denti per la rabbia. C'era da aspettarsi che non capisse l'amicizia, la generosità e i regali. Era ovvio che concludesse che bisognava pagare. Ma Aisling non parve accorgersene.

Buttò il capo all'indietro e scoppiò a ridere. Elizabeth la trovava così viva e vivace, sembrava una fotografia a colori, mentre tutti gli altri erano in bianco e nero.

«Ora, Mr White, che cosa faremo per il suo compleanno? Per questo sono qui.»

Il padre assunse un'espressione allarmata. «No, sul serio non...»

Immediatamente Aisling si accorse dello sguardo preoccupato di Elizabeth. «Santo cielo, no, non voglio costringervi a niente, ma è una coincidenza che quando decisi di venire a trovare Elizabeth...» Si girò a guardarla in cerca di conferma e lei annuì con entusiasmo. «Quando chiesi se potevo venire in Inghilterra... seppi anche del suo compleanno.»

Il volto di lui si rilassò. «Oh, è sciocco per un uomo della mia età...»

«Niente affatto, quando pa' compì cinquant'anni facemmo una bellissima festa e per ma', l'anno prossimo, organizzeremo grandi festeggiamenti.»

«Che cosa faceste per il compleanno di vostro padre?» chiese il povero George. Elizabeth avvertì un'ondata di pena per lui, era come un bambino abbandonato.

Ma Aisling non parve accorgersi di niente. Si appoggiò al tavolo, chiacchierando come se lo conoscesse da sempre. «Bene, era un giovedì, così ci recammo da *Maher*. Lo facciamo abi-

199

tualmente, sai, Elizabeth, e spesso lì chiedono di te. È un pub...»

«Un pub, e tutti siete andati...»

«Be', sì, ci andiamo sempre.»

«Non somigliano a quelli che ci sono qui, papà. Sono anche negozi. Vendono articoli di drogheria da una parte e servono da bere dall'altra.»

«Be', non l'immaginavo», disse il padre. «Non me l'hai mai detto.»

Aisling raccontò che quella sera Peggy era andata da *Maher* quattro volte a dire che il pranzo si era mezzo bruciato, ma pa' non era voluto tornare perché tutti i presenti dovevano offrire da bere per celebrare i suoi cinquant'anni. Alla fine ma' aveva portato a casa Donal e Niamh e li aveva messi a letto. Si erano poi svegliati alle undici, quando il padre e Eamonn erano tornati cantando, e ma' aveva detto che era l'ultima volta che facevano la sciocchezza di organizzare una cena come i signori, perché causava solo guai.

Il padre si divertì al racconto, invece di storcere la bocca come Elizabeth aveva temuto. Di solito ci metteva solo tre minuti a bere la sua tazza di tè, prima di andarsene strascicando i piedi. Quel giorno sembrava disposto a stare seduto lì in cucina per sempre.

«È la tua sera del bridge», gli ricordò Elizabeth. «Mr Woods, vero?»

Riluttante, il padre andò a cambiarsi la camicia e a prepararsi.

«È un grand'uomo», disse Aisling quando lui non poteva più sentirla. «Non mi hai mai detto che era così affascinante e mi sembra anche un tipo tranquillo.»

«Hai saputo trarre il meglio da lui. Io lo rendo solo triste», disse Elizabeth.

«Oh, adesso so che cosa farò. Perché non sposarlo? Non è molto più vecchio di Tony Murray e, a dirti la verità, mi sembra anche più bello. Così diventerei tua matrigna e alla fine saremmo imparentate.»

Elizabeth rise, deliziata alla sola idea. «Magnifico, per le nozze si partirebbe da questa casa e fareste la luna di miele a Kilgarret, così verrei anch'io.»

«Sì, abbazia di Westminster. No, è protestante, come si chiama quella cattolica?»

«Credo che tu stia dimenticando il d-i-v-o-r-z-i-o», disse Elizabeth, compitando la parola. «Forse si dovrà andare solo in municipio.»

«Oh, allora non se ne fa niente. Dimenticalo», disse Aisling.

«Mi devi raccontare tutto di Tony Murray, ogni particolare, ogni dettaglio.»

«Certo che lo farò. Ma il tuo Clark Gable? Dov'è? Credevo che lo avessi con te alla catena lì alla stazione. Non è mica finito tutto, vero? Non dopo che ho fatto tanta strada per vederlo...»

«No, non è finito. Ma aspetta che papà sia uscito. Allora ti dirò tutto, non voglio essere interrotta... se lui viene a salutare.»

«Allora sa di Clark Gable?»

«Oh, in un certo senso... ma è troppo complicato. Ora dimmi del nobile Murray.»

«Ecco un aggettivo adatto a lui. Bene, è un po' il galletto del pollaio. Non berrebbe mai da *Maher*, va solo al bar dell'albergo. Ha una macchina, una *Packard* e dirige la ditta dei Murray. Lo scorso martedì sera cercò di inchiodarmi e io gli raccontai parecchie bugie. Gli dissi che dovevo vedere il mondo prima di decidermi per il sì o per il no. Non avevo la minima idea di dove sarei andata e quando tornai a casa trovai invece la tua lettera. Pensai che fosse la volontà di Dio.»

Elizabeth rise. «In un certo senso, avevi ragione.»

«Così, dopo che ti ho telefonato ieri mattina e dopo aver avuto una lunga discussione con pa' a proposito dei miei giorni di vacanza, in cui ma' naturalmente mi appoggiava, sono andata alla ditta dei Murray e ho chiesto di parlare con lui. Erano le dieci e non c'era ancora. Mr Meade mi ha detto che Tony sarebbe stato lì attorno alle undici. Che vita fanno alcuni! Volevo scrivergli un biglietto, ma poi ho pensato che mi sarei espressa male e così ho ottenuto un passaggio dall'albergo a casa sua. C'era sua madre. 'Temo che Tony sia a letto', ha detto. 'Alle dieci e un quarto del mattino?' ho chiesto io. 'È stato fuori fino a tardi ed è stanco', lo ha giustificato lei. Ho avvertito un terribile bisogno di rivelare perché lo era. In ogni modo, per farla breve, è sceso in vestaglia. La madre si aggirava lì attorno per tenerci d'occhio ma, alla fine, se n'è andata e io gli ho comunicato che partivo quella sera stessa.»

«E come ha reagito?»

«Malissimo. Mi ha chiesto perché non gliel'avevo detto prima, perché lo prendevo alla sprovvista, perché ero così infantile. E mille altri perché... Ma io sono stata davvero brava. Ho parlato con voce bassa e rauca, sai, come fanno nei film. Ho detto che sono giovane e che credo di sapere ciò che voglio, devo solo esserne sicura. Gli ho ricordato che niente era stato chiesto e che nessuna risposta era stata data e che era meglio così. Lui mi ha ascoltato con aria un po' cupa, ma non mi ha interrotto. Poi gli ho detto che non vedevo l'ora di rincontrarlo al mio ritorno.»

«Quindi è capitato giusto in tempo?» chiese Elizabeth.

«Non poteva andar meglio. Mi hai davvero salvato la vita, come ho detto alla stazione. Non potevo confessarti che volevo venire da te ma che non avevo i soldi per il biglietto. Ehi, a proposito, Elizabeth, non posso accettarli. Te li restituirò.»

«Non ci pensare nemmeno, guarda tutto il cibo che hai portato. Vale due volte il biglietto.»

«Oh, okay, bene, in ogni modo, per finire... gli ho detto che non potevo fermarmi più a lungo, perché il fattorino dell'albergo mi stava aspettando, e che lo avrei visto più tardi. È uscito sui gradini della casa. Te la ricordi no? Quella grande sul fiume a più di un chilometro dalla città.

«'Più tardi quando?' ha gridato.

«'Più tardi', gli ho risposto. Non so che cosa intendessi dire ma suonava bene. Poi mi sono preparata ed eccomi qui.»

«E che cosa pensi davvero di lui? Ti piace realmente?»

«Non lo so. Sinceramente e onestamente non lo so. Sono lusingata e sto diventando un po' civetta nel vedere quelli della città che mi giudicano meglio perché esco con lui, ma...»

«Ma che cosa? Insomma, quando state soli...»

«Mi piace quando mi dice che sono attraente e che cosa vorrebbe fare con me... non so se mi spiego, ma non sopporto tutti i suoi versi quando cerca di farlo...»

«Cerca? Che cosa intendi con 'cerca'?»

«Sai, quando siamo in macchina tenta sempre di togliermi i

vestiti e io mi dibatto per tenerli addosso, le solite cose, insomma.»

«Oh», esclamò Elizabeth. «Certo.»

Il padre entrò per salutare.

«Li batta tutti a quella partita di bridge, Mr White. Non se li lasci sfuggire.»

George parve ridicolmente compiaciuto. Lo videro dalla finestra che si sistemava la cravatta e sorrideva tra sé.

«Ora che è andato, vogliamo prendere qualcosa di alcolico mentre mi racconti di che si tratta?» Aisling era in ginocchio davanti alla dispensa. «È qui che dovresti tenere da bere.»

«No, è nell'altra stanza.»

«Penso che convenga cominciare con lo sherry», suggerì Aisling decisa. «Se poi la situazione è così terribile passeremo al whiskey.»

«Lo è», disse Elizabeth. «Prendiamo anche il whiskey.»

Si versarono due grosse porzioni di sherry.

«Salute», disse Elizabeth.

«*Slainte*», disse Aisling.

«Peggio non potrebbe essere», cominciò Elizabeth.

«Johnny Stone ti ha lasciato», suggerì Aisling.

«No.»

«Be', c'entra con lui, vero?»

«Oh, sì, sì, solo con lui.»

«Non riesco a immaginare, Elizabeth, realmente. Di che cosa si tratta? Sembravi disperata nella tua lettera, anche se ora, invece, appari del tutto normale. Che cosa ti è successo?»

«Sono incinta.»

«Che cosa?»

«Sono incinta. Le mestruazioni avevano tre settimane di ritardo, così ho fatto un esame ed è risultato positivo. Sto per avere un bambino.»

«No.»

«Oh, Aisling, che cosa devo fare? Che cosa diavolo devo fare?»

«Vuoi dire...»

Elizabeth cominciò a piangere e niente sembrava poterla fermare. Aisling le si avvicinò e le pose un braccio attorno alle spalle tremanti.

«Che cosa devo fare? Ti prego, aiutami.»

«Calmati, su. Vuoi dire che hai avuto rapporti intimi con lui?»

Elizabeth allontanò le mani dal viso stupito. «Certo, come farei a essere incinta altrimenti?»

«Intendi dire più volte? Per molto tempo o solo in una occasione?»

«È dalla primavera scorsa.»

«E com'è?»

«Com'è che cosa?»

«Fare l'amore, com'è?»

«Aisling O'Connor, non riesco a crederci. Ti ho appena rivelato la più terribile tragedia, ti ho dato la peggiore notizia possibile e tu mi chiedi com'è avere rapporti sessuali...»

«Non sapevo che li avessi, insomma che l'avessi fatto.»

«Stammi bene a sentire, farlo non è un problema, il problema è come comportarsi adesso.»

Aisling si riprese. «Hai ragione, mi dispiace di aver divagato. È solo che ora tu sei dall'altra parte della barricata rispetto a me, sei tra quelli che sanno com'è e io tra coloro che lo ignorano. Mi sento così stupida per averti detto tutte quelle sciocchezze...»

«No, perché dovresti sentirti stupida? Se non fosse stato per Johnny non l'avrei mai fatto. Per lui è normale, fa parte della vita. Non pensa che sia qualcosa di speciale, né divide la gente come hai fatto tu. Io sarei come te altrimenti, è solo che incontrai lui.»

«Già.»

«Ma ora non posso più fingere. In verità lo sapevo da giorni ma non volevo ammetterlo. Poi, lunedì, andai da un dottore a chilometri da qui. Comprai un anello e gli raccontai che ero di passaggio e che volevo solo avere una conferma. In verità, fu molto gentile ed esclamò: 'Congratulazioni, Mrs Stone', e io cercai di sorridere. Ma scommetto che capì tutto. Gli dissi che mio marito sarebbe stato contento e lo pagai trenta scellini. Mi batté sulla spalla mentre andavo via e aggiunse: 'Queste faccende si concludono meglio di quanto si pensa'. Allora dissi che non capivo che cosa intendesse e lui ripeté quello che aveva appena affermato. Così gli assicurai che me ne sarei ricordata. Ed eccoci qui. »

«Oh, Elizabeth. Povera, povera Elizabeth. Ma guarda un po' che cosa doveva capitarti. »

«Sì, ma questo non è niente rispetto a quello che mi accadrà adesso. »

«Che cosa ne pensa Johnny? »

«Non lo sa. »

«E quando glielo dirai? »

«Non lo farò. »

«Ma devi deciderti prima o poi. »

«No. »

«Non ti capisco. Quando vuoi sposarti, quando sarà evidente che stai per avere un bambino... Non puoi tenerlo segreto finché non arriva. » Aisling sembrava perplessa. «Penso che tu sia molto scossa. »

«Non ci sposeremo mai. »

«Certo che lo farete, invece. Perché no? »

«No. Non vorrebbe. »

«Ma se ti ama. È ancora innamorato di te, no? »

«Oh, sì. »

«E tu di lui. »

«Certo. »

«E Johnny non ha nessun terribile legame segreto con un'altra, vero? »

«No. »

«E allora devi solo confidarti con lui. Non è così? Sarà un po' seccato, perché magari non pensava ancora di sistemarsi, ma si renderà conto che è meglio farlo subito senza aspettare... Elizabeth, perché stai piangendo tanto? Non è un guaio così grosso. Tutto quello che può fare è bestemmiare e imprecare perché non è il momento buono... Voglio dire, non è colpa tua. Non stai cercando di incastrarlo. Foste in due a farlo, quindi riguarda entrambi. »

«No, no, la decisione è mia», mormorò Elizabeth nel fazzoletto. Aveva gli occhi rossi, adesso, e il viso rigato di lacrime.

«Ecco, prendine ancora.» Aisling gli versò dello sherry nel bicchiere. «Che cosa vuol dire che la decisione è tua? Tu non volevi restare incinta, no? »

«No, ma spetta a me decidere ora», disse Elizabeth singhiozzando. «Capisci, lo volevo disperatamente. Non ho mai desiderato tanto una persona in vita mia. Morirò se non potrò più stare con lui. Non voglio continuare a vivere senza Johnny...»

«Sì, va bene, lo avrai, no? Non dirà certo che non ti ama più. Insomma, se lavorate insieme e vi piacete e tu ti sei data a lui e... ehm... dormi con lui e tutto il resto...»

Di colpo, Elizabeth smise di piangere. «È proprio questo che devo spiegarti e potrò metterci tutta la serata. Perciò ti ho pregato di venire perché sei la migliore amica che ho al mondo. Devo liberarmene. No, ti prego, lasciami finire. Ho deciso che è quello che devo fare, ma ho paura. Ne ho davvero tanta, paura di morire dissanguata, di prendere un'infezione, paura che faccia troppo male e di mettermi a gridare disperata e che lei smetta...»

«Lei chi?»

«Mrs Norris. È un'infermiera e ostetrica e il posto è scrupolosamente pulito. Così mi hanno detto.»

Aisling rimase con il bicchiere a mezz'aria. «Non vorrai certo dire... Non è possibile che tu intenda... che vuoi andare da una donna per abortire?»

«È l'unica soluzione.»

«E Johnny che cosa ne dice? Approva?»

«Sta' a sentire, lui non deve venirne a conoscenza mai. Lo sapevo che sarebbe andata così. Ho dovuto spiegarlo ad alta voce perfino a me stessa e, usando la logica, non riesco a comprenderlo... ma devo farti capire che Johnny non si lascia coinvolgere nella vita della gente, nei guai, in questioni in cui non vuole entrare... non è il suo stile...»

«E così tu ti vuoi liberare del bambino con un aborto perché l'intera faccenda non sarebbe nel suo stile... Avanti, su, smettila.»

«Passami lo sherry, la notte si annuncia lunga», disse Elizabeth.

E lo fu realmente. Si trasferirono nella stanza di Elizabeth, per timore che il padre tornasse e volesse riprendere la simpatica conversazione che gli era piaciuta tanto. Lo sentirono rientrare e andare nella sua stanza. Più tardi si trasferirono di nuovo al piano di sotto e prepararono una minestra e dei sandwich. Erano le quattro del mattino.

A quel punto, gli occhi di Aisling erano rossi quanto quelli di Elizabeth e, quando l'alba si annunciò alla finestra della cucina, le aveva promesso che non avrebbe mai parlato a Johnny dell'incidente; che avrebbe cercato di mantenere un'atmosfera allegra e spensierata a Clarence Gardens e che avrebbe accompagnato l'amica a casa di Mrs Norris, rimanendo fino a quando le era concesso.

«Ho ceduto su tutto», disse a Elizabeth, con gli occhi assonnati, mentre salivano le scale per andare a letto. «Ho sempre pensato di avere un carattere forte e, invece, ecco che mi sono piegata davanti a tutte queste decisioni sulle quali non sono d'accordo. Non mi spiego perché non vuoi avere il bambino, sono più che sicura che lui ti sposerebbe... E non capisco perché non vuoi tenerlo anche se non ti sposa... se ti vede vivere felice e contenta con il piccolo in questa casa ti ammirerà ancora di più... per quanto superficiale possa essere. Se vai fino in fondo con la tua gravidanza allora sì che ti mostri coraggiosa e lui si congratulerà con te e ti elogerà.

«Invece no, la settimana prossima lo vedrai, come se niente fosse successo. Io credo che tu abbia perso la testa per l'essere più crudele ed egoista che sia mai esistito...»

Elizabeth sorrise debolmente. «No, è solo molto sincero, dice di voler fare esclusivamente ciò che desidera e io sto imparando da lui. Faccio quello che voglio. L'altruista sei tu, perché mi aiuti pur giudicandolo sbagliato. Magari pensi perfino che sia un peccato mortale.»

«Cielo, in tutto questo dramma me n'ero quasi dimenticata, ma puoi scommettere che si tratta di questo più che di ogni altra cosa.»

I giorni passarono confusi per entrambe. Fecero una visita al negozio e incontrarono Mr Worsky, che fu deliziato da Aisling, dai suoi capelli e dal suo nome. Poi chiamò Anna nel retrobottega e anche lei si stupì. Ambedue sapevano dei meravigliosi anni passati da Elizabeth in Irlanda e Aisling si commosse scoprendo quante cose l'anziana coppia conosceva di Kilgarret e della sua numerosa famiglia.

Poi ci fu l'incontro con Monica Hart, che lavorava in un negozio d'abbigliamento. Ormai lei ed Elizabeth non erano più amiche intime, ma fu felice di conoscere Aisling e, durante l'intervallo di colazione, andò a prendere una tazza di caffè con loro. «Ormai non vedo più Elizabeth a causa di quel Romeo nel negozio di antichità. L'hai conosciuto?»

«No», rispose Aisling. «Ancora non l'ho incontrato. È via fino a oggi pomeriggio. Ma non vedo l'ora di farlo.»

Parlava come se Elizabeth non fosse presente, in tono scherzoso. «Via, Monica, dimmi se è poi così bello.»

«Sì, è proprio affascinante... è un vero rubacuori... È il tipo di uomo che se fosse in un film avrebbe delle schiave.»

«Be', grazie al cielo, la vita non è un film», disse Aisling, guardando significativamente Elizabeth, che distolse gli occhi.

La sera dopo andarono a fare la spesa per la cena di compleanno del padre. Aisling gli comprò una cravatta chiara col fazzoletto da taschino ed Elizabeth gli prese un'elegante spilla da cravatta e dei gemelli. Quindi tornarono al negozio, davanti al quale era parcheggiato un grosso furgone.

«Ricordati che hai promesso», disse Elizabeth in un roco bisbiglio.

«Non preoccuparti», rispose Aisling.

Johnny Stone gli andò incontro di corsa. Fu così cordiale e accogliente che Aisling rimase senza parole. Dalle ore e ore di descrizione di quella notte aveva concluso che si sarebbe mostrato distaccato e superbo e che avrebbe parlato con lo stesso accento con cui si esprimevano lord e aristocratici negli innumerevoli film che proiettavano al cinema di Kilgarret.

«Bene, lasciati dare un'occhiata. Stefan e Anna, che avrebbero dovuto essere occupati a catalogare l'ultimo lotto di roba che ho portato, erano lì a chiacchierare sui tuoi stupendi capelli color rame. Vieni qui, fatti vedere bene alla luce. Sono belli, te lo garantisco, autentici, ma non sono biondi. A me piacciono le bionde. Io dico sempre che si sa che cosa aspettarsi da loro.» Aveva passato un braccio attorno alle spalle di entrambe, affettuosamente.

«E ora basta con le chiacchiere, Aisling, sei più che benve-nuta a Londra. Che cosa possiamo fare per rendere piacevole la tua visita e perché tu ti ricordi di noi quando torni all''isola di smeraldo'?»

Aisling soffocò una risatina nervosa. Fu sul punto di dire che, poiché stava per prendere parte a un complotto, a un'operazione illegale e a chissà cos'altro, ne aveva più che a sufficienza per rendere memorabile la sua visita. Ma si ricordò della promessa fatta.

«Rimarresti davvero inorridito se sapessi che cosa desidero fare veramente. Voglio rifarmi degli ultimi quattro anni senza Elizabeth. A Kilgarret tutti sono curiosi di sapere della sua vita qui e io desidero raccontarle tutte le mie avventure...»

«Sono sicuro che saranno moltissime», disse Johnny.

«Ce n'è per delle ore, grazie a Dio», ribatté Aisling. «Ci terranno occupate giorno e notte.»

Le piaceva. Non le faceva la corte, si comportava in maniera incantevole come avrebbe fatto con qualsiasi nuova conoscenza. Probabilmente era l'uomo più affascinante e rilassante che avesse mai conosciuto. Non invidiava Elizabeth, però, non riusciva a concepire un amore altruistico e servile come quello, ma si rendeva conto che se volevi tenerti Johnny Stone per tutta la vita dovevi essere dotata di abbastanza fascino anche tu. Non dovevi mai lasciarti andare, abbandonarti alla sfortuna o alla depressione, né fare in modo che queste sfiorassero lui.

Naturalmente non tradì nessuno di quei pensieri e sorrise contenta quando lui disse che avrebbe offerto loro torta e caffè per celebrare il suo arrivo.

L'appuntamento con Mrs Norris era solo per lunedì mattina, quindi avevano tutto il fine settimana da superare.

«Avverti nausee la mattina?» chiese Aisling il sabato quando portò a Elizabeth una tazza di tè.

«Cielo, no. Ho letto tutto al riguardo. Per parecchio tempo ancora non mi verranno. Non c'è proprio niente, sai, dentro di me, voglio dire; niente da darmi la nausea. È solo un punto-lino.»

«Capisco», disse Aisling.

«Non una persona, un bambino, niente.»

«No, naturalmente.»

«In ogni modo», Elizabeth cambiò argomento, «non avevo idea che fosse tanto bello essere trattata così... Non ricordo l'ultima volta che mi venne portata una tazza di tè a letto. Vediamo. Non in casa della mamma, no, Harry si offrì, ma io mi alzai. Né in altri posti... L'unica occasione che rammento fu quando prendemmo il morbillo a Kilgarret.» Seguì un breve silenzio.

«Non potresti discutere di questa faccenda con tua madre?» chiese Aisling. «Hai detto che ora con lei vai molto più d'accordo... non potrebbe esserti d'aiuto?»

«No, credo che la spaventerei... la confonderei. Davvero non è più all'altezza... guarda, questa è la sua ultima lettera, dalle un'occhiata...»

«Ma non c'è inizio... non comincia.»

«Sì, c'è. È così che scrive, ormai...»

Ti risulterebbe pressoché impossibile in questo brutto mondo, in questo orribile mondo moderno, sapere com'era quando ero ragazza. Portavamo lunghe vesti ondeggianti... molto strette in vita, e fiori nei capelli. Sempre freschi, magari quattro o cinque diverse gardenie al giorno... al minimo segno d'appassimento venivano buttate via... ciò che noi avevamo, Elizabeth, e che ti è stato sottratto, era la bellezza... tanta bellezza... i prati sui quali stendevamo le spesse tovaglie bianche con i tovaglioli erano prati di velluto verde... gli uomini... gli uomini giovani che partivano per la guerra erano così galanti e coraggiosi. I loro occhi erano irrequieti... erano molto ottimisti nei riguardi della propria vita. «Varrà la pena, Violet, se mi mandi via con un bacio...»

Aisling smise di leggere. «Oddio, ma è tutto falso. Lei non era abbastanza grande da salutare i soldati durante la prima guerra, vero?»

«No, naturalmente non lo era. Non c'erano vestiti come quelli e non c'erano fiori... né picnic sui prati. Viveva in una casa più o meno come questa e sarà andata a un paio di feste prima di sposare mio padre. Come vedi fa una gran confusione con quei romanzi che legge. Si direbbe che la sua mente non funzioni più molto bene, vero? Non sembra anche a te?»

«Be', solo un po', ma può trattarsi di un fatto temporaneo, sai.»

«Oh, Aisling, che cosa farei senza di te?»

Poi ci fu la festa del compleanno, che acquistò un grandissimo rilievo. Dovevano aver lavorato sodo per preparare quella cena, ma quando in seguito Aisling cercò di rammentare la sequenza degli avvenimenti scoprì che proprio non serbava nessun ricordo di quella giornata. Dovevano certamente essere andate a fare la spesa, aver cucinato e apparecchiato la tavola con carta colorata da loro stesse.

Indossarono gli abiti migliori. Aisling uno color panna che temeva fosse orribile e insignificante ma che tutti dissero che le stava benissimo, soprattutto per via dei capelli. Elizabeth era in velluto rosa. Non aveva più dimenticato quello che Johnny aveva detto a proposito di una bionda in velluto rosa, ma in realtà si chiedeva se il colore le si addicesse davvero. A volte temeva di apparire insipida.

Anche il padre si era vestito di tutto punto, lo sentirono canticchiare e perfino fischiare mentre si faceva la barba nel bagno.

«Ma, Mr White, lei ha davvero l'aria del festeggiato! Guardalo, Elizabeth, non è stupendo?» esclamò Aisling.

«Hai un aspetto veramente formidabile, papà.»

«Grazie cara, anche voi due. Due giovani signore molto attraenti con cui festeggiare questo giorno…»

Offrì loro uno sherry e le due ragazze si scambiarono occhiate di sollievo per aver ricomprato la bottiglia che avevano finito il giorno dell'arrivo di Aisling…

Gli consegnarono i regali e lui ne sembrò molto contento. Con entusiasmo davvero insolito decise di indossarli subito.

C'era anche una cartolina della mamma. Elizabeth l'aveva controllata per assicurarsi che non contenesse niente di troppo fantasioso o strano che potesse sconvolgere tutti; invece no, diceva: «Ti auguro anni felici a venire e bei ricordi di quelli passati». Lui ne fu contento e la sistemò sulla mensola del camino.

C'era poi un biglietto di Mrs Ellis, pacchiano e volgare, di cui tutti risero con un vago senso di colpa. C'era infine un pacchettino che conteneva un'oncia di tabacco e un biglietto di Johnny. «Auguri di un felice compleanno da parte di Johnny Stone al padre di Elizabeth. Mi dispiace che sia così poco ma forse, quando avrà raggiunto il secolo, il razionamento sarà finalmente finito.»

«È un ragazzo simpatico», disse il padre convinto. «Lo hai conosciuto, Aisling?»

«Oh, sì, l'ho incontrato al negozio, ma lui e la signora qui presente hanno avuto uno sciocco litigio e così non potrò approfondire la conoscenza.» La battuta di Aisling era stata preparata in precedenza.

Tutto venne definito ottimo. «Ehi, non dimentichiamo la portata principale. Dobbiamo lasciare un po' di spazio.»

Si affaccendarono su e giù tra il forno e la tavola, tra movimenti di abiti rosa e color panna, risatine ed esclamazioni... Poi ci fu la torta. Una candelina, non cinquanta, era più ragionevole.

L'accesero e guardarono George ansiose.

«Oh, no, non sono un bambino... questo è un po' troppo... davvero non...»

«Via, su, Mr White. Un compleanno non è tale se non si soffia sulla candelina.»

«No, no, è per bambini... no.»

«Oh, spegnila, papà. È un festeggiamento.» La voce di Elizabeth quasi tremava, come se stesse per piangere.

«Mr White, se lei non la spegne come possiamo cantare *Happy Birthday*?» Alla luce della candelina Aisling appariva molto eccitata.

«Bene, è un po' sciocco.» Il padre si alzò, inspirò profondamente, come un bambino, e spense la candelina con un soffio. Batterono le mani e cantarono.

«Bene.» Aisling spinse un po' indietro la sedia come per dare il segnale di via alla vera festa. «Bene, e adesso che cosa ci canterà? Mr White, lei deve conoscere una gran quantità di canzoni.»

Elizabeth assunse un'espressione allarmata. Aisling non si rendeva conto che loro non erano soliti cantare. Non erano come gli O'Connor, che al minimo incoraggiamento si lasciavano andare.

«No, non sono capace.» Il padre si stava schiarendo la gola.

«Lei mi sorprende», disse Aisling. «Ho sentito un canto provenire dal bagno. Che cosa aveva là dentro con sé, un grammofono?»

«Sì, sei in trappola, papà», esclamò Elizabeth, stando al gioco.

«No, no, no.» Si schernì lui ma non era irritato.

«Vediamo un po', quale genere dovrebbe essere il suo forte: canzoni da music-hall? Operetta? Forse Gilbert e Sullivan?»

«No, davvero... non abbastanza da cantarle...»

Aisling si era già alzata. «Avanti, su, le do l'avvio...»

Prendi un paio di occhi lucenti,
nascosti ogni tanto...

Si mise a gesticolare come dirigesse un coro. «Avanti, su, non ce la fa? Non mi lasci sola...»

Elizabeth e suo padre si unirono al canto.

«No, no, ricominciamo daccapo, come si deve.»

Prendi un paio di occhi lucenti,
nascosti ogni tanto
in una pietosa eclisse,
non badare alla loro vaga sorpresa
d'aver passato il Rubicone.
Prendi un paio di labbra rosee...

Prendi una figura accuratamente disegnata...

Elizabeth guardava a bocca aperta mentre la voce del padre si levava sempre più alta assieme a quella di Aisling, che in realtà non ricordava le parole e cantava a labbra socchiuse incoraggiandolo e accompagnandolo negli ultimi versi.

«Non sono sicuro di aver preso la nota giusta.» Il padre sorrise, scusandosi.

«Sciocchezze, è stato bellissimo», insistette Aisling.

Nessuno sparecchiò la tavola e la serata proseguì. Quando il suo cinquantesimo compleanno stava ormai avvicinandosi alla fine il padre di Elizabeth ricordò:

Sulla strada di Mandalay
dove volano i pesci volanti
e l'alba giunge d'un baleno
l'estrema Cina di là dalla baia...

«Questa è magnifica, non la conosco», esclamò Aisling ed Elizabeth vide il padre gonfiare il petto e lo sentì cantare come non aveva mai immaginato potesse fare. Per un attimo desiderò che la madre potesse assistere, poi fu contenta che non fosse possibile.

Il padre la cantò per ben due volte...

...E le campane del tempio dicono
torna, tu, soldato inglese,
torna torna a Mandalay...

Concluse il compleanno su una nota alta ed eccitata.

La domenica trascorse come immersa nella nebbia, perché i loro pensieri erano fissi sul lunedì. Quel giorno, nebuloso anch'esso, venne rovinato dalle spiegazioni necessarie a giustificare la loro assenza. Avevano inventato degli amici degli O'Connor, gente che viveva a Romford, dai quali avevano deciso di passare tre giorni. Il calore e i legami creati il sabato sera vennero attenuati e in parti sciolti. Elizabeth dovette ricordare al padre che loro due conducevano vite separate e Aisling cercò di mostrarsi distaccata anziché seducente. Lo lasciarono confuso e strabiliato, ma quello era il problema minore.

La pensione aveva un aspetto allegro. La dirigeva una giovane donna che amava parlare chiaro, come disse loro sin dall'inizio. «Ora statemi bene a sentire. Io non so perché siete qui. Non ho la minima idea di che cosa facciate da queste parti. Immagino che vogliate starvene un po' in pace e tranquille perché una di voi deve farsi fare qualcosa. Benissimo, non è affar mio. Io non chiedo mai niente, non voglio neppure sapere i vostri cognomi.»

La guardarono timorose.

La donna si rilassò un po'. «Bene, soltanto i nomi, eh? Vi ho dato una bella camera grande, con un lavabo, una gran quantità di asciugamani, della tela cerata e tutto ciò di cui avete bisogno per sentirvi a vostro agio; vi lascerò anche una radio per farvi compagnia. Attualmente nella casa c'è solo una coppia di residenti, gente che vive sempre qui. Se ne stanno per conto loro. E poi un paio di viaggiatori che si fermano solo il lunedì e il martedì. Non sarete disturbate.»

«Grazie», disse Aisling.

«Vi lascio anche un bollitore e c'è un fornellino a gas, così se vorrete prepararvi qualcosa in camera potrete farlo.»

«Di solito le altre come si comportano? Voglio dire, non desiderano incontrare la gente, si sentono uno schifo dopo?» La voce di Elizabeth tremava un po'.

Di fronte al suo volto pallido la donna si addolcì ulteriormente. «No, tesoro. Le dico che Mrs Norris è davvero brava. Io andai da lei tre volte. Be', non si sorprenda tanto, mia cara, succede, la vita va così, dico sempre... No, naturalmente non dovete starvene rintanate in camera, è solo bello sapere che potete godere di un po' di privacy se lo desiderate.»

«Grazie Mrs...»

«Mi chiamo Maureen, cara, Maureen e basta! Voi siete...?»

«Aisling ed Elizabeth.»

«Ora vi mostro la camera. Potete andare e venire come vi pare. Senta, Aisling, le do un piccolo consiglio, che la prego di accettare. So come vanno queste cose. Non parlatene troppo, non ce n'è bisogno, si peggiora soltanto la situazione. Questo è quanto mi disse Mrs Norris la prima volta e io lo ricordo sempre. Accetti il mio consiglio, non la faccia chiacchierare troppo, né rimpiangere o chiedersi se è giusto o sbagliato. Non ne ricaverà niente di buono.»

«No, è vero», disse Aisling.

«Lei è una brava ragazza. È fortunata ad avere un'amica con sé. La maggior parte di loro viene da sola.»

Maureen parlava come se Elizabeth non esistesse.

Andarono al piano di sopra.

«Non guardiamo troppo bene questa stanza, così poi non la ricorderemo», disse Elizabeth.

«La camera non è importante, niente lo è, quello che conta è che tu stia bene.»

«Vorresti che tornassi indietro a questo punto? Sii sincera, Aisling. Speri che cambi idea?»

Silenzio.

«Rispondimi. Lo so che è questo che vuoi, lo so che è ciò che ritieni giusto. Avanti, ammettilo. È quello che desideri che succeda. Sei contenta che questo posto sia così orribile e che quella donna sia terribile e sordida e... oh... sei soddisfatta perché rende la faccenda ancora più squallida. Pensi che faccia vacillare la mia risolutezza, vero?»

«Elizabeth, smettila, per carità.»

«No, piantala tu. Non startene lì seduta con quell'aria di disapprovazione, come una martire cristiana costretta ad affrontare qualcosa di spiacevole... Non lo sopporto. Dillo chiaramente: vuoi che annulli tutto all'ultimo momento e che vada avanti con la gravidanza e che abbia questo bambino e che lo faccia adottare o che badi a lui? È questo che vuoi veramente, no?»

Aisling prese un taccuino dalla borsa e cominciò a scrivere. Teneva il capo abbassato e stava seduta su uno dei letti.

Elizabeth passeggiava su e giù. «Ma tu lo capisci, vero, che parecchi tuoi atteggiamenti provengono da Kilgarret. Insomma, tu stessa hai detto che ognuno lì conduce la propria vita all'ombra della Chiesa. Sei impregnata della nozione di peccato e credi a tutto ciò che si racconta delle anime, del cielo e del limbo. Bene, se ha un'anima finirà nel limbo e, il giorno del Giudizio, potrà anche andare in cielo. E magari potremmo battezzarlo mentre è ancora dentro di me. Non ci avevamo pensato. Aisling, non essere così crudele... perché non parli? Perché non mi rispondi?»

Aisling le porse il taccuino. «Alla fine di una conversazione di otto ore giovedì notte convenimmo che se ti venivano dubbi o ripensamenti all'ultimo momento io non avrei dovuto dire niente. Era appunto il tuo grande timore, che io ti persuadessi a rinunciare o che tu cercassi una scusa. Mi facesti giurare che, anche se tu mi provocavi, non avrei aperto bocca. Ora, per favore, vuoi smetterla?»

Elizabeth chiuse gli occhi e scoppiò a ridere fino alle lacrime. «Sei meravigliosa, assolutamente meravigliosa», disse. «Come ho fatto a vivere senza di te per tutto questo tempo?»

«Non lo so, comunque stai cadendo a pezzi», ribatté Aisling e, magicamente, questa frase le fece ridere entrambe.

Aisling, in seguito, ricordò che salire i gradini della casa dove Mrs Norris abitava era stato peggio che presentarsi alla confessione dopo le prime esperienze con Ned Barrett. Elizabeth disse che aveva provato la stessa sensazione di irrealtà avvertita quando la madre e il padre avevano deciso di separarsi.

Aisling sosteneva di non aver affatto pregato e che Mrs Norris mentiva quando diceva che era in ginocchio nel salotto della sua casa, mentre Elizabeth stava di sopra. Affermò che l'infermiera era una vecchia disonesta se raccontava che lei stava piangendo e tenendo il rosario in mano quando le era stato detto che tutto era andato bene. Elizabeth ribatté che Mrs Norris doveva pur aver sentito qualche preghiera, altrimenti come avrebbe fatto a ripetere le parole di «Salve Regina», visto che non era cattolica?

Maureen sostenne che le dispiaceva di aver menzionato la tela cerata e di averle spaventate. Di solito lo diceva solo per rassicurare la gente. Poi aggiunse che, comunque, ormai era tutto fatto e che era convinta che non fosse stato poi così brutto. Parlava ad Aisling come se Elizabeth non esistesse.

Il mercoledì Elizabeth si sentiva talmente bene che andarono al cinema. Il film era sdolcinato e le due ragazze passarono il tempo a soffiarsi il naso, ad asciugarsi gli occhi e a divorare caramelle di ogni tipo come due adolescenti in un pomeriggio di libertà.

La casa di Clarence Gardens sembrò polverosa e scarsamente accogliente quando tornarono. Dovettero aprire le finestre e fare entrare un po' d'aria. Elizabeth si lamentò che era una casa disposta in modo strano: sembrava intrappolare per tutto l'anno una grande quantità di aria viziata. D'inverno era fredda e umida e d'estate calda e umida. Forse dipendeva dai muri. Aisling le disse che si chiedeva se avrebbero parlato del tempo per tutto il resto della sua visita a Londra o se avrebbero mai avuto di nuovo una conversazione normale. George arrivò proprio in quel momento e affermò che era felice di vederle di ritorno e che la casa era stata vuota senza di loro.

Anche Johnny fu contento di rivederle. Disse che in loro assenza Londra era stata molto noiosa, che nessuno rideva più e che la gente andava a letto presto. Sperava che il problema fosse stato risolto e che tutto fosse ormai a posto. Quale problema? avevano chiesto loro, allarmate. Quello del matrimonio, naturalmente: se era una buona idea, se era l'unica soluzione o l'ultima spiaggia. Johnny, che era convinto che quello fosse uno dei motivi della venuta di Aisling, si disse che non doveva essere una faccenda tanto seria e pressante se se n'era già dimenticata. Nella sua ingenuità lui pensava che fossero state a discutere.

Elizabeth condusse Aisling a visitare l'istituto di arte. Era il periodo delle vacanze ma si tenevano dei corsi estivi e così poterono aggirarsi per l'edificio. Elizabeth le mostrò le aule, gli studi e i laboratori. In una delle classi un ragazzo posava per un corso di nudo. Lo videro da dietro la porta. Aisling rimase esterrefatta e chiese a Elizabeth se disegnava nudi come quello, se ci metteva tutto e se si prestavano anche le ragazze. Secondo lei, comunque, si poteva imparare com'è fatta una persona, con i muscoli e il resto, anche se portava le mutande.

Verso quel periodo della sua visita la mente di Aisling cominciò a snebbiarsi e lei si ricordò che a casa tutti avrebbero voluto sapere che cosa aveva visto a Londra. Avrebbe dovuto visitare la città. Pensò anche che sarebbe stato meglio reintegrare Elizabeth nella vita che conduceva prima di tutto quel dramma. Probabilmente ruotava attorno a Johnny ed era a lui che l'amica doveva tornare. Perciò gli chiese di condurla a fare un giro in città col furgone, la prima volta che andava in un luogo interessante. Lui la trovò una grande idea e le invitò a recarsi alla Torre di Londra, vicino alla quale avrebbe forse trasferito il negozio di Stefan. Era capace di inventare le scuse più impensate per visitare tutti i posti adatti a una turista. Riuscì perfino a organizzare una gita a Brighton e Aisling batté le mani eccitata alla vista dell'enorme spiaggia. Fecero il bagno stando per ore in acqua a spruzzarsi a vicenda.

Elizabeth e Johnny guardavano Aisling con affetto e, quando lei si allontanò a nuoto, Johnny allungò una mano e sfiorò Elizabeth. «Mi manchi. Immagino che non potrai trovare un momento libero, Nick e Tom non ci saranno...»

Lei sorrise dispiaciuta. «Oh, no, finché Aisling è qui...»

«A lei non importerebbe.»

«No, non se ne parla nemmeno. Non è il genere di comportamento che terrei, che chiunque adotterebbe quando ospita un'amica.»

Diede alle sue parole un tono deciso e disinvolto insieme, Johnny capì perfettamente e rise di buonumore. «Come vuoi», disse. «Ma quando la tua ospite sarà tornata nell''isola di smeraldo', ti avverto che sarò insaziabile.»

«Oh, bene», ribatté Elizabeth.

Mrs Norris le aveva spiegato che per due settimane non avrebbe dovuto avere rapporti. Dopodiché, le aveva assicurato che tutto sarebbe tornato normale.

«Sai che non hai mantenuto la promessa di spiegarmi com'era... il sesso... far l'amore...» disse Aisling.

«Strano, sapevo di venir meno alla parola data. La primissima notte giacqui lì a chiedermi se tu lo avevi già fatto senza dirmi niente, perché davvero è qualcosa di molto... non so... di così personale che sarebbe realmente sconvolgente cercare di descriverlo.»

«Ora me lo stai rendendo ancora più misterioso. Non lo saprò mai. Tu eri la mia unica speranza.»

«Ma te l'ho detto, ero sicura che sapessi e che non me lo dicessi per la mia stessa ragione...»

«Cielo, Elizabeth, come potrei saperlo a Kilgarret? Come diavolo potrei scoprire che cosa significa avere rapporti sessuali completi con qualcuno?»

«Be', neppure io me l'aspettavo e questa non è Parigi, è solo la periferia di Londra... neppure qui il peccato impazza.»

«Hai dimenticato com'è Kilgarret? Tutti sanno dove sei giorno e notte. È come trovarsi in un acquario. Io non avrei mai potuto organizzare quello che hai dovuto fare tu. Non c'è nessuno che potrebbe farlo.»

«E allora come si comportano?»

Aisling non disse niente.

«Deve esserci una via d'uscita, succederà pure anche a loro.»

«Sì, ma...»

«Oh, avanti, su, dimmelo.»

«Be', o il ragazzo la sposa e, in un paio d'anni, le chiacchiere cessano o, se il caso è disperato, la ragazza viene mandata dalle suore.»

«Di nuovo a scuola? È mai possibile?»

«Oh, Dio mio, no, non da quelle. Sono suore che vivono in campagna e tengono delle case per ragazze madri dove le ospiti pagano per il proprio mantenimento svolgendo vari tipi di lavoro. Poi, quando il bambino è nato, lo danno in adozione e la ragazza se ne torna a casa. Di solito dice che è stata a trovare la nonna, usando un'espressione ben nota.»

«Dev'essere molto triste.»

«Certo, non è divertente. Ed è proprio la paura che accada che ti impedisce di spingerti fino in fondo, anche se non temi di perdere il ragazzo.»

«C'è ancora chi ha paura di vedersi scappare il fidanzato perché ci va a letto insieme?»

«Sì, certo. Io non dormirei con un ragazzo verso il quale ho intenzioni serie perché, se lo facessi, lui mi giudicherebbe un'immorale. Non dico che sia giusto, ma è la legge di Kilgarret.»

«E non penseresti che l'immorale sia lui, un mascalzone... o comunque lo vuoi chiamare...?»

«No, è diverso. Lo sai che gli uomini non sono capaci di controllarsi, avendo questo bisogno inculcatogli da Dio. Sì, io credo che sia proprio vero. È un disegno divino... o della natura, se preferisci... perché la razza umana continui. Gli uomini impazziscono per farlo dappertutto e sono le donne che devono mantenere il controllo e insistere perché aspettino dopo il matrimonio, questa è la società.»

Elizabeth era in preda a un riso sfrenato.

«Tu saresti una suora meravigliosa, davvero, adattissima a raccontare i fatti della vita alle ragazze.»

«Ma, in tutta onestà, non è quello che ci dissero, in altre parole?»

«Sì, in modo molto diverso, però.»

«Lo so che appare ridicolo e complicato, ma è così che sembrano andare le cose a Kilgarret.»

«E vuoi biasimare tutte quelle che sono diventate suore? Credo che lo avrei fatto anch'io al pensiero di quella schiera di uomini che impazzano per la città pronti a farlo dappertutto.»

«Schizzando il loro seme tutt'attorno... in attesa di femmine ignare...»

«Aisling, per piacere.»

«Ma è così, non è altro che un gioco, è come il bridge o il poker, la gente conosce le regole e corre solo i dovuti rischi.»

Aisling fu molto colpita dal fatto che l'amica alterasse i conti.

«Per te è molto difficile capire», le spiegò Elizabeth. «Mai e poi mai zio Sean contesterebbe quello che spendete tu o zia Eileen, non dovete dare spiegazioni. Papà, invece, ha la mentalità di un bancario che deve far quadrare il bilancio alla fine della giornata. E vuole farlo anche a casa.»

«Ma tu lo inganni. Trattieni dei soldi. Se lo scoprisse... ne resterebbe sconvolto. Perché non gli chiedi di darti di più?»

«Ha una mentalità ristretta, pensa in termini di piccole cifre e conti trascurabili. Non controlla mai quanto costa un prodotto, ma fa la somma davanti ai miei occhi. Qualunque cosa ne ricavi non rubo soldi a lui. Trovo solo la maniera di mettere da parte e tengo quello che ho risparmiato. Tutto qui.»

Aisling studiò i conti. «Sì, vedo. Ma è un po' meschino da parte tua, non trovi? Non ci si comporta così in famiglia.»

«Questa non è una famiglia. Il babbo non è mai stato generoso. Lui troverebbe agghiacciante un grande cuore come il tuo o come quello di zio Sean o di Johnny. Penserebbe che la situazione sia sull'orlo del caos perché nessuno sa esattamente fino all'ultimo penny quanto costa nutrire e vestire tutti. Non prenderebbe mai in considerazione il fatto che tua madre mantiene metà dei mendicanti che vengono alla porta, che mi vestì e nutrì gratuitamente per cinque anni, che manda regali e regalini e che, nella borsa, ha sempre qualche spicciolo per chi, secondo lei, ne ha bisogno. No, papà ne sarebbe allarmato. Lo era per tutte le buonissime cose che portasti dall'Irlanda e per tre volte mi chiese se dovevamo pagarti. Credo che avrei dovuto dire di sì, forse si sarebbe calmato.»

«Stai parlando di lui in maniera molto fredda, te ne accorgi? Un tempo volevi che fosse più aperto e contento. Desideravi che fosse diverso.»

«Oh, sì, certo, lo volevo. Pensavo di poterlo cambiare, che avremmo potuto diventare l'immagine della famiglia felice. Ma non ha funzionato. Non puoi cambiare la gente, va sempre per la sua strada... Johnny dice che è più l'infelicità causata da coloro che cercano di trasformare gli altri che non da tutto il resto.»

«Dio, è più egoista di quanto pensassi», esclamò Aisling. «Mi dispiace. Mi dispiace, mi è scappato. Non volevo dirlo.»

Gli occhi di Elizabeth erano pieni di lacrime. «Non è egoista. Non venne da Mrs Norris con me perché non sapeva niente e mai lo saprà. Non mi impedì di andarci perché la situazione non gli era stata spiegata. Ora, come fai a dire che è egoista per non essere stato divinamente ispirato, come fai?»

Aisling si scusò. «Non ne azzecco mai una perché non rifletto prima di parlare. E neppure capico le cose... ma questo non m'impedisce d'immischiarmi. Quando penso a tutti quegli anni che fosti con noi e non interferisti mai né offendesti nessuno. Tu portavi la pace, invece di causare litigi. Mi sento molto goffa e stupida a essere qui... a dirti come devi comportarti con tuo padre e che cosa il tuo ragazzo deve o non deve pensare.»

«Oh, ma se tu sapessi come odio il fatto che tu debba andar

222

via. Non so come potrò tirare avanti senza di te. È così bello parlare, condividere la vita quotidiana e sapere che tutto t'interessa... Questo mi è mancato tanto, ho avuto un grande vuoto nella mia vita...»

«Anch'io.»

«Ma tu hai una famiglia... zia Eileen...»

«Sì, ma non per ciò di cui parliamo tu e io.»

«Capisco.»

Tacquero per un istante.

«Aisling, mi sentirò molto sola senza di te.»

«No, che non lo sarai, non hai il tuo Johnny?»

L'ultima sera di Aisling a Londra Johnny le portò al cinema e poi offrì loro una cena a base di pesce in un grande locale rumoroso. Elizabeth era raggiante e lieta che mostrasse la sua generosità ad Aisling.

«Comunque», disse Johnny, «è un regalo di addio.»

«Accidenti, dovrò continuare ad andare e venire, se ogni volta ricevo tutto questo.»

«Non è soltanto per te», spiegò Johnny disinvolto. «Parto anch'io. Prenderò un treno per il Mediterraneo... quindi è un doppio addio.»

«Che cosa farai...?» Elizabeth era arrossita e sbiancata proprio come quando, nuova nella scuola, la suora le faceva domande che lei non capiva.

«L'abbiamo stabilito solo oggi... Nick ha alcune settimane di vacanza. Lavora con un rivenditore d'auto, Aisling, e il suo capo gli ha detto che gli affari vanno a rilento e che se vuole prendersi le ferie riceverà una paga dimezzata per cinque settimane poi riavrà il suo posto.»

«E tu...?» Elizabeth sembrava inorridita. Era così scioccata che, d'istinto, Aisling capì che Johnny ne sarebbe stato irritato.

«Così ne approfitti anche tu, Johnny?» si affrettò a chiedere. «Che idea meravigliosa. Ma puoi prenderti una vacanza?»

«Sì.» Lui era entusiasta. «Stefan non fa che dirmi di riposarmi e questa mi sembra una buona occasione. Nick procurerà i biglietti.»

«Quando parti?» La voce di Elizabeth era ridotta a un bisbiglio.

«Sabato, o venerdì, se riesce a trovare una cuccetta sul treno prima.»

«Magnifico.» Aisling lo disse ad alta voce per cercare di coprire l'espressione offesa e il silenzio di Elizabeth. «Vai nel sud della Francia o in Spagna... o dove?»

«In Francia, a quanto pare c'è un paesino di cui parlava un'amica di Shirley... dove puoi affittare uno chalet o una tenda... e con quel clima non hai bisogno di mangiare molto. Shirley dice che dev'essere formidabile.»

«Viene con voi anche lei?» chiese Aisling prima che potesse farlo Elizabeth, con voce offesa.

«No, detto tra noi, questo è uno dei motivi di una partenza così improvvisa. Shirl è stata molto stressante in questi ultimi tempi e Nick vuole un attimo di respiro. Troppa intimità e un eccessivo desiderio di sentire il rintocco minaccioso delle campane nuziali.»

«Oh, allora ha ragione a fuggire», disse Aisling. «Per questo l'ho fatto anch'io. Bisogna mettere dello spazio tra se stessi e queste prospettive. Grazie al cielo, nessuno di noi ha un simile tipo di inclinazioni.»

Lanciò un'occhiata di sbieco a Elizabeth, sperando che nel frattempo si fosse ripresa. Quello che vide la lasciò stupita. Il viso dell'amica era tornato normale ed era ravvivato da un bel sorriso. «Povera Shirl», disse. «Immagino che dovrò confortarla quando sarete via. Cercherò di suscitare il suo interesse per qualcun altro.»

«Oh, io credo che a Nick piaccia abbastanza, il problema è che lo assilla troppo...»

«È piuttosto carina. Sono sicura che le sarà facile trovare un altro. Magari andiamo a caccia insieme mentre tu sei nella *belle France*.»

«Ah, tu però non devi trovare un altro. Io non ti ho abbandonato. Mi senti?»

«Ehm, sì, be', probabilmente sarò ancora qui. Avrò troppo da fare per andarmene in giro, quindi dobbiamo solo sperare che non venga portata via per caso. Lavorerò con Mr Worsky e Anna: può anche darsi che sia diventata socia quando tornerai.»

* * *

Elizabeth non pianse mentre ritornavano a casa e non volle ammettere di essere turbata e ferita. Fu calma e pacata.

«No, rifiuto di lasciarmi sconvolgere. Ti ho già detto che lui è ciò che voglio e farò di tutto per averlo. Non intendo mandare all'aria ogni cosa comportandomi come una sciocca, piangendo e lamentandomi perché non mi porta con sé...»

«Per amor del cielo, non pretendo affatto di interferire, ma non sarebbe più ragionevole dire...»

«Non mi interessa esserlo. In realtà, somiglio a mia madre molto più di quanto pensassi. Lei desiderava un uomo più affettuoso ed estroverso di mio padre, proprio come me. Mamma voleva Harry e chiunque avrebbe detto che era un desiderio irragionevole... ma lei non si lasciò fermare e fece ciò che era necessario per averlo. E questo è quello che farò anch'io...»

«È diverso.»

«Certo che lo è, perché mia madre divenne terribilmente strana quando ci riuscì... ma il principio è lo stesso...»

Aisling disse: «Immagino di non sapere che cosa significa essere così innamorata di qualcuno, eppure credo che mi comporterei esattamente come hai fatto tu».

«Oh, ti accadrà, Aisling. Davvero, un giorno sarai innamorata anche tu come me. E allora, proprio come dicono in tutte le canzoni e i film, saprai che cosa significa.»

«Sì, ma una volta che lo sai, a quanto pare, cominciano i problemi», disse Aisling dubbiosa.

Il padre di Elizabeth affermò che la visita di Aisling era stata come una boccata d'aria fresca. Mr Worsky e Anna le regalarono il quadro di una ninfa in una foresta e dissero che, una volta in Irlanda, avrebbe dovuto farlo incorniciare. Monica le praticò un forte sconto su una camicetta che comprò per ma' e Johnny Stone la salutò baciandola sulle guance e promettendole che l'anno seguente sarebbero andati con Elizabeth in Irlanda per fare un giro di tutte le vecchie case disposte a vendere qualcosa del loro contenuto.

Al cancello della stazione di Euston Elizabeth le si aggrappò. «Cerco continuamente di soffocare questo terribile presentimento che non ti vedrò mai più, che una volta tornata a casa, pensando a tutto quello che è successo qui, ti sentirai sconvolta e mi taglierai fuori dalla tua vita.»

«Non lo farò mai, non potrei, sei parte di essa, stupida ragazzina», disse Aisling. «Se non fosse così sdolcinato direi che ti amo.»

«Anch'io e non saprò mai ringraziarti abbastanza. Mai.»

La folla sul marciapiede inghiottì Aisling col suo soprabito estivo color turchese, mentre costeggiava il treno in tutta la sua lunghezza. E, quando al cancello si voltò, c'era troppa gente e non vide Elizabeth, vestita di grigio, che agitava la mano e si asciugava gli occhi con l'angolo del foulard rosso che avrebbe dovuto ravvivare il suo aspetto.

11

ELIZABETH aveva pensato che, dopo la sua visita a Londra, sarebbe stato molto più facile scrivere ad Aisling, invece, con suo grande disappunto, scoprì che spiegarsi e descrivere gli avvenimenti quotidiani era arduo come prima. A una serie di limitazioni se n'era sostituita un'altra. Lei si sentiva a disagio perché si rendeva conto che Aisling era critica nei confronti di Johnny, anche se l'amica non aveva più pronunciato una sola parola che potesse essere interpretata come un giudizio negativo.

Perciò le sue lettere tornarono a esprimere molta tensione. Cercava di scrivere notizie piacevoli riguardo al padre, ma lui, dopo il suo cinquantesimo compleanno, non era mai più stato allegro. In realtà, a volte si chiedeva se non se l'era immaginato mentre cantava tutte quelle canzoni. Non l'aveva più fatto, da allora, né lei aveva mai menzionato la serata.

Il fatto strano era che Aisling invece riusciva a scrivere senza freni. A volte invitava Elizabeth a bruciare le sue lettere per paura che entrambe venissero impiccate o lei, Aisling, fosse mandata in galera per pornografia. Le sue descrizioni dei frustratissimi tentativi di Tony Murray erano estremamente divertenti. Chiedeva spesso del padre e voleva sapere se quella orribile donna che lo corteggiava stava facendo qualche progresso. Mandava a riferire a Stefan e Anna che aveva chiesto in giro e che le vecchie case in Irlanda traboccavano di oggetti antichi. Tuttavia, se qualcuno fosse venuto con un furgone dall'Inghilterra per comprarli, la gente avrebbe immediatamente concluso che stava per essere derubata e non avrebbe venduto più niente.

Rispetto a tutto il resto l'argomento di Johnny veniva appena sfiorato. I riferimenti a lui erano un po' scherzosi e un po' cauti, come se ci avesse pensato due volte prima di scriverli. Tutto il resto rappresentava la vera Aisling, con le sue frasi che si affastellavano le une sulle altre... proprio come quando parlava.

Zia Eileen le scriveva ancora allegre lettere piene di notizie e di riferimenti, in parte scherzosi, al ragazzo che Aisling le aveva descritto come l'uomo più bello che avesse mai visto. Per Elizabeth era difficile raccontare di lui in maniera normale e così ricorreva a uno stile esagerato. Non poteva rivelare a nessuno che lo amava al punto che il cuore le faceva male a furia di balzarle nel petto. Aisling sarebbe stata capace di dirlo, ma naturalmente a lei non succedeva, anzi, il suo cuore rimaneva lì fermo e immobile, indeciso se legarsi definitivamente a Tony Murray o no.

Secondo Tony, al suo ritorno dall'Inghilterra, Aisling appariva ancora più bella di prima. Aveva trovato quei giorni insopportabili, soprattutto perché non sapeva quando sarebbero finiti. Sua madre, che lo disapprovava, lo aveva messo a dura prova. Gli aveva proposto di invitare una delle ragazze Gray al ballo del tennis club e, incurante delle sue proteste, aveva insistito in un continuo monologo che, era convinta, avrebbe finito col persuaderlo. Non che lei avesse niente contro la giovane O'Connor, una creatura incantevole che era stata sempre bene accolta in casa quando frequentava Joannie, ma era estremamente infantile e limitata, anche se simpatica, e comunque troppo giovane. Era un vero peccato che lui non ampliasse un po' il giro delle proprie amicizie... Tony non la ascoltava, spesso si alzava da tavola senza scusarsi, e usciva. Non dava nessuna spiegazione, saltava in macchina e partiva giù per il viale.

Secondo Eileen O'Connor la tattica di Aisling con Tony Murray stava durando un po' troppo. Qualunque tentativo di conoscere le intenzioni della figlia veniva abilmente sviato. «Pensi che valga la pena far dipingere il tuo ufficio? Sarai ancora qui l'anno prossimo?»

«Certo che ci sarò, ma'. Stai pensando di licenziarmi?»

«No, ma sai che se t'imparenti con della gente perbene non continuerai a lavorare qui... non ne avrai bisogno.»

«Oh, ma', i Murray sono ignoranti come noi. E poi, vorrei vedere chi può impedirmi di fare quello che voglio, come lavorare qui, per esempio. Allora di che colore lo dipingiamo?»

«Tony Murray non vorrà che sua moglie lavori in un negozio, Aisling, lo dovresti sapere.»

«E allora può andare al diavolo. Sta' a sentire, che ne dici di quell'arancione acceso che arrivò tempo fa? Con le porte bianche e il verde del camice sembrerà la bandiera irlandese!»

Non pareva avere la minima intenzione seria nei confronti di quel ragazzo, eppure lo vedeva quasi ogni sera. Che cosa mai sarebbe successo? Il tempo lo avrebbe rivelato.

Secondo Maureen, dopo la sua visita a Londra, Aisling era diventata davvero insopportabile. Era più vanitosa ed esibizionista che mai. E non aveva neppure portato un regalino per i bambini, adducendo la vaga scusa del razionamento. Una vera sciocchezza, naturalmente, visto che la guerra era finita ormai da anni; Aisling stava diventando proprio una vipera e non faceva che prenderla in giro quando si degnava di andare a trovarla. Il povero Brendan si sentiva a disagio con lei e sua suocera aveva detto che correva il pericolo di farsi una cattiva fama continuando a frequentare Tony Murray senza che chiarissero le loro intenzioni.

* * *

228

Ogni tanto Joannie Murray tornava a Kilgarret, soddisfatta della vita che conduceva a Dublino. A ogni visita trovava la situazione a casa sempre più insopportabile. Tutti non facevano che prenderla in disparte per raccontarle ciò che accadeva, come se il fatto di lavorare nella capitale le avesse conferito una nuova raffinatezza e una maggiore comprensione dei grandi avvenimenti di Kilgarret. A quel che le risultava, il principale argomento di conversazione era la sua amica Aisling. Mamma andava su e giù nel soggiorno, chiudendo e aprendo i pugni, e dichiarando che non aveva niente contro di lei.

Quanto ad Aisling, non otteneva nessuna soddisfazione. Le diceva che non c'erano misteri, che voleva molto bene a Tony e che lui sembrava ricambiarla, ma che nessuno dei due aveva la minima intenzione di fidanzarsi, perché erano ancora giovani. Quando Joannie le ricordava che suo fratello non lo era affatto e che aveva più di trent'anni, Aisling rideva e sosteneva che, a quell'età, si era ancora dei pulcini. Joannie riferiva puntualmente queste conversazioni a sua madre e lei si alterava e l'accusava di non dire tutta la verità. Era diventato davvero molto stressante venire casa nei fine settimana e perciò Joannie decise di tornarci sempre meno.

Sean cominciava a stancarsi della gente che gli chiedeva quando ci sarebbe stata la grande fusione dei Murray con gli O'Connor. Scherzavano a proposito di questa possibilità, ma non in relazione ad Aisling. La gente voleva sapere. E lui era seccato dalla curiosità di quelli che andavano nel negozio e degli amici con cui beveva la sera da *Maher*. Con la figlia, poi, era ancora più arrabbiato.

A volte la rimproverava che stava rendendoli ridicoli col suo temporeggiare e lei spalancava gli occhioni innocenti e diceva che non capiva di che cosa stava parlando. Lui allora le scompigliava i capelli e diceva che il problema più grosso era di vivere in una cittadina irlandese ed essere alla mercé di tutte le chiacchiere tipiche della provincia.

* * *

Elizabeth scrisse della madre che, a causa dei suoi nervi sotto tensione, si trovava ormai in ospedale. Harry era distrutto e l'aveva implorata di andare a Preston e di portare con sé quel simpatico ragazzo che era stato di tanto aiuto l'ultima volta. Naturalmente Johnny non avrebbe mai acconsentito a recarsi in una casa dove regnavano malattia, follia e confusione e così Elizabeth non aveva neppure cercato di persuaderlo.

Harry non era più quello di una volta: la preoccupazione gli aveva scavato dei solchi sul viso. «Ho fatto del mio meglio per lei, Elizabeth, tesoro», si difese come se ci fosse stata la possibilità che qualcuno lo incolpasse per ciò che era successo alla madre. «Non l'ho mai trattata male. Ho cercato di adattarmi a tutto ciò che diceva e voleva. Non c'erano tanti soldi, naturalmente, sai, gli affari non sono poi così prosperi...»

Con sua grande sorpresa, Elizabeth si trovò ad abbracciarlo lì alla stazione, coi passanti che li guardavano. Si strinse all'uomo che lei aveva chiamato l'«orribile Mr Elton», quello che, tanti anni prima, si era portato via sua madre. «Harry, vecchio sciocco», gli disse appoggiandosi alla sua spalla tremante, «tu hai fatto tutto per lei. Lei ti ama, è pazza di te e poi di che cosa ti scusi? Pensa se i suoi poveri nervi avessero ceduto quando si trovava a Clarence Gardens, immagina come si sarebbe sentita sola.»

Anche il viso di Harry era bagnato. «Sei stupenda, Elizabeth», disse. «Un vero capolavoro. Non so come tutti noi faremmo senza di te...»

La madre fu relativamente contenta di vedere la figlia. Appariva stanca e pallida e mostrava uno scarso interesse alla vita. Elizabeth cercò qualche argomento che ravvivasse per un attimo quel viso smorto. Si ricordò di quando giudicava la madre sovreccitata, del periodo in cui le sembrava nervosa e impressionabile e reagiva ai fatti della vita suscitando disagio e inquietudine attorno a sé. Tentò di entusiasmarla evocando il suo passato, ma non ci riuscì. «Leggo spesso le tue lettere, mamma, quelle sui giorni meravigliosi che vivesti nei ruggenti anni Venti. Dev'essere stato bellissimo. Tutti quei tè danzanti...»

«Tutti quei che cosa, mia cara?»

«Be', i tè danzanti. Ti ricordi che me ne scrivevi, vi andavi con un abito lilla, mi dicevi, e c'erano piccole orchestre di cinque, sei elementi...»

S'interruppe. Per tutta risposta la madre sorrideva, assente e gentile e si guardava attorno in cerca dell'infermiera. Dai suoi occhi traspariva la speranza di essere salvata in tempo.

«Ma mamma», esclamò Elizabeth, «tu sei giovane e bella e hai i capelli tutti arruffati, perché non lasci che te li lavi e te li pettini, che ti metta del rossetto, il tuo viso è così bello...»

«Infermiera...» chiamò la madre alzando la voce. Una donna anziana con un volto rugosissimo disse a Elizabeth: «Non la ecciti, mia cara, non cerchi di portarla via, sa, qui si sente a suo agio. Non vuole essere confusa».

«Lei ha solo bisogno che le si ricordi chi è», le rispose Elizabeth. «Non rammenta più che tipo di donna è, questo è il punto.»

«Lo so», disse l'infermiera. «Ma è contenta di dimenticare.»

Al negozio, quando Harry vide Elizabeth svoltare l'angolo mise il cartello CHIUSO alla porta. «Non c'è poi questo gran movimento», disse. «Come stava, era contenta di vederti?»

«Harry, togli quel cartello. Se qualcuno vuole comprare qualcosa deve poterlo fare.» Si tolse il cappotto e prese il camice beige che stava appeso a un gancio. Non riuscì ad allacciarlo. Doveva essere quello che portava la madre.

«No, voglio sentire, voglio sapere.» Harry era sconvolto e rosso in viso.

«Non c'è niente da dire, Harry, te lo giuro. Non capiva di che cosa parlavo. Sembrava felice, le altre degenti dicono che lo è e anche l'infermiera lo afferma. Non ricorda chi è, questo è il problema. Ha dimenticato che cosa significa essere vivi ed è come se la vita le fosse stata prosciugata.»

Gli occhi di Harry erano pieni di lacrime. «Pensi che tornerà come prima, che cambierà di nuovo?»

«Domani incontrerò il medico. Ha detto che oggi non aveva tempo e che mi parlerà solo se gli prometto di non chiedere cure miracolose. L'ho trovato arrogante e pieno di sé, ma non gliel'ho fatto capire. Ho assunto un'espressione umile.»

«Ma qual è la causa? Perché Violet ha esaurito tutta la vita che c'era in lei?»

«Non lo so, così come non lo sa la mamma e, sicuramente, neppure quel pomposo dottore. Ma Harry, se vuoi poterti pagare l'autobus fino all'ospedale è meglio che teniamo aperto. Per esempio, chi è la signora che sta arrivando?»

«Mrs Park, una vedova, la donna più avara della zona, compra una sigaretta per volta e mezz'etto di burro.» La donnetta in nero entrò nel negozio. «Salve, Mrs Park. Che cosa posso fare per lei. Conosce la mia figliastra Elizabeth?»

«Piacere, Mrs Park. Harry mi stava appunto dicendo che lei è una buona cliente.»

La donna guardò prima l'uno e poi l'altra. «Be', sono regolare, vengo qui per sostenere il commercio locale. Mr Elton, mi dia trenta grammi di quel formaggio duro, per piacere, un po' verso il centro, però non la crosta, badi bene.»

«Dà una festa, Mrs Park?» disse Harry ed Elizabeth dovette nascondere la bocca nel grembiule della mamma per non ridere troppo forte.

Seduto di fronte a lei, il dottore parlò a Elizabeth delle malattie psicotiche e di quelle schizofreniche. Disse che Violet soffriva quasi certamente del secondo tipo. Una schizofrenia latente, un disturbo che di solito si manifestava molto prima. Era una malattia che colpiva le persone giovani. Elizabeth annuiva e il viso non tradiva il disprezzo che provava per l'atteggiamento del dottore.

«Mi scusi, questo significa una doppia personalità come si legge nei libri?»

La domanda offrì al medico l'occasione per scoppiare a ridere. «Santo cielo, no, mia cara. Questa è una sciocca idea da profani: il dottor Jekyll e Mr Hyde. No, vuol dire soltanto che la persona non è in contatto con la realtà, che non ne ha più il controllo. Per essa l'immaginario, il non reale, è altrettanto vero.»

«E come pensa di curare mia madre?» chiese Elizabeth, lasciando che un tono gelido affiorasse sotto quello garbato.

«Nel modo che riteniamo migliore.» La voce del dottore si

era fatta più acuta. «Con dei sedativi. Dandole una vita ordinata e controllata nella quale possa essere osservata e calmata quando le forze dell'irrealtà prevalgono. Esistono delle nuove medicine. Una in particolare viene ormai usata da due anni e noi la stiamo provando su molti dei nostri pazienti.»

Elizabeth si sforzò di mantenere un tono educato e deferente. «Oh, sperimentate questo nuovo farmaco su mia madre? Speriamo che sia buono.»

«No, io non faccio esperimenti. Ormai è usato in tutta l'Inghilterra. Riferiamo solo le nostre esperienze. Nel caso di sua madre il massimo che possiamo aspettarci è, be', in tutta sincerità, che la sua vita sia il più tranquilla possibile.»

«Vuol dire che sarebbe sciocco da parte mia sperare che lei venga mai via da qui? Ha solo quarantanove anni, dottore. Devo dire al mio patrigno di considerarla ricoverata qui perennemente?»

«Lei mi sembra una persona molto più assennata di…» Diede un'occhiata ai suoi appunti, «Mr Elton. Sento che posso parlare in tutta sincerità. Lui ha reagito promettendomi che le dedicherà più tempo e più attenzione e assicurandomi che le offrirà una vita migliore. In effetti, da quanto ho capito, lei era abbastanza soddisfatta di lui. Provvedeva a lei in maniera adeguata ed era un buon marito.»

«Lo adorava.»

«D'accordo, ma questo tipo di affermazioni non serve a nulla. Non ci resta che sperare che, di tanto in tanto, lei possa andare a casa per un pomeriggio o anche per un fine settimana. Sa, queste medicine hanno avuto effetti sorprendenti. Niente è impossibile.»

«Tranne credere che mia madre tornerà a essere quella di un tempo.»

«Esatto. Porterebbe soltanto a delusioni.»

Elizabeth lo guardò con attenzione. Forse non era un impostore e un ciarlatano come aveva creduto. Dopotutto, stava solo mettendola in guardia, come aveva fatto con Harry, contro ogni falsa speranza. Si alzò. «Andrò a rivedere mia madre. Le sono molto grata, dottore. Spiegherò tutto questo al mio patrigno e cercherò di farglielo comprendere.»

«Grazie, Miss White, è… ehm… un piacere parlare con una

persona così calma. È un grande aiuto in questa professione, come può immaginare.»

«Sì, dottore. Ma, in realtà, non sono calma, ma solo pratica.»

«Benissimo. Oh, non serve che suo padre, il primo marito, venga a trovarla. Voglio dire, si rende conto che in realtà sua madre non prende molto in considerazione quella parte della propria vita?»

«Certo, non pensavo di proporlo, infatti. Spiegherò tutto anche a lui, nel caso pensi di dover fare qualcosa.»

«Bene, bene. Arrivederci Miss White.»

Se ne andò lungo il corridoio, trasudando importanza. Elizabeth si fece animo e bussò alla porta del reparto di sua madre.

Violet, le disse l'infermiera, la notte precedente aveva dormito otto ore e mezzo, eppure aveva l'aria stanca quando le sorrise gentilmente. Stava seduta su una sedia accanto al letto con le mani posate in grembo. Aveva i capelli pettinati e legati dietro con un nastro. Sembrava più sottile che mai. Portava una giacca di lana sopra la camicia da notte.

Elizabeth sedette. Per un po' tenne le esili mani della madre nelle sue e non disse niente. Violet la osservava con aria ansiosa. Sembrava stesse in guardia contro un eventuale insolito comportamento da parte della figlia. Era difficile capire se ricordava o no lo sconvolgimento del giorno prima. L'infermiera si aggirava nei paraggi sistemando in un piccolo vaso i fiori che Elizabeth aveva portato.

«Oh, mamma, sapessi come è stato divertente Harry ieri in negozio», esordì Elizabeth e si abbandonò a un rassicurante monologo pieno di banalità. Violet gardava meno l'infermiera e lei si allontanò. Lasciò la propria mano in quella della figlia e sorrise nell'ascoltare le parti divertenti.

«Stasera comunque devo tornare a Londra», disse Elizabeth con lo stesso tono allegro. «Presto avrò gli esami finali. Poi dovrò cominciare a guadagnarmi da vivere, ma tornerò a trovarti tra un mese, forse, va bene?»

«Londra?» chiese la madre stupita.

«Sì a Clarence Gardens, da papà.»

«Papà?»

«George, il tuo ex marito, ti manda i suoi saluti, dice che spera che abbiano cura di te.»

La madre sorrise. «È carino da parte sua, ringrazialo e digli che sto bene.»

Elizabeth deglutì. «Certo, glielo riferirò. E anche Harry è grande, verrà più tardi. È straordinario, sei capitata bene con lui, una buona scelta, vero, mamma?»

«Oh, sì, Elizabeth, sai, non ho mai avuto dubbi sin dagli inizi. Dovevo avere Harry Elton. È l'unico uomo che abbia mai desiderato.»

«Giusto, e ora lo hai e lui ha te.»

«Sì.» La madre cominciò a ritrarsi di nuovo in se stessa.

«Dunque adesso me ne vado. Ti scriverò una lunga lettera ogni settimana e se desidererai avermi qui dovrai solo farmi telefonare da qualcuno e io tornerò col primo treno.»

«Grazie.»

Elizabeth si alzò. Indossava una gonna di flanella grigia e un twin set di cachemire dello stesso colore. Per ravvivarlo si era appuntata un fiore finto. Era un mazzetto di violette di velluto con foglie di taffettà. D'un tratto se lo tolse e lo fissò sulla giacca di lana della madre: appariva decisamente fuori posto.

«Grazie», disse Violet.

«Lei è una brava ragazza, una brava figlia», mormorò la vecchia rugosa del letto accanto.

«Glielo toglieranno, perché c'è la spilla e può farsi male», sottolineò un'altra con i capelli tagliati cortissimi e il viso paffuto.

«Non importa», disse Elizabeth. «Mi piace pensare che comunque l'abbia portato per un po'.»

Il padre ascoltò impassibile mentre Elizabeth gli spiegava della malattia della madre. Scosse il capo alla supposizione che tutto fosse cominciato molto tempo prima e venuto alla luce solo in quel momento. «Tua madre non aveva assolutamente niente quando era qui con noi. La sua mente si è turbata perché andò in quel posto a vivere in povertà con Harry Elton. In questa casa aveva tutto quello che desiderava. Non voglio sentir parlare di malattie sorte qui.»

Elizabeth mandò un sospiro. «Probabilmente hai ragione, papà, intendevo solo riferirti le parole del medico.»

«Non diremo niente a nessuno. Io sono un uomo giusto e compassionevole», affermò il padre.

Elizabeth non afferrò il significato del suo discorso.

«Potrei benissimo raccontare a tutti, in banca e al club del bridge, che Violet ha avuto un crollo. Potrei dir loro che è ricoverata in un manicomio. Ma non lo farò. Lascerò che la ricordino com'era, non darò loro la possibilità di affermare che ha avuto quello che meritava.»

«Quello che meritava?»

«Oh, sì, la gente sosterrebbe che non poteva aspettarsi una sorte diversa, visto che abbandonò la sua casa e sua figlia senza la minima preoccupazione. Invece no, non glielo dirò.»

«Fai bene, papà», ribatté Elizabeth, chiudendo gli occhi per non tradire l'estremo disgusto che provava per quella sua maniera di pensare così cattiva e meschina.

«No, è solo l'atteggiamento giusto, tutto qui, significa lasciare che il passato sia tale. Tua madre ci procurò dei problemi e ora sta avendone lei. È la vita, non è il caso di infliggerle un'ulteriore punizione dicendo a tutti quelli che lei conosceva che cosa le è successo.»

A volte Mr Worsky leggeva a Elizabeth articoli e saggi sul disegno, traducendoli dalle riviste tedesche. Lei se ne stava seduta lì nel negozio e ascoltava, dedicando alle sue parole solo parte della propria attenzione, ma sentendo abbastanza da poter sorridere alle battutine o da annuire pensosa alle spiegazioni.

Il suo cuore sembrava un pezzo di ghiaccio staccatosi da un iceberg in balia della corrente. Pensava a Johnny. Si ripeteva che aveva avuto ragione a tenerlo all'oscuro delle brutte notizie e si chiedeva se tutti gli altri facessero altrettanto. Si domandava se qualche altra ragazza aveva abortito pur di non perderlo e se aveva salito le scale di una casa come quella di Mrs Norris.

Sentiva crescere dentro di sé il timore che fosse stato tutto inutile perché Johnny aveva un'altra. Be', non ne era proprio sicura, ma c'era una ragazza di cui lui parlava spesso e che veniva sempre in negozio. La chiamavano «la donna dell'alta società». Johnny non poteva amarla. Non era possibile. Non poteva toccarla e bisbigliarle parole dolci... non poteva dividere con lei ciò che divideva con Elizabeth. Era impossibile.

Giusto, non poteva crederlo. Fino a quel momento era stata così saggia in tutto e doveva continuare, scacciando quegli orrendi sospetti dalla propria mente. Doveva dare nuovo calore al suo cuore, impedirgli di essere freddo, morto e intimorito. Tutto andava bene, Johnny era a posto, l'amava teneramente e anche Stefan le voleva bene. Riudì la sua voce, mentre cercava le parole e si impacciava nella traduzione di testi che non le sarebbero serviti a nulla per gli esami. Ogni tanto Anna protestava.

«Stefan, sul serio... alla ragazza non giova sapere questo...»

«Anna, tu non sai che cosa è realmente utile conoscere. Lei studia disegno e io gliene parlo, le racconto del disegno europeo, altrimenti penserà che i tedeschi non sappiano fare altro che degli orridi tubi d'acciaio e dei brutti mobili moderni. Le parlo delle porcellane e delle ceramiche...»

«Perché curarsi dei tedeschi e di ciò che fecero?» brontolò Anna. «Distrussero il tuo paese e il mio e tu te ne stai qui seduto a raccontare alla ragazza delle loro belle porcellane.» E se ne tornò a passi decisi nel suo piccolo retrobottega.

«A volte ho l'impressione che la tua mente vaghi lontano, mia cara Elizabeth. Forse ciò che ti racconto ti annoia?»

Lei sollevò un piatto di Meissen e passò il dito sul marchio. «Se non fosse stato per lei, Mr Worsky, ora non distinguerei questo piatto dall'articolo di un grande magazzino. Invece so leggerne la storia. È una nuova lingua quella che lei mi ha insegnato. E sa, Mr Worsky, io ho sempre desiderato che qualcuno si preoccupasse di ciò che faccio; conosco tanta gente ma nessuno, tranne lei e Anna, sa veramente quale esame dovrò sostenere martedì. Mio padre pensa solo che sto per giungere alla fine e che è prossimo il grande giorno in cui questo ridicolo studio dell'arte sarà terminato e mi troverò un lavoro. E mia madre è impazzita. Non gliel'ho raccontato prima perché papà è dell'idea che non si debba svelarlo a nessuno qui a Londra. Ora è nel reparto psichiatrico di un grande ospedale di Preston, nel Lancashire, e non si rende conto di dove si trova. Andai da lei, ricorda? Ma non glielo dissi.»

«Oh, povera bambina mia.»

237

«E Harry, il mio ingenuo patrigno, è lassù alle prese con la gente più disparata, il vicario, immagino, i dottori e le infermiere, a dir loro che se lei migliorerà se ne prenderà più cura di prima. Eppure già lo faceva tanto che lei ha adorato ogni minuto trascorso con lui.»

«Oh, mia cara...»

«E Monica Hart si è appena fidanzata con uno scozzese che indossa il kilt e non le importa se sostengo un esame di disegno o di idraulica. Aisling O'Connor, per quel che ne so, impazza per Kilgarret recitando il ruolo della regina del castello con la nobiltà locale. A malapena legge le mie lettere o me ne scrive. Sua madre, zia Eileen, sa dell'esame, ma pensa che sia come a scuola. Quindi può capire quanto io l'apprezzi e la ringrazi e perché non potrei mai e poi mai essere annoiata da lei...»

«Sono io che ringrazio te per aver portato tante belle cose nella vita e nel lavoro di un vecchio. A volte sono prolisso e noioso, parlo troppo e ti leggo testi lunghissimi. Anna ha ragione. Sono un insensibile.»

Lei gli si inginocchiò accanto e gli prese le mani tra le sue. «Lei insensibile? Caro Mr Worsky, lei è più che sensibile. Proprio ora, mentre elencavo, in preda all'autocommiserazione, tutte le mie amicizie, lamentandomi che non sanno e non gli importa di quello che faccio, lei non mi ha chiesto di Johnny. Non mi ha detto che certamente lui è al corrente.»

«Ma, bambina, Johnny è Johnny, lo sappiamo.»

«Sì, è vero, e in questi ultimi tempi sta scorazzando per Londra in un'elegante macchina sportiva guidata da quella donna dell'alta società.»

«Non durerà molto.»

«No, ha ragione, vorrà più di quanto Johnny le può dare. Uno di questi giorni lei gli dirà che devono partecipare a un party dove incontreranno la principessa Margaret e lui risponderà che non ha intenzione di andarci. La donna dell'alta società s'indisporrà e lo farà scendere dalla sua macchina sportiva. Poi aspetterà che lui le telefoni per scusarsi o le mandi dei fiori in modo da poterlo perdonare. Ma non sa che Johnny non lo farà mai, né tantomeno si scuserà.»

«Non ti angosciare.»

«No, proprio questo succederà e lei brucerà di rabbia per una settimana e poi verrà qui in negozio a comprare qualcosa di molto costoso e a chiedere di lui. E noi lo diremo a Johnny che alzerà gli occhi al cielo facendoci ridere.» Stava seduta come una bambina ai suoi piedi. Lui non diceva niente ma le accarezzava delicatamente i capelli. «Perciò neanche Johnny è a conoscenza del mio esame: lei è l'unico a cui interessi.»

«E sono sicuro che andrai molto bene. Se non succederà vorrà dire che non c'è giustizia a questo mondo.»

«Be', in effetti non ce n'è molta, no?» Lo guardò seria. Lui tacque. «Non ho ragione?» continuò lei. «Ha perso sua moglie, i suoi figli e il suo paese.»

«Sono stato più fortunato di molti polacchi. Sei tu che stai attraversando dei brutti momenti, bambina mia. Ma vedrai che verranno tempi migliori.»

«Davvero? Johnny non cambierà mai, lei lo sa.»

«Sì, e c'è di buono che anche tu te ne rendi conto. Ora hai due strade davanti a te: prenderlo com'è, o lasciarlo e trovare qualcun altro. Sono due chiare possibilità e non puoi sbagliare.»

In luglio Elizabeth superò l'esame col massimo dei voti. Il preside dell'istituto di arte si congratulò con lei e le offrì un posto di supplente, part-time; contemporaneamente avrebbe potuto seguire un corso d'avviamento all'insegnamento.

Johnny aveva chiuso con la donna dell'alta società, ma non aveva mai ammesso di aver avuto una relazione con lei. Con entusiasmo, convenne con Stefan che Elizabeth doveva essere assunta come consulente e compratrice speciale.

Il padre accolse la notizia col suo solito pessimismo. «Ciò significa che non finirai mai gli studi? Dovrai frequentare il corso di avviamento, insegnare agli studenti e lavorare in negozio. Non mi sembra che tu sia andata molto lontano.»

«Sono arrivata dove volevo, papà.»

«E non c'è nessun segno che questo tuo ragazzo desideri sposarti. Ormai andate avanti da un pezzo», si lamentò il padre.

«Nessuno di noi due vuole farlo, papà. Quando e se decideremo te lo dirò», ribatté con un tono ancora più indispettito.

L'estate proseguiva. Harry le mandò una lettera in cui diceva che la madre non era migliorata e le chiedeva se voleva tornare a trovarli per risollevargli il morale. Aisling scrisse dicendo che Tony Murray si era ubriacato e ce l'aveva quasi fatta. Nella sua prosa esplicita spiegava che era praticamente certa che la penetrazione non fosse avvenuta ma che si era sentita ugualmente molto sollevata quando, una settimana dopo, le erano venute le mestruazioni.

Monica Hart le inviò sue notizie dalla Scozia. Era fuggita con Andrew Furlong, perché entrambe le loro madri erano insopportabili e si erano sposati a Gretna Green, un posto tutt'altro che romantico, brutto e piovoso. Shirley scrisse da Penzance dicendo che stava per sposare un ragazzo simpatico che aveva conosciuto in un albergo dove lavorava come barista.

La madre di Johnny morì all'improvviso e lui andò al funerale da solo. Mr Worsky e Anna inviarono una corona e anche Elizabeth ne mandò una. Non aveva voluto che partecipassero. Ritornò nella sua solita forma, sottraendosi con eleganza e disinvoltura alle espressioni di condoglianza e sostenendo che era stato meglio così, visto che la madre era ormai anziana e odiava stare sola. Lui e il fratello ne erano fermamente convinti.

La sera in cui ritornò portò Elizabeth a cena in un ristorante e il cameriere offrì loro da bere, dicendo: «Per celebrare la nascita della nuova principessa». La principessa Elisabetta aveva avuto una bambina quel giorno.

«Sono sicura che sarà felice», esclamò Elizabeth. «Prima un maschietto e poi una femmina. È perfetto.»

«Proprio quello che ci voleva per lei che ha una schiera di domestici e tutti i soldi di questo mondo, ma non per la mia Elizabeth, che non ha né tempo né denaro.»

«Assolutamente no», convenne lei, sollevando il bicchiere per bere alla salute della neonata, sorridendo coraggiosamente e scuotendo il capo per allontanare i capelli dagli occhi.

Le piaceva il corso che stava frequentando, anche se pensava che avesse ben poco a che fare con la vita reale. Quegli alti princìpi pedagogici non erano importanti quanto il saper pensare con la propria testa e l'essere in grado di trattare i bambini e gli studenti. Insegnava due mattine alla settimana all'istituto e due pomeriggi in una scuola elementare del quartiere. Sarebbe stata ormai capace di scrivere un libro e avrebbe detto che i bambini di sette anni e i ragazzi di diciassette presentavano lo stesso problema: mantenerli attenti e tranquilli. Johnny suggerì una spruzzatina di etere nell'aula.

Durante l'estate Elizabeth si recò due volte a Preston e ambedue le occasioni furono molto tristi. Il morale di Harry aveva subito un crollo ed era in preda al senso di colpa.

«Lei continuava a ripetere che tu eri la vita e l'anima delle cose, che eri sempre così divertente», eclamò alla fine Elizabeth disperata. «Non puoi ritornare a esserlo un po' per te stesso? Voglio dire, non è che sia passato poi tanto tempo, solamente sei o sette anni…»

«Non ricordo niente, solo quando desideravo fare del mio meglio per Violet», disse lui e sembrava un bambinone triste.

«Ora non serve quel tipo di amore, ora devi essere allegro. Immagina che lei migliori e venga via da lì, a che cosa ritornerebbe? Non le farà piacere trovare la casa abbandonata e te come un sacco vuoto.»

Funzionò: non recuperò completamente il suo vecchio stato d'animo ma ci si avvicinò. Elizabeth spiegò alle infermiere e al dottore che dare ad Harry la speranza che la situazione sarebbe tornata normale poteva essere una specie di terapia e loro ne convennero. Senza raccontargli delle bugie, lo incoraggiarono a pensare che la paziente avrebbe potuto fare qualche visita a casa.

Elizabeth se ne stette seduta a guardare e sentire Harry che raccontava alla madre, silenziosa e distratta, i propri progetti per il ritorno e vide la mamma che, di tanto in tanto, gli batteva sulla mano. L'ospedale aveva tolto la spilla dal mazzo di violette e gliel'aveva cucito alla giacca di lana. Doveva essere stato lavato più volte perché si era stinto parecchio.

A Johnny dispiacque di Violet. Lei gliene parlò solo dopo la sua terza visita.

«Perché non me l'hai detto? Dev'essere terribile per te andare lassù in quell'atmosfera. Perché sei scappata così? A Stefan lo dicesti tempo fa. Gliel'ho chiesto.»

«Oh, be', non serviva raccontarlo anche a te.»

Parve ferito e seccato insieme.

«A che gioco stai giocando?»

«A nessuno. Davvero, amore mio. Perché renderti partecipe di qualcosa di triste? Spesso mi ripeti che non vuoi saperne di tutto ciò che può deprimerti.»

«Ma, cara, se tua madre, se Violet è ricoverata in un manicomio vuol dire che la faccenda è molto grave. Perché non...?»

«Perché non c'era niente che tu potessi fare.»

Lo guardò diritto negli occhi: era evidente che non stava giocando con lui. La circondò con un braccio.

«Tu mi sei molto cara. Lo sai che sei l'unica donna che mai amerò come si deve.»

Elizabeth gli sorrise. «E io amo te, Johnny», disse.

12

«Definiresti appassionati i tuoi rapporti con Tony Murray?» chiese Niamh ad Aisling una sera che stava seduta alla toeletta della sorella a provarsi dei gioielli falsi.

«No, più un'attrazione animale, immagino», rispose Aisling, senza staccare gli occhi dalla lettera.

Niamh rise. «Sul serio, a scuola alcune ragazze se lo chiedevano. Anna Barry ha detto che si trattava più di un opportuno accoppiamento che di passione.»

«Gesù, non lo definirei così. Stando a tutte le chiacchiere che girano si direbbe l'accoppiamento più inopportuno di Kilgarret», ribatté Aisling.

«Ma' ti ammazzerebbe se ti sentisse pronunciare invano il nome del Signore», disse Niamh con affettazione.

Aisling sollevò il capo dal foglio. «Mentre sarebbe sicuramente contenta nel vederti mettere il rossetto. Toglitelo immediatamente e lascia stare quella roba. È mia. Io lavoro sodo e devo faticare per guadagnare i soldi per comprarla.»

«Se sposassi Tony Murray non dovresti più lavorare così tanto. Potresti andare a Dublino come sua madre a comprare vestiti e rossetti.»

Aisling non rispose.

«Proprio non capisco perché non lo sposi, potresti perderlo,

sai? Anche se qualcuno dice che tiene più lui a te che viceversa.»

Aisling continuò a leggere la sua lettera.

«Ma dicono anche che è meglio non sfidare troppo la fortuna. È stato visto con una delle ragazze Gray, quella che andò a
scuola in Inghilterra. Una volta aveva un'espressione cavallina
ma ora è molto cambiata. Si chiama Anthea o Althea. Stava bevendo un caffè con lei in albergo. Così ho pensato di prendere
le tue difese, sai, se mai ho una possibilità di essere la damigella d'onore non voglio perderla.»

Aisling sollevò il capo: era molto pallida. «Come? Che cosa
stai dicendo?»

Niamh fu colta di sorpresa. «No, niente, non so se era veramente con lei o no, sai, Anna Barry e le altre fanno tantissime
chiacchiere. Sono sicura che è tutta un'invenzione...»

«Oh, cielo!»

Niamh ora aveva paura. Scese dalla sedia sulla quale era inginocchiata. «Sta' a sentire, ho detto che non c'era niente, stavo solo ripetendo degli stupidi pettegolezzi, Aisling, va tutto
bene... non sai che ti adora? Aisling, rispondimi... non lo
sai...?»

«È la madre di Elizabeth... ha tentato di uccidere Harry e se
stessa... Dio mio, non è terribile?»

Niamh rimase a bocca aperta.

«È in un manicomio... oh, non so se ma' te l'ha detto o no...
in ogni modo, Harry le stava seduto accanto, erano tranquilli e
lei volle che le tagliasse un filo che usciva dalla giacca di lana.
Quando lui tirò fuori il suo temperino lei glielo strappò di mano
e accoltellò prima Harry e poi se stessa. Oh, Dio, non è terribile?»

«E lo ha ucciso?»

«No, ma gli dovettero dare undici punti e ora Violet è in un
altro reparto, una specie di cella, credo, e non può ricevere visite. Pensa che ci sarà un'altra guerra... e dice che non ce la farà a superarla. Oh, perché a Elizabeth devono succedere tutte
queste cose orribili? Non è giusto.»

«Elizabeth andò a trovarla?»

«Oh, sì, rimase lì nel nord dell'Inghilterra una settimana. È
da laggiù che mi ha scritto, ma probabilmente adesso è di nuo-

vo a Londra. Nessuno può fare niente e lei passò la settimana andando da un ospedale all'altro e poi in negozio da sola, la sera. Hai mai sentito niente di così terribile?»

«Ma il suo ragazzo… non andò ad aiutarla? Perché?»

«Perché è troppo bello e delicato, per questo, e non esiste nessuna buona ragione per cui si lasci coinvolgere in qualche problema…»

«Credevo che ti piacesse, avevi detto che era bellissimo.»

«Somiglia a un dio greco. Ma questo non lo rende di nessun aiuto.»

«Se qualcosa del genere succedesse a te, scommetto che Tony Murray starebbe al tuo fianco… Se, Dio non voglia, ma' impazzisse e pugnalasse pa'.»

«Niamh, vuoi chiudere quella tua stupida bocca e andartene?»

«Ti stavo solo invitando a riflettere sulle tue fortune, tutto qui… Sono matura, ormai, sono cresciuta. Sei tu la stupida…» Niamh se ne andò dalla stanza tutta confusa.

Rimasta sola, Aisling cercò di decidere se Tony Murray le sarebbe stato di qualche aiuto in una crisi. Be', inutile pretendere che fosse incrollabile e che le infondesse forza, ma certamente sarebbe stato lì, presente. Magari ignorando una possibile soluzione o incapace di proporre un piano, ma le sarebbe stato accanto, torvo e corrucciato, con l'espressione che assumeva sempre quando doveva affrontare qualcosa di spiacevole.

Con gesti decisi si pettinò e si truccò con cura. Si mise la sua camicetta migliore e le scarpe nuove e scelse il completo turchese pallido che aveva portato una sola volta a messa. Poi scrisse un biglietto alla madre, che era andata a fare una delle sue rare visite a Maureen e Brendan.

Ma',
ti lascio la lettera di Elizabeth da leggere. Non sono notizie disperate? Forse potremmo invitarla a venire qui da noi a riposare. Sto andando dai Murray, dove mi fermerò un po'. Rientrerò più tardi, prima delle dieci. Se ancora non sarai a letto potremo fare due chiacchiere. Spero che i Daly non ti abbiano lasciato esausta. A proposito, ho sgridato Niamh e, probabilmente, avrà il broncio. È troppo intraprendente per

soli dodici anni, secondo me; ma del resto immagino che lo fossi anch'io.

Con affetto,

Aisling

Cara Aisling,

hai proprio ragione, scrivere per congratularmi con te e augurarti ogni felicità è come recitare una parte in una commedia. Ma io lo penso veramente, con tutto il cuore. Spero che tu sia felice ogni giorno e ogni notte, per sempre. Ho tanta voglia di conoscere Tony ma poi so, e sicuramente anche lui, che non è mai come uno si aspettava. Probabilmente lo hai annoiato a morte parlandogli di me e delle nostre avventure e lui rimarrà deluso. E io, naturalmente, non vedo e non posso vedere in lui gli aspetti che tu ami e perciò anch'io dovrò recitare un po'. Comunque non è meraviglioso? Sei stata così buona, in mezzo a tanta eccitazione, a scrivermi a lungo per parlare dei miei problemi. Ma perché mai dovresti sentirti colpevole della coincidenza delle tue buone notizie con il peggioramento di mia madre? Già, è così, ormai non c'è più nessuna speranza e anche Harry lo sa. Si è ripreso ed è estremamente gentile e dolce con me. L'aver scoperto la sua autentica bontà d'animo è l'unico fatto positivo di questa terribile storia. Ti ricordi come ero atterrita da lui? Stefan Worsky ti invia i suoi saluti e anche Anna. Johnny ti manda una cartolina che metterò nella busta. Naturalmente verrò al matrimonio e non provare a tenermi lontana. È ovvio che non farò da damigella d'onore, mi rendo conto che è un problema in quanto sono protestante. È molto carino da parte tua invitare anche Johnny, ma io ti dico di no per conto suo, senza neanche comunicarglielo. Preferirei tornare a Kilgarret da sola. Ancora soltanto tre mesi e diventerai signora, ma per me la cosa più eccitante è che ti rivedrò.

Sono così contenta, Aisling, veramente felicissima e piena di speranza per te.

Con affetto,

Elizabeth

Salve Aisling,
Elizabeth mi dice che hai deciso per il nobile Tony. Se dovesse risultare uno sbaglio torna qui e ti distrarremo. Giorni felici.

Johnny Stone

Ma' le aveva detto di prestare un po' più di attenzione a Maureen.

«Ma perché mai dovrei?» si lamentò Aisling. «Non fa altro che criticarmi. Mi sommerge con un elenco di lamentele non appena poso il piede sulla porta di casa sua, perché dovrei dedicarle più attenzione?»

«Be', si sente un po' messa da parte. C'è più agitazione per il tuo matrimonio di quanta ce ne fu per il suo, è bloccata con tre bambini a chilometri da Kilgarret e non sente parlare d'altro che dell'eccitazione per il grande giorno e del tuo abito nuziale...»

«Be', non certo da me.»

«No, naturalmente, ma tu sai essere generosa. Cerca di metterti al suo posto. Sarebbe bello se tu l'aggiornassi sulle cose.»

«È una lunga strada in bicicletta, ma', e poi a che scopo?»

«Tra pochi mesi potrai andarci con la macchina di tuo marito, quindi non metterla giù troppo dura. Portale un barattolo di marmellata d'uva spina e dille che io ci andrò domani.»

Ma' aveva ragione. Maureen sembrava molto depressa. Fu sorpresa nel vedere Aisling arrivare fino alla porta in bicicletta. «Bene, bene, a che cosa dobbiamo questo onore?» chiese acida. Brendan Og aveva il viso tutto imbrattato di marmellata e i piedi sporchi per essersi aggirato nel cortile. All'arrivo di una nuova distrazione i due gemelli nella culla cominciarono a strillare. Aisling trovò la scena decisamente rivoltante, la peggiore pubblicità possibile e immaginabile al matrimonio, ma ormai sapeva che tutto si può criticare tranne i bambini.

«Salve, tesori», li vezzeggiò, poco sinceramente. Ancora non li distingueva l'uno dall'altra. «Patrick e Peggy, dite ciao alla zia Aisling. Avanti, su.» Si rivolse a Maureen: «Non sono splendidi?» chiese, sperando che Dio non la fulminasse.

«Oh, lo sono per te che passi di qui una volta ogni tanto», ri-

246

spose la sorella. «Ma quando devi vivere con loro giorno e notte non lo sono affatto. Qui, Brendan Og, torna qui immediatamente. Non osare metter piede in casa con tutto quel fango addosso. Volevi qualcosa, Aisling, o passavi per caso?»

Lei strinse i denti. Come potevi passare di là? Una volta che avevi pedalato per cinque chilometri fin dai Daly, dove altro potevi andare? Maureen stava proprio diventando una vecchia acida. Poi si ricordò di ma'. «No, ho pensato di venire a fare due chiacchiere con te. Sai, sei una donna sposata ormai. Magari mi puoi illuminare su alcuni aspetti.»

Maureen la guardò sospettosa. «Credevo che ne sapessi più di tutti noi sulla vita», sibilò.

«Via, Maureen, via. Sono un po' esibizionista come tutti, ma che cosa posso veramente sapere, vivendo in casa con ma' che pensa a tutto?»

«È vero, sei sempre stata coccolata. E lo sarai anche dopo sposata. Immagino che i Murray ti faranno trovare una domestica che ti darà il benvenuto quando ritornerai dalla luna di miele...»

«Non puoi parlare sul serio, Maureen, tu ce l'hai con me. Non sai che tipo di donna è la mia futura suocera. Ti farebbe letteralmente impazzire...»

Maureen stava calmandosi un po'. «Oh, be', in effetti dicono che Ethel Murray sia un po' superba.»

«È odiosa. Tu qui sei proprio fortunata. Voglio dire, la madre di Brendan è brava, no? Ti sta sempre attorno.»

«Neppure lei è poi questa gran meraviglia, detto tra noi. Vieni dentro che preparo del tè. Brendan Og, ti prendo a cinghiate sulle gambe se sbatti dell'altra polvere contro la porta. Non so perché tengano quelle galline: è tutto l'inverno che non fanno un uovo. Sono stufa di nutrirle, un'altra idea della saggia Mrs Daly. Aspetta che ti racconti anche solo la metà...»

Eamonn si rifiutava decisamente di fare il maestro di cerimonia. «Non voglio sentirne parlare, ma', neppure una parola. Se i raffinati Murray pensano anche solo per un minuto che io mi metta un elegante abito a noleggio e chieda alla gente che conosco da sempre se siede dalla parte dello sposo o della sposa, avranno un bell'aspettare. Sarei lo zimbello della città e tutti riderebbero di me... ci sarebbero quelli del pub assiepati davanti alla chiesa solo per divertirsi un po'.»

«Non li faremmo passare, è il mio matrimonio», disse Aisling animata.

«Succederebbe ugualmente, è la Casa di Dio e chiunque può entrarci», rispose Eamonn.

«Solo per un giorno, te lo chiedo come favore, Eamonn, solo quattro ore, cinque al massimo, poi te ne puoi andare con i tuoi amici da *Hanrahan*. Ti prego.»

«Sta' a sentire, Eamonn», si intromise Sean, «il matrimonio è per tua madre e tua sorella e non ha niente a che vedere con noi. Uno di questi giorni qualche stupida ragazza acconsentirà a sposarti e suo fratello e suo padre dovranno vestirsi da buffoni e, peggio, spendere un bel po' di soldi per il pranzo e una quantità di sciocchezze...»

«Pa', io non ci sto, piuttosto lascio la città e me ne vado da casa. Non puoi chiedermi di farlo, davvero. Ma', pensaci seriamente. Se io ti domandassi di scendere in piazza in mutande, accetteresti per farmi piacere? No, ma', sicuramente no. Diresti che non vuoi esporti al ridicolo davanti alle tue amiche...»

«Eamonn non usare un linguaggio simile, non sognarti neppure di parlare a tua madre in quel modo.»

A quel punto Aisling intervenne. «No, io credo che abbia ragione, odia farlo e non ci riuscirebbe mai. Perché chiederglielo?»

Eamonn si girò dalla sua parte, nervoso, sospettando una trappola.

«No, dico sul serio, Eamonn. Io pensavo che saresti stato carino con un bell'abito. Molti uomini scialbi diventano straordinari quando indossano un vestito elegante. Ma no, quello che dici è giusto. Se per il tuo matrimonio volessi che ma' e io ci vestissimo da pellerossa o qualcosa del genere, non lo faremmo. No, lascia perdere. Lo chiederemo a qualche amico di Tony che affiancherà Donal. Il guaio è che quasi tutti quelli che conosce sono vecchi, ma non ha importanza, ci sarà pure qualcuno dell'età giusta.»

Eamonn rimase allibito e mostrò un misto di sollievo e incredulità. «Dio, Aisling, non me lo dimenticherò mai. Ma', tu capisci, vero?»

«Non essere infantile», disse la sorella freddamente. «L'hai avuta vinta, ma non aspettarti anche una pacca sulla spalla. Tu hai risolto il tuo problema. Io, invece, dovrò affrontare quella bisbetica di Mrs Murray e spiegarle perché avremo bisogno di un altro maestro di cerimonia.»

«Che cosa le racconterai?»

Aisling lo guardò con aria innocente. «Be', che i tuoi amici dell'*Hanrahan* irromperebbero in chiesa e creerebbero confusione e che quattro ore sono troppe, anche se il povero Donal le sopporterà.»

«Non dirle così... mi renderebbe terribilmente ridicolo... non metterla in questo modo.»

«E come potrei fare, allora? Suggeriscimi qualcosa tu. Non posso dire che sei malato, altrimenti dovresti startene a letto. Insomma, dovrò raccontare la verità, no?»

«Io non l'ho detto che farebbero rumore in chiesa... alcuni di loro magari verranno a saperlo solo a cerimonia finita.»

«No, Eamonn, se è così terribile per te è meglio che tu non lo faccia. Ma', passami la giacca, vado dalla vecchia strega e non ne parliamo più.»

«Oh, lo farò, lo farò», gridò Eamonn e, sordo a ogni protesta, lasciò la stanza.

«Stai imparando alla svelta», disse la madre, ridendo. «Ora vai, hai vinto la tua battaglia, ma probabilmente avrai ancora qualche scontro prima del grande giorno».

«Hai ragione, ma'», sospirò Aisling, pensando a Tony. Era stato irritabile la sera prima. Visto che si sarebbero sposati entro cinque settimane giudicava inutile che lei gli allontanasse la mano e si abbandonasse alle solite manifestazioni di pudore. Che differenza potevano fare cinque settimane? Lei non sapeva dirlo ma, dentro di sé, sentiva che una differenza c'era e che, se avesse ceduto, sarebbe stato come arrendersi in una specie di gioco.

Maureen era realmente rifiorita grazie alle visite di Aisling, che cominciò a farsi un'idea, inattesa e spiacevole, di quanto dovesse sentirsi sola. Ma' aveva avuto ragione a spingerla a parlarle delle nozze. In quel posto orribile sua sorella chiaramente non aveva nessun motivo di eccitazione. Non era né una fattoria né una casa, ma un grande edificio triste sul lato della strada, con quattro acri di terreno che si stendevano dietro. Nessuna coltivazione, solo alcune oche, un asino, delle galline, un cane pastore e gli altri contadini che usavano la terra come pascolo. I suoi tentativi di creare un giardino erano stati ridicolizzati da tutto il clan dei Daly, ma la sua nuova alleata, Aisling, parve considerare tutta la faccenda come una sfida.

«Tu non capisci, loro pensano in termini di sfruttamento della terra e un giardino è una stupida trovata cittadina, sai, un'idea che non si adatta alla mia situazione. I fiori non si possono mangiare...»

«Ma tu fai l'ingenua, fingi che siano cresciuti da soli. Non dir loro che stai coltivando un giardino, lavora quando non c'è nessuno attorno. Io ti aiuterò. Ti porterò alcune piante e dei semi, pa' certamente li ha in negozio. Dirò che sono un regalo per te. Puoi dare la colpa a me.»

«Dio, Aisling, come stai imparando presto, sarai sicuramente all'altezza dei Murray.»

«Credo che dovrò esserlo.»

In verità, Mrs Murray fu sorpresa nello scoprire che gli O'Connor godevano di una stima maggiore di quanto lei pensasse. Avevano un commercio bene avviato in città e i loro figli erano intelligenti e capaci di cavarsela da soli, tranne forse quel fratello che frequentava l'*Hanrahan* il sabato o verso l'ora di chiusura la sera. Aisling era ben considerata e sarebbe stata presentabile come sposa. C'era perfino chi la descriveva entusiasticamente, dichiarandola una delle ragazze più attraenti di Kilgarret. Non era ciò che lei aveva sperato, ma doveva ammettere che non aveva mai ottenuto molto di quello che desiderava. Joannie, dal canto suo, era vaga e misteriosa riguardo alla propria vita a Dublino e faceva delle scenate al minimo accenno di critica. Non invitava mai le sue amiche lì a casa e, per incrementare quello che guadagnava con gli importatori di vino, sembrava avesse bisogno di un assegno illimitato. Non aveva sviluppato il senso degli affari e Mr Meade diceva che, secondo lui, non era portata per il commercio e, quindi, per condurre la ditta paterna.

Avere un sacerdote in famiglia era una grande consolazione e

John sarebbe stato ordinato l'anno successivo. Lei, tuttavia, aveva sperato che il figlio potesse essere di maggiore aiuto, che trovasse parole di consolazione che le avrebbero aperto sentieri più luminosi in cui credere quando le cose andavano male. Invece, in realtà, rimaneva pur sempre suo figlio e si lamentava quando Tony consumava tutta l'acqua calda per il bagno, diceva che Joannie era troppo chiassosa e, nella sua ultima visita, era rimasto sfavorevolmente colpito dalla facciata della sua ditta, che gli era apparsa malridotta e cadente. Mrs Murray si aspettava che un sacerdote in famiglia riducesse i problemi, non li aumentasse. Ma almeno riguardo alla luna di miele John era stato di aiuto, e aveva suggerito che Tony e Aisling partecipassero a un'udienza papale, durante la quale avrebbero ricevuto personalmente la benedizione del santo padre. Mrs Murray naturalmente era andata in giro a raccontarlo a una gran quantità di gente. A Tony aveva detto che, a volte, si svegliava in piena notte a pensarci: suo figlio che baciava l'anello di papa Pio XII, lì nella stessa sala con lui. La sola idea le causava un brivido lungo la schiena.

A quanto pareva, Aisling sapeva proprio trattare Tony. Più che decisa, gli disse che il suo abito per le nozze gli andava troppo stretto.

«Va benissimo quando tengo dentro la pancia», rispose Tony, con aria di sfida.

«Ma non ci riesci, non resisterai, ora stai trattenendo il fiato», insistette lei.

«Non ho nessuna intenzione di mettermi a dieta e di smettere di bere solo per poter entrare meglio in una giacca da matrimonio», ribatté lui, accigliandosi al solo pensiero.

Aisling rise. «Qualcuno ti ha proposto di farlo? Che idea sciocca, giusto per l'apparenza di uno solo giorno. No, non penso che tu debba neppure sognarti di perdere qualche chilo per entrare nella giacca, no, fattela allargare e starai perfettamente a tuo agio.»

Tony smise spontaneamente di bere birra per un mese e perse sei chili in tre settimane e mezzo lasciando Mrs Murray strabiliata. Era sicura che fosse proprio quello l'intento di Aisling quando aveva allontanato la sola idea. Ci sapeva proprio fare quella ragazza.

Quindici giorni prima della data fissata Aisling e Tony si recarono a vedere come procedevano i lavori nel loro bungalow: ci andarono a piedi, così Aisling poté calcolare quanto tempo impiegava ad arrivarci da casa. Erano solo dieci minuti, prendendosela comodamente.

«Magnifico», disse lei ridendo. «Così se mi picchierai potrò tornare in città e, in pochi minuti, radunare un comitato di difesa.»

Tony parve colpito. «È un'idea assurda, non ti colpirei mai... tu sei come un fiore.»

Aisling ne fu commossa. «Hai ragione, è solo il mio stupido senso dell'umorismo. Mentre è stato molto carino da parte tua paragonarmi a un fiore. Ne coltiveremo moltissimi, vero?»

«Potrai fare tutto quello che vuoi», disse Tony entusiasta.

Aisling si rese conto che ma' aveva ragione, Maureen doveva sopportare una quantità di limitazioni. Figurarsi, dover nascondere i fiori a quegli ignoranti dei Daly. Mentre attraversavano la casa non ancora finita diede il braccio a Tony, seccatissimo perché gli idraulici non avevano terminato la settimana prima. Aisling avrebbe preferito che non ci fossero tante finestre e, quindi, opportunità per la suocera di interrogarla sulle tende che non erano ancora state ordinate e di cui neppure si era parlato né pensato.

D'un tratto, mentre guardavano sconsolati le dispense della cucina, ancora piene di trucioli di legno, lui si girò verso di lei: «Sarà magnifico, sai ».

«Oh, certo, disporremo di tantissimo tempo. Voglio dire, staremo un mese a Roma... in tutto avremo sei settimane», disse lei, cercando di mostrarsi allegra.

«Non intendevo solo la casa ma tutto il resto, sai, il matrimonio.» Sembrava impaziente e implorante al tempo stesso.

Aisling si sentì molto vecchia. «Certo che sarà magnifico. Come potrebbe non esserlo? Non siamo la coppia meglio assortita di tutta la città?»

«Ti amo, Aisling», disse Tony, non facendo nessun tentativo di toccarla.

«E allora sono molto, molto fortunata», ribatté lei. Lo sono. Lo sono davvero, si disse poi.

* * *

A Johnny dispiacque di non essere stato invitato al matrimonio, ma Elizabeth si era mostrata fredda e decisa. Certo la tentazione di portarlo con sé era stata grande, molto grande. Il bel Johnny Stone avrebbe attirato l'attenzione di tutti, sarebbe stato la prova che la timida Elizabeth White se l'era cavata bene nella vita. E sarebbe stato anche simpatico... perfino zia Eileen ne sarebbe rimasta conquistata. Lo vedeva seduto su un alto sgabello assieme allo zio Sean intento a chiedergli degli affari con sincero interesse e 'lasciando libera la fantasia' lo aveva perfino immaginato nel salotto della scuola delle suore. Non c'erano dubbi che sarebbe stato un vero successo... eppure, lei sentiva che era sbagliato portarlo con sé. Del resto, ciò che più contava era che quel giorno apparteneva ad Aisling, non a lei. Johnny sarebbe stato una distrazione, perché avrebbe distolto l'attenzione dalla sposa e dallo sposo, ma preferì non dirglielo.

Dietro il vetro Aisling si agitava. Elizabeth doveva aspettare che la sua valigia venisse sbarcata dall'aereo e, a quanto pareva, sarebbe stata una lunga attesa. Aisling intanto continuava a fare smorfie e a gesticolare puntando il dito in direzione della porta. Elizabeth si rassegnò a non capire. Trovava l'amica magnifica con quel blazer blu scuro e la gonna verde. Attraverso il vetro le mostrò il grande anello di fidanzamento e mimò il fatto che i diamanti erano troppo pesanti perché la mano li potesse reggere. Con sollievo, Elizabeth notò che la prospettiva di sposare Tony entro una settimana non l'aveva affatto cambiata.

Alla fine le venne consegnata la valigia e lei si ritrovò ad abbracciare Aisling come una scolaretta dopo una partita di hockey. Pochi minuti dopo se ne andarono.

Avevano calcolato i tempi alla perfezione. Eileen era appena arrivata a casa e stava bevendo la sua solita tazza di tè in cucina, quella che divideva la giornata di lavoro al negozio dall'inizio delle faccende domestiche. Tra un sorso e l'altro aveva dato istruzioni alla giovane Siobhan, la nuova domestica che aveva sostituito Peggy, su come preparare l'insalata.

In quel momento la porta si aprì ed Elizabeth entrò. Aisling era dietro di lei, rideva e recava una valigia per mano.

Eileen posò la tazza e si alzò. Quella donna alta e magra, quella ragazza col vivace foulard drappeggiato sulle spalle e l'elegante spilla d'oro appuntata sul bel vestito color crema era lontanissima dalla bambina con le ginocchia ferite, goffa sulla bicicletta, nervosa e ansiosa di piacere, che arrossiva e balbettava... era tutt'altra persona.

Elizabeth rimase ferma sulla porta e guardò in fondo alla grande cucina, poi corse come una bambina, gettò le braccia al collo di Eileen e la strinse così forte che quasi le tolse il fiato. Odorava di sapone costoso e talco, ma tremava e fremeva come aveva sempre fatto quando viveva lì con loro.

«Sei proprio la stessa, proprio la stessa», furono le uniche parole che Eileen riuscì a sentire mentre si aggrappava alla ragazza sottile che la stringeva forte. Alla fine Elizabeth si staccò mentre copiose lacrime le scorrevano lungo le guance pallide. Tirò fuori un fazzoletto bordato di pizzo e si soffiò il naso. «È terribile. Cerco di farti una buona impressione e quasi ti soffoco e, per giunta, mi metto a piangere rovinandomi il trucco accurato. Posso uscire e rientrare di nuovo?»

«Oh, Elizabeth... Grazie al cielo sei ritornata da noi... Grazie al cielo non sei cambiata.» Eileen le teneva le mani, come se stessero danzando insieme. Si guardavano sorridendo scioccamente.

«Ma', con me non hai mai fatto tante storie», esclamò Aisling, fingendosi offesa e ridendo per alleviare l'emozione.

«E neppure con me», disse Niamh con sincera invidia. Era ammutolita dall'apparizione di quella ragazza col vestito color crema e il foulard... a bocca aperta per lo stupore che l'accoglienza di ma' aveva destato in lei come del resto in Siobhan, che stava lì impalata, con la lattuga e il prosciutto cotto in mano e guardava stupita la padrona.

«L'uniforme ti sta molto meglio di come stava a noi», si affrettò a dire Elizabeth, sentendo che occorreva prestare attenzione a Niamh. «È forse cambiata?»

La ragazza parve compiaciuta. «No, ma ci permettono di indossare le nostre camicette, purché non siano 'stridenti', come direbbe suor Margaret...»

«Davvero lo dice ancora?»

«Non fa altro.»

Elizabeth sedette su una sedia e allargò le braccia. «Oh, se solo sapeste... se aveste un'idea di quanto sia meraviglioso essere di nuovo qui...»

Il ritorno fu migliore di quanto si fosse aspettata, perfino nelle sue più rosee previsioni. La stanza da letto era la stessa, con i due letti con la trapunta bianca sistemati ai lati del cassettone. Sulla mensola c'era la medesima statua di Nostra Signora, anche se col mantello un po' più scheggiato. Nella piccola cappelletta sul pianerottolo ardeva ancora la lampada del Sacro Cuore, le stanze sembravano un po' più piccole e le scale leggermente più strette, ma nel suo insieme la casa non si era affatto rimpicciolita. Forse, pensò lei, perché era effettivamente grande e molto malandata. Ma del resto, non aveva nessuna importanza: ogni angolo di quella casa, a quanto pareva, le stava dando il benvenuto.

Zia Eileen e Niamh camminavano accanto ad Aisling durante quella visita e Siobhan seguiva a distanza, incantata dalla ragazza con l'accento inglese.

Donal salì le scale a due gradini per volta. Era alto, magro e molto pallido, come se gli avessero strofinato del gesso sul viso. Aveva labbra sottili e quasi livide e, quando sorrideva e rideva, il suo volto richiamava un teschio. Elizabeth trattenne le lacrime fregandosi gli occhi. Aveva sperato che somigliasse al fratello Sean del quale invece non aveva niente.

«Trovi che sia cresciuto bene, Elizabeth White?» chiese ironico.

«Sei magnifico, Donal, come lo sei sempre stato», disse lei.

«Sono alto e ossuto?» Il tono era disinvolto, ma lei avvertì il dolore e la preoccupazione.

Gli toccò la fronte e, con gesto melodrammatico, gli sollevò un ricciolo di capelli che gli cadeva davanti agli occhi. «Donal O'Connor, tu cerchi complimenti, ma se è destino che tu li abbia, che ti siano fatti. Sembri un poeta, un artista. Somigli un po' a quel ritratto di Rupert Brooke o forse addirittura a Byron. Ora, ti basta? O devo lusingarti ulteriormente?»

Lui le rivolse un gran sorriso e lei capì di aver detto la cosa giusta ancora prima che zia Eileen la stringesse a sé con affetto.

Zio Sean arrivò mentre stavano esaminando i nuovi gattini che erano stati scoperti quella mattina in bagno.

«Questa è la figlia di Monica, Melanie, e loro sono i suoi primi cuccioli.» Niamh era tutta orgogliosa.

«Dov'è? Dov'è?» Zio Sean era invecchiato, molto più di zia Eileen. Sembrava un orso, con quei peli biondi che gli sbucavano dal naso e dalle orecchie e gli coprivano il dorso delle mani: non lo ricordava così. Apparve imbarazzato dall'eleganza di Elizabeth, finché lei non lo strinse forte a sé.

13

ELIZABETH sedeva tra zia Eileen e Maureen sul banco in prima fila sulla sinistra della chiesa. Eamonn e Donal erano davanti alla porta e guidavano gli invitati ai loro posti. Niamh, in quanto damigella d'onore, stava ancora a casa con Aisling e zio Sean; a momenti sarebbero saliti sulla macchina che era già pronta in attesa nella piazza. Zio Sean passeggiava su e giù nel soggiorno come un animale in gabbia e aveva una strana pettinatura perché il giorno prima si era fatto fare un taglio troppo drastico. Nessuno aveva commentato, ma Aisling aveva bisbigliato a Elizabeth che il padre somigliava a un galeotto, il che avrebbe certamente aumentato il piacere di Mrs Murray quando avrebbe visto le fotografie del matrimonio.

Elizabeth rivolse un'occhiata a Tony, inginocchiato con la testa tra le mani, più per la speranza di sfuggire agli sguardi che per devozione. Aveva quello che gli scrittori di romanzi rosa chiamerebbero un «fascino appariscente», pensò Elizabeth, con una bella carnagione e la fronte imperlata di sudore. Era un uomo grande e grosso e sembrava più vecchio: se avesse dovuto dargli un'età avrebbe detto che era più vicino ai quaranta che ai trenta. Nelle tre occasioni in cui si erano incontrati, era sembrato a disagio, ma lei lo aveva scusato, perché lo era anche lei. Aveva badato a dire la cosa giusta, quella che l'avrebbe fatta risultare un'amica e un'alleata, piuttosto che una rivale. E si era così trovata a parlare del tempo e del viaggio dall'Inghilterra prima e da Dublino, poi.

Ma, del resto, Tony doveva essere nervoso, perché quello era un gran giorno anche per lui. Non c'era da meravigliarsi che avesse la fronte sudata e che la sua attenzione non fosse rivolta alla loro conversazione. Non c'era da stupirsi che stesse mezzo seduto e mezzo inginocchiato, con le mani sul viso mentre il suo amico, Shay Ferguson, il testimone, spaziava con lo sguardo per tutta la chiesa. Shay era ancora più vecchio di Tony Murray e molto più grasso. Era uno scapolo incallito ed Elizabeth ricordò che lo era stato sin dai tempi in cui lei si trovava a Kilgarret. Shay e i suoi fratelli vendevano macchine agricole e si erano recati spesso al negozio degli O'Connor. Lei aveva sempre pensato che avesse la stessa età di zio Sean ed era strano e imbarazzante pensare che invece fosse amico di Tony. Era come se Aisling venisse affidata a uomini più vecchi e, in un certo senso, più rozzi. Ebbe un fremito e si ricompose.

Bisbigliò a zia Eileen: «Posso dire qualcosa o stai pregando?»

«Sto solo fingendo. Parla pure.»

«Sei felice o triste? Dal tuo viso è difficile capirlo.»

Zia Eileen sorrise. «Sono veramente felice. Aisling ci ha messo tanto a decidersi, lo sai. E lui è un brav'uomo. Io credo che sarà in grado di badarle. No, non sono triste, sono felice.»

Zia Eileen continuò a sorridere. Era molto attraente, pensò Elizabeth, decisamente più carina di Mrs Murray. Indossava un cappotto rosa e grigio con un vestito in tinta, e aveva un po' di rossetto. Aisling ed Elizabeth avevano cercato di farglẏene mettere di più, ma lei aveva detto che già così sembrava una bambola. Il suo cappello era d'un elegante grigio che lei, però, non aveva voluto ravvivare con una rosa. «Ho cinquant'anni ormai, non voglio sembrare un albero di Natale», aveva detto.

Maureen appariva tesa e infelice. Alla luce del giorno, all'interno della chiesa, il suo vestito di taffettà cangiante sembrava dozzinale e vistoso. Guardava con invidia l'abbigliamento di Elizabeth: gonna e giacca giallo limone con sotto una camicetta di pizzo color caffè. Quel che ci voleva per un matrimonio. E sul cappello, aveva nastri in tinta. Si domandò perché mai non aveva pensato a qualcosa del genere. Si sistemò l'ampia gonna di taffettà e non provò certo piacere, non più, nel vederne i colori cangiare con la luce. Quando aveva provato quel vestito aveva pensato che il colore fosse la sua principale qualità e aveva passato ore in camera da letto ad ammirarlo segretamente. Ora l'odiava. Anche la pettinatura non si adattava, era piatta e scialba, nonostante la sera prima si fosse lavata i capelli e li avesse tenuti puntati tutta la notte. Si chiese perché non aveva insistito con Brendan per recarsi a casa della madre quando Mrs Collins e la sua aiutante erano andate a pettinare ma', Aisling, Niamh ed Elizabeth. Brendan aveva detto che era uno spreco di soldi e di tempo; perché non aveva insistito?

Mrs Murray guardò Elizabeth e le sorrise. Aveva un'aria molto severa, pensò la ragazza, conscia di essersi fatta influenzare dalle chiacchiere udite nel corso di quella settimana. Accanto a lei c'era Joannie, che era arrivata a casa la sera prima. Non era molto cambiata in nove anni, rifletté Elizabeth. Sempre tarchiata, aveva l'abitudine di tenere le gambe larghe quando stava in piedi. Il suo viso lentigginoso era piuttosto bello e somigliava a quello di Tony. Indossava cappotto e vestito bianchi, il che, a quanto le risultava, era segno di cattivo gusto: a un matrimonio non ci si poteva vestire di bianco, perché si rischiava di distrarre l'attenzione dalla sposa.

Ma, naturalmente, Joannie Murray non aveva la minima possibilità, anche se fosse stato nelle sue intenzioni, di distogliere gli sguardi da Aisling. Lei li avrebbe lasciati tutti a bocca aperta, quando fosse arrivata.

Elizabeth era rimasta senza parole nel vederla in abito da sposa. Le donava in maniera impressionante e sembrava che non avesse mai portato altri vestiti che quello. Sapeva che zia Eileen non aveva messo limiti al costo di quell'abito. Quando lei si era sposata con zio Sean era stata una cerimonia scialba e povera, con un vestito preso in prestito da una cugina. Successivamente, anche se nessuno voleva ammetterlo, il matrimonio di Maureen con Brendan era stato talmente condizionato dai Daly e dai loro desideri che agli O'Connor era toccato solo pagare per la cerimonia. Questa volta zia Eileen si era impuntata, conscia di avere un'alleata: Aisling non aveva paura dei Murray e sapeva perfettamente come comportarsi.

Insieme erano andate a Dublino e avevano passato un'intera giornata a scegliere la stoffa e il modello. Poi, piene di idee, si erano recate dalla sarta che confezionava i vestiti per l'alta società. La donna aveva capito subito di non aver a che fare con delle provinciali, ma con due persone bene informate e più che disposte a pagare un anticipo. Si era entusiasmata nel vedere quella ragazza alta, con i capelli ramati e il viso intelligente. Nessuno, tranne Elizabeth, sapeva quanto era costato quell'abito. A Maureen era stata detta una cifra e a zio Sean un'altra. A Mrs Murray, invece, non era stato rivelato niente, nonostante i suoi discreti sondaggi in proposito. Solo quando Elizabeth l'aveva visto addosso ad Aisling si era resa conto che valeva ogni penny speso, non fosse altro che per l'impressione che la sposa avrebbe destato in tutti. Era di raso pesante, bianco, diverso da ciò che si era quasi sempre visto ai matrimoni di Kilgarret. Su qualunque altra ragazza un vestito simile sarebbe sembrato spento e l'avrebbe fatta apparire insignificante come una bambola. Aisling, invece, era splendida.

La sorella di Mrs Moriarty suonava l'organo e qualcuno doveva averle fatto un cenno perché abbandonò le note gentili per esplodere in un fragore che fece sobbalzare i presenti. Immediatamente tutti si alzarono in piedi e Tony, col viso rosso per l'impronta delle dita, fu il primo. Guardò verso i parenti della sposa: sia zia Eileen sia Elizabeth gli sorrisero incoraggianti e lui fece una smorfia che sembrava una specie di sorriso affettuoso. Eamonn e Donal si erano infilati nel banco degli O'Connor e tutti si spostarono per fare spazio al padre della sposa.

Aveva un'aria tenera zio Sean, pensò Elizabeth, con quello sguardo fisso davanti a sé, rigido, quasi stesse per essere giustiziato, con i gomiti schiacciati contro i fianchi come se recasse preziosi documenti che potevano scivolare via.

Lungi dall'apparire una tipica sposa nervosa e pudica, timida perché tutti gli sguardi erano su di lei, Aisling manteneva un controllo perfetto: sorrideva a destra e a sinistra, notando l'ammirazione e perfino la sorpresa suscitate dal suo bell'aspetto. Da tempo la chiesa di Kilgarret non vedeva una sposa come lei. I suoi capelli erano il migliore ornamento che si fosse mai potuto immaginare, con le ciocche e i riccioli color rame lasciati sfuggire di proposito, come un lampo di colore in mezzo a tutto quel bianco. A Elizabeth il percorso fino all'altare parve eterno, poi zio Sean consegnò la figlia a Tony e, allentandosi il colletto della camicia, andò a sedersi accanto alla moglie. I due sposi superarono la balaustra e salirono i gradini dell'altare.

Zia Eileen si sporse oltre Elizabeth e prese la mano di Maureen. «Ci siamo di nuovo», disse. «Esattamente come il tuo matrimonio.»

Il viso di Maureen s'illuminò. «Sì, immagino di sì», bisbigliò con ardore. «Naturalmente io non saprei dirlo, visto che ero lì sull'altare.»

«Tale e quale», insistette Eileen decisa.

Elizabeth vide il volto della ragazza distendersi in un sorriso compiaciuto, mentre gli invitati sedevano e guardavano Anthony James Finbarr Murray prendere Mary Aisling come sua legittima sposa.

All'albergo avevano riservato una stanza per la famiglia O'Connor. Era stata senz'altro la spesa più ridicola, visto che abitavano a trenta secondi di cammino, dall'altra parte della piazza, di fronte all'albergo. Lì avevano tutte le stanze che volevano. Invece la direzione aveva detto che era compresa nel prezzo e li aveva invitati a trarne profitto. In caso contrario non ci sarebbe stato nessun rimborso. Aisling si era tolta una calza e teneva il piede in una bacinella. «Queste maledette scarpe sono troppo strette, ma', lo sapevo.»

«Sei sicura di far bene a bagnarti i piedi, Mrs Murray? Potrà risultare più doloroso rimetterle.»

«Già, Aisling è Mrs Murray ora», disse Niamh, intenta a esaminarsi allo specchio. «Immaginatevi, le mie sorelle, Mrs Daly e Mrs Murray...»

Questa osservazione rallegrò Maureen. «Sarai anche tu Mrs Qualcuno, Niamh, non devi preoccuparti», disse in tono gentile.

«Certo che no, Maureen. Non avrei ancora l'età per sposarmi neppure se mi stessero tutti dietro.»

«La madre di Tony non vorrà per caso venire qui a rifarsi il trucco?» chiese Maureen, lanciando sguardi nervosi verso la porta.

«Se vuole può farlo anche fuori», disse Aisling, asciugandosi il piede. «Questa stanza è per la famiglia della sposa, non per la suocera.»

«Sta proprio bene in blu scuro, vero? Ethel ha sempre avuto buon gusto.» Eileen cercava di essere obiettiva.

«Oh, ma', sembra una strega e tu lo sai... la sua faccia assomiglia a un sacco di farina, bianca com'è.»

«Non prendertela con lei per il suo aspetto, Aisling.»

«Stammi a sentire, ma'.» Aisling, con addosso una sola calza, saltellò verso la madre e le pose le mani sulle spalle. «Tu non stai più parlando alla sfrontata, difficile Aisling O'Connor, da ormai mezz'ora io sono la giovane moglie di Tony Murray... e se voglio definire mia suocera una brutta vecchiaccia, lo farò fino a quando ne avrò abbastanza.»

«Bene, ti aspetta una vita facile se continui così, giovane Mrs Murray», disse Eileen. «Su, appoggiati a me e infila quella calza. Dovresti già essere di sotto...»

«Sta andando tutto benissimo, vero?» chiese Elizabeth. «Non ne sei contenta?»

«Lo spero. Ma desidererei aver già superato tre prove: questo ricevimento, la terribile faccenda della perdita della verginità, col sangue, le urla e tutto il resto... e vorrei che la vecchia Mrs Murray avesse paura di me e non viceversa...»

«Non ci saranno né sangue né urla, sei sempre la solita esagerata...»

«D'accordo, ma credo che la battaglia con la suocera sarà peggiore del rapporto sessuale... Avanti, su, andiamo al ricevimento. Dov'è Niamh? Dovrebbe starmi accanto, invece di fermarsi davanti a tutti gli specchi che incontra.»

Tony aspettava ai piedi della scala e, accanto a lui, c'era anche Shay Ferguson con un doppio whiskey in mano.

«Sei magnifica, realmente magnifica», disse Tony.

«Anche tu stai molto bene», gli rispose Aisling.

Elizabeth si rilassò. Prese Niamh per il braccio. «Visto che siamo in vena di complimenti... anche tu sei stupenda... e, probabilmente, ci sarà più gente che guarda te che non Aisling. Lei ormai è fuori concorso, mentre tu sei ancora libera... l'unica fantastica ragazza disponibile...»

«E tu, Elizabeth? Non sei ancora sposata.»

«Ah, no, ma sono innamorata», disse lei con insolito slancio. «Ormai ho l'aspetto della donna promessa.»

Di colpo si accorse che per due giorni non aveva più pensato a Johnny. Era convinta che non avrebbe mai smesso di farlo per tutto il matrimonio, che ogni istante avrebbe desiderato che quella cerimonia fosse per loro due, con la famiglia, gli amici e la promessa di amore e fedeltà, e invece non era accaduto. Si domandò che cosa significava.

Il salone dell'albergo era stato trasformato. Tutte le poltrone e i divani erano disposti contro le pareti e quattro cameriere erano pronte con lo sherry e le bibite analcoliche. Elizabeth guardò con interesse la scena. Riconobbe immediatamente alcuni degli abitanti più anziani: Mr e Mrs Moriarty, della farmacia e Mrs Lynch, la madre di Berna. Poi fu intrappolata da Joannie. «Quanto costa il tuo vestito?» le chiese. Non un saluto, non un segno di stupore, dopo nove anni che non si vedevano, non un'espressione di compiacimento per il matrimonio o di ammirazione per la sposa.

«Sembrano terribilmente felici», disse Elizabeth alzando leggermente la voce, per vedere che cosa avrebbe risposto Joannie.

Guardò verso Aisling e Tony soprappensiero per qualche istante. «Be', non so perché ci abbiano messo tanto, uscivano insieme ormai da molto tempo. Immagino che andrà tutto bene, ma non capisco perché vogliano vivere in questa città di provincia.»

«Non lo so, ma naturalmente ad Aisling Kilgarret piace e desidera stare vicino alla sua famiglia…»

«Deve essere fuori di sé», disse Joannie.

«È una gran bella famiglia. Naturalmente ero molto attaccata a loro quando vivevo qui e lo sono ancora.» Il tono di Elizabeth si era fatto tagliente ma non quanto lei avrebbe voluto. Come osava Joannie Murray liquidare gli O'Connor con quella stupida osservazione?

Joannie lo notò. «Oh, no, non intendevo dire niente contro di loro, sostenevo soltanto che io non potrei vivere qui. Non saprei mai che cosa fare… e poi c'è stata tutta la faccenda di

Aisling che voleva continuare a lavorare nel negozio. Lo sapevi?»

«Quale negozio?»

«Il suo, quello degli O'Connor. Ti immagini, una donna sposata alle prese con tutti quegli attrezzi agricoli?»

«Zia Eileen ci sta lavorando da trent'anni ed è moglie e madre.»

«Per Mrs O'Connor è diverso, lei è della famiglia.»

«Anche Aisling lo è, no?» Elizabeth era strabiliata.

«No, non più. Adesso è una Murray... non può più fare quello che le piace. A questo penserà la mamma.»

«Mi sembra molto deprimente.»

Joannie si strinse nelle spalle. «Che cosa ti avevo detto? Questa è una città squallida.»

Zio Sean stava guardando il bicchiere di sherry come se contenesse del veleno. «Non so come faccia la gente a bere questa roba, Molly», disse alla cameriera, che conosceva sin da quando era bambina.

«Ma, scusa, non lo ordinasti tu stesso, Sean? Due tipi di sherry.»

«Ma non mi aspettavo di doverlo bere», rispose lui ridendo.

«Perché invece non prendi un bicchiere di aranciata? È più rinfrescante.»

Elizabeth lo guardò e rise. «Avanti, su, zio Sean, la gente migliore la sta bevendo, sposo compreso.»

Zio Sean guardò verso Tony. «Bene, questo passerà alla storia. Quel ragazzo di solito ha una gran sete. Secondo me ci ha messo un goccio di qualcosa dentro... ha l'aria troppo allegra».

«Oh, zio Sean, non essere prosaico. È il suo matrimonio, questo. Non c'è da meravigliarsi che appaia così.»

«No, è un atteggiamento innaturale. Scommetto dieci scellini che ci ha aggiunto qualcosa.»

«Bene e io non accetto la scommessa: sarebbe quanto mai fuori luogo andare in giro ad annusare le aranciate della gente. Non è magnifico, zio Sean... non sei contento di come tutto sta andando?»

«Lo sono, Elizabeth, lo sono. E se ti trasferirai qui e sposerai un irlandese ti prometto un matrimonio come questo... Senza sherry, però.»

«È molto carino da parte tua. Sono sicura che mi offriresti delle nozze così, ma sta' certo che non mi rivolgerei a te. Risparmia per Niamh, invece.»

«E chi se la prenderebbe? È un vero flagello.»

«Ti chiedevi anche chi avrebbe voluto Aisling e ora guardala.»

«Gli uomini sono degli sciocchi, Elizabeth. Io ringrazio spesso il buon Dio per avermi guidato nella scelta quando ero giovane e inesperto. Sono stato fortunato ad avere una moglie buona come tua zia.»

Si avvicinarono insieme a zia Eileen, che stava facendo dei cenni. «Credo che sia il momento di condurli nella sala da pranzo. Sean, vuoi aiutarmi? Ethel Murray ha già guardato l'ora tre volte.»

Con sorprendente slancio, Elizabeth disse: «Non fare niente per compiacere Ethel Murray, zia Eileen, tu vali molto più di lei. Falli spostare quando sarai pronta tu, non prima!»

I segnaposto con i nomi erano stati ripetutamente controllati quella mattina da Mrs Murray. La disposizione degli invitati a tavola aveva richiesto un bel po' di lavoro, ma alla fine tutto era stato deciso. Le proteste di zio Sean che non voleva parlare con Mrs Murray durante tutto il pranzo erano state ignorate, come la richiesta di Joannie di sedere a capotavola in modo da non doversi rivolgere a nessuno. La famiglia Murray aveva contribuito con una dozzina di bottiglie di champagne, che sarebbero state usate per il brindisi. Accanto a ogni posto c'erano anche tazze per il tè, bicchieri di latte e zuccheriere. La torta nuziale si trovava su un tavolo laterale. Era sorta una gran discussione al riguardo, poi Miss Donnelly, dell'albergo, aveva convenuto che quella era una buona posizione, perché gli invitati avrebbero potuto spostarsi per la cerimonia del taglio senza pericolo che la torta si rompesse.

A piccoli gruppi esitanti tutti si diressero verso la sala da pranzo. Alcuni esclamarono la propria ammirazione per lo spettacolo che avevano davanti, altri si limitarono a percorrere il tavolo in cerca del proprio nome. Il brusio della conversazione si andò calmando a mano a mano che la gente affluiva nella sala, finché regnò un grande silenzio. Elizabeth avrebbe voluto trovarsi tra Eamonn e Donal; sapeva che nessuno dei due era disposto a conversare con zii e sacerdoti e, quanto a lei, si sentiva un po' a disagio. Ma gli interminabili negoziati l'avevano sistemata tra Shay Ferguson da un lato e padre Riordan dall'altro. Quando ormai metà degli invitati aveva preso posto e alcuni di loro avevano già cominciato a mangiare si udì un forte colpo di tosse.

Padre Mahony, il prete più anziano della parrocchia, che aveva unito in matrimonio Tony e Aisling, stava schiarendosi la gola. «Credo, se siamo tutti sistemati», disse guardando con aria di disapprovazione coloro che avevano già osato sedersi, «che sia giunto il momento di dire la preghiera.»

Rossi in viso, gli sfortunati che erano stati colti seduti si alzarono strisciando i piedi.

«Benedici noi, o Signore, e questi doni che per la tua bontà stiamo per ricevere.»

«Amen», dissero tutti facendosi il segno della croce. Fu il segnale che potevano cominciare a parlare e a mangiare. A poco a poco il brusio si levò... Elizabeth afferrò alcuni commenti su com'era strano che Aisling si fosse sposata tanto bene mentre Maureen, che aveva ricevuto un'educazione migliore, aveva trovato solo il povero Daly. Sperò ardentemente che cambiassero argomento o abbassassero la voce prima che la ragazza smettesse di chiacchierare e potesse sentirli.

Shay Ferguson era un conversatore instancabile. Ruotava la testa a destra e a sinistra, intrattenendo ora Elizabeth ora Joannie Murray. «Non ví sembro ben sistemato, tra le due nubili della parrocchia? Uh, uh?» disse, scoppiando a ridere.

«Gesù Cristo», esclamò Joannie e lui guardò Elizabeth aspettandosi una reazione migliore.

«A rigor di logica non appartengo alla parrocchia, anche se, a volte, mi sembra che sia così», precisò Elizabeth in tono allegro.

«È questo che sente, è tutto ciò che prova?» ribatté lui.

«Prego?» chiese Elizabeth educata.

«Lasci perdere», disse Shay. «Quando versano da bere? I Murray hanno fornito secchi di bevande, sa?»

«Credo che loro offrano lo champagne per il brindisi, ma il

resto, il vino rosso e bianco, viene dagli O'Connor», replicò Elizabeth, desiderosa che la situazione fosse ben chiara anche a un tipo chiassoso e insensibile come Shay Ferguson.

«Sì, bene, allora, dov'è? Avrebbero già dovuto versarlo.»

Lei si volse verso padre Riordan.

«Lei non è cattolica, mi dicono», disse il sacerdote.

«No, padre, i miei genitori sono entrambi della Chiesa d'Inghilterra.»

«E in tutti questi anni da lei trascorsi qui a scuola da quelle brave suore e con una buona cattolica come Mrs O'Connor non ha ritenuto opportuno convertirsi alla nostra fede? Non è un fatto triste? Non è stata, in un certo senso, una mancanza da parte di tutti noi?»

«Oh, non direi, padre. Ho imparato a rispettare e ad ammirare la fede cattolica.»

«Certo, ma rispetto e ammirazione non servono a niente se non si è capaci di chinare il capo umilmente e dire: credo. Perché questo è la Chiesa, sa, piegare la testa con umiltà.»

«Sì, immagino che sia così, padre», disse Elizabeth deferente. Dentro di sé, però, pensava che padre Riordan era in errore. Comunque fosse, la Chiesa cattolica a lei non sembrava avere niente a che vedere con l'umiltà.

Le cameriere dovevano aver sentito le rimostranze petulanti di Shay Ferguson perché cominciarono a rivolgersi agli invitati chiedendo: «Vino rosso o bianco?»

«Io preferirei un goccio di whiskey, proprio un dito», disse padre Riordan.

«Vado a vedere», assicurò una delle cameriere.

«Grazie, Deirdre, brava ragazza», disse lui.

Desiderosa di fare contento il prete Deirdre andò a bisbigliare qualcosa a zia Eileen prima di riempire i bicchieri di Elizabeth e di Shay Ferguson. Il testimone dello sposo assunse un'espressione annoiata. «Madre di Dio, dove se n'è andata ora?» chiese a Elizabeth.

«Sopravviverà per qualche minuto.» Elizabeth sorrise, cercando di calmarlo e pensando che aveva un modo di fare poco piacevole. Si augurava per Aisling che non fosse un amico intimo di Tony. Certo doveva esserlo abbastanza se era stato scelto come testimone. Si parlava raramente delle amicizie di Tony:

dicevano sempre che era all'albergo con una folla di amici o da qualche parte con «i ragazzi». Probabilmente Shay era uno di loro. Elizabeth si guardò attorno per la sala per cercare di identificarne qualcun altro.

Fu distratta dai suoi pensieri dalla voce tonante di Shay. «Beata lei che non deve fare nessun discorso. A me tocca leggere i telegrammi... e dire qualcosa di brillante...»

«Sono sicura che sarà terribilmente bravo», disse lei.

Shay si girò e chiamò lo sposo ad alta voce. «Come stai, Tony, vecchio demonio? Mangia! Proprio così, hai bisogno di tutta la tua forza per dopo.» Mrs Murray, che stava parlando con padre Mahony, lo guardò e si accigliò, Aisling invece gli sorrise. Shay si sentì incoraggiato. «Proprio così, Aisling, nutrilo e con abbondanza di carne rossa... Quando lo avrai a casa niente pollo o prosciutto, bistecche al sangue!» Rise, soddisfatto di sé, e in quel momento il tanto atteso vino arrivò. Vuotò il bicchiere d'un colpo e, prima che la cameriera passasse a Joannie, se lo fece riempire di nuovo.

«Così va meglio», disse rivolto a Elizabeth e ruttò.

Quando la gelatina e la crema furono terminate e le tazze riempite di nuovo di tè, il barista addetto ai vini venne per aprire lo champagne. Ci fu un gran bisbigliare attorno a zio Sean che, alla fine, si alzò e disse: «Desidero informarvi che la famiglia Murray ha gentilmente fornito questo ottimo champagne per riempire i vostri bicchieri... al momento opportuno».

Shay si portò una mano sul cuore e confidò a Elizabeth: «Dio, mi ha fatto spaventare. Ho creduto che il vecchio clown stesse per perdere la ragione e fare un discorso».

Non serviva, pensò lei, sottolineare che non le piaceva affatto sentir chiamare zio Sean «vecchio clown». In ogni caso era giunto il momento dei discorsi.

Shay lesse ad alta voce diciassette telegrammi, impaperandosi coi nomi e pronunciandone alcuni in modo talmente confuso che nessuno capì a chi si riferiva. Poi disse che l'etichetta esigeva che lui lodasse il fascino della sposa e perciò desiderava che tutti testimoniassero che lo aveva fatto. Gli dispiaceva vedere il suo vecchio amico Tony Murray intrappolato nella terribile schiavitù del matrimonio, ma visto che doveva comunque cascarci almeno sua moglie era una bella donna. Disse che sperava che non passasse molto tempo prima che i Murray celebrassero delle altre nozze e che la graziosa Joannie si sposasse. Sottolineò che l'albergo aveva organizzato molto bene quel pranzo e che era bello vedere padre Mahony così di buonumore. Aggiunse, infine, che era tipico dei Murray mandare dello champagne d'annata e che, del resto, erano noti come una delle famiglie più generose d'Irlanda.

Anche zio Sean pronunciò alcune frasi, ma soltanto per introdurre padre Mahony. Disse che era un privilegio e una consolazione per gli abitanti di Kilgarret sapere che il sacerdote era lì a battezzarli quando venivano al mondo, a dire la messa, a impartire i sacramenti in questa vita e a essergli accanto alla fine di essa con le sue benedizioni. Era dunque un'occasione molto felice che quel giorno lui fosse lì a benedire il matrimonio di Aisling col giovane Tony Murray. Ringraziò Miss Donnelly e il personale dell'albergo per averli serviti così bene e, infine, invitò padre Mahony a dire qualche parola...

Il sacerdote ne disse molte. Rammentò quando Tony era a scuola dai frati, prima di andare dai gesuiti, ricordò il fratello di Tony, John, che sarebbe diventato presto padre John, un'ottima giovane recluta del sacerdozio; citò la sorella, Joan, dicendosi sicuro che di lì a poco avrebbe unito anche lei in matrimonio... Nominò Mrs Murray, indomita come vedova quanto era stata forte come moglie.

Parlò anche degli O'Connor ed Elizabeth si chiese se per caso non stava diventando ipersensibile, perché ebbe l'impressione che non facesse loro tanti complimenti quanti ne aveva tributati ai Murray. Erano gli O'Connor che pagavano per la cerimonia nuziale, erano i genitori della sposa e valevano molto più dei Murray...

Poi fu la volta di Tony. Si alzò, rosso in viso e sudato, ed Elizabeth provò un'ondata di simpatia per lui e si augurò che tenesse un buon discorso.

«Bravo, Tony», gridò Shay. Poi, rivolto a Elizabeth, disse: «Cielo, è davvero in gamba, deve aver preso minimo cinque gin con l'aranciata prima di sedersi a tavola e dalla loro parte il vino è corso a fiumi...»

Tony aveva iniziato il suo discorso, ma se la cavava a malapena. Ogni due frasi lanciava un'occhiata ai fogli che aveva davanti. Ringraziò i genitori di Aisling, ma dovette consultare gli appunti per ricordarne i nomi. Disse che sperava di essere un buon marito e lesse un elenco di parenti che era stato contento di rivedere, impaperandosi sui nomi ancora più di Shay. Ringraziò la madre per tutto l'aiuto e l'incoraggiamento che gli aveva dato e si disse impaziente di visitare Roma e, se possibile, con la volontà di Dio, di ritornarci l'anno successivo per l'ordinazione del fratello. Desiderava ringraziare tutti per gli utili doni e sperava che la cerimonia fosse stata di loro gradimento. Poi, all'improvviso, sedette e quando i battimani cessarono, scese un silenzio imbarazzante. Elizabeth vide Mrs Murray consultare di nuovo l'orologio, chiaramente a disagio. Poi scorse zia Eileen sporgersi a dire qualcosa a zio Sean, che si alzò di nuovo.

«Suggerirei a padre O'Donnell di cantarci qualcosa, visto che noi tutti sappiamo che ha una bella voce.» La proposta fu accolta da grandi acclamazioni.

Il prete aveva già atteggiato mani e viso e intonò due canzoni, poi disse che un uccellino gli aveva chiesto di scegliere quella preferita dagli sposi. La sua chiara voce si levò di nuovo a cantare *Danny Boy* ed Elizabeth avvertì uno strano e inaspettato formicolio nel naso e agli occhi. Guardò nella direzione di Aisling, che sorrideva tra il velo e i riccioli rossi. Le aveva raccontato di quando aveva cantato quella canzone per la madre, Harry e Johnny, e Aisling aveva detto che era del tutto naturale che si piangesse nell'ascoltarla.

Con gli occhi annebbiati, Elizabeth si guardò attorno. Tutti gli sguardi erano rivolti verso il giovane prete che cantava e si vedevano gli sforzi generali per mantenere inalterate le proprie espressioni. Subentrò un gran senso di sollievo quando, alla fine, venne l'ultimo ritornello e tutti si unirono al coro.

Gli invitati si asciugarono gli occhi, si soffiarono il naso, bevvero gran sorsi di tè o di vino e applaudirono. Elizabeth sorrise di nuovo ad Aisling, trattenendo le lacrime, e pensò che i matrimoni erano già abbastanza commoventi senza bisogno di cantare anche una canzone come quella.

Zia Eileen si lamentò che i piedi le erano raddoppiati e che, quando fossero tornati a casa, avrebbero dovuto tagliare le scarpe per togliergliele. Zio Sean affermò che la gola gli si era chiusa per tutto quel vino dolce e che soltanto un paio di birre avrebbero potuto riaprirla. Eamonn, al quale era stato concesso il permesso di andarsene, disse che dopotutto la faccenda non era stata tanto male e che valeva la pena di restare fino al commiato.

Shay Ferguson si era procurato due grossi bicchieri di whiskey che recava in una mano insieme a uno di acqua tenuto precariamente con il mignolo. Imitava il rumore di un treno in corsa. «Tuu-tuu, largo. Devo preparare lo sposo per il grande viaggio che l'aspetta...» Tony stava indossando un abito meno formale nell'ufficio di Miss Donnelly.

Maureen era seccata perché Brendan voleva andare a casa.

«Non potrebbe avviarsi lui e tu lo raggiungerai dopo?»

«Oh, come si vede che non sei sposata, Elizabeth. Dove va uno deve andare anche l'altro, questa è la regola del matrimonio.» Maureen aveva due chiazze rosse sul viso, causate dal vino e dall'emozione. «Per piacere, va' da lui e distrailo, parlagli, digli qualcosa.»

Elizabeth si avvicinò a Brendan che, fremente, stava sulla porta. «Dov'è Maureen? È una vera egoista. È tutta la mattina che quella poveretta di mia madre basta a Brendan Og. Non capisco perché la gente si attardi ancora invece di andarsene a casa...»

Si udì un rumore alle loro spalle e Aisling e Tony uscirono insieme nella hall. Le donne li raggiunsero nella sala da pranzo e gli uomini arrivarono dal bar, reggendo boccali di birra. Aisling indossava un vestito che, disse a Elizabeth, andava definito «color acquamarina» anche se in realtà era verde, perché molti ritenevano che quel colore portasse sfortuna. In testa aveva un cappellino ovale ricoperto della stessa stoffa. I capelli erano tirati su e legati in uno chignon.

«Somiglia a un'attrice del cinema», disse Maureen con autentica ammirazione.

«Sembra molto vecchia, quasi una trentenne», notò Donal. «Una magnifica trentenne», aggiunse poi, vedendo l'espressione della sorella. Ma non servì a molto. «Non che trent'anni siano poi così tanti», concluse.

Eileen avanzava fiera dietro di loro e quando giunsero alla porta d'ingresso dell'albergo, scorse la consuocera che se ne stava in disparte; con notevole sforzo le andò vicino.

Elizabeth vide Mrs Murray sorridere sorpresa, dopodiché il suo viso riassunse la sua solita espressione leggermente ironica. «Già, Eileen, il momento è venuto.»

«Non sembrano felici? Non è bello vederli partire così?» Mrs Murray annuì. «Tony è un brav'uomo, Eithel, oltre ad appartenere a una grande famiglia... Sean e io siamo molto contenti che ci sia una brava persona che badi ad Aisling. È buono e gentile.» Zia Eileen le strinse il braccio ed entrambe uscirono sul vialetto. Elizabeth se ne stava un po' lontano dalla ressa. Guardava quella sconosciuta, Aisling, col suo impertinente cappellino.

La folla d'invitati lanciava grida d'incoraggiamento. Shay Ferguson quasi non si reggeva in piedi mentre batteva sul tetto della macchina. «Avanti, su, sbrigati... l'hai quasi a portata di mano, Tony, smettila di perder tempo... non farle spegnere tutto l'ardore.»

«Addio, Aisling... buona fortuna», gridò Maureen, con le lacrime agli occhi.

«Dove l'ha preso quel vestito? Ha un buon taglio», disse Joannie.

Aisling baciò pa', Mrs Murray e poi ma'. Tony stringeva le mani di tutti, trattenendole tra le sue.

«Addio, grazie, addio, grazie», continuava a ripetere. Giunse a Elizabeth. «Addio, grazie», disse.

«Spero che siate entrambi felici, Tony», gli augurò lei, «molto felici e che vi diate a vicenda una grande... una grande gioia», concluse con un filo di voce.

«Oh, ne sono certo», disse lui imbarazzato.

Shay Ferguson era al suo fianco. «Be', se non ve la date voi, Tony, chi altro potrebbe? Procurale tantissima felicità e metti in moto adesso.»

Elizabeth arrossì per la rabbia di essere stata travolta in maniera così goffa e rumorosa proprio mentre lei cercava di essere sincera... Sperava davvero che Aisling e Tony fossero molto felici... Alcuni lo erano, zia Eileen e zio Sean, per esempio, e la mamma e Harry, almeno per un po', altri decisamente no. Si chiese perché mai quel bestione volgare di Shay Ferguson dovesse essere lì vicino a sentire.

Aisling parve avvertire il suo disagio e si precipitò prendendole un braccio. «Dimmi la verità, non è stato eccezionale? Ammetti che c'è stata dell'eleganza nelle nozze di Aisling O'Connor.»

Elizabeth l'abbracciò e poi si guardarono immobili. «È stato un magnifico matrimonio, semplicemente bellissimo. Li ho sentiti commentare che non c'è mai stato niente di così elegante... di altrettanto colorito e straordinario a Kilgarret prima d'ora...»

«Elizabeth, tornerai ancora? Ti prego, quando tutto rientrerà nella normalità e non ci sarà più questa confusione?»

«Sì, certo che verrò. Vai ora, Aisling, ti stanno chiamando.»

«E ho fatto la scelta giusta, vero?»

«Che cosa?»

«Non sto sbagliando? Andrà tutto bene?»

«Non ora, Aisling, vai.»

«Tu sei la mia migliore amica.»

«E tu la mia... Vai.»

Quando Aisling salì in macchina l'applauso fu immenso e il suo sorriso non fu da meno. Shay aveva legato dietro la macchina un grande cartello recante la scritta OGGI SPOSI. Tony aveva cercato di toglierlo ma Eileen aveva detto di aspettare quando fossero usciti di città. La macchina si mise in moto e si allontanò ma, per la gioia generale, fece un giro completo della piazza prima di imboccare la strada per Dublino. Degli sconosciuti, che erano appena arrivati con l'autobus del pomeriggio, si unirono all'applauso. Dopodiché la macchina scomparve.

PARTE TERZA

1954-1956

14

Gli era stato consigliato di scegliere un albergo nella zona nord di Dublino in modo che, quando fossero partiti il giorno dopo, si sarebbero già trovati sulla via dell'aeroporto. Aisling aveva spiegato a Elizabeth che la maggior parte degli amici e dei parenti era convinta che sarebbero stati talmente esausti dopo la notte di passione che a malapena sarebbero riusciti a guidare fino all'aeroporto. Maureen aveva detto che conosceva una pensione situata a poco più di un chilometro dal terminal. Pa' aveva suggerito che la scelta migliore sarebbero stati i cugini a Dunlaoghaire.

Aisling non aveva badato a nessuno e aveva scritto allo *Shelbourne Hotel* di Dublino prenotando per una notte una delle migliori camere matrimoniali a nome di Mr e Mrs Murray. Si era ricordata di tutti i progetti che lei ed Elizabeth avevano fatto anni e anni prima, quando Elizabeth viveva a Kilgarret. Erano sicure che si sarebbero sposate solo per amore con ragazzi che impazzavano per la città e non con degli orribili uomini d'affari che ci abitavano soltanto.

Diventare Mrs Murray non rientrava in quei progetti. Ma non ne faceva parte neppure un aborto procurato perché a Johnny Stone non si poteva dire che aveva fallito nei suoi tentativi di non concepire. Aisling si chiese che cosa faceva ora Elizabeth per evitare che si ripetesse. Poi mandò un sospiro. Grazie a Dio lei non si sarebbe dovuta preoccupare di questo. Se fosse restata incinta avrebbe avuto un bambino e poi un altro;

ma' l'avrebbe aiutata a badare a loro e, forse, anche Peggy sarebbe andata a dare una mano. Perfino Tony avrebbe contribuito, naturalmente. Mandò un altro sospiro.

Lui la guardò e le mise una mano sul ginocchio. «Sei felice, signora?»

«Lo sono, signore.»

«Magnifico, anch'io e presto arriveremo a Dublino e prenderemo quella bibita a cui sto pensando da un po'.»

«Sì», disse Aisling distrattamente. Si chiese se Tony avrebbe bevuto al bar dello *Shelbourne* o se si sarebbero fatti servire in camera. Nei film portavano da bere nei secchielli del ghiaccio, magari lo avrebbero fatto anche per loro.

«È bello tornare nel vecchio *Shelbourne*», disse Tony quando la macchina fu parcheggiata e il facchino ebbe preso le valigie. «E ora prendiamo da bere. Giusto?»

«Giustissimo», disse Aisling. Ma, con sua sorpresa, dopo che lui ebbe firmato il registro, attraversarono l'atrio dell'albergo e uscirono di nuovo. Fu una delusione: lei aveva pensato che l'avrebbe presa per mano e che sarebbero scoppiati a ridere. Invece no. Si chiese dove la stava portando.

«Non vorrai bere lì dentro, è un posto troppo di lusso, andremo in un vero pub.»

Lei aveva lanciato un'occhiata all'interno e le era sembrato meraviglioso. C'erano specchi e camerieri in giacca bianca. Vi si trovavano anche un paio di donne eleganti e lei aveva pensato che sarebbe stata alla loro altezza col suo cappellino e il vestito acquamarina. Invece no, si ritrovarono all'improvviso in un locale molto meno bello di *Maher* e in cui aleggiava quell'odore acido di birra che avverti quando un posto è pieno di bicchieri sporchi e di barili lavati male.

«A Kilgarret non vai a bere in posti come questo», disse lei, «vai all'albergo. Perché non ritorniamo allo *Shelbourne*? È molto più bello.»

«Non posso mettere piede in un pub a Kilgarret, senza che l'intera città mi chieda un prestito di dieci scellini o un viaggiatore di commercio mi offra da bere e mi parli dei suoi affari.

Per questo devo andare a bere in albergo. Ma qui è diverso, nessuno ci conosce.»

Aisling si guardò attorno. C'erano uomini che a malapena staccavano gli occhi dalle loro birre e un gruppo di ragazzi vicino alla porta che ridevano e scherzavano. Il tavolo era coperto di bicchieri sporchi e di portacenere traboccanti.

«Oh, torniamo indietro, il bar dell'albergo serve da bere come qui ed è molto più accogliente», pregò.

Ma Tony era già al banco e, con un cenno del capo, indicò uno dei tavoli.

«Gin?» chiese.

Lei lo sentì ordinare un doppio gin, un doppio whiskey e della birra. Guardò allora con disgusto il tavolo e il barista mandò un uomo a pulirlo. Era un po' lento, come Jemmy, e continuò a osservarla mentre strofinava togliendo la cenere e i segni lasciati dai boccali di birra. Il panno era così unto che, malgrado i suoi sforzi, il tavolo non assunse affatto un aspetto migliore. Lei vide un giornale della sera e lo raccolse prontamente. Mise due pagine sul tavolo e due sulla sedia. Così le sarebbero rimaste le impronte della stampa addosso, pensò, seccata. Meglio, comunque, di chissà quale altra sporcizia.

«Stupendo», disse Tony quando tornò da lei con i bicchieri. «Bene, alla nostra buona sorte», brindò sollevando prima la birra e ingollando poi un sorso di whiskey senza che lei avesse toccato il suo gin. «Come dicevi tu, siamo una bella coppia.»

Un uomo col naso rosso da bevitore e un vestito liso e stazzonato si sporse verso Tony e, come se si rivolgesse a un cliente abituale del pub, disse: «E che cosa fate tu e la tua amica tutti eleganti di sabato sera?»

Tony ne fu deliziato. «Ho il piacere di informarti che non è un'amica, ma mia moglie», disse, scoppiando a ridere.

L'uomo lanciò un'occhiata ad Aisling. «Oh, bene, non c'è niente di male nel portare fuori la moglie ogni tanto, lo dico sempre. Siete stati alle corse?»

«No, a delle nozze», disse Tony, strizzando l'occhio e assumendo un'espressione così stupida che ad Aisling venne voglia di alzarsi e andarsene. Si rese conto, però, che ormai non poteva più farlo.

«Oh, un matrimonio. Qui vicino?» chiese l'uomo.

«No, in campagna. Due veri zoticoni.»

L'uomo rise. «Oh, non c'è niente di peggio di un matrimonio cafone, dico sempre io. Possono essere disperatamente presuntuosi, lì in campagna.»

Il viso di Tony era tutto un sorriso. «Potrei continuare a prenderti in giro... ma hai troppo l'aria del brav'uomo per farti questo. Era il nostro matrimonio. Ora, come la metti?» Si appoggiò allo schienale, raggiante.

L'uomo, con gli occhi spenti da ubriaco, capì che ci si aspettava qualcosa da lui. Si alzò e strinse la mano a entrambi. «Le mie sincere congratulazioni e le mie più cordiali felicitazioni. In circostanze normali io sarei il primo a offrirvi...»

Quasi fosse stato ispirato dallo Spirito Santo, Tony parve capire la situazione dell'uomo: avrebbe voluto pagargli da bere per celebrare il loro matrimonio ma non aveva soldi. Era un ubriaco, un patetico ubriaco fradicio, esattamente il tipo di persona che a Kilgarret si sarebbe fatto prendere dieci scellini da Tony.

Aisling era furiosa e il suo gin tonic aveva un sapore amaro. Tony era di nuovo al banco con il loro nuovo amico.

Aisling decise di pensare ad altro. Cancellò Tony e quell'uomo dai suoi pensieri, atteggiò il viso a un sorriso forzato e pensò a quel che avrebbe scelto per la cena. Elaborò il proprio menu e visualizzò la scena in camera da letto, nella quale avrebbe indossato la sua nuova camicia da notte color crema e il négligé di pizzo. Immaginò come sarebbe entrata nella stanza dopo essersi spogliata in bagno... era contenta che avessero una camera da letto con bagno, altrimenti sarebbe dovuta andare in fondo al corridoio mezza nuda. Previde che quando tutto fosse finito sarebbero rimasti distesi lì a parlare del futuro e Tony avrebbe detto che, dopotutto, era contento di aver aspettato la prima notte di nozze.

Immersa in quei pensieri sentì la voce di Tony e avvertì il suo gomito nel fianco.

«Sei molto taciturna, Aisling. Va tutto bene?»

«Oh, sì», gli disse sorridendo, poi lui tornò alla sua conversazione e lei ai propri pensieri. La mattina dopo sarebbero andati all'aeroporto e lei non avrebbe avuto affatto paura dell'aereo. Dopotutto era una donna adulta, sposata, che a quel punto aveva ormai avuto un rapporto sessuale... naturalmente non si sarebbe comportata da sciocca come gli altri.

Sentì di nuovo il gomito nel fianco. «Gerry conosce un pub davvero grande e molto noto. Perché non andiamo a bere qualcosa là?»

«Non faremo un po' tardi per la cena in albergo?» ribatté lei, con un tono gelido che apparve evidente persino all'ubriaco.

«Be', ragazzo. Forse un'altra volta...» esordì questi.

Ma Tony non si era accorto di niente. «Sciocchezze, approfittiamone stasera. Magari non ritorneremo mai più in questa città.» Rise. Aisling si alzò, obbediente, e Tony le mise un braccio attorno alle spalle.

«Non mi sono forse preso la migliore ragazza di Kilgarret, Gerry?» chiese all'ubriaco.

«La migliore, Tony, la migliore», ripeté l'uomo deciso.

Non ci fu nessuna cena allo *Shelbourne*. All'ora di chiusura del pub, Gerry gli aveva detto dove potevano trovare delle patatine fritte. Lui personalmente non ne voleva, aveva tenuto gli ultimi soldi per l'autobus e, in ogni modo, non avrebbe apprezzato molto il cibo dopo una serata trascorsa a bere un paio di bicchieri. Strinse loro la mano e gli augurò buona fortuna. Aisling non aveva bevuto altro gin, solo dell'acqua tonica. E poiché nell'ultimo pub non ne avevano, era rimasta seduta con la mente affollata di pensieri. Ora, finite le patatine, con Tony che rideva come un ragazzino, riattraversarono a piedi la città. Aveva nella borsa la chiave di una delle camere d'albergo più costose d'Irlanda, avevano soldi e in progetto c'era stata una grande cena per due. Invece, avevano visitato un pub dopo l'altro, cinque in tutto. Nella hall i portieri si scambiarono occhiate d'intesa e sorrisero alle spalle di Tony, che armeggiava in cerca di spiccioli.

«Non c'è bisogno di una mancia ora, non hanno fatto niente», sibilò Aisling.

«Mi va di dargliela. Sono soldi miei, è la mia notte di nozze», borbottò lui, barcollando. «È la mia fottutissima prima notte. Darò quante mance voglio.»

I portieri lo ringraziarono.

«Buonanotte, signore», dissero i due portieri e Aisling cercò di reggerlo, mentre lui barcollava per far loro uno scherzoso inchino.

«Lasciami stare, donna. È come tutte le altre, sapete, non vede l'ora di portarmi di sopra.»

I due uomini sorrisero, imbarazzati per Aisling che stava singhiozzando, umiliata. Il più anziano provò pena per lei. «Signora, mi faccia andare avanti con la chiave», disse. E, mentre Tony avanzava vacillando nel corridoio, quell'uomo gentile sussurrò ad Aisling: «Sapesse quante coppie in luna di miele passano di qui, signora, e gli uomini sragionano sempre per la paura. Secondo me sono decisamente il sesso più debole. L'ho sempre pensato».

«Lei è molto gentile», disse Aisling.

«Sciocchezze, sarete la coppia più felice del mondo.»

Una volta nella stanza, Tony si profuse in grandi sorrisi.

«Avanti su, vieni qui», disse ad Aisling.

«Lasciami togliere prima il vestito», ribatté lei. Era già sporco e non voleva che si strappasse anche.

Appese la giacca allo schienale della sedia e ripiegò la gonna, rimanendo davanti a lui in sottoveste e camicetta.

«Sei bella», esclamò Tony.

«Aspetta un momento», disse lei. «Non posso tirare fuori il mio splendido négligé nuovo? Voglio indossarlo, ti prego.»

«Va bene», acconsentì e lui si lasciò cadere su una poltrona di velluto, come se non avesse più forza nelle gambe. Aisling aprì la valigia che aveva preparato con tanta cura: sopra c'era l'abito che aveva pensato di indossare per la cena, sotto si trovavano il négligé e la camicia da notte con accanto il nécessaire a fiori. Si infilò in bagno e si lavò rapidamente. Le sarebbe piaciuto attardarsi di più, ma aveva paura che lui non volesse aspettare tanto.

Osservò il proprio viso, che le parve stanco e teso, si tirò indietro i capelli e li legò con il nastro color crema che aveva comprato per quell'occasione. Si mise il profumo e un po' di rosso sulle guance. Così andava decisamente meglio. Oh, Dio, fa' che non sia ubriaco e che non mi faccia male. Dopotutto ho aspettato fino al matrimonio, mentre tante non lo fanno. Ti prego, fa' che non sia troppo rude con me. Entrò nella stanza e ruotò su se stessa, così che lui ammirasse meglio il suo négligé.

Tony dormiva nella poltrona. Aveva la bocca aperta e stava russando.

Lei si tolse il négligé e lo appese con cura a uno degli attaccapanni dell'albergo. Spense la luce in bagno, prese la coperta di riserva, che stava nel guardaroba, e lo coprì. Poi gli sollevò leggermente il capo e gli infilò dietro un cuscino. Gli slacciò le scarpe, gliele sfilò e gli mise un altro cuscino sotto i piedi. Aveva visto fare tutto questo in un film e le era sembrato un bel gesto. Ma, naturalmente, l'attore piangeva e diceva di amare la sua partner. Non russava come Tony Murray, suo marito.

Aeroporto di Dublino.

Poche righe in fretta per ringraziarti di essermi stata di sostegno e di aiuto. Non far passare un altro milione di anni prima di tornare a Kilgarret. A Dublino tutto benissimo. Proseguiamo per Roma.

Affettuosamente,

Aisling Murray

Hotel San Martino.

Un'altra cartolina per la tua collezione. Questa è la Città Santa, o la città eterna, come la chiamavamo a scuola. Fa molto, molto caldo. C'è una quantità enorme di poveri, molti di più che a Wicklow, e parecchi italiani non sono religiosi. C'è una banca chiamata Santo Spirito. Immagina un po', tenere i propri risparmi nella banca dello Spirito Santo. L'albergo è bello e domani vedremo il papa. Tony ti saluta con affetto, o meglio lo farebbe se sapesse che ti sto scrivendo.

Affettuosamente,

Aisling

Hotel San Martino.

C'erano centinaia di persone e siamo stati presentati a lui. Incredibile... Ancora non riesco a credere che sia successo. Ogni volta che vedo le sue foto non faccio che ricordare a Tony che ci ha conosciuti. Fa ancora molto caldo. Vado in giro e vedo tantissime rovine. Saresti orgogliosa di me. Mangiamo in ristoranti all'aperto sulla strada, come nelle foto di Parigi. Il vino costa poco e lo beviamo a ogni pasto. Eccetto la mattina a colazione, naturalmente.

Con affetto,

signora Murray

Fa sempre più caldo. A Roma tutti hanno un'abbronzatura dorata, ma per colpa della mia orribile carnagione io riesco solo a scottarmi. Così ho comprato un ombrellino. Tony non vuole stare all'aperto per via del caldo e perciò rimaniamo il più possibile al coperto. Mi sono recata alle catacombe. Poveri martiri, hanno sofferto talmente tanto a causa della fede, mentre per noi è così facile! Quasi non vedo l'ora di tornare a Kilgarret, dove c'è fresco, verde... e pioggia, a quanto mi scrive ma'.

Con affetto,

Aisling

Ti ringrazio, ma', per avermi scritto qui. Nessun altro l'ha fatto, immagino che pensassero che non mi sarebbe arrivato niente. Sei un angelo a dirmi che il bungalow è così a buon punto. Grazie a Dio non dovremo stare con la «vecchiaccia». Ora mi toccherà nascondere questa cartolina in una busta, vero? Tutto è meraviglioso, ma' e, come ho detto nell'altra cartolina, ringrazio te e pa' un milione di volte. Spero che il matrimonio non vi sia costato troppo, lasciandovi senza soldi. Non vedo l'ora di essere di nuovo a casa. Dovrò ricordarmi che vivo con Tony, adesso, e non salutarlo nella piazza e correre da voi, come facevo un tempo. Ringrazia ancora i ragazzi e anche Niamh. Non è stato bello che Elizabeth sia venuta per il matrimonio, e non ti è sembrata stupenda? Le ho mandato alcune cartoline da qui. Pensavo che dovesse sentirsi molto sola a Londra.

Tutto l'affetto della tua figlia sposata,

Aisling

* * *

282

«Era assolutamente incantevole... Ecco, ho le fotografie.»
Elizabeth stava seduta su una scrivania, con i piedi appoggiati a
una sedia, e aprì l'album di foto in bianco e nero. La macchina
fotografica le era stata regalata da Johnny per il suo ventunesi-
mo compleanno e non era mai stata adoperata per un'occasione
importante. Ora aveva una dozzina di fotografie del matrimonio
di Aisling, di cui dieci erano perfette e due riuscite male. Stefan
e Anna le studiarono attentamente.

«Non è un po' dimagrita da quando venne qui?» chiese
Stefan.

«Guarda che bel vestito», osservò Anna.

«Questa è sua madre? Una bella donna...» Stefan guardò Eileen e, in un certo senso, Elizabeth sentì i suoi due mondi avvicinarsi di più.

«E suo marito, Tony, mi sembra un uomo affascinante.» Anna aveva allineato le fotografie sulla scrivania. «È chi è questo
tipo che tiene la mano sul suo braccio?»

«È l'odioso testimone dello sposo... è insopportabile.»

Stefan e Anna risero.

«No, sul serio... è davvero impossibile. Spero per Aisling
che non diventi l'amico di famiglia.»

«E chi è questa signora triste?»

«È la madre di Tony. Si è anche sforzata di sorridere un po',
ma credo che nessuno se ne sia accorto. E lei è la scostumatissi-
ma sorella, Joannie, mentre quest'altro è il suo insipido fratello,
che sta per farsi prete... Oh, e questo è Donal, il bambino così
delicato. Guardate come ride, non è stupendo? Ed eccomi qua,
con quell'aria sciocca sotto il cappello...»

«Sei bella, Elizabeth», disse Anna seria.

«Certo che lo è. Bella quanto la sposa», osservò Stefan.

«E questo è Tony che sta facendo una smorfia poco prima di
salire in macchina per recarsi in albergo. Era ancora molto nervoso... dopo è andata meglio e si è rilassato.»

«Tu non credi che questa gente vada bene per Aisling, vero?»

«Oh, Stefan, non l'ho mai detto. Sono i signori della città,
davvero.»

«Ma a te non piacciono: Tony è nervoso, suo fratello è insipido, sua sorella maleducata, sua madre triste, il testimone odioso... è chiaro che non ti vanno a genio.»

Stefan rise ed Elizabeth lo guardò, quasi ammutolita.

«Non intendevo...» cominciò.

«Ma non è un delitto non amare la gente con la quale gli amici s'imparentano. Sono sicuro che se conoscessi le mogli dei miei figli non mi piacerebbero. Anna, per esempio, non sopporta la famiglia di suo cognato. Vivono a Londra e non li vede mai, ma si incontra con la sorella ogni mese. Non è così insolito, dopotutto.»

«Non l'ho mai confessato neppure a me stessa. Non mi rendevo conto che non mi piacevano», disse Elizabeth, sorridendo maliziosa. «Ma tu non lo dirai mai ad Aisling se dovesse tornare qui, vero? Perché, in realtà, non è che mi siano propriamente antipatici... Ora però non voglio farvi perdere altro tempo. Le ho appena ritirate e desideravo che foste i primi a vederle. Adesso vado a casa.»

«Johnny dovrebbe rientrare la settimana prossima, quindi ritorneranno l'allegria e il movimento», disse Anna, col tono di chi voglia introdurre una nota consolante.

Elizabeth vide che Stefan la guardava accigliato.

«Via, Anna, Elizabeth conosce i movimenti di Johnny meglio di noi. Prima a Brighton poi a Hove e di ritorno venerdì... Non dobbiamo dirle noi quello che fa.»

Oh, Dio! Dall'espressione di Stefan si sarebbe detto che Johnny aveva una nuova donna. Naturalmente lei non sapeva dov'era né quando sarebbe tornato. Ma, grazie al cielo, Stefan si rifiutava di ammettere che qualcosa andasse male tra loro. A volte le sembrava che se non fosse stato per lui, lei avrebbe perso Johnny per sempre.

Il padre mostrò un cortese interesse per le fotografie. «Qual è l'amica di Violet?» chiese innanzitutto. A Elizabeth parve un buon segno, perché di solito si rifiutava di nominare la madre.

«È questa, zia Eileen», disse lei fiera.

«Bene, bene, sembra proprio una bella donna. Naturalmente sarà contenta che Aisling si sia sposata e bene, immagino.»

«Sì, papà, è contenta. Credo che lo sia molto.»

«Be', è naturale. Sua figlia si è sistemata e ha una casa e un futuro davanti a sé. È ciò che ogni genitore desidera.»

Elizabeth lo guardò stupita. «Ed è quello che ti auguri anche tu, papà?»

«Naturalmente.»

«Che cosa?»

«Desidero che tu ti sposi e ti sistemi. Che cos'altro posso volere per te?»

«E non sei contento che io sia felice della vita che conduco? Che svolga un lavoro che mi interessa, che insegni e che abbia Johnny?»

Il padre non disse niente.

«Perché io sto bene. Davvero. In tutta sincerità, non mi piacerebbe sposare uno come Tony Murray, un uomo così assennato. Preferisco restare come sono. Parlo sul serio, non lo dico soltanto per nascondere un cuore spezzato...»

«Tu sei figlia di tua madre e ho paura, Elizabeth. È questo che mi preoccupa. Aveva una bella casa, una famiglia e una vita sociale, e che cosa fece? Se ne andò con uno che guadagnava soldi sulle sofferenze della gente. Scappò con lui, insensibile e avventata, e adesso ha perso la ragione. Perché ti meravigli che io mi preoccupi quando rivedo in te le sue debolezze?» Il padre le disse tutto con grande serenità senza che l'occhio gli si contraesse, come succedeva sempre quando era eccitato. Quasi lui non c'entrasse affatto con quello che era accaduto.

Elizabeth mantenne la voce calma come il padre. Se doveva parlare con lui era meglio seguire il suo esempio. «Sì, capisco che tu possa preoccuparti. Ma, sinceramente, le cose sono cambiate. Siamo negli anni Cinquanta, ormai, non nei Venti o nei Trenta. Le donne sono interessate al loro lavoro. E gli uomini, alcuni almeno, non hanno nessun interesse a sistemarsi.»

«Va bene. Naturalmente io preferirei che tu conducessi una vita adeguata con qualcuno che badasse a te. Voglio dire, a che cosa serve avere dei figli se poi ti devi preoccupare perché non si sistemano?»

Elizabeth, nascondendo il proprio stupore, decise che era giunto il momento di chiudere quella conversazione. «Sì, forse hai ragione e uno di questi giorni può darsi che ti sorprenda lasciando perdere Johnny Stone e trovandomi un marito adatto... così farò un matrimonio come questo. Ecco, lei è la madre di

Tony. Ora è vedova e tu sei divorziato: che ne diresti di una possibile unione?»

Serio, il padre esaminò il viso triste di Mrs Murray. «Sembra una persona piacevole...» Studiò la fotografia. «Ma ha altri figli... e io non penso di potermi assumere ulteriori responsabilità...»

A memoria di Elizabeth, quella era l'affermazione più vicina a una battuta che il padre avesse mai fatto. Stava ancora ridendo, infatti, quando il telefono suonò: era Johnny.

«Com'è andato il sacrificio del povero agnello? Ha retto sino alla fine?»

«Oh, ciao, sì, si è svolto tutto magnificamente. Inni sacri e sacerdoti che non la finivano più di parlare. Ho delle stupende fotografie... la tua macchina fotografica è stata un gran successo.»

«Bene. Sta' a sentire, mi dispiace di non essermi fatto trovare. Non so che cosa ti ha detto Stefan, o se ti ha spiegato qualcosa quando sei tornata...»

«Non preoccuparti, Stefan mi ha riferito il tuo messaggio.»

«Che cosa ha fatto?»

«Ha detto che lo avevi avvertito che saresti tornato venerdì. Com'è andata?»

«Bene, solo che il programma è un po' cambiato. Credo che ritornerò stasera. In verità ho telefonato solo per informarmi se per caso te la sentivi di venire all'appartamento più tardi.»

«Oh, certo, sarebbe magnifico. Verso le otto va bene?»

«Be', io sarò di ritorno per le sei, se tu potessi...»

«No, ho alcune faccende da sbrigare. Ci vediamo alle otto. Hai qualcosa da mangiare... o ci penso io?»

«Mi procurerò una bottiglia di vino, tu potresti pensare al resto? Sembri allegra, devo dire. Il matrimonio non ti ha resa sentimentale e depressa?»

«Sta' a sentire, amico mio, tu stai parlando con Elizabeth White.»

«Sì, lo so, e non vedo l'ora di incontrarla stasera. Mi sei mancata, Scimmietta.»

«Anche tu, Johnny.»

* * *

Prima di partire per Roma Tony si era accordato con Joannie di lasciare le chiavi della macchina sotto il sedile, in modo che lei la potesse adoperare nel mese in cui sarebbero stati via. Appena imbarcati sull'aereo che li riportava in Irlanda, Tony cominciò a pentirsene.

«È stata pura follia. Non so come mi sia lasciato convincere.» Aveva un'espressione seccata, come se si trattasse di un complotto, invece che di un programma fatto da lui stesso tempo prima.

«Tu dicesti che sarebbe stato un risparmio: noi non avremmo pagato un mese di parcheggio all'aeroporto e Joannie avrebbe potuto usufruire della macchina mentre la sua veniva riparata.»

«Sì, ma proprio questo è il punto, non abbiamo mai appurato perché la sua aveva bisogno di un meccanico.»

Aisling rise. «Probabilmente non lo sapremo mai. Smettila di preoccuparti e guarda le nubi. Pensa, sono capaci di rovinare interi raccolti, matrimoni e picnic, eppure, viste da quassù, sembrano del tutto innocue.»

«Sì, è proprio un mistero. Sai, se ha bruciato la frizione o l'ha comunque rovinata, non risponderò delle mie azioni. Cielo, Aisling, è una macchina nuova. Ha fatto poco più di mille chilometri. Avrei dovuto farmi visitare da uno psichiatra prima di cedere alle vostre insistenze.»

«Tony, l'idea fu tua e non ho nessuna intenzione di starmene qui a dire 'sì, caro, no, caro'. Perciò smettila, d'accordo?»

Tony la guardò e, all'improvviso, si mise a ridere. «Benissimo, non ne parlerò più. No, non è proprio da te, dire 'sì, caro, no, caro'.»

«E neanche tu lo userai con me, come invece fa il povero Mr Moriarty con sua moglie. Non ce lo diremo mai.»

Tony rise di nuovo. «Sei così buffa quando ti agiti e ti metti a dettar legge.»

«Non sarà eccitante vedere il bungalow? Mi chiedo com'è venuto. Ma' ha detto che hanno già fatto il viale…»

«Bene, così potremo portar dentro quello che è rimasto della nostra auto, invece di lasciarla fuori in strada.»

«Tony, vuoi smetterla con la faccenda della macchina? Sarà magnifico avere la nostra casa, no?»

Lui le prese la mano. «Sì, andrà tutto bene, quando saremo

là. È naturale che le cose siano un po'... voglio dire, non funzionino esattamente come dovrebbero... quando si è all'estero... ma a casa propria... A casa propria tutto è magnifico.» Era rosso e imbarazzato. Deliberatamente, Aisling fraintese le sue parole.

«Sì, naturalmente, tutto va bene quando si mangia a modo proprio... voglio dire, non abbiamo promesso fedeltà al cibo italiano, finché morte non ci separi, o di vivere in mezzo a tutto quel traffico. No, quello a cui pensavamo in chiesa era la vita a Kilgarret. E sarà magnifica. Non lo sappiamo, forse?»

Ma lui aveva affrontato l'argomento e non intendeva lasciarsi deviare. «No», disse in un bisbiglio. «Io intendevo l'altra faccenda. Il letto, sai. Una volta che ci saremo stabiliti a casa nostra anche quello si sistemerà.»

Aisling si mostrò molto disinvolta al riguardo. «Vuoi dire perché non l'abbiamo ancora fatto? Io credo che per tutti sia così, che ci si debba esercitare come per il tennis o la bicicletta. Intendo dire, nessuno ci ha insegnato niente, eppure si pretende che si sappia farlo per ispirazione. Scommetto che in un paio di settimane ce la caveremo bene come chiunque altro, dopodiché ci convinceremo che era tutta una sciocchezza.»

«Sei grande», disse lui.

«Non è vero, forse? Non è così?» chiese Aisling e lasciarono cadere l'argomento per parlare della madre di Tony e del fatto che non dovevano incoraggiarla a passare troppo di frequente dalla nuova casa. Poi si chiusero in un silenzio che durò per un po', mentre lui guardava fisso davanti a sé e Aisling osservava lo spettacolo fuori dal finestrino. Si chiedeva se Tony avrebbe preteso di andare a bere per conto suo, come aveva fatto prima di sposarsi, quando non si recava di tanto in tanto al cinema con lei, e se si sarebbe aspettato che lei se ne stesse a casa ad aspettarlo.

Poi si tranquillizzò dicendosi che non era il caso di preoccuparsi per qualcosa che non era ancora successa e che, probabilmente, non sarebbe mai accaduta. Guardò le nubi e pensò a quando aveva chiesto a Elizabeth che cosa si provava ad avere un rapporto sessuale. La poverina era talmente sconvolta per la faccenda dell'aborto che non le era stata di grande aiuto, però non aveva certo detto che occorreva molto tempo per imparare.

Le aveva dato l'impressione che fosse qualcosa che si faceva e basta. Ma, naturalmente, era così fedele e devota a Johnny che non avrebbe mai ammesso che lui doveva aver imparato a farlo come chiunque altro. O, forse, Johnny aveva fatto pratica prima di stare con lei. Sì, naturalmente, doveva essere così. Per questo loro non avevano molti problemi. E, probabilmente, Maureen e Brendan Daly avevano impiegato anni a imparare, anche se era strano che fossero riusciti ad avere Brendan Og così presto. Forse era stato uno sbaglio. Si strinse nelle spalle. Era chiaro che ogni matrimonio aveva i suoi segreti.

Lei, per esempio, non avrebbe mai detto a nessuno di quell'orribile notte a Dublino, con Tony ubriaco, e della figuraccia fatta davanti ai portieri dello *Shelbourne Hotel*. Né mai avrebbe raccontato a nessuno di quando lei e Tony avevano pianto lì nell'*Hotel San Martino* a Roma. Erano cose che non andavano rivelate.

Cara Aisling,

sono veramente felice che tu sia ritornata e ti sia sistemata nella nuova casa. Mi sembra così straordinario scriverti come Mrs Murray, San Martino Lodge, invece che Aisling O'Connor, 14 The Square. È stata tua e di Tony l'idea di chiamare il bungalow col nome dell'albergo dove andaste in luna di miele? È meraviglioso che io sia tornata a Kilgarret, perché ora so dove la tua vita riprenderà. Credevo che il bungalow si trovasse dall'altro lato della città, non so perché pensavo che fosse sulla strada per Dublino. Ora che ho finalmente le idee chiare non devi fare altro che scrivermi e raccontarmi tutto. Non avrai la scusa di essere occupata, visto che sei una donna sposata che non ha niente a cui badare tutto il giorno tranne i suoi fiori. Lo so che non si fanno paragoni, ma i ricordi che conservo di mia madre prima della guerra, prima che venissi a Kilgarret, sono di lei seduta alla scrivania intenta a scrivere lettere. E ora non riesco proprio a immaginare chi fosse il destinatario.

Zia Eileen disse che aveva sue notizie solo di rado, perciò è un altro mistero.

La mamma, da quando le parlai l'ultima volta, è stata bene. Il che significa che è tranquilla. Viene curata così pesantemente con calmanti e sedativi che non riconosce più nessuno né sa dove si trova. In verità, è come una bambina che sta muovendo i primi passi. È molto magra e sorridente. Papà non vuole sentirne parlare. La menzionò di sua iniziativa molto tempo fa, mentre gli stavo mostrando le foto del vostro matrimonio, e io avevo sperato che avrebbe cominciato a confidarsi un po' di più con me. Dopo avermi allarmato dicendo che aveva sempre sperato che mi sposassi e mi sistemassi, è tornato invece a rinchiudersi nel suo abituale isolamento.

La ragione per cui mi spaventò tanto con la sua difesa del matrimonio era che, dopo aver fatto lui stesso un'esperienza così infelice, pretendesse che anche altri la vivessero. A casa tua è tutt'altra faccenda. Non sono affatto sorpresa che i tuoi siano felici che ti sia sposata: essi stessi hanno ricavato tanta gioia dalla loro unione. In ogni modo, dissi a papà, in tutta franchezza, che Johnny e il matrimonio erano due concetti separati e che se volevo l'uno non potevo avere l'altro.

Fui stupita io per prima nel sentirmi fare queste affermazioni e, in un certo senso, ne rimasi contenta. Perché neppure con te lo ammisi apertamente, vero? E tu e io parlammo di tutto. All'improvviso ho la sensazione di avere imbrogliato, nascondendo qualcosa. Non lo feci di proposito. Credo che si sia trattato di una superstiziosa magia: se non avessi ammesso che Johnny è una passione senza speranza, nel senso comune della parola, allora forse sarebbe potuto non essere vero. Mettiamo che mi comportassi in maniera del tutto normale, forse lui finirebbe col convincersi.

Ma, in un certo senso, è un sollievo sapere che i vaghi accenni, le domande velate e gli educati interrogativi non hanno più importanza. Ora sono in grado di ammettere con me stessa che non ci sarà nessun lieto fine: le campane non suoneranno come fecero per te, non avrò attorno una numerosa famiglia sorridente, né riceverò i regali di nozze o farò la luna di miele sul continente. Johnny appartiene alla nuova generazione. O così, almeno, ho deciso di credere. Quella che non vuole impegni, legami, promesse. Che non mente perché non ce n'è bisogno.

Sembrerà strano, ma da quando ho deciso di accettare la situazione com'è Johnny e io siamo molto più felici. Naturalmente non gliel'ho detto a chiare lettere, perché non gli sarebbe piaciuto. Ma, davvero, le cose non sono mai andate così bene come nelle ultime settimane. Insistette per accompagnarmi a Preston. Venne perfino a vedere la mamma e disse che gli sembrava una bambola rotta. Si comportò meravigliosamente con Harry, che ora vive con una coppia di vicini. Harry mi chiese: «Quando si deciderà a fare di te una donna onesta?» E, in tutta sincerità e senza tanto imbarazzo, io gli risposi che non era in programma.

Non mi scriverai più se continuerò ad aprirti così il mio cuore. Ma, una volta, ti lamentavi che ero troppo riservata, perciò eccoti accontentata.

Raccontami ogni dettaglio della tua luna di miele e io brucerò le lettere. Dimmi del papa, del ritorno al bungalow, di come stanno zia Eileen e zio Sean; gli manchi molto, lo sai? E di tua suocera. Qui va tutto bene, ma a volte vorrei essere lì anch'io. Oh, se avessi un aereo privato e un bel po' di soldi.

Il mio affetto a te e a Tony,

Elizabeth

Cara Elizabeth,
naturalmente è tutto magnifico e la vita va proprio come io avevo sperato. È molto facile tenere la casa in ordine: le do una bella ripulita il giovedì, quando mia suocera viene a prendere il tè. Sono stata molto ferma con lei. La prima settimana passava a giorni alterni e io fingevo di dover uscire. Balzavo in bicicletta e le suggerivo di stabilire un giorno preciso in cui sarebbe potuta venire a trovarmi. Povera vecchia, in un certo senso mi dispiace per lei, ma è noiosa e snob e fa tutto in funzione dell'apparenza. Mi raccomando, brucia questa lettera.

Ho un orribile libro di cucina che parla di pesce affettato, brodi e budini, niente che mi piaccia. Accludo due sterline: potresti comprarmene uno bello e mandarmelo? Sai, qualcosa di un po' sofisticato che non parli di merluzzo, o peggio ancora del montone bollito. Ne sento l'odore appena leggo le ricette.

Non che sia difficile accontentare Tony: gli piace tutto. A dire il vero mangia pochissimo, perché tende a ingrassare facilmente. Evita la prima colazione la mattina e beve solo tè. A mezzogiorno pranza all'albergo con Shay e alcuni dei ragazzi e torna a casa verso le otto. Dice che fa il suo pasto principale a metà giornata, perciò gli preparo solo tè e biscotti. Nei fine settimana, però, mi piacerebbe cucinare qualcosa di buono.

Tu mi dici che ho tutto il giorno a disposizionze per scrivere lettere ed è vero. Avevo intenzione di farlo due volte alla settimana, ma è strano: la mia vita non è poi così attiva, eppure quel poco che succede prende una gran quantità di tempo. Non mi capita mai di trovarmi alla scrivania come tua madre. Il tempo passa e non so dove vada. Se solo penso a tutto quello che facevo in negozio con ma' e pa', al lavoro, agli abiti eleganti, ai libri letti durante l'ora di colazione, alla casa e a Niamh da aiutare con i compiti. A volte stavo un po' in cucina con ma', poi mi rivestivo dopo il tè e correvo al cinema con Tony, per ritornare di nuovo a casa verso le dieci. Eppure, in quei giorni mi capitava di sedermi alla scrivania e di scriverti lunghe lettere prima di andare a letto. Ora invece non ho più energia né attività né tempo.

Magari succede a tutte le donne sposate: sono inchiodate a casa in modo che non scappino e non commettano follie.

Faccio questa vita ormai da cinque mesi e, sinceramente, non saprei raccontarti un solo avvenimento nuovo. Mi sembra che tutto sia un terribile sforzo e forse è per questo che le casalinghe sono così noiose. Resta come sei con Johnny, dammi retta. Non voglio sottintendere, però, che io sia depressa o altro.

Forse starò meglio la settimana prossima e avrò qualcosa da descriverti.

Con affetto,

Aisling

Cara Aisling,

ti scrivo immediatamente questo biglietto. Ho ricevuto oggi la tua lettera e mi è venuto un sospetto: non sarai per caso incinta? Non è possibile? Non che mi senta una grande esperta in materia, ma a suo tempo lessi molti libri e ricordo che la gravidanza causa una sensazione di torpore. Avanti, su, potresti essere mamma. Ti scriverò ancora. Adesso voglio solo sapere. Raccontami tutto, promesso?

Affettuosamente,

E

Cara Elizabeth,

no, non lo sono. Mi sono arrivate le mestruazioni proprio la mattina in cui ho ricevuto la tua lettera. Grazie lo stesso. Era un sospetto fondato. Ti scriverò la prossima settimana.

Aisling

Cara Aisling,

Johnny e io siamo in Cornovaglia per una vacanza. Questa è la carta da lettera dell'albergo. Qui è veramente bello: il mare è agitato e sembra di essere all'estero.

Non so più niente di te da qualche settimana e spero che tutto vada bene. Sono ipersensibile, come ben si sa, e forse mi sto comportando da sciocca, ma non avendo più avuto tue notizie e ricordandomi della tua ultima lettera, così brusca e concisa, mi chiedo se non ho detto qualcosa che ti può aver offeso. Avevo scritto quel biglietto sulla possibilità che tu fossi incinta in fretta e furia. Forse era indelicato, non so. Mi sembrava una spiegazione plausibile per il fatto che non ti sentivi in forma. Io ti immagino sempre piena di vigore e di vita. E penso a te anche come a una fedele corrispondente. Ti prego, scrivi e rassicura

la tua sciocca amica Elizabeth

Carissima sciocca amica,

no, naturalmente io non sono stata brusca, né tu indelicata. Siamo troppo giovani per comportarci così, solo le vecchie signore lo fanno e certamente non le amiche. No, il problema è che io non so scrivere bene come te e suscito impressioni sbagliate. Se cercassi di raccontare della mia vita quotidiana sarei capace di intristire chiunque. Non mi meraviglio che tu abbia pensato che ero depressa e diversa dal solito.

Qui tutto è davvero magnifico. Io sono sempre molto felice, Tony è devoto e affettuoso e abbiamo stipulato un accordo: da un lato, ogni giovedì io invito sua madre a prendere il tè e i pasticcini (fatti da ma', ma rivendicati come miei) e, dall'altro, lui rientra a casa per la fine della visita, accompagna la madre a casa, beve qualcosa con lei e finge di non essersene mai andato. Lei gli mostra le crepe sul muro, le perdite d'acqua e le macchie di umido, lui se ne dimentica completamente e ritorna da me. Andiamo da *Maher* a bere qualcosa con pa' e ma' e poi ceniamo all'albergo. Tutti i giovedì. Ricordi come eravamo eccitate un tempo all'idea di recarci là a bere le limonate? Maureen, a quanto pare, è rabbiosa per la faccenda dell'albergo... ma, sinceramente, io non posso passare la mia vita a cercare di non farla ingelosire. A proposito, ti ho detto, vero, che aspetta un altro figlio? Ha quasi sempre un aspetto orribile. Se fosse un po' più allegra, la accompagnerei da qualche parte ma, Dio mio, è una tale piagnona. Vado a trovarla in macchina ed è veramente comodo per me avere un mezzo con cui spostarmi. È realmente assurdo che quelli che ce l'hanno non la usino. Sono ormai una brava autista, ma odio fare la retromarcia, per cui se appena posso la evito.

Ora, sciocca amica, credimi: sono allegra e non brusca e, ti prego, quando torni dal tuo nido d'amore in Cornovaglia scrivi alla tua amica incapace di esprimersi,

Aisling

Il preside dell'istituto chiese a Elizabeth se, dopo Natale, le sarebbe piaciuto tenere dei corsi di arte per adulti. Lei rispose che l'idea era bellissima ma si chiedeva se era all'altezza.

«Sei una sciocca, mia cara ragazza», aveva detto Johnny. «Quei poveri disgraziati non sanno niente di arte. Non devi temere di fuorviare un genio, come potrebbe succedere con dei ragazzi, o di incappare in un gruppo di saccentoni. No, questi cosiddetti adulti saranno una pacchia. Vecchi e donne soli che devono riempire le loro serate. Ti saranno enormemente grati per tutto ciò che gli insegnerai.»

Johnny aveva avuto torto e ragione insieme. Non erano certo persone anziane e solitarie, ma molto riconoscenti, sì. Si trattava di una nuova avventura, un corso di venti lezioni per dieci settimane. Elizabeth insegnava disegno dal vero il martedì, mentre il preside dava lezioni di storia dell'arte il giovedì. Era un tentativo, diceva, di ampliare il livello culturale.

Nel gruppo c'erano anche delle giovani donne, parecchie delle quali segretarie o impiegate. Sembravano timide e impacciate ed Elizabeth, alla fine della lezione, si ritrovava spesso nel bar dell'istituto a bere un caffè con loro. Più di una volta Johnny era andato a prenderla, sfoggiando un sorriso talmente affascinante che l'intero gruppo si era rallegrato al solo vederlo.

«Se riuscirò a organizzare, pensi che potresti accompagnarli a fare un giro dei musei?» gli chiese lei una sera. «Desiderano davvero imparare, sapere di arte, ma sono nervosi e non osano chiedere, perché si sentono impacciati e pensano che il mondo sia diviso in 'artisti' e 'non artisti'.»

«Be', lo è», disse lui.

«Io non credo.»

«Io lo sono e tu anche, tuo padre e il mio compagno Nick no, è come essere inglese o greco, alto o basso. È così che funziona il mondo.»

Elizabeth tacque. Pensava agli uomini e alle donne che frequentavano il suo corso del martedì. Forse era un po' stupido pretendere di aprir loro le porte. Ma poi si rese conto che imparavano davvero e che parecchi di loro avevano detto che ora sapevano che cosa guardare quando ammiravano un quadro; prima erano convinti che si trattasse di un mondo chiuso.

«Si può apprendere qualunque cosa», disse alla fine decisa.

«Certo», ribatté Johnny pronto. «Naturale che si può imparare di tutto, ma non puoi essere qualcuno. Non puoi trasformare te stesso. Puoi aggiungere fatti e informazioni, ma la personalità non cambia.»

«Sei molto drastico», disse lei.

«Li trovo noiosi, amore, tutto qui. Il lavoro va bene per te, ti fa guadagnare un po' di denaro e il rispetto del tuo capo e ti rende felice... ma non è una crociata alla quale io intenda accodarmi, nossignore.»

All'avvicinarsi dell'estate, però, il preside disse che sarebbe stato troppo gravoso per lui organizzare un altro corso, ma che

Elizabeth doveva ritenersi libera di allestirne uno se voleva. Lei perciò stampò un certo numero di volantini, nei quali offriva una serie di otto visite ad altrettante raccolte d'arte, ognuna seguita da un rinfresco e una breve discussione. Chiedeva una quota sufficiente per pagare l'ingresso e la consumazione. Definì l'iniziativa «Arte per tutti» e l'intervistarono perfino sul giornale locale. Eccitata, disse a Stefan che, se si fossero iscritte venti persone, il corso si sarebbe autofinanziato, e se si fosse superato quel numero ci sarebbe stato un guadagno. Il giorno della sua prima lezione erano presenti cinquantaquattro studenti.

Stefan le aveva prestato una magnifica scaletta da libreria che lei portava sotto il braccio e sulla quale saliva in modo che tutti potessero vederla, ogni volta che si fermava davanti a un quadro.

La prima volta che si arrampicò su quella scaletta si sentì quasi venir meno. La sua voce era talmente flebile che dovette schiarirsi la gola e ricominciare. La seconda volta non fu migliore della prima. Si chiese allora come aveva potuto raccogliere così tanta gente e pensare di prendere i loro soldi tenendo dei discorsi. Era mostruoso. Poi, decisa, si disse che era esattamente la medesima esperienza che aveva vissuto all'istituto, con la stessa gente, ansiosa di imparare e di farsi mostrare da altri ciò che doveva guardare in un quadro. Quindi si fece coraggio e parlò con voce ferma e forte, convincendosi che non doveva pensare di essere troppo presuntuosa. Doveva andare avanti e dir loro tutto ciò che desideravano conoscere.

Già molto prima che si apprestassero alla discussione davanti alle tazze di tè e di caffè aveva capito di aver riscosso un notevole successo. Aveva suggerito alcuni libri sui pittori e la grande pittura che avrebbero potuto leggere prima della settimana successiva. Riluttante, aveva detto che non avrebbe potuto accettare amici, mariti, mogli o vicini dei presenti perché il numero era già abbastanza alto, ma che forse, in seguito, avrebbe potuto decidere di organizzare due sessioni distinte.

Desiderava ardentemente parlare del proprio trionfo con qualcuno, ma Johnny le aveva detto che per quella notte sarebbe stato fuori città: non le aveva fornito nessuna spiegazione, ma Elizabeth era convinta che si trattava di un capriccio perché

lei non aveva ascoltato i suoi consigli. Il padre non era minimamente interessato e Stefan doveva essere già a letto a dormire,
con le chiavi del suo amato negozio sotto il cuscino. Pensò allora di scrivere una lettera ad Aisling, raccontandole tutto. Dopo
tre paragrafi però si fermò. Era quasi la fine di aprile ed erano
mesi che non riceveva notizie dell'amica. Aveva scritto a Natale, naturalmente, e in seguito ancora per ringraziarla dei tova-
gliolini antichi e per dire che la suocera si era mostrata invidiosa quando li aveva visti. Le aveva fatto un breve accenno al
nuovo figlio di Maureen e al fatto che Donal era stato tre settimane in ospedale sotto osservazione, ma che ora stava di nuovo
bene. Da zia Eileen aveva ricevuto le solite notizie superficiali
che lei adorava leggere, ma da parte di Aisling più niente da
gennaio. Mesi, ormai. Strappò la lettera. Ad Aisling non potevano interessare tutti i suoi sciocchi racconti. Se fosse stato così le avrebbe sicuramente scritto.

«Che cosa pensi di fare per il tuo compleanno?» chiese ma'
ad Aisling agli inizi di maggio. Stavano sedute in cucina e provavano un gran senso d'intimità.

«Il mio compleanno? Non so. Me n'ero completamente dimenticata», rispose Aisling.

«Bene, è un grande cambiamento. Ricordo che quando tu ed
Elizabeth eravate piccole programmavate la vostra festa sin dal
mese di aprile. Mi chiedo se lei ci tenga ancora tanto.»

«Siamo troppo vecchie, ma', un quarto di secolo... non c'è
niente di cui essere contente.»

«Prima lo eravate sempre», disse Eileen, cercando di non assumere un tono ansioso. «Mi ricordo che l'anno scorso a quest'epoca, nel piano dei preparativi per il matrimonio, dicesti al-
l'improvviso che non volevi che il tuo compleanno passasse
inosservato.»

Aisling rise. «No, a quel tempo non volevo, immagino. Ero
molto spensierata, non avevo niente di cui preoccuparmi. I
compleanni sono delle gran belle occasioni.»

Eileen capì che la figlia stava procedendo con cautela. «E che
cosa ti ha reso meno spensierata, si può sapere? Hai addirittura
la macchina e la guidi come una pazza. Sei sposata a un bra-

v'uomo che non pensa che a te e che ti comprerebbe tutto quello che desideri. Durante la luna di miele hai incontrato il papa e possiedi una casa di cui tutta Kilgarret parla. Puoi andare e venire da qui come se non ti fossi mai sposata... Dimmi, che cos'è che ti rende la vita infelice?»

«Ma'.» Aisling si sporse in avanti, con lo sguardo turbato. Eileen pregò che in quel momento Niamh non irrompesse in casa con le sue urla e le sue notizie sui compiti e gli esami.

«Sì, tesoro?»

«Ma', ci sono cose che è un po' difficile dire, sai.»

«Oh, lo so, lo so.» Per alleggerire la tensione di quella conversazione Eileen finse di sospirare. «Quando tu ed Elizabeth eravate piccole e io tentavo di parlarvi ricordo che cercavo disperatamente le parole... e non riuscivo mai a trovarle.»

«Sì, è un po' così. Volevo chiederti qualcosa, dirti una cosa... Va bene?»

Eileen la guardò. Era ormai troppo grande per prenderla tra le braccia e, tuttavia, il suo viso era lo stesso di quando tornava a casa con la cartella rotta o una nota di suor Margaret. Non voleva che dicesse niente senza averci riflettuto prima, che le rivelasse qualcosa di cui poi poteva pentirsi. «Bambina, tu puoi chiedermi e dirmi tutto quello che vuoi. Ma ti spiegherò perché si deve stare attenti con le confidenze. Spesso la gente si pente di aver raccontato qualcosa, di aver ingiustamente messo a parte di un segreto una persona che non c'entrava. Dopodiché se la prende con lei... capisci che cosa intendo? Non vorrei che tu ti allontanassi da me per avermi rivelato qualcosa che non avresti dovuto dirmi...»

«Allora sai?» esclamò Aisling inorridita.

«So? Che cosa so, come posso sapere qualcosa? Aisling, sii ragionevole. Io non ho la più pallida idea di che cosa tu stia parlando. Ti stavo solo suggerendo una regola generale a proposito delle confidenze.»

«Tu non vuoi che mi apra con te, è così?»

«Cielo, figliola, come sei suscettibile. Sta' a sentire, ti dirò una cosa. Quando tuo padre e io ci sposammo, non lo dimenticheremo mai, non facemmo la luna di miele ma solo un fine settimana a Tramore, in una pensione, e nessuno di noi due era capace di dichiararsi innamorato, o di parlare dell'amore, ci limitavamo a farlo...»

«Capisco», disse Aisling disperata.

«Così, quando cominciammo ad avere rapporti, io non sapevo se tuo padre si comportava nel modo giusto. Capisci, lui era a conoscenza solo di quello che gli avevano detto le persone con cui lavorava alla fattoria quando era ragazzo... Sua madre era morta, che Dio l'abbia in gloria, e lui aveva sentito solamente i racconti dei tipi ignoranti che gli stavano attorno...»

«Sì, ma'?» Aisling era disposta a comprendere e, insieme, dispiaciuta.

«Così io ignoravo se ciò che lui mi chiedeva e che stavamo facendo era giusto o era un peccato. Non avevo nessuno a cui chiederlo. Nessuno al mondo. A mia madre non mi sarei mai rivolta: era severa allora come quando ero una ragazzina. Morì cinque anni più tardi... e sai, Aisling, ero tua coetanea... ma non ebbi mai una vera conversazione con lei. Poi c'era zia Maureen, che era suora e, quindi, di scarsa utilità, e zia Peggy e zia Niamh che vivevano in America e a cui non potevo certo scrivere per avere un consiglio... così...

«Così non chiesi mai a nessuno. Continuai a fare ciò che ritenevo giusto e qualcosa che non giudicavo tale, ma mi astenni sempre da quello che non mi piaceva. Qualcuno potrebbe dire che sbagliavo a non chiedere apertamente ciò che una ragazza ha il diritto di sapere, ma io sono sempre stata contenta di non averlo fatto, di non avere, in un certo senso, tradito tuo padre e me stessa. Capisci quello che voglio dire? Erano faccende molto intime. Sarà sciocco, ma riguardavano solo noi due e parlarne avrebbe sminuito entrambi.»

«Capisco», disse Aisling.

«Perciò voglio solo dire che se si tratta di qualcosa di veramente personale non è male che tu lo tenga per te per un po', nel caso trovi la soluzione.»

«L'ho già trovata, ma'.»

«Sì, ne sono sicura. Ma, tesoro, quando parlo di me risalgo a più di trent'anni fa. Immaginiamo che, trattandosi di te, il problema sia, per esempio, se è giusto che la donna stia sopra e l'uomo sotto... Bene, allora la risposta è sì, naturalmente. Capisci che cosa intendo dire? Sto cercando di giudicare fino a che punto è personale il tuo caso.»

«Molto più di così, ma'.»

«Capisco, capisco, bambina.» Eileen rimase immobile. Poi aggiunse: «Io ascolterò e rimarrò sempre qui, ma solo se mi prometti che poi non ti allontanerai, che non ti dispiacerai per avermelo detto... questo è quello che non voglio».

«Non lo farei mai.»

«E allora eccomi qui... puoi dirmi tutto.»

«Sei molto buona, ma', non me n'ero mai resa conto quando ero giovane.»

«Lo sei ancora. E io non sono buona, sono solo molto cauta. Forse avrei dovuto insegnarti questo, anziché a fare i pasticcini. Chiunque è capace di ascoltare: è facile. Il difficile è essere un ascoltatore saggio.»

Sean era stanco quella sera e, per una volta tanto, erano solo lui ed Eileen a cena. Niamh stava facendo i compiti con la sua amica Sheila, Donal era al corso di computisteria, Eamonn aveva annunciato che non sarebbe rientrato, perché andava con degli amici a fare una passeggiata in campagna.

«È bene che prenda un po' d'aria in queste belle serate», disse Eileen.

«Si tratta di un combattimento di galli, l'ha organizzato il gruppo dell'*Hanrahan*. Mi verrebbe voglia di telefonare al sergente Quinn e dirgli dove si svolge, per farne arrestare un bel po'. È una vera crudeltà quella... degli adulti che puntano biglietti da una sterlina e da dieci scellini, guardando due animali che si fanno a pezzi.»

«Immagino che il sergente Quinn sappia già tutto», disse Eileen.

«Credo di sì.» Sean stava leggendo l'*Irish Independent*.

Lei si sentì molto sola e sciocca seduta lì a quel tavolo, in compagnia di un marito immerso nella lettura del giornale.

«Oggi è venuta Aisling e si è fermata molto. C'è qualcosa che la turba.»

«Che diritto ha di essere preoccupata? Non ha ottenuto tutto quello che voleva? Guarda me, bloccato l'intera giornata in quel negozio con una bestia di figlio capace solo di far ridere. Lei non deve stare inchiodata lì dentro con gente così scialba da far apparire Jemmy brillante.»

«Sean, smettila. Metti via quel giornale e non commiserarti più. Se davvero va tanto male, perché non vendi?»

«Ah, non dire sciocchezze, le tue parole non hanno senso.»

«Stammi a sentire. Ti aiutai ad avviare quell'impresa e ora ho quasi cinquantacinque anni e sono stanca, stanchissima quando torno a casa la sera. Ma oggi sono rientrata prima e non sono preoccupata per il negozio, ma per Aisling. È di questo che voglio parlarti e non essere sommersa da una valanga di lamentele, dal comportamento di Eamonn a quelli delle tasse, alla pioggia nel cortile, ai manzi di O'Rourke che distruggono la porta...»

«Non ho nominato le bestie di O'Rourke stasera», disse Sean ridendo.

Anche Eileen rise. «Perché non te ne ho dato il tempo... Ma è assolutamente comprensibile: se vuoi vendere il negozio, avanti, fallo. Se Eamonn vorrà essere un fannullone tutta la vita non ne avrà certo bisogno, Donal diventerà farmacista e Niamh si sposerà... perciò che cosa possiamo fare noi?»

«Mi dispiace. Hai perfettamente ragione. È solo un modo di dire. Mi lamento perché sono stanco. Che cosa angoscia Aisling?»

«Non lo so. Ha cominciato a dirmelo ma poi si è fermata.»

«Oh, immagino che abbia litigato col giovane Murray, le passerà.»

«No, non mi è sembrato che si trattasse di questo.»

«Lei sa tenergli testa, probabilmente lo avrà rimproverato per tutta la birra che beve. Sai che Aisling a volte lo tiranneggia un po'. Mi chiedo da chi ha preso.»

Eileen non rise come lui si aspettava.

«Magari è in attesa di un figlio. Ti ricordi come diventavi sempre irritabile quando eri incinta? Deve trattarsi di questo.» Sean sembrava compiaciuto.

«No.» rispose Eileen decisa. «No, ho l'impressione che sia la spiegazione più improbabile.»

* * *

Alla fine, poiché il corso aveva avuto successo, Johnny dovette rassegnarsi a dargli più importanza. Elizabeth era riuscita a far centro: si era preparata senza darsi tante arie ed evitando di trattare tutti con condiscendenza. Già si diceva che ne avrebbe tenuto un altro.

«Mi mancherà davvero quando sarà finito, sai», disse Elizabeth a Stefan. «Altri due incontri e poi basta, verrà l'estate e la gente andrà via. È un po' triste.»

«Perché non dai un party per chiuderlo in bellezza?» chiese Stefan.

«Ma dove? L'idea di riunire tutte quelle persone a casa di mio padre...»

«Puoi farlo qui», suggerì lui all'improvviso. «Questa stanza è abbastanza grande, potrai radunarci cento persone se spingeremo tutti i mobili contro i muri. Sarebbe molto carino, creeresti l'ambiente giusto.»

«E farebbe una bella pubblicità al nostro negozio, Stefan», esclamò Anna eccitata. «Pensa, tutta quella gente a cui piace l'arte radunata qui.»

«Forse apparirebbe un po' troppo commerciale... magari penserebbero che sia proprio questo lo scopo», disse Stefan cambiando espressione.

Ma Elizabeth era entusiasta. «È una magnifica idea, mi piace tantissimo. Ho guadagnato più di quanto pensassi, perciò potrò comprare delle bottiglie di vino da offrire. Ma, Stefan, forse ti arrecherà troppo disturbo, dovresti spostare tutto contro le pareti...»

«Be', tu poi dare una mano e anche Johnny...»

«Oh, lui.» Il suo viso assunse un'espressione ansiosa. «Non credo che approverebbe. Sai, non ha una grande opinione di questi corsi di arte. Credo che sosterrà che è tutta fatica sprecata.»

«Può dire quello che vuole. Io ancora non sono morto e rimango sempre il socio maggioritario. Se dico che ci sarà un party è quello che accadrà.»

«E mia sorella verrà ad aiutare a servire il vino», disse Anna.

«Ma Johnny...»

«Lascia che me ne occupi io.» Stefan sorrise incoraggiante. «Non avrai paura di lui, tu sei uno dei direttori qui, no? Johnny chiede spesso degli oggetti in prestito, quando i suoi eleganti amici danno un party, e poi li riporta. Ci siamo mai opposti? No. Quindi sarà ben felice di dare una mano. È la prima volta che uno di noi fa qualcosa per te, dopo tutti gli anni che lavori qui. Ora corri a organizzare il tuo party.»

«Oh, Stefan, grazie.»

«E niente scuse o giustificazioni con Johnny, ricorda.»

«Capisco.»

«Lo spero.»

Stefan non era mai stato così esplicito riguardo al comportamento di Elizabeth con Johnny e lei sapeva che aveva ragione. Se lo avesse sommerso di scuse e giustificazioni, la sua insofferenza sarebbe aumentata. Com'era stato saggio Stefan ad avvertirla. Mentre tornava a casa a piedi fu percorsa da un fremito di irritazione nei riguardi di Johnny. Perché tutti dovevano essere così cauti con lui e girargli attorno come se fosse una mina inesplosa? Stefan aveva ragione, lei era uno dei direttori, anche se solo per questioni fiscali, e Johnny si comportava come voleva nel negozio, senza che nessuno gli dicesse mai niente...

Ridendo per la propria risolutezza varcò il cancello di Clarence Gardens andando quasi a sbattere contro il padre.

«Santo cielo, Elizabeth, stai parlando da sola», disse lui allarmato.

«No, papà, stavo soltanto ridendo tra me e me, il che è diverso. È quasi rispettabile.»

«È quello che fanno le signore anziane che vengono in banca. Parlano e borbottano da sole. Vecchie zitelle, orribili a vedersi. Davvero, Elizabeth, non scherzare su queste cose.»

«Papà, bisogna che tu ti rassegni: io sono una vecchia zitella, ho un quarto di secolo ormai... perché non dovrei parlare da sola? Questa volta, però, insisto, stavo solo ridendo.»

«C'è una lettera dell'amico di tua madre sul tavolo dell'ingresso. Sono sicuro che ti farà passare l'allegria.» Il padre, accigliato, varcò il cancello col capo chino, sospirando.

Che cosa mai poteva essere successo? si chiese Elizabeth. Harry non era solito scriverle. Ti prego, ti prego, Signore, pensò, fa che la mamma non sia peggiorata, che non abbia bisogno di me proprio questa settimana che sto per dare il party nel negozio di Stefan. Ti prego.

… e ho pensato che non ho più riso né mi sono più diverti-to da quando Violet non sta bene, tranne quella volta che tu e Johnny veniste qui. E ce la godemmo tutti così tanto. Per questo mi riesce un po' più facile chiederti un piacere. Potrei venire in vacanza a Londra e farmi ospitare da Johnny? Sai, ovviamente, non potrò neppure avvicinarmi a George, quel-lo che è giusto è giusto. Non ho abbastanza soldi per una pensione e starei meglio con qualcuno che conosco…

Caro Harry,
    mi dispiace di aver atteso due giorni prima di rispondere alla tua lettera, ma ho dovuto sistemare tutta la faccenda. Ora ti spiego come faremo. Arriverai a Londra il prossimo fine settimana col treno e io ti verrò incontro alla stazione con un taxi. Johnny non può ospitarti nel suo appartamento perché, a quanto pare, al momento c'è già tantissima gente. Starai invece con Stefan Worsky, che è il mio capo nel nego-zio di antichità, e con la sua amica, che ha quasi cent'anni ma è ancora in gamba e si chiama Anna. Ti daranno la loro stanza. Vorrei avere una casa tutta mia, Harry, e potrei di-pingere una stanza come facesti tu per me…

Accigliata, Elizabeth imbucò la lettera: Harry non avrebbe mai saputo che giorni drammatici avevano preceduto quel gesto.

Aveva mostrato la lettera a Johnny senza fare nessun com-mento e poi gli aveva chiesto, fredda: «Ebbene, che ne pensi?»

«Oh, cielo, quel povero zoticone», aveva esclamato lui.

«Allora, può venire o no? Devo rispondergli.»

«Oh, Eliza, Eliza, quello scervellato vuole venire a passare una vacanza con me. Io non posso tenerlo… davvero, sincera-mente…»

«D'accordo», aveva ribattuto lei. «Glielo dirò.»

«Mettigliela bene… un po' diplomaticamente, sai.»

«No, non so.»

«Intendo, non dirglielo brutalmente, giraci attorno, prometti-gli che lo condurremo a visitare la città una sera che è qui e lui ci racconterà com'era tutto prima della guerra. Si divertirà, è un brav'uomo.»

«Sì, lo è. E, chiaramente, tu gli piaci.»

«Non ricattarmi, Elizabeth, non lo sopporto. Io non ti ho mai chiesto di ospitare nessuno, vero?»

«No, mai.»

«E allora che cosa farai?»

«Vai all'inferno», aveva detto lei con calma. «Quello che deciderò non ti riguarda affatto.»

«Oh, santo cielo, che caratterino. Senti, Elizabeth, tu stai diventando molto strana, trami alle mie spalle per convincere Stefan a organizzare un party per gli amanti dell'arte... cerchi di trasformare la mia casa in un convalescenziario per patrigni sofferenti...»

«Perché non vai fino in fondo e dici 'patrigni sofferenti afflitti da madri pazze'... sarebbe perfetto.»

Johnny era parso colpito. «Senti, sono stato egoista e vile. Non intendevo offenderti. Mi dispiace molto, moltissimo. Te lo dico con tutto il cuore. Sono terribilmente spiacente di essermi lasciato andare così.» L'aveva guardata diritto negli occhi. Era sincero e dispiaciuto e lei l'aveva capito.

«Va bene», aveva ribattuto.

«Cosa?»

«Hai affermato che ti dispiace e io accetto le tue scuse. Ho detto che va bene.»

«Be'...» Johnny era perplesso, si era aspettato che lei gli si buttasse tra le braccia o continuasse ad apparire seccata. Quella risposta così calma pareva averlo colto di sorpresa. «Be'... è generoso da parte tua e sai che sei sempre il mio amore, vero?»

«Sì, lo so.» Lei aveva raccolto la borsa e i guanti pronta ad andarsene.

«Perché vai via? Sei ancora seccata? Ho detto che mi dispiace.»

«Lo so, amore, e io ti ho risposto che va bene. Non sono seccata, ho solo una grande quantità di cose da organizzare. Ci vediamo.»

«Quando?»

«Presto.»

* * *

Stefan la stava ascoltando in silenzio. Lei completò il racconto. «Non voglio scusarmi, né pregarti. Ti chiedo soltanto un altro favore. Puoi ospitarlo?»

«Sì, certo», aveva risposto lui.

Harry avanzava molto lentamente e, benché fingesse di portare il bastone solo per eleganza, in realtà aveva bisogno di appoggiarvisi.

Mia madre gli ha fatto questo, pensò Elizabeth, lei che lo amava sopra ogni cosa al mondo. Lo ha talmente indebolito che non può più neppure camminare.

Odiava Euston: da lì la madre l'aveva mandata via, lì era ritornata, ormai cresciuta, e l'aveva rivista come un'esile sconosciuta. Vi aveva aspettato l'arrivo di Aisling, quando era così impaurita, e l'aveva salutata alla fine del suo soggiorno. No, decisamente preferiva l'aeroporto. Le grandi stazioni infondevano tristezza. Harry, poi, aveva un'espressione talmente patetica. Anzi, no, il suo aspetto era ottimo, pensò; era lei a essere influenzata da ciò che sapeva su di lui.

Harry fu la vita e l'anima del party. Propose di mettersi alla porta e di distribuire agli invitati dei cartellini coi loro nomi da portare al bavero della giacca. Li aveva scritti lui stesso con la sua strana calligrafia a svolazzi. A Elizabeth era parsa una buona idea e, naturalmente, Harry aveva avuto ragione. La gente fu contenta di fermarsi a parlare con quel tipo allegro che non mostrava la minima timidezza o imbarazzo. Cercava felice i loro nomi tra quelli che aveva davanti a sé, faceva complimenti alle signore, indicava agli uomini il tavolo dove veniva servito da bere, rispondeva a domande riguardanti il negozio e ad altre che molti invitati non avrebbero osato rivolgere direttamente a Elizabeth.

Lei non aveva la minima idea se Johnny sarebbe venuto o no al party. Quando Harry glielo aveva domandato era stata deliberatamente vaga e Stefan, coi suoi occhietti attenti, non le aveva chiesto niente, ma chiaramente non lo sapeva neppure lui. Quando aveva spiegato ad Harry che Johnny era occupato, lui aveva detto che qualunque impegno avesse, non sarebbe potuto mancare a quella serata.

Johnny non solo intervenne ma portò anche dei fiori da mettere all'occhiello per Stefan, Harry e se stesso. Elizabeth avvertì una stretta al cuore quando lo vide: era molto bello nel suo completo scuro con la camicia color crema e il vivace fiore all'occhiello. Stava lì e sorrideva dando il benvenuto a tutti e lei, di colpo, si rese conto che, alla fine del party, forse una ventina di persone se ne sarebbero andate contente e risollevate grazie alla personalità di quel ragazzo.

Lo vide chiacchierare con i Clarkson, due persone di mezz'età ambedue miopi, ansiose e tese i cui volti erano molto concentrati nell'ascoltarlo. Lui non tentò neppure di parlare alle due ragazze attraenti che facevano parte degli ospiti, Grace e Susannah. Ma lei lo conosceva bene. Non avrebbe avuto bisogno di prendere l'iniziativa, poteva benissimo dedicarsi ai Clarkson perché Grace e Susannah avrebbero trovato il modo di avvicinarlo. Così andavano sempre le cose con lui.

Si guardò attorno e sorrise quando vide Henry Mason e Simon Burke. Erano proprio buffi, quei due. Facevano parte del corso sin dagli inizi perché il loro ufficio era vicino all'istituto di arte. Lei era stata leggermente sorpresa quando si erano iscritti: avrebbe detto che avessero moltissime altre possibilità per impiegare il loro tempo libero.

Erano sempre i primi a ridere se diceva qualche battuta e parecchie volte, dopo il rito del caffè, quando era giunto il momento di riporre appunti ed elenchi, l'avevano accompagnata sino al suo ufficio. Quella sera erano venuti prima ed erano stati di grande aiuto agli inizi, facendo in modo che la conversazione non languisse.

Simon era un uomo molto robusto e piuttosto appariscente benché lei non sapesse come facesse a esserlo pur indossando un completo grigio. Sembrava qualcosa che sfuggiva al suo controllo, come se il vestito ricercato appartenesse solo a quella vita, mentre in un altro mondo sarebbe stato un menestrello, un sultano o un cow-boy. Rise tra sé e sé all'idea... e incontrò lo sguardo di Henry. Anche lui era molto simpatico. Alto e pallido, con i capelli biondi che gli cadevano sempre davanti agli occhi. Era ancora più alto di Simon ma non stava, come questi, sempre con le spalle buttate all'indietro. Quando agli inizi parlava con lei si toccava spesso la cravatta, ma ora non lo faceva più. Probabilmente si trattava di un tic, come per lei scuotere il capo per togliersi i capelli dagli occhi. Lo faceva spesso e gli O'Connor la imitavano mentre, prima di loro, sua madre se n'era sempre irritata. Un paio di volte Johnny lo aveva notato e aveva sostenuto che sembrava un'adolescente.

Quella sera Henry Mason indossava una cravatta a strisce che doveva aver messo apposta per il party e lei lo trovò molto carino da parte sua.

Le piacevano entrambi, ma soprattutto Simon, per la sua irresistibile tendenza all'autoironia. Li aveva visti spesso chiacchierare con Grace e Susannah e si era chiesta se il corso non fungesse da club per cuori solitari, come aveva suggerito Johnny.

«Henry e io vorremmo invitarla a cena, uscirebbe con noi una sera?» Simon le stava sorridendo.

«Con entrambi?» chiese lei divertita.

«Sì. Io ho detto che avrei voluto portarla al ristorante per ringraziarla del meraviglioso corso e Henry la pensava allo stesso modo, così abbiamo deciso di farlo insieme, se lei è disposta. Potremmo condurla in un posto splendido e, dal canto suo, lei non dovrebbe temere secondi fini, visto che siamo in due.»

«È vero, mi sentirei certamente più tranquilla», disse lei con aria seria. Simon sorrise. Era un ragazzo molto simpatico ed Elizabeth si chiese perché non poteva prenderlo in considerazione, invece di perdersi dietro a un tipo col sorriso sempre pronto e i bei capelli scuri. Al momento, senza il minimo sforzo, Johnny stava deliziando Grace e Susannah, mentre stringeva con calore la mano a Henry Mason includendolo nel gruppo. Come tutto sarebbe stato semplice se non avesse avuto quella ridicola catena che la legava a Johnny. Avrebbe potuto guardare Simon con civetteria e permettersi di interessarsi a lui e alla sua vita senza complicazioni.

Harry e Stefan avevano pensato che forse era il caso che qualcuno facesse un discorso. Consultarono Johnny per sentire il suo parere.

«Sarebbe un gesto simpatico verso Elizabeth», disse Harry. «È chiaro che tutti i presenti la tengono in gran conto.»

«Sì, per completare bene il party ci vorrebbero alcune parole», aggiunse Stefan.

Johnny guardò Henry Mason. «Può farlo lei? Dovrebbe essere qualcuno del corso. Non voglio intromettermi, ma potrebbe dire qualcosa che tutti possono sottoscrivere e lei conosce questa gente. A Elizabeth farebbe molto piacere.»

Lei rimase sorpresa nel vedere Johnny che batteva le mani. Il cuore le balzò in petto come succedeva sempre quando lui faceva qualcosa. Si chiese se, per caso, non stava per dire che era ora di andare a casa.

«Signore e signori, scusatemi se v'interrompo un momento, ma parecchi di voi hanno detto che sarebbero contenti se qualcuno ringraziasse a nome loro Elizabeth White per tutto ciò che ha fatto per aprirvi le porte dell'arte...»

A momenti faceva cadere il bicchiere che teneva in mano. Oh, Johnny caro, caro Johnny, pensò, sapeva quanto questo significava per lei e per tutti i presenti. Non era crudele e sprezzante. Stava lì, con tutti gli occhi addosso e si accingeva a fare un piccolo discorso su di lei. Arrossì, sbiancò e arrossì di nuovo. Vide Harry e Stefan fieri e soddisfatti... Oh, non sarebbe mai riuscita a ringraziarlo abbastanza.

«... e così, a nome vostro, ho pregato uno dei membri più anziani del gruppo, Mr Henry Mason, di dire alcune parole di ringraziamento a Elizabeth. Henry, a lei la parola.»

Johnny sorrideva e tutti, riluttanti, distolsero gli occhi da lui e li puntarono su Henry. Ma non Elizabeth. Con un sorriso guardò il viso di Johnny e udì Henry farfugliare frasi fatte sui debiti di gratitudine, sul fatto che lei non si fosse mai risparmiata e che avesse sempre tenuto lezioni interessanti e stimolanti... S'impappinò e si ripeté, mentre Johnny lo fissava con un'espressione soddisfatta. E, quando Henry finalmente concluse il suo discorso, fu lui a iniziare gli applausi e le acclamazioni per Elizabeth.

Lei avvertiva un gran peso sul cuore e provava una sensazione di soffocamento, come se avesse inghiottito un grosso boccone che non voleva andare giù.

* * *

Cara Elizabeth,

questa è una foto della spiaggia di Brighton e del molo. In realtà, però, non li vediamo molto perché le partite di bridge cominciano alle otto e mezzo del mattino e abbiamo solo un'ora per il pranzo. È molto interessante incontrare giocatori di tutto il paese. Il nostro club è andato bene il primo giorno, ma ieri siamo rimasti indietro. Apprezzo questo cambiamento e sono contento che tu mi abbia persuaso a venire.

Saluti,

Papà

Cara Elizabeth,

ti mando due sterline e dieci scellini nonché un annuncio pubblicitario che ho ritagliato dal *Sunday Express*. Puoi farmi un grande favore? Puoi comprarmi questo reggiseno senza spalline e spedirmelo? Sul pacchetto scrivi che si tratta di effetti personali usati, così quelli della dogana non l'apriranno. Per piacere puoi metterci dentro anche una vecchia camicetta o un pullover o qualcosa che tu non usi più in modo che io possa dire a ma' che è quello che mi hai mandato? Il reggiseno costa quarantacinque scellini, gli altri cinque sono per le spese postali. Porto la misura trentaquattro e se, com'è probabile, hanno coppe di vario tipo, io ho più o meno la media. Un milione di ringraziamenti e mi raccomando non dire niente a nessuno.

Con affetto,

Niamh

Cara Elizabeth,

Henry e io desideriamo ricordarle la sua promessa di venire a cena con noi. Va bene sabato? Può telefonare a uno di noi in ufficio (il numero di telefono è scritto sopra) per dirci se è d'accordo e dove dobbiamo venire a prenderla? Probabilmente, è meglio non lasciare nessun messaggio nel caso non ci siamo. Sono estremamente efficienti per quanto riguarda il lavoro, ma è più saggio non affidar loro la propria vita privata.

Attendiamo una sua risposta.

Simon Burke

Ciao, Scimmietta,

ritirerò, prima di tornare, almeno sei credenze gallesi! Che te ne pare come vacanza di lavoro? E tu che pensavi che me ne stessi tutto il giorno steso al sole qui a Bangor. Comunque è magnifico, devo ammetterlo: nessuna preoccupazione e molto riposo. Ricordi quella ragazza, Grace Miller, che era iscritta al tuo corso di arte? È comparsa qui all'improvviso e così possiamo mostrarci a vicenda i misteri del Galles...

Vorremmo che anche tu fossi qui.

Tornerò presto.

Sempre con affetto,

Johnny

Roma. Anno Sancto.

Ci sono milioni e milioni di persone qui, ed è un guaio, ma quei milioni includono padre John Murray, mia suocera e Joannie che, detto tra noi, è diventata quasi pazza, nonché i deliziosi e giovani Aisling e Tony Murray, eroi del continente. Stanotte ti ho sognato e abbiamo avuto un terribile litigio. Ma non è così, vero?

Con affetto,

Aisling

15

Più volte Maureen aveva detto a ma' che non era normale che Aisling non fosse ancora rimasta incinta. «Non ci sarà qualche motivo per aspettare, no, ma'?» No, in verità, aveva ammesso Eileen. «E, Dio solo sa se non hanno abbastanza soldi in quella casa. Potrebbero prendere una balia per i primi tre mesi, come fanno i Gray ogni volta che nasce un bambino. Non si tratta di denaro.» La madre non aveva replicato. «Non che, naturalmente, sia affar mio. Non è il tipo di argomento che ti senti di affrontare quando parli con qualcuno... neppure con tua sorella. Sai, non sono cose che si dicono.»

«Oh, sono contenta di sentirtelo affermare», aveva sottolineato la madre.

«È solo che, proprio ieri, mia suocera mi chiedeva se c'erano i sintomi di una gravidanza e io non sapevo che cosa dirle.»

Ma' l'aveva guardata e, in un impeto di rabbia, aveva esclamato: «Perché non suggerisci alla vecchia Daly di precipitarsi di corsa giù per la strada fino al lago e di buttarvisi dentro?»

«Ma'», aveva esclamato Maureen, stupita.

«Mi dispiace, è l'età. Sono in menopausa. Perché non vai da tua suocera a discutere anche di questo?»

Maureen era rimasta scioccata. «Be', ma', non so proprio che cosa ho detto per meritarmi tutto questo.»

Eileen si era calmata. «Lo so. Sto diventando una vecchia irritabile. Vuoi una tazza di tè o temi che te lo versi sulla testa?»

Maureen aveva riso risollevata. «Oh, ma', a volte sei una gran sciocca. Sei peggio di Niamh col tuo comportamento.»

Niamh fu felice quando il pacchetto di Elizabeth arrivò. Era appoggiato sul tavolo dell'ingresso e lei lo afferrò e corse in camera da letto a controllare il contenuto. Eccolo lì, rigido con le sue stecche come se fosse parte del corpo di una donna: un reggiseno che arrivava alla vita, senza spalline, di satin bianco. Insieme c'era una camicetta di chiffon color limone. La lettera non menzionava affatto il reggiseno e quindi avrebbe potuto mostrarla a ma' senza problemi. Elizabeth era stata bravissima. Naturalmente doveva esserci abituata, doveva averlo fatto per anni con Aisling. Tra i libri della sorella ce n'era uno sugli organi riproduttivi, nascosto da una copertina diversa: forse Elizabeth glielo aveva mandato a suo tempo. Si provò il reggiseno: le dava un risalto naturale. Ora poteva mettersi quel vestito con le bretelline sottili. Aveva detto a ma' che andava portato con un bolero ed Eileen aveva acconsentito, ma lei non aveva nessuna intenzione di indossare anche il bolero. Anna Barry e suo fratello, alla fine d'agosto, davano un party all'albergo e c'era una grande attesa. All'inizio della serata avrebbe portato la coda di cavallo poi, a mano a mano che la festa procedeva, si sarebbe tolta il bolero e sciolta i capelli così che, quando avesse ballato, la gente si sarebbe accorta di lei. Da che le vacanze scolastiche erano cominciate aveva pensato solo a quel party. Aspettava i risultati della sua maturità e, se avesse ottenuto tre lodi, ma' l'avrebbe mandata all'università: sarebbe stata la prima degli O'Connor.

Eileen avrebbe voluto che lavorasse nel negozio, ma lei non si era mostrata affatto disposta. Aveva paura che, una volta entrata lì dentro, non ne sarebbe mai venuta via. Si vedeva già rinchiusa per anni nel piccolo ufficio a vetri che era stato di Aisling e che ora era vuoto da un anno, perché nessuna delle nuove assistenti si era dimostrata all'altezza. Pensava che, se i risultati della licenza non fossero stati buoni, avrebbe studiato dattilografia e computisteria all'istituto commerciale la mattina e, il pomeriggio, avrebbe lavorato nel negozio. Aisling sosteneva che lì non c'era bisogno della stenografia e Niamh non capiva perché voleva interferire e non si limitava, invece, a vivere la sua vita e a ringraziare il cielo. Stava sempre lì da ma' a inculcarle stupide idee, come per esempio che lei lavorasse nel negozio. E perché poi faceva quelle passeggiate con Donal, invece di lasciare che si trovasse gli amici da solo? Secondo lei, Aisling era deprimente come Maureen. Cielo, la loro situazione ti scoraggiava per sempre dallo sposarti.

Donal era deluso e si lamentava perché non aveva ricevuto né lettere né cartoline da Roma. Eamonn stava finendo la cena in tutta fretta, perché gli era sembrato di vedere la madre che cercava il rosario e temeva che proponesse, visto che erano tutti insieme, di recitarlo prima del solito. «Non è strano? Non pare proprio che Aisling se ne sia andata, non come Maureen, almeno. Voglio dire, la vediamo tanto quanto prima. Non sembra che per lei il matrimonio abbia poi tutto questo valore.»

Il ritorno da Roma fu caratterizzato dall'irritazione e dalla stanchezza. Padre John non faceva che nominare sacerdoti di questo o quell'ordine, citando quelli che avevano presenziato o meno all'ordinazione, e Mrs Murray sembrava almeno vent'anni più vecchia di quando aveva lasciato l'Irlanda. Il rumore, il caldo e la folla le erano stati fatali. Aisling aveva provato pena per lei e le aveva fatto vento, la sera, davanti a una finestra aperta, mentre Tony e Joannie si dedicavano alla loro quotidiana ricerca di un ristorante, dalla quale tornavano convinti che quello dell'albergo era buono come qualsiasi altro della città.

Quando arrivarono a Dublino Aisling ormai aveva deciso che era veramente troppo e, mentre raccoglievano il bagaglio, annunciò senza esitare: «Tony e io rimaniamo qui stanotte. Arriveremo a Kilgarret domani sera».

«Oh, io mi fermo con voi allora e partiremo tutti e tre domani», si precipitò a dire Joannie.

«No, ci danno un passaggio degli amici», ribatté Aisling decisa.

«Non ne avete qui», sottolineò Joannie.

«Non essere infantile», sbottò Aisling. «Mrs Murray, la aiutiamo a salire in macchina e poi vi salutiamo. Saremo a casa domani sera, pronti per la prima messa di domenica.»

«Sì, certo, è il minimo che possiate fare», disse John seccato per essere stato colto di sorpresa. Tutti in gruppo si diressero verso la macchina e Aisling si chiese che impressione dovevano dare agli altri.

Tony, che aveva dormito per l'intero viaggio di ritorno, ora era sveglio e pronto per una serata in città. Appoggiò subito l'affermazione che avevano affari da sbrigare, gente da vedere e faccende da sistemare e non ascoltò le proteste irritate che gli venivano rivolte.

«E dove starete?» chiese Joannie, sperando di coglierli in fallo.

«Dai miei parenti a Dunlaoghaire», rispose pronta Aisling. «Tony non li ha ancora conosciuti e sarà un'ottima occasione per farlo.»

«Giusto, desideravo incontrarli», disse lui e Aisling gli lanciò un'occhiata piena di gratitudine.

«Ebbene allora possiamo darvi un passaggio in macchina. Che senso avrebbe lasciarvi prendere un taxi per più di trenta chilometri fino a Dunlaoghaire?» chiese Joannie con voce suadente, sicura di averli incastrati.

«Magnifica idea», approvò Aisling allegra.

Giunsero alla pensione. Aisling smontò per prima e corse alla porta: se per caso fossero sorti dei problemi voleva essere pronta ad appianare tutto.

«Aisling, bambina, che bello rivederti», l'accolse Gretta Ross, la cugina di ma'. «Hai portato il tuo affascinante marito per farmelo conoscere?»

«Restiamo una notte, se a voi va bene», rispose lei pronta.

«Siamo onorati e felici... Dov'è?»

Gretta si diresse alla macchina e strinse la mano a tutti mentre Tony scaricava il bagaglio.

«È bello come dicevano», convenne la donna. «Sono contenta che, alla fine, siate riusciti a venire da me.»

Il resto dei Murray proseguì malvolentieri, dopo aver rifiutato una tazza di tè perché John voleva arrivare a casa a un'ora ragionevole. Diede a Gretta Ross la benedizione che lei gli aveva chiesto e Aisling notò con gioia maligna che Joannie era rimasta malissimo, scoprendo che i suoi sospetti erano infondati.

«Sei molto buona, Gretta. Volevo solo liberarmi di loro per un po' e avere una sera tutta per noi, non so se capisci.»

«Sono felice di vederti, bambina mia, e molto contenta che tu abbia pensato di venire qui. Avanti, su, portiamo questo bagaglio nella vostra camera. Si trova a destra in cima alle scale, da questa parte, è una bella stanza che guarda sul porto. Lavatevi e riposatevi o fate quello che volete, io ho le mie occupazioni. Magari avete voglia di fare una bella passeggiata fin alla collina di Killiney per dare un'occhiata al panorama. Quando tornerete troverete un piatto di pollo freddo ad attendervi: servitevi pure. Sarà lì nella sala da pranzo, pronto per voi. Io ho una dozzina di persone a cena, stasera, e non potrò trattenermi molto.»

«È realmente magnifico, no?» disse Tony, dopo che ebbe tirato fuori una camicia pulita e si fu lavato. «È stato proprio un colpo di genio da parte tua liberarti di tutti loro in questo modo. Ne avevo ormai abbastanza e, credo, anche tu.»

«Sì, temevo che se fossimo tornati insieme a Kilgarret non ce ne saremmo liberati più.»

«Sei un vero genio, non lo ripeterò mai a sufficienza. Ora, da brava ragazza, vestiti e andiamo da qualche parte a bere qualcosa. Ho la gola riarsa.»

Aisling indossò un vestito pulito e si pettinò. «Voglio parlarti, Tony. Per questo ti ho rapito.»

Lui parve deluso. «Va bene, lo faremo al pub.»

«No. Non si tratta di qualcosa di cui si possa discutere in un locale. Scegli. O qui o faremo una passeggiata.»

«Ma che cosa c'è? Che cos'hai in mente?»

«Esattamente quello che ho detto: voglio parlarti. Dobbiamo assolutamente farlo.»

«Non ora, Aisling, non ora che siamo stanchi per il viaggio... eh?» La guardò implorante.

Lei tacque.

«Bene, se è una cosa breve dimmela qui e poi usciamo. Va bene?»

«Non lo è.»

«Non possiamo trovare un bel locale tranquillo e, come due normali esseri umani, sederci in un angolo a parlare? Non andrebbe bene così?»

«No.»

«Perché no, in nome del cielo?»

«Perché è appunto di pub che voglio parlare.»

«Non capisco che cosa vuoi dire.»

«Naturalmente hai capito benissimo, Tony. Voglio parlare del fatto che quando eravamo a Roma eri sempre ubriaco. Non è passato giorno che tu non ti sia sbronzato.»

«Oh, allora non vuoi parlare, vuoi solo rompere. Lo sapevo che c'era sotto qualcosa. Allora perché non dici chiaramente che vuoi affliggermi invece di fingere di volermi parlare?»

Parve soddisfatto di aver individuato il problema. Sorrise perfino, di un sorriso nervoso.

Le labbra di Aisling tremarono. Chiaramente faceva fatica a mantenersi calma. Ma se non stava attenta la faccenda le sarebbe sfuggita di mano, com'era già successo altre volte. Si sforzò di sorridere. «No, davvero, voglio solo parlare, sai, senza gridare così da poter...»

«Da potermi affliggere», completò lui trionfante.

«Io non lo faccio mai.»

«Col cavolo.»

«Quando è stata l'ultima volta?»

«Ce l'hai sempre con me, quando sospiri, brontoli, levi gli occhi al cielo. Se questo non è affliggere vorrei sapere che cosa diavolo è.»

«Ti prego, Tony, solo per stasera, solo per una volta. Niente pub né discussioni, una semplice conversazione. Giuro che non dirò una sola parola in più sul fatto che ti ubriachi, davvero.»

316

«Bene, allora perché vuoi discutere del mio bere se non intendi menzionare le mie sbronze?» Tony era perplesso.

«Desidero capire perché bevi tanto e se ha a che vedere... be', con noi due... e con ciò che non abbiamo... e non facciamo.»

«Ah, ah, di questo si tratta. Psicologia. Analisi. Il lettino dell'analista. Stenditi qui, Tony, e dimmi quello che provi dentro di te. Perché hai bisogno di bere? Ne ho bisogno perché, maledizione, ne ho voglia e ora vado fuori appunto per questo. Bene, vieni con me o no?»

«Un'ora, ti chiedo un'ora soltanto. Te ne prego.»

«Va bene. Dopo che saremo stati al pub.»

«No, prima. Una volta là attaccherai discorso coi vecchi ubriaconi e non avremo più occasione di parlare.»

«Non lo farò, prometto. Non metterò nessuno tra noi due.»

«No. Perché poi sarà troppo tardi. La serata sarà già trascorsa.»

«Io non posso parlare qui, soffoco...» Tony si passò il dito all'interno del colletto della camicia. «Via, Aisling, smettila di fare la bambina.»

«E se ti procurassi del whiskey? Riusciresti a parlare qui, allora?» Lo guardò implorante.

«Che cosa intendi dire? Di che cosa vuoi parlare? Un'ora, ricorda. Adesso sono le sette, per le otto saremo in un pub.»

Aisling scese le scale e uscì. Dall'ultima volta che era stata lì ricordava che c'era un pub dietro l'angolo. Il suo senso dell'orientamento non la tradì. Fu subito di ritorno nella loro stanza, con la bottiglia che un barista curioso le aveva accuratamente incartato.

Tony si era disteso di nuovo sul letto. Lei versò due generose porzioni nei bicchieri che stavano sul lavabo nel bagno.

«Alla salute», disse lui svuotando quasi il suo.

«Abbiamo entrambi paura di parlare di ciò che ci assilla», cominciò lei.

«Avanti», la incoraggiò Tony con un gesto, come se volesse cederle la parola.

«Sono quindici mesi che siamo sposati e non abbiamo consumato il matrimonio. È di questo che non parliamo.»

«Oh.» Tony parve colpito.

«Ora, io non so proprio niente, davvero, ma penso che sia il caso di consultare uno specialista. Di questo volevo discutere con te. »

«Uno specialista…» La parola lo lasciava stupito. «Uno specialista in che, se è lecito? Nell'immischiarsi nei fatti della gente? È questo che cerchiamo? Non sarebbe bastato uno di quegli intriganti camerieri italiani? Perché non ci abbiamo pensato allora? Non sarebbe stato magnifico chiedere a loro? Non avremmo dovuto dargli neppure un penny. In effetti, avrebbero potuto pagare loro te…»

«È già talmente difficile trattare questo argomento, ma, santo cielo, tu certamente non lo rendi più facile gridando e ironizzando prima ancora che iniziamo…»

«No, scusami. Ricominciamo daccapo. Uno specialista. Ne hai trovato uno? Sta per caso aspettando fuori della porta?»

«Tony.»

«No, vai avanti, non voglio interromperti. Volevi parlare. Fallo.»

«Non è facile per me, è un argomento scabroso.»

«Ma sei tu che lo vuoi affrontare, mia cara Aisling.»

«E sto cercando di farlo. Mi chiedo se non era il bere.»

«In che senso?»

«Non potrebbe essere che beviamo tanto da non riuscire a farlo come si deve…»

Il tono di lui era gelido. «Ma come potrebbe essere un'ipotesi seria, mia cara Aisling, tu sei quasi astemia?»

«Sei tu che mi spingi ad affermarlo. Sta' a sentire, prima che ci sposassimo, ne avevi sempre voglia… non riuscivi a controllarti, dicevi. Mi rimproverasti che era crudele da parte mia non lasciarti… Ricordi? Nella macchina. Nel frutteto. Rammenti? Sembravi convinto che fosse facile… come… e niente che…»

Ci fu silenzio.

«E proprio perché lo desideravi tanto in quel periodo… io mi chiedevo se il motivo non potrebbe essere che ora bevi molto di più. Forse è questo che complica la situazione e rende tutto così difficile. »

«È una conclusione a cui sei arrivata da sola o nei hai discusso con varie persone e questo è il risultato di una consultazione generale?»

«Oh, Tony, che Dio ti perdoni... con chi avrei dovuto discuterne? Io sto parlando sul serio, ti prego di crederci. Pensi che dovremmo andare avanti così, cercando di fingere che non ha importanza? Non è meglio affrontare la faccenda? Dovremmo essere amici, come lo eravamo un tempo. Ora non riusciamo a parlare di niente. Io sento che se affrontassimo il problema del letto... ebbene, saremmo in grado di trattare qualsiasi altro argomento e tu non mi fuggiresti per andartene da Shay e da altri amici, lasciandomi sola...» Si interruppe e vide che il labbro inferiore gli tremava. Lui non disse niente e Aisling continuò: «Perché tu sai quanto mi piaci e come ti amo, sai che sei l'unico che voglio, sei il mio Tony... ed è ridicolo fingere che non ci sia niente che non va e che non importa...» Si alzò e andò a sedersi a terra appoggiando la testa sul suo grembo. Lui le accarezzò i capelli e se li avvolse attorno al dito.

«Dici sempre che non ha importanza... sai, quando succede... quando non succede... continui a sostenere che non è poi così fondamentale... perciò ho pensato che tu non ci tenessi tanto, ora invece affermi che fingevi e che ti importa...»

«Naturalmente non è la cosa più importante del mondo... ma non poterne parlare... è questo che è terribile e sono sicura che c'è qualcosa di semplice che noi due non sappiamo. Se magari leggessimo dei libri insieme...»

«Ne ho letti», disse lui.

Lei sollevò il capo. «E che cosa dicono?»

«Che si tratta di nervosismo e impazienza e che si può superare.»

«Bene.» Lei cercò di sorridere.

«E affermano che il partner dovrebbe essere gentile, consolare e dire che non importa. Credevo che li avessi letti anche tu.»

«No. Parlo sul serio, quando dico che non ha importanza.»

«E allora perché stiamo qui a torturarci?»

«Perché ne ha in un altro senso. Non conta la notte e il momento in cui avviene... ma a lungo andare sì... importa il mio non essere in grado di darti piacere, capisci, e dei figli...» S'interruppe.

«Sì?» chiese lui.

«Be', immagino che potremmo parlare per vedere se esiste un modo perché tutto funzioni... e, se scopriamo che non c'è, allora forse saremo entrambi più felici ed eviteremo di tentare visto che ci sconvolge tanto. Potremmo anche adottare un bambino.»

«Dici sul serio?»

«Be', sì. Se tu non ti senti frustrato e non ti manca questo aspetto della vita e se io non provo più una sensazione di fallimento, allora potremmo essere entrambi più felici e potremmo scegliere un bambino o una bambina, iniziando da lì.» Si era messa in ginocchio, ora, e lo guardava sorridendo, come se gli stesse suggerendo un programma qualsiasi.

Tony si alzò. «Non pretenderai che sia una discussione seria, questa in cui mi proponi idee così assurde?»

«Ma perché?»

«È estremamente ridicolo... te ne rendi conto? E se vuoi che te lo dica chiaramente, cosa che una persona più sensibile di te non desidererebbe, ebbene lo farò. Ti ho già spiegato che il libro sostiene che è un fatto temporaneo, che è normale. Capisci? E non è niente di cui vergognarsi. Giusto? E che passa. È dovuto all'inesperienza... perché, a differenza di tutti quei tipi che tu sembri ammirare tanto, io non ho esperienza. Non sono andato a letto col mondo intero, l'ho fatto solo con te...»

S'interruppe per bere un sorso.

«E, se m'è permesso, aggiungo che non c'è niente che una donna possa fare. Perciò direi che abbiamo sviscerato l'intero problema, vero...? O vorresti annunciare sul giornale di domani che...»

«Ti prego...»

«No, tu hai detto la tua e adesso tocca a me. All'inizio hai insistito che non t'importava, poi hai cambiato idea e ora sostieni di nuovo che non ha importanza se non lo faremo mai...»

«Tony...»

«Sta' a sentire... hai affermato che non hai letto assolutamente niente sull'argomento, ma pensi che uno specialista possa esserci di aiuto; sei convinta di comportarti correttamente, a differenza di me; ti dici disposta ad abbandonare il vero scopo per cui il matrimonio fu inventato, così che io possa crescere i figli di un altro. C'è una sola affermazione giusta in tutto il tuo discorso... una sola...»

«Quale?» chiese lei in un bisbiglio.

«Che non ti sbronzerai stasera e io sì.»Versò le ultime gocce di whiskey nel bicchiere e lo vuotò. Rovesciò la bottiglia nel cestino della carta straccia e le sorrise in modo forzato, irreale. «E allora, signora, vuoi seguirmi? Sei mia moglie dopotutto e il tuo posto è accanto a me.»

Aisling si alzò. «Immagino che questa sia l'unica occasione di parlarne che avremo mai, vero? E abbiamo rovinato tutto.»

«E allora, ci muoviamo?» chiese Tony.

Dopo un attimo di riflessione, Aisling decise che sarebbe stato meno preoccupante seguirlo che rimanere lì nel terrore che rientrasse barcollando e svegliasse Gretta Ross e i suoi dodici ospiti.

«Andiamo», disse.

«Così va meglio», acconsentì lui, apparendo di nuovo abbastanza felice.

Elizabeth trovò Simon ed Henry di grande compagnia, quando la portarono all'elegante ristorante francese. Le offrirono perfino un'orchidea da appuntare al vestito. Simon disse che Henry se ne intendeva parecchio di vino e che perciò avrebbero assistito a una lunga discussione col cameriere.

Henry rise. «Simon è talmente ignorante in materia che, una volta, gli chiesero se preferiva il rosso o il bianco e lui disse: 'Sì, per piacere'.»

Elizabeth si accorse che quando Henry rideva sembrava più giovane, meno curvo e meno impacciato. Quella sera era davvero a suo agio: si prendeva in giro e si prestava agli scherzi di Simon. Ogni tanto, però, le era parso ansioso e un po' goffo. Forse perché era così alto, coi gomiti e le ginocchia che sporgevano. Dava l'impressione che, se fosse caduto, si sarebbe rotto in tanti piccoli pezzi. O che, se si fosse alzato di colpo, avrebbe potuto rovesciare il tavolo. Eppure non era giusto, in realtà non era affatto maldestro, ne aveva solo l'aria.

Quella sera i suoi capelli biondo cenere erano in ordine. Doveva averli lavati prima di uscire: erano morbidi e lucenti. Aveva ciglia e sopracciglia chiare e se fosse stato una ragazza, le avrebbe sicuramente scurite. Elizabeth si domandò se non era sciocco da parte delle donne voler cambiare il proprio viso mentre gli uomini non lo facevano.

Si complimentarono con lei per tutto, per il successo del corso, per la sua conoscenza della pittura, per il meraviglioso party. Si congratularono anche per la casa di Clarence Gardens, che era molto carina, ed entrambi dissero che stava bene con i capelli raccolti.

«Mi sento un po' come un lupo travestito da agnello. Sono troppo vecchia per portare questa pettinatura da ragazzina», disse lei deliberatamente.

Funzionò: ambedue esclamarono che non era affatto vecchia, anzi, era molto giovane e quell'acconciatura le stava perfettamente.

«Ho ricevuto una cartolina da Grace Miller, sai...» osservò Simon. «È a Bangor. A quanto pare, sei proprio una paraninfa, Elizabeth. Incontrò quel tipo al tuo party, sai, Johnny Stone, del negozio d'antichità... e lui le propose di andarci in macchina. Ora, a quanto pare, è diventato il grande amore della sua vita.»

«Sì, Grace non perde tempo, vero?» disse Henry con ammirazione.

«E neppure Johnny Stone», sottolineò lei. Il boccone le si fermò in gola. Era andato in macchina a Bangor con Grace o lei era comparsa così all'improvviso? si chiese. Quale delle due versioni era vera. Mentiva Johnny... che non ne aveva mai avuto bisogno? Oppure Grace... che però non aveva nessuno scopo per farlo?

Henry stava dicendo qualcosa. «Oh, sono contento di sentirtelo affermare. Temevo che fosse il tuo ragazzo. Una frase che disse il tuo patrigno quella sera...»

Maledetto Harry, pensò, come si permetteva di divulgare informazioni sul conto suo e di Johnny? Avrebbe dovuto capire che era qualcosa di cui non bisognava parlare. «Oh, che cosa diavolo disse?» chiese in tono allegro.

«Niente di preciso. Ho solo pensato che fosse, sai...»

«Oh, cielo, tutti amano Johnny. È come il bel tempo... sarebbe sciocco non goderselo. Ma ora basta con quel Romeo... ditemi come vi sottraete voi due piuttosto alla folla di clienti predatrici che devono inseguirvi nei corridoi del tribunale...»

A questa battuta entrambi risero e tutto tornò alla normalità.

* * *

Violet morì a novembre. Ebbe un violentissimo attacco di cuore, come telefonarono a Elizabeth, che le causò una morte rapida e, sotto molti aspetti, misericordiosa. Era successo la notte e la madre non aveva provato né terrore né ansietà. La voce gentile le disse che bisognava considerarla la soluzione migliore.

Elizabeth si trovava nel freddo ingresso di Clarence Gardens. Era la sera in cui toccava al padre ospitare la partita di bridge e aveva risposto lei al telefono. Stava pensando appunto alla madre nell'attimo stesso in cui l'apparecchio aveva squillato, perché era intenta a compilare un elenco di regali di Natale. Si soffermò a pensare a lei e alla tristezza del fatto che, a quel punto, tutto quello che poteva fare era inviare un regalo ad altri degenti di quell'ospedale. Un gesto anonimo, come quando era a scuola dalle suore di Kilgarret e mandavano i soldi per i bambini negri: avresti preferito vedere il piccolo nell'atto di ricevere il dono.

Ormai per la madre non ci sarebbero più stati regali. Harry era stato informato, a quanto pareva, ed era molto commosso, ma avrebbe telefonato più tardi. Magari uno di loro avrebbe dovuto chiamare di nuovo l'ospedale, la mattina, per discutere dei particolari del funerale. Erano molto dispiaciuti di dover dare una notizia così triste, ma speravano che la considerasse la soluzione migliore per Mrs Elton.

Dalla stanza sul davanti giungeva un suono di risate, le parve perfino di distinguere la voce del padre. Lui, che aveva riso così di rado in quella camera in cui la moglie sedeva al piccolo scrittoio a scrivere lettere, rideva ora per un gioco di carte con persone che a malapena conosceva mentre la mamma giaceva in una cappella mortuaria nel nord dell'Inghilterra. Non si sarebbe precipitata in quella stanza e non si sarebbe buttata tra le braccia del padre per sfogarsi assieme a lui. Un tempo dovevano aver pianto di commozione o essere stati sul punto di farlo per lei, per Elizabeth... quando avevano saputo che sarebbe venuta al mondo, quando era nata, quando aveva detto qualcosa di carino nel muovere i primi passi. Dovevano essersi guardati e tenuti per mano, dovevano aver sorriso. Che cos'era successo per far finire tutto in quel modo?

* * *

Gli Hardcastle dissero che andava bene quando lei gli telefonò per avvertirli che sarebbe arrivata e gli chiese di non far venire Harry all'apparecchio. Poi scrisse un biglietto a Henry Mason in cui gli spiegava perché non poteva vederlo il giorno successivo e gli domandava di informare Simon, l'istituto di arte e la scuola. Di lui ci si poteva fidare, avrebbe fatto tutto con efficienza.

Infine buttò giù due righe per il padre e gliele lasciò in camera da letto, nel caso che qualcuno lo aiutasse a lavare le tazze. Non voleva che ricevesse la notizia davanti a degli sconosciuti e, certamente, non desiderava essere presente al momento. Per precauzione, gli ridiede il nome dell'ospedale, nel caso avesse voluto mandare dei fiori, e lo avvertì che sarebbe stata via alcuni giorni. Alla fine entrò nella stanza del bridge e attese pazientemente che la mano terminasse.

«Ah, il tè», il padre era soddisfatto e sorpreso.

«No, non ancora, è tutto pronto in cucina, naturalmente, ma, mi dispiace interromperti, devo andare via di corsa. È un po' complicato da spiegare. Non voglio disturbarvi, perciò ti ho lasciato un biglietto di sopra...» Sorrise alle quattro persone sedute al tavolo e uscì a passo svelto. Alla fine di Clarence Gardens vide un taxi e lo fermò. Imbucò la lettera per Henry nella cassetta del grande palazzo nel quale aveva un appartamento. Era un condominio efficiente come lui, avrebbero tirato fuori le lettere dei vari inquilini e le avrebbero lasciate in file ordinate sul tavolo nell'ingresso. Henry avrebbe fatto tutte le altre chiamate per conto suo. Gli aveva elencato i numeri di telefono.

Mentre saltava di nuovo nel taxi gli parve di vederlo affacciato alla finestra, ma avrebbe perso troppo tempo a spiegargli tutto, la lettera andava meglio. Lo avrebbe visto la settimana successiva.

La settimana passò come avvolta nella nebbia. C'erano solo sette persone al funerale di Violet, se si escludevano Harry, Elizabeth e l'infermiera Flowers. Si era portata via una piccola borsa con i pochi oggetti della madre. Aveva pensato che avrebbero sconvolto troppo Harry e, del resto, era sicura che neanche lei sarebbe riuscita a guardarli. Il cappellano era stato molto gentile e aveva parlato del «ritorno», del «riposo» e della «pace». Accanto a lei, Harry bisbigliò: «Violet non desiderava la pace, la odiava, voleva godersela un po'».

«Secondo me, questi preti sbagliano tutto», gli rispose Elizabeth in un sussurro.

«Povera Violet», singhiozzò Harry. «Povera piccola Violet. Pretendeva così poco, così maledettamente poco... e non è mai riuscita ad averlo.»

Elizabeth era in piedi sotto la pioggia riparata dall'ombrello di Mr Hardcastle e pensava all'amore. La madre lo aveva desiderato tantissimo, molto di più di chiunque altro. Sembrava impossibile soddisfarla, eppure Harry l'aveva appagata. Non le aveva offerto ricchezza o spensieratezza, ma una vita dura in un piccolo negozio e lei ne era stata felice. Non c'era da meravigliarsi che per lui fosse una persona di poche pretese. Il padre, invece, la giudicava incontentabile e completamente egoista... Zia Eileen aveva detto che Violet era stata molto divertente a scuola; in quella confusione Elizabeth non si era ricordata di scriverle, ma lo avrebbe fatto appena possibile.

Bevve infinite tazze di tè in compagnia degli Hardcastle e le venne assicurato che la vendita del piccolo negozio di Harry sarebbe stata più che sufficiente per coprire le spese della sua permanenza presso di loro. Fecero i programmi per la successiva visita di Harry a Londra e ricevettero i telegrammi di Stefan Worsky e Anna, dell'istituto di arte e della scuola, di Henry Mason e Simon Burke e di alcuni iscritti al suo corso che Henry doveva avere informato. Non ci fu nessun messaggio da parte di George White, né di Johnny Stone.

La sera prima che tornasse a Londra lei e Harry andarono a mangiar fuori. Il ristorante era addobbato con le prime decorazioni natalizie e c'era un'atmosfera di festa che nessuno di loro condivideva.

«Non faccio che ripetermi che niente è cambiato. Ma, sai, speravo sempre che migliorasse. Pensavo che una mattina si sarebbe svegliata e avrebbe detto: 'Harry, com'è ridicolo tutto questo', e poi la situazione sarebbe tornata normale. Ora non posso pensarlo più. Provavi la stessa sensazione anche tu?»

«Sì», mentì lei. «Sì, anch'io.» E si chiese perché mai era stata a spiegargli la malattia della madre con tanta cura, visto che era totalmente incapace di accettare ciò che non riusciva a sopportare.

«Così, laggiù a Londra, non dovrai più preoccuparti per me», disse Harry.

«No, non lo farò. Ti penserò molto... tra una tua visita e l'altra.»

«E come sta il mio amico Johnny?»

«Bene, bene», rispose lei. Parlavano ambedue in tono sommesso, ma lui afferrò che c'era qualcosa.

«Non voglio ficcare il naso...» esordì.

«Non lo fai mai, Harry», disse lei.

«Ma mi chiedevo... quando non l'ho visto venire con te... se qualcosa... se tutto era come prima...»

«No, non è più come prima. Hai ragione.» Guardò a lungo la tovaglia. Harry non disse niente. «Bene, intendo che lui è come è sempre stato e sempre sarà. Ma quel che provo io non è più lo stesso.»

«Ah, non ti sarai allontanata da un tipo come Johnny? Ce n'è uno su un milione.»

«È difficile da spiegare. Sai, lui in realtà non dimostra nessun particolare sentimento nei miei riguardi... mi segui?... come l'avevi tu per la mamma... lui non vede in noi due una specie di unità. Per molto tempo non l'avevo capito...»

«Ma hai sempre detto che non era tipo da sposarsi... lo sapevi...» Harry era chiaramente deluso di scoprire che non ci sarebbe più stato Johnny nella sua vita.

«Sì, ma non avevo capito com'era superficiale il suo legame con me. Negli ultimi mesi sono uscita con un altro: Henry. Lo ricordi? Lo incontrasti al party, l'avvocato.»

«Oh, sì, tenne una specie di discorso», disse Harry, senza entusiasmo.

«Sì. Lui e il suo amico, Simon Burke, sono molto gentili con me... e in realtà sono veramente affezionata a Henry: andiamo a teatro e alle gallerie d'arte e mi ha preparato una cena nel suo appartamento. Una sera lo invitai perfino a mangiare a Clarence Gardens quando papà era fuori e, una volta, quando era presente e, capisci, a Johnny non importa niente. Niente di niente...»

«Be', se lo fai unicamente per suscitare la sua gelosia mi sembra un po' sciocco, no?»

«No, non lo è, è solo che non mi sarei mai spinta fino a tanto se Johnny si fosse mostrato minimamente seccato. Invece lui è più che contento se gli dico che non posso vederlo sabato sera perché vado a teatro con Henry.»

«E che cosa ti aspettavi che dicesse?»

«Non lo so. Non credevo che sarebbe rimasto così indifferente. Allora, un giorno, glielo chiesi chiaro e tondo...»

«E che cosa ti disse?»

«Rispose: 'Sai, Scimmietta, io non lego la gente a me' e, naturalmente, mi fece notare che io non dicevo niente quando frequentava altre donne, quindi neanche lui avrebbe mostrato la minima gelosia. Ribattei che odiavo il fatto che lui uscisse con le altre e che volevo che fosse geloso di me. Mi rispose che avevo scelto l'uomo sbagliato per questo genere di cose.»

«Bene.» Harry era imbarazzato. «È stato sincero, no?»

«Sì, ma non c'è altro, né ci sarà mai. L'amore... la speranza e tutto il resto... sono solo da parte mia, non capisci? Da parte sua non c'è niente... Non ha bisogno di me.»

«E tu lo vedi ancora?»

«Oh, sì, certo. Lo incontro da Stefan, a volte lo vedo la domenica mattina... andiamo a comprare i giornali e poi stiamo a letto per il resto della mattinata. L'ho sempre considerata la nostra giornata...»

«Ed Henry... Non pensa...»

«Non faccio l'amore con lui. Ma gli sono molto affezionata e lui ha paura di farmi una dichiarazione seria, perché teme che io gli risponda che preferisco Johnny. Lo so che sembra ridicolo, ma è così. Camminiamo tutti su una fune tesa... eccetto Johnny.»

«Sono sicuro che la situazione si risolverà nel migliore dei modi.» Harry le diede un colpetto sulla mano.

«Oh, sì, lo sono anch'io», disse lei pensierosa. «Ma, come sempre nella vita, sarà Elizabeth White a dover prendere una decisione, e sperando che sia la migliore. Nessun altro lo farà per me.»

* * *

Stava di fatto che zia Eileen era venuta a sapere di Violet perché Aisling aveva telefonato a Clarence Gardens, desiderosa di chiacchierare un po', e George le aveva spiegato perché Elizabeth era via. Il padre non aveva voluto sapere del funerale. La figlia si era offerta di parlargliene, se lo desiderava, ma lui aveva sottolineato che considerava la moglie morta da tempo.

«Ho ricevuto un simpatico biglietto dall'amica di tua madre, Mrs O'Connor», disse con tono sorpreso. «Molto ragionevole e conciso. Ce n'è uno anche per te. Un bel biglietto davvero, senza tante banalità.»

Elizabeth si chiese che cosa aveva mai scritto zia Eileen per fare così piacere al padre, perché sapeva che non poteva certo trattarsi dello sfogo contenuto nella lettera che lei stessa aveva ricevuto. Eileen ricordava tutti gli aspetti migliori di Violet in gioventù, quando le aveva annunciato la sua nascita dicendo che all'ospedale sostenevano di non aver mai visto una bambina così perfetta. Eileen aveva riso perché neppure a Kilgarret avevano visto neonati tanto perfetti come Sean e Maureen. Eileen la pregava di rammentare solo i lati positivi della madre e di dimenticare quelli tristi, come lei aveva fatto con suo figlio. Le suggeriva di pensare alla mamma come a una persona molto somigliante a lei stessa, onesta, pratica e, insieme, un po' frivola e non com'era dopo il ricovero in manicomio.

Eileen aggiungeva che Aisling le sembrava molto giù di morale in quegli ultimi tempi e le chiedeva se per caso non avrebbe avuto la possibilità di fare una scappata da loro. Lei si sarebbe rallegrata, dopo tanta tristezza, e certamente il volto di Aisling si sarebbe rilassato in compagnia della sua migliore amica. Le chiedeva di essere molto discreta e di non farne menzione con nessuno.

Fu tentata di accettare l'invito, ma non era possibile. Avrebbe dovuto allontanarsi di nuovo dalla scuola, dall'istituto e dal negozio. No, non le riusciva proprio di andare in Irlanda. Mentre stava pensando che avrebbe potuto chiamare Kilgarret, il telefono squillò: era Johnny.

Voleva sapere se aveva voglia di andare ad ascoltare un po' di jazz o se era troppo chiassoso e allegro dopo tutto quello che aveva passato. Lei disse che le sarebbe piaciuto e che si sarebbero trovati direttamente al club. Distrarsi era proprio ciò di cui aveva bisogno.

«È stato terribile, vero, Scimmietta?» chiese lui.

«Molto triste. Sì.»

«Lo immagino. Io non ho scritto né mandato un telegramma perché non avrebbe avuto senso. Preferisco ricordarla come una bambola affascinante. È quello che era quando la conobbi.»

«Giusto», disse lei.

«Il vecchio Harry sta bene? Dev'essere stato un sollievo per lui, visto che Violet non migliorava.»

«Sono sicura che hai ragione.»

«Bene, ci vediamo alle nove.»

«Perfetto», disse lei.

Il telefono squillò di nuovo. Era Henry. «So che non avrai voglia di uscire e distrarti, ma se lo desideri posso prepararti una cena e poi staremo in casa a discuterne», offrì.

«No», disse lei, parlando lentamente, «no, è bello da parte tua ma sono occupata.»

Henry si scusò immediatamente. Avrebbe dovuto rendersi conto che era troppo presto per intromettersi. Le avrebbe dato un paio di giorni per riprendersi.

«Vorrei venire domani, se sei libero», disse lei.

Ne fu felice. Sarebbe andato a prenderla. Era molto gentile, Johnny non lo faceva mai. Gli disse che l'avrebbe aspettato.

Avvertiva un leggero mal di testa quando incontrò Johnny al club. Lui disse che conosceva un rimedio e ordinò un caffè con del rum e un pezzetto di cannella dentro. Stranamente, dopo, si sentì un po' meglio.

«Come funziona?» gli chiese.

«Brucia il mal di testa e lo toglie», disse Johnny. Le prese la mano e la guidò verso un tavolo dove c'era un gruppo di gente. A quanto pareva li conosceva tutti bene. Fu presentata e si chiese su quale delle donne lui aveva messo gli occhi. Probabilmente la piccolina, che rideva e che era sposata certamente all'uomo che le stava accanto. Le teneva una mano sulla spalla, infatti, e lei portava la fede. Ma del resto, si chiese, che differenza

329

faceva se era sposata o meno? L'idillio, se di questo si trattava, non sarebbe comunque durato a lungo. Johnny la strinse a sé e lei gli si appoggiò contro mentre beveva il caffè speziato.

«È bello che tu sia ritornata, Scimmietta», disse accarezzandole il collo. «Dopo andiamo all'appartamento?»

«Sì, certo», rispose lei. Forse aveva solo immaginato le occhiate che si erano scambiati Johnny e la piccolina sorridente.

Giacque tra le sue braccia e sospirò felice. Si rese conto che quello era stato l'unico accenno al suo triste pellegrinaggio a Preston: niente blandizie, né dolore, né consolazioni. A Johnny non piaceva pensare a ciò che è triste e così non lo faceva mai. Glielo aveva detto ormai anni prima. Era semplice, no?

Di nuovo aveva un leggero mal di testa la sera dopo, quando Henry andò a prenderla, ma non disse niente. Temeva che lui annullasse l'appuntamento o che le suggerisse un'aspirina e un bicchiere di latte caldo, un rimedio molto banale in confronto al consiglio di Johnny. Entrò in casa e parlò col padre per cinque minuti. Mentre andava a prendere il cappotto, Elizabeth sentì Henry che diceva: «Temo di non conoscere la forma con cui esternare le condoglianze per la morte di una ex moglie, Mr White, ma mi dispiace molto che la madre di Elizabeth sia deceduta».

Il padre parve in grado di affrontare un tipo di conversazione così formale, poiché probabilmente alla banca c'era abituato. «Grazie, Henry», rispose. «Violet ebbe una vita molto difficile e complicata. C'è da sperare che alla fine abbia trovato la pace.»

«Certo, certo», disse Henry rispettoso. Elizabeth gli concesse due minuti di silenzio prima di entrare nella stanza.

«Bene, ora noi andiamo. Non le farò fare tardi, Mr White», assicurò. Elizabeth pensò che quello era ciò che le altre ragazze avevano avuto dieci anni prima. A lei era mancato completamente. Non le era mai stata fatta la corte, non aveva avuto ragazzi che venivano a casa, appuntamenti e il dovere di rientrare a una certa ora: per una misteriosa ragione tutto ciò la faceva sentire molto giovane e felice.

Henry aveva preparato tutto per la cena: una scatola di minestra di pomodoro già versata in una pentola, quattro patate pelate in un'altra e, su una griglia, due piccole braciole d'agnello e quattro mezzi pomodori. Aveva disposto su un vassoio un vasetto di salsa alla menta e un piatto col pane e il burro.

«È molto semplice, ma ho pensato che sarebbe stato meglio per te non dover cucinare», disse lui. Aveva un'aria innocente e quasi impaurita, come se temesse che Elizabeth non approvasse i suoi preparativi.

Il viso di lei si illuminò in un gran sorriso soddisfatto. «Che bello essere attese in questo modo. Sei gentile e premuroso.»

Henry arrossì di piacere. «Volevo soltanto che ti riposassi dopo tutto quello che hai attraversato. Parlamene.» Le riempì il bicchiere di vino e la fece sedere davanti al fuoco nel soggiorno. Lui si accomodò a terra di fronte a lei.

«Dimmi quello che accadde... Sei partita da qui in treno...» La guardò, interessato a lei e a ciò che aveva passato. L'espressione indulgente del suo viso era sincera. Voleva realmente sapere tutto. Lentamente, lei cominciò a raccontarglielo e, quando gli descrisse com'era piccola la madre, simile a una bambola rattrappita e quanto aveva pianto Harry, gli occhi di lui si riempirono di lacrime. Anche Elizabeth scoppiò a piangere e si rifugiò a lungo sul suo petto, lì accanto al fuoco. Si soffiarono entrambi il naso e lei andò in bagno a inumidirsi gli occhi, mentre Henry cominciava le sue laboriose preparazioni in cucina e, con estrema concentrazione, stava bene attento a non far bruciare le braciole.

Henry aveva una sorella sposata, Jean, che viveva a Liverpool, dove lui si sarebbe recato per Natale. I suoi genitori erano deceduti quando lui era ancora ragazzo. Il padre era morto la sera prima di arruolarsi sotto le armi nel 1940, quando Henry aveva solo quattordici anni. La madre aveva vissuto una vita di terrore e di costante ansietà durante tutto il conflitto e poi, subito dopo il giorno della vittoria, era morta anche lei all'improvviso. Henry ricordava sempre la guerra come la causa che gli aveva portato via ambedue i genitori; non riusciva a capire perché la gente guardasse quasi con nostalgia a tutta la solidarietà di quegli anni. Lui non ne provava affatto: era uno studente con una madre con i nervi sempre sul punto di cedere; non era stato assolutamente il miglior periodo della sua vita.

Era molto attaccato a Jean, che faceva l'infermiera ed era stata meravigliosa con lui quando aveva cominciato a studiare legge. Lo aveva mantenuto e gli aveva dato i soldi per le rette e le tasse, aiutandolo a superare le ristrettezze fino a che non avevano venduto la casa di famiglia e avevano potuto disporre di denaro. Jean aveva sposato Derek e avevano un maschietto. Si chiamava come lui ed Henry gli avrebbe regalato un trenino.

Tutto aveva un'aria così tranquilla. Henry avrebbe preso il treno per Liverpool e Derek gli sarebbe andato incontro alla stazione; poi avrebbero ritirato l'albero di Natale e l'avrebbero portato a casa. Mentre il piccolo Henry dormiva i tre adulti avrebbero decorato l'abete. A quanto pareva, non sapeva dire se andava molto d'accordo con la sorella e il cognato. Elizabeth aveva sperato che lui le raccontasse che con Jean erano sempre stati grandi amici, che avevano riso delle stesse cose e che Derek gli piaceva enormemente. Aveva desiderato sentirgli dire che a Natale fratello e sorella rievocavano i bei ricordi del padre e della madre, che si raccontavano tutto e si aggiornavano sugli avvenimenti dell'anno come se fossero stati separati soltanto per una settimana.

Se avesse anche solo sfiorato l'immagine di un simile Natale il suo sarebbe stato in qualche modo un po' migliore. Da quando la madre se n'era andata lei e il padre avevano passato molte feste insieme, ma non era mai stato facile. A mano a mano che il giorno di Natale si avvicinava il padre diventava sempre più cupo fino a essere addirittura sepolcrale nel momento in cui lei tagliava il pollo. Aveva imparato ad affrontare una simile situazione: chiacchierava, piacevolmente e superficialmente, come se non avesse notato il suo cattivo umore e il completo silenzio. Dopodiché lavavano i piatti, preparavano il fuoco e ascoltavano la radio. Non sapeva neppure che cosa aveva programmato Johnny per Natale. Non aveva famiglia e molti avrebbero trovato naturale che passasse quella festa con Elizabeth e suo padre. Ma Johnny non affrontava situazioni che lo deprimevano. Magari avrebbe fatto una gita in Scozia, come l'anno prima. Sei di loro avevano affittato un vecchio cottage e vi avevano passato quattro giorni di divertimento, passeggiando ed esplorando le Highlands, mangiando e bevendo davanti a un fuoco di ceppi. Lei era morta d'invidia quando lo aveva saputo.

Quel Natale, però, Johnny non andò da nessuna parte, perché prese una brutta influenza. Coincise con uno dei suoi romanzetti con una ragazza italiana, che si atteggiava a infermiera, tastandogli la fronte e dandogli da bere. Elizabeth andò a trovarlo alla vigilia di Natale. Non lasciò assolutamente capire alla stupita Francesca che lei era un amore di lunga data di Johnny. Si comportò con calma e gentilezza come se fosse in visita da un amico. Ignorò la vestaglia bianca appesa dietro la porta del bagno, non lasciò mai cadere il proprio sguardo sui vestiti buttati sulla sedia in camera da letto, sui cosmetici sparsi sulla toeletta o sull'espressione imbarazzata del viso di lui.

«Sono solo venuta per augurarti Buon Natale e, siccome Stefan mi ha detto che eri in cattive condizioni, ho seguito i consigli dei libri: ti ho portato del brodo ristretto...» Rise felice, subito imitata da Francesca. Johnny riuscì a malapena a sorridere. «Dunque, Francesca, può riscaldare questa... dovrebbe fare miracoli... ma non chiediamoci quali. È solo una vecchia leggenda, limitiamoci a crederle.»

Francesca corse felice in cucina a cercare una pentola.

Dal viso febbricitante di Johnny il sorriso non era ancora scomparso. «Non sapevo che saresti venuta, pensavo... pensavo...»

«Lo so, pensavi che sarei stata discreta. Non importa.»

«Che cosa?»

«Non ha importanza. Credo che il peggio sia passato, ora, dopo andrà meglio.»

Johnny allungò una mano verso la sua. «Cambierà, te lo prometto, non sarà sempre così.»

Lei gli batté sulla mano e si alzò. Era molto brava a fraintendere ciò che venivano detto, lo faceva di proposito da anni. Finse di credere che stessero parlando della sua influenza. «Hai assolutamente ragione, cambierà, domani perfino diminuirà. Naturalmente non sarà sempre così...» Gli soffiò un bacio dalla porta. «Felice Natale, Johnny, oh, e Francesca...»

La testa spettinata apparve dalla cucina. «Oh... vai già via, *Eliizabett*? Così presto?»

«Sì. Volevo solo augurarvi Buon Natale.»

«Grazie, anche a te.» Francesca era soddisfatta. Mentre scendeva le scale a lei così familiari, Elizabeth immaginò la ragazza che, seduta sul letto di Johnny, gli dava il brodo col cucchiaio e sottolineava come era simpatica *Eliizabett*, mentre lui cambiava argomento.

Henry rientrò tre giorni dopo Natale. Era stata una festa molto piacevole, tranquilla ed estremamente tradizionale. Perché, gli aveva chiesto Elizabeth, era tornato tanto presto? Se stava così bene poteva rimanere fino alla fine della settimana, fino a Capodanno.

«Mi mancavi», disse Henry in tutta semplicità. «Avevo voglia di rivederti.»

Henry chiese a Elizabeth se sarebbe andata a cena con lui la sera di Capodanno.

«Te ne preparo una io, invece», propose lei. «Papà sarà a una riunione di bridge ed è molto eccitato all'idea.»

Henry aveva portato una bottiglia di champagne ed Elizabeth ne aveva un'altra in fresco, così decisero di non aspettare fino a mezzanotte. Potevano berne una subito e l'altra dopo.

«Sai che mi piaci tantissimo, mi sono molto, molto attaccato a te», disse Henry a un certo punto.

«Anche tu mi piaci», rispose Elizabeth.

«Il problema è che non so bene... qual è la mia situazione... capisci?»

Lei lo guardò perplessa.

«Saprai, naturalmente, che sono al corrente della tua amicizia con Johnny Stone... ma non so come...»

Elizabeth continuava a guardarlo senza dir niente.

«Capisci, non voglio essere tanto stupido da sperare che tu possa interessarti a me, se con quel ragazzo c'è qualcosa... così ho creduto che tu potessi dirmi quello che pensi.» La guardò curioso e pieno di speranza, ma al tempo stesso timoroso della sua risposta. Elizabeth non aveva mai sperimentato un tal senso di potere in vita sua, ma non ne provò nessun piacere.

«È una lunga storia...» esordì.

«Oh, io non voglio sapere del passato... non mi riguarda... santo cielo, no. Solo quello che provi adesso... quello che desideri.»

«Io non amo più Johnny Stone», disse lei. Le parole le echeggiarono nella mente, mentre il viso di Henry si dissolveva davanti ai suoi occhi. Non amava più Johnny. Era successo senza che lei se ne rendesse conto, il sentimento che aveva sempre provato per lui era scomparso e lei se ne stava accorgendo solo ora che qualcuno le chiedeva di parlargliene. Quando tornò a mettere a fuoco il suo viso sorrise a Henry. «È vero», aggiunse, semplicemente.

«Bene, è possibile allora che col tempo tu possa amare me?» esitava ancora, insicuro. «Non voglio che tu abbia l'impressione che ti stia assillando o che esiga una risposta da te, ma se tu pensassi che...»

«Ma io ti amo già», disse lei.

Parve un bambino felice. Si ravviò indietro i capelli biondi finché gli si rizzarono attorno al capo come un alone. Fino allora le aveva sfiorato solo le labbra nel salutarla, ora l'attirò a sé e per un lungo bacio.

«Io credo che tu sia la persona più meravigliosa del mondo intero. Sei una ragazza tanto bella... non riesco a credere che tu possa amarmi», lo disse in tono felice, guardandola con fierezza.

«Tu sei molto buono con me... non meravigliarti che ti ami», disse lei.

«Vuoi sposarmi? Possiamo farlo entro l'anno nuovo?»

Lei si staccò dalle sue braccia, sorpresa. Per Henry amore significava matrimonio, come per la maggior parte della gente. Lui era ansioso di rinunciare a tutte le sue altre possibilità, di precludersi ogni alternativa e di vivere con lei per il resto della sua vita. Questo desiderava fare e anche lei. Voleva essere sicura e felice e badare a lui. Voleva che loro due stessero insieme, programmassero la vita e dividessero tutto.

«Mi piacerebbe sposarti, Henry Mason. Certo che mi piacerebbe», disse.

Sean non aveva mai trovato facile conversare con Ethel Murray: era una di quelle donne che si esprimono con una tale decisione da far sembrare che niente possa venire aggiunto alle loro dichiarazioni. Quella volta l'avrebbe voluta fuggire, ma Eileen era a letto. Non era stata più la stessa dopo Natale e dava la colpa al cibo. C'era stato talmente tanto lavoro al negozio con l'avvicinarsi delle festività che lei aveva deciso che, con l'anno nuovo, avrebbero trovato una brava ragazza e le avrebbero assegnato un adeguato stipendio. Sean si era mostrato d'accordo e aveva detto che avrebbe chiesto in giro immediatamente dopo le vacanze.

Ethel Murray si presentò senza annunciarsi. Portava dei guanti, con i quali armeggiava, e sembrava molto a disagio. Parlarono educatamente di come avevano passato il Natale, del simpatico prete nuovo e della sua bella voce, proprio quello che ci voleva per il coro. Osservarono che il mondo era ormai in cattive condizioni, visto che il povero papa aveva dovuto dedicare la sua trasmissione radiofonica di Natale al pericolo delle bombe atomiche.

Alla fine Ethel Murray riuscì a venire al punto. Si chiedeva se Sean ed Eileen avevano qualche informazione su come andavano le cose tra Tony e Aisling.

Sean rimase senza parole e la subissò di domande. Non andavano d'accordo? C'erano stati dei problemi? Non ne sapeva niente: di che cosa stava parlando? C'era stato un incidente? Dall'espressione di Ethel Murray era chiaro che s'era resa conto di aver parlato alla persona sbagliata. Cercò di rimangiarsi tutto, ma ormai Sean era anche più sconvolto di lei. Doveva dire esplicitamente ciò che aveva in mente.

Quello che la assillava era l'annuncio fatto da Aisling, durante il pranzo di Natale, della propria intenzione di riprendere il suo posto a tempo pieno nel negozio degli O'Connor. Aveva affermato che sua madre era stanca, aveva lavorato troppo e, avendo più di cinquant'anni, aveva diritto a un po' di riposo. Lei, invece, non aveva niente da fare tutto il giorno e quindi tanto valeva riempire il tempo in qualche modo. Tony non aveva detto niente, ma era parso afflitto. Doveva esserci qualcosa che non andava e, per quanto difficile fosse affrontare l'argomento con Sean ed Eileen, lei aveva pensato di farlo con una certa discrezione... e di chieder loro consiglio.

Sean fu commosso dalla sua angoscia e, ancor più, dal suo

smarrimento. Non capitava così spesso di scoprire Ethel Murray indecisa. La calmò, insistette perché entrambi prendessero un sorso di whiskey e disse alla fine che non voleva disturbare Eileen subito, ma che presto ne avrebbero parlato insieme. Si scusò per essere stato un po' brusco e lei gli batté sul ginocchio con la mano guantata. Sean pensò che, ai suoi tempi, non doveva essere stata affatto una brutta donna.

Il giorno di Capodanno Eileen poté alzarsi e andò alla messa delle nove. Incontrò Aisling proprio mentre ne uscivano e gli occhi della figlia s'illuminarono. «Oh, ma', non è magnifico che tu stia di nuovo bene? Avanti, su, sali in macchina; ti do un passaggio fino a casa... o, meglio ancora, vieni da me.»

«Mi piacerebbe, mi darebbe un po' di pace: ma aspetta, lascia che dica loro dove vado, altrimenti organizzeranno delle squadre di soccorso.» Scrutò tra la gente che usciva nella fredda mattina augurandosi Buon Anno a vicenda e vide Donal, tutto infagottato. «Digli che sono andata a casa di Mrs Murray per la prima colazione e che mangino senza di me», gli gridò.

«Farai proprio una colazione abbondante su dai Murray. Gli raccomanderò di tenere la tua in caldo», rispose Donal allegro.

«Ti sta solo prendendo in giro, Aisling», disse Eileen, sistemandosi in macchina.

«Non sbaglia di molto», rispose la figlia, avviando il motore e dirigendosi verso il bungalow.

Eileen fu letteralmente sconvolta dal disordine che regnava in quella casa: il soggiorno era pieno di piatti sporchi, c'erano bicchieri sul tavolo e briciole a terra; la splendida cucina, tanto invidiata dalla povera Maureen, era in condizioni pietose: il forno era coperto da uno strato di grasso, tutt'attorno c'erano pentole mezzo sciacquate e sporche e i cornflakes erano sparsi dappertutto. Aleggiava un'aria di sudiciume e d'abbandono.

«Ragazza, tu sei padrona in casa tua, ma in nome del cielo, perché non fai uno sforzo per tenere tutto un po' più pulito?» Eileen era stupefatta e dovette perfino spostare uno straccio sporco per potersi sedere.

«Oh, ma', a che serve? Dimmelo tu, a che serve?» Aisling

non sembrava affatto pentita. «Se pulisco e metto in ordine, lui distrugge tutto di nuovo.»

«Ma, Aisling non puoi vivere così, non è possibile. Dov'è Tony adesso, è ancora a letto?» Eileen aveva abbassato la voce.

«Non è ritornato a casa, ma', rientrerà verso l'ora di pranzo, e si cambierà e uscirà di nuovo, per andare all'albergo...»

«Ma dove diamine è? La notte di Capodanno eri qui tutta sola? Che fine aveva fatto lui?»

«Oh, immagino che abbia dormito dove gli è capitato, da Shay Ferguson, per esempio. A volte si ferma anche all'albergo, credevo che l'avessi saputo...»

«No, non ho saputo niente.»

«Così ieri sera sono stata tutta sola. Ho bollito delle patate, in quella pentola là, visto che lui spesso ne ha voglia quando ritorna dopo aver bevuto... poi si è fatto tardi e ho pensato che non sarebbe rientrato e così mi sono cucinata qualcosa. C'era della pancetta e l'ho messa a friggere con le cipolle, ma è bruciata, e ciò spiega quell'altra padella. E queste sono le uova strapazzate di ieri mattina che non ha toccato e quello... non lo so, credo sia latte o qualcos'altro.»

Eileen fu invasa da un'ondata di nausea. «Da quanto tempo dura questa situazione?»

«Oh, non lo so. Vediamo, sono sposata da un anno e sette mesi... o sono sette anni e un mese? Più o meno da allora...»

Quel comportamento, la sua ironia fecero riprendere di colpo Eileen dalla propria sorpresa. «Hai dell'acqua calda?» chiese.

«Che cosa?» Aisling si mostrò stupita.

«Lo scaldabagno è acceso? Tra un'ora e mezzo circa devo essere alla piazza. Questa casa dovrà tornare normale per allora.»

«Oh, mamma, non ne vale la...»

«Smettila di gemere e di lamentarti e rimboccati le maniche.»

«Ma', io non lo farò e neppure tu.»

«Non varcherai mai più la porta di casa mia se non muovi immediatamente il sedere da quella sedia e metti in ordine questa casa.»

«È casa mia, ma', l'hai detto.»

«Dio solo sa se lo è e quando penso a tutta la gente che amerebbe averla, che la trasformerebbe in una reggia... Pensa che cosa darebbe tua sorella Maureen per una cucina come questa. Ho visto la sua espressione, sai, e pensa a Peggy che vive in un capanno in montagna. Ma Dio non ha ritenuto giusto darla a gente che avrebbe saputo apprezzarla, no, l'ha data a una sciattona lagnosa e piagnona... Sì, Aisling, questo sei.»

Aisling rimase scioccata! Non una parola su Tony, non il minimo conforto, non un braccio materno attorno alle spalle e la conclusione di quanto terribili siano gli uomini. Solo una predica, peggiore di quante ne avesse mai ricevute quando aveva quattordici anni. Quasi automaticamente si alzò. Ma' si era tolta il cappotto.

Finirono tutto in un'ora e mezzo. Eileen aveva aperto le finestre per cambiare aria.

«Ci prenderemo una polmonite», si lamentò Aisling.

«Meglio della difterite causata dallo sporco che regna in questa casa», replicò ma'.

Eileen aveva aperto la porta della camera da letto e l'aveva richiusa di colpo. «Hai un paio d'ore prima che tuo marito rientri. Va' là dentro e pulisci quella stanza, togli le lenzuola e rifai il letto come si deve. Io tornerò oggi pomeriggio e tutta la casa dovrà essere a posto. Apri quelle finestre, se vuoi, prima di riaccompagnarmi a casa, così cambierà un po' l'aria.»

«Tornerai, ma'?» chiese Aisling timorosa.

«Certo che lo farò, tu mi hai invitata a bere una tazza di tè e, non so se l'hai notato, non l'abbiamo preso. Quindi verrò oggi pomeriggio. E lo vorrei da una teiera che non sia tutta ossidata. Io non ho ricevuto teiere d'argento al mio matrimonio, ma se le avessi avute sarebbero state scintillanti.»

«Tony potrà non esserci, ma'. Io non credo che tu ti sia resa conto di come vanno male le cose.»

«Io non credo che tu ti sia resa conto di come vanno male le cose», ripeté la madre, cupa, e s'infilò il cappotto.

Tony arrivò a mezzogiorno e aveva un aspetto orribile. Il vestito era stazzonato e coperto di macchie, come se avesse vomitato e si fosse ripulito solo superficialmente. Aveva gli occhi gonfi e sporgenti. Il puzzo di alcol si sentiva perfino dal fondo della stanza, portato dall'aria che veniva dalle finestre aperte.

«Buon Anno», gli augurò lei.

«Oh, cielo, lo sapevo che stavi qui ad aspettare per affliggermi», disse lui.

«Non lo sto facendo, ho solo detto Buon Anno e ho pulito la casa. Non te ne sei accorto?»

Si guardò attorno sospettoso. «Sì, sì, è magnifico», disse incerto. «Hai fatto un gran bel lavoro. Ti avrei dato una mano...»

«No, non importa. E guarda.» Lo condusse in cucina. «È tutta lucida, vero?»

«Sì, è magnifica.» Era preoccupato.

«Ora vieni a vedere la camera da letto, è perfettamente in ordine.»

«Oh, Ash, hai fatto un gran lavoro. Aspetti qualcuno?» chiese all'improvviso.

«Be', forse verrà mia madre per un'ora nel pomeriggio, è tutto.»

«Ah, sì... Be', sono contento per te. In verità, io potrò non essere di ritorno. Shay e un paio di altri...»

«Vorrei che rientrassi, Tony.»

«Che cos'è questo? Una specie di corteggiamento? Devo presentarmi davanti a tutti gli O'Connor ed essere sottoposto a un processo? Si tratta di questo?»

«Processo per che cosa, Tony?»

«Non lo so, sei tu che devi dirlo a me.»

«No, spiegamelo tu. Io non ho parlato di processi. Ho solo detto che vorrei che fossi qui quando mia madre verrà per il tè, è tutto.»

«Per un bel po' non si è minimamente degnata di farsi vedere, perché dovrei obbedire a un suo cenno?»

«Innanzitutto, è stata a letto ammalata e, in secondo luogo, è già venuta qui stamattina.»

Gli occhi di Tony si strinsero. «È stata già qui? Le hai detto dov'ero?»

«Come potevo farlo, visto che non lo sapevo e ancora non lo so?»

«C'era una riunione all'albergo, non valeva la pena tornare, così alcuni di noi sono rimasti...»

«Sì.»

«Era Capodanno... sai, una buona scusa per un po' di festeggiamenti.»

340

«Sì, lo so, ho sentito le campane della Christ Church, le hanno trasmesse alla radio a mezzanotte. È stato bello. Una grande cerimonia, mi sono detta.»

«Oh, Ash, avrei dovuto... ma, sai, tu non sei molto a tuo agio tra la folla... Sta' a sentire, riparerò.»

«Bene, trovati qui all'ora del tè. Verso le quattro.»

«No, questo non è giusto. Smettila di prendermi in trappola. Ho già i miei impegni. Devo uscire. Ci sono camicie pulite?»

«Ce ne sono nove.»

«Che vuoi dire, nove? Che cos'hai in mente?»

«Tu chiedi, io rispondo. La biancheria pulita arriva ogni mercoledì. Io gli do sette camicie e loro me ne consegnano altrettante. Così funziona, quello che viene definito il miracolo di possedere dei soldi.»

«Io davvero non so che cosa ti ha preso, Ash, proprio non capisco. Qui hai tutto quello che vuoi... perché sei così amara?»

«Non lo so, davvero non lo so. Dev'essere la mia natura.»

«Così adesso fai dell'ironia? Del sarcasmo.»

«Ma' non sta bene. Non ha affatto una bella cera. Vorrei tornare al negozio a lavorare per darle una mano per un po'.»

«Di questo dovrebbe trattare l'incontro? Io non voglio. Non accetto che mia moglie torni a lavorare nel negozio dei genitori.»

«E io non voglio che mio marito si ubriachi e vada in giro per la città barcollando ed esponendo entrambi al ridicolo. Non voglio vivere qui sola come se fossi una vedova. Tua madre ha più compagnia di me. Ci sono moltissime cose che non voglio, Tony Murray, eppure mi rassegno.»

«E io invece no. Sono un uomo sposato e non intendo far brutta figura lasciando che mia moglie riprenda il suo lavoro. Per un'ostinata idiozia.»

Aisling si alzò. «E io sono una donna sposata e non voglio lasciare che mio marito dica che non c'è niente che non va tra noi, quando invece c'è moltissimo. Ancora non siamo riusciti ad avere un rapporto sessuale, dopo un anno e sette mesi e questo non è certo normale, Tony. E, negli ultimi sei mesi, non abbiamo neppure fatto un tentativo. Non è accettabile per me starmene qui a prendere ordini da uno che è tanto ostinatamente idiota da sostenere che tutto va bene.»

Tony la guardò, coi pugni chiusi.

«Quindi, che ne dici di un baratto?»

«Di che tipo?»

«Decidiamo come vuoi tu per quanto riguarda il lavoro: acconsento a non tornare in negozio. E facciamo a modo mio in relazione al resto: andiamo a Dublino a consultare uno specialista. Ce ne sono tanti che possono aiutarci.»

«Un manipolo di americani, molto probabilmente o, peggio, di irlandesi che sono stati in America, che fanno una quantità di domande personali e che godono nel dirti di smettere di bere per un anno o nel chiederti di descrivere dei fatti personali... Tu non riuscirai mai a portarmi a Dublino. Te lo dico chiaro e tondo.»

Aisling lo guardò gelida. «Allora, tornerò a lavorare nel negozio degli O'Connor.»

«Sì, hai vinto, finisci sempre col prevalere». Tony la guardò col viso sfigurato da una smorfia di disprezzo. «Proprio così. Usa i tuoi trucchi. Spuntala a ogni costo. Fai quello che vuoi.»

Aisling non si preoccupò neppure di rispondere. Le spalle le si abbassarono e disse, quasi tra sé e sé: «Oh, così proprio non va. Non l'ho spuntata. Non ho vinto affatto. Ma non credo che nessuno al mondo mi crederà».

Cara, carissima Elizabeth,

non so dirti quanto sia felice per la notizia che mi hai dato. Devi aver pensato che ma' e io eravamo ubriache ieri, quando hai telefonato. Stavamo sedute qui a parlare, ormai si era fatto buio, e quando il telefono ha suonato ci ha riportato all'improvviso alla realtà. Spero che ti siamo sembrate felici quanto realmente ci sentiamo.

So che ti sono parsa sciocca quando ho pensato che intendessi sposare Johnny, in effetti, non avevo mai sentito parlare di Henry, se non molto brevemente. Ora devi scrivermi una lunga lettera su di lui, dettagliatissima, come facevano al corso d'inglese a scuola... Anzi, ti suggerisco io i punti: a) perché ti piace tanto; b) di che cosa parlate; c) che cosa vi fa ridere; d) dove andrete ad abitare; e) che tipo di matrimonio farai e dove; f) vai a letto con lui e se sì, è bello?; g) che ne dice Johnny?

Con affetto da tutti noi,

Aisling

16

TUTTI sembravano ansiosi di sapere che cosa avrebbe detto Johnny. Perfino il padre. Quanto all'interessato, non fu in grado di esprimere la propria opinione, perché Francesca se l'era portato nel ristorante di una zia dove lo stavano nutrendo di minestrone fatto in casa, per rimetterlo in forma. Questo, almeno, fu il messaggio che Stefan riuscì ad afferrare dalla telefonata. L'antiquario si mostrò contento, ma leggermente intimorito, dall'annuncio di Elizabeth. Ammirò il solitario che Henry aveva comprato appena la gioielleria aveva aperto il giorno dopo. Avrebbe potuto procurargli un anello antico a metà del prezzo che aveva pagato, qualcosa di molto più bello, ma naturalmente non disse niente. E anche Anna tacque. A Elizabeth le loro congratulazioni parvero fredde, quasi come se si guardassero indietro, aspettandosi di veder arrivare un Johnny completamente rimesso a capovolgere la situazione.

Il padre si disse contento e fece le sue congratulazioni a Elizabeth come se fosse una sconosciuta, una cliente della banca e non la sua unica figlia. Disse che Henry gli piaceva e che sperava che sarebbero stati felici. Poi, immediatamente dopo, le chiese dove avrebbe abitato e che ne sarebbe stato di lui per il resto della sua vita. Glielo domandò in tono monotono e per niente accusatorio. Elizabeth aveva già preparato una risposta: secondo lei dovevano cercare una donna che prendesse la sua stanza in affitto a basso costo e che, chiunque fosse, accettasse di cucinargli un pasto ogni sera. George disse che era necessario rifletterci, perché magari alla banca potevano considerare inopportuno che lui vivesse sotto lo stesso tetto con una sconosciuta. Elizabeth si controllò e convenne che, in effetti, bisognava pensarci bene. Poi aggiunse che, forse, non ce n'era bisogno, visto che il padre era ancora giovane e perfettamente in grado di badare a se stesso. Lei gli avrebbe mostrato volentieri come preparare dei pasti semplici e, anche se era sposata, ogni tanto sarebbe venuta a cucinargli qualcosa. In nessun momento della conversazione il padre affermò che gli sarebbe mancata né lei lo disse a lui.

Pur nel suo calore, la lettera di Harry era distaccata. Anche se aveva adoperato tutte le parole giuste, dietro non vi era nessuna sincera partecipazione. Elizabeth scommise con se stessa che, prima o poi, lui avrebbe menzionato Johnny e vinse. In preda alla rabbia, lasciò cadere la lettera a terra e dovette alzarsi per raccoglierla. Maledetto Johnny Stone, si disse, perché tutti pensavano che avesse ragione? Perché, anche ora, doveva rovinare il suo matrimonio? Lei sapeva che non gli importava niente se sposava Henry, ma nessun altro sembrava volersene convincere. Perché tutti prendevano le sue parti?

Non raccontò menzogne a Henry Mason. Disse che era stata l'amante di Johnny, che lui era stato l'unico uomo della sua vita, che lo aveva amato a lungo ma che, da un anno a quella parte, aveva cominciato a rendersi conto che non si trattava di una vera relazione, ma di un'elaborata serie di finzioni e pose. Henry trovò la spiegazione del tutto soddisfacente.

Anche lui aveva avuto una relazione che non era durata a lungo, con la sorella di Simon. Barbara Burke era una delle prime ragazze che lui avesse mai conosciuto, la incontrava ai tennis party ed era bravissima. Lei provava molta simpatia per lui, ma era anche estremamente esigente e lo faceva sentire inferiore.

Henry voleva piacerle a tutti i costi e c'era riuscito: per un anno aveva avuto una relazione ed era stato un periodo molto felice, tanto che avrebbe voluto sposarla. Barbara, però, aveva detto che erano troppo giovani e che lei doveva prima conoscere un po' il mondo. Stranamente, Simon si era mostrato d'accordo ed Henry aveva temuto che l'amico giudicasse meschino da parte sua avere una relazione con la sorella e non farne, alla fine, una donna rispettabile.

In ogni modo, era stato meglio così, perché lui aveva cominciato a rendersi conto di essere coinvolto in una complicata faccenda in cui doveva fingere di essere felice, quando non lo era affatto. Era ormai diventata uno sforzo continuo. Barbara si mostrava sempre così insofferente quando lui dimenticava le cose che Henry aveva finito per tenere un piccolo taccuino su cui annotava tutto quello che lei gli raccomandava di fare. Quando Barbara era via e lui le telefonava si preparava un lungo elenco delle cose da dirle. Poi gli era sorto il dubbio che quello non fosse vivere. Lo aveva spiegato a Barbara e lei non gli aveva creduto, pensando che si trattasse di un gioco, ma lui le aveva assicurato che il vero, autentico Henry l'avrebbe annoiata a morte nel giro di due minuti...

Ora lei era sposata a un dottore, un uomo di successo, un certo Donaldson, e si vedevano di tanto in tanto perché non era rimasta nessuna amarezza tra loro. Anzi, avrebbe voluto invitarli al matrimonio; Elizabeth era d'accordo. Del resto, anche Johnny Stone sarebbe stato invitato.

«Mi chiedo come reagirà quando saprà che stai per sposarti», disse Henry.

Stefan aveva deciso che non toccava a lui dare la notizia a Johnny e così, quando Elizabeth entrò nel negozio tutta infagottata contro il freddo vento di gennaio, Johnny ancora non sapeva.

Si abbracciarono e lei disse che il suo aspetto era decisamente buono. Poi aggiunse, ridendo, che certamente le minestre italiane doveva dare forza. Stefan continuò a lucidare un candelabro che non ne aveva nessun bisogno, badando bene di guardare dall'altra parte.

«E tu che cosa hai fatto?» chiese Johnny che non amava discutere delle proprie avventure e si era un po' accigliato nell'udire l'accenno di Elizabeth alle minestre italiane.

Stefan, controvoglia, stava spostandosi verso il suo piccolo ufficio. Elizabeth si era tolta il cappotto e la lunga sciarpa di lana, i guanti e il berretto di maglia.

«Cielo, così va meglio. Cominciavo a sentirmi una mummia egiziana. Che cosa ho fatto? Non te l'ha detto Stefan? Henry e io abbiamo deciso di sposarci. Guarda, questo è l'anello... devi farci i tuoi auguri...»

«Tu ed Henry avete deciso che cosa?» chiese Johnny, trattenendo la mano con l'anello e non notando neppure che Stefan era sgattaiolato nel suo ufficio.

«Di sposarci. Verso la fine dell'estate, se mai ce ne sarà una. Non è una bella sorpresa?»

«Tu non puoi sposare Henry. È... è ridicolo...»

«Che cosa diavolo intendi dire? Certo che lo farò. È esattamente ciò che voglio. Sono contenta di sposarlo, perché lui è la persona che desidero e credo anche di andare bene per lui.»

«Scimmietta, che cos'è questo, una specie di stupido scherzo?»

«Johnny, certo che no. Non scherzerei su un argomento del genere...»

«Be', è proprio quello che pensavo. Ma non puoi parlare seriamente.»

Elizabeth sedette su una sedia intagliata. «Non capisco perché continui a ripeterlo.»

«E che cosa diavolo ti aspetti che dica? Ben fatto, che brava, ecco qui il marito e la mogliettina.»

«Qualcosa del genere, sì.»

«Oh, non essere stupida.»

«Ma a te Henry piace, e anche io... perché non sei contento?»

«Avevo la sciocca idea che tu fossi la mia donna. Tutto qui.»

«Naturalmente non lo sono, tu odi la sola idea di un legame del genere. L'estate scorsa, quando ti chiesi se avevi obiezioni a che io uscissi con Simon ed Henry, sembrasti sorpreso. 'Quali obiezioni posso avere, Scimmietta? Sei padrona di te stessa.' Queste furono le tue parole.»

«Sì, e lo pensavo davvero. Ma sposare uno dei due! Sposare Henry appena volte le spalle... Oh, via, su.»

«Io non l'ho ancora sposato, lo farò. Se fossi stato qui te lo avrei detto. Me lo chiese a Capodanno e tu non c'eri.»

«Oh, risparmiami questi sordidi particolari, per l'amor del cielo», esclamò Johnny.

Elizabeth si strinse nelle spalle. «È proprio impossibile farti contento», disse.

«Non è che tu ti sforzi molto, vero, dolcezza? Sposandoti un avvocato pieno di tic non appena volte le spalle.»

«Non è come dici tu. Cielo, quanto sai essere sprezzante e crudele. Henry ha sempre parlato bene di te... perché devi essere così offensivo con la gente?»

«Potrebbe giudicarmi meno simpatico se sapesse quello che ho fatto con la sua futura sposa.»

«Lo sa.»

«Non avrai detto al formalissimo Henry di...»

«Non usare nessun appellativo con lui. Gli ho raccontato che tu e io siamo stati amanti, da quando avevo diciotto anni. Io so tutto del suo passato. Non siamo degli sprovveduti, ma non ci divertiamo a sviscerare l'argomento.»

«Dici sul serio, davvero vuoi sposarlo?»

«Certo. Non puoi mostrati felice per me, invece di essere così amaro e crudele? Non riesci?»

«Ma io non lo sono. Non sono felice che il mio amore sposi qualcun altro. Non diciamo idiozie. Perché dovrei esserlo?»

«Io non sono il tuo amore, ma solo uno dei tuoi tanti amori.»

«Il principale. Per me... e io sono stato l'unico per te, non è così?»

«Sì.»

«E allora, perché le cose non possono rimanere come sono?»

«Non possono, non aveva senso. Io fingevo che non contasse che tu avessi altre ragazze e che non volessi sistemarti, ma invece m'importava e sono stanca di fingere.»

«Avresti dovuto dire...»

«Se l'avessi detto... mi avresti lasciata anni fa come facesti con tutte le altre che lo dissero, non è così?»

«Però è abbastanza drastico, no? Andare a fidanzarsi alle mie spalle con qualcun altro.»

«Augurami tanta felicità.»

«Stai commettendo il più grosso sbaglio della tua vita, scegliendo lui invece di me.»

«Non mi vorresti se ti scegliessi. 'Libero come l'aria' era un altro dei tuoi motti...»

«Ah, sì, ma la nostra relazione fu superba. Io credo che abbiamo tratto il meglio da noi due, evitando sempre la noia.»

«Un po' innaturale, però, come sistemazione permanente, non trovi?» Elizabeth si esprimeva senza malizia, estremamente sorpresa di riuscire a parlare a Johnny in quel modo. Il cuore non le batteva poi così forte e non cercava più di trovare la frase esatta, il senso giusto. Non lo teneva d'occhio nervosa, nel caso la sua espressione cambiasse.

«Cielo, di già la filosofia spicciola.» Ma Johnny stava ridendo. «Giusto, se hai un'etica così puritana, se vuoi il lato peggiore della vita e tutto il resto, allora l'avrai. E io ti auguro ogni bene. Ogni felicità. Certo che te lo auguro.» Johnny la prese per le spalle e la sollevò in modo che gli stesse di fronte. La baciò dolcemente sulle guance. «Tutta la felicità di questo mondo. Sei una donna meravigliosa. E lui è un uomo davvero fortunato. Ehi, Stefan, vecchio impostore, vieni fuori da lì e giustificati...»

Nervoso, Stefan uscì dal suo ufficio, dove lui e Anna erano stati a spiare attraverso la fessura usata per tenere d'occhio il negozio contro i furti.

«Stefan, bravo, cane da guardia che sei. Mentre ero lontano a recuperare le forze, guarda che cosa hai combinato. Hai lasciato che quell'avvocato si portasse via il mio amore. E ora dobbiamo anche fargli i nostri auguri di ogni bene...»

Stefan e Anna sorrisero risollevati. Così, si rese conto Elizabeth, avrebbero fatto anche Henry, il padre e Harry. Johnny aveva deciso di rinunciare al proprio risentimento. Il matrimonio poteva aver luogo.

Elizabeth ricevette una lettera da Jean, la sorella di Henry, che le dava il benvenuto nella famiglia. Simon Burke fu così eccitato che organizzò subito un party nel suo appartamento, molto più elegante e di gusto migliore di quello di Henry. C'era anche sua sorella Barbara, con un cappellino di soffici penne, adattissimo alla sua pettinatura, una stola di pelliccia e un abito molto costoso. Suo marito, il dottore, appariva più vecchio di lei, grigio, con un po' di pancetta e molto affascinante.

Barbara l'abbracciò e le augurò ogni felicità. «Henry mi dice che sei tanto dolce», esclamò. «Ed è proprio ciò di cui lui ha bisogno.»

Dopo il ricevimento, Henry ed Elizabeth si avviarono a piedi nella fresca aria notturna, a braccetto, chiacchierando come due vecchi amici.

«Non è meraviglioso Simon? Io non so come faccia, mette insieme un po' di gente, offre da bere, qualche salatino ed è un party...» Henry sembrava ammirato e invidioso.

«Aspetta che abbiamo la nostra casa e daremo party come questo in continuazione», assicurò lei, colpita dalla prontezza con cui lui aveva dato voce ai suoi pensieri.

«Mi piacerebbe», disse Henry, illuminandosi in volto. Si fermò sotto un lampione e la baciò. «Ci divertiremo moltissimo», disse.

«Ne sono sicura», ribadì lei.

«Verresti a casa mia, ora?» le chiese. Stava riportandola a Clarence Gardens; lei aveva detto che avrebbe perso troppo tempo, ma lui insisteva sempre per accompagnarla sino alla porta di casa.

«Ma è nell'altra direzione», disse lei confusa. «Se devo arrivarci con te e poi da lì andare fino a Clarence Gardens, ci impiegheremo tutta la notte... Oh, capisco.»

«Sì, voglio che tu stia con me», disse lui, col volto pieno di speranza.

«Perché no?» esclamò Elizabeth all'improvviso.

Giacquero nel letto singolo, stretto, bevendo tazze di cioccolata calda. Henry si era alzato, l'aveva preparata e portata a letto.

«Non è molto confortevole.»

«Va bene, è intimo», disse lei, ridendo.

«Sì, be', quando acquistai i mobili per questo appartamento pensai che era troppo ottimistico prendere un letto matrimoniale, sai, sfidare il fato.»

Risero insieme.

«Mi sembra di essere con te da sempre», disse lui.

«Anche a me.»

«In un certo senso, è la cosa giusta.»

Lei gli appoggiò la testa sulla spalla. «Sei l'uomo più caro e più dolce del mondo. Non so dirti quanto sono felice.»

«Temevo... pensavo che forse... sai, ero preoccupato che...»

«Non so in quale complicato processo mentale tu ti stia dibattendo», disse Elizabeth, pensando che forse Henry cercava qualche paragone rassicurante, «ma qualunque sia voglio che tu sappia che io mi sento sicura, felice e amata... e che tu sarai il mio uomo per sempre, per l'eternità.»

Henry sospirò di felicità e soddisfazione.

Johnny ed Elizabeth si occupavano dei libri mastri di Stefan una volta al mese. Quando avevano terminato i conti si offrivano una serata fuori. Era diventato un piccolo rito.

«Immagino che ormai appartenga al passato», disse Johnny casualmente, quando ebbero riposto i libri. «Non mi resta che andare a casa, al mio triste sandwich al pomodoro.»

«Be', io ho voglia di cenare fuori, di solito lo facciamo, no?» ribatté lei.

«E il fedele Henry?»

«Che cosa c'entra?»

«Non gli secca?»

«Perché dovrebbe?»

«Bene», concluse Johnny. «Preparati, vado a prendere la macchina.»

«È un piacere vederla, Mr Stone», disse il cameriere del piccolo ristorante italiano. «Temevo che lei e la signorina aveste litigato, non siete più venuti.»

«Nessun litigio. Sta per sposare un altro uomo, ma non abbiamo litigato.»

«Lei scherza, Mr Stone.» Il cameriere appariva confuso, sapeva che in qualche modo Johnny stava prendendosi gioco di lui.

«Sta' zitto, smettila di mettere la gente in imbarazzo», lo rimproverò Elizabeth. Poi, dopo che si furono rilassati, parlarono di Stefan e della strana donna che andava a vendere, uno per volta, tutti quei cristalli antichi e che suscitava la gelosia di Anna; risero del contenuto di una casa che era stato offerto loro in vendita e dove niente aveva più di cinque anni: un bungalow nuovissimo con un mobilio moderno che non piaceva più ai suoi proprietari.

L'appartamento di Johnny non era lontano.

«Posso presumere che la tolleranza di quest'uomo straordinariamente ragionevole si estenda anche a una tua eventuale venuta a casa mia per un ultimo bicchierino?» chiese lui elegantemente.

«Non ho mai controllato, ma la mia non arriva a tanto», disse lei allegramente.

Fuori in strada faceva freddo e tirava vento.

«Bene, arrivederci allora, Scimmietta», la salutò Johnny e la baciò sulle guance.

Elizabeth non capiva perché mai fosse così furiosa mentre si affrettava fino alla fermata dell'autobus. Dopotutto, solo di rado l'aveva accompagnata in macchina fino a Clarence Gardens, né era mai andata a prenderla. Ma, quella volta, era un gesto calcolato. Non era andata a letto con lui e perciò doveva rimanere fuori al freddo e sotto la pioggia. Prese l'ultimo autobus.

...Se mi fermo una sola volta non ripartirò più, sei sempre tu che conduci il gioco e che mi racconti tutto mentre io resto abbottonata. Ebbene, adesso ti dirò di me: che cosa faccio ora tutto il giorno? Lavoro di nuovo nel negozio degli O'Connor e sono felice. Che vita conducevo prima? Piangevo, mi aggiravo per casa, piangevo ancora. Mi lavavo il viso e andavo a trovare ma'. Tornavo a casa. Aspettavo Tony. Che cosa facciamo quando lui rientra? Bene, dipende. Se è prima di mezzanotte, di solito litighiamo. Ma non capita spesso, è sempre ubriaco e di cattivo umore e se torna a casa è solo perché non gli si offriva una alternativa migliore. Lui dice che lo tormento ed è vero, io sostengo che è ubriaco e lo è. Poi andiamo a letto, ma per lo più lui non è a casa prima di mezzanotte e, spesso, non rientra affatto. Non riceviamo mai nessuno. Prima veniva sua madre per il tè, ma abbiamo abbandonato le finzioni anche con lei. Non veniamo mai invitati a casa di altri. Cos'altro ti posso dire? Del sesso, per esempio, credo che i cattolici siano autorizzati a parlarne, naturalmente se hanno rapporti. Io non ho la minima idea di come sia, perciò non sono nella condizione di discuterne. Il nostro matrimonio non è stato consumato. Non l'abbiamo mai fatto. Neppure una volta. Non so perché, immagino che Tony sia impotente. Può anche darsi che non sia così, che non abbiamo imparato bene come si fa sin dagli inizi. Del resto Tony è diventato un tale ubriacone che non ci riuscirebbe più comunque. Tu mi chiedi se mi piace avere rapporti ma io non lo so, forse mi piacerebbe. Pare che sia così per tutti. Mi domandi se intendo avere figli? Be', non è scritto da nessuna parte che una stella non possa apparire sopra Kilgarret e far accadere un altro miracolo, ma finora non è arrivato nessuno Spirito Santo con un messaggio per me. Ma' non sta affatto bene. Non vuole ammetterlo ma ci sono dei giorni in cui ha un colorito giallastro e si sente male. Dà la colpa al tempo o al cambiamento di vita o a un'indigestione. Ma vorrei che andasse da un dottore. Pa' sta bene, invece, è affaticato, ma contento di avermi di nuovo con lui. Si scontra con Eamonn per un nonnulla; avrei voglia di suggerigli quali sono i veri motivi di un litigio, ma se solo pronuncio una parola contro Tony mi mettono a tacere. Maureen dimostra settant'anni e ne ha solo trentuno: sinceramente, sembra una vecchia. I Daly sono davvero una torma di diavoli. Niamh viene a casa ogni quindici giorni con una sciarpa del college e un sorriso così cretino da farti impazzire. Lei e la sua amica, Anna Barry, si sentono dei padreterni solo perché frequentano l'università. Per farle un dispetto le ho detto che, se avessimo voluto, noi tutti avremmo potuto andarci e che faceva la figura della stupida atteggiandosi a intellettuale o a genio. Lei si è detta convinta che nessuno di noi aveva abbastanza cervello da arrivare all'università e devo ammettere che è seccante che la piccola Niamh sia l'unica a laurearsi. Avevi ragione tanti anni fa, avrei dovuto... ma, del resto, sono tante le cose che avrei dovuto fare e, ancora più importante, che non avrei dovuto fare. Donal sta bene. Ti ho detto che i Moriarty sono soddisfattissimi di lui e che sembra quasi un medico? Un giorno sentii una donna che lo consultava a proposito di unguenti: non voleva parlare con Mr Moriarty, ma col ragazzino in camice bianco che le aveva curato il bambino l'ultima volta. Donal ne era entusiasta, naturalmente. Le cose non migliorano, anzi peggiorano sempre. Sarei tenuta a nascondere il vizio di Tony. Se non ha un bell'aspetto sono sicura che la gente dà la colpa a me dicendo che non sono una buona moglie perché non mi prendo cura di lui. Rammenti il dottor Lynch, tanti anni fa? Onestamente, ricordo che la gente diceva che la colpa era della moglie, perché brontolava sempre e non gli offriva una casa accogliente. Ora è morta, ma mi piacerebbe andare al cimitero, riesumarla e scusarmi con lei per aver pensato qualcosa di simile. Certamente parteciperò al tuo matrimonio. Spero che Tony non venga e non credo che ma' se la sentirà o che pa' ne avrà il tempo. Maureen probabilmente si sentirebbe imbarazzatissima, ma forse le piacerebbe essere invitata per vantarsene con i Daly. Non vorrei proprio che Niamh ci venisse, ha già avuto abbastanza dalla vita per essere anche invitata a un elegante matrimonio londinese. Donal adorerebbe esserci, lo desidererebbe da morire. Quindi, ti prego, invitalo.

Imbuco questa prima di rileggerla e decidere che sono pazza...

Con affetto,

Aisling

Trovarono l'appartamento dei loro sogni. Era all'ultimo piano ma non importava. Erano giovani e forti, si dissero, e se mai il piccolo e buffo ascensore si fosse rotto potevano benissimo salire a piedi. Aveva grandi stanze con i soffitti alti e un soggiorno spazioso che comunicava con la sala da pranzo. Una grande cucina e altre tre stanze. Una sarebbe stata adibita a studio, decisero, una a camera per gli ospiti e una per i bambini.

«Quando sarai diventato socio della ditta, probabilmente avremo anche un cottage per i fine settimana», disse Elizabeth, scherzando.

Tenendosi per mano, nel pomeriggio primaverile, si aggiravano per la loro nuova casa. Henry apriva e chiudeva le porte, entusiasta. «Lo spero proprio», rispose serio.

«Saremo ridicolmente felici in questa casa, tu e io», disse lei.

Dopo le terribili notizie di Aisling, Elizabeth si era sforzata di controllarsi. Avrebbe voluto telefonare o scrivere una lettera piena di solidarietà. Fu perfino tentata di trovare una scusa per una visita. Ma qualcosa le dava la sensazione che l'amica aveva bisogno di un po' di tempo per riprendersi, così rispose con un biglietto vagamente solidale in cui affermava che le cose andavano male ma, forse, non tanto quanto sembrava. Disse che voleva aspettare ulteriori notizie prima di convenire che la vita era nera come Aisling la dipingeva.

Questa parve rivelarsi la soluzione migliore, poiché poche settimane dopo arrivò una lettera molto allegra. Tony si era impegnato ed era andato da un prete di Waterford espertissimo nel curare gli alcolizzati, visto che lui stesso era stato un forte bevitore. Aveva perfino offerto da bere a Tony mentre gli parlava e lui aveva accettato il primo bicchiere ma rifiutato il secondo. Aveva riconosciuto che stava rovinandosi la vita ed era ritornato da Aisling mite come un agnellino. Non si era parlato di risolvere l'altra faccenda, ma adesso che il problema del bere era superato forse si sarebbe sistemata da sola. Aisling sembrava molto felice. Diceva che ora Tony dedicava più attenzione al proprio lavoro e che c'era una gran quantità di cose da fare nella ditta dei Murray. Erano entrambi felici e occupati di nuovo e non vedevano l'ora di venire a Londra per il «matrimonio dell'anno».

«L'ho proprio cresciuta bene quella ragazza. Guarda che bella lettera ha scritto.» Eileen la mostrò a Sean con un sorriso compiaciuto.

«È di Elizabeth. Pensavo fosse di Niamh.»

«Niamh!» sbuffò Eileen. «Quella là. Ben poche lettere riceviamo di lei, a meno che non abbia bisogno di qualcosa... No, questa parla del suo matrimonio.»

«Stai suggerendo di andare fino in Inghilterra per parteciparvi, vero? Dio santissimo, Eileen, ti stanchi già abbastanza nel tornare dal negozio fin qui e io non troverei mai il tempo. No, non è possibile.»

«Leggila, buffone che non sei altro», disse lei, affettuosamente. «Elizabeth ha già intuito tutto questo ed è proprio ciò che volevo sottolineare, non l'ho tirata su bene? È una grande ricompensa per me.»

Elizabeth aveva scritto che lei ed Henry si aspettavano una buona rappresentanza della famiglia O'Connor, ma che non avrebbe insistito perché gli adulti andassero. Aggiungeva che

354

non voleva che Niamh interrompesse i suoi studi e che sapeva che Eamonn detestava la sola idea, ma che forse Donal e Maureen avrebbero potuto partecipare... aspettava di conoscere la loro opinione al riguardo.

«Be', è veramente molto sensibile», disse Sean. «Magari Maureen vorrà andare, ma pensi che Brendan l'accompagnarebbe? Tirerebbe un po' su entrambi. Non so, però, se Donal avrebbe molto interesse...»

«Donal darebbe gli occhi per esserci. Per Maureen vedremo. Io parteciperei, davvero lo vorrei, ma mi stanco a fare la minima cosa...»

«Ah, resta dove sei, Eileen, e non preoccuparti della stanchezza, è stata una terribile estate, siamo tutti esausti per il caldo.»

Era stato anche un terribile inverno: era più di un anno che Eileen si sentiva affaticata.

Maureen rifletté a lungo sull'invito. Brendan non voleva partecipare ma le disse che niente le impediva di andarci da sola. Naturalmente non sarebbe stato troppo costoso e se davvero lo desiderava doveva andare. Per i soldi non c'erano problemi, li avrebbero trovati facilmente. Lui aveva messo qualcosa da parte per fare una piccola vacanza tutti insieme l'anno successivo. Magari affittare una casa a Tramore per due settimane.

A dire il vero, una casa a Tramore non si poteva considerare una vacanza, significava che Maureen avrebbe dovuto cucinare, pulire e badare alla sua famiglia, a cui si aggiungevano la madre di Brendan e la zia. Non era esattamente ciò che lei considerava una vacanza. Fu colta da un piccolo impeto di ribellione. «Sì. Sarebbe bello, ma se sei sicuro che i soldi non sono un problema preferirei andare a Londra. Significherebbe riposo, capisci, e cambiamento. Per pochi giorni non dovrei badare a quattro ragazzi.»

Brendan rifletté rapidamente. «Oh, devi accettare l'invito, è deciso. Non ho ancora fissato nessuna casa a Tramore. Potremmo informarci, naturalmente, per andare tutti in una pensione per una settimana, invece... che cosa ne pensi? In questo caso non dovresti cucinare né stancarti. Ma se sei decisa a recarti a Londra...»

Una settimana in una pensione, be', per quella valeva ben la pena di perdere il matrimonio di Elizabeth. Maureen le scrisse una lunga lettera ringraziandola moltissimo. Disse che era sempre stata molto generosa con lei e che conservava ancora il bel regalo che le aveva mandato per le nozze tanti anni prima. Aggiunse che un altro motivo per cui le dispiaceva perdere tutto era che le sarebbe piaciuto assistere a un matrimonio tra atei.

Per il ricevimento Elizabeth aveva prenotato la sala di un ristorante. Sarebbe stato molto più simpatico invitare tutti a colazione a casa, ma vi erano troppe circostanze sfavorevoli: Clarence Gardens, il padre, i suoi rapporti con Harry. Molto meglio un campo neutrale.

Mrs Noble, del ristorante, non aveva mai conosciuto una sposa posata ed efficiente come Elizabeth. Le aveva proposto un prezzo di trenta scellini a testa ed Elizabeth aveva fatto notare che, attraverso quel matrimonio, avrebbe conosciuto una gran quantità di probabili clienti, visto che gli invitati del marito includevano avvocati e uomini d'affari mentre, da parte sua, ci sarebbe stato il mondo artistico. Perciò, con la prospettiva di allargare la propria clientela, Mrs Noble avrebbe potuto ridurre il prezzo.

La donna, alla fine, aveva replicato che se avesse stabilito la cifra di una ghinea a testa forse ci sarebbe stato ugualmente un buon profitto. A quel punto, ambedue avevano sorriso e si erano strette la mano e Mrs Noble si era dedicata con ardore a fare dell'occasione un vero successo.

Elizabeth le confidò poi che il ricevimento era a suo carico e che ci sarebbero stati trenta invitati. Pagò in anticipo. Non voleva un pranzo seduto, ma che le persone venissero servite in piedi: le bevande, le salsicce calde, il piatto di pollo e prosciutto, la torta nuziale e il caffè. Mrs Noble parve capire perfettamente.

«Non vedo l'ora di incontrare Aisling. Ho conosciuto tutti gli altri che ti sono simpatici: Harry, Stefan, Johnny, Anna. Aisling è un nome buffo, non trovi?»

«Significa 'un sogno' o 'una bella donna in un sogno'. Non

356

ricordo. Io penso a lei come Aisling e basta. Non ho mai conosciuto nessun'altra con questo nome. Spero che ti piaccia. Ma non importa se non ti piacerà.»

«Che cosa vuoi dire? Certo che mi piacerà. Sono sicuro di sì.»

«Non volevo offenderti. Il fatto è che, prima di sposarsi, lei disse che sperava moltissimo che io e Tony ci piacessimo a vicenda, mentre la verità è che non ci amiamo poi così tanto.»

«Be', non è colpa tua. Tony è un ubriacone, no?»

«Sì, ma, Henry, posso chiederti di non farne parola, per quanto eccitati o rilassati ci si senta tutti?»

«Mia cara, ma certo che non lo farò.»

«Lo so, lo so. È solo che io dissi ad Aisling cose che lei non ha mai ripetuto ad anima viva e voglio che lei pensi che anch'io ho rispettato tutto quello che mi confidò.»

«Ma raccontarlo a me non conta.»

«No, per me no. Io ti dico tutto, amore mio, ma ad Aisling dispiacerebbe sapere che ne ho parlato. In ogni modo adesso si è curato e non tocca più neppure una goccia. Dovrò dire a Mrs Noble di servire della limonata.»

«Un irlandese che non beve. È un avvenimento che passerà alla storia.»

«Che cosa indosserai al matrimonio?» chiese Maureen.

«Sai che non ci ho proprio pensato?» rispose Aisling. «Sono contenta che tu me l'abbia ricordato. Possiamo fermarci a Dublino e comprare qualcosa. E farò bene a rendere Tony presentabile.»

«Non lo è sempre?» Si capiva che Maureen era invidiosa della sua possibilità di acquistare vestiti quando erano necessari.

«No. Quando beveva, a volte, tornava a casa ridotto come un barbone. Sai, metà dei suoi vestiti è rovinata.»

«Aisling, non parlare così di tuo marito.»

«Maureen, tu sai che Tony era ubriaco fradicio sei sere su sette, come lo so io, perché fingere che non sia mai successo?»

«Oh, non so. È terribilmente triste come tu presenti la faccenda.»

«È molto peggio dare per scontato che lui debba tornare a ca-

357

sa ubriaco fradicio. No, ora, grazie a Dio, sta bene e speriamo che duri. Ma sarei profondamente ipocrita a fingere con te che mio marito fino a pochi mesi fa non conoscesse gli orrori del bere.»

Maureen si sentiva a disagio: non le piaceva la maniera in cui si stava parlando di Tony. «È molto buono con te, Aisling, non rovinare tutto con la tua superbia. Ti permette di continuare a lavorare da pa' e ma', anche se non capirò mai perché tu lo faccia.»

«Mi piace avere qualcosa da fare e poi guadagno dei soldi che metto alla posta. Elizabeth mi ha insegnato a risparmiare. È sempre stata molto brava lei, sai. Quando andai a Londra a trovarla mi disse che ero pazza a non averlo mai fatto. Tutti gli anni che visse con noi sulla piazza si sentì mortificata perché pa' e ma' davano anche a lei la settimana... Loro non ci pensavano mai, ma lei era estremamente imbarazzata, me lo ripeté più di una volta. Ed era solo una ragazzina di dieci o undici anni.»

«È molto buona e spero tanto che sia felice. Vorrei poter venire al matrimonio. Davvero lo vorrei...»

«Sai, ti darei io i soldi», disse Aisling pronta. «Avanti, su, per che cosa risparmierei, altrimenti, se non per situazioni del genere. Ti pagherò il viaggio. Per piacere, accetta.»

«Non posso, in realtà non si tratta del denaro, è il fatto di andare... tu non conosci Brendan.»

«Lui continua a insistere che puoi farlo.»

«Sì, ma...»

«Perché non gli racconti che hai vinto puntando su un cavallo? Così non potrà dire che sono stata io a prestarti i soldi. Diamo un'occhiata alle corse, vediamo chi ha vinto e poi diciamo che ci avevi puntato sopra cinque sterline.»

Maureen rise di cuore. «Io sprecare tutto quel denaro per un cavallo? Oh, Aisling, vuoi smetterla! Mi farebbe portare immediatamente al manicomio.»

Simon disse che sembrava che avessero programmato il loro matrimonio in modo che coincidesse con una guerra: la situazione in Medio Oriente era molto pericolosa. Elizabeth lo pregò di smetterla di fare l'allarmista: quando Simon parlava in quel modo Henry assumeva un'espressione ansiosa.

«Be', è così, Henry. Nasser sa quel che ha di fronte e le truppe francesi non se ne stanno a Cipro a prendere la tintarella.»

«Ma non ci sarà nessuna guerra. Voglio dire, non la farebbero... o se la facessero noi non entreremmo, no?»

«Abbiamo bisogno del Canale di Suez, è semplice. L'Inghilterra non si ritirò nel 1939, lasciando che invadessero l'Europa, e non lo farà neanche adesso. Ascolta ciò che sto per dirti, tutti sono pronti per la guerra...»

«O, non credo...» Henry sembrava così preoccupato che Elizabeth decise che era ora di interromperli. «No, neppure io lo penso e leggo i giornali con la stessa attenzione di Simon. Non succederà niente. La gente non è pronta a una guerra. Sono passati solo dieci anni dall'ultima e nessuno ne vuole un'altra. Smettila, Simon, solo perché tu vuoi restare un eroico scapolo non c'è bisogno di diffondere voci di un nuovo conflitto allorché uno come te è abbastanza saggio da decidere di sposarsi...»

«Sei sempre stata così acuta e spiritosa anche quando eri bambina?» chiese Simon, prendendola in giro.

«No», disse Elizabeth. «No, in verità ero molto timida.»

«Via, su, chi vuoi che ti creda?» insistette Simon.

«Non riesco a immaginarti timida, una bella bionda come te», disse Henry.

«Veramente lo ero e anche molto impacciata. Lo rimasi per secoli e solo a Kilgarret mi vinsi un po', credo. Ma quando mia madre se ne andò da casa smisi di essere... così... be', così parte della tappezzeria.»

«Immagino allora che dovremmo essere tutti contenti che tua madre vi abbia lasciati», disse Simon.

Henry si accigliò, forse l'amico si era spinto un po' troppo oltre. Elizabeth, invece, non parve farci caso. «Sì, è strano. Penso che parecchi abbiano beneficiato del fatto che mia madre fuggì da casa. Perfino mio padre. Non sarebbero stati di certo più felici, solo più sconsolati, se lei fosse rimasta. Non avrei mai immaginato di poter fare una simile affermazione, piansi tanto quando se ne andò. Credevo che gli occhi mi sarebbero usciti dalle orbite e il viso mi doleva tutto.»

«Oh, Elizabeth, mia povera Elizabeth», disse Henry, allungando una mano verso la sua. «Che terribile affronto da fare a una bambina… povera Elizabeth.»

Anche Simon sembrava commosso.

Lei si chiese che cosa aveva mai detto di tanto triste. Era solo la pura verità.

Ethel Murray aveva inviato cento sterline al sacerdote di Waterford perché la sua buona opera continuasse. Lo ringraziava molto e lo informava che la sua cura era stata miracolosa. Con suo gran dispetto, il prete le rimandò il denaro, accompagnato da una lettera. «È stato molto gentile da parte sua e so che le sue intenzioni erano buone», scriveva, «ma preferirei che dispensasse questi soldi per un'opera di beneficenza nella sua città. Io non ho curato suo figlio e lui non è guarito più di quanto lo sia io, ha solo deciso di smettere, se ci riuscirà. La prego di rendersi conto che se suo figlio tornerà a bere non è perché sia un uomo cattivo e incurante, ma perché la tentazione è troppo forte e irresistibile. Ogni giorno, quando mi sveglio ho paura che ora di sera potrò essere ubriaco.»

Mrs Muray ne rimase molto seccata e mostrò la lettera ad Aisling. «Avrebbe potuto tenersele, immagino, e mandarle un biglietto di ringraziamento. È stato troppo onesto.»

«Ma è anche molto pessimista. Tony è meraviglioso: è completamente guarito ormai. È un miracolo. Non ho paura di dirti, Aisling, che c'è stato un momento in cui pensavo che dipendesse veramente dall'alcol.»

«Be', è così», disse lei sorpresa che sua suocera non se ne fosse resa conto.

«Oh, no, mia cara, hai torto. Il fatto che da sei mesi non tocchi una goccia non è la prova che non è affatto schiavo dell'alcol?» Mrs Murray sorrise, trionfante.

Anche ma' era contenta che Tony avesse smesso di bere, contenta ma non sorpresa. «Ti ho sempre detto che esageravi con i tuoi problemi, ragazza mia. Ora che ha una bella casa pulita e una moglie ordinata a cui tornare non sta benissimo?»

«Io non credo che la pulizia c'entri molto, ma', benché ti sia grata per tutto l'aiuto che mi desti quel giorno.»

«Lo feci più per me che per te. Credi che avrei lasciato che

Ethel Murray andasse in giro per la città a dire che avevo cresciuto una sciattona?»

«Non gli piace l'idea del matrimonio. Ha affermato più volte che non ha nessun senso parteciparvi quando non puoi bere…»

«Be', non puoi andare per conto tuo?»

«Per molti versi preferirei, ma, sai, il prete disse che non devo fare allontanare Tony da una vita normale. Che non gli sarebbe stato certo di aiuto se si fosse trasformato in un eremita.»

«Quando sarà là gli piacerà.» Ma' sembrava piena di speranza.

«Non gli interessa praticamente più niente. Sai, se ne sta seduto lì e basta, non legge neppure, ma', come faremmo tu e io, non guarda neanche il giornale come pa'. Si limita a starsene lì a fissare nel vuoto.»

«Be', immagino che tu gli parli, non starete sempre in silenzio.» Eileen sembrava un po' preoccupata ora.

«Oh, certo che gli parlo, ma è come rivolgersi al vuoto, pensa a Shay, ai ragazzi e alle risate. Le sue giornate non hanno più scopo ormai.»

«Con l'aiuto del Signore, quando avrete dei figli tutto questo cambierà.»

«Ma', ho cercato di parlartene, ma tu cambi sempre argomento. Non ci saranno bambini.»

«Via, non dire così. Mrs Moriarty era sposata da dieci anni quando…»

«Io potrei esserlo da centodieci, ma'…»

«Sai che cosa ti dico? Tu non sai… Ora dirai che sono una bigotta a parlare così, ma il Signore si interessa a ognuno di noi, e sa quando il momento è giunto. Guarda Tony, non beve più; può darsi che il Signore aspettasse che fosse…»

«Ma', ti prego, non parlarmi di ciò che il Signore aspetta o non aspetta, quello che io mi aspetto è di avere una normale vita sessuale con mio marito, cosa che invece non abbiamo.»

«Mia cara, ma che cos'è poi una normale vita sessuale, come la chiami tu? Se ne parla troppo in libri e riviste oggi, serve solo a mettere la gente a disagio… La mia è normale? La sua lo è? Che cos'è normale in nome di Dio?»

«Penso che avere dei rapporti sessuali sia normale, ma'.»

«Sì, bene, è quello di cui stiamo parlando.»

«Non nel mio caso, però.»

«Be', può darsi che tutto questo bere abbia richiesto un grosso prezzo.»

«Mai, ma', mai una volta da che siamo sposati.»

«Ah, no, no, Aisling, non venirmi a dire questo.»

«Sì, invece, perché è proprio così.»

«Ma perché mai non... che cosa...?»

Aisling tacque.

«Non ho parole.»

«Nessuno ne ha.»

«Non ne avete parlato con qualcuno?»

«No, Tony non vuole. Io non so come comportarmi. Una volta, secoli fa, scrissi a Elizabeth e le raccontai tutto, ma lei in verità non vi fece mai più riferimento, se non per dire che, probabilmente, tutto si sarebbe sistemato.»

«Ed è quello che succederà.» Eileen si aggrappò a quel sottile filo. «Ha ragione, si sistemerà. Tu sei una ragazza ragionevole e non certo il tipo da prendere la situazione... be', prenderla nel senso sbagliato, capisci.»

Sull'aereo Aisling sedeva in mezzo a loro. Ogni vuoto d'aria, ogni minimo sobbalzo sembravano attraversarla come una scarica elettrica. Aveva Donal che tremava da un lato e Tony che fremeva dall'altro.

«Niente di cui preoccuparsi», li rassicurò l'hostess. «Solo una piccola turbolenza. Il capitano dice che durerà per alcuni minuti.»

«Sì», disse Tony, «ma dureremo anche noi?»

L'hostess sorrise. «Certo che sì. Posso servirle qualcosa? Da bere?»

«No, grazie», rifiutò Aisling.

«Sì, mi porti un doppio whiskey», disse Tony.

«Tony, no, per piacere...» cominciò lei, ma l'hostess era già andata.

«Solamente per il viaggio. Dio onnipotente, che carceriere sei. Solo per calmarmi i nervi, finché non mettiamo piede a terra.»

«Ti prego, Tony, prendi qualsiasi altra cosa, un'aspirina o una pillola per dormire e una tazza di tè, per piacere...»

«Oh, sta' zitta, Ash, sta' zitta, per l'amor di Dio...»

L'hostess aveva portato un piccolo vassoio con sopra la bottiglietta in miniatura e un bicchiere d'acqua. Sorrise a tutti e tre.

«Beve uno solo? Niente per voi due?»

«Per piacere, lo porti via, per piacere», le disse Aisling. «Mio marito non sta bene, non deve bere.»

La ragazza parve meravigliata, guardò prima l'uomo poi sua moglie poi di nuovo lui, non sapendo che cosa fare. Donal era imbarazzato.

«Aisling», sibilò, «smettila con questa scenata, santo cielo. Lascialo bere, uno solo non lo ucciderà.»

Tony aveva già allungato la mano. Prese il vassoio e pagò. Aisling non disse niente. Per tutto il resto del viaggio non parlò con nessuno dei due e non aprì bocca neppure quando Tony ne chiese un altro.

Mentre passavano la dogana a Heathrow, Donal disse, rattristato: «Hai intenzione di continuare così per tutto il viaggio, Aisling? Ce lo rovinerai».

«Fin troppo giusto», sottolineò Tony.

«È la prima volta che vado all'estero, ti prego, Aisling, fatti tornare il buonumore altrimenti sarà una rovina.»

Gli occhi di lei si riempirono di lacrime. «Sono una stupida egoista. Hai ragione. Tony, mi dispiace di aver fatto una scenata sull'aereo, davvero.»

Lui rimase sorpreso.

«Sì, avete ragione, mi sono comportata male. Tu avevi assicurato che ne volevi uno solo per il viaggio e io mi sono irrigidita e ho detto di no. Mi dispiace. Ora è tutto dimenticato, vero?»

«Sì, naturalmente», disse Tony.

Donal parve distendersi. «Una cosa devo dire di voi due: quando litigate, poi siete molto bravi a fare la pace.»

Aisling diede a Tony un bacio sulla guancia. «Questo per provare che è tutto passato», sollevò la valigia decisa. «Ora, da che parte si va per prendere l'autobus? Dobbiamo mostrare Londra a Donal O'Connor.»

I due uomini la seguirono, mentre lei faceva strada con la valigia in una mano e l'abito per il matrimonio ripiegato sul braccio e avvolto nel cellofan. Era un vestito di seta con il cappotto dello strabiliante colore lilla che tutti nel negozio di Grafton Street avevano giudicato sensazionale. Ti prego, Dio, pensò Aisling, fa' che non ne prenda un altro. Signore, se ti curi di noi, come ma' sembra pensare, fallo con grande attenzione in questo momento particolare. Ho la sensazione che ne avremo estremamente bisogno.

I giornali non parlavano che di Suez, molto più che in Irlanda. Donal disse che, a quanto pareva, prendevano l'intera faccenda estremamente sul serio. «Credi che manderanno un corpo di spedizione laggiù?» domandò a Tony.

«Chi?» chiese lui.

«Gli inglesi. I britannici.»

«Laggiù dove?» si informò Tony.

Oddio, pensò Aisling, oddio. Conosco questa strada, ci sono già passata prima.

La gente le guardò mentre attraversavano la hall di corsa per abbracciarsi. La ragazza seduta a un tavolo, con quegli straordinari capelli rossi e il vestito verde, era balzata in piedi; lei e la giovane donna pallida e bionda in kilt e maglione nero a collo alto, che aveva lasciato l'uomo col quale stava, si tennero per un attimo a distanza e si guardarono felici, poi si abbracciarono di nuovo.

Solo allora si ricordarono delle presentazioni. «Aisling, questo è lui, il fortunato, Henry Mason.» Era alto e biondo, indossava un completo grigio scuro con una bella cravatta sobria, aveva un lampo nervoso negli occhi e un gran sorriso pronto sulle labbra.

«Henry!» disse Aisling. «Sei bello. Sei proprio perfetto. Sono contentissima.»

La bocca di Henry si distese in un sorriso gioioso. Sembrava del tutto dimentico della gente che guardava e rideva alle effusioni di Aisling.

«E Tony?» chiese cortese, guardando l'uomo che era alle spalle di Aisling.

«Oh, Tony è andato da qualche parte, questo è mio fratello Donal. Donal, saluta Henry, come si deve, prima di abbracciare la tua adorata Elizabeth.»

«Piacere, e desidero porgerle le mie più vive congratulazioni», disse Donal stringendo la mano di Henry. Poi, come Aisling lo aveva incoraggiato a fare, buttò le braccia attorno al collo di Elizabeth. «Sono così contento di vederti, così contento. E visto che non hai voluto aspettare per sposare me, bene, sono felice che tu abbia scelto Henry.»

Poi Henry chiese: «Tony torna oppure possiamo ordinare da bere?»

«Oh, ordiniamo», disse Aisling, in tono spensierato. «Le mosse di mio marito sono molto difficili da prevedere.»

Henry si rivolse al cameriere e, quando ebbe ordinato da bere, Donal gli chiese che cosa ne pensava della situazione in Medio Oriente. «Be', per me dovremmo starne lontano milioni di chilometri», rispose.

Elizabeth e Aisling sospirarono felici: erano libere di parlare, per ore se necessario.

«Devi dirmi che cosa ti aspetti che io faccia a questa cerimonia pagana di domani. Devo negare Dio o altro?»

«Aisling, dov'è Tony?»

«A ubriacarsi. Non so dove, dimenticalo. Dimmi invece come mi dovrò comportare, mi toccherà rispondere a delle domande? Immaginati, io testimone a un matrimonio ateo!»

«Aisling, smettila di definirlo pagano o ateo, lì tutti si credono più o meno cristiani... Ma, senti, riguardo a Tony, credi che dovremmo...?»

«Prima ti dirò qualcosa di lui e dopo lasceremo perdere l'argomento. Quando siamo scesi in questo albergo, verso le cinque, ha affermato che doveva uscire per sbrigare degli affari. Ovviamente non era vero e lo sapevamo entrambi. Così gli ho suggerito di portarsi dietro soltanto dieci sterline in modo che, se decideva di spendere tutto, perdevamo solo una piccola somma...»

«E lui che cosa ha detto?» Elizabeth era inorridita.

«Ha risposto che ero vile, meschina e sospettosa, che non offrivo mai la minima possibilità a nessuno e che pensavo sempre il peggio di lui. Poi ha preso tutti i soldi che aveva con sé e me li ha dati tranne due biglietti da dieci. Ha fatto un inchino e mi ha chiesto: 'Ho il permesso di uscire, maggiore?' e se n'è andato. Questo poco dopo le cinque e ora sono le otto. Nessuna notizia, nessun messaggio. Né ce ne saranno. Nel migliore dei casi tornerà dopo l'ora di chiusura ubriaco fradicio. Ma lo rimetterò in forma per le tue nozze. Ora, per piacere, vogliamo dimenticarlo e parlare di domani? Chi ci sarà?»

Ma non avevano molto tempo, non abbastanza perché era meglio che Elizabeth andasse a casa a dormire.

«Di' a Tony che mi dispiace che non l'abbiamo visto ma che contiamo di incontrarlo domani», disse Henry cortese.

«Sì, certo.» Dalla hall li salutarono con un cenno della mano.

«Andiamocene a Soho e ti indicherò tutti i luoghi peccaminosi», propose Aisling al fratello.

«Ma non sei stanca?»

«Non dormirei comunque.»

«E se Tony tornasse?»

«Lascialo perdere.»

Si aggirarono tra le luci sfavillanti e la folla cosmopolita, coi ragazzi fermi in cima alle scale e pronti ad accompagnarti giù nei locali di spogliarello. C'erano librerie aperte fino a tardi che vendevano libri osceni.

«Come sai queste cose?» chiese Donal con gli occhi spalancati.

«Anni fa, anni e anni fa, quando ero molto più giovane di te, venni qui con Elizabeth e il suo ragazzo di allora, Johnny. Lui ci raccontò tutto questo e noi non riuscivamo a crederci. Ma, come vedi, è vero.»

«Che fine ha fatto Johnny?»

«Le è rimasto amico, lo conoscerai domani.»

Tony tornò all'una di notte e il portiere lo aiutò a salire in camera. «Credo che ci sia da pagare una sterlina al taxista», disse in tono di scusa.

«Grazie mille.» Aisling era molto calma. «Può dargliela lei e posso chiederle di accettare qualcosa per bere alla mia salute domani? La ringrazio molto per aver aiutato mio marito.»

«Grazie a lei, signora.» Il portiere era contento che non vi fossero state scene imbarazzanti. «Le do una mano a metterlo a letto, se vuole.»

Aisling accettò volentieri e gli tolsero le scarpe.

«Vogliamo provare a spogliarlo?» chiese poi incerto.

«No, ha un altro vestito. Lei è molto gentile.»

«E lei è una donna in gamba, signora.»

Aisling si alzò presto la mattina del matrimonio di Elizabeth. Andò in farmacia e comprò un collutorio, una bottiglietta di lozione per gli occhi, della tintura di iodio e del cotone. Ordinò che le mandassero in camera un caffè nero e, dalla hall, telefonò a Elizabeth per farle gli auguri. Poi salì e arrivò contemporaneamente al caffè. Lo tolse di mano al cameriere, prima che vedesse lo spettacolo di un uomo a letto completamente vestito. Riempì la vasca di acqua tiepida e, con gesto stanco, tirò via le coperte dal letto.

«In piedi», disse in tono deciso.

«Che cosa? Che cosa?»

«In piedi. Dopo puoi ubriacarti quanto vuoi, non me ne importa niente, ma per il matrimonio devi essere a posto. Su, alzati.»

Tony cercò di muoversi: la testa gli faceva male e aveva difficoltà a deglutire. «Come... che cosa è successo?»

«Sei uscito alle cinque per degli affari, che ti hanno preso più tempo di quanto pensassi. Sembra anche che ti siano costati venti sterline più una per un taxi da Kilburn, dove pare che tu li abbia conclusi.» Gli stava spostando i piedi verso terra.

«Ash, vuoi smetterla? Fammi riposare.»

«No, adesso alzati e vai in bagno, poi comincia a toglierti i vestiti uno per uno e buttali a me.»

Lui eseguì, come un giocattolo che si muova lentamente. Quando fu nudo lei gli porse la prima tazza di caffè e continuò a dargliene benché lui soffocasse e dicesse che non poteva berne più, poi sedette sulla sedia del bagno mentre lui tentava di lavarsi. Quando finì gli mise un asciugamano dietro la testa e gli disse di piegarsi all'indietro.

«Che cosa vuoi fare?» chiese lui spaventato.

«Voglio sistemarti gli occhi», gli rispose. Mentre Tony stava piegato all'indietro, rischiando di riaddormentarsi, lei glieli bagnò e li picchiettò, immerse il cotone nell'acqua fredda e, dopo mezz'ora, il gonfiore e le macchie erano molto migliorati.

«Ash, mi sento uno schifo», disse lui patetico. «È solo per questo fine settimana, quando torniamo a casa giuro che... Però, fammene bere un paio per mettermi di nuovo in forma.»

«Quanti ne vuoi, ma dopo il matrimonio...» Gli porse i vestiti, uno alla volta e, con la spazzola dell'albergo, gli spolverò le spalle.

«Sei un bell'uomo, è questo il peccato.»

«Ash, smettila di farneticare e vestiti anche tu.»

«Sto solo dicendo la verità, sei un bell'uomo e ora che hai perso tutto quel peso sei ancora meglio. Molto meglio. Non puoi accettare un complimento?»

«Mi sento uno schifo, non sono in vena di sciocchezze.»

«Non è strano, nemmeno io lo sono. Cielo, puzzi ancora di alcol. Non capisco perché, ormai avresti dovuto essertelo tolto di dosso. Bevi questo.»

«Oh, Cristo...»

«Su.» Aisling andò in bagno per lavarsi e lo sentì che cercava freneticamente di aprire la porta della stanza.

«Merda, è bloccata», lo udì dire.

«No, carissimo Tony, l'ho chiusa io», spiegò lei dal bagno.

Nel taxi che li conduceva al matrimonio, Donal li trovò stranamente rilassati. Al posto di Aisling lui sarebbe stato davvero molto seccato che Tony fosse scomparso la sera prima. A volte sua sorella era strana, ora, per esempio, stava ridendo.

«Dunque, questo è il patto: tre drink di tua scelta al ricevimento e poi, quando li abbiamo salutati, te ne vai per conto tuo... a chilometri di distanza e fai come ti pare, per tutto il tempo che vuoi.»

«Perché mi mandi via dal ricevimento? Questa è una prepotenza.»

«No, è il patto, puoi bere fino a ubriacarti fradicio come hai fatto ieri sera, poi vomitare e bagnarti i pantaloni, ma non davanti agli amici di Elizabeth. Questo no.»

«Cristo, che donna.»

Scesero a Caxton Hall, dove i curiosi che amavano assistere ai matrimoni si entusiasmarono nel vedere i bei capelli rossi di

Aisling e il suo vestito lilla con il cappellino in tinta. S'annunciava un matrimonio interessante.

Il padre era molto elegante e aveva messo all'occhiello il fiore che Henry gli aveva portato la sera prima.

«Sei sicura che non sarò invitato a fare nessun discorso?» chiese.

«Sicurissima, papà, te l'ho ripetuto più volte. Simon lo farà. Henry forse dirà qualche parola, ringraziandoti per avergli concesso la mia mano e per il ricevimento.»

«Be', non è giusto. Voglio dire, l'hai pagato tu...»

«Sì, papà, ma non è questo il punto. In ogni modo, tu mi hai nutrito, allevato, ed educato, così in un certo senso se ho messo da parte dei soldi l'ho fatto grazie a te; quindi, indirettamente, sei tu che paghi, no?»

«Immagino che tu abbia ragione.» Il padre era dubbioso.

«Certo che è così.» Elizabeth gli raddrizzò la cravatta. «Come sto, papà, pensi che possa andare?»

Lui si scostò e la scrutò approvando. «Oh, sì, mia cara, sembri....» s'interruppe. Avrebbe detto graziosa, bella o a posto? Che cosa diceva sempre a Violet quando era tutta elegante? «Sembri molto... 'presentabile'.» E rise per farle capire che si trattava di uno scherzo.

Elizabeth si guardò attorno nell'ingresso di Clarence Gardens e nel piccolo specchio colse la propria immagine col completo di lana color crema e la grande orchidea appuntata sul risvolto. Tirò in avanti l'ala del cappello e fissò quattro spilloni sul retro in maniera da riparare i capelli dal vento; poi vi spruzzò un po' di lacca. Avrebbe tolto gli spilloni quando la macchina si sarebbe fermata a Caxton Hall. Henry la aspettava là con Simon. Avevano deciso di andarvi separatamente per rendere la cerimonia più formale. Inoltre, lei voleva compiere quell'ultimo tragitto col padre, in modo che si rendesse conto della considerazione speciale in cui veniva tenuto. Non aveva fatto obiezioni sulla partecipazione di Harry al matrimonio e, quindi, andare alla cerimonia sola con lui poteva apparire un gesto di riguardo. Si diede un'ulteriore controllata e lanciò un'ultima occhiata alla casa. In venti anni vi aveva messo ben poco della propria personalità. Era sempre stata la casa del padre. Sperò che l'appartamento a Battersea sarebbe stato diverso. Lei ed Henry aveva già trovato il mobilio, i tappeti e tutto il resto. I suoi vestiti erano ormai riposti nell'armadio antico che avevano comprato e anche Henry vi aveva trasferito i propri. Lui lasciava ufficialmente il suo appartamento quel giorno.

«Mia cara, credo che dovremmo... il taxi è qui da cinque minuti.» Il padre odiava gli sprechi anche se era Henry a pagarlo.

«Giusto. Andiamo a sposarci e a liberarti del mio peso.»

«Tu non lo sei mai stata per noi. Tua madre e io non abbiamo mai avuto problemi con te. Mai», lo disse dandole le spalle mentre chiudeva la porta a doppia mandata. Probabilmente era l'unico complimento che le avesse mai fatto e lei non riuscì a rispondergli per paura di mettersi a piangere. Agitò la mano in direzione di tutti i vicini che erano usciti di casa per vederla, e il padre sorrise mentre salivano sul taxi e si avviavano.

Fu molto più piacevole e somigliante a un vero matrimonio di quanto Aisling si aspettasse. Le suore avevano sempre sostenuto che le nozze in municipio erano semplici formalità davanti a un impiegato o a un legale e che erano state inventate solo perché gli inglesi si erano allontanati perfino dalla loro religione. Quella invece era una cerimonia imponente e l'ufficiale di stato civile valse quanto un prete allorché chiese se si accettavano come moglie e marito.

Simon, il bel testimone dello sposo, era estremamente affascinante. In maniera diversa da Johnny, fu molto eloquente nel suo discorso, fece degli stravaganti complimenti e disse ad Aisling che la sua bellezza non era stata descritta appieno anche se, a voler essere giusti, il tentativo era stato fatto. Tutto questo le parve molto divertente.

«Lei è l'elegantissimo collega», disse Aisling trionfante. «Posso presentarle mio marito, Tony Murray?»

«Avrei voluto che lo incontrasse molto tempo dopo aver conosciuto me», disse lui in un eccesso di galanteria, inchinandosi e stringendo la mano a Tony, che appariva pallidissimo e per niente all'altezza di tutta quella colorita vivacità.

La cerimonia fu rapidissima e, quando tutti uscirono, Stefan, Harry e Johnny organizzarono il lancio del riso. Henry sorrideva felice e Donal era occupato a fare le fotografie. Elizabeth appariva talmente bella che Aisling ne rimase meravigliata. L'aveva sempre vista così pallida e bionda, dolce e carina come un pastello; quel giorno invece sembrava diversa: anche se il suo abito era chiaro, lei appariva molto colorita. Aveva il volto deciso, il rossetto vivace, l'orchidea rosso scuro, i capelli vaporosi e ordinati, gli occhi luccicanti. Grazie a Dio, pensò Aisling, quella era la sua giornata, dopo tutte le vicende terribili che le erano capitate. Chi si sarebbe mai aspettato un avvenimento simile col patrigno che applaudiva come il padre e Johnny apparentemente così contento per lei? Se c'era una che meritava un matrimonio felice, quella era proprio Elizabeth.

Mrs Noble li stava aspettando, con una camicetta a collo alto e una spilla con un cammeo: era praticamente diventata una degli ospiti. Immediatamente decise che Harry e Johnny erano i suoi migliori alleati e si rivolgeva a loro per qualsiasi cosa andasse fatta.

Jean e Derek erano un po' imbarazzati e ricevettero un grande aiuto da Harry, che li presentò a Stefan e Anna. Solo quando la conversazione sui vecchi paraventi pieghevoli fu avviata li lasciò.

Mrs Noble era vigile. «Mr Stone, posso suggerirle di dirigere la cameriera laggiù, verso quel signore dall'aria un po' triste?»

«È il padre della sposa, è impossibile rallegrarlo», disse Johnny.

«Cielo, capisco.» Mrs Noble temette di aver detto qualcosa di sbagliato.

«È un vedovo, Mrs Noble. Ora, se lei non fosse sposata direi che sarebbe sicuramente in grado di tirarlo un po' su!» Johnny le fece l'occhiolino e Mrs Noble ne fu deliziata.

«Lei è terribile, Mr Stone», disse, sistemandosi i capelli.

In effetti il padre di Elizabeth sembrava un'anima persa e Johnny gli andò vicino per riempirgli di nuovo il bicchiere.

«Elizabeth sta benissimo», disse.

«Sì, sì.»

«Molto ben riuscito questo ricevimento. Molto generoso da parte sua, Mr White.»

«Sì, be', indirettamente, solo indirettamente.»

Disperato, Johnny cercò qualcuno da coinvolgere nella conversazione. Tony Murray era lì vicino e Johnny gli riempì il bicchiere. Era decisamente un bell'uomo. «Ha conosciuto il marito di Aisling O'Connor, Mr White?» Si conoscevano e, ovviamente, non avevano trovato molto da dirsi. Johnny continuò nei suoi tentativi e riempì di nuovo il bicchiere di Tony. Poi, con sollievo, vide che Mrs Noble stava sistemando le portate sui tavoli in fondo alla stanza e riuscì a dirigere ambedue da quella parte. Tony Murray disse che doveva scendere un attimo al piano di sotto a fare una telefonata. Un tipo simpatico, ma un po' irrequieto, pensò Johnny.

Aisling si era segnata l'indirizzo di Harry e aveva promesso di andare a trovarlo a Preston. Era sorpresa di scoprirsi a ridere con il terribile Mr Elton, che si era portato via la madre di Elizabeth. Dopo un po' ebbe perfino il coraggio di dirglielo.

«Lo so.» Per un attimo Harry la guardò con solennità. «Credo che, a volte, Elizabeth provi lo stesso. Mi è molto amica, ma penso che ogni tanto si senta un po' perplessa di fronte a questa situazione.»

«No, parla sempre di lei con grande affetto», disse Aisling.

«Davvero? Buono a sapersi. È fantastica quella ragazza e io la considero come una figlia. Sappia che ha sempre amato stare a casa vostra. Diceva che fu il periodo migliore della sua vita.»

«Ci stiamo scambiando un bel po' di cortesie», disse Aisling. Si guardò attorno in cerca di Tony ma non riuscì a vederlo; doveva essere nel gruppo che stava avvicinandosi ai tavoli. «Elizabeth è molto felice oggi. È soddisfatta di Henry e di tutto il resto…»

«Sì.» Harry annuì, ma parve meno entusiasta. «Sì. Spero che abbia fatto la scelta giusta. Lei sembra convinta. Io ho sempre pensato che avrebbe sposato Johnny Stone.»

«Sì, ma hanno avuto ambedue abbastanza tempo per considerare la faccenda e capire che un matrimonio non avrebbe funzionato, non le pare?» Si mossero verso il tavolo e Aisling vide che Donal parlava animatamente con una bionda attraente. Poi notò con sollievo che Tony era entrato in quel momento dalla porta; doveva essere stato in bagno. Il suo aspetto appariva un po' migliore, meno pallido e malato.

Mrs Noble riusciva a bisbigliare praticamente senza muovere la bocca. «Mr Elton, crede che dovremmo sconsigliare alla cameriera di offrire altro vino a quel tipo robusto vicino alla porta? Un irlandese, credo.»

«Grazie», disse Harry. «Farò in modo che non gliene versi più.»

Poco dopo la donna si rivolse a Johnny: «Mr Stone, prima che i discorsi comincino, posso attirare la sua attenzione su quell'irlandese dai capelli scuri? Quello laggiù».

«Il nobile Tony», sottolineò lui, sorridendo.

«Bene, non vorrei dire niente a Miss White, o meglio Mrs Mason come d'ora in poi va chiamata, ma quel tipo sembra avere una bottiglia nella tasca posteriore. Può darsi che non sia importante, ma ho pensato che lei dovesse saperlo.»

Johnny si mise dietro a Tony per un po'. Due volte vide il bicchiere, ormai svuotato, del vino bianco, venire riempito dal contenuto di una fiaschetta di vodka, quasi vuota. Riusciva a farlo con abilità, guardando con aria innocente davanti a sé e reggendo la sigaretta con la mano libera; stava salutando qualcuno in fondo alla stanza, dove nessuno rispondeva al suo gesto.

Fu tagliata la torta e lo champagne venne versato per i brindisi.

«Farà un discorso?» chiese Aisling a George.

«Oh, cielo, no, no. Elizabeth ha promesso, ha detto che non avrei dovuto.» Sembrava preoccupato.

«Via, su, lei adorerebbe che pronunciasse alcune parole... solo una o due frasi. Non è poi molto.»

«Io non credo...» Sembrava confuso.

«Dica semplicemente che è stata una figlia magnifica, che sarà una buona moglie e che lei è contento che tutti se la stiano godendo in questa occasione felice.»

«È tutto quello che devo dire?»

«Certamente. Via, su, li sorprenda, li faccia ammutolire.»

Il padre si schiarì la gola ed Elizabeth guardò nella sua direzione, sorpresa. Stava andando tutto così bene e sperava che suo padre non si apprestasse a fare qualcosa di assurdo come dire, per esempio, che la cerimonia era ormai finita. C'erano ancora cinque bottiglie di champagne da offrire agli invitati.

«Vorrei scusarmi con tutti voi perché non sono un buon parlatore, ma non posso lasciar passare questa occasione senza esprimervi la mia gratitudine per essere venuti e la mia speranza che il ricevimento vi sia piaciuto. Soprattutto, però, vorrei dire che sono molto contento che mia figlia abbia sposato un uomo splendido qual è Henry Mason. Sono certo che lui la renderà felice e io posso assicurargli che, se sarà brava come moglie quanto lo è stata come figlia, sarà un uomo fortunato. Grazie davvero.»

Fu un discorso estremamente semplice, dopo le frasi complicate e circonvolute di Simon, e tutti ne furono commossi. Di nuovo i bicchieri si levarono alla salute della sposa ed Elizabeth dovette concentrarsi sulla tovaglia per impedire che le lacrime le scorressero lungo le guance. Si immaginava il povero papà che si decideva a fare un discorso: doveva essersi esercitato tutto il tempo. Chi avrebbe mai pensato che potesse scegliere le parole giuste da dire?

Harry aveva chiesto a Mrs Noble se potevano usare il pianoforte, lei si era detta entusiasta e così, prima che Elizabeth se ne accorgesse, il patrigno si era seduto sullo sgabello e aveva attaccato con *For They are Jolly Good Fellows*, mentre tutti i presenti, compreso George, si univano al coro. Harry era perfettamente a suo agio e suonò anche *It's a Long Way to Tipperary*, in omaggio ai rappresentanti dell'Irlanda.

«Un'altra canzone irlandese», esclamò Stefan. «Loro conoscono le migliori.»

«Ne canto una io», disse Tony.

«Oh, mio Dio.» Aisling si guardò attorno per vedere chi poteva accorrere in suo aiuto. Non lontano scorse Johnny. «Non sa cantare, fermalo», disse disperata.

Tony continuò: «Conosce *Kevin Barry*?»

«No», disse Harry, di buonumore. «Ma lei attacchi, che io le verrò dietro.»

Nella prigione di Mount Joy un lunedì mattina,
alto sui patiboli
Kevin Barry diede la sua giovane vita
per la causa della libertà...

«Ti prego, Johnny», implorò Aisling.

«Ehi», esclamò lui, «che ne dite di qualcosa che conosciamo tutti?»

«Lo lasci finire», disse Simon. «Non s'interrompe uno a metà della canzone.»

Poco prima di affrontare il boia
nella sua solitaria cella.
I soldati britannici torturarono Kevin
sol perché lui non voleva dire...
i nomi di quelli...
i nomi di quelli...

Tony si guardò attorno irritato. «Come continua? Avanti, qualcuno deve pur saperlo.» Tutti distolsero lo sguardo.

I nomi di quelli...
i suoi... camerati...
e altre cose volevano sapere...
dicci o ti ammazziamo...
Barry fiero rispose no.

«Ash, tu conosci le parole, avanti, su, sei intonata, canta anche tu.»

Aisling gli rispose dall'altra parte della stanza: «Non le ricordo, credo che tu abbia saltato una strofa, ma, in tutta sincerità, non mi sembra una canzone adatta a un matrimonio. Boia, celle di prigione, non puoi cantare qualcosa di più allegro?»

«È importante che la finiamo», disse Tony testardo. «C'è un'altra strofa.»

Kevin Barry tu devi lasciarci,
sul patibolo devi morire,
pianse col cuore infranto la madre
quando diede il bacio d'addio al figlio...

Harry eseguì un forte crescendo al piano giusto per concludere, Johnny batté le mani seguito da un paio di invitati e, poi, da tutti gli altri. Dopo qualche attimo di silenzio, la conversazione riprese normalmente.

Aisling disse a Donal: «Portalo fuori, Johnny Stone ti aiuterà».

«Aisling, io non so...»

«Fuori della sala. Se vuoi renderti utile conducilo via di qui.» Vide Donal che parlava con Johnny e quest'ultimo avvicinarsi a Tony, che stava indicando il piano; Johnny, gesticolando, lo invitò fuori a bere e Tony additò la bottiglia di champagne. Johnny scosse il capo e gli mostrò le scale. Poi arrivò anche Mrs Noble, gli dissero qualcosa e Tony li seguì come un agnellino.

Elizabeth si avvicinò ad Aisling e l'abbracciò.

«Sei stata un angelo a venire. Non sarebbe stato un vero matrimonio senza di te.»

Aisling ribatté: «Mi ricordo di averti detto le stesse parole a Kilgarret. Oh, Elizabeth, mi dispiace, mi dispiace tanto...»

«Per che cosa?» L'espressione di sincero stupore che si dipinse sul volto dell'amica le fece capire che non si rendeva conto di che cosa si stava scusando.

«Tony. Mi dispiace tanto. Non so come abbia fatto a ubriacarsi così. L'ho tenuto d'occhio tutto il tempo. Mi dispiace che si sia messo in vista, ridicolizzando se stesso e noi..»

«Addio, Aisling», la interruppe Henry. «Addio, e grazie per essere stata la testimone della sposa. Sei stata fantastica ad affrontare tutta quella strada.»

«Grazie a te, Henry.» Aisling si toccò la piccola spilla con la perla che lui le aveva regalato. «È molto bella. Non dimenticherò mai questo giorno.»

«Oh, e porta i miei saluti a Tony. Non lo vedo», disse Henry.

«Passo il tempo a salutare mio marito per conto della gente. Credo che dovrò salutarlo anch'io per sempre...»

Formando un allegro gruppo scesero le scale e si affollarono attorno alla macchina. Elizabeth diede un bacio sulla guancia al padre e aveva già abbracciato Harry in cima alle scale. Fu baciata da tutti e, quando Johnny le si avvicinò, le disse: «Sei la signora più bella che abbia mai conosciuto e l'ho sempre pensato. Sii felice, molto felice».

Mrs Noble prese Aisling in disparte. «Credo che sia il caso di dirle che suo marito è in quel pub dall'altra parte della strada, signora.»

«Lei è impagabile», disse Aisling. «Ma preferisco non saperlo. Ora me ne vado al cinema con mio fratello. Grazie comunque per avermelo detto e per averlo indirizzato lì dentro.»

«Si figuri... Un uomo molto esuberante, suo marito.»

«Molto», sottolineò Aisling. «Senta, che cosa farà quando il pub chiude se lui cercherà di ritornare al suo locale?»

«Gli dirò che gli invitati sono andati via. Lo indirizzerò verso... dove vuole che lo mandi?»

«Direi nel Tamigi, ma forse è un po' troppo drastico. Lui conosce l'albergo in cui stiamo e, prima o poi, finirà lì.»

«Povera Aisling, deve essere terribile per te. E l'ultima volta che incontrasti Elizabeth fu alle tue nozze», disse Donal mentre si avviavano.

«Esatto.»

«Dev'essere triste per te... il giorno del tuo matrimonio andò così bene e questo così male...»

«La verità, Donal, è che anche il giorno del mio matrimonio fu terribile per me, ma è una lunga storia ed è meglio lasciarla perdere per ora.» Sorrise al fratello e, lentamente, il volto ansioso e pallido di lui s'aprì in un sorriso; poi andarono a comprare un giornale della sera per scegliere un film.

17

UNA settimana dopo il loro ritorno Aisling andò a trovare Mrs Murray. «Signora, credo sia meglio che si metta di nuovo in contatto con quel sacerdote di Waterford, il ragazzo ci è ricascato.»

«Vorrei che non parlassi in maniera così irriverente, Aisling. Sappiamo che non è colpa di Tony, ce lo scrisse lo stesso prete. Cerca di essere meno... be', meno spiritosa al riguardo.»

«Io credo che sia l'unica soluzione. Che cosa dovrei fare, piangere in continuazione?»

«No, mia cara, ma se tu cercassi di parlargli…»

«Ho tentato, mattina, pomeriggio e sera. Sono andata da Shay Ferguson e gli ho detto che Tony, in realtà, vorrebbe smettere e forse lui avrebbe potuto aiutarlo non incoraggiandolo. Si è messo a ridere e ha detto che a Tony piacevano la sua birra e il suo bicchierino come a chiunque altro e che era un vero peccato che fosse così tenuto d'occhio in famiglia…»

Mrs Murray sospirò. «Oh, mia cara, non so che cosa fare, davvero non lo so. Vuoi rimanere a pranzo qui con me?»

«No, grazie. Devo tornare in negozio. Ho fatto solo una scappata perché lei lo sapesse da me prima che da qualcun altro. È stato al lavoro solo due volte ed esclusivamente per prendere i soldi. Il vecchio Meade è profondamente sconvolto.»

«Oh, sì. Bene, grazie, Aisling, grazie di tutto. Dobbiamo solo sperare che passi. È brutto… Come prima?»

«Peggio, molto peggio. Quando gli ho servito il pranzo ieri ha buttato un piatto a terra e l'altro contro di me. È una nuova finezza.»

«Oh, Aisling, come puoi parlarne in questo modo?»

«Giusto, mi dia lei la possibilità di farlo diversamente. Dovrei devolvere delle offerte alle anime sante? Mrs Murray, nelle condizioni in cui mi trovo potrei tirar fuori talmente tante anime dal purgatorio che dovrebbero chiuderlo…»

Eileen annunciò che sarebbe andata a Dublino perché doveva sbrigare parecchie faccende ed era meglio che si fermasse per una notte, o magari due. Doveva comprare tutta la stoffa per le tende e un cappotto nuovo, voleva fare in anticipo le spese per Natale e andare da quel bravo parrucchiere da cui si era fatta pettinare per il matrimonio di Aisling.

Niamh la invitò nel suo appartamento, ma lei rifiutò, ringranziandola e dicendo che sarebbe andata da Gretta a Dunlaoghaire.

«Vuoi che venga con te?» chiese Aisling.

«Che cosa? Così ci assenteremmo in due dal negozio, hai perso la testa?» esclamò Eileen.

Aisling aveva notato che erano quasi giunti alla fine di quei bei libri mastri che lei aveva introdotto nel negozio e che si trovavano solo in una cartoleria di Dublino. Ma' poteva facilmente portarne due nella valigia. Decise di telefonare a Gretta a Dunlaoghaire.

«Tua madre qui? Niente affatto, non ho mai saputo che stesse per venire. Vorrei che me lo facesse sapere. Credi che arriverà stasera?» Gretta sembrava meravigliata e agitata.

Aisling trovò presto una scusa. «No, è tutta colpa mia. Ho sbagliato a leggere la data sul calendario. È la settimana prossima che dovrebbe venire. Mi dispiace molto, Gretta.»

«Be', speriamo che me lo faccia sapere. Ci sono parecchi ospiti sotto Natale.»

«Oh, sono sicura che lo farà. Sono spiacente per l'errore. Arrivederci.»

Pa' aveva detto che ma' aveva telefonato la sera prima: si era sistemata da Gretta e tutto andava bene. Sarebbe rimasta un giorno in più e sarebbe tornata a casa venerdì.

«Ma', dovrai chiamare Gretta e parlarle», disse Aisling quando fu sicura che erano sole in ufficio.

«Che cosa vuoi dire?»

«Le telefonai quando tu saresti dovuta stare da lei e combinai un pasticcio. Devi avvertirla e dirle che facesti confusione e che sarai là dopo Natale o qualcosa del genere.»

Eileen arrossì.

«Disse che non c'ero?»

«Dove andasti, ma'? Va tutto bene?»

«Pensi che sia fuggita come la povera Violet? Lo dicesti a tuo padre?»

«Ma', per chi mi prendi? Se tu avessi telefonato da Dublino avrei saputo che eri al sicuro. Non eri da Gretta, bene, doveva esserci una ragione. Andasti in ospedale?»

«Come lo sai?»

«Non vedo di che cos'altro potrebbe trattarsi. Stai bene, ma'?»

Eileen la guardò, sorridendo. «Sì, grazie a Dio, sto benissimo. È tutto a posto, sono sana come un pesce.»

«Ma perché non ci avvertisti, ma', perché non mi facesti venire con te?»

«E avresti lasciato il negozio?»

«Oh, al diavolo il negozio, quando c'è di mezzo la salute.»

«Ma io sto benissimo, adesso. Te l'assicuro. C'erano delle cisti, io avevo paura e il dottor Murphy era incerto... così pensammo che la cosa migliore fosse toglierle e basta.»

«Ma perché non dircelo, ma', perché trascinarti in giro per il cappotto e le tende?»

«Non persi molto tempo, solo un'ora. Comprai il primo paltò che vidi e le tende mi sembrano belle.» Eileen rise per la propria abilità.

«Ma non puoi fare così, tenere tutto per te.»

«Sì che posso, né voglio farne menzione a nessuno.»

«Anche se stai bene?»

«Sì, perché altrimenti ogni volta che uscirò dalla stanza, tutti penseranno che stia andando da uno specialista...»

«Che cosa ti fecero, ma'?»

«Mi esaminarono sotto anestesia, sai, con la sonda. Erano solo due cisti, benigne, che vennero tolte facilmente...»

«Povera ma', povera ma'.» Aisling riusciva a malapena a parlare.

«Ma ora sto bene, non è una buona notizia?»

«Sei sicura, ma', sei sicura che di non stare facendo la coraggiosa anche a questo riguardo?»

«No, è diverso, non lo farei mai. Se mi avessero detto che avevo i giorni contati avrei dovuto fare piani per tutti voi. Invece mi dissero che sono la cinquantaseienne più in gamba con cui avevano avuto a che fare da parecchio tempo.»

«E stai davvero bene?»

«Sì, tesoro, e ora che lo so mi sento più giovane di parecchi anni. Sei una brava ragazza a non aver fatto tante storie. Se mai ci fosse qualcos'altro te lo direi. Sul serio.»

«Bene, è una promessa?»

«Sì. Ora è meglio che vada a calmare Gretta, prima che metta in allarme tutto il paese.»

Brendan Daly raccontò a Maureen di aver visto Tony Murray guidare quando non era in condizioni di farlo. Maureen affermò che l'aveva già sentito dire da altri.

«Bene, sarà meglio che ne parli ad Aisling, no?»

«E a che cosa servirebbe? Non è lei che guida pericolosamente.»

«Lo so, ma bisogna dirglielo, in caso succeda qualcosa.»

«Immagino che lo sappia già, ma glielo riferirò ugualmente.»

«Bene. Ora so di aver fatto il mio dovere. Ho sentito dire che l'altro pomeriggio faceva quasi cadere due persone giù dal ponte.»

«Oh, Dio santo, non è un pazzo? E pensare che con tutti quei soldi potrebbe prendere qualcuno che lo accompagni a casa, oppure rimanere in albergo se ha bevuto troppo.»

Mrs Murray disse che si chiedeva che cos'era meglio fare a Natale.

«Lasciar perdere», propose Aisling.

«Non mi sei di molto aiuto, mia cara», ribatté la suocera.

«Che cosa vorrebbe che facessimo, allora?»

«Tu che cosa credi sia meglio?»

«Organizzare il pranzo di Natale a casa sua. Posso venire ad aiutarla a cucinare. Sarà certo più allegro che nel bungalow, con tutta la famiglia attorno…»

«Io non so chi ci sarà. Padre John è occupato per la liturgia natalizia a…»

«Non sarebbe più cristiano se aiutasse suo fratello?»

«Non è questo il punto, non potrà venire via. Sono stati scelti due vescovi e dieci preti, è un onore per lui.»

«D'accordo. Ma ci sarà almeno Joannie, no?»

«Non credo. Ho ricevuto una lettera. Non so dove l'ho messa, ma non è sicura, pensa che alcune delle ragazze nel suo appartamento…»

«Non sono più ragazze, ormai, sono donne adulte, come Joannie e me.»

«Sì, be', lei le chiama così. Pensavano di andare a una festa in Scozia, di cui avevano visto l'annuncio…»

«Hanno pensato questo? Allora è solo una sporca egoista?»

«Aisling, ti prego.»

«Lo è, Mrs Murray. E perché quel gruppo di stupide vuole partecipare a questa festa? Non hanno le loro case?»

«Non cambierai certo la situazione insultandole.» Mrs Murray appariva seccata e sconvolta.

Aisling ammise che aveva ragione. «D'accordo, allora, visto che ci saremo solo noi due a Natale, cerchiamo di trasformarlo in un bel giorno.»

«E Tony, naturalmente...» disse la suocera.

«Già, e Tony, naturalmente.»

Niamh appariva abbattuta quando tornò a Kilgarret per le feste di Natale. «È Tim, se n'è andato con una tipa davvero orribile. Non è niente di speciale, Aisling, è una vera santarellina e porta dei terribili pullover lunghi a maglia larga.»

«Oh, sì. Bene, e tu pensi che faccia sul serio con questa ragazza o credi che sia solo una sbandata?»

«Non lo so, ma sai qual è il problema... e, naturalmente, non posso dirlo a ma'... è che ho paura che lui vada a dire in giro di noi... e sai, non voglio che la gente si faccia idee sbagliate...»

«Dire che cosa?»

«Oh, sai, di noi, di lui e di me. Non voglio che tutti pensino che io, be'... con chiunque. Tim era speciale.»

«Vuoi dire che sei andata a letto con lui?» gli occhi di Aisling erano spalancati per l'incredulità.

«Be', sì, è il mio ragazzo. O meglio, lo era.»

«Non ti credo.»

«Fa' come vuoi, Aisling, ma non andare a raccontare niente a ma', mi ammazzerebbe.»

«È molto difficile capire quando Aisling scherza e quando fa sul serio.» Elizabeth stava leggendo la lettera a Henry, che appendeva agrifoglio ed edera tutt'attorno alla stanza.

«Che cosa dice?»

«Oh, sai, parla dell'orribile Natale che trascorreranno loro tre, aggirandosi per un'enorme casa vuota.»

«Credevo che avesse una famiglia numerosa.»

«Sì, ma starà solo con la sua suocera e pensa che Tony avrà certamente delle difficoltà a resistere tutto il giorno con loro.»

«Accidenti, è sempre un beone?»

«Che meravigliosa parola: beone. Sì, lo è ancora. Cominciò al nostro matrimonio e pare che, da allora, non abbia più smesso. Be', forse qualche altro prete lo curerà. Aisling è straordinaria, non sembra mai sconvolta come dovrebbe essere.»

«Tu lo saresti se io mi ubriacassi e non tornassi a casa?» Henry le sorrise dall'alto della sedia sulla quale stava in piedi.

«Sarei estremamente sconvolta, certo. Quindi, non provarci. E se tu fossi davvero molto beone, cosa che credo Tony sia, ti lascerei. Me ne andrei e basta.»

«Perché lei non lo fa?»

«Oh, in Irlanda non si può.»

Il padre se la cavava molto bene senza Elizabeth e lei ne fu contenta, ma anche leggermente seccata. Come si era abituato a una vita senza la moglie, ora era riuscito ad adattarsi a fare a meno della figlia. Teneva un quadernetto in cucina in cui raccoglieva le domande da farle e, quando riceveva una risposta, le spuntava oppure vi scriveva accanto il suggerimento. Gli piaceva condurre una vita piatta e organizzata in cui tutto veniva inscatolato, accuratamente segnato, classificato e messo via. Era stato piacevolmente sorpreso quando lei lo aveva invitato per Natale, proponendogli di andare a stare da loro tre giorni.

«È molto carino da parte tua, mia cara. Ma dovrei fermarmi anche la notte?»

«E perché no, papà? Henry sarebbe molto contento se venissi. E sarebbe meglio che ritornare fino a Clarence Gardens.»

«È estremamente generoso da parte di Henry e tua. Devo preparare una valigia?»

Le sarebbe venuta voglia di scuoterlo. Alla fine acconsentì a passare lì la notte di Natale, ma decise che sarebbe rientrato il giorno dopo.

«È meglio, davvero, trovarmi a casa mia», disse.

Elizabeth aveva sistemato un po' di agrifoglio per lui e messo i pochi biglietti che aveva ricevuto sulla mensola del camino, invece di lasciarli sul tavolo ancora nelle loro buste.

* * *

Era un bene lavorare per una scuola e un istituto, disse Elizabeth a Stefan, perché avevano degli orari decenti e ti lasciavano a casa molto prima di Natale. I negozi, invece, non chiudevano mai, perché la gente voleva sempre comprare all'ultimo momento. Stava sistemando un tavolo con sopra una scelta di articoli non venduti e preparò un bel cartello nel quale invitava la gente a considerarli dei regali per Natale. Secondo Stefan era una perdita di tempo e Johnny disse che la gente non andava in un negozio d'antiquario a comprare regali all'ultimo minuto.

Alla vigilia di Natale, invece, avevano venduto tutto.

«Ti faccio tanto di cappello», disse Johnny, generoso di elogi come al solito. «Non avrei mai detto che ce l'avremmo fatta. Guarda, Stefan, perfino quelle posate da insalata che avevamo da mesi. Quei cartellini col nome del negozio, poi, sono stati un'idea geniale. Non solo una buona pubblicità, ma la gente non ha più l'impressione di regalare qualcosa di usato o di seconda mano. Con uno di quei cartellini l'articolo diventa un oggetto antico. Saresti stata una grande donna d'affari.»

«Ma io lo sono», esclamò Elizabeth.

«No, no, tu sei una moglie e, prima che ce ne accorgiamo, sarai una madre.»

Elizabeth lo guardò strabiliata. Neppure Henry lo sapeva, gliel'avevano confermato solo il giorno prima, e voleva dirlo al marito quella sera, come sorpresa di Natale. Era incinta. Lei e il dottore avevano calcolato che il bambino doveva essere stato concepito durante la luna di miele e sarebbe nato a giugno.

Certamento Johnny Stone possedeva un grande intuito.

Ci sarebbe stato un party natalizio all'ufficio. Tutto molto informale, aveva detto il socio principale, ma naturalmente non lo sarebbe stato affatto. Tutti avrebbero studiato le mogli con sguardi critici. Elizabeth lo aveva capito senza che glielo dicessero: sapeva che l'avrebbero passata al microscopio. Non voleva far sfigurare Henry.

La parrucchiera le spazzolò la giacca e, insieme, ammirarono il lavoro compiuto. Appariva perfetta, pensò Elizabeth, con la camicetta bianca increspata, il cammeo, l'elegante giacca grigia e la gonna a quadri blu e grigi.

Parlò quando le rivolgevano la parola, per non sembrare invadente, ma rispondendo in maniera chiara e diretta. Al socio principale raccontò dei suoi corsi di arte e gli disse anche che lavorava in un negozio di antiquario. Quando lui affermò di possedere un quadro molto antico che apparteneva alla sua famiglia da anni, espresse un giusto interesse e mormorò i suoi apprezzamenti.

Schivò i fioriti complimenti di Simon con molta abilità e chiacchierò disinvoltamente con le altre mogli. Ogni tanto vedeva che Henry si raddrizzava la cravatta e le lanciava occhiate orgogliose: sembrava meno teso e preoccupato a mano a mano che il tempo passava. A un certo punto lo vide perfino ridere. Doveva essere terribile avere un lavoro come quello di papà e di Henry, si disse, nel quale chi si sentiva nervoso lo diventava ancora di più. Senza possibilità di rilassarsi.

Il socio principale le stava rivolgendo di nuovo la parola: «Anche la sua famiglia si occupa di questioni legali Mrs Mason?» Attorno a lui gli altri aspettavano la sua risposta. Si sarebbe dovuta scusare, o avrebbe dovuto tirare fuori dei lontani cugini avvocati o procuratori?

«No, niente affatto, sono cresciuta nell'ambiente bancario. Ho dovuto imparare tutto un nuovo linguaggio. Non avevo mai sentito parlare di preliminari, ingiunzioni e istanze... le sarà difficile crederlo, ma mezzo mondo ignora il significato di questi termini.»

Il socio principale rise e così fecero tutti gli altri. Era stata sottoposta a una prova e l'aveva superata. Poco dopo bisbigliò a Henry che forse era ora di andare: non dovevano sembrare dei nottambuli.

Simon gli chiese se avrebbero accettato un ultimo bicchiere natalizio, prima che lui andasse a casa di Barbara a festeggiare la vigilia. Elizabeth li distolse dall'idea perché voleva dare la notizia a Henry.

Stettero per ore davanti al fuoco a parlare del bambino. Henry disse che faticava a convincersi di essere sveglio. Fece sistemare Elizabeth comodamente e insistette perché il giorno dopo non si stancasse e lasciasse cucinare a lui. Parlarono della camera del piccolo, della scuola... delle vacanze che avrebbero trascorso tutti insieme.

Quanto al nome, tra tutt'e due avrebbero potuto scrivere un dizionario: Richard Mason, Susan Mason, Margaret Mason, Terence Mason. Visto che anche il padre di Henry si chiamava George, decisero per George Mason se fosse stato un maschio.

«Vorresti chiamarla Violet se sarà una femmina?» Henry era sollecito e cortese.

«No, credo di no. Penso che papà sarebbe sconvolto, sai... ogni volta che menzioneremmo quel nome. No, prenderei quello di tua madre... me l'avevi detto, ma l'ho dimenticato.»

«Eileen», disse lui.

Il padre apparve imbarazzato e felice per la notizia. Arrivò con una bottiglia di sherry. Non sapeva neppure che era dozzinale, si disse Elizabeth, aprendo il pacchetto e notando che era il più economico in commercio. Loro gli avevano comprato dei regali: delle belle carte da gioco in una scatola di pelle e un pullover pesante con toppe di pelle ai gomiti. Lui, invece, non aveva preso niente per loro.

«Se vogliono recarsi come delle oche a una festa, che ci vadano», disse Aisling. «Non serve atteggiarsi a martiri. Anzi, auguriamogli che si divertano un mondo.»

Mrs Murray fu d'accordo, era meglio non sembrare troppo dipendenti dagli altri. Seguì talmente bene quelle istruzioni che Joannie al telefono si mostrò commossa e augurò loro Buon Natale. Aisling era in casa e fu lei a rispondere.

«Mi sento un po' vigliacca a lasciarti con la mamma ma, del resto, hai Tony. Voi due insieme siete in grado di sopportarla.»

«Oh, cielo, no, non devi metterla così, noi qui ci divertiremo tantissimo», disse Aisling.

«Sì, be', certo. Tony è lì?»

«Tony?»

«Tony.»

«Tony Murray? Tuo fratello?»

«Oh, Aisling, non essere così stressante. A che gioco stai giocando?»

«A nessuno, mi chiedevo solo perché diavolo pensavi che lui fosse qui.»

«È la casa di sua madre e anche tu sei lì, e poi è Natale...»

«Ah, no, nessuna di queste ragioni è valida. No, Tony forse resterà all'albergo. Anzi credo che ormai vada a bere perfino da *Hanrahan*, mentre da *Maher* non può più farlo, perché educatamente l'hanno messo alla porta.»

«Oh, smettila con queste sciocchezze.»

«È la pura verità; a certa gente piace vivere così, perdendo quel poco di cervello che ha a furia di bere. Io no e neanche tu, ma tuo fratello, mio marito, sembra che voglia proprio questo.»

«Posso parlare con mamma?»

«Certo che puoi e, senti, grazie mille per aver chiamato per farci gli auguri, mi raccomando, divertiti a quella festa. È in Scozia, vero?»

«Sì, dappertutto tranne che in questo buco maledetto.»

«Ma tu ne sei uscita, sei andata a Dublino.»

«Intendevo tutta l'Irlanda.»

«Sono sicura che hai ragione e che la Scozia è molto meglio. Aspetta che ti chiamo ma'... Signora, è la brillante Joannie, in procinto di andare alla sua festa, che ha chiamato per fare gli auguri natalizi alla sua mamma.»

Mrs Murray rise, udendo l'accento affettato di Aisling. «Be', è stato comunque carino da parte sua telefonare, no?» disse poi.

Aisling tacque.

«Sì, lo è stato.» Mrs Murray rispose da sola alla propria domanda.

Aisling disse: «Pensavo a tutti quegli anni in cui Joannie e io eravamo inseparabili... e io vedevo lei così lontana, intoccabile... e invece eccoci qui, entrambe senza niente da dire a Joannie, ma capitate insieme per Natale...»

«Non capitate insieme...»

«Passeremo Natale per conto nostro.»

«Non saremo sole.»

«Lo saremo, se abbiamo fortuna.»

* * *

La vigilia di Natale venne organizzato un intrattenimento all'albergo e Aisling ci andò per un'ora.

«Tua madre ci attende per cena», disse a Tony.

«Ma chi vuole cenare la vigilia di Natale, non mangeremo come porci tutto il giorno domani?»

«Sì, ma lei ci aspetta ugualmente.»

La gente cominciava a guardarli. Il volto di Tony divenne rosso. «Be', avviati tu, se la cosa ti rende nervosa. Io ti raggiungerò dopo.»

«Dopo quando? Quando verrai?»

«Quando ne avrò voglia e sarò pronto. È mia madre ed è la mia casa, ci vado quando mi fa piacere.»

«Ben detto, questo è un parlare da uomo», intervenne Shay Ferguson.

«Ben detto, questo è un parlare da leccapiedi», ribatté Aisling rivolta a Shay. La gente dovette pensare di avere frainteso: Aisling Murray aveva un'aria così innocente e impassibile che non poteva aver usato un simile termine. No, dovevano aver capito male.

Shay era arrossito violentemente. «Bene, immagino che ora andrai, Tony, per stasera non ti vedremo più...»

Aisling gli sorrise. «Santo cielo, devi essere sordo, Shay. Non hai sentito quello che ha detto? Se ne andrà quando è pronto e ne ha voglia, non prima.»

Shay parve ancora più confuso. Rise nervoso. «Giusto, Tony, vecchio amico. Allora?»

Tony si girò verso Aisling per dirle qualcosa ma lei non c'era già più.

Durante la notte si alzò per andare in bagno: erano le quattro e Tony non era ancora rientrato. Nel ritornare a letto passò davanti alla porta della camera di Mrs Murray: era accostata e la luce sul pianerottolo era accesa.

«Sono sveglia, Aisling.»

Lei entrò. «Dorma, vegliare non serve a niente. La cosa migliore è cercare di riposare... perché allora si ha meno tempo per pensarci.» Prese la mano sottile della suocera e la accarezzò.

Lo sguardo di Mrs Murray era preoccupato. «Può ancora

tornare. Forse un amico gli ha dato un passaggio e si sono fermati a casa di qualcun altro.»

«Sì, è possibile.»

«Ma la vigilia di Natale... penseresti...»

«Forse è andato al bungalow, perché ha dimenticato che eravamo qui e in questo momento è là che dorme profondamente, poi domattina, quando si sveglierà, si sentirà uno sciocco.»

Mrs Murray la osservò piena di speranza. «Tu pensi che sia così?» chiese.

Aisling la guardò: era una donna magra, sparuta, sessantenne e vedova. «Sì, credo proprio di sì.» Stava per andarsene.

«Ma quando vedrà, che tu non ci sei... non... non potrà...?»

«Probabilmente s'infilerà a letto senza accendere la luce per non svegliarmi.» Non aveva detto a nessuno che ormai dormiva in sala, su quello che tutti pensavano fosse un semplice divano. La presenza di Tony nel letto accanto a lei, che la svegliava e puzzava di alcol e sudore, era più di quanto potesse sopportare. Lui non aveva obiettato la prima notte che vi aveva dormito, quando erano tornati dal matrimonio di Elizabeth e perciò lei aveva continuato a farlo.

Aisling si ricordò di una frase che la madre di Elizabeth aveva detto una volta: è quando le cose vanno davvero male che devi dedicare più tempo a vestirti. Mi chiedo se funziona, pensò, alzandosi nella fredda stanza degli ospiti di casa Murray. Non aveva dormito da quando vi era tornata; aveva letto, invece, sperando che la distraesse, ma non c'era stato niente da fare. Non era colpa dell'autore del libro, aveva pensato, cercando di essere giusta. Nessuna lettura avrebbe potuto distoglierla da quel vortice di pensieri. Tony aveva bisogno di essere aiutato, ma come, se non voleva starla a sentire? Come poteva lei chiedere l'aiuto degli altri per scoprire come comportarsi, se nessuno voleva ascoltarla? Alle quattro del mattino non aveva trovato una risposta e non ce n'era ancora nessuna mentre stava vestendosi per la messa.

Indossò il suo cappotto scuro elegante e, con la crema per il viso, lucidò le scarpe e la borsa. Si pettinò con cura, si truccò molto e si dispose uno scialle di pizzo sui riccioli rossi.

«Arriveremo in ritardo?» Mrs Murray giocherellava coi guanti; anche lei aveva cerchi scuri attorno agli occhi ma, a differenza di Aisling, non li aveva nascosti con il fondotinta e la cipria.

«No, c'è tempo. E passeremo prima per il bungalow, nel caso il figliol prodigo sia lì...» Aisling parlava in tono allegro.

Non c'era, ma lei si mise a chiacchierare così vivacemente che Mrs Murray non ebbe il tempo di pensare a ciò che poteva essere accaduto. Ben presto arrivarono alla chiesa.

«Aisling, si direbbe che tu debba andare a un ballo in costume con tutto quel trucco che ti sei messa», bisbigliò Maureen quando si incontrarono sul portico.

«Buon Natale, cara», rispose Aisling.

All'uscita dalla chiesa Donal le si avvicinò.

«Senti, Eamonn dice che ieri sera Tony si è trovato coinvolto in una specie di rissa da *Hanrahan*.»

«Be', ancora non è tornato a casa.»

«Non è a casa? Il giorno di Natale?»

«Ha detto altro Eamonn?»

«Ha aggiunto che tutto è nato dal fatto che il barista gli aveva portato via le chiavi della macchina e Tony le voleva indietro.»

«Doveva essere in cattive condizioni se gli hanno tolto le chiavi, da *Hanrahan* di solito non si accorgono neppure se ti impicchi nel retrobottega.»

«Non ne so di più. Ho pensato di riferitelo io, sai, piuttosto che fartelo dire da qualcun altro.»

«Sei molto buono, Donal.»

«Mi faresti un piacere, Aisling?»

«Certo? Quale?»

«Potresti prestarmi cinque sterline?»

«Certo che posso, anche di più se vuoi. Ne ho venti nella borsa.»

«No, cinque bastano.»

«Ecco qui.»

«Sai, domani sera c'è questo ballo, l'amico di Niamh, Tim, viene da Cork e lui è sempre pieno di soldi e Anna Barry... nel caso che mi trovassi senza...»

«Certo, certo. Prendine altre cinque e offri dello champagne.»

«No, ho già qualcosa. Il fatto è che, a quanto pare, ho speso tutti i miei soldi per i regali.»

«Sei troppo generoso.»

Donal scosse il capo. «Che cos'è un Natale senza doni?»

La macchina era posteggiata davanti al bungalow quando vi arrivarono.

«Per piacere, mamma, non perda la calma e non si arrabbi con lui.»

«No, naturalmente, io...»

«Il punto è che io so trattare Tony quando è stato fuori tutta la notte. Ha bisogno di credere che non l'abbiamo notato.»

«Va bene, cara», disse Mrs Murray nervosa.

C'era anche Shay Ferguson. Aveva ripiegato un tovagliolo, l'aveva immerso in una brocca d'acqua e stava facendo degli inefficaci tentativi attorno a una ferita che Tony aveva sopra l'occhio.

«Buon Natale, Shay. Buon Natale, Tony», disse Aisling, trattenendo Mrs Murray che stava per precipitarsi ad accertare la gravità del taglio.

«Di nuovo la commedia, vero?» disse Shay.

«No, sono solo gli auguri di prammatica. Che cosa è successo, Tony?»

«Ha avuto un piccolo incidente con la macchina. È restato da me stanotte.»

«Stai bene, Tony?» Mrs Murray non seppe trattenersi.

«Oh, smettila di agitarti, per piacere», disse lui.

«Raccontaci dell'incidente. Si è trattato di un muro che sporgeva troppo o di una macchina parcheggiata male?»

«Sto cercando di dirtelo. Il giovane Coghlan era sulla strada con la sua bicicletta nuova e barcollava e zigzagava... si è praticamente precipitato contro la macchina a bordo della quale eravamo Tony e io. Dio santissimo...»

«È ferito?» chiese Aisling.

«Solo un taglio. Gliel'ho pulito. È stato lo specchietto, l'angolo l'ha preso sopra l'occhio.»

«Non Tony, il ragazzo, il giovane Coghlan?»

«Sta benissimo. Non dovrebbero dare le biciclette ai ragazzini che non sanno andarci...»

«Non dovrebbero nemmeno far guidare gli ubriachi.»

Tony cercò di alzarsi. «Ritira quello che hai detto.»

«No, è la verità.»

Shay intervenne: «Aisling, per l'amor del cielo, tuo marito è ferito, smettila di stuzzicarlo».

«Non ero ubriaco, avevo dormito da Shay. Oggi non ho bevuto niente.»

«Sono solo le nove e quarantacinque, Tony. Non andrei in giro a vantarmene.»

«Stava tornando per passare il giorno di Natale con te e sua madre, smettila di attaccarlo.»

«Dimmi che cosa si è fatto il giovane Coghlan.»

«Alla gamba si è ... be', non lo so se se l'è rotta, stavano chiamando il dottor Murphy quando ce ne siamo andati.»

«Che cosa? Non avete aspettato per vedere come stava il ragazzo?»

«Ascoltami bene e cerca di capire. Tony non lo ha messo sotto. Puoi guardare la macchina, non c'è un solo graffio. Ha deviato e frenato per evitarlo.»

«Dove è successo?»

«Davanti all'abitazione dei Coghlan.»

«In salita?»

«Certo, in salita.»

«Ma la casa dei Coghlan è sulla destra. Se il ragazzo si trovava davanti al suo cancello era anche lui da quella parte, allora perché Tony procedeva su quel lato della strada?»

«Il ragazzo occupava tutta la carreggiata...»

«Sono io che dovrei essere risarcito, guarda che taglio.» Tony s'era alzato per esaminarsi il volto nello specchio. «Pensi che avrò bisogno di punti?»

«Il ragazzo si è ferito?»

«Solo alle mani e sulla fronte, sbucciature come quelle che ci si fa cadendo da una bicicletta.»

«Sarà meglio che andiamo a vedere come sta.»

«Non essere sciocca, tornare significa ammettere la propria colpa. Sai come prendono le cose le persone.»

«E allora, che cosa intendi fare?»

«Abbiamo spiegato a Dinny Coghlan che il ragazzo zigzagava con quella bicicletta, ma che non avremmo creato problemi, visto che nessuno s'era fatto un gran male.»

«E che cosa ha detto Dinny Coghlan?»

«Che cosa poteva dire? Si è reso conto della situazione.»

«La situazione, cioè il fatto che lui lavora nella ditta dei Murray?»

«Ash, perché fai quella faccia?»

«Anche se tu avessi travolto quel ragazzo avresti indotto Dinny a rendersi conto della situazione... E se la sua gamba è rotta immagino che se ne renderà conto per tutto il resto della vita.»

«Ora stai esagerando, il ragazzo si sente bene, esattamente come Tony.»

«E allora, come ho detto, Buon Natale, Shay. Te ne vai?»

«Non ho la macchina. Sono venuto con Tony nella sua per accompagnarlo a casa.»

«Già, se era completamente sobrio è stato un gesto molto simpatico arrivare fin qui.» Aisling assunse un'espressione gelida. «Ti porto io, Shay. No, no, non è un fastidio. Prendo la mia macchina. Signora, perché lei e Tony non andate su a casa vostra? Io vi raggiungo dopo aver accompagnato Shay.»

L'uomo puzzava di alcol quando sedette accanto a lei nella macchina. Con gesto esplicito, Aisling abbassò il finestrino.

«Sai essere una stronza dispettosa», disse lui.

«Sì.» Aisling era completamente concentrata sulla strada.

«Tony è il miglior uomo del mondo, non dovresti stuzzicarlo così.»

«No.»

«Davvero. Non c'è ragione perché tu e io si litighi. Lui è il migliore amico che abbia mai avuto, mi piace e anche a te, perché dobbiamo continuamente scontrarci?»

«Non so», disse Aisling.

«Be', hai perso la parola, hai esaurito tutto quello che avevi da dire, là in casa.»

«Oh, cielo, sei proprio uno stupido.»

«No, no, no, non nel nuovo anno, ora ci mettiamo d'accordo di rimandare e di non stuzzicarci a vicenda, di non batterci come nemici.» La guardò con la speranza, dipinta su quel faccione ebete, che lei gli stringesse la mano e diventassero amici. Che il clima natalizio la rabbonisse.

Lei fermò la macchina. Erano molto vicini al garage dei Ferguson, dove Shay viveva con suo padre, uno zio e una zia. Una grande casa sorgeva dietro il garage e sembrava trascurata da tutti.

«Tony è un alcolizzato e si sta ammazzando con il bere. Aveva resistito quasi otto mesi senza toccare un goccio. La situazione non era perfetta, ma certamente molto meglio di adesso. Gli mancavano il divertimento e l'allegria con te. Che razza di amico fosti tu, allora? Venisti mai a casa quando ti invitò? Andasti a pesca con lui o faceste mai una gita al mare durante l'estate?»

«Non è certo facile mollare tutto all'improvviso.»

«Lo è per andare a bere, ma non per aiutare il proprio migliore amico che ha bisogno. Potevi accompagnarlo a fare una passeggiata.»

«Mi sarei sentito sciocco.»

«Anche lui si sentiva così, quando ordinava limonate o analcolici. Si sentiva sciocco nelle lunghe serate in cui non aveva te e i ragazzi. Ma nessuno di voi veniva a condividere il suo stato d'animo. Questa non è amicizia.»

«Oh, Tony non è un alcolizzato. Beve molto, è vero, ma non lo facciamo tutti? Diminuirà, col nuovo anno ridurremo tutti. E dimagriremo al tempo stesso.»

«Magnifico, Shay. Proprio magnifico.»

«Dico sul serio.»

«Lo so, lo so.»

«Amici, allora?» Le porse la manona prima di scendere dalla macchina.

Lei si diresse alla casa dei Murray passando davanti all'abitazione di Dinny Coghlan: la macchina del dottor Murphy era ancora fuori dal cancelletto.

Per Natale Mrs Murray aveva lasciato andare a casa Kathleen, la cameriera. «Ai vecchi tempi avevamo sempre una ragazza, sarà duro farne a meno», si lamentò. Ma Aisling sapeva che era contenta di avere il figlio di cui occuparsi. Del resto, era stata lei a fare la parte più noiosa, a lavare e tagliare la verdura, e a preparare il tacchino e il ripieno. Da ma' aveva ricevuto un pudding di prugne, uno dei sette che erano stati fatti lì nella piazza, e disse a Mrs Murray che lo aveva preparato lei. Venne apparecchiata la tavola di Natale per loro tre e, accanto a ogni posto, Aisling sistemò i piccoli petardi. Aveva affettato il pane molto sottile e accuratamente preparato i mezzi pompelmi disponendo su ognuno una ciliegina sciroppata.

Seduti l'uno di fronte all'altra accanto al grande camino di Mrs Murray, Aisling non riusciva a trovare qualcosa da dire a Tony. Era stanca delle tattiche per guadagnar tempo, delle mosse per ritardare il primo bicchiere della giornata. Che lo bevesse pure, tanto sarebbe riuscita a rimandarlo al massimo di mezz'ora. Non voleva più parlare del giovane Lionel Coghlan, si doveva trattare di lui, perché Matty era troppo piccolo. Quello che aveva detto a Shay Ferguson gli sarebbe stato riferito, cambiato e distorto. Era inutile ora dirgli di quella conversazione.

A che cosa servivano, si chiese, le recriminazioni o qualsiasi domanda a proposito della rissa da *Hanrahan*? A niente di niente.

«Ti avevo preso un regalo di Natale ma l'ho perso», disse lui.

«Non fa nulla, Tony», ribatté lei. «Non importa.»

«Invece sì. Ho detto che mi dispiace.»

«Okay.» Con la coda dell'occhio lo vide alzarsi e avvicinarsi alla dispensa.

«Bene, proviamo com'è», disse, e si versò un buon quarto di bicchiere di whiskey. La madre entrò in quel momento nella stanza, vide il liquore e lanciò un'occhiata allarmata in direzione di Aisling.

Lei si strinse nelle spalle. «È pronta, signora, ci accomodiamo alla tavola natalizia?» Sedette e recitarono la preghiera. Aisling pensò a tutti i Natali che aveva festeggiato a un chilometro da lì. Quando la riunione attorno al tavolo era eccitante come la distribuzione dei regali fatti poco prima, quando tutti erano di buonumore e pa' raccontava storielle e ma' ringraziava Dio per le benedizioni ricevute. Lo aveva fatto sempre, tranne l'anno in cui il giovane Sean era stato ucciso.

Due anni prima le era sembrato strano non passare il Natale in famiglia, ma lei aveva cucinato per tutti i Murray e la confusione era stata tale che a malapena si era accorta del trascorrere del tempo. L'anno prima Tony era tornato ubriaco alle dieci di sera e aveva dormito sulla sedia tutta la notte. A pranzo dalla madre era stato di cattivo umore ma almeno c'erano padre John e Joannie a condividere il fardello.

D'ora in poi sarà sempre così: John non tornerà a casa e neppure Joannie. Questo è Natale.

Sorrise alla suocera e disse che il tacchino aveva un buonissimo profumo e che avrebbe finito quello stupido pompelmo così da poterlo tagliare e subito. Poi tese il proprio bicchiere di cristallo perché Tony glielo riempisse di vino.

A Mrs Murray si chiudevano gli occhi. Aisling sgusciò in cucina e lavò i piatti. Preparò anche il vassoio del tè e tagliò un po' della torta natalizia. Sua suocera ne avrebbe mandato delle fette a padre John e a Joannie.

Possibile che fossero solo le cinque, si chiese. Sembrava molto più tardi. Entrò in punta di piedi, perché era troppo presto per svegliare Mrs Murray: che riposasse pure, non aveva dormito molto la notte. Neppure Tony doveva averlo fatto dai Ferguson. Aveva la bocca aperta e stava allungato nella poltrona accanto al fuoco. Aisling sedette in mezzo a loro e guardò le fiamme che formavano disegni, case e palazzi, come faceva quando era piccola. Un ceppo cadde e Tony si svegliò. Allungò una mano e si versò un quarto di bicchiere di whiskey. «Cos'è Natale senza una bevutina?» domandò.

Mrs Murray pensò che l'orologio fosse guasto: come poteva aver dormito tanto tempo? Santo cielo, doveva lavare i piatti, ma poi si accorse che lo avevano già fatto. Erano stati bravissimi, non avrebbero dovuto disturbarsi.

Dopo un pasto come quello una tazza di tè era sempre un piacere. La torta sembrava un po' troppo morbida e si domandò se era buona come quella dell'anno precedente. Era difficile ricordare ma, secondo lei, era leggermente più asciutta.

Tony era inquieto. «Vorrei tornare al bungalow, Ash», disse. «Se domani dobbiamo andare alle corse stanotte voglio fare un buon sonno. Mi manca il mio letto, la mia stanza.»

La madre lo guardò sorpresa. «Ma questi lo sono stati, Tony, per anni. Se non dormi qui dove puoi farlo?»

Aisling tacque.

«Via, Ash, spiegaglielo tu. Io non riesco a riposare bene, ho sempre mal di testa.»

«Non per una notte sotto il tetto di tua madre.» La voce di Mrs Murray aveva cominciato a tremare. «La notte scorsa sei stato chissà dove e ora non vuoi neppure...»

«Non sono stato chissà dove, ma dai Ferguson e voi lo sapete benissimo. Volete smetterla di farne un mistero, come se fossi andato in Mongolia? Giudiziosamente, non ho guidato fino a casa dopo averne bevuti un paio di più. Non mi dite sempre di fare così? È vero o no?» Aisling non l'aveva mai visto tanto agitato.

«Forse Tony ha ragione, dovremmo andarcene. Senta, tornerò domani a trovarla e grazie per la giornata meravigliosa. È stata una festa. Questa è la parola adatta. Vero, Tony?»

«Grande, davvero magnifico», brontolò lui.

«Adesso ce ne andiamo. È stato un bel Natale, mamma», disse Aisling, baciando il viso sottile e teso.

Mrs Murray le strinse la mano. «Be', se credete... Non so, cresci una famiglia e ti ritrovi sola.»

«Bene, sono stati degli sciocchi a non venire qui per i festeggiamenti, a rimanere nel monastero e ad andare alla festa scozzese. Aspetti che gli dica quello che si sono persi.»

Salutarono e se ne andarono; il viaggio si svolse in silenzio attraverso la scura campagna bagnata. Aisling decise di non prendere la strada che passava davanti al cottage dei Coghlan. L'espressione di Tony appariva tesa e dura.

Il bungalow era freddo e buio. Lei accese la stufa elettrica e mise a bagno i tovaglioli sporchi di sangue che Shay aveva adoperato per pulire la ferita.

«Accendo un fuoco?» chiese.

«Perché?»

«Mette allegria, non stavi per sederti? Per passare qui la serata, voglio dire.»

«Ash, vuoi smetterla di interrogarmi? È come vivere con un secondino. Forse che io ti chiedo sempre dove vai e che cosa fai?»

«Ti ho solo domandato...»

«È che non sopporto questo continuo chiedere. Io esco.»

«Ma dove diavolo vuoi andare? Sta' a sentire, Tony, qui c'è da bere, ce n'è in abbondanza. Invita chi vuoi. Non uscire la sera di Natale, ti prego. È tutto chiuso.»

«Ci sono le case degli amici, persone che non affliggono e non interrogano.»

«Sta' a sentire. Shay non è qui, lo sai che ha detto che stasera andavano a Dublino, lo vedrai alle corse domani. Non ti basta?»

Tony aveva già indossato il cappotto.

«Senti, hai una brutta ferita sull'occhio, se urti contro qualcosa si riapre e sanguina. Non vuoi essere ragionevole? Accendo un fuoco e beviamo una bottiglia di brandy. Ci sediamo qui come ai vecchi tempi.»

«Quali vecchi tempi?»

«Agli inizi del nostro matrimonio. È solo uno spreco uscire.»

«Non farò tardi. Tornerò stasera.»

«Ma dove...?»

Alla fine Aisling decise di andare a letto. Faceva freddo, nonostante la stufa elettrica e si infilò un maglione sopra la camicia da notte. Si sdraiò nel piccolo divano e prese un libro che aveva adorato da ragazza. Cominciò a leggerlo lentamente, come facevano lei ed Elizabeth. Pensò all'amica e a Henry nel nuovo appartamento di Londra e a Mr White che sarebbe andato da loro. Ricordò la maniera in cui Henry guardava Elizabeth durante il ricevimento di nozze. Tony non l'aveva mai fatto in quel modo. Perché aveva voluto sposarla? O sposarsi in genere? Eppure era convinta che lui l'amasse, mentre lei non aveva mai pensato di amarlo, o perlomeno non come fa la gente nei libri. Non come Elizabeth con Johnny e neppure come Niamh con il suo studente di medicina. Lei non aveva mai provato un simile sentimento per Tony. Forse quella era la punizione per aver sposato uno di cui non era innamorata. Ma come diavolo facevi a sapere, lì a Kilgarret, che cosa era l'amore e che cosa non lo era?

* * *

Eileen fu sorpresa che Aisling non si fosse recata alle corse a Leopardstown. «Ti piaceva andarci il giorno di Santo Stefano», disse quando la figlia arrivò verso l'ora di colazione e cominciò a mangiucchiare il tacchino freddo. «Lascia stare, non ce ne sarà più a pranzo se continui a prendere i pezzetti migliori.»

«Non ne avevo voglia. Tony è convinto che io lo tenga d'occhio ed è vero, immagino. Continua a dire: 'È il secondo', quando, invece, è il settimo. Sono solo di peso a lui e a tutti gli altri.»

«Ma non dovresti stargli accanto? Maureen dice di averlo visto stamattina con un brutto taglio su un occhio. Non voglio assolutamente spettegolare per crearti dei problemi, ma è solo perché tu hai nominato l'argomento.»

«Ha frenato di colpo in macchina, ieri mattina, e per poco non ha ucciso il giovane Lionel Coghlan, a quanto ho capito. Il ragazzo era sulla sua bicicletta nuova e ha riportato dei lividi e due costole rotte, Tony si è fatto un taglio sull'occhio che, probabilmente, andrebbe curato, ma lui non vuole vedere né dottori né ospedale.»

«Dio misericordioso.» Eileen era stupefatta.

«Oh, sì, i Coghlan continuano a dire che ringraziano il cielo che Tony non sia ferito gravemente e che è stato bravissimo a evitare Lionel. Il ragazzo, invece, è a letto pallidissimo e afferma che lui stava solo giocando con la sua bicicletta nuova quando quel pazzo ubriaco ha svoltato l'angolo a cento all'ora. Be' non è che dica proprio così, ma dovrebbe farlo.»

«Ma Tony ieri mattina non era ubriaco, no?»

«Lo era per quello che aveva bevuto la notte prima e non era padrone di sé.»

«Be', grazie a Dio non è successo niente.»

«Ma', che cosa devo fare? Sarà così per sempre?»

«Sai che si è impegnato prima, moltissima gente lo fa dopo Natale.»

«Ma', devo continuare a stare con lui? Non potrei avere... be'... un annullamento o qualcosa di simile?»

«Che cosa?»

«Sai, ti ho detto anche dell'altra faccenda. Non avrei problemi a dimostrarlo in tribunale.»

«Sei matta? Sei impazzita di colpo?»

«Ma io non posso passare il resto della mia vita così, ma', ho solo ventisei anni, non posso…»

«Dimmi un po', che cosa promettesti?»

«Che vuoi dire?»

«Là in chiesa, davanti a tutti noi, che cosa dicesti?»

«Al matrimonio, intendi?»

«Sì. Ripetimi alcune delle parole che pronunciasti.»

«Quelle della cerimonia?»

«La promessa, Aisling, l'impegno solenne. Che cosa accettasti di fare?»

«Vuoi dire nel bene e nel male, in ricchezza e in povertà?»

«Intendo questo e lo intendevi anche tu, dicevi sul serio, no?»

«Sì. Be'. Ma io non sapevo che era diverso… Non conta.»

«Sai che cosa stai tentando di fare? Di venir meno all'intero sacramento del matrimonio. È così che, secondo te, la gente dovrebbe comportarsi?»

«Ma', a me non importa quello che fanno gli altri. Non si può pretendere che resti sposata a un uomo che non mi vuole e per cui non conta se esisto o no. Non si può pretendere che gli stia accanto come un'idiota per i prossimi cinquant'anni, come a quanto pare tu mi consigli.»

«Certamente io penso che sia il tuo dovere.» Eileen guardò il viso teso della figlia, con gli occhi cerchiati di scuro e preoccupati. «In questa stagione dell'anno tutto sembra peggiore di quello che è, ci sono troppa agitazione e troppe attese… Non essere drammatica, tutto si sistemerà.»

«Così tu pensi questo, ma', che qualunque cosa succeda l'unica possibilità sia di restare con Tony e sperare che la situazione migliori e tutto vada a posto?»

«Certo che lo penso, è la sola via d'uscita, figlia mia. Ora vuoi venire di sopra vicino al fuoco a prendere una tazza di tè? Stavo preparando un sandwich per tuo padre e per me: faremo colazione insieme. Ti va? Sarà contento di vederti.»

«No, ma'. Credo che me ne tornerò al bungalow.»

«No, dai, rimani qui con noi. Adesso ce l'hai con me e sei di malumore, vero?»

«No, ma', non lo sono. Ti ho chiesto che cosa ne pensavi e me l'hai detto.»

«Ma, ragazza mia, non potevi aspettarti che la mia opinione fosse diversa.»

«Credevo che mi avresti detto che avrei potuto chiedere l'annullamento. Probabilmente mi aspettavo questo. Ma non l'hai fatto.»

«Non stiamo parlando di particolari legali, stiamo parlando...»

Anche la suocera fu sorpresa che non fosse andata alle corse.

«Il pranzo che lei aveva preparato era magnifico, posso avere un pezzetto di tacchino?»

Ethel Murray si diede da fare, felice, a preparare piatti e posate, sebbene Aisling volesse assaggiare solo la pelle e farla contenta elogiando tutto.

«Immagino che lui si diverta alle corse», disse Mrs Murray.

«Oh, penso proprio di sì... È difficile capirlo, dopotutto. Posso farle una domanda seria? Ma, badi, non voglio una risposta di cortesia.»

«Certo che puoi.» Ma Mrs Murray appariva preoccupata.

«Non sarebbe stato meglio se non ci fossimo sposati? Sa, non beveva così tanto quando viveva con lei. Non pensa che se fosse di nuovo scapolo potrebbe essere... com'era prima?»

«Ma come potrebbe ritornare scapolo, è sposato ormai.»

«Sì, ma cerchi di immaginare che non lo fosse, che non avesse...»

«Non so, davvero non so. Non credo che ci sarebbe nessuna differenza, beve troppo; lo faceva prima di sposarsi e lo ha fatto ancora di più dopo, ma non credo che la causa sia il matrimonio.» Prese la mano di Aisling. «Tu non devi rimproverarti, fai tutto il possibile, sei una gran brava moglie, se lui solo avesse il buon senso...»

«No, lei mi ha frainteso, non le stavo chiedendo un giudizio su di me, volevo solo sapere se secondo lei Tony è uno scapolo incallito.»

Mrs Murray era stupita. «Be', immagino che in ogni uomo ci sia qualcosa del ragazzino. È questo che intendi dire?»

Aisling si arrese. «Sì, proprio questo. Ferma, non me ne dia tanto. Dopo devo andare da Maureen e mangerò qualcosa anche là.»

La casa della sorella sembrava intima e accogliente. Aisling si chiese perché mai avesse sempre pensato che era orribile e squallida. C'era un grande presepio coperto di ovatta, il piccolo dormiva tranquillo nella culla, Patrick e Peggy giocavano per terra e Brendan Og leggeva il suo nuovo libro.

«Credevo che fossi andata alle corse. Non hai legami, niente che ti tenga a casa.»

«Be', ho preferito non andarci e venire a trovare te.»

Maureen disse che avrebbe riscaldato un po' di pasticcio.

«Ho saputo che hai visto la ferita di Tony», disse Aisling.

«Non volevo andare a spettegolare con ma', oh, Dio, ora penserai che non faccio che parlare di te. Non avresti detto che ma' avrebbe avuto il buon senso di...?»

«No, non sto cercando l'occasione per litigare, volevo solo chiederti: credi che la gente parli molto di lui?»

«Che cosa intendi dire?»

«Sai, del bere, della rissa giù da *Hanrahan*, del fatto che trascuri gli affari e tutto il resto.»

«Oh, Aisling, non sento mai niente, che cosa dovrebbero dire...?»

«Non lo so, lo sto chiedendo a te. Mi domando se lo giudichino uno sbandato... La gente pensa che sia il tipo d'uomo che... sai... potrebbe... dovrebbe...?»

«Aisling, dove vuoi arrivare?»

«Non credo di essere la persona adatta per Tony.»

«Ma con chi altro dovrebbe stare?»

«Non lo so, potrebbe tornare da sua madre, oppure prendere una camera in albergo o dai Ferguson, hanno molte stanze a disposizione e mi ricordo che, un tempo, volevano affittarle. Magari potrebbero dargliene una.»

«Ti senti bene? Che cos'è questo? Una specie di gioco o uno scherzo?»

«No. Cercavo solo delle alternative.»

«E che cosa faresti tu?»

402

«Potrei tornare da ma' e pa'.»

«Aisling, no che non potresti.»

«Perché no?» Aisling sembrava sinceramente interessata. «Perché no? In questo modo tutti sarebbero felici.»

«No, nessuno lo sarebbe. Smettila di comportarti come una bambina viziata solo perché hai litigato con Tony e lui se n'è andato alle corse senza di te.»

«Non è così.»

«Be', è qualcosa del genere. Quando penso a tutto quello per cui dovresti ringraziare il cielo mi ribolle il sangue.»

«Come, per esempio, un marito ubriaco che va barcollando per la città?»

«D'accordo, beve troppo. Ma tu dovresti badare di più a lui e, in ogni modo, pensa che potrebbe essere molto peggio. Immagina se andasse dietro alle altre donne...» Maureen s'interruppe: Aisling aveva assunto un'espressione molto seria. «Sta' a sentire, stai dicendo solo sciocchezze, non sei stata sposata a lungo come me, sei nuova nel matrimonio.»

«Sono spostata da due anni e mezzo.»

«Quando avrai un figlio tutto cambierà...»

«Se dovessi raccontarti quest'altra parte della storia non mi crederesti.»

«No, lo so, anche Brendan dice sempre che non può permettersene un altro ma, quando poi nascono, è felice. Sarebbe lo stesso con Tony.»

«Sono sicura che hai ragione. Non parliamone più», disse Aisling.

«Sei tu che hai nominato l'argomento», sottolineò Maureen stizzita.

«Lo so, hai ragione. Sono di cattivo umore, oggi.»

«L'avevo capito.» Maureen era trionfante. «Quando torna dalle corse, fa' la pace con lui, coccolalo un po' e dimentica le cause del litigio. È così che bisogna comportarsi.»

Quando Tony rientrò dalle corse era l'una di notte ed era furioso. «Come hai osato andare dai Coghlan a esprimere il tuo interessamento alle mie spalle?»

403

Aisling stava dormendo e si svegliò di soprassalto. «Tony, sei ubriaco, vai a letto, ne parliamo domattina.»

«Lo facciamo adesso, invece. Ero all'albergo e ho incontrato Marty O'Brien, cognato di Dinny Coghlan, che mi ha detto che eri stata là a chiedere del ragazzo.»

«Un po' per educazione e un po' per umanità. Certo che ci sono andata.»

«A mia insaputa.»

«Oh, smettila, stupido, tu te ne stavi al bar a Leopardstown, come facevo ad avvertirti?»

«Non chiamarmi così.»

«Ma lo sei.»

«E tu sei una ladra, dove hai messo i miei soldi? Avevo un grosso rotolo di banconote in tasca e non l'ho più trovato quando sono andato alle corse. Avevo solo un paio di biglietti da cinque.»

«È nel cassetto, Tony, lo sai che è lì, ce lo metto spesso quando vai fuori. È nel cassetto in alto dove è sempre stato. È per evitarti di spenderlo tutto o di essere derubato.»

«Non voglio che tu mi tenga d'occhio come un maledetto guardiano dello zoo. Non farlo mai più.»

«Va bene.»

«E un'altra cosa.»

«Senti, Tony, di qualunque cosa si tratti vogliamo rimandare a domattina? Devo alzarmi presto e ho un'intera giornata di lavoro davanti. Pa' riapre e anche i Murray, se ti può interessare. Io vado al nostro negozio. Non so se tu intendi andare al tuo o no... ma io devo dormire.»

«Che cosa significa?»

«Che cosa?»

«Se la cosa m'interessa. Certo, l'attività è mia, no?»

«Esatto. La gente però se lo dimentica.»

«Che cosa vuoi dire?»

«Ci vai talmente di rado e solo per ritirare le solite cinquanta sterline. Ti vedono arrivare e dicono: 'Ecco Mr Tony che ha bisogno di soldi'. Li ho sentiti.»

«Stai insinuando che trascuro il mio lavoro?»

«Sta' zitto e vai a dormire.»

«Vorresti sostenere...»

Aisling si alzò dal divano letto e cominciò a tirare via le coperte. «Se non mi lasci stare qui me ne vado nell'altra stanza. Fammi passare.»

«Torna indietro, o meglio torna nel tuo vero letto, dove devi stare. Mi senti?»

«Oh, non stanotte, Tony. Stanotte non lo sopporterei.»

Lui la guardò con gli occhi che mandavano lampi. «Che cosa non sopporteresti?»

«Non farmelo dire. Non voglio tentare stanotte. Ti prego, Tony, fammi passare.»

«Sei una donna viziosa», disse lui e la sua mano scattò con tale rapidità che lei non la vide nemmeno. La colse di sorpresa, alla mascella. Lo stupore e il dolore la fecero tremare, mentre lui la colpiva ancora, più forte. Il sangue le uscì immediatamente dalle labbra o dalle gengive. Se lo sentì gocciolare sul mento e sulla camicia da notte. Si toccò il punto in cui l'aveva colpita e poi si guardò la mano, incredula.

«Ash, oh, Cristo! Ash, mi dispiace.»

A passo lento, lei rientrò nella stanza e andò a guardarsi nello specchio. Sembrava che a perdere sangue fosse il labbro ma c'era un dente che si muoveva e che poteva anche essere la causa del sanguinamento.

«Potrei uccidermi. Ash, non intendevo... Non lo so perché l'ho fatto. Ash, stai bene? Fammi vedere. Dio, fammi vedere. Oh, mio Dio...»

Lei tacque.

«Che cosa devo fare? Chiamo un medico? Ash, mi dispiace. Dimmi cosa posso fare e lo farò...»

Il sangue le gocciolava in grembo.

«Su, Ash, non startene seduta lì; dì qualcosa. Chiamo qualcuno?»

Lei si alzò molto lentamente e gli si avvicinò. «Vattene nell'altra stanza e mettiti a letto. Avanti, su. Prendi queste coperte.»

Lui non voleva ascoltarla. «Mi vergogno tanto. Non intendevo farti del male. Non avrei voluto colpirti per niente al mondo, lo sai.»

Lei gli porse le coperte e, imbarazzato, lui si avviò. Decisa, Aisling prese la valigia da sopra l'armadio e cominciò a prepararla. Si avvolse un asciugamano attorno al collo per assorbire le piccole gocce di sangue che ancora le cadevano dal labbro. Con gesti precisi e decisi mise in valigia abiti e scarpe invernali, biancheria e gioielli. Si tolse gli anelli e li lasciò bene in mostra sopra la toeletta. Prese una seconda valigia e vi mise dentro due coperte e due lenzuoli. Raccolse lettere e fotografie e ripose anche queste nella valigia. Dopo un'ora ritenne di poter aprire la porta della camera da letto: dalla stanza degli ospiti giungeva il suono del respiro pesante di Tony. Le aveva spaccato il labbro ma riusciva a dormire ugualmente. Raccolse altri piccoli oggetti in giro per casa: una zuccheriera d'argento, che le aveva regalato la madre, e una tazza da tè con piattino con delle enormi rose, che le aveva portato Peggy come regalo di nozze.

Scrisse un biglietto molto breve a Tony, spiegandogli che si recava all'ospedale a farsi mettere dei punti sul labbro e che avrebbe dichiarato che era il risultato di una caduta. Dopodiché se ne sarebbe andata con la sua macchina e non sarebbe tornata mai più. Era inutile chiedere in giro dov'era perché nessuno lo avrebbe saputo. Scrisse anche una lunga lettera alla madre chiarendo che aveva tentato ogni possibile strada, chiesto l'opinione di tutti e che nessuno era sembrato del parere che lei potesse riportare indietro l'orologio, così aveva deciso di abbandonare tutto. Diceva che non le importava quale storia avrebbe inventato la madre e che qualunque cosa le sarebbe andata bene. Secondo lei, però, era meglio dire chiaramente che non ce l'aveva più fatta a vivere con Tony e che perciò se n'era andata. In questo modo non ci sarebbero stati interrogativi e pettegolezzi e tutto sarebbe stato chiaro.

Raccontò alla madre del labbro, spiegandole che glielo diceva solo perché lei sapesse che non si era trattato di un capriccio e di un egoistico desiderio di una vita più spensierata. Aggiunse che sapeva benissimo che c'erano donne a Kilgarret che venivano regolarmente picchiate dai mariti, ma che lei non sarebbe mai stata come loro.

Concluse assicurandole che le avrebbe telefonato entro un paio di giorni e che la cosa migliore che lei potesse fare era di non tentare di organizzare una riconciliazione che non ci sarebbe mai stata. Solo se Ethel Murray creava difficoltà la madre

406

avrebbe dovuto dirle della violenza di Tony, altrimenti era meglio lasciare che la poveretta coltivasse le sue illusioni.

Il labbro ebbe bisogno di un solo punto. Glielo mise un chirurgo giovane che lei non aveva mai visto. Conosceva invece due delle infermiere e capì dalle loro espressioni che non avevano creduto alla storia della caduta.

«Torni in settimana e le darò un'occhiata», disse il medico.

«Certo, grazie mille.» Si rimise il cappotto e salì in macchina. Lasciò il biglietto per la madre al negozio e non a casa, perché voleva che lei lo leggesse in pace nel suo ufficio, quando vi sarebbe andata la mattina presto.

Lanciò un'ultima occhiata dietro di sé e uscì da Kilgarret imboccando la strada per Dublino.

PARTE QUARTA

1956-1960

18

IL padre era stato ben contento di andarsene il giorno dopo Natale. Come ospite non si sentiva a proprio agio. Elizabeth lo aveva visto passeggiare su e giù nervosamente, in vestaglia.

«Che cosa c'è?» gli aveva chiesto. Sembrava perduto.

«Non so se posso andare in bagno. Qualcuno potrebbe esser passato dall'altra porta.»

«Papà, te l'ho già ripetuto una decina di volte. Se entriamo da una porta chiudiamo l'altra.»

«È un sistema molto complicato», aveva detto lui.

Henry stava esaminando degli incartamenti in sala da pranzo. Lei e il padre sedevano davanti alla prima colazione in cucina.

«Mamma stava molto male quando mi aspettava?» chiese Elizabeth.

«Che cosa? Oh. Oh, non so.»

«Ma devi rammentartene. Per esempio, ti diceva che si sentiva barcollare?»

«Mi dispiace, ma non ricordo tutti questi particolari. Non avrei mai potuto scrivere un libro: non avrei rammentato le parti interessanti...» Voleva essere una battuta scherzosa.

Elizabeth provò tristezza pensando che considerava la nascita della sua unica figlia un «particolare» ma forse il ricordo della madre gli era troppo penoso. Non gli avrebbe più chiesto niente.

«Pensa un po', il povero Henry deve portarsi a casa il lavoro

411

anche a Natale. Credo che sia troppo coscienzioso. Non vedo gli altri fare altrettanto.»

«Io invece penso che sia molto ragionevole.» Papà aveva certe idee! Fu sorpresa che parlasse tanto. «All'età di Henry ti sarebbe piaciuto portarti il lavoro a casa?» chiese, quasi scherzosa. Il padre assunse un'espressione strana.

«Cercavo, mia cara, cercavo di progredire e di tenermi almeno al passo con i miei colleghi. Quando mi sposai, agli inizi, volevo seguire dei corsi serali. Volevo comprare le riviste bancarie e studiarle, avrei perfino potuto affrontare gli esami dell'Institute of Bankers, ma Violet non volle mai che lo facessi. Era, vediamo, 'noioso' e 'patetico'. Mi pare che fosse questa la sua obiezione.»

«Certamente no, papà. La mamma doveva pur desiderare che tu progredissi.»

«Ma io non lo facevo, mi limitavo a essere all'altezza. Lei lo sapeva. 'Impiegatuccio', mi chiamava spesso. Una volta mi chiese se ero lo scemo dell'ufficio visto che dovevo aiutare a svolgere un lavoro che perfino un ragazzino poteva fare. Tua madre sapeva essere molto crudele.»

«Ma avresti potuto continuare a studiare, no?»

«No, non proprio, non al prezzo di irritarla e farla vergognare... era inutile...»

Elizabeth odiò quel tono di sconfitta nella sua voce. Sembrava l'incarnazione dell'uomo debole in un film: il codardo che attribuiva agli altri la colpa dei propri sbagli. Tuttavia espresse la sua comprensione.

«Sai, per te le cose sono facili, Elizabeth. In un certo senso sei come Violet. Lei era estremamente intelligente e tendeva a essere intollerante, con quelli che non lo erano quanto lei. Moltissima gente non lo è, ricordalo.»

Si domandò se, per caso, stava avvertendola, se stava davvero spingendosi fino al punto d'interessarsi abbastanza al suo benessere da offrirle una specie di consiglio. Invece di risentirsene ne fu contenta. Considerava la sua affermazione molto sciocca, ma il semplice fatto che l'avesse detta la rallegrava. Non voleva che cambiasse argomento, ma lui lo fece.

«Henry e io pensavamo di fare una passeggiata nel parco e

poi di andare a prenderci una birra e un sandwich al pub. Dopodiché io proseguirei per Clarence Gardens.»

«Se rimani sei il benvenuto, papà.»

«Vorrei preparare tutto per domani», disse il padre.

Henry tornò dal pub accaldato per la passeggiata nel parco e per l'insolita birra a metà giornata.

«Tuo padre è salito su un autobus», disse. «Mi ha detto di salutarti e di ringraziarti di nuovo. Credo che sia stato davvero bene qui.»

«Lo penso anch'io», convenì Elizabeth. «E l'anno prossimo avremo con noi un bambino di sei mesi e mezzo, non è incredibile?»

Henry sedette accanto al fuoco e si riscaldò le mani. «Dovrò lavorare sodo per provvedere a tutti noi. Ma sono contento.»

«Ma, tesoro, io non ho nessuna intenzione di rinunciare al lavoro. Continuerò da Stefan e all'istituto e lascerò perdere la scuola.»

«Be', non so, mia cara, non so.» Henry sembrava preoccupato. «Potremmo non essere in grado di prendere qualcuno che badi al bambino, può darsi che tu debba smettere completamente di lavorare.»

«No. Non sarà necessario. Ne abbiamo già parlato.»

«Ma qualunque cosa decidiamo significa un taglio nelle nostre entrate e tu già guadagni più di me.»

«Henry, non è vero.»

«Fa' un po' i conti. Lo stipendio dell'istituto, quello della scuola, ciò che prendi da Stefan e i corsi d'arte, è certo che metti insieme più di me.»

«Non credo e, comunque, non è mio o tuo, è nostro, no?»

«Sì, ma io sono preoccupato ugualmente. Non sono ottimista come te. Non credo nelle cose che si sistemano da sole, sono più che altro uno che avanza a fatica.»

Lei gli scompigliò i capelli, rise alle sue parole, gli fece delle smorfie e, alla fine, riuscì a farlo sorridere di se stesso. Ma c'era stata come una nota di avvertimento in quello che lui aveva affermato come una specie di eco misteriosa di ciò che il padre aveva detto un paio d'ore prima.

Strano che non avesse mai notato che spesso Henry e suo padre la pensavano allo stesso modo.

* * *

«Per ora non lo rivelerò a tutti, solo a pochi amici», aveva spiegato Elizabeth quando Stefan e Anna l'avevano baciata e l'avevano osservata dicendo che era la dimostrazione vivente che le donne incinte sono più belle.

Johnny arrivò durante le felicitazioni e perciò dovettero dirglielo.

«Be', non è fantastico? Una nuova generazione per il negozio, eh? Assicurati che cresca con un vivo senso degli affari, non abbiamo bisogno d'altro in questa ditta. Possediamo fiuto, gusto e idee brillanti, ma nessuno di noi sa come fare i soldi davvero. Quando il giovane Mason andrà a scuola imprimigli bene in mente la convinzione che dovrà fare il finanziere. Hai sentito?»

Risero. «E se fosse una femmina?»

«Aspetteremo il maschio», scherzò Johnny. Poi divenne più serio: «Sono contento per te, tesoro, è quello che vuoi, che hai sempre voluto, no? Una casa, un marito e dei figli...»

«Sono felice. Non so se l'ho sempre voluto, ma sicuramente lo desidero adesso.»

«Un figlio mi sarebbe piaciuto.»

«Davvero?» Lo guardò, sorpresa e con un nodo alla gola come ai vecchi tempi.

«Sì, ho pensato spesso che lo avrei voluto, ma senza la faccenda del matrimonio. Difficile, però, si potrebbe dire impossibile.»

«Tenuto in un angolo assieme alla madre, con te che, ogni tanto, andresti a trovarlo, gli impartiresti i tuoi insegnamenti e lo porteresti a passeggio.»

«Sì, più o meno. Ma non riesco a trovare una compagna che accetti una simile situazione.»

«Oh, non so. Cerca bene, proponilo in giro, magari funziona.» E, dentro di sé, pensò che sarebbe potuto capitare proprio a lei e il bambino avrebbe avuto ormai quasi otto anni.

Harry fu felice quando Elizabeth gli telefonò per dargli la notizia. Disse che avrebbe costruito una culla, visto che un tempo era bravo a lavorare il legno, a meno che lei non ne avesse già ordinata una più elegante. D'impulso, lei lo invitò ad andare a stare da loro per il fine settimana. Disse che gli avrebbe mandato anche i soldi del biglietto perché, spiegò, lo voleva come consulente per la camera del bambino.

Henry si professò contento della venuta di Harry, ma si domandò che cosa avrebbe detto George sapendo che sarebbe stato loro ospite.

«Naturalmente non eccepirà. Papà sa benissimo che è un mio grande amico.»

«Ma venire a stare qui», ribatté Henry. «È come affermare che non lo giudichiamo un farabutto, per metterla in termini drammatici.»

«Bene, io non penso che lo sia. Non l'ho più pensato da anni. Ricordi che concludemmo che forse era stata la soluzione migliore per tutti?»

«Sì», disse Henry, «ma non ho mai creduto che lo fosse per George.»

Il padre telefonò quella sera per dire che c'era stata una chiamata dall'Irlanda, da parte dell'amica di Violet, Eileen. Era stata molto precisa e aveva chiesto se Elizabeth poteva telefonarle alle dieci in negozio. Il padre convenne che era un'ora un po' strana per chiamare qualcuno in un negozio e disse che Eileen aveva anche aggiunto di avvertirla che non c'era stato nessun incidente, né un morto o una malattia.

«Di che cosa si tratterà?» chiese Elizabeth.

«Mia cara, come posso saperlo? Sono amici tuoi. La cosa più importante che dovevo dirti è di non chiamarla a casa, di non telefonare ad Aisling e di essere sicura di parlare col negozio.»

«Ma perché non mi chiama lei qui? Le hai dato il mio numero?»

«Ho cercato, ma continuava a ripetermi che non poteva fare altre telefonate, era in casa di un'amica e stava adoperando l'apparecchio di nascosto. Una faccenda molto strana, devo dire.»

* * *

«Pronto? Sei tu, Eileen? Eileen mi senti?»

«Sì, ragazza mia. Stai bene?» La voce di zia Eileen era del tutto normale.

«Io sto bene, ma che cos'è accaduto? Di che si tratta?»

«Hai sentito Aisling?»

«Ho ricevuto una sua lettera poco prima di Natale. Perché, che cosa le è successo?»

«Niente, sta bene, ma... Non ti ha telefonato?»

«No, sono secoli. La chiamai io quando tornammo dalla luna di miele. Che cos'è successo, zia Eileen? Ti prego.»

«Vorrei essere prudente», disse lei.

«Ma non sei al negozio, non è per questo che ti ho telefonato lì?»

«Sì, ma sai...» Eileen s'interruppe.

«No, che cosa...? Oh, capisco, sì, sì, naturalmente, capisco.» Elizabeth si ricordò della leggendaria curiosità della telefonista di Kilgarret, Miss Mayes. Ascoltava l'inizio delle conversazioni che riteneva potessero essere interessanti e controllava ogni tanto le altre fino a quando trovava quella sulla quale soffermarsi.

«Capisco che cosa intendi», disse Elizabeth e sentì un sospiro di sollievo.

«Bene, tu conosci il 'problema' di Aisling, sai, il problema come, diciamo, il tuo Henry.»

«Sì, ho capito che cosa vuoi dire.»

«È superato.»

«Morto?» ansimò Elizabeth scioccata.

«No, no, chiuso, come un affare, capisci?»

«Non puoi parlare più chiaramente?»

«Giusto, la linea è molto disturbata. Così mi chiedevo se tu avevi saputo qualcosa...»

«No, niente.»

«Sai, ne ho avuto notizia oggi, stamattina per la precisione, in ufficio e, naturalmente, mi piacerebbe discuterne più a lungo.»

«Naturalmente.»

«Così, se si mette in contatto con te vorresti sollecitarla a farlo anche con me, qui?»

«Oh, certamente. A casa o al negozio?»

«Al negozio, verso quest'ora va bene. Ci saranno meno domande a cui rispondere e meno gente attorno.»

«Capisco, e zio Sean lo sa?»

«Non ancora…»

«Chi altro?»

«Nessuno, a quanto pare.»

«E il… ehm… il problema stesso?»

«Non ho notizie da quella parte, niente di niente. C'è una macchina davanti a casa, è tutto quello che so.»

«E sai perché, perché adesso, così all'improvviso?»

«Una ferita…»

«Oh, cielo…»

«Niente di grave…»

«Ma se è fatta è fatta, capisci che cosa voglio dire? Il contratto è rotto e l'affare chiuso. Perché non, be', riconoscerlo pubblicamente, stando così le cose prima o poi si saprà, no?»

«È quello che diceva lei nella sua lettera, ma io spero di no.»

«Ma se è così decisa, sai…?»

«Ragazza mia, le cose in questo paese sono molto diverse che nel tuo… La soluzione alla Violet e Harry qui non sarebbe possibile.»

«Ma c'è un altro… un altro? Dio mio, sono così confusa che non riesco a trovare le parole. Ha un altro problema come mia madre con Harry?»

Zia Eileen rise. «No, no, non si tratta di questo. Ma, capisci, non c'è altra soluzione che tornare.»

«Capisco.»

«Sei molto buona, ragazza mia. C'è gente lì mentre parli con me?»

«Sì, ci sono Henry e Simon, un nostro amico…» Sorrise a Simon.

«Non bisogna dirgli la verità, assolutamente… Ti scriverò stasera e, ricordati, se si mette in contatto, che cosa deve fare…»

«Ma certamente dev'esserci una maniera migliore che usare questo complicato codice.»

«Farò in modo di parlarle… dovunque sia, anche a costo di venire in Inghilterra; ma prima mi deve telefonare per dirmi se vuole o no.»

«Ma forse non si metterà in contatto con me.»

«Lo farà, è l'unica cosa di cui sono sicura.»

Aisling telefonò il giorno dopo.

«Dove sei?» chiese Elizabeth.

«In Brompton Road, proprio di fronte alla chiesa cattolica. Al terminal.»

«Ci sono dei taxi lì?»

«Sì, ne ho visti alcuni.»

«Prendine uno e vieni qui.»

«Costerà una fortuna.»

«Non ti preoccupare, pagherò io. Vieni immediatamente.»

«Ho un aspetto orribile. Rimarrai scioccata.»

«Non pensarci.»

«Henry è in casa?»

«No, è andato alla biblioteca.»

«Grazie, Elizabeth, grazie. Non so come farei…»

«Sali su un taxi e ne parliamo quando sei arrivata qui.»

Chiese a Henry se poteva andare in biblioteca. «È un po' dura», disse lui, «essere cacciato di casa.» Era irritato perché gliel'aveva chiesto così bruscamente.

«Mi dispiace ma è molto importante. Se Simon venisse qui con un problema farei lo stesso: me ne andrei e vi lascerei la casa a disposizione.»

«Lui non farebbe mai una cosa simile, non è da uomini», brontolò Henry e, obbediente, raccolse le sue carte.

«Ti sono molto grata, davvero.»

«Be'», fece lui, non proprio addolcito.

Elizabeth andò nella camera degli ospiti, preparò il letto e tirò fuori degli asciugamani puliti. Si ricordò di non aver detto ad Aisling del bambino e pensò che doveva farlo, naturalmente, quando sarebbe arrivata. Era proprio un brutto momento, le sarebbe piaciuto averglielo già raccontato.

Sentì l'ascensore fermarsi al piano e capì che era l'amica. Si fece forza per affrontare le sue ferite. Lei aveva la testa abbassata mentre armeggiava con le valigie per uscire dall'ascensore. Poi la alzò.

Un livido nero e viola le copriva tutto il lato della faccia e all'angolo della bocca era stata medicata con della garza.

«Oh, mio Dio», esclamò Elizabeth. «Povera Aisling. Povera

Aisling.» Stettero avvinte l'una all'altra, con le valigie posate a terra. Aisling appoggiò la guancia sana contro quella di Elizabeth e continuavano a ripetere senza smettere: «Va tutto bene... Va tutto bene».

Prepararono un tè dopo l'altro e il racconto non fu una lista dei torti di Tony, ma piuttosto un confuso caleidoscopio della vita a Kilgarret. Non c'erano programmi, né strategie, né previsioni per il futuro e nemmeno rimpianti: Tony ne veniva fuori un uomo che non avrebbe mai dovuto sposarsi. Aisling non risparmiò niente, ma non si mostrò neanche vendicativa e sembrava considerare l'impotenza di Tony una ragione in più per non prendere moglie.

«Avrebbe dovuto fare il prete come suo fratello. Dico sul serio.»

«Ma con quella tendenza al bere non avrebbe funzionato.»

«Non voglio fare l'anticlericale, ma credo di sì», disse Aisling. «Guarda quel sacerdote di Waterford, quello che lo curò una volta, non sta bene ora? I preti sono in grado di badare a se stessi e, se uno di loro diventa alcolizzato, gli altri lo aiutano, assumendo certi suoi compiti e non facendolo sbandare. Non hanno famiglie da distruggere, non sono come gli uomini sposati che suscitano veramente pietà.»

Elizabeth le disse della telefonata di Eileen.

«Io non ci sto, non voglio incontrarla per farmi ripetere di nuovo tutte quelle ragioni. No, non ci sto.»

«Ma almeno la chiamerai?»

«Certo che lo farò. Non posso permettere che stia lì ad aspettare in un negozio vuoto... ma non servirà a niente.»

Henry arrivò a casa alle sei.

«È qui?» bisbigliò nell'ingresso.

«Sì, sta dormendo. Ho detto che l'avrei svegliata alle dieci per telefonare alla madre.»

«È molto conciata?» Era interessato.

«Il volto sembra in brutte condizioni, ma lei dice che si tratta soltanto di un livido e di un taglio al labbro, che si è gonfiato. È in un orribile stato.»

«Il viso?»

«Sì, anche quello, ma io alludevo all'intera faccenda. A quanto pare tutti pensano che avrebbe dovuto continuare a vivere con lui. È follia pura, dovevano rinchiuderlo, per il suo bene.»

«E allora perché la famiglia non l'ha fatto?»

«Perché non ci vedeva niente di male. Non so, è un mistero, ma quello che è più disperante è che lei sia dovuta fuggire.»

«Nel caso Tony la seguisse e diventasse ancora più violento, è questo che vuoi dire?»

«No, se tornasse a casa sarebbe uno sconvolgimento eccessivo, almeno così dice lei.»

«Forse tutto si sistemerebbe, passate le prime reazioni. Pensi che ritornerà?»

«Non vuole più saperne di Tony. Il punto è se può tornare a Kilgarret ed evitare di vivere con lui. Io credo di sì: non è un posto così arretrato come dice lei e Aisling è terribilmente sconvolta... Le ho detto che poteva restare qui fino a quando voleva; ho fatto bene?»

«Certo, sei molto buona con i tuoi amici.»

«Lei lo è sempre stata con me, molto, molto buona.»

«Vuoi dire accogliendoti quando eri sfollata?»

«Sì, e anche in parecchie altre occasioni.»

Elizabeth parlò a Eileen per prima. «La ferita non è affatto seria, ha un brutto aspetto ma decisamente non è grave e non lascerà cicatrici.»

«Grazie molte, ragazza mia, e c'è qualche problema per la telefonata?» Eileen sembrava stanca.

«No, nessuno. Te la passo tra un attimo, sta prendendo una tazza di tè per svegliarsi: ha dormito quattro ore e mezzo. Ma l'incontro potrà essere difficile... in ogni modo, eccola.»

Lei ed Henry andarono in cucina e chiusero la porta, mentre Aisling parla al telefono. Né lei né la madre sapevano dov'era Tony.

«Non ti ho chiesto di chiamarmi per sfogarmi con te», disse Eileen.

«Lo so, lo so, ma'.»

«E ho saputo che la ferita, per quanto sia brutta, non lascerà segni.»

«No, no, così sostenne il medico. Gli raccontai che, cadendo, avevo urtato contro una sedia.»

«Capisco. Mi piacerebbe parlarti.»

«Be', ti ho telefonato, ma', come hai detto tu.» Ci fu un suono soffocato. «Ma', stai piangendo? Non stai piangendo, vero?»

«No, certo che no. Mi stavo solo soffiando il naso.»

«Bene.»

«Tornerai indietro?»

«Per lavorare e stare con te?»

«No, lo sai che cosa intendo dire.»

«Allora la risposta è no.»

«Potresti stare da me per un po'.»

«Per sempre o non se ne parla.»

«Ma niente dura per sempre, lo sai. Niamh ci starà per sempre? E Donal ed Eamonn? Che cos'è per sempre?»

«È più a lungo di quanto tu vorresti.»

«Io ti terrei per tutta la vita, lo sai, e anche pa', ma...»

«Ma...»

«Ma non è ragionevole. Dovresti fare un tentativo nell'altro senso.»

«L'ho già fatto.»

«Non abbastanza.»

«E quanto sarebbe abbastanza per loro? Avrei potuto perdere un occhio!»

«Non c'è nessun 'loro', Aisling... È solo a te che penso.»

«C'è un 'loro', ma', deve esserci, altrimenti perché staremmo parlando questa specie di gergo da sottosviluppate?»

«Lo sai, ma è un'altra faccenda.»

«Lasciami stare, ma', lasciami andare. Ti telefonerò e ti scriverò. Metterò la lettera in una busta marrone, così sembrerà una bolletta.»

«Bambina mia, non cominciare a organizzare le cose come se si trattasse di molto tempo.»

«Ma è così, ma', sarà per sempre per quanto... per quanto riguarda la situazione precedente.»

«Se tu mi lasciassi parlare, a te, a entrambi... È colpa mia, non avevo capito quanto fosse grave tutta la faccenda.»

«No, ma', no, io non voglio star lì ad aspettare che da Waterford arrivino altre cure miracolose, mentre il pericolo, la minaccia di... di cadere su un'altra sedia incombe su di me. Non ci sto.»

«Vengo dovunque tu voglia.»

«Lo so, ma non devi.»

«Che cosa posso fare per aiutarti, allora?»

«Qui mi sento meglio, sono più calma: entro domani sera sarò in condizioni di dirti di più, o magari dopodomani. Si tratta di mandare alcune lettere. Dovrò scrivere a Jimmy Farrelly, per esempio.»

«Chi?»

«Jimmy. Riguardo alla situazione finanziaria e generale. No, non preoccuparti, chiederò pochissimo, molto meno di quello che mi spetta. Il marito di Elizabeth è avvocato, mi aiuterà.»

«No, non fare niente del genere, è troppo presto, troppo definitivo.»

«Ti ripeto, ma', che prima è meglio è. E scriverò anche a sua madre, è una brava donna. Ma', col tempo ho cambiato idea su di lei, sai.»

«Lo so.»

«Ecco in che cosa potresti aiutarmi, nell'essere cortese con lei. È molto facile distrarla, se capisci quello che voglio dire... è possibile allontanarla dalla questione principale.»

«Sì.»

«E poi devi aver cura di te, capisci... per qualunque cosa causi il minimo problema.»

«Sì.»

«E questo è tutto, in realtà.»

«Non hai dimenticato niente?» La voce di Eileen le sembrò fredda.

«No, che cosa?»

«L'altra metà del patto, la promessa e l'accordo.» Aisling non disse niente. «Mi hai sentita?»

«Sì. Sto cercando di dimenticare quella parte. E spero di riuscirci, anche se non sarà facile. Magari, quando la ferita guarirà ci proverò seriamente.»

«Ma...»

«La cosa migliore sarà scordare tutta la faccenda.»

«Ti trovi bene lì?»

«Sì, Elizabeth è meravigliosa, ma', e anche Henry, sono così affettuosi. Mi hanno preparato una grande stanza. Ci ho dormito come una bambina. È stato magnifico. Mi sento davvero molto meglio.»

«Sono contenta, cara, che tu stia con Elizabeth. Mi sento più sicura quando sei lì con lei.»

«Sì, be', però non ci resterò a lungo. Mi prenderò una casa.»

«Non ancora, non ancora.»

«No, non questa settimana. Ti telefono domani, ma', o dopodomani sera?»

«Dopodomani, ma ti chiamerò io, non voglio che la bolletta di Elizabeth diventi troppo alta.»

«Che cosa dici a pa', per spiegargli che stai in negozio fino a quest'ora?»

«La verità. Gli racconto che voglio lavorare un po' in santa pace e lo faccio.»

«Vorrei che tutto fosse andato diversamente, ma'.»

«Buonanotte, Aisling. Che Dio ti benedica. Vai a letto ora...»

Prima che Aisling parlasse di nuovo con la madre Simon andò a trovarli. Rimase inorridito alla vista della ferita che lei si era procurata inciampando in una sedia. Fu anche rattristato nell'apprendere, senza per altro collegare il fatto alla ferita, che lei aveva lasciato il marito.

«Era quel tizio piuttosto allegro che cantò al matrimonio?» chiese Simon.

«Proprio quel tipo lì», rispose Aisling.

Anche Johnny andò a trovarli, con un grande portavaso per Elizabeth. «Fu il nobile Tony a colpirti?» chiese, pieno di comprensione, ad Aisling.

«Sì. Ma noi raccontiamo che ho inciampato in una sedia.»

«Oh, certo, lo dirò anch'io», convenne Johnny. «Ma andrei

volentieri a dargli un pugno su quella stupida faccia. Lo avevo capito al matrimonio che era un rompiscatole.»

«Sì, è un vero piantagrane», confermò Aisling.

Poco prima che la madre chiamasse, Elizabeth disse all'amica: «Ho proprio paura che mio padre stia per reclutare Henry per il bridge. Non sopporto quel gioco, ma lui è talmente educato che è capace di impararlo per pura cortesia».

«Vanno molto d'accordo, non è un bene?»

«Sì, e ne resto sempre sorpresa. Mio padre stasera diceva perfino che era lusingato all'idea che il bambino verrà chiamato George... Oddio.»

«No? Davvero? Perché non me l'hai detto? Perché non me ne hai parlato? Non è meraviglioso? Oh, Elizabeth, sono così contenta. Quando, quando l'hai scoperto?»

«Poco prima di Natale. Te l'avrei detto quando la situazione si fosse calmata un po'.»

Il telefono squillò.

«È un'interurbana», gridò Henry.

Ma' disse che Ethel Murray aveva passato un'intera giornata lì alla piazza, impedendole di andare al lavoro. Donal era stato fuori tutto il giorno e così anche Eamonn e Sean. Niamh era andata a Cork con Tim. Ethel Murray si era messa in contatto col prete di Waterford, che si era recato a Kilgarret. Tony non aveva toccato un goccio per ventiquattro ore, aveva detto alla madre e al sacerdote, e alla fine aveva raccontato a Mrs Murray di aver picchiato Aisling mentre era ubriaco, sottolineando che gli dispiaceva moltissimo. Tutti erano contenti che si fosse assunto completamente la colpa. Chiedeva ad Aisling di tornare e le assicurava che, da allora in poi, le cose sarebbero andate diversamente. Eileen sembrava contenta nel riferire tutte queste notizie.

«Non è bello, bambina mia? Hai sempre avuto ragione», disse ma'. «Ora puoi tornare.»

Prima di mettersi alla ricerca di un lavoro e di una casa, Aisling aspettò che le condizioni del suo viso migliorassero. Ci vollero dieci giorni perché il livido scomparisse e la cicatrice sul labbro divenisse meno visibile. Durante tutto quel tempo studiò attentamente le offerte di lavoro e di case in affitto negli annunci economici e giunse alla conclusione che quasi tutto quello che avrebbe guadagnato se ne sarebbe andato per pagare l'appartamento. Fortunatamente aveva risparmiato un anno e mezzo di stipendio e lo aveva depositato sul suo libretto, perciò non vi furono difficoltà a riempire i moduli da inviare all'ufficio postale centrale di Dublino per ritirare i soldi. Era commossa fino alle lacrime dalle offerte di aiuto che riceveva e si chiese come poteva aver pensato che gli inglesi fossero gente fredda. Stefan e Anna le avevano proposto una stanza e un lavoro part-time e l'avevano perfino invitata una sera a cena.

Anche il padre di Elizabeth era stato gentile, benché si capisse che, in parte, la disapprovava. Mr White doveva rivedere in lei il comportamento della moglie e perciò si stupiva che alla base della sua fuga non ci fosse un altro uomo. Le offrì, fino a quando non si fosse sistemata, la vecchia camera da letto di Elizabeth per un affitto simbolico.

Simon ed Henry dissero che avrebbero chiesto a un loro amico avvocato di studiare la sua situazione legale. Ci sarebbero stati parecchi problemi, sia perché in Irlanda non esisteva il divorzio sia per via dell'interpretazione sulla legge del domicilio. Si riteneva generalmente che il domicilio di una moglie fosse nel paese in cui risiedeva il marito. Ma erano sicuri che avrebbero potuto sistemare la faccenda in modo che lui le pagasse gli alimenti.

Fu Johnny Stone a capire meglio di chiunque altro che lei, in realtà, desiderava solo farla finita con l'intera storia. «Non prendere niente dal nobile Tony. Sei una donna forte e intelligente, puoi crearti una vita anche senza di lui. Se cominci a litigare e a lottare per avere i suoi soldi non ti staccherai mai. Dimenticalo e ricomincia daccapo.»

Era proprio quello che lei voleva fare, ma solo Elizabeth pareva rendersi conto che cancellare Tony significava abbandonare anche tutta la sua vita a Kilgarret.

Insieme, le due amiche andavano a fare lunghe passeggiate nel Battersea Park e parlavano del bambino. Leggevano anche libri sull'argomento per capire a che punto della sua crescita era arrivato. Dicevano che col piccolo non avrebbero commesso gli errori che erano stati fatti con loro.

«Bene», affermò Aisling, «George o Eileen che sia sarà fortunato. Sto perdendo la testa anch'io dietro a questo bambino e mi sto anche innamorando di Henry; quindi sarà bene che mi mandi via subito di casa.»

Henry aveva infine deciso di imparare il bridge. «È solo una volta alla settimana», sostenne con Elizabeth. «Posso andarci la sera in cui tu fai i conti con Johnny e Stefan. C'è prima una lezione, poi si gioca e si finisce con una discussione e un tè...»

«Ma è terribile, ricordalo, io ci andai una volta. C'erano tutte persone solitarie che guardavano l'insegnante convinte che, imparando quell'orribile sistema dei punti, le loro esistenze si sarebbero completamente trasformate. Ci portai una volta papà perché era solo e non aveva una vita sociale. Il tuo caso è completamente diverso.»

«Mi piacerebbe poter giocare ogni tanto una mano di bridge con George», disse lui ostinato.

«Se si trattasse solo di questo sarebbe magnifico e ti incoraggerei. Ma non è un gioco per due, è per quattro. Della gente davvero orribile viene a casa e non parlano d'altro che della partita, prendendo il tè con dei sandwich squisiti...»

«Perché non lo riprendi tu e non lo impara anche Aisling? Sarebbe stupendo per le serate d'inverno.»

«Henry, per quelle serate ci siamo già tu e io. Non abbiamo bisogno di giocare al maledetto, orribile bridge.»

«Non essere così drastica, Elizabeth», intervenne Aisling. «Io penso che Henry abbia ragione e mi piacerebbe imparare con lui. Non sono una vera e propria principiante, perché giocavo già con Mrs Murray, Joannie e John, quando quei due si degnavano di andare a casa a trovarla. Ma erano talmente occupati a parlare d'altro che non riuscivo a concentrarmi veramente...»

Più tardi, Aisling disse: «Spero che tu non te la sia presa, ma sembrava così desideroso e sarebbe simpatico per me giocare a bridge se dovrò vivere per conto mio a Londra».

«Aisling, sei ridicola, certo che non ce l'ho con te. Sono contenta. Ho solo paura che Henry diventi pedante proprio come mio padre.»

«Porteremo una ventata di fantasia nel corso di bridge.»

Elizabeth rise. «È bello vederti di nuovo allegra. Temevo che non avresti più riso. Perché non resti qui con noi anche quando avrai trovato il lavoro, invece di spendere tutti quei soldi in un appartamento? Sarebbe meraviglioso.»

«No, rovinerebbe tutto. Io mi sentirei dipendente e voi starete troppo stretti. Dov'è Manchester Street? È sulla strada per Manchester?»

«No, è molto centrale. Vicino a Baker Street. Ma non potresti mai permetterti un appartamento in quella zona.»

«Sembra carino, piccolo e centrale. Vogliono un affitto minimo di due anni. È normale, secondo te o c'è sotto qualcosa?»

«Credo sia normale, ma, Aisling, non puoi firmare per due anni. Sarai a Kilgarret molto prima.»

«Quante volte ve lo devo dire? Io non tornerò mai più a casa.»

Affittò l'appartamento e, nella stessa settimana, ottenne un lavoro come segretaria presso tre medici in Harley Street. Diede come referenze i nomi di Henry Mason e del padre di Elizabeth e al dottore che le parlò disse chiaramente che aveva lasciato di recente il marito in Irlanda e che aveva appena firmato un contratto di affitto di due anni per un appartamento in Manchester Street.

«Devo immaginare che il matrimonio sia irrimediabilmente finito?» chiese il medico. «Glielo domando unicamente per assicurarmi che lei non decida di scomparire una volta che avesse luogo una riconciliazione.»

«No. È definitivamente rotto. Riprenderò il mio nome da ragazza, O'Connor, e sono sicurissima che non ricucirò mai più il mio matrimonio.» Inconsciamente, si toccò la piccola cicatrice sul labbro.

Il dottore sorrise. Era una ragazza attraente e aveva un'adeguata esperienza di lavoro d'ufficio. «Chiederà il divorzio, Miss O'Connor?»

«Non esiste in Irlanda, dottore.»

«Dimenticavo. E allora che cosa fa la gente?»

«Se sono fortunati, vengono qui e trovano un buon lavoro in uno studio medico», concluse lei ridendo.

Le dissero che poteva cominciare dalla settimana successiva.

Johnny si offrì di aiutarla a sistemarsi e Aisling chiarì che poteva permettersi di prelevare solo cinquanta sterline dai propri risparmi per mettere a posto l'appartamento. Lui sostenne che era più che sufficiente e che sarebbero andati in cerca di qualche buona libreria nei negozi di oggetti di seconda mano, e che sapeva già dove trovare un paio di poltrone... Passarono il fine settimana con Johnny che la strappava via dalle vetrine dei grandi magazzini, dove lei fissava con ammirazione il mobilio moderno. La lasciavano dubbiosa, invece, gli oggetti antichi che lui le indicava.

«Abbiamo intere stanze piene di vecchia robaccia come quella sopra il negozio e nessuno la toccherebbe.»

«Davvero?» Johnny era interessato.

«Oh, sì. Ma' te la regalerebbe pur di farsi sgombrare i locali.»

«Ho sempre pensato di andare in Irlanda e di fare un'indagine in questo senso. Ma, quando ci fu l'occasione, Elizabeth non volle.»

«Non volle andare?»

«Intendo dire, non per commercio: pensava che sarebbe sembrato un po' troppo da sfruttatori.»

«E perché non venisti tu? Potevi partecipare al mio matrimonio.»

«Non ero stato invitato.»

Aisling rifletté velocemente. «No, hai ragione, non te lo dissi perché eravamo preoccupati per il numero. Non perdesti molto, comunque.»

«A Elizabeth piacque.»

«Sì, e anche a me, a essere sincera. La cerimonia fu bella. È il matrimonio che non ha funzionato.»

«Già. Bene, non parliamone più. Guarda questa sedia a dondolo di vimini. Pensi di poterla pulire? Poi metterei un bel cuscino qua e un altro là. Starebbe magnificamente vicino alla finestra e tu ti ci potresti sedere per osservare il mondo che passa di sotto.»

«Mi sembra un peccato acquistare questi oggetti quando a casa ce n'è di simili che marciscono.»

«Oh, smettila di dire sciocchezze e compriamo questa ridicola sedia.»

Aisling si lasciò convincere.

«Se il nobile Tony ti vedesse che la trascini su per le scale gli verrebbe un colpo», disse Johnny quando tornarono all'appartamento di lei; lui la seguiva sbuffando con un tavolino e un carrello per il tè.

«Se il nobile Tony mi vedesse, probabilmente avrebbe delle difficoltà a ricordarsi il mio nome. Credo che la sua astinenza non sia durata molto.»

Aisling scrisse una lunga lettera alla madre ogni settimana per cinque settimane: pagine e pagine, in cui esponeva tutte le ragioni per le quali non poteva ricominciare daccapo e sottolineava che era ingiusto aspettarsi che lo facesse solo per compiacere l'opinione pubblica. La madre rispondeva decisa, spiegando che l'opinione della gente era l'ultima cosa che la interessava e che quello che contava per lei era che Aisling si rendesse conto di avere rotto una promessa fatta a un altro essere umano e che Tony stava sforzandosi moltissimo, mentre a lei veniva chiesto solo di andargli incontro.

Successivamente la informò che Ethel Murray era stata portata all'ospedale perché soffriva di pressione alta, tensione e stress.

In un'altra lettera le scrisse che Tony aveva ripreso a bere dopo tre settimane e mezzo di astinenza e che non era bello che le sue lettere ad Aisling fossero rispedite al mittente. Le faceva notare, infine, che la chiamata di Jimmy Farrelly, relativa al raggiungimento di un accordo con lei, era stato il colpo definitivo.

Presto venne a sapere che Ethel Murray stava molto meglio, che si era alzata e che aveva ripreso un po' di colore... ma che non potevano dirle della ricaduta del figlio finché non fosse stata più forte.

Un giorno, infine, ricevette una lettera con l'indirizzo battuto a macchina e lei la aprì pensando che si trattasse del suo avvocato.

Ti prego,
   Ash, ti prego, torna. Solo adesso mi rendo conto che cosa dev'essere stato per te. Andrò in una clinica e mi farò curare per l'alcolismo e, poi, mi recherò in un ospedale di Dublino o di Londra per farmi esaminare e scoprire perché non riesco ad avere rapporti. Ti accompagnerò in macchina ogni giorno al lavoro e ti verrò a prendere, ti comprerò un nuovo giradischi, quello che tu una volta desideravi. Se non torni mi ammazzo e per il resto dei tuoi giorni saprai che avresti potuto salvarmi.
   Ti amo e mi rendo conto di essere stato un marito terribile, ma ora tutto è finito e tu resti pur sempre mia moglie. Se tornerai a casa tutto andrà molto meglio che nel passato.
   Ti amo,
                                                                    Tony

Caro Tony,
   questa è l'unica lettera che ho intenzione di scriverti e perciò ti sollecito a credere a tutto ciò che dice. Io non tornerò più a vivere con te. Mai più. Non ho altre recriminazioni da farti. Ho tutte le possibilità per ottenere l'annullamento del nostro matrimonio e, se tu vuoi, possiamo cominciare la procedura. So che c'è un prete nell'arcivescovado di Dublino al quale possiamo scrivere, spiegando tutti i particolari. Tuttavia, al momento, io non mi sento di farlo. Non ho intenzione di risposarmi, quindi possiamo lasciare aperta la questione fino a quando uno di noi due non desideri trovare un altro. Non voglio che tu scriva ancora facendo promesse che non potresti né vorresti mantenere. Io non mi colloco più in alto di te e non c'è bisogno che ti umilii. Sono altrettanto egoista: me ne sono andata perché non sopportavo più l'infelicità. Voglio darti un consiglio, però, come lo darei a chiunque conoscessi da poco tempo: per il tuo bene, smetti di bere perché credo che il tuo fegato ne stia già soffrendo. Hai avuto dei dolori che a me sembrano l'inizio di qualcosa di serio.

Mi interesserei anche di più della tua ditta perché entro breve si troverà a dover combattere duramente contro i supermercati e le grandi catene di negozi.

Un ultimo punto: le madri. Sia la tua sia la mia sono preoccupatissime per noi. La tua, in ospedale, pensa che tu abbia abbandonato il bere per sempre, la mia lavora in negozio sperando ogni giorno di vedermi scendere dall'autobus e tornare indietro per ricominciare tutto daccapo. Io scrivo a entrambe delle belle lettere allegre, ma questo non significa che debbano pensare che io torni, perché non è vero. Ormai ho cominciato una nuova vita. Però sono talmente buone e ci hanno dato così tanto che sarebbe bene che rendessi loro le cose più facili non minacciando di suicidarti e non dicendo che la tua vita è finita. Perché non è vero. Hai parecchio talento e spesso penso alle volte in cui ridevamo e andavamo al cinema e in giro in macchina... eri molto felice allora. Forse lo sarai di nuovo.

Non ho intenzione di discutere di denaro o di accordi o di spartizione del contenuto della casa. Voglio solo augurarti sinceramente ogni bene e dirti che nessuna promessa, minaccia o supplica mi faranno cambiare idea. Il nostro matrimonio è definitivamente finito come se l'annullamento fosse arrivato da Roma.

Avrei voluto che le cose fossero andate diversamente per entrambi.

Aisling

A poco a poco a Kilgarret si resero conto che Aisling aveva lasciato Tony. Ma' era stata talmente vaga che Maureen aveva pensato che la sorella fosse andata in ospedale per un aborto. A mano a mano che il tempo passava, poi, sospettò che Aisling stesse facendo una cura per la fertilità.

Tony s'incupiva quando la gente gli chiedeva dov'era la moglie. «Oh, sai, è andata a Dublino e a Londra dai suoi amici», era tutto quanto diceva.

Donal era ansioso di restituire le cinque sterline e dopo la serata con gli amici, si era recato al bungalow. Aveva visto Tony che, con lo sguardo da pazzo, gli aveva chiesto se portava qualche messaggio da parte di Aisling. Nel bungalow aveva scorto tutte le tovaglie e gli stracci sporchi di sangue accumulati in un cesto nell'angolo della cucina. «Che cosa diavolo è successo?» aveva chiesto, con voce stridula per la paura.

Esitando e in maniera poco convincente, Tony gli aveva raccontato di un litigio e di una leggera ferita all'orecchio. Donal si era alzato, vacillando. «Sei un gran bestione ignorante, Tony», aveva detto. «Aisling è troppo buona con te, spero che alla fine se ne sia resa conto.» Poi era andato da ma' e, dalla sua espressione, aveva capito che lei già sapeva. «Non faccio domande, ma'», aveva detto, «ma, se posso rendermi utile, sono a disposizione.»

«Quando cercheremo di rimetterli insieme magari potrai far notare ad Aisling quanto sia sconvolto Tony», aveva suggerito la madre.

«Oh, ma io non farei mai niente per salvare il loro matrimonio», aveva detto Donal, sorprendendola. «No, ma', da tempo avevo capito che sarebbe successo. Si comportò come un bestione ubriaco a Londra e noi tutti chiudemmo gli occhi.»

Eamonn disse: «Da *Hanrahan* sostengono che Aisling ha lasciato Tony: può essere vero, ma'?»

«No, ci sono state delle difficoltà, ma si chiariranno», rispose Eileen. Ma col passare delle settimane la linea delle sue labbra si assottigliò e le sue speranze che si trattasse di una lite senza conseguenze cominciarono a svanire. Quando la gente le chiedeva di Aisling lei scuoteva il capo e diceva: «Sa come sono i giovani d'oggi, è impossibile prevedere quello che faranno».

La sera in cui Tony andò al negozio degli O'Connor e ruppe la vetrina con una grossa pietra che si era portato dietro dal cortile di *Hanrahan*, Eileen era ancora nel suo ufficio. Se si fosse trovata più vicino alla vetrina sarebbe stata ferita gravemente, se non addirittura uccisa. Si raccolse una folla e il sergente portò Tony alla stazione di polizia. Eileen disse che si trattava di un fatto trascurabile e lui fu accompagnato al bungalow, che era buio e freddo. Eileen pregò il sergente di non dir niente a Mrs Murray perché ne sarebbe rimasta troppo sconvolta. Mr Meade, la mattina dopo, mandò un vetraio a montare un nuovo vetro. Padre John seppe della faccenda e scrisse a Eileen una lettera che voleva essere di scuse, ma che si rivelò poi un attacco contro la figlia per essere venuta meno ai suoi doveri coniugali. A parte questi incidenti, però, la vita a Kilgarret riuscì ad assorbire lo scandalo della fuga di Aisling.

Giunse la primavera ed Elizabeth era ingrassata parecchio. A Pasqua lasciò la scuola e tornò a casa con gli occhi pieni di lacrime e un enorme orsacchiotto che i ragazzi le avevano regalato. Lei aveva promesso di portare a fargli vedere il bambino in settembre e aveva aggiunto che, se fosse stato bello, tutti loro avrebbero potuto ritrarlo. Ai ragazzi l'idea era piaciuta, ma lei sapeva benissimo che non sarebbe mai successo: a settembre ci sarebbe stata una nuova insegnante di arte che non avrebbe apprezzato il fatto che quella mamma affettuosa tornasse per farsi della pubblicità.

Nelle ultime settimane capì che non avrebbe potuto farcela senza l'aiuto di Aisling. Aveva insegnato all'amica a cucinare un po' di tutto, sorpresa che conoscesse soltanto i piatti fondamentali.

«Perché avrei dovuto far da mangiare? A casa, ma' aveva sempre una ragazza che lo faceva per noi e, quando conobbi la beatitudine del matrimonio, mio marito ben presto decise che preferiva bere a colazione, a pranzo e a cena piuttosto che nutrirsi.»

Aisling faceva la spesa, preparava le verdure e apparecchiava la tavola mentre Elizabeth riposava. Aveva scoperto che le si gonfiavano le gambe se stava a lungo in piedi. «Tu ricevi troppo, perché mai fai venire Simon con quell'impertinente di sorella e con il cognato?» Mentre parlava Aisling tagliava con abilità dei pezzetti di maiale e li buttava in una casseruola.

Elizabeth stava seduta in cucina con i piedi su un piccolo sgabello che Johnny le aveva procurato. «Non hai idea di quanto faccia piacere a Henry. Che cosa stai facendo?»

«La ricetta dice un po' di sidro...»

«Ma tu ce ne hai messo mezza bottiglia.»

«Ed è poco, no? Molto sarebbe stata una intera.»

* * *

Il bambino era in ritardo di due settimane.

«Sono irragionevolmente seccata», disse Aisling. Era un giorno di luglio e sedevano accanto alla finestra che dava sul parco. A un tratto si accorse che Elizabeth aveva il volto contratto in una specie di smorfia. «Che cosa c'è?»

«È la seconda volta... Oh, oh...»

«Presto, prendi il soprabito, la valigia è già nell'ingresso.»

«Ed Henry...?»

«Gli telefonerò dall'ospedale. Avanti, su.»

«E se non troviamo un taxi?»

«Mettiti quell'elegante soprabito estivo che è stato comprato per grandi occasioni come questa...» Aisling corse alla finestra e si sporse. Quattro piani più sotto stava passando un taxi. L'autista sentì il fischio acuto e vide la rossa che agitava la mano. «Scendiamo subito», stava gridando.

Il tassista si era appena fermato davanti al portone quando le due ragazze uscirono. Lanciata un'occhiata a Elizabeth si lamentò: «Accidenti alla mia sorte. Un'altra corsa pazza al reparto maternità, e io che pensavo che avrei avuto questa stupenda bambola tutta per me». Andava molto veloce mentre Aisling teneva la mano di Elizabeth e la rassicurava dicendo che i bambini non nascevano mai nei taxi e che i primi figli erano sempre lenti a venire al mondo. Le contrazioni, poi, sembravano sempre più incalzanti di quanto fossero in realtà. «Devi ammettere», disse poi quando imboccarono il cancello dell'ospedale, «che mi intendo molto di parti per non aver mai conosciuto nemmeno le delizie del rapporto sessuale.»

Elizabeth stava ancora ridendo quando le andarono incontro nel corridoio.

Henry arrivò all'ospedale pallidissimo. Nella sala d'attesa lui e Aisling si abbracciarono.

«Dicono che è solo questione di pochissimi minuti, ormai. Sei arrivato in tempo. Vedrai il bambino per primo. Temevo che sarebbe toccato a me.»

«Non avrebbe avuto importanza.» Henry balbettava per l'emozione.

L'infermiera aprì la porta.

434

«Mr Mason...?»

«Sì, sì. Lei sta bene?»

«Sta benissimo e vuole mostrarle la vostra bellissima figlia...»

«Eileen», disse Henry.

«Eileen», ripeté Aisling.

«Non riesco proprio a capire perché la fai battezzare se non ci credi.»

«È così difficile da spiegare. Non significa che la gente ci creda fino in fondo, è solo una bella tradizione.»

«Ma è una faccenda seria, sai, il battesimo ti colma di grazia.»

«Credevo che fossi convinta che quello protestante non contasse.» Elizabeth rise.

«Conta e non conta. Conta se non puoi avere quello vero, anche se nel tuo caso tu hai il dovere di darglielo. Dopotutto, per cinque anni sei stata cresciuta da me nella fede cattolica.»

«Lo so, ed ero terrorizzata a morte.»

«Quindi è solo un fatto mondano?»

«Mondanità e cerimonia, in effetti. Cerimonia e tradizione. Credo che si tratti di questo.»

«Va bene. Che cosa si offre da mangiare in una simile occasione? Roast beef alla 'vecchia Inghilterra'?»

«No, scema. Eleganti *hors d'oeuvres*, cibi che possono essere mangiati con una mano mentre l'altra regge lo champagne.»

«Chi ci sarà?»

«Quasi tutti quelli che parteciparono al matrimonio.»

«Harry verrà?»

«Certamente. Non voglio cedere a tutte quelle sciocchezze da vecchie zitelle che dicono Henry e papà. Verrà certamente. Può stare da Stefan, se questo fa sentire tutti meglio. Anzi, non può. Si fermerà qui, come l'ultima volta. E non voglio che papà si spacci per nobile e coraggioso.»

«Sei meravigliosa, Elizabeth... Vorrei che qualcuno a Kilgarret mi spianasse la strada come fai tu con Harry.»

«Te l'ho ripetuto decine di volte: nessuno all'infuori di te stessa ti tiene lontano da casa.»

«L'hai detto. Ora pensiamo agli *hors d'oeuvres*. Li facciamo noi e diciamo che li abbiamo comprati?»

«Oppure li compriamo e diciamo che li abbiamo fatti noi.»

Cara Aisling,

lo so, lo so, che sono l'unica che non ti abbia scritto, ma non sapevo proprio che cosa dirti. A quanto pare perfino Eamonn ti mandò una cartolina per il tuo compleanno. Io pensavo che ormai fossi caduta in disgrazia, quando saltò fuori che scrivevi più lettere di san Paolo. Perciò mi dispiace. Sono stata via tanto e così occupata che mi hanno tenuto all'oscuro di tutto. Eamonn non sa niente e Donal è come un vitello innamorato. Maureen passa il suo tempo a irritarsi con me per il semplice fatto che esisto e, quindi, non mi è di nessun aiuto e ma' ti considera sempre la sua preferita e non vuole parlare di te.

In ogni modo, non scrivo per scusarmi o lamentarmi, ma perché ritengo che ma' abbia un aspetto terribile. Nessuno di loro te lo dirà mai perché non ci fanno caso. Io vengo a casa solo ora e quindi ho potuto notare un orribile cambiamento in lei. È magrissima, non mangia molto e, a volte, si siede di colpo come se avvertisse un dolore. Forse esagero, ma all'improvviso ieri sera ho pensato che se fossi via e nessuno mi avvertisse che la mamma non sta bene mi dispiacerebbe molto.

Non so che cosa dire di tutto il resto, davvero non lo so. Immagino che sia come quando finisce un amore, forse anche peggio, per via di tutti quei problemi da risolvere. Non riferire a ma' che ti ho scritto, si seccherebbe moltissimo, se la prende sempre con me quando dico che non ha un bell'aspetto. E non te lo scrivo nemmeno perché tu ti senta colpevole e ritorni a casa. Se la situazione era insopportabile avevi tutte le ragioni di andartene, e anche Donal è del mio stesso parere. Però tu potresti essere l'unica a persuaderla a recarsi da un dottore perché ti sta a sentire.

Figurarsi Elizabeth che ha un figlio così presto, deve esserne disgustata. Credevo che ormai in Inghilterra non nascessero più bambini indesiderati, deve avere ben radicata in lei l'educazione ricevuta a Kilgarret.

Con affetto,

Niamh

«Giusto quel tanto per preoccuparti a morte e non abbastanza da dirti che cosa c'è che non va», sbottò Aisling quando ebbe letto la lettera. «Dieci mesi di silenzio e poi questa. Non è davvero inqualificabile?»

«Se è veramente come un villaggio», disse Johnny, «perché non chiedi a qualcuno che conosci e di cui ti fidi di andare a darle un'occhiata e di dirti la verità?»

«È più difficile di quanto pensi, le voci cominciano a girare... Probabilmente non è niente. Sembra proprio che Niamh si sia messa questa idea in testa e abbia scritto quando ancora ne era convinta.» Erano nell'appartamento di Manchester Street e bevevano tè cinese in piccole tazze, cosa che, secondo Johnny, era molto elegante.

«Sì, sono certo che ha esagerato un po'.» Johnny si alzò e si stiracchiò. Aisling si ricordò di quello che le aveva sempre detto Elizabeth: non amava parlare di cose spiacevoli.

«Sono sicura che hai ragione», disse lei, mettendo via la lettera di Niamh.

Johnny sorrise, si stiracchiò di nuovo come un gatto e si rimise a sedere. «Che cosa facciamo stasera?»

«È la sera del bridge», disse lei.

«Oh, avvertili che non puoi andare.»

Fu una decisione importante. Chiamò Henry e spiegò che aveva avuto un impegno improvviso.

«Perché non hai detto che uscivi con me?» chiese Johnny.

«Non lo so», rispose lei sincera. «Davvero non ne ho idea.»

Mrs Moriarty scrisse ad Aisling una lunga lettera rassicurante: era stata al negozio ed Eileen le era sembrata un po' giù, allora aveva trovato una scusa per andare a trovarla a casa e lì le era apparsa in gran forma. Aveva parlato a lungo di Donal e Anna Barry e non si era mai lamentata. Mrs Moriarty le aveva chiesto esplicitamente se stava bene e lei aveva risposto che si sentiva splendidamente. La donna sottolineava che Aisling era molto brava a preoccuparsi tanto, ma che davvero non ce n'era motivo. Aggiungeva che non avrebbe detto a nessuno della sua richiesta, neppure a Donal, che era diventato come un figlio per lei. Concludeva dicendo che pregava perché le preoccupazioni e i problemi di Aisling si appianassero in maniera soddisfacente, e le raccomandava di stare tranquilla perché il buon Dio si prende sempre cura della gente a modo suo.

Niamh scrisse una breve lettera per dire che ma' si era sentita un po' giù, ma che ora stava notevolmente meglio. Era andata dal dottor Murphy che le aveva dato delle pillole e il suo aspetto era molto migliorato.

Ti scrivo per dirti tutto questo, perché è stupido allarmare le persone senza poi avvertirle che la situazione è decisamente migliorata. Grazie per non aver messo tutti in agitazione. O forse eri troppo occupata per poterli contattare. Ho saputo che lavori come segretaria in uno studio di specialisti. Tim e io verremo a Londra verso Natale per un fine settimana. Potresti offrici un pezzo del pavimento di casa tua? Abbiamo entrambi le giacche di montone e quindi non avremo bisogno di molte coperte. Ti farò sapere quando sarà il momento.

So che Tony è partito per l'Inghilterra per aggiornarsi negli affari. Mrs Murray ha parlato di diversificazione. Ma, probabilmente, lo sai già. Immagino che tu sia al corrente che Donal e Anna stanno pensando di fidanzarsi. Almeno così dicono tutti. Ho notato che più invecchi e meno la gente ti tiene al corrente. Ma forse succede solo a Kilgarret. O magari sono io. Abbi cura di te e ci vediamo a dicembre per due notti, se ti va bene.

Con affetto,

Niamh

Una sera Johnny la portò al balletto e un'altra ancora in un piccolo ristorante greco.

«Non immaginavo che la gente si divertisse tanto», disse Aisling felice. «Mi ripeti come si chiama?»

«Retsina. È la loro maniera particolare di fare il vino.»

«Sei stato in Grecia?»

«Sì, è magnifica. Ci ritornerò la prossima estate. Dovresti venire con me. Ti piacerebbe. Pensavo che il nobile Tony ti ci avesse portato. Credevo che i nobiluomini prendessero questo genere di iniziative.»

«Il mio mi condusse nei bar di Roma due volte e basta. Quindi niente Grecia.»

«Allora è deciso», disse Johnny, allegramente.

«Posso pagare la cena di stasera? Hai già speso molto.»

«No, no, santo cielo, no.»

«Che cosa posso fare per ricambiare?»

«Invitami a mangiare in quel grazioso appartamento che praticamente ho arredato per te.»

«Certo. Quando?»

«Domani?»

«Domani.»

«Pronto, Elizabeth? È il momento sbagliato?»

«No, certo che no. Sto mettendo Eileen nella culla e Conchita è arrivata.»

«Ah, già, stai andando all'istituto.»

«Detesto lasciarla, davvero. Ho pensato che sarebbe bello se potessi portarmela dietro.»

«Non vedo perché no. All'istituto d'arte dovrebbero essere ben disposti al riguardo. L'accetterebbero sicuramente.»

«Probabile, ma piove a dirotto e potrebbe affogare durante il tragitto. Come stai?»

«Volevo chiederti una cosa. È un po' imbarazzante…»

«Avanti, su, di che si tratta?»

«Be', è anche infantile, ma Johnny si è invitato a cena a casa mia stasera.»

«Sì?»

«E io mi chiedevo… mi chiedevo se ti secca.»

«Secca che cosa?»

«Che lui venga da me.»

«Cielo santissimo, non lo sta facendo dal giorno in cui trovasti l'appartamento, non ci siamo venuti tutti? Perché dovrebbe seccarmi?»

«Be', lui e io soli, nel caso… Dio, sembra stupido, nel caso si indugiasse, capisci?»

«Capisco», disse Elizabeth enfatica. «Oh, capisco. No, giuro sul mio onore e che resti fulminata se il campo non è libero…»

«E non sto…?»

«Tradendo un cuore infranto? No, niente affatto. Vai avanti. Con tutte le precauzioni del caso, naturalmente.»

«Non si tratta di niente del genere, è solo che…»

«Lo so, e non devi dirmelo, ma se capita non mi secca.»

«Non ci sarà nulla da raccontare.»

«Divertiti.»

«Spero non ti disturbi che io assuma questo strano atteggiamento», disse Aisling rossa per l'imbarazzo.

«Santo cielo, no, mia cara ragazza, sei tu che devi decidere.»

«È solo che ho l'impressione che, invitandoti a cena, intendessi che il menu comprendeva anche… il resto.»

«No, no, perché non beviamo ancora qualcosa?»

«Johnny, sei troppo tranquillo, come l'eroe del film… Perché non sei agitato come me?»

«Mia cara ragazza, per quale ragione dovrei esserlo? Ci stavamo baciando in maniera molto piacevole e ho proposto di andare a continuare a farlo sul tuo letto, tu hai detto che non volevi e io ho risposto che va benissimo, e che potremmo bere qualcosa invece.»

«Sì, è vero, non c'è motivo di essere agitati.»

«Tu lo sei molto, però.»

«No, non lo sono, il viso arrossato non va d'accordo con i miei capelli. Sto meglio quando sono pallida per l'ansia.»

Bevvero tranquilli e Johnny se ne andò prima di mezzanotte.

«È stata una bella cena e una bella serata.»

«Mi dispiace per l'altra cosa.»

«Non preoccuparti. Te lo proporrò ancora, di tanto in tanto. O meglio, fallo tu se ti viene voglia. Altrimenti non ce ne preoccuperemo più.»

«Prendi la metropolitana per tornare a casa?» chiese lei.

Lui estrasse la sua agendina. «No, tesoro, penso di andare a trovare un amico, è ancora presto.» Fermò un taxi e scomparve.

Lei tornò nel suo appartamento, che odorava di cibo, e si maledisse per essere stata tanto stupida. Perché non aveva detto di sì, le sarebbe piaciuto baciarlo nella sua camera da letto. Perché non aveva imparato a far l'amore da un amante straordinario come Johnny Stone?

«Non è successo niente», disse il giorno dopo a Elizabeth, al telefono.

«Hai dimenticato di preparare la cena?» chiese lei.

«No, ho dimenticato di andare a letto con lui», ribatté Aisling.

«Te lo chiederà ancora.»

Ethel Murray non aveva mai risposto alle lunghe lettere affettuose di Aisling. Lo fece quando lei le scrisse che aveva sentito che Tony era in Inghilterra e voleva sapere che tipo di corso di «diversificazione» stava seguendo.

Dovevo dire qualcosa, Aisling, quando la gente mi chiedeva dov'era Tony, ma in realtà padre John, attraverso le sue conoscenze, è riuscito a farlo accettare in una bella clinica. Hanno un capellano cattolico e ci sono messa e confessione per tutti i pazienti che lo desiderano, gli altri hanno i loro servizi religiosi. So di averti implorato a lungo di vederlo e, in un certo senso, capisco le tue ragioni per non tornare a Kilgarret, ma ora che lui è in Inghilterra, nel tuo stesso paese, per favore vallo a trovare. Sta molto male e il dottor Murphy gli fece fare delle analisi dalla quali risultò che ha un'infezione al fegato. Quindi adesso gliela curano assieme al suo bisogno di bere. Quel meraviglioso prete di Waterford è stato di grande aiuto; mi disse, e io gli credo, che Tony non intendeva colpirti quella notte, che spesso gli ubriachi fanno proprio il contrario di ciò che farebbero da sobri. È la loro malattia. Ti accludo l'indirizzo sperando e pregando che tu te la senta di andare a trovarlo. Non è nei pressi di Londra, è più a nord, è vicino a Preston.

La tua affezionata suocera,

Ethel Mary Murray

Johnny le telefonò e le chiese se una sera della settimana successiva poteva prepararle una cena da lui.

«Benissimo. A che ora?»

«Vieni piuttosto presto, diciamo verso le sette. Così avrai tutto il tempo per prendere la metropolitana al ritorno... se vorrai.» Non avrebbe potuto essere più esplicito, più chiaro.

Non solo indossò il vestito migliore ma anche la sua sottoveste più bella e le uniche mutandine col pizzo che aveva. Comprò perfino un reggiseno nuovo e mise in borsa uno spray per rinfrescare l'alito e un po' di talco. Poi si ricordò di aver fatto questi stessi preparativi anche per la sua luna di miele e sentì un tuffo al cuore.

Johnny preparò un piatto con del riso: non riuscì a capire di che cosa si trattava, ma aveva il sapore della segatura. Il vino era amaro, ma lei sapeva che era solo la sua impressione. Dopo cena sorseggiarono del brandy accanto al fuoco mentre un disco suonava. La baciò diverse volte, poi disse che sarebbero stati più comodi nell'altra stanza.

«Non sarebbe male», acconsentì lei con un filo di voce.

L'aiutò a svestirsi e la baciò di nuovo mentre era in sottoveste.

«Non ci crederai, ma non l'ho mai fatto prima.»

«Lo so, lo so.» Era molto tranquillo.

«No, non lo sai. Non l'ho proprio mai fatto, neppure quando ero sposata...» Non osò guardarlo. «Faceva parte del problema. Lui non poteva... così io non ho mai...»

Johnny la strinse molto forte tra le braccia e le accarezzò i capelli. «Povera Aisling, smettila di tremare, va tutto bene, tutto bene.»

«Mi dispiace molto, avrei dovuto dirtelo prima... alla mia età è ridicolo.»

«Povera Aisling.» Le accarezzava i capelli e la stringeva a sé. Era così buono e gentile che lei stentava a crederci.

442

«Perciò se preferisci che ci rivestiamo e lasciamo perdere, se diventa troppo faticoso per te...»

«Smettila, Aisling.» Le stava ancora accarezzando i capelli e lei si sentiva al sicuro e felice tra le sue braccia. «Come vuoi tu, tesoro», aggiunse lui. «Se ti va di rimanere qui, benissimo. Se invece vuoi tornare a casa, naturalmente lo puoi fare.»

«Preferirei restare con te», disse lei con un filo di voce.

«Allora faremo piano, con calma», la rassicurò lui. «Sei così bella, Aisling, così deliziosa. Sono contento di essere il primo.»

Anche lei era felice che lui lo fosse stato. Giacque lì distesa e lo guardò mentre dormiva.

19

AISLING scoprì che fare la segretaria in uno studio medico non era molto stimolante. Accoglieva i pazienti e li sistemava nell'elegante sala d'attesa. Teneva tre immacolate agende per gli appuntamenti, lo schedario e un dettagliato resoconto quotidiano scritto in tre diversi colori, in modo che ciascuno dei dottori potesse consultarlo senza che si creassero equivoci

Erano molto soddisfatti di lei e, separatamente, ognuno di loro le disse che quando aveva preso due settimane di ferie a Natale era sorto il caos. La ragazza che l'aveva sostituita aveva confuso tutto e non era stata capace di seguire il suo semplice sistema.

«Mancano assolutamente del senso dell'umorismo, ecco il loro principale difetto», disse Aisling a Elizabeth ed Henry, mentre eseguiva una delle sue imitazioni. «Ma immagino che anch'io, se prendessi tutti quei soldi, non avrei tempo per ridere, sarei troppo indaffarata a contarli e a godermeli.»

«Guadagnano molto?» Henry appariva interessato.

«Una fortuna», disse Aisling decisa. «Non sono io a occuparmene, naturalmente, hanno una contabile. Io mi limito a lasciare tutte le informazioni nelle cartelle, dopodiché loro presentano delle parcelle esorbitanti. Tengono due libri, uno per le tasse e uno per sé.»

«È molto disonesto da parte loro», disse Henry. «È ingiusto: se guadagnano tanto perché non vogliono pagare le imposte?» Stava accalorandosi contro i dottori.

«Caro, non dobbiamo sanare la corruzione in Harley Street, o in qualsiasi altro posto. Come ha detto Aisling, tutti lo fanno. Adesso prenditi per un po' la tua bella bambina che devo preparare del lavoro sul corso di arte di quest'anno, altrimenti non guadagneremo a sufficienza per pagare le tasse.» Elizabeth sorrise e gli consegnò Eileen.

Henry prese la figlia distrattamente, sempre con un'espressione agitata. «Guadagniamo abbastanza soldi. Ho avuto un aumento e ce la facciamo benissimo. Quest'anno non hai bisogno di tenere il corso di arte.»

«Invece lo voglio fare, ne abbiamo già parlato. A parte il fatto che mi piace, mi fa prendere una bella sommetta...» Si rivolse ad Aisling. «Perché tu e il tuo amico Johnny non v'iscrivete, così almeno avrei due alunni sicuri?»

Intendeva fare una battuta, ma Aisling le rispose seria «A dire il vero, ci avevo pensato, credevo che servisse a istruirmi un po'... ma Johnny ha detto che riuscirebbe solo a confondermi le idee.»

Elizabeth rise. «Oh, sì, lo so, patetici assetati di cultura... aspirazioni piccolo borghesi... lezioni di arte condensate...»

Aisling scoppiò a ridere. «Ti ha riferito la nostra conversazione?»

«Aisling, Johnny lo sostiene da anni. Si è sempre sbagliato ma non cambierà mai. Comunque fa' come vuoi. Ma sappi che ti perdi una grandissima occasione, vero, Henry?»

«Che cosa?» Henry era ancora seccato. «Scusami, non stavo ascoltando.»

Elizabeth lo baciò. «Pensa», disse, «se non avessi tenuto quel corso di arte non ti avrei mai incontrato.»

«Sì, ma se lo continui magari troverai un altro.» Henry ora era quasi di buonumore.

«È l'unica ragione per cui lo voglio fare, lo sai.»

Aisling ed Elizabeth spingevano la carrozzina attraverso il Battersea Park. Eileen era così imbacuccata che non si capiva come potesse trarre vantaggio dal sole primaverile. Come al solito, si fermarono a una panchina per una sigaretta.

«Per distruggere tutto il beneficio della salutare camminata», disse Aisling, accendendo.

«Johnny non ha tentato di farti smettere?»

«Oh, fumo pochissimo quando sono con lui, solo una dopo i pasti e mi lavo continuamente i denti. Ormai, non insiste più così tanto. In ogni modo, la sua è solo una pausa, riprenderà presto.»

«No», disse Elizabeth, «non lo è, è un tipo che fa sul serio.»

«Non ha creato problemi tra noi il fatto che io stia con Johnny, vero?» chiese Aisling.

«No, no, naturalmente. Credimi.»

«Sì, lo so, lo dicesti sin dall'inizio e so anche che non provi rimpianti né niente di simile. Dopotutto, fosti tu a lasciarlo.»

«Sì, in un certo senso...»

«Quando mi vedi con lui, o addirittura ne parlo, ripensi al passato, ai momenti belli, all'inizio? Capisci... è l'unica cosa di cui non sono sicura... Hai dei rimpianti... non so, desidereresti che voi due foste sposati e che tutto andasse magnificamente?»

Elizabeth mandò fuori il fumo. «Intendo essere il più sincera possibile, non voglio giocare con le parole. Desiderare una cosa del genere per me rappresenterebbe un nonsenso perché non sarebbe mai potuto succedere.»

Ci fu una pausa di silenzio. Poi: «E, dopo tanto tempo, tante complicazioni, non provi gelosia o invidia... o non credi, che se fossi libera...?»

«No. No. Lo dico sul serio e vorrei che tu ti fidassi.»

«Penso che non capirò mai», disse Aisling mentre si alzavano per proseguire. «Ma, del resto, tu sei stata innamorata due volte e io no.»

«Neppure di Johnny?»

«No. Sono affascinata da lui, ma non innamorata, non da essere pronta a sacrificarmi per lui. Non lo antepongo a me stessa...»

«Lo farai», disse Elizabeth.

* * *

445

Cara Elizabeth,

ho fatto quello che mi hai chiesto e non è stato piacevole. Il posto è davvero lussuoso ed estremamente costoso. Tutto il personale parla in maniera affettata. Ho detto che l'avevo conosciuto a un matrimonio a Londra e che volevo riprendere i contatti. Stava seduto nel giardino e c'era un infermiere accanto a lui. Aveva un aspetto terribile. È insieme più grasso e più magro del giorno delle tue nozze, ha il volto gonfio e il collo sottile, con la pelle cascante.

Non si ricordava di me e io ho detto che ci eravamo conosciuti al tuo matrimonio. Mi è parso che non rammentasse neppure questo.

Così gli ho spiegato che vivo nelle vicinanze e che, di tanto in tanto, potrei andare a trovarlo e lui più o meno mi ha detto che facessi quello che volevo. Poi, quando la vecchia strega che dirige il posto ha visto che davvero lo conoscevo, mi ha messo in guardia. Anche se non esplicitamente, mi ha fatto capire che non sarebbe mai venuto via da lì. È peggio del luogo in cui stava tua madre perché ha la pretesa di essere un posto normale, mentre ci sono questi infermieri che si aggirano nelle vicinanze, cercando di rendersi invisibili. Mi ha fatto rabbrividire e, se per te non è un problema, non ci vorrei ritornare. Non è un uomo, è un guscio.

Un abbraccio a te, a Henry e alla mia deliziosa Eileen,

Harry

«Ho chiesto ad Harry di andare a trovare Tony al posto tuo», disse Elizabeth.

Aisling rimase sorpresa. «Perché?»

«È una parte troppo importante della tua vita per poterlo dimenticare.»

«Certamente non vorrai che vada… dopo tutto quello che hai saputo e sentito…»

«No, no, per carità, ma io… dovevamo sapere come sta.»

«E Harry che cosa dice?»

«Che sembra un guscio.»

«Oh, cielo.»

* * *

Johnny disse che sarebbero andati in Grecia e che lei avrebbe dovuto chiedere un mese di ferie.

«Nessuno ne fa così tante in un lavoro come il mio. Sarò fortunata se mi daranno tre settimane. Ne presi due a Natale, ricordi, quando andammo in Cornovaglia.»

«Quella era la vacanza dell'anno scorso, questa è di quest'anno.»

«Oh, ma non potrei mai ottenere un mese intero...»

«Settembre è bello in Grecia...»

«Lo chiederò, ma non so... non voglio neanche esagerare.»

«Senti, io ci starò un mese e tu ti fermerai quanto potrai. Va bene? Così tutto è sistemato.»

Aveva ragione, naturalmente, e tuttavia Aisling ne rimase un po' seccata. Sentiva di non essere il vero motivo della vacanza in Grecia. Aveva la netta sensazione che Johnny ci sarebbe andato comunque.

George disse che era un peccato che Aisling avesse abbandonato i corsi di bridge, perché era molto intelligente e sarebbe stata una buona giocatrice. Elizabeth spiegò che stava con Johnny Stone.

«No!» esclamò il padre. «Il tuo Johnny Stone?»

«Sì, era il mio fidanzato, ma non lo è più ormai, naturalmente.»

«Bene, bene», disse il padre. «Spero che la tratti meglio di quanto fece con te.»

Elizabeth avvertì una punta di risentimento e di irritazione. Avrebbe voluto ribattere e, tuttavia, si rese conto che per chi vedeva le cose dal di fuori, avere una relazione con una ragazza per sette anni e non avanzare nessuna proposta di matrimonio significava trattarla in modo meschino. E, sotto molti aspetti, era stato proprio così.

«Parli di Johnny nelle tue lettere a zia Eileen?» chiese Elizabeth.

«E che cosa potrei dirle, in nome del cielo?»

«Non so, che sei felice, che lo vedi. Non certo che vai a letto con lui.»

«Ma' inorridirebbe nel sapere che incontro un uomo. Per lei sono una donna sposata, sai. Non potrei raccontarle niente di Johnny. Per ma' una storia d'amore può concludersi solo sull'altare e, finché Tony è vivo, non c'è modo che succeda, quindi non le posso dire niente.»

Elizabeth pensò che Johnny non si sarebbe sposato comunque, ma tacque. Può anche darsi che sbagli, si disse all'improvviso. Forse lui desidera sistemarsi, magari ne ha abbastanza delle avventure. Forse vuole veramente sposare Aisling e avere un figlio da lei.

Il pensiero la turbò e subito si seccò di sentirsi così.

Aisling aveva detto a Donal della sua relazione; dopotutto, lui aveva conosciuto Johnny al matrimonio di Elizabeth e lo aveva trovato simpatico. Sapeva anche, vagamente, che era un vecchio e lungo amore di Elizabeth. Fu comunque lusingato che il segreto gli fosse stato comunicato, ma le sue parole di incoraggiamento ed entusiasmo nascondevano una certa titubanza che ad Aisling non piacque.

Donal scriveva che era fidanzato con Anna Barry e che lei avrebbe sostenuto gli esami a settembre e si sarebbero sposati a ottobre. Gli sarebbe piaciuto molto che Aisling andasse al matrimonio, ma se non poteva lui avrebbe compreso. Era contento che fosse felice e avesse una storia con Johnny Stone, ma sperava che non ne rimanesse ferita. Dopotutto era facile che quell'uomo approfittasse di lei, che veniva da un altro paese ed era reduce dalla rottura del suo matrimonio. Sperava che non facesse sciocchezze. In fondo, Johnny aveva usato Elizabeth a lungo e, alla fine, lei aveva dovuto lasciarlo. Ma era sicuro che tutto sarebbe andato per il meglio. Ma' si era ripresa bene e aspettava con impazienza il matrimonio perché toccava ai Barry organizzarlo. Il bungalow di Aisling e Tony era stato venduto a un cugino di Mr Moriarty. Si augurava che trovasse una gran quantità di nuovi amici a Londra oltre a Johnny e concludeva mandandole anche i saluti di Anna.

Piccolo indisponente, pensò Aisling infuriata. Poi si calmò.

Non era colpa sua, dopotutto, era ancora un bravo, dolce ragazzo; era solo troppo impregnato dell'atmosfera di Kilgarret. Era un piccolo provinciale. Il suo straordinario fratello era diventato un farmacista di provincia dalla mentalità ristretta.

«Sono verde d'invidia, ecco che cosa sono. No, non ho mai visto la Grecia, né con Johnny né con altri», esclamò Elizabeth.

«Ma lui ha detto che viaggiava sempre.»

«È vero, ma senza di me. Io non potevo andare, c'erano mio padre, mia madre, il lavoro... niente scorrazzate per l'Europa come te.»

«Forse saresti dovuta andare.»

«Forse.» Elizabeth strinse a sé con affetto Eileen, che sorrideva sempre al momento giusto. «In ogni modo, se lo avessi fatto tutto sarebbe stato diverso, non avrei avuto lei... e questo sarebbe stato terribile, no?»

Avevano preparato una torta con una candelina e cantarono in coro: Henry, Elizabeth, Johnny, Aisling, Simon e il padre. Eileen agitò in aria entrambe le braccine grassocce. Stavano mangiando una fetta di torta quando il telefono squillò.

«È per te, Aisling. È tuo padre», disse Henry.

Elizabeth si alzò quasi contemporaneamente.

«Dio mio», disse Aisling. «Si tratta di ma'.»

«Può essere di tutto, non spaventarti», la rassicurò Elizabeth. Insieme andarono nell'ingresso.

«Che cosa facciamo?» chiese Aisling.

«Parlagli, può darsi che non sia niente.» Elizabeth le tenne una mano e con l'altra Aisling prese il ricevitore.

Dal soggiorno gli altri le videro lì in piedi, insieme, illuminate da un raggio di sole. Entrambe erano irrigidite, come in attesa di un colpo.

«Sì, papà. Certo che hai fatto bene a telefonare, papà...»

«E quando te l'hanno detto?»

«E lei sa?»

«Oh, mio Dio. Dio santissimo.»

449

«E per quanto ancora dicono?»

«Oh, no, certamente devono aver calcolato male...»

«E ha dolori, papà...?»

«Naturalmente, papà. Domani. No, non preoccuparti di questo. Sistemerò tutto qui. Domani.»

I dottori si mostrarono molto comprensivi. Aisling ringraziò il cielo di non aver chiesto il mese di ferie, perché avrebbero potuto giudicarla superficiale. Magari non avrebbero neppure creduto alla storia della madre morente. Impiegò due ore per scrivere una serie di istruzioni molto chiare per l'eventuale sostituta che sarebbe stata mandata dall'agenzia.

«Sceglietene una vecchia come me, non prendete una giovane e frivola», disse al dottor Steiner.

«Quanti anni ha?» chiese lui, ridendo.

«Oh, è nella mia cartella, lo sa bene, ventotto.»

«Si è goduta a lungo sua madre, in confronto a tanti altri», disse gentile.

«Sì, ma fuggii lontano da lei... e ora è dura.»

«Però sta ritornando quando ha bisogno della sua presenza.»

«Sì, ed Elizabeth verrà con me. Se non altro è una consolazione.»

Henry era rimasto sorpreso quando Elizabeth aveva annunciato che voleva andare a Kilgarret. «Non puoi, non è possibile, come facciamo con Eileen?»

«La porto con me.»

«Devi essere pazza. Senti, cara, sei sconvolta dalla notizia. Non puoi condurre in Irlanda una bambina di un anno per correre da una donna morente.»

«Non è così che la vedo io. Voglio andare.»

«Ma il lavoro e tutto il resto...»

«Non c'è lavoro. Al corso ho ancora una sola lezione. Qualcuno degli altri mi sostituirà. No, è tutto a posto. Abbiamo prenotato l'aereo...»

«Vai con Eileen in aereo?»

450

«Henry, vieni anche tu, se vuoi. Fai una faccia, come se tutti stessero fuggendo e abbandonandoti...»

«No, no, naturalmente devi andare. Mi dispiace, ma mi hai colto alla sprovvista. In fondo, non mi sono reso conto di che cosa significava lei per te... per voi due... Aisling è qui da più di un anno e non è mai tornata a vederla... Be', è un po' la sorpresa, l'idea che di colpo tutti volino via.»

«Non è una cosa improvvisa. Eileen ha il cancro, dappertutto, in tutto il corpo. L'hanno aperta e chiusa immediatamente. Ha solo un paio di settimane di vita.»

L'hostess disse di non aver mai visto una bambina così bella ed Eileen sorrise. Anche Aisling ed Elizabeth tentarono di farlo. Erano ambedue molto stanche. Aisling aveva sistemato tutto al lavoro e a casa.

«Quindi non posso venire in Grecia», aveva detto a Johnny.

«Ma quando tutto sarà finito avrai bisogno di una vacanza. È l'occasione giusta per andarci», aveva ribattuto lui.

«No. Del resto, per allora avrò usato tutti i giorni a mia disposizione.»

«Oh, smettila di parlare di ferie, questa volta è per ragioni di famiglia.»

«Mi dispiace, dovrai andarci da solo... a meno che tu non voglia rimandare all'anno prossimo.»

«Be', non è il caso.»

C'era stato un momento di silenzio.

«Mi dispiace molto, moltissimo, lo sai.»

«Sì, lo so», aveva risposto lei. Ma non era addolorato abbastanza da accompagnarla in Irlanda o semplicemente all'aeroporto.

«Non importa», disse Elizabeth, come se avesse letto nei suoi pensieri. «Non venne neppure ai funerali di mia madre.»

Noleggiarono una macchina all'aeroporto ed entrarono in Dublino. La città era piena di turisti.

Nelle strade affollate il sole le abbagliò.

«Sarà dura per te tornare, sarai oggetto di curiosità, lo sai?»

«Sinceramente, Elizabeth, non me ne importa niente. Se sono così pettegoli e meschini da interessarsi più a me e ai miei movimenti che alla povera ma', facciano pure.»

«Non intendevo questo, dicevo solo che dovrai essere preparata a parecchie emozioni. Peggio che se fossi rimasta a casa.»

«Lo so, lo so. Grazie a Dio però sei venuta con me. Sei molto buona.»

«Lei è importante per me quasi quanto per te.»

«Lo so, e ne sarà contenta.» Aisling alla fine cedette.«Oh, non è ridicolo che debba morire? Non è vecchia, non ha neppure sessant'anni, è così ingiusto...»

«Smettila, Aisling, smettila subito, non vedi dove vai, ci uccideremo tutte e tre e a che cosa servirà?»

«Sì, hai ragione. Mi dispiace.»

«Dovrai essere molto coraggiosa quando la vedrai. È quello che lei vuole, no?»

«Sì, è ciò che desidera, rivederci a Kilgarret mentre ci comportiamo con grande forza d'animo e risolleviamo il morale a tutti. Ed è quello che dovremo fare.»

Non avevano detto a nessuno a che ora sarebbero arrivate e il padre non riconobbe la macchina a noleggio quando passò davanti al negozio. Ma loro lo videro mentre chiudeva: sembrava vecchio e curvo, coi capelli radi e il volto segnato.

«Smettila, Aisling e ricordati perché siamo qui», disse Elizabeth e il tremito sul labbro dell'amica cessò.

Scese dalla macchina proprio mentre Sean si avviava stancamente verso la casa nella piazza. Elizabeth smontò dall'altro lato, reggendo Eileen che dormiva profondamente.

«Pa'», chiamò Aisling. «Pa'.»

Elizabeth le passò davanti. «Zio Sean», disse, «siamo tornate per far conoscere a Eileen la sua omonima. Abbiamo pensato che le sarebbe piaciuto vedere la bambina e sapere che il suo nome sopravviverà...»

Fu a quel punto che Sean cedette e lì nella piazza, dove tutti potevano vederlo, cominciò a singhiozzare come un bambino. Gli batterono sulla spalla e gli porsero un grosso fazzoletto che Elizabeth aveva visto sporgergli dalla tasca. Poi lui si fece forza ed entrarono in casa.

* * *

«Possiamo stare nella nostra vecchia stanza?» chiese Aisling.
«Mettetevi dove volete», disse pa'.

Salirono di sopra e lasciarono le valigie sugli stessi letti che avevano occupato da bambine, ai due lati del cassettone bianco.

«Pa' dice che dorme ancora... vogliamo...?»

«Sì», acconsentì Elizabeth, «andiamo adesso.»

«Portiamo la bambina?»

«Certo. Coraggio, ricorda.»

«Ricordo. Non ha senso tornare a casa per piangere, lei non vuole, lei vuole... lei vuole...»

«Avanti, su.»

Appariva minuta, ma' era sempre stata una donna grande e grossa eppure sembrava che tutto in lei si fosse ridotto. La stanza era in penombra, ma s'intravedeva la luce attraverso le tende pesanti e si sentivano i rumori della città.

Eileen indossava una giacca di lana, quella azzurra che Aisling ricordava essere una delle sue migliori. Sul comodino, accanto al bicchiere d'acqua e alle bottigliette delle medicine, erano posati un messale e un rosario.

Sorrideva senza lacrime e aveva un tono di voce disinvolto. «Be', avevo ragione, avevo proprio ragione. Sean ieri mi aveva avvertito che doveva fare una telefonata dal negozio per affari. Di domenica. Sapevo che invece stava chiamando te e non voleva dirmelo nel caso non fossi venuta. Fatti vedere.»

«Oh, ma'.»

«Dio misericordioso, è Elizabeth quella che è con te? La stanza è così buia. Venite qui, tutt'e due, fatevi vedere.»

«Siamo in tre. Te l'ho portata a vedere...»

«Che cosa vuol dire, che cosa intendi? Chi...?»

«Ho condotto Eileen a conoscere la sua nonna adottiva... tu sei l'unica che abbia. Ho pensato che doveva vederti...» Elizabeth appoggiò la bambina sul letto e la piccola sollevò le braccine verso la donna malata come se volesse essere presa da lei. Elizabeth e Aisling rimasero immobili. Eileen allungò le sue esili braccia e, con uno sforzo, sollevò la bambina e se la strinse al petto.

«Non è stata bellissima l'idea di portarmela a vedere? Oh,

Elizabeth, ho sempre detto che tu hai più classe di tutti i miei figli. Molta di più di questa disgraziata che io amo più di tutti loro messi insieme.»

Poi si avvicinarono al letto e la baciarono sedendo l'una accanto all'altra, così che lei non dovesse girare continuamente il capo per vederle. Eileen prendeva a turno, tra le sue esili mani, quella di Aisling o quella di Elizabeth. Disse loro che non aveva paura e che sapeva che il Signore la stava aspettando. Aggiunse che avrebbe visto il giovane Sean e Violet e tutti gli altri e che avrebbe vigilato sui suoi cari dall'alto e avrebbe pregato. Si mostrò preoccupata per Eamonn e suo padre e per quello che sarebbe successo quando non ci sarebbe più stata lei a mettere pace. Si lamentò che era un terribile peccato non vivere abbastanza per vedere Donal e quella simpatica Anna Barry sposati. Gli confidò che Niamh era molto vivace ma che non avrebbe combinato guai perché era in grado di badare a se stessa meglio di chiunque altro, essendo la più piccola. Non era molto preoccupata neppure per Maureen: ormai era una Daly e si era sistemata, senza contare che i figli le davano una grande gioia. Si sarebbe però sempre lamentata perché era il suo carattere. Non commentò la situazione di Tony e di Aisling che se n'era andata da Kilgarret. Disse che c'era abbastanza tempo e che il dottor Murphy le aveva assicurato che sarebbe stata in grado di parlare ancora per un paio di settimane. Il guaio era che si stancava facilmente.

Baciò la bambina sulla fronte e lasciò che gliela prendessero. Elizabeth tenne la piccola con un braccio e con l'altra mano sfiorò quella di zia Eileen.

«Lascerò che Aisling ti veda da sola... non dobbiamo essere come due gemelle siamesi», disse sorridendo.

Anche zia Eileen sorrise. «Ma lo siete sempre state, era questa la cosa meravigliosa, quando ti trovavi qui. Grazie a Dio non è finita dopo il vostro distacco. Sono contenta che siate tornate qui piene di vigore per me, voi due brave ragazze. È un grande, grande aiuto. Lo sapete.»

«Sì, ma', è il diavolo che cerca di mantenerci allegre ma è così che vuoi tu... Be', è sempre andata come volevi tu.»

«No, rossa ribelle, con te non è mai stato come desideravo io... Andate adesso e lasciatemi dormire.»

Stava ancora sorridendo quando chiusero la porta.

* * *

La visita a Mrs. Murray fu, in verità, molto difficile. Aisling prima telefonò per sapere se sarebbe stata bene accetta.

«Ebbene, naturalmente devi venire, se vuoi», le disse la madre di Tony.

Fu imbarazzante anche quando la suocera cercò di essere cordiale. Aisling non riusciva a scusarsi per il proprio comportamento e Mrs Murray non poteva perdonarlo. Erano due donne legate dallo stesso desiderio di essere comprese, ma incapaci di capirsi a vicenda.

«Credo che la clinica dove sta Tony sia molto confortevole.»

«Che ne sai, Aisling, ci sei stata?»

«Ci andò un amico di Elizabeth.»

«Oh, capisco. E ho saputo che Elizabeth ha portato la bambina con sé.»

«Sì, l'hanno chiamata Eileen. È anche il nome della madre di Henry.»

«È stato carino.»

«Come sta Joannie?»

«Più o meno lo stesso.»

Alla fine la conversazione divenne troppo pesante e Aisling disse: «Mi dispiace. Di tutto, Mrs Murray».

«Sì. Anche a me, davvero.»

«Ora torno da mia madre.»

«Sono molto addolorata anche per lei», disse Mrs Murray. «È una vita ben difficile quella che ci ha dato il Signore qui sulla Terra.»

«Ci ho pensato molto. Non è solo la stupida idea di una donna che sta morendo.»

«No, ma', lo so.»

«Che cosa c'è di meglio? Potresti vivere qui, essere la padrona di questa casa, con una ragazza che fa tutte le faccende domestiche. Manderesti avanti il negozio assieme a tuo padre e manterresti la pace tra lui ed Eamonn.»

«Ma, ma'…»

«Non hai motivo di stare a Londra a lavorare come segretaria per gente che non conosciamo affatto, a vivere in un appartamento arredato con mobili di seconda mano, a imparare il bridge e ad andare a mangiare in ristoranti stranieri. Questa non è vita, Aisling, non lo è.»

«Ma qui non sarei di nessuna utilità...»

«Saresti di utilità grandissima, invece. E sono anche arrivata a concludere che tutto ciò che mi dicevi sul tuo matrimonio ti permetterebbe di chiedere l'annullamento. Dovresti tentare...»

«Non so se ne vale la pena, ma'.»

«Eri tu ad affermarlo e io non stavo a sentirti. Dopotutto, puoi provare che il matrimonio non è mai stato consumato, dovranno ammettere che non è valido.»

«Esatto.» Aisling abbassò gli occhi. Ma' non sapeva niente di Johnny, di un altro amore e di altri interessi nella sua vita. Povera, dolce, gentile ma', stava cercando di far sì che il destino non la privasse dei suoi diritti. «Starò benissimo, ma', mi sono più o meno abituata alla mia nuova vita e sono molto felice. Starò meglio lì che qui.»

«Te ne riparlerò ancora, ragazza mia, mi stanco tanto facilmente. Oggi sento che un soffio di vento potrebbe portarmi via.»

«Non so come riesca a essere tanto calma mentre chiacchiero con te, Eileen. Noi inglesi siamo atterriti all'idea di parlare di morte e, invece, me ne sto qui seduta a discorrerne tranquillamente.»

«Ti ho sempre detto che tu sei più irlandese di noi.»

«È un grande complimento da parte tua.»

«Lo è da parte di chiunque... Convincerai Aisling a ritornare? Sta meglio qui. In Inghilterra diventerà irrequieta, non è posto per lei...»

«Eppure vi si è stabilita, Eileen. Voglio dire, se vedessi il suo appartamento, è casa sua molto più di quanto lo sia mai stato il bungalow con Tony...»

«Ah, quello fu proprio un triste sbaglio, vero?»

«Sì, ma quando se ne andò si comportò nell'unico modo possibile.»

«Non lo so, sono più della tua opinione adesso di quanto non

456

fossi prima, ma mi piacerebbe che tornasse a casa. Non solo per Sean e tutto il resto. Penso che, alla fine, scoprirà che è questo il suo posto.»

«Forse, ma credo che si senta più libera…»

«Figlia mia, so benissimo che ha un uomo a Londra. Sono stata la madre di quella ragazza per quasi trent'anni, non c'è bisogno che me lo si dica…»

«Be', naturalmente, non sono sicura… proprio non…»

«Certo che non lo sei, tu non sai niente. Ora, dimmi una cosa e questa sarà l'unica domanda… non voglio che tu le riferisca che mi sono informata: è un brav'uomo? Ci si può fidare di lui? La renderà felice?»

Elizabeth la guardò diritto negli occhi. «Le darà molta gioia per un po'. Non ci si può fidare di lui ed è difficile sapere se è un brav'uomo o no. In un certo senso, è molto buono, davvero molto buono…»

Zia Eileen mandò un sospiro. «Così, dunque, è il tuo ex ragazzo, vero? Ah, bene, bene.»

«Tu indovini tutto.»

«Quando sarà finita la rimanderai qui?»

«La incoraggerò a pensarci seriamente.»

«Tu sei l'unica persona che mi dica la verità, tutti gli altri mi raccontano quello che pensano che io voglia sentirmi dire.»

«Vorrei che mia figlia facesse in tempo a conoscerti.»

«Le andrà benissimo la madre che ha. Che Dio ti benedica, figliola. Mi sento molto, molto stanca…»

Il giorno dopo la famiglia al completo si raccolse attorno al capezzale. Padre Riordan recitava il rosario e perfino Sean dava le risposte. Maureen e Niamh piangevano e tenevano le mani davanti al viso. Eamonn e Donal stavano vicino alla porta col capo chino. Accanto a loro c'era Brendan Daly. Eileen respirava rumorosamente e quel suono sembrava fondersi al brusio delle preghiere. Poi il respiro si fece più lieve e le preghiere si intensificarono.

«Addio, Eileen. Grazie, grazie davvero», disse Elizabeth a bassa voce. Non le importava che lei la sentisse o meno. Sapeva.

* * *

Erano state via due settimane ed Eileen aveva vissuto solo dieci dei quindici giorni che le erano stati dati. Henry andò all'aeroporto a prenderle. Fu più che felice di rivedere la piccola Eileen e sostenne che era cresciuta in quel breve periodo. Si mostrò molto sensibile e, quando Elizabeth e Aisling gli raccontarono alcune delle scene svoltesi a Kilgarret, gli occhi gli si riempirono di lacrime.

«Vieni a stare da noi», disse Elizabeth. «Non tornartene in quell'appartamento vuoto. Sarebbe molto meglio se tu vivessi un po' a casa nostra.»

«Sì, è vero», confermò Henry gentile. «È troppo presto. Ti rattristeresti soltanto.»

«No, davvero, preferisco andare a casa mia. Vorrei sistemarmi. E poi, probabilmente, Johnny si farà vivo. Gli farò sapere che sono tornata.»

«Oh, Johnny è andato in Grecia», disse Henry. «Venerdì scorso mi disse che c'era la possibilità di accodarsi a un gruppo che partiva domenica e così ha fatto. Vi manda i suoi saluti, a entrambe.»

«Mi è sembrata molto turbata dal fatto che Johnny sia andato via senza farle sapere niente», disse Henry più tardi.

«Sì, comunque lo è stata sin dagli inizi... e Johnny si è dimostrato molto egoista. Una volta che te ne sei resa conto, però, non ci rimani più così male. Ma Aisling ancora non se n'è accorta.»

«E tu quando lo realizzasti?» Henry esitava a chiedere, perché non voleva indagare.

«Oh, credo di averlo capito molto presto. Ma avevo deciso di adattarmici. Aisling ha più temperamento di me. Non penso che accetterà questa situazione tanto facilmente»

«E allora? Che cosa succederà?»

«La relazione finirà e io ho promesso a Eileen che avrei cercato di persuaderla a tornare a Kilgarret.»

Un po' più tardi, quando ebbero messo la bambina nella sua culla, Elizabeth disse: «Qualcosa ti preoccupa. Che cosa c'è?»

458

«Non volevo affliggerti appena tornata a casa.»

«Sono rientrata da un pezzo ormai.»

«È ingiusto, ecco tutto. Non m'importa la faccenda in sé, è l'ingiustizia che non tollero.» Sembrava molto agitato ed Elizabeth ne fu allarmata. «L'avevo previsto, te lo dissi che non credevo a una sola parola di quello che raccontavano. Avevo ragione, lo sapevo che non avrebbero mai assunto un giovane, era troppo giusto.» Seguì un complicato e confuso racconto. C'era un posto vacante e la scelta più logica sarebbe stata di assumere un giovane avvocato, qualcuno di abbastanza qualificato da cominciare dal basso e imparare la pratica in generale. Ma questo non era accaduto. Avevano assunto un uomo dell'età di Henry, uno venuto direttamente dalla Scozia, che sicuramente aveva ricevuto delle promesse e stipulato certi accordi. Lui ed Henry avrebbero diviso lo stesso ufficio e si sarebbero occupati della registrazione degli atti. Insieme.

Il socio principale aveva fatto dei grandi discorsi a proposto dell'aumento del lavoro e del raddoppiarsi delle necessità, ma chiunque avrebbe potuto capire che cos'era realmente accaduto.

Elizabeth ascoltò col cuore che le batteva forte. Aveva già ascoltato prima simili storie. Molto spesso. Dal padre.

20

JOHNNY tornò dalla Grecia con una meravigliosa abbronzatura e i capelli più lunghi. Stefan gli disse che sembrava un vero teddy boy ma Elizabeth, che era presente in negozio, sostenne che stava benissimo.

«Dimmi tutto. Davvero il mare è così blu come nelle cartoline che hai spedito?»

«Sono imperdonabile, non ne ho mandate.» Johnny rise, niente affatto pentito. Le raccontò l'allegra storia di un furgoncino che, in maniera precaria, li aveva portati fino in Grecia e ritorno; di Susie, che aveva guidato quasi sempre, che sapeva parlare greco e prendeva i pesci con le mani. Susie. Elizabeth pensò a quel nome, chiedendosi se ad Aisling avrebbe procurato piccole fitte di dolore come un tempo accadeva a lei.

«E laggiù come andò?» Johnny accennò col capo. «Fu straziante?»

«Terribilmente triste e commovente, ma straziante no. Da loro i funerali sono molto più importanti che da noi.»

«Oh, la veglia irlandese e tutto il resto.»

«No.» Elizabeth era seccata.

«Chiedo scusa.» Johnny assunse un'espressione perplessa. «Credo di non essere simpatico a nessuno, oggi. Ho telefonato ad Aisling per dirle che ero tornato ed era di pessimo umore.»

«Be', sua madre è appena morta.»

«Lo so, ma le ho chiesto semplicemente se voleva che stasera andassi da lei a cucinarle qualche piatto greco.»

«E allora?»

«Mi ha detto che cosa dovevo fare del piatto greco, padella compresa. Mi domando se l'hanno sentita tutti ad Harley Street.»

Elizabeth scoppiò a ridere. «Davvero? Non è meravigliosa?»

«Meravigliosa un corno. È pazza.»

«E che cosa farai ora?»

«Ci rifletterò.»

Forse avrebbe dovuto comportarsi anche lei come Aisling tanti anni prima. Grazie al cielo, però, non l'aveva fatto. Sarebbe stato troppo stressante dover affrontare gli stati d'animo di Johnny. No, per fortuna non era stata orgogliosa come l'amica.

Aisling rifiutò un invito a cena in un ristorante francese e un fine settimana a Brighton; spezzò la rosa che Johnny le aveva regalato e la buttò dalla finestra del suo appartamento. Dopo due giorni lui la bloccò per strada mentre andava al lavoro.

«Posso chiederti il motivo di tutte queste sfuriate?»

«Mi fai passare, per piacere?»

«Aisling, voglio solo cenare con te. Perché tutto questo melodramma?»

«Scusami, mi stai bloccando la strada.»

«Che cosa ho fatto, me lo vuoi dire?»

«Te ne andasti in Grecia senza di me.»

«Non volevi venire… non potevi…»

«E così te ne partisti per conto tuo.»

«Certo. Non siamo impegnati l'uno con l'altra, non abbiamo legami…»

«Non abbiamo legami? Davvero? Siamo amanti, cielo e questo non ti pare un legame?»

«Aisling, sta' zitta. Tu ti comporti come vuoi e io faccio altrettanto… è sempre stato così…»

«Bene, quello che desidero ora è andare al lavoro, fammi passare o chiamo un poliziotto.»

«Non essere infantile.»

«Agente!» gridò Aisling con quanto fiato aveva in gola e, sorpreso, un giovane poliziotto si voltò a guardarla.

«Quest'uomo m'impedisce di andare al lavoro», disse.

«Oh, va' all'inferno!» gridò Johnny.

«Mi sento così idiota, Elizabeth.» Aisling piangeva seduta nella cucina dell'appartamento di Battersea. «Sono una stupida ipocrita. Ma' è morta da dieci giorni e io sono qui che piango e mi arrabbio per il tuo ex ragazzo e ti chiedo come posso farlo tornare.»

«Oh, è facile», disse Elizabeth.

«Come devo comportarmi? Sono disposta a tutto.»

«È facile, ma ingiusto. Tornerà, ma dovrai stare alle sue regole. Gli scriverai un bel bigliettino in cui ti scuserai per la scenata e gli assicurerai che ormai hai rimesso giudizio. Gli offrirai un delizioso pranzo a base di stufato irlandese e birra e gli chiederai di parlarti delle sue vacanze.»

«E tornerà tutto normale, allora?» Aisling stava asciugandosi le lacrime.

«Be', dipende da che cosa intendi per 'normale'. Potrà dirti che deve andar via presto perché ha un appuntamento con certi amici che conobbe in Grecia… questo è più o meno quello che succederà.»

«Quindi non tornerà affatto da me?»

«Be', se giochi bene le tue carte lo farà. L'idillio nato durante la vacanza appassirà o lei pretenderà più di quanto lui può darle… dopodiché, se sarai carina e allegra e non farai domande, tornerà da te.»

«Ma è ridicolo, è intollerabile. Chi può accettare questo tipo di comportamento?»

«Be', io lo subii per circa sette anni. Per un quarto della mia vita, a pensarci bene.»

Simon si presentò il martedì sera, quando Henry era fuori per il corso di bridge.

«È appena uscito», gli disse Elizabeth.

«Lo so, per questo sono venuto.» Appariva così rilassato e tranquillo che lei decise di stare al suo gioco.

«Allora, devo considerarla la rivelazione terribilmente indiscreta di una passione proibita per me, o stai organizzando un party a sorpresa in ufficio per il compleanno di Henry?»

«Nessuna delle due ipotesi, mia cara. Non oserei aspirare alla prima e, quanto alla seconda, il nostro soffocante ufficio non è adatto ai festeggiamenti. No, sono semplicemente uno scapolo solo che si è chiesto dove poteva trovare una tazza di caffè offerta da una deliziosa padrona di casa.»

Lei glielo preparò e lui ammirò Eileen che dormiva, parlò di Aisling, del padre e del negozio di Mr Worksy. Quindi disse: «Sono piuttosto preoccupato per Henry, è di questo che desideravo veramente parlarti».

Tutte le sue antenne si drizzarono. Elizabeth non voleva sentire questo genere di discorsi né le piaceva la maniera in cui quello in particolare era stato affrontato. «Oh, se si tratta dell'ufficio, non pensi che dovresti discuterne con Henry in persona?» Lo disse in tono disinvolto ma deciso; un altro avrebbe capito e avrebbe desistito.

Non Simon, che insistette: «No, non si tratta di pettegolezzi o di semplici chiacchiere. Sono preoccupato per il suo lavoro. Impiega troppo tempo e si trova spesso nei guai…»

«Senti, Simon, sono terribilmente seria. So che le tue intenzioni sono buone e i tuoi motivi più che onesti… ma devi capire che io non posso, né voglio, essere coinvolta in una discussione sul lavoro di mio marito. Tu e lui siete vecchi amici, vi conoscete da sempre. Puoi dire a lui molto più facilmente che a me ciò che non va.»

«Ma si tratta proprio di questo: lui non vuole saperne di ascoltarmi.»

«Be', neppure io voglio sentire di che cosa si tratta ed essere posta nella condizione di dover decidere se riferirglielo o no. Non è giusto e non puoi mettermi in una situazione del genere. Se ho un problema sul lavoro ne parlo alla persona interessata, non al marito o alla moglie. Così dovresti fare anche tu.»

«Ti dirò, ho cercato. Sono ricorso a questo come ultima…»

«Se, invece, trovo gente che si rifiuta di ascoltarmi scrivo una lettera… così è più facile discutere delle cose.»

«Alcuni sono così sensibili e permalosi, così pronti a immaginarsi insulti e offese, che giudicherebbero una lettera la soluzione peggiore.»

Lei sorrise appena. «Bene, immagino che in una situazione del genere farei del mio meglio per trovare un'altra via d'uscita, una che non comportasse connivenza o slealtà.»

«Sei una persona magnifica», disse Simon.

«Dunque sei venuto davvero per sedurmi?» Elizabeth accennò una risata controvoglia. Quella conversazione le aveva causato un senso di paura.

«Ahimè, no, non volevo rischiare un ulteriore rifiuto… ma se mi avessi sposato che coppia saremmo stati! Insieme avremmo conquistato il mondo. Perché non lo facesti?»

«Fammici pensare. Oh, ricordo, non chiedesti mai la mia mano.»

Simon si colpì la fronte con un gesto teatrale. «Certo, naturalmente!»

«E anche perché amo molto Henry, quindi sposai lui», disse, con una nota di avvertimento nella voce. Le chiese se Aisling aveva qualche opinione sul nuovo papa e lei disse che l'unico commento dell'amica era stato che se il pontefice aveva settantasei anni non si sarebbe certo precipitato ad annullare il suo matrimonio. Per il momento quello era l'unico interesse che Aisling mostrava verso i papi.

«Quindi ha rinunciato alla sua fede?» chiese Simon, imitando l'accento di Aisling.

«È difficile dirlo, con i cattolici non si sa mai. A quanto pare fa molto più parte di loro di quanto non sembri. Anche se non credono, hanno qualcosa dentro che li fa pensare di credere. »

«È molto profondo, molto gesuitico. Be' ora devo proprio lasciarti. » Se ne andò con aria allegra, agitando la mano in grandi gesti mentre scendeva svelto la scalinata di marmo, senza più menzionare la questione per la quale era venuto.

Donal e Anna avevano rimandato il matrimonio a primavera e lei era andata a lavorare dagli O'Connor.

«Che cosa ci fa nel negozio?» brontolò Aisling quando lo seppe. «Ha un diploma in lettere, santo cielo, perché deve star lì ad armeggiare coi nostri libri mastri? »

«Perché non ci vai tu e la mandi via?» chiese Elizabeth ridendo.

«Quasi quasi lo faccio.» Aisling era indecisa.

«Pensi di tornare a casa per Natale?»

«Non lo so, Johnny non ha detto niente. Può darsi che abbia qualche programma come l'anno scorso. »

Elizabeth sapeva che ce l'aveva: aveva prenotato una vacanza a Maiorca per sé e Susie. «Dovresti chiederglielo esplicitamente non è il caso di rimanere in sospeso.» Lo disse con un tono più acuto del solito e Aisling si chiese se non era meglio evitare di parlare di Johnny. Era impossibile accertare quali erano i suoi veri sentimenti verso di lui.

Aisling tornò a Kilgarret, dove apprese, con grande sollievo, che Mrs Murray era andata a passare il Natale da Joannie a Dublino.

«Sai che la tua macchina è ancora lì?» le disse Eamonn. «Sono rimasto sorpreso nel vederti scendere dall'autobus. Avevo pensato che avresti usato l'auto. Era a Dublino, sai. »

«La mia macchina? E dove diavolo è?»

«Nel cortile. Oh, secoli fa la polizia avvertì i Murray che era stata abbandonata all'aeroporto e, alla fine, qualcuno ce la portò e Mr Meade disse che bisognava lasciarla qui e ma' insistette sempre che nessuno di noi doveva guidarla. »

«Tu bevi molto, Eamonn?» chiese lei all'improvviso.

«Che cosa vuoi dire?» Era seccato e sorpreso.

«Be', un tempo bevevi, non come Tony, ma ti ubriacavi abbastanza spesso lì da *Hanrahan.*»

«No, visto che me lo chiedi non bevo molto. Stavo diventando troppo grosso e i prossimi saranno trenta. Ho pensato di dover fare qualcosa e dopo... dopo...»

«Dopo la faccenda di Tony?»

«Sì, dopo quella alcuni di noi hanno cominciato a limitarsi.»

«Okay, puoi prenderti la macchina.»

«Che cosa? Non puoi dirlo così, non puoi darmela.»

«Non sapevo neppure di averla fino a pochi minuti fa. Certo che posso dartela. Ma cambiala, per piacere, prenditene un'altra. Tutti la ricordano fin troppo bene. Devo avere i documenti da qualche parte, mi sono portata dietro moltissime carte da sistemare. Te li consegnerò stasera.»

«Non sarò mai in grado di ringraziarti. Dio, una macchina.»

«Ho la sensazione che a ma' sarebbe piaciuto che ce l'avessi. Ti renderà più indipendente.»

«Un'auto tutta mia. Non posso crederci.»

Aisling guardò dall'altra parte per non farsi vedere commossa dal suo entusiasmo.

Fu uno strano Natale solitario e lei ebbe l'impressione di essersi allontanata da loro in quei pochi mesi che li separavano dalla morte della madre. Allora erano stati legati dalla tristezza e dalla tensione del funerale, ma ora era diverso.

Donal era quasi sempre dai Barry. Sul lavoro Anna se l'era cavata egregiamente. Se ne stava nel piccolo ufficio di ma', ma aveva il buonsenso di rendersi conto che questo imbarazzava la gente.

«Sarà bello per te avere Anna come cognata», disse a Niamh.

«Sì, anche se non funzionò tra te e Joannie Murray. Eravate grandi amiche prima che tu sposassi suo fratello e poi non andaste più d'accordo.»

«Non funzionò con nessuno di loro, se è per questo», precisò Aisling e risero.

Pa' si era chiuso in se stesso ed era difficile capire che cosa l'avrebbe potuto tirare su di morale. Il giorno di Santo Stefano Aisling lo portò con sé a fare una passeggiata. Presero la strada per Dublino. Passava una gran quantità di macchine che suona-

465

vano il clacson. Pa' aveva un'espressione triste e Aisling si accorse che passeggiava solo per farla contenta, come del resto faceva lei nei suoi confronti. «Magari è il caso di tornare indietro, che cosa ne dici?»

Si girò obbediente e si incamminarono verso Kilgarret. «Tu non devi preoccuparti per noi, Aisling, lo sai», disse lui all'improvviso. «Stiamo tutti bene e tu hai la tua vita.»

«Io mi preoccupo, invece.»

«Be', non serve a niente. Ma' se n'è andata, ma mi disse che nessuno doveva cercare di convincerti a tornare da Londra e che lo avresti fatto tu quando fossi stata pronta.»

Gli occhi di Aisling si riempirono di lacrime: ma' aveva capito tutto.

«Ma forse dovrei tornare, pa'.»

«No, finché non sentirai che è giusto. La tua casa è sempre qui e ti aspetta, ma tu non devi venire per badare a noi. Ce la caveremo.»

«Lo so, pa'.»

«E non hai già contribuito alla pace delle nazioni dando a quel mascalzone di tuo fratello una macchina per allontanarsi il più possibile dalla mia vista?»

«Pa', che maniera è questa di parlare di Eamonn?» Entrambi risero.

«Sai che direi molto di più ma, essendo Natale e avendo io fatto la comunione, non è il caso d'imprecare e bestemmiare.»

Fece molte passeggiate durante la sua permanenza a casa, perché in quel modo le riusciva più facile pensare. La gente la salutava con un cenno del capo o si fermava a scambiare qualche parola. Soprattutto le dicevano che il padre se la cavava abbastanza bene e che la giovane Anna Barry era di grande aiuto. Nessuno menzionò mai Tony o i Murray: era come se il suo matrimonio non fosse avvenuto.

Rientrata a Londra scoprì che Johnny era appena arrivato da Maiorca: era stata una vacanza di una sola settimana. Di Susie neppure l'ombra. Elizabeth aveva avuto ragione al riguardo. I

466

tre dottori erano così contenti che fosse tornata. Dissero che le avrebbero dato un aumento e aggiunsero che avrebbe potuto prendersi delle ferie extra, se avesse accettato di restare con loro per un altro anno almeno. Johnny aveva visto giusto su quel punto. Da Elizabeth apprese che nell'ufficio di Henry c'erano state delle scene imbarazzanti perché, con l'inizio del nuovo anno, non gli avevano dato l'atteso aumento di stipendio. Henry era diventato isterico e si era comportato come nessuno aveva mai osato fare: aveva reso pubblico il proprio disappunto. Si era scaldato moltissimo, allarmando tutti i presenti. Simon aveva avuto ragione di preoccuparsi.

«Non so che cos'altro dire, Henry. Posso solo ripeterti che tu, io ed Eileen abbiamo abbastanza per vivere. Possediamo più di tanti che conosciamo, non puoi smettere di parlare di questo maledetto aumento? Non me ne importa assolutamente niente.»

«Non interessa a te ma a me sì. Che cosa ho fatto in tutti questi anni? Perché ho sgobbato e mi sono portato perfino le pratiche a casa? Chi si è preso più cura del loro lavoro di me, chi altri di tutto il personale può dire di essere stato altrettanto coscienzioso?»

«Ma non è questo il punto...»

«E, invece, è proprio questo, è su questo che si basa l'intero sistema dell'ufficio. Non ti ricompensano perché sei brillante. Maledizione, Elizabeth, non è un film americano sugli avvocati, non riceviamo un premio e un aumento per delle drammatiche apparizioni in tribunale. È solo un sistema. Quando il lavoro è ben fatto tutti ricevono un aumento. Be', non tutti, ma chiunque abbia svolto il proprio ruolo.»

«Henry, tu ti stai agitando per...»

«Certo, non ho avuto l'aumento... Ti rendi conto di che cosa significa?»

«Non significa niente, stai diventando isterico. L'anno scorso ne ottenesti uno e il tuo lavoro non era stato fuori dell'ordinario; quest'anno, invece, non l'hai avuto. E con questo? Non abbiamo bisogno dei loro soldi. Ne abbiamo abbastanza.»

«Tu non capirai mai...»

«A quanto pare no, ma ho la speranza di poterlo fare se non gridi.»

«Ti sto solo mettendo in agitazione, me ne vado...»

«Tesoro, è domenica ed è ora di pranzo. Stiamo per sederci a tavola, perché vuoi uscire?»

«Sono nervoso, molto nervoso, e non è il caso di rovinare la giornata anche a te e a Eileen.»

«Io ti amo, ti amo tanto e desidererei che non uscissi. Non stai disturbando me e nemmeno Eileen. Vedi, sorride... Perché non ti togli il cappotto? Torna e siediti...» Lo aveva seguito fino alla porta. Lui premette il pulsante dell'ascensore. «Ti prego, Henry, rimani a pranzo, abbiamo sempre pensato che dovesse andare così, dai, quando nessuno di noi aveva una vera e propria casa: noi due e una figlia e tutto ciò che desideravamo da mangiare e non quello che voleva qualcun altro...» L'ascensore stava salendo. «E io ti voglio qui, e non a passeggio sul lungofiume a prendere un raffreddore che mi metterebbe molto più in agitazione.»

Lui tornò indietro e la prese tra le braccia. «Hai uno sciocco per marito.»

«No, non è vero. Ho l'uomo che amo.»

«Eileen», chiamò lui e la bambina arrivò strisciando dal soggiorno. «Eileen, tu hai un padre molto stupido, ricordalo sempre. Ma tua madre, invece, vale milioni di sterline.» Eileen sorrise felice a entrambi.

«Facciamo una festa in comune per il nostro compleanno? Sarà l'ultima, prima dei trent'anni.» Aisling stava esaminandosi il viso in cerca di rughe.

«È una grande idea. Mi piacerebbe. Qualsiasi scusa è sempre buona per me.»

«Bene. La organizziamo a casa tua che è più grande?»

«No, i vicini sono gente difficile e poi ci sono le scale.»

Aisling si voltò a guardarla, sorpresa.

«Sì», disse Elizabeth. «Perché mai credo di poterti ingannare? Si tratta di Henry, è molto teso in questi giorni, credo che un party lo sconvolgerebbe.»

«Magnifico, lo daremo qui. Facciamo un elenco... I vecchi fedeloni, Johnny, Simon, Stefan, Anna, tuo padre?»

«No, per l'amor del cielo non invitiamolo, non a una riunione che dovrebbe essere divertente.»

«Elizabeth, avevi detto che era molto migliorato.»

«Lo è, ma non è allegro...»

«Benissimo. L'amico di Johnny, Nick, è tornato a vivere con lui.»

«Oh, quello dell'agenzia di viaggi...»

«Sì, sta per ottenere il divorzio, il suo matrimonio non ha funzionato. È abbastanza simpatico. E posso invitare la ragazza dell'appartamento di sotto, Julia.»

«Oh, ricordo... quella che...»

«Sì quella a cui Johnny aveva messo gli occhi addosso. Be', che lo faccia pure. Ho imparato da te. Non serve nascondergli tutta la concorrenza.»

«Hai imparato abbastanza in fretta.»

«Sono molto più grande e triste di te.»

«Tu non lo sei mai veramente, Aisling, è questo che hai di magico ed è la ragione per cui piaci tanto a Johnny, più di tutte le altre che ha conosciuto. Non l'ho mai detto prima perché mi sembrava... be', di immischiarmi nella tua vita e magari anche di darti una falsa speranza. Ma ho visto come ti ascolta quando parli e butta il capo all'indietro e ride. È chiaramente incantato dai tuoi modi brillanti...»

Aisling apparve imbarazzata.

«Sì, è vero, sembra un po' esagerato, ma so di che cosa parlo. Con me era diverso. Ero così giovane e stupida, eppure per anni mi misi quella maschera d'indifferenza. Credo che più o meno ammirasse il mio coraggio. Ma con te è diverso. Penso che non ti lascerà...»

Aisling si alzò e allargò le braccia. «Evviva! Questa è la migliore notizia che abbia mai sentito. Io non sono mai sicura di lui, neanche per un momento. Sarà forse questo l'unico motivo per cui è così affascinante?»

«Non credo. Se fosse sciocco e vuoto non ci sarebbe mezzo mondo che perde la testa per lui con tanta regolarità.»

«Giustissimo. Ora che mi hai detto questo credo che cancellerò quella Julia dall'elenco. Perché farle salire due piani esclusivamente per farla innamorare di Johnny Stone, quando tu e io sappiamo che sta solo perdendo tempo?»

* * *

Ethel Murray sedette per un'ora al tavolo della sala da pranzo a leggere e rileggere la lettera che aveva scritto ad Aisling. Non l'avrebbe mandata, la ragazza avrebbe frainteso. L'avvocato le aveva raccomandato di non fare osservazioni di nessun genere alle quali ci si potesse attaccare e di non formulare né offerte né promesse. Si chiese se la lettera tradiva qualcosa o faceva concessioni. Chi poteva esserne sicuro? Aveva voluto scrivere alla ragazza. Ma forse non era saggio. Era dilaniata dall'indecisione. Perché non c'era nessuno a consigliarla?

Alla fine la strappò e mandò ad Aisling un telegramma. MI DISPIACE INFORMARTI CHE TONY MURRAY È MORTO SERENAMENTE OGGI. REQUIESCAT IN PACE. ETHEL MURRAY.

«Non può partecipare al funerale. Che cosa diavolo ci andrebbe a fare? Impalata lì in mezzo a una piccola, orribile cerimonia, per giunta in una clinica. Io so com'è, mia madre morì in un ospedale e fu terribile, veramente terribile. Ci saranno solo i Murray che non le rivolgeranno la parola. Naturalmente non deve andare. Sarebbe ridicolo.»

«Va bene, non insistere, ho solo detto che m'aspettavo che partecipasse. Tu stessa hai affermato che gli irlandesi ci tengono tanto ai funerali. Tutto qui.»

«È la maniera in cui l'hai detto, il tono di critica.»

«No, non è vero. Comunque ci sarebbero parecchie cose che non condivido...»

«Oh, smettiamola, Henry», disse Elizabeth stanca. Ormai, a quanto sembrava, litigavano sempre. Per un nonnulla. Una volta si accorse che Eileen li stava guardando. Si chiese se lei aveva mai osservato così i genitori quando aveva due anni e se loro se n'erano preoccupati.

«Non so proprio cosa dirti», esclamò Johnny dall'altra parte della stanza. «Né come comportarmi, se farti o no le mie condoglianze.»

«Non c'è un capitolo al riguardo nel galateo», disse Aisling.

Era pallida e stanca. Non aveva dormito tutta la notte: il telegramma era stato così freddo. La stavano tagliando fuori, eppure non aveva mai litigato con loro. Aveva pianto lacrime di autocommiserazione. Si domandava quale sarebbe stato l'atteggiamento giusto da assumere: aspettare a Kilgarret che lui crollasse per il bere o che il suo fegato cedesse? Forse ma' aveva ragione, sarebbe dovuta restare. Ora aveva dei nemici, gente ostile che le mandava telegrammi amari, persone che non sapevano più che cosa dirle. A casa come lì.

«Era veramente buono, anni fa, Johnny», disse. «Ma non ho intenzione di mettermi a piangere per quello che sarebbe dovuto essere. Quando era molto più giovane, quando uscivamo insieme e mi portava al cinema e quando parlò a ma' e pa', era bravo allora. E al cinema rideva, come la prima volta a Roma... era molto, molto bravo. Non fu sempre un bastardo...»

«Lo so», la consolò Johnny.

«Non ebbe una vita felice. In realtà, non gli piacque mai lavorare nella ditta e non andava d'accordo con sua madre: si affrontavano nella maniera sbagliata. Né io, dal canto mio, ero quella che lui sperava.»

«Be', anche lui fu una delusione per te, piccola, non dimenticarlo.»

«No, non lo dimenticherò mai. È solo che è, be', un peccato, no? Ora è laggiù morto nel Lancashire, e nessuno lo amò, né fu mai veramente felice... morto per il bere prima dei quarant'anni.»

«Era un perdente, il povero nobile Tony», disse Johnny e cambiò argomento.

Nei mesi che seguirono mai, in nessun momento, si accennò al fatto che Aisling era ormai una vedova e quindi libera di risposarsi. Lei ci pensò abbastanza. Rifletté che anche Johnny doveva averci meditato, ma del resto non si poteva parlarne subito dopo la morte di un marito. Elizabeth invece era convinta che lui non l'avesse preso in considerazione una sola volta. Le avrebbe dedicato sempre la stessa attenzione, che Tony Murray fosse stato vivo o morto, buono o cattivo, presente o assente. Aisling, a parte Elizabeth, era certamente l'idillio più durevole e intenso della sua vita, ma lei era più che sicura che il matrimonio non rientrava affatto nei programmi di Johnny.

Simon s'era fidanzato, improvvisamente, con una graziosa gallese di nome Bethan. Lo annunciarono del tutto inaspettatamente una sera nell'appartamento di Battersea. C'erano anche Aisling e Johnny. Purtroppo, sarebbe stato un matrimonio molto in sordina. Religiosamente, i genitori di Bethan era dei dissidenti e non apprezzavano il bere e altre manifestazioni del genere, per cui tutto si sarebbe svolto in maniera tranquilla e veloce.

Praticamente entro tre settimane.

«Scommetto che è incinta», bisbigliò Aisling a Elizabeth mentre si dirigevano in cucina.

«Mi sembra ovvio, è stata molto in gamba ad accalappiare Simon proprio nel momento giusto della sua vita professionale. Ormai ha bisogno di sistemarsi e lei si presenta bene. Ce ne sarebbero state almeno una dozzina come lei. Veramente abile, la piccola Bethan.»

«Mi chiedo se anche per Johnny sia giunto il momento giusto», disse Aisling con un lampo negli occhi.

«Non credo che sarebbe saggio scoprirlo», rispose Elizabeth con un sorriso. «Lui non sposa le ragazze incinte.»

«Qualcuna di loro non gli diede la possibilità di decidere...»

In dieci anni, era la prima volta che l'aborto veniva menzionato.

Jimmy Farrelly, l'avvocato di Kilgarret, scrisse per annunciare che i Murray si erano rivolti a uno studio legale di Dublino perché si occupasse dell'eredità di Tony. Era una lettera breve e precisa. Finché Tony era stato vivo si erano avute molte esitazioni, ora Aisling doveva decidere se pretendere ciò che era suo di diritto. La legge diceva che le spettava un terzo delle azioni della ditta dei Murray, mentre gli altri due terzi andavano a Joannie e alla madre. Il bungalow era di sua completa proprietà: non lo avevano venduto, come le era stato riferito, ma solo ceduto agli attuali occupanti. Forse desiderava venire liquidata dalla ditta, ma comunque la cosa più ragionevole per il suo futuro era di giungere presto a una decisione realistica. Più teneva la faccenda in sospeso e minori erano le probabilità che ottenesse quello che le spettava. Mrs Murray e Joannie avevano dato istruzioni ai loro legali perché Aisling venisse diseredata sotto il pretesto che aveva abbandonato il marito.

«Non m'importa quello che deciderai, bambina, tua madre si intendeva molto più di me di simili questioni. Fai quello che ritieni più giusto. Quella donna ha avuto parecchi guai, se le si può andare incontro, prova a farlo. Tu hai sempre la tua parte nel mio negozio, quando non ci sarò più.»

«Oh, pa', smettila di parlare in questo modo», esclamò lei e riagganciò.

Maureen disse che, secondo lei, doveva prendere tutto quello che poteva, altrimenti sarebbero diventati la favola di Kilgarret. Tutti sapevano che Tony Murray beveva e la picchiava. Lei aveva già sopportato abbastanza e quindi doveva ottenere il massimo possibile.

Donal sostenne che era difficile dirlo, ma che essendo quella una piccola città era sicuro che ci si doveva comportare in modo che tutti potessero continuare a vivere in pace. Non era affar suo, ma sollecitava Aisling a pensare al futuro: se fosse mai tornata a stare lì sarebbe stato meglio che non ci fossero vecchie cicatrici che potevano riaprirsi.

Eamonn disse che se avesse dovuto restituire la macchina per lui sarebbe stato un vero problema perché ne aveva acquistata un'altra e ci aveva messo trenta sterline di tasca propria. Comunque si poteva sempre vedere.

* * *

473

Niamh scrisse che, poiché Aisling aveva chiesto il suo parere, lei era ben felice di darglielo. Se la legge affermava che la proprietà apparteneva alla moglie, doveva prenderla. Se invece si sentiva di compiere un atto di grande generosità verso gli orribili Murray, poteva spartirla, ma prima o poi avrebbe smesso di essere una dinamica ventinovenne e sarebbe diventata una vecchia signora. Doveva ricordarselo e cercare di assicurarsi un po' di ricchezza per allora.

Aisling chiese a Johnny come avrebbe dovuto comportarsi secondo lui.

«Che cosa avrebbe voluto il nobile Tony?»

«A quale punto?»

«Quando era ancora in sé.»

«Non ne ho idea.»

«Devi.»

«No, non ne ho, nel periodo migliore, naturalmente, avrebbe desiderato darmi la luna.»

«E allora prenditela, bambina», disse Johnny.

Jimmy Farrelly sostenne che era molto semplice e spiegò ad Aisling che doveva prepararsi ad andare in tribunale, dove sarebbero state illustrate la sua vita con Tony Murray e le ragioni del suo abbandono. Poteva produrre testimoni dell'ospedale e addurre come prove le lettere di lui, ricevute quasi tre anni prima. Suggerì che poteva anche essere generosa riguardo alla ditta, una volta che ogni opposizione al suo diritto a ereditare fosse cessata. Ufficiosamente, aveva detto a Mrs Murray che non avrebbe insistito per avere un terzo della proprietà e che poteva essere formata una nuova società divisa tra Joannie ed Ethel Murray.

Le comunicò che la situazione era stata elettrizzante: una volta saputo che lei era pronta a battersi, ogni opposizione era svanita. L'omologazione fu concessa e Aisling ereditò tutto quanto era appartenuto a Tony Murray. Le sue azioni e i suoi titoli di Borsa vennero trasferiti a lei, la casa fu venduta a prezzo ragionevole ai cugini dei Moriarty e il denaro depositato sul suo conto in Inghilterra. Lei rinunciò ai suoi diritti a una parte della ditta dei Murray e stabilì che la macchina di Tony andasse a Mr Meade.

Tutto venne completato poco prima di Natale... e Aisling fece notare a Johnny che ormai era una ricca vedova. «Non dovresti trascurarmi, gli uomini come te sono sempre in cerca di donne nella mia situazione.»

«Ma io non ti ho trascurata, io ti ho trovata e tu sei mia», disse Johnny alquanto perplesso.

«E quando farai di me una donna onesta?» chiese lei, con tono scherzoso, ma pensandolo seriamente.

Lui si alzò. Stavano seduti ai piedi del letto di lei. Andò alla finestra a guardare fuori. Cadeva una neve leggera. «Dici sul serio, vero, piccola?»

«Be', non vuoi?» Lei sedette al centro del letto con i bei capelli rossi che le cascavano sulle spalle e la vestaglia turchese che la trasformava in una macchia di colore contro il bianco delle lenzuola.

«Noi stiamo insieme e tu sei una donna onesta, lo sei sempre stata.» Aveva l'aria quasi supplichevole.

«Mi piacerebbe essere tua moglie.»

«Lo sei già a tutti gli effetti. Così è meglio che essere sposati.»

«Che cosa ne sappiamo, non abbiamo neppure tentato.»

«Tu sì.»

«Insieme no.»

«Non significa che non ti ami. Ti amo, molto, moltissimo, ma non mi sento... mi dispiace... non giudicarmi debole...»

«No, non debole.»

«Che cosa, allora?»

«Non so. Meschino, immagino. Assillato dalla paura di tentare, di occuparti di me.»

«Oh, cielo, Aisling, non è vero. Mi occupo di te. Sono pazzo di te.»

«E allora perché non mi sposi?» Stava implorandolo. Dio, pensò, perché le cose avevano preso quella piega? Lo avrebbe perduto per sempre. Elizabeth l'aveva avvertita. Era troppo tardi. Stava sbagliando tutto.

«Te l'ho detto», rispose lui. «Non cambiamo la situazione. Lasciamo le cose come stanno.»

Lei cominciò a piangere e le grosse lacrime le caddero sulla vestaglia. Non riusciva a fermarsi. Lui non si avvicinò a confortarla. Imbarazzato, guardava verso la finestra. «Non ci sarebbero difficoltà», insistette lei. «Niente cambierebbe, saremmo gli stessi di adesso. Prometto...»

«Ebbene, perché rischiare allora? Perché trasformare una relazione che funziona così bene? A che serve, se niente cambierebbe? La gente prende grosse decisioni nella vita solo se qualcosa può migliorare.»

Lei non riuscì a ridere. «Perché parli di rovinare tutto? Una gran quantità di gente è felice quando si sposa.»

«Fammi uno o due esempi», disse lui.

«Elizabeth ed Henry, tanto per scegliere gli amici più intimi.»

«Stai scherzando?»

«Sono felici, no?»

«Tesoro, si stanno sbranando, facendo a pezzi. Se non l'hai notato devi essere cieca. Ora smettila con queste storie da rotocalco femminile, puliscili il viso, infilati qualcosa di carino e ti porterò fuori a bere qualcosa...»

«Vai all'inferno.»

«Perché? Sono accomodante, gioviale e sto smontando una pericolosa situazione.»

«Ti ho chiesto di sposarmi e non mi accontento di bere qualcosa.»

Johnny rise. «Così va meglio.»

Lei riuscì a sorridere debolmente. Dentro di sé, però, l'umiliazione di essere stata rifiutata le parve meno dolorosa delle affermazioni di Johnny sulla situazione di Elizabeth. Probabilmente aveva ragione. Forse il matrimonio distruggeva tutti. Poteva essere un mezzo della natura per impedire alla gente di godersela troppo sulla Terra.

«Ma devi venire», esclamò Elizabeth. «Davvero non ce la faccio a resistere da sola. Non reggo, non con papà ed Henry che si lamentano ed Eileen che piagnucola. Sono davvero in pessima forma in questi giorni.»

«Oh, d'accordo, ma volevo stare a letto l'intera giornata.»

«Non puoi, è immorale poltrire tutta la domenica.»

«Sì, hai ragione. Che ne dici di Simon e Bethan...?»

«Oh, non verranno, sono troppo presi a prepararsi il nido. Dovresti vedere la casa che hanno comprato. Henry passa ore a fare calcoli.»

«E Johnny?»

«Be', dovresti saperne più di me. Dov'è?»

«Non ne ho idea. Se n'è andato per una settimana senza dire niente.»

«Stefan pensa che si sia recato a Dover.»

«Possibilissimo.»

«Un litigio?»

«No, un fraintendimento, in realtà. Te lo racconterò poi. Ma perché devo alzarmi? Si sta così bene al calduccio nel letto.»

«Devi farlo perché sei mia amica e mio marito, mio padre e mia figlia mi stanno facendo impazzire. Non ho bisogno di parenti attorno a me, ma di amici...»

Johnny aveva ragione, si stavano sbranando. Non il tipo di litigio che lei aveva avuto con Tony, molto peggio. Almeno le discussioni con lui erano concluse dal suo allontanarsi da casa. Lì non si accordavano neppure sulle parole. E su ciò che l'altro aveva detto o inteso dire.

«Henry pensa che tu sia stata matta a rinunciare alla tua partecipazione alla ditta dei Murray.»

«Non intendevo questo, ho solo affermato che Aisling avrebbe fatto meglio ad aspettare un po', che per la legge la parola 'dono' ha un significato preciso e definitivo.»

«Mi dispiace, credevo che avessi detto: 'Dille che è matta'.»

«Mi hai completamente frainteso...»

Il padre di Elizabeth taceva, continuando a mangiare e fissando il suo piatto.

Elizabeth scoppiò a piangere e corse fuori della stanza.

«Sei petulante con lui, lo sai?» la rimproverò Aisling. Il pranzo era terminato con le scuse di Elizabeth e i borbottii di accettazione da parte di Henry, che voleva comunque che l'intero argomento fosse riesaminato. Lui e George se n'erano an-

dati nello studio e le due amiche erano rimaste a tavola a sbocconcellare la torta di mele.

«Lo so. È più forte di me.»

«Male, una volta non eravate così. Mi sento molto a disagio
ora quando sto con voi, mentre prima mi piaceva moltissimo.
Mi sembrava di essere parte di una famiglia serena e allegra.
Ora non più.»

«Non essere così drammatica. È solo... è solo... be', una fa-
se, immagino. Ti dirò che cosa veramente mi uccide. Lavoro
molto per guadagnarmi da vivere, ho trovato una baby sitter e
le ho insegnato a badare a Eileen. In autunno frequenterà un
gruppo scolastico preparatorio. Organizzo tutta la nostra vita,
ricevo i suoi dannati amici, mi rendo simpatica a gente come il
ridicolo socio principale e la vuota moglie di Simon e faccio
tutto questo per Henry; eppure non mi costerebbe e mi preste-
rei anche di più se vedessi almeno un po' di gioia in lui. Invece
non ci sono né vita né felicità. È come se andassimo in giro con
una grossa nube nera sospesa sopra di noi.»

«Be', in lui questo è evidente.»

«Ma come me ne posso liberare? Ho tentato, Dio sa se non
l'ho fatto. Devo mettermici sotto anch'io? Rendere entrambi
infelici? Invitare anche Eileen sotto quella nuvola, deprimerla,
farle pensare che il mondo è pieno di problemi insormonta-
bili?»

«Ma dovevi pur sapere...»

«E invece no e tu sei proprio la persona meno adatta per dirmi quello che una deve o non deve sapere: sposasti un alcolizzato violento e credevi che si trattasse di un uomo buono e simpatico, ideale come marito.»

«Anche questo è vero.»

«Cielo, Aisling, mi dispiace, perché ti sto parlando così? Ti
sei alzata dal letto per venire ad aiutarmi e io finisco col mettere tutti in agitazione e con l'attaccarti.»

«Non importa.» Aisling sorrise.

«Sono di pessimo umore. Sai, c'è questa attesa che il socio
principale si ritiri, dopodiché tutto andrà bene. Simon ed Henry
saliranno di qualche gradino e questa interminabile lamentela
finirà. Sinceramente, lo so che sembra che lo odi, ma non è vero, c'è solo come un muro irto di punte aguzze attorno a lui, ta-

le che non riesco a vedere l'Henry che amo. Come se si fosse messo una corazza.»

«Lo so, credo di scorgerla anch'io.»

«In ogni modo c'è una luce in fondo al tunnel. Tutto questo serve solo a deprimerti come me e non è giusto.»

Aisling accese una sigaretta. «Tanto, sono già abbastanza giù per conto mio. Non volevo dirtelo ma ora è venuto il momento: ho chiesto a Johnny di sposarmi.»

«Che cosa hai fatto? Oh, no!» Elizabeth rise. «Stai scherzando?»

«No, sono serissima.» Aisling tacque per un momento.

«E lui che cosa ha detto?»

«Suggeriscimelo tu.»

«'Perché rovinare una bella storia, quando stiamo bene così?'»

«Esattamente questo.»

«Be', dopotutto è vero.»

«Tranne che se n'è andato. Un'altra Susie, immagino, per punirmi di essere stata così stupida da propormi a lui come moglie.»

«Oh, cielo, Aisling.» La risata di Elizabeth aveva un tono leggermente isterico. «Siamo proprio degne delle nostre madri e della nostra educazione, vero? Mi domando se anche Eileen trasformerà in un tale strazio la sua vita e mi chiedo che cosa dovremmo fare per impedirglielo.»

«Credo che non potremo fare niente se lei è stupida come noi», disse Aisling, e stavano entrambe ridendo quando il padre ed Henry uscirono seccati dallo studio, chiedendosi se potevano sgombrare il tavolo per fare una mano di bridge.

Simon andò un paio di volte a Manchester Street e Aisling ne fu ben contenta, visto che Johnny non era ancora tornato dalla sua avventura e lei si sentiva sempre più umiliata dal ricordo della propria stupidità. Aveva già preso più volte la decisione, poco convinta, di non vederlo al suo ritorno. Simon portò sempre una bottiglia di vino. La terza volta baciò con trasporto Aisling che lo ricambiò.

«Ohi, ohi», disse poi, ridendo. «Non devo fare la parte della vedova allegra mentre la tua povera moglie si dà da fare per la casa con un figlio che sta per nascere.»

«È in simili circostanze che l'uomo ha più bisogno di appoggio. Nell'antica Grecia le giovani donne e le vedove ritenevano un onore consolare coloro che stavano per diventare padri, naturalmente ansiosi e a disagio e incapaci di trovare riposo presso le loro mogli.»

«Non ti credo», disse Aisling.

«Infatti l'ho inventata sul momento, ma sembra buona.»

Lei rise. Si era sentita molto sola senza Johnny e, da quando aveva udito le rivelazioni di Elizabeth sui suoi problemi con Henry, non era più stata attratta come prima verso l'appartamento di Battersea. Era piacevole che qualcuno civettasse con lei e l'adulasse. Alla visita successiva Simon portò una bottiglia di spumante e fece un'elegante avance.

«Cielo, non mi si conquista con del falso champagne», disse Aisling ridendo. «Per chi mi hai preso?» La sera dopo lui le offrì una bottiglia di Moët et Chandon e lo bevvero rapidamente. Poi andarono a letto insieme.

Che importa? Si disse Aisling la mattina dopo, a lui è piaciuto, per me è stato del tutto indifferente e nessuno di noi due lo racconterà mai in giro.

Stefan disse a Elizabeth che voleva andare in pensione. Da allora in poi si sarebbe recato al negozio solo una volta alla settimana. Lui e Anna avevano intenzione di acquistare una casetta col giardino, perché entrambi amavano i fiori. La vista gli stava venendo meno e non riusciva più a distinguere ciò che comprava o vendeva. Voleva sapere se a Elizabeth sarebbe piaciuto rilevare il negozio.

«Ma dove diavolo prenderei i soldi, mio caro Stefan? Abbiamo a stento quel tanto che ci occorre. Ho bisogno di tutto quello che guadagno.»

«Credevo che, con un ricco avvocato come marito e un bell'appartamento a Battersea, fossi sulla cresta dell'onda.»

«No. Non potresti sbagliare di più. Ma in ogni modo, Johnny... non lo vorrebbe?»

«Ho parlato con lui ed è per questo che lo faccio ora anche con te. Avevo un'idea diversa prima di discutere con Johnny. Mi sembrava che lui e Aisling potessero sposarsi. Aisling ha ereditato molti soldi dal marito e pensavo che voi tre poteste comprarvi il negozio e dare ad Anna e a me il denaro per i nostri ultimi anni. Noi abbiamo bisogno d'altro. Ma non potrei sopportare che andasse in mano a gente che non lo ama.»

«Lo so, lo so.»

«Ma Johnny mi ha detto di no e mi ha pregato di non farne parola. Lui non vuole sposarsi e io non dovrò mai rivelarlo ad Aisling. Eppure a me, che si sposi o no, sembra una buona idea... Anche Anna lo dice. Lei sostiene che Johnny sta avendo un'altra avventuretta e che devo parlare con te e con tuo marito, perché lui non ha messo da parte niente.»

«Stefan, è impossibile. Non ritirarti. Aspetta ancora un po'. La situazione può cambiare. Sul serio, Henry alla fine del mese occuperà un nuovo posto in ufficio e, tra poco, mio padre lascerà la banca. Venderà Clarence Gardens e potremo comprare tutti una casa diversa e vivere insieme, mio padre con noi. Ci saranno più soldi. Puoi attendere un paio di mesi? Le cose saranno migliorate per allora.»

«Aspetterò. Spero proprio che sia come dici tu, mia cara Elizabeth, ora non va tutto liscio.»

Bethan ebbe un maschietto. Nacque alle due di notte di un martedì. Suo padre, Simon, era a letto con Aisling, ma fu felice quando lo seppe il giorno dopo. Tutti trovarono strano che un primo figlio nascesse prematuro: di solito erano in ritardo.

Henry sostenne che non pensava affatto di dare un party per celebrare i cambiamenti avvenuti in ufficio. Avrebbero malignato che cercavano sempre una scusa per mangiare e bere.

«Mi dispiace», disse Elizabeth. «Quando ci sposammo entrambi eravamo convinti che fosse bellissimo avere gente per casa. Era una delle cose che più ci piacevano.»

Gli occhi di Henry si riempirono di lacrime. «Lo so, cara, e mi dispiace. Vorrei vedere il mondo con il tuo stesso ottimismo, ma non ci riesco. Mi preoccupo per tutto. Qualcuno deve pur farlo...»

«Non vedo proprio perché», disse Elizabeth.

Johnny si recò all'appartamento di Aisling e vide la macchina di Simon fuori in strada. Salì le scale allegramente. «Ehi, voi due, fatemi entrare. Ho una bottiglia di acquavite di prugne. Vi piacerà.» Non ricevette risposta e rimase sorpreso perché la luce era accesa: filtrava da sotto la porta e l'aveva vista attraverso le tende dalla strada. «Avanti, su, state tramando qualcosa», gridò. Tutto tacque. Scrollò le spalle e scese le scale. Fuori, in strada, guardò di nuovo la finestra e vide che la tenda si era mossa.

«Non so perché lui non debba sapere di me visto che io so di lui», disse Simon.

«Ah, ma lui è un serio aspirante ai miei favori e tu no.» Aisling rise. Non che il cuore le si fosse calmato dopo aver sentito Johnny scendere di corsa le scale.

«Non puoi pensare che lui abbia intenzioni serie, vero?» chiese Simon.

«Mi pregò di sposarlo, seduto ai piedi di questo letto», disse lei.

«E tu che cosa rispondesti?» Simon rise, non sapendo se crederci o no.

«Dissi: 'Perché rovinare ciò che c'è tra noi, va bene com'è ora, non distruggiamolo'.»

«Molto saggia, mia cara, molto ragionevole», sostenne Simon, circondandola con un braccio.

«Bethan non...?»

«È tutta presa dal figlio», disse Simon.

«La situazione migliorerà decisamente quando avrò il nuovo lavoro, nell'ufficio ci saranno chiare linee di demarcazione, la gente non si sopraffarrà...»

«Se ci sarà tanta differenza perché non è stato fatto secoli fa?»

«Perché il socio principale ha sempre voluto tenere ben strette le redini e lasciare tutti noi a preoccuparci e a cercare di mantenere il posto», disse Henry.

«Pensi che ci sia la possibilità che la tua amica Aisling mi tradisca col collega di tuo marito, Simon Burke?» chiese Johnny a Elizabeth in negozio.

«Non ho mai sentito niente di più ridicolo», rispose lei.

«Non indovinerai mai che cosa mi ha chiesto Johnny. Pensa che tu te l'intenda con Simon», disse Elizabeth per telefono ad Aisling, che era al lavoro.

«Oh, cielo», esclamò lei.

«Dio, sarà un sollievo quando tutta questa agitazione lì all'ufficio sarà finita. Elizabeth ed Henry sono come gatti su un tetto di lamiera che scotta nell'attesa di quel suo nuovo posto.»

«Quale nuovo posto?» chiese Simon.

«Sei molto gentile e so che le tue intenzioni sono buone, cielo santissimo, per usare una tua espressione, so che lo fai a fin di bene, Aisling, ma devi aver capito male...»

«Ti prego, ti prego, vieni a pranzo con me oggi e porta Eileen. Andiamo dove vuoi tu. Devo parlartene. Non posso farlo per telefono, è troppo complicato.»

«Ho afferrato il concetto e, come dicevo, Simon si sbaglia.»

«Elizabeth, mia cara, mi ha spiegato tutto. È Henry a essere in errore... Sto solo mettendoti in guardia per il tuo bene, non voglio fare la drammatica. Cielo, non intendevo certo sentirmi raccontare tutta questa faccenda nel bel mezzo della notte, no?»

«Lo so, e sei una buona amica a dirmelo.»

«Non lo sono se non mi prendi sul serio. Senti, si è già formata una fila, devo andare. Ti prego, ti prego. All'una, dove vuoi.»

«Non posso venire. Non oggi. Ti parlerò stasera.»

«Per allora lui già saprà.»

«Tu stai esagerando, Aisling, non conosci tutti i particolari di questa storia.»

«Mi tocca andare ora, ti richiamerò.»

«Potrò essere fuori, devo vedere Stefan. Ti parlerò stasera.»

Il padre telefonò a Elizabeth, cosa abbastanza insolita per lui. Lei si chiese se, per caso, avesse pensato a qualche piccolo festeggiamento per Henry, ma non era il tipo.

«Sai se Henry preferisce la parte sud del fiume...?» chiese senza neppure salutare.

«Che cosa diavolo intendi dire, papà?»

«Sto cercando casa per noi, come sai, ma le due più adatte sono a nord e io credo che lui ci tenga al sud.»

«Oh, penso che sia meglio che tu dia un'occhiata anche a quelle a nord, papà.»

Elizabeth appoggiò il capo sulle braccia e pianse: avere quasi trent'anni e dover sopportare tutto quello. Un padre che non sapeva decidere quale piede mettere avanti per primo nel camminare, un marito che era riuscito a spaventarsi da solo fino al panico... Quand'era stata l'ultima volta in cui tutto era stato facile? si domandò. Quando e dove? E perché non poteva essere ancora così?

Il telefono squillò di nuovo.

«Pronto, sei la mia figliastra o la figlia della mia figliastra?»

«Harry.» Aveva completamente dimenticato che sarebbe arrivato quel giorno. A un tratto si chiese se poteva essere malata di mente anche lei. C'era stato un tempo in cui aveva avuto tre lavori e badato contemporaneamente alla madre, al padre e al patrigno. Ora non ricordava neppure quale giorno della settimana era.

«Harry, dove sei?»

«Sono a Euston. Non ce l'hai fatta?»

«No, non ho trovato una baby sitter.»

«Non importa, mia cara. Faccio un giro e poi arrivo. Preferisci ora o più tardi? Vuoi pranzare fuori?»

Pensò a una colazione con Aisling in un elegante grande magazzino di Oxford Street. Sarebbe stato bello, ad Harry sarebbe piaciuto. Eileen avrebbe riso e attirato l'attenzione della gente seduta agli altri tavoli... Ma no, era uno sforzo troppo grande, non sarebbe mai riuscita a preparare la bambina.

«Pranziamo qui quando arrivi», disse.

«Ora ti riconosco. Tutto bene?»

«Perché me lo chiedi?»

«Sembri un po' agitata.»

«Posso parlare con Aisling O'Connor, per piacere?»

«Temo che sia fuori a pranzo, io sono la contabile. Posso esserle di aiuto?»

«No, torni pure ai suoi libri.»

«Prego?»

Elizabeth riagganciò.

«Henry, posso pregarti di non fare scene in ufficio? Sono il tuo più vecchio amico, stavi quasi per sposare mia sorella. Puoi ascoltarmi? Di questo dobbiamo parlare altrove. Ogni volta che qualcuno alza la voce qui si agitano tutti. Dobbiamo uscire con calma, mi senti? Con calma. Appena siamo fuori dell'ufficio prendiamo un taxi e andiamo dove vuoi tu...»

«Ma...»

«Aprirò questa porta appena mi avrai promesso che starai zitto.»

«Sì...»

Uscirono camminando come marionette. Gli occhi di tutti li seguirono mentre si avviavano rigidi verso le scale.

Henry cercò di farsi venire in mente dove potevano andare, ma non riusciva a ricordare il nome di nessun bar. O di qualsiasi posto simile.

Simon tentò di pensare a dei locali nei quali non avrebbero più desiderato tornare, perché probabilmente non avrebbero potuto. Poco prima di andar via disse alla sua segreteria:

«Chiami le nostre mogli. Alla mia racconti tutto, alla sua niente.»

«Sì, Mr Burke», rispose la ragazza.

Aisling e Johnny andarono al cinema e lui disse che l'avrebbe salutata lì perché voleva tornare a casa presto.

Lei gli telefonò un'ora dopo e non rispose nessuno.

Harry disse che aveva trovato il lungo viaggio un po' più stancante di quanto si aspettasse e che quindi voleva ritirarsi subito. Se ne andò a letto triste: Elizabeth non stava bene. Non certo come Violet, per l'amor del cielo, ma era sottoposta a una grande tensione, povera ragazza.

Sperava che Henry rientrasse a casa presto e con buone notizie sul suo nuovo lavoro. Meglio però lasciarli soli. Elizabeth non aveva fatto che guardare l'orologio tutta la sera: era preoccupatissima.

Alla fine il barista gli rifiutò ulteriori consumazioni e andarono a mangiare pesce e patatine fritte. Servì a Simon, ma non a Henry, che continuava a piangere. A un certo punto prese un menu e stilò un elenco di tutte le cose buone che aveva fatto nella vita. La sua coscienziosità, la sua onestà, la sua imparzialità, il suo rifiuto di fare lo sgambetto a chiunque, tutto venne incluso e contrapposto ai torti subiti.

«Dove ho sbagliato?» si lamentò. «Ho fatto solo ciò che era giusto. Sinceramente, ci ho pensato e ripensato. Non è colpa mia se...»

Simon stava ormai perdendo la pazienza. Lanciata un'occhiata all'orologio lo interruppe: «Senti, Henry, si sta facendo molto tardi: non devi andare a casa? Elizabeth sarà...»

«Elizabeth», sbottò lui. «Quello fu uno sbaglio, sì. È così presa dal suo lavoro, talmente occupata da non accorgersi dei miei problemi...»

«Henry, stai diventando ridicolo. Per l'ultima volta, non c'è nessun complotto. Elizabeth non è...»

«Non ha tempo neppure per Eileen. Lo dedica tutto ad Aisling. Quella puttana irlandese. Io so. So tutto quello che succede. Le ho sentite parlare. Non soltanto Johnny...»

«Vattene a casa, Henry. Domani ti sentirai molto meglio.»

«Io non ci torno... so io dove andrò, invece.» Henry sorrise ubriaco.

«Dove? Non dovresti rientrare? Elizabeth non...»

«Al diavolo Elizabeth... lei non capisce. Mi attacca per un nonnulla. Io non voglio...»

«Bene, se sei sicuro di farcela, vecchio mio... io devo andare...»

«Sto molto meglio ora, Simon. Capisco quello che vuoi dire: l'intera faccenda deve essere trattata con cautela, senza scenate in ufficio, tutto va tenuto dietro le quinte... vero...?» Rise come uno sciocco.

«Esatto», disse Simon ansioso. «Allora, vuoi che ti chiami un taxi?»

«No, tu vattene a casa... Io mi attardo ancora... mi attardo strada facendo.»

«Ci vediamo domani, Henry, lucido e calmo, mi raccomando.»

«Lucido e calmo», ripeté lui.

«Cielo, a quanto pare ho il dono di attirare gli ubriaconi. Henry Mason, non ti ho mai visto sbronzo in tutta la tua vita... perché stasera e perché da me...?»

«Voglio parlarti.»

«Certo, puoi farlo, ma non devi svegliare tutto il palazzo...» Aisling s'infilò la vestaglia e lo lasciò entrare nell'appartamento.

«Ti sei spogliata molto presto. Vai sempre a letto prima delle dieci?»

«Le dieci sono passate da un pezzo, per la verità, ma non importa, ed ero stanca. Bene, vuoi un caffè?»

«Voglio qualcosa da bere. Mi risulta che ne hai parecchio qui. Sei una donna abbiente, adesso, puoi avere quante bottiglie ti pare...»

«Ho solo del vermouth che ti farebbe stare malissimo, ma se proprio vuoi...»

«Perché non hai un bar fornito come tutti i ricchi?»

«Henry, sei molto divertente quando sei ebbro: perché avevo un marito che morì alcolizzato e perciò non penso di dover indulgere troppo anch'io.»

«Ecco per che cosa sono venuto da te, per indulgere.»

«Bene, se vuoi del vermouth... ma ti farà molto male, ti avverto.»

«Niente vermouth.»

«Grazie al cielo, allora vogliamo prenderci una tazza di caffè, dopodiché chiamo Elizabeth? Sa che venivi da me?»

«Come potrebbe sapere che sono qui, non si dice a una moglie quando si va a puttane...»

Elizabeth telefonò a Bethan. «Mi dispiace di chiamarti così tardi, ma c'è Simon?»

Lui scosse il capo: c'erano i suoi suoceri e stava recitando il ruolo del padre di famiglia.

«No, mi dispiace, Elizabeth. Credo che sia fuori con Henry. Staranno festeggiando.»

«Già, dev'essere così.»

«Odio dirle bugie e prenderla in giro», disse Bethan.

«È meglio che pensi che non sappiamo che Henry è fuori a spassarsela», disse Simon.

«Ma dov'è?» chiese Bethan.

«Chi lo sa. È ancora presto.» Erano le undici, Simon si versò da bere, tranquillo, e i suoceri sorseggiarono le loro tazze di tè.

Johnny disse a Virginia che poteva restare per la notte e che certamente sarebbe stato sciocco cercare un taxi a quell'ora. Mise in funzione il giradischi nel soggiorno e scostò le coperte del letto in camera, in maniera che apparisse invitante ma non troppo ovvio.

Harry fece un brutto sogno e si svegliò; guardò l'orologio: era solo mezzanotte e aveva dormito due ore. Oh, bene, pensò,

a sessantadue anni un uomo deve pur aspettarsi di essere un po'
stanco dopo un lungo viaggio.

«Diciamo solo che eri molto ubriaco. Ma ora perché non te
ne vai e io dimentico quello che hai detto?»

«E cioè?»

«Che sono una puttana, ma non parlavi sul serio.»

«Ero serissimo, invece. Voglio solo sapere se posso unirmi
al gruppo.»

«Oh, Henry, vai a casa. Non reggi l'alcol... non essere
sciocco.»

«Non osare chiamarmi in quel modo.»

Aisling si allarmò. Aveva la sensazione che stesse per colpir-
la, era così simile a Tony in quell'ultima notte, eppure non era
altrettanto ubriaco.

«Vieni qui...» Allungò un braccio per afferrarla. «Vieni qui.
Se lo fai con tutti perché non con me?»

Lei balzò in piedi e corse dall'altra parte della stanza. «Te lo
chiedo ancora una volta. Io non ti ho incoraggiato in nessun
modo a credere... sono la migliore amica di tua moglie... tutto
questo è pazzesco, è... come posso dire... è grottesco.»

«Con gli altri però ti piace.»

«Per piacere, Henry, ficcati in testa... io ho... io sono l'a-
mante di una sola persona: Johnny Stone... e nessun altro...»
esitò. Maledisse e stramaledisse Simon Burke e la propria stupidità: doveva essere stato lui a suggerirgli di andare a trovarla... «È un tuo buon amico. Lo è di tutti noi.»

«Oh, sì, è un tuo buon amico, proprio così. Lo so.»

«Henry, è naturale che tu lo sappia, come tutti gli altri. Ora,
vuoi smetterla con questa assurdità e andartene a casa?»

«Un amico tuo e di Elizabeth. Quanti altri amici avete avuto
voi due?»

«Henry, sai benissimo che il rapporto di Elizabeth con
Johnny finì quando lei conobbe te. Ti ama, grosso stupido...»

«Ma tu lo conoscesti anni fa, quando venisti a Londra la prima volta. Tu me l'hai detto.»

Era veramente stanca di quella storia e si chiese come poteva mandarlo via. «Lo conobbi quando era l'amico di Elizabeth… al tempo del… dell'affare…»

«L'affare?»

«Henry, vattene via, stai cominciando a stancarmi. Vai a casa a parlarne con Elizabeth.»

«L'affare?»

«Lo sai, Elizabeth ti raccontò tutto. Quando abortì, fu allora che lo conobbi. Ma lui…»

«Elizabeth ebbe un aborto?»

«Ma sono tutte cose che già sai, Henry. Lei ti disse…»

«Sei una brutta stronza. Non sei degna di… Puttana… Io non voglio che tu… Neppure…»

«Vattene. Sai tutto. Elizabeth mi disse che conoscete i vostri rispettivi passati. Allora pensai che fosse molto bello, e ne sono tuttora convinta. Anche se sei deciso a litigare, con me non ci riuscirai: sono esperta di ubriachi e so' come trattarli.»

Lui si alzò e se ne andò. La lasciò senza fare altre storie. Lei lo chiamò dalla cima delle scale, ma lui non rispose.

Johnny e Virginia erano a letto quando il telefono squillò. Lui si sporse per rispondere: era una chiamata da un telefono pubblico.

«Sei un bastardo assassino», disse una voce da ubriaco.

«Chi parla?» Johnny non aveva riconosciuto l'interlocutore, ma notò che aveva bevuto molto oppure era sconvolto, o entrambe le cose.

«Lasciasti che uccidesse il bambino. Ora so tutto.»

«Chi? Di che cosa sta parlando?»

«Elizabeth», disse la voce e riagganciò.

Harry si svegliò di nuovo. Si chiese se non era meglio andare da un medico per farsi dare un sonnifero. Ma no, quella volta c'era un motivo, si udivano delle voci fuori della sua porta.

«Non m'importa del lavoro e neanche se ti licenzieranno, ma perché non mi hai telefonato?»

«Sei un'assassina. Uccidesti un bambino, lo so.»

«Di che cosa diavolo stai parlando? Henry, entra e sta' zitto. Sveglierai Harry...»

«Tu e lui assassinaste un bambino. Lo so, tutti lo sanno... E non mi dicesti niente. Non ti avrei mai sposata se l'avessi saputo, mai.»

«Henry, abbassa la voce. Disturberai Eileen. Ecco, s'è svegliata. Ora entra, smettila di stare lì a barcollare vicino alla porta e dimmi dove hai sentito questa ridicola storia.»

«Dalla tua amica e complice, la puttana irlandese...»

«Io non credo alle mie orecchie quando parli così. Hai perso la ragione.»

«Aisling, la zoccola. L'ho posseduta, come Johnny e Simon. Immagino che se Harry non fosse così vecchio l'avrebbe avuta anche lui. Cielo, si è rifatta per quel matrimonio non consumato, vero?»

«Sei stato da Aisling stasera?»

«Sì.»

«Tu e lei... Non ti credo...»

«Oh, sono sicuro che ne parlerete domattina, vi dite tutto... Vi ho sentito.»

«Aisling non ha dormito con te. Questo lo so...»

«Perché no? Trova conveniente andare a letto con Johnny Stone. Gli ho telefonato e gliel'ho detto.»

«Che cosa gli hai detto?»

«Che sapevo che aveva ucciso un bambino, assieme a te.»

Harry cercò di decidere il da farsi. Se in un pub la voce della gente arrivava a quel punto era il momento di intervenire. Ma non si doveva intervenire con le coppie sposate. Lui però non riusciva a credere che tutto quello stesse realmente accadendo. Henry doveva essere impazzito. Uccidere un bambino? Con Johnny? Forse non avrebbe dovuto stare a sentire, ma era impossibile. Doveva sapere che cosa stava succedendo e tenersi pronto nel caso Elizabeth avesse bisogno di aiuto. Forse doveva dire qualcosa, poteva gridare: «Ehi, che cos'è tutta questa storia?» e magari Henry si sarebbe calmato e sarebbe entrato in casa o se ne sarebbe andato. Tutto sarebbe stato meglio della situazione attuale. Non la sopportava più. Uscì dalla sua stanza.

La porta che dava sul pianerottolo era spalancata e la luce entrata formando un vivido triangolo. Il volto di Henry era contratto. «Puttana... assassina... non sei degna di fare la madre... Mi prendo Eileen... ora... puttana...»

«Sei impazzito... No, va' via, lasciami, che Dio ti maledica...»

«Ti porto via mia figlia, assassina... togliti di mezzo.»

Bisognava fermarli. Non aveva importanza se l'indomani si sarebbero sentiti tutti imbarazzati o se avrebbe dovuto ammettere che sapeva del loro litigio. «Ehi, via...» cominciò a dire, ma aveva appena pronunciato quelle parole che udì il grido soffocato.

Poi ci fu silenzio. Elizabeth aveva chiuso la porta d'ingresso e l'aveva sprangata. Stette immobile un attimo. Poi passò davanti ad Harry senza guardarlo.

Lui rimase senza fiato. Ma, quasi immediatamente, sentì la voce di lei che calmava la piccola Eileen. «Va tutto bene, buona, buona. Non preoccuparti. Papà verrà a casa presto. Ha solo fatto tardi ed è fuori a procurarsi un bel lavoro. Tornerà subito e tutto andrà bene.»

«Oh, mio Dio», disse Harry ad alta voce.

Quelli dell'ambulanza se ne andarono senza usare le sirene: non ce n'era bisogno perché Henry Mason era morto. Il portiere era salito all'ultimo piano a dare la notizia alla giovane moglie, che era andata ad aprire in vestaglia, con l'aria confusa e la bambina in braccio.

«Che cosa c'è? Non dirà sul serio... non è possibile... come è successo? Come può essere accaduto...? Non era a casa. È caduto? Come ha fatto? Posso vederlo? Henry? Henry? Henry?»

«Elizabeth?»

«Aisling?»

«Non muoverti, rimani dove sei. Mi siedo accanto a te...»

Aisling si sistemò sul bordo del letto e prese la mano esile e fredda dell'amica nella sua. Elizabeth non disse niente. Aisling gliela strofinò per un po', come per far riprendere la circolazione. Il ticchettio dell'orologio era molto forte. Da fuori giungeva affievolito il rumore del traffico e, altrettanto debole, si udiva in soggiorno il brusio della conversazione. Harry parlava a bassa voce ai visitatori, scoraggiando tutti dal vedere Elizabeth e ringraziandoli per le offerte di aiuto. Eileen era stata affidata a degli amici che avevano una figlia piccola. George era venuto e se n'era andato. Elizabeth aveva rifiutato di farsi somministrare un sedativo, assicurando che si sentiva bene.

I suoi occhi non stavano fermi un attimo e si posavano dappertutto, sul viso di Aisling e altrove... La testa invece era immobile, abbandonata sul cuscino come se fosse troppo pesante per essere sollevata.

«Ce la fai a camminare? Dovremmo uscire», disse Aisling.

«Sì, sì, è quello che faremo.» Elizabeth scostò le coperte. Era mezzo svestita, si avvicinò alla sedia e prese il maglione blu a collo alto e una gonna a scacchi. Trovò la giacca nel guardaroba. Sembrava gracile e malata.

«Sei sicura...?»

«Sì, hai ragione, è proprio quello che voglio fare.» Infilò le scarpe e guardò Aisling, fiduciosa come una bambina.

L'amica mormorò qualcosa di Harry e, pochi attimi dopo, erano sul pianerottolo. Entrarono nell'ascensore e, mentre scendeva, rimasero irrigidite. Si avviarono con le teste chinate e le mani in tasca fuori dal portone e attraversarono la strada. Sembravano agitate e ansiose, finché non giunsero nel parco, dove, inconsciamente, rallentarono l'andatura come se volessero passeggiare per godersi l'erba e i fiori invece del traffico e del rumore.

«Che cosa farò?» chiese alla fine Elizabeth. Ci fu un lungo silenzio e Aisling infilò il braccio sotto quello dell'amica. Continuarono a camminare così, senza guardarsi. «Voglio dire, che cosa succederà ora?»

Aisling rispose parlando lentamente. «Costruirai una vita a Eileen. Le ricorderai tutti i momenti belli le farai dimenticare quelli brutti. Credo che la gente si comporti così.»

«Sì.»

Continuarono a camminare, sottobraccio.

«Non ci è andata poi tanto bene... che cosa c'è che non va in noi?» chiese Aisling.

«Che cosa vuoi dire?»

«Be', eccoci qua, Elizabeth: vedove, entrambe... rimane solo Eileen, per sostenere... tutte le speranze e i... sogni... sai...»

La voce di Elizabeth si era fatta più forte. «A tua madre non piacerebbe sentirci parlare così... riandare al passato...»

«No, hai ragione.» Aisling tacque per un po'. «Ma' sapeva sempre che cosa dire... continuava a ripetere che ciò che io ritenevo sbagliato... si rivelava poi essere giusto... Non so dove trovasse le parole adatte... era una sua abilità...»

Elizabeth disse: «No, credo che non le cercasse, penso che le venissero spontanee».

«Sì», disse Aisling.

Sedettero sulla panchina dove si fermavano spesso quando portavano fuori Eileen in carrozzina. E, prima di allora, quando Aisling era a Londra, nei giorni in cui era appena fuggita da Kilgarret.

«Dev'essere successo tutto molto rapidamente per lui», disse Aisling.

«Il poliziotto ha detto che sarà stata questione di attimi.» Elizabeth si coprì il volto con le mani.

«Smettila, smettila.»

«Non sto piangendo, sto solo pensando a quei pochi minuti. Devono essere sembrati lunghissimi... de...»

«No, no, consideralo un sogno, sai, la parte spaventosa... poi passa...»

«Ma nel sogno ti svegli.»

«Be', per Henry invece è finita. Non ha sentito più niente, dopo.»

Elizabeth si alzò. «Sì, lo so.»

«Tony impiegò molto di più a morire», disse Aisling.

Elizabeth la guardò. «Credo di sì», convenne.

«E pensa a tutto quello che facesti per Henry... ricorda il bene soltanto. Gli offristi una casa, come lui aveva sempre desiderato... gli desti fiducia... tutte cose... che non avrebbe mai potuto ricevere da un'altra...» Aisling teneva gli occhi a terra mentre parlava ed Elizabeth guardava in fondo al parco.

«Anche tu facesti Tony felice...» disse.

«No, nessuno ci sarebbe riuscito e io certamente meno di un'altra. Lo resi peggiore.»

«Non metterla così...» La voce di Elizabeth era chiara, adesso, e forte come al solito. «Lui voleva te e ti ebbe... è l'unico aspetto che ci dà speranza in tutto questo... Se uno ha quello che vuole...»

«Che cosa posso fare per te, Elizabeth? Qualunque cosa, farò qualunque cosa, lo sai.»

«Lo so, lo so. Tu mi hai sempre... mi hai sempre salvata.»

«No, tu lo hai sempre fatto con me... tu mi salvasti anni fa... se in tutta la mia vita non avessi incontrato una come te che cosa avrei avuto... Maureen, Niamh... Joannie Murray... belle amiche sarebbero state...»

«E non abbiamo mai litigato... in tutti questi anni non abbiamo mai avuto un vero litigio...»

«Lo so, a volte penso a quando tu lasciasti Kilgarret e tornasti qui e io ero seccata perché eri così lontana... non sapevo...»

«E neppure io sapevo... quando tu e Tony vi sposaste e mi mandavi quelle lettere così vaghe... ero seccata. Ma non sapevo...»

«Che cosa posso fare per te Elizabeth, ti prego...» chiese di nuovo.

«Dimmi quello che succederà ora.»

«Ci sarà l'inchiesta... e il coroner dirà...»

«Sì?»

«Dirà di aver saputo che Henry era sconvolto e... e... che si ubriacò... bene... e poi tornò a casa e ci fu l'incidente... cadde...»

«E che cos'altro dirà?»

«Non lo so... immagino che esprimerà il suo dispiacere... non è questo che si legge sulle inchieste? Dicono che porgono le loro condoglianze ai parenti e agli amici dei deceduti...»

«Una specie di necrologio?»

«Immagino di sì... qualcosa del genere.»

«Oh.»

«E poi tutto sarà finito... e tu dovrai cominciare a...»

«Sì...»

«Oh, mio Dio, Elizabeth, mi dispiace tanto, mi dispiace proprio tanto...»

«Lo so... lo so... anche a me dispiace, dispiace tanto...»

L'inchiesta del coroner fu breve e formale.

Aisling si guardò attorno nella piccola aula polverosa. Due uomini scrivevano sui loro taccuini: dovevano essere giornalisti, anche se non lo sembravano. Ma, quel giorno, tutti apparivano molto strani, come se recitassero una parte in un'opera teatrale che non era stata provata a dovere. Almeno questa era la sua impressione ed era sicura che Elizabeth doveva sentire la stessa cosa. Strano, ma per una volta tanto era difficile capire che cosa pensava l'amica. Il suo volto sembrava una maschera.

Il viso di Elizabeth era immobile ma i suoi pensieri si avvicendavano rapidi e aveva l'impressione di doverli rincorrere come se fossero palline di vetro sfuggite da una scatola. Si ricordò che c'era stata un'inchiesta all'ospedale dove la madre era morta. Sì, una terribile agitazione si era sparsa in tutto l'edificio e medici e infermieri erano sconvolti. Con un'abilità che nessuno avrebbe potuto prevedere, la paziente nella stanza accanto a quella della madre, di mente instabile, era riuscita a procurarsi un pezzo di vetro con cui si era tagliata i polsi e nessuna colpa era attribuibile ai membri del personale. Ma tutti avevano detestato quell'inchiesta. Si domandò se ne aveva mai parlato ad Aisling. Seduta là di fronte a lei, le mani immobili in grembo, l'amica sembrava molto forte.

In che strano luogo si trovavano: davanti a un coroner. Harry Elton giudicava l'aula così piccola e desolata da pensare che fosse solo provvisoria. Non appariva come quelle che si vedevano nei film, anzi era molto polverosa. Naturalmente, si disse per la ventesima volta, quello non era un processo e, quindi, non c'era bisogno di una vera corte. Era soltanto una questione di incartamenti. Se fosse stato necessario, come per esempio per un crimine, ce ne sarebbe stata una.

Simon Burke si guardò attorno; poteva indovinare i titoli di quei familiari libri di legge basandosi solo sulle rilegature. Il posto era un po' troppo polveroso. Se fosse dipeso da lui lo avrebbe fatto pulire ogni settimana. Si chiese che impressione ne traevano gli altri. Aisling ed Elizabeth erano così immobili e pallide. Si ricordò della prima volta che aveva visto Elizabeth: lui ed Henry l'avevano conosciuta quando erano andati a iscriversi al breve corso di arte. Oh, mio Dio, Henry. Povero, disgraziato Henry.

Johnny credette di scorgere Aisling che gli sorrideva e la ricambiò. Ma lei non lo stava guardando, aveva solo girato il capo dalla sua parte, senza però incontrare i suoi occhi. Oh, Signore, che brutta faccenda era quella, pensò. Era incredibile che tutti loro fossero coinvolti in un'inchiesta e su Henry, per di più. Maledettamente ridicolo. Henry avrebbe dovuto essere vivo e andare per la sua strada, bevendo un po' meno. Incredibili, poi, quelle due ragazze... be', donne ormai: Aisling ed Elizabeth. E pensare che entrambi i loro mariti erano morti a causa dell'alcol. Povero vecchio Henry. Cielo, una faccenda maledettamente antipatica: prima veniva conclusa meglio era.

Elizabeth pensò che Aisling le aveva assicurato che si sarebbe svolto tutto in maniera rapida e formale. Pregò che fosse così, perché non resisteva a stare seduta lì, non un minuto di più.

Aisling si disse che se non avessero cominciato subito sarebbe crollata. Era terribile sedere lì mentre quell'uomo si dava da fare muovendo le sue carte da una parte all'altra di quella maledetta scrivania. Pregò che la faccenda venisse sbrigata in fretta, visto che si trattava solo di una formalità, di una serie di deposizioni.

* * *

Il coroner finalmente fu pronto; sulla sua scrivania tutto era a posto in maniera soddisfacente. Ora avrebbe potuto ascoltare le deposizioni...

Parlarono la polizia, gli uomini dell'ambulanza, il portiere. Tutti, in tono misurato, descrissero quello che era successo e a che ora era accaduto. Solo Harry Elton e Simon Burke furono invitati a deporre. Harry Elton, patrigno di Mrs Mason, era ospite in casa. Non aveva sentito assolutamente niente finché avevano bussato alla porta e il portiere aveva portato la terribile notizia. Elizabeth era crollata a pezzi. Un'orrenda tragedia... una felice vita famigliare...

Simon lo aveva lasciato in stato di ebbrezza all'angolo di Great Portland Street con Mortimer Street e lui non aveva detto dove sarebbe andato. Simon gli aveva consigliato di prendere un taxi per tornare a casa ed Henry aveva assicurato che lo avrebbe fatto. Non aveva idea di dove potesse essersi recato dopo.

Nessuno invitò Aisling O'Conner, amica di Mrs Mason, a deporre.

Nessuno chiese a Johnny Stone, amico e collega di Mrs Mason, di parlare della telefonata, perché non era stata fatta nessuna menzione di una visita e, tantomeno, di una chiamata.

Così se ne stettero lì davanti al coroner e non dissero niente, finché questi non emise il verdetto di morte accidentale provocata dalla caduta nella tromba delle scale, dopo un eccessivo uso di alcolici.

Poi tutti uscirono nel sole.

FINE